王牌利刃

★谁与争锋★

——卿卫军◎作品——

3

北京联合出版公司
Beijing United Publishing Co.,Ltd.

图书在版编目（CIP）数据

王牌利刃．3，谁与争锋 / 卿卫军著．-- 北京：北京联合出版公司，2016.5
ISBN 978-7-5502-1670-9

Ⅰ．①王… Ⅱ．①卿… Ⅲ．①长篇小说－中国－当代
Ⅳ．① I247.5

中国版本图书馆 CIP 数据核字（2016）第 078201 号

王牌利刃．3，谁与争锋

作　　者：卿卫军
选题策划：北京宏泰恒信文化传播有限公司
责任编辑：徐　鹏
策划编辑：欧阳秀娟
封面设计：书舟设计
版式设计：王玉双
责任校对：李　昂

北京联合出版公司出版
（北京市西城区德外大街 83 号楼 9 层　100088）
北京联兴盛业印刷股份有限公司印刷　新华书店经销
字数 400 千字　710 毫米 ×1000 毫米　1/16　25 印张
2016 年 5 月第 1 版　2016 年 5 月第 1 次印刷
ISBN 978-7-5502-1670-9
定价：39.80 元

本书若有质量问题，请与本公司图书销售中心联系调换。电话：010-58572848

王牌利刃

★谁与争锋★

——卿卫军◎作品——

3

北京联合出版公司
Beijing United Publishing Co.,Ltd.

图书在版编目（CIP）数据

王牌利刃 . 3，谁与争锋 / 卿卫军著 . -- 北京 : 北京联合出版公司，2016.5

ISBN 978-7-5502-1670-9

Ⅰ . ①王… Ⅱ . ①卿… Ⅲ . ①长篇小说－中国－当代 Ⅳ . ① I247.5

中国版本图书馆 CIP 数据核字（2016）第 078201 号

王牌利刃 . 3， 谁与争锋

作　　者：卿卫军
选题策划：北京宏泰恒信文化传播有限公司
责任编辑：徐　鹏
策划编辑：欧阳秀娟
封面设计：书舟设计
版式设计：王玉双
责任校对：李　昂

北京联合出版公司出版
（北京市西城区德外大街 83 号楼 9 层　100088）
北京联兴盛业印刷股份有限公司印刷　新华书店经销
字数 400 千字　710 毫米 ×1000 毫米　1/16　25 印张
2016 年 5 月第 1 版　2016 年 5 月第 1 次印刷
ISBN 978-7-5502-1670-9
定价：39.80 元

目　录

01 维和行动

维和

一个小时之后，利刃队员一身超级拉风的服装坐上了去机场的大巴。登机后飞机没过多久就起飞了。五个小时之后，飞机在南桑坦的首都机场降落，利刃队员一行十几人英姿飒爽地走在南桑坦的大街上，享受着异域风情。

“啊，自由的空气！”杨洋戴着一顶鸭舌帽，张开双臂，贪婪地呼吸着空气。

盛家宝抬手将鼻梁上的太阳镜摘了下来，没好气地白了杨洋一眼，“说得跟刚从牢里放出来似的。”

“军哥！”王军伟大睁着双眼，一脸的不可置信。

利刃队员不由得顺着王军伟的目光方向望去，看到战军一身常服大跨步地朝这边走来，而他身后跟着的竟然是狼牙大队的队员！

有没有搞错？幻觉吧！

战兵也没有料到战军竟然也会来南桑坦。他不由得微微皱了皱眉头。

“哈喽，好巧啊！”战军连装装样子都懒得装，一脸阴谋得逞的得意笑脸让人不爽。

战兵抿了抿嘴唇，甚至不用猜都知道，这肯定是旅游计划泄露了，否则战军就算是消息再灵通，也绝对不会在他们之前就抵达南桑坦的。

战兵微微扬了扬嘴角，“不错啊，什么热闹都少不了你们啊！”

战军扬了扬眉毛，说不出的张扬，“那是，我们可是狼牙！”

战兵不由得摇头，实在是学不来战军无论何时都嚣张到死的模样。

战军一脸夸张地左右望了一眼，见没有人注意这边，这才一把搂着战兵的脖子，将嘴巴凑近战兵的耳旁，压低声音说道，“给你透个底儿啊，这次旅游可不一般啊，脑子里的弦给老子绷紧了！”

战兵一把将战军的胳膊挥了下来，冷冷地瞥了战军一眼，“这用不着你提醒！”说着回头望了一眼已然跟狼牙队员打闹成一团的利刃队员，“走，咱们去前面的琪雅宫殿！”

“队长，刚才军哥跟你说什么了？”王军伟小心翼翼地蹭到战兵跟前，压低声音问道。

战兵没好气地白了王军伟一眼，看着他一脸求知欲望强烈地望着自己，这才说道：“大哥让我小心。”

王军伟一时没有反应过来，一脸迷茫地望着战兵，“小心什么？”王军伟也不是愚笨之人，他虽然在大局观以及战斗直觉上不能跟战兵相比，但是他也能理清战兵话里的意思。

“军哥的意思是咱们要大战一场吗？”王军伟的脸上止不住地神采飞扬，似乎连眼睫毛都在兴奋。

王军伟原本将旅游地点放在南桑坦，是想着最近南桑坦的政局不稳，如果他们运气足够好的话，肯定会赶上热闹可看。而如今看战军的架势竟然也是冲着这样的目的，这让王军伟的心里怎么能不心花怒放！

战兵微微点了点头，“那就得看咱们的运气好不好了，未来是不可预测的，所以我们只要做好力所能及的事情就好！”

王军伟的表情不由得一凛，身子下意识地挺直，一双晶亮的眸子像是在挖掘这世界上最新奇的玩具一般。

南桑坦的异域风情让利刃、狼牙队员的心情得到了最大限度的缓解。

战兵面无表情地跟一个南桑坦当地人说了一会儿话之后，那人笑呵呵地将手里的钥匙递给战兵，而后笑着走开了。

战军不由得皱了皱眉头，三步并两步地走到战兵跟前，望着已经走远的南桑坦人，压低声音道：“你的线人？”

战兵没好气地瞪了战军一眼，转身打开车门，用钥匙发动起大巴车，硬邦邦地扔下了一句话，“你是不是警匪片看多了？”

战军瞪大眼珠子望着战兵，“难道不是？”

战兵冲着一脸呆愣地望着自己的利刃和狼牙的队员挥了挥手，示意众人上车，缓过神儿的众人一窝蜂地朝大巴跑来。

“嘿，队长，你从哪里弄来的大巴啊？太酷了！”

“刚才那个人是谁啊？”王军伟最在意的是这个问题，在搜集情报方面他一向是行家里手，可是他却不知道战兵竟然在神不知鬼不觉的时候跟南桑坦的人搭上了线，这什么情况啊？

战兵知道众人都想偏了，这才回头冷冷扫了一眼众人，“这车是我买的！都安静点儿！”说完，也不管集体“石化”的众人，果断一踩油门疾驰而去。

抵达南桑坦的第一天，战兵就带着利刃和狼牙的队员将南桑坦可以称得上景点的地方都去了个遍。等到了晚上，战兵却没有直奔旅馆，而是开着车朝野外开去。

看着标示着现代文明的建筑越来越少，道路也开始变得坑坑洼洼，把所有人的胃都要颠出来。

“队长，咱们这是要去哪儿啊？”杨洋有些好奇地望着越来越荒凉的四周，忍不住问道。

“维和部队！”

……

大巴很快驶到了一处军营驻扎地，门口的警卫隔着老远就打出禁止通行的手语。战兵径直开到门口，在警卫的一脸戒备下从容地走下大巴，这才掏出证件递给警卫。

“少校！”警卫不由得面上一凛，连忙冲着战兵敬了个军礼。

战兵收回证件重新放回了口袋，见门口的大门已经缓缓打开，战兵上了大巴开了进去。

很快，维和部队的负责人王希江已经迎了出来。战兵的军阶比他高，王希江自然是要出来看看情况的。

“没什么，王团长，冒昧打扰了，就是想在这里驻扎几日，也让我的兄弟们见识一下维和部队！”

王希江笑呵呵地点了点头，不过就是在这里住几日，空闲的房间多的是，他自然不会拒绝战兵的要求。

很快，宿舍便安排了下来。众人游玩了一整天，所有人都困乏了，眼见着时间不早了，便开始洗漱准备睡觉。

没过一会儿，战军吊儿郎当地来串宿舍了，手里还拿着一把不知道从哪里整来的瓜子儿，嗑得正欢。

“嘿，怎么样？发现什么没有？”战军笑呵呵地倚在床铺旁边，笑得一脸的欠揍。

战兵皱着眉头环视了一眼宿舍，这才冷冷地瞥了一眼战军，“这还用得着发现吗？”

整个宿舍简陋到了极点，暖瓶是在华夏部队消失了五六年的铁暖瓶，连上下铺都已经脱落掉漆，看起来像是难民营。

南桑坦是世界最不发达的国家之一，道路、水电、医疗卫生、教育等基础设施及社会服务严重缺失，商品基本依靠进口，而且价格高昂，所以指望这样的一个穷困国家给他们提供住处，他们已经预想到了就是这幅情景。

“我刚才路过负责这次维和任务的军官的房间，就简单听了几句啊……”战军一脸兴奋地凑到战兵跟前，抬眼见战兵一脸嫌弃地翻着白眼，这才羞耻心尚未泯灭地掩盖了一下，象征性地解释一下，“那个什么……就是路过啊，这架不住我耳朵灵啊，其实也没听几句……”

……

警戒

利刃队员肚子里八卦的小火苗儿顿时被战军勾引了上来，纷纷两眼放光地望着战军，等着他的八卦消息。

战军一双晶亮的眸子扫了一眼众人，手舞足蹈地比画了起来，“现在的南桑坦内乱愈演愈烈，南桑坦政府军势如破竹，哗……接连打了好几场胜仗，了不得啊！”

战兵冷眼瞧着战军一脸夸张的表情，不由得抿了抿嘴，想必眼下的战局不会像战兵听来的那般顺利。

南桑坦爆发的这场内战是由政治权利分配不均而导致的族群冲突，而实际上，此时的南桑坦政府力量衰微，内战的发生是必然的！

盛家宝的反射弧慢了半拍，“打胜仗了吗？那岂不是好办多了？”

战军咧嘴笑得灿烂。

维和部队的主要任务就是阻止冲突扩大化，或者防止冲突再起，并帮助在战争中受害的平民百姓，为最终政治解决冲突创造条件。如果南桑坦政府军大获全胜的话，那势必会减少维和部队的伤亡。但是，如果战局比他们之前预料之中的还要恶劣的话，那么他们可就是处境堪忧了。

林国光一丝寒光乍现，“宝子，战队长说的是反话……”

盛家宝一脸茫然地眨了眨眼，显然还是没有转过弯儿来。

战军耸了耸肩，一脸的置身事外。

林国光面无表情地继续说道：“如果战局真的如此明朗的话，维和部队的士兵绝对不会连睡觉的时候都拿着枪！”

盛家宝这才反应过来，拍了拍脑袋，把战军乐得哈哈大笑，抬手胡乱摸了摸盛家宝短硬的毛寸头，“小伙子天真烂漫得很啊，我队里咋没有这样的啊？”

战兵不由得冷哼一声，“肯定有，不过兔子都被你调教成野狼了！”

战军浑不在意地哈哈大笑一声，拉着战兵往外面走，“出来一下啊，有点儿事儿和你商议商议。”

此时的维和部队已经进驻驻地，士兵们神色肃穆地来来往往。

“怎么了？”战兵眉头微皱。

“不太对劲儿啊！”战军的脸上依旧带着笑容，但是眼里满是戒备。“我觉得好像要有大事儿发生了，咱们如果继续待在这里，恐怕会蹚上这摊浑水啊！”战军眉头微皱，虽然现如今他不知道南桑坦的局势究竟到了怎么样的地步，但是常年徘徊在生死线上的人特有的直觉告诉他——此地不宜久留！

战兵一脸凝重地点了点头，“反正这摊水浑得很，我们看来是蹚定了，如果战火没有烧到我们的头上，就让他们打去！”

战军拍了拍战兵的肩膀，“跟我想的一样！”

战兵不由得微微一笑，这才说道：“待会儿和这次维和任务的指挥官也说一下，毕竟是第一天，士兵们免不了会懈怠，提高警惕总是好的。”

战军点了点头，“行了，这事儿交给你了！我睡觉了，这一天可累死了！”

战兵见战军转身回了宿舍，这才大跨步朝王希江的房间走去。

“少校同志，找我有什么事吗？”王希江是这次维和任务的总指挥，模样儒雅有礼，不像军人，倒像中学教员，让人不由得心生好感。

战兵一脸平和地望着王希江，“这几日南桑坦的政局不稳，恐怕会有大规模的战斗发生，王团长还是通知一下士兵，让他们提高警惕为好。”

王希江一脸讶异地望着战兵，问道：“有什么内部消息吗？”

战兵苦笑一声，如果他有内部消息，肯定就不会这么拐着弯儿说话了。

“不是，一切都是我的猜测，总之小心点儿总是好的！”

王希江笑呵呵地点了点头，“好，我会吩咐下去的。少校同志，你们也累了一天了，早点儿回去休息吧。”

战兵点了点头，转身走出房间。

就在战兵走出房间之后，王希江转身就将战兵的忠告抛诸脑后。他在南桑坦驻扎了这么长时间，对南桑坦的局势了解可比战兵要多得多，所以他哪里听得进去战兵的“猜测”。

只不过，王希江很快为自己不听战兵的劝告而付出了惨痛的代价。都说“听人劝，吃饱饭”，王希江这个教训恐怕这一辈子都不会忘记！

“队长，回来了！”王军伟笑呵呵地迎了上去，“国光去巡逻了，说要布置晚上的警戒工作。国光就是这样儿啊，太小心了，咱们这才刚来第一天，能出什么事儿啊！”

还没等王军伟说完，战兵便一脸平静地说道：“是啊，敌人也是这么想的，要打就打个措手不及。”

利刃队员顿时一愣，面面相觑，不知道战兵这句话究竟是什么意思。

就在这时，林国光提着狙击步枪走了进来，战兵笑呵呵地拍了拍林国光的肩膀，先是说了一句“辛苦了”，这才一脸正色道：“怎么样，附近都侦查过了吗？有什么异常吗？”

林国光摇了摇头，面无表情地说道："至少方圆一公里无异常。南桑坦政府军就驻扎在两公里之外的林子里，速度快的话，半个小时就能赶到。"

战兵沉吟片刻，抬头看向林国光，"国光，将晚上的巡逻计划安排下去。"见林国光一脸郑重地点了点头，这才转头看向利刃队员，"今晚加强戒备，都打起精神来，一级警戒！"

利刃队员一愣，一级警戒？！

"队长，不至于吧？这四周都是南桑坦政府军，更何况还有维和部队的士兵呢，咱们有必要这样吗？"王军伟将大家的疑惑问了出来。

"危险如果浮于表面的话，那就不叫危险了！废什么话，一级警戒！"战兵声音冷冽，众人不由得心中一凛，连忙执行命令。

败事有余

当利刃队员看到十几道黑影出现在驻地四周时，所有人都再一次在心中将自家队长膜拜了一番——太神了！

此时已是凌晨一点十五分，正是人一天当中睡眠最深的时刻，也是偷袭的绝佳时段。

几道黑影快速朝维和部队驻地靠近。黑夜将所有的事物尽数淹没，只能借助微弱的月光辨别路况，若不是他们对地形地貌熟悉得不能再熟悉了，难保会吃亏的。只不过，前来偷袭的人在利刃队员的夜视仪下却犹如在漆黑的夜里高举着火把，所有的一切都在掌握之中。

是南桑坦政府军！

战兵不由得微微皱了皱眉头。即使已然确定了眼前这些人的身份，但是战兵还是有些震惊。虽然他跟战军之前怀疑那个上校的动机，可是真正确定事实时却依旧感到惊讶。

"大鱼上钩了！"战兵打开无线通讯频道，压低声音道。

战军微微点了点头，随即向狼牙队员打了个手势，狼牙队员从隐蔽地点站起身来，随即向对面的山坡狂奔而去。

稀疏的月光打在地面，仿佛下了一层薄薄的霜，士兵们快速朝驻地靠近，手握兵器，一脸的肃杀。他们今晚的任务是屠杀，只不过他们做梦也没有想到，等待他们的将是一场无声的伏击战！

“把他们放进来，上刺刀！”战兵小声命令道。

利刃队员将枪械悄悄放下，随即摸出随身的匕首，一脸的杀气腾腾。

在战兵的特训下，利刃队员的近身格杀技术又再进一层，当所有的敌人都被放进了十米范围之内的时候，戴着夜视仪的利刃队员就犹如黑夜幽灵一般出现。敌人甚至来不及呼救，便已然被割断了喉咙。

“打扫战场！”战兵压低声音命令道。

“队长！”王军伟从一具尸体上拽下一个无线话筒，交到了战兵的手里。

话筒的另外一边反复确认情况，声音焦躁不安。

“喂，喂，听到了吗？听到请回答！妈的……”

战兵捏着话筒微微用力，话筒里有“刺啦刺啦”的噪音，随即便听到对面人的咒骂声。

“喂！喂！”战兵尽力模仿着南桑坦士兵的语气，显得急切烦躁。

“怎么了？刚才发生什么事情了！”话筒对面传来质问声。战兵听得出来，正是白天前来接待他们的上校——菲尔特！

战兵下意识地皱了皱眉，“哦，那个……信号不稳定！”战兵连忙解释道。

菲尔特不耐烦地问道：“情况怎么样？”

战兵微微松了口气，知道自己这算是勉强过关了。

“暗哨已经解决，一切顺利！”

菲尔特的脸上这才闪过一道喜色，连忙压低声音道：“很好，等我命令发起总攻，随时观察驻地情况！”

“是！”战兵一脸平静地回道，随即关掉了信号。

“怎么样了？”战军四下张望了一眼，见十多具尸体已然没有了温度，这才抬头看向战兵。

“是白天的那个上校！”战兵抿了抿嘴唇，一脸的阴沉。

战军不由得皱了皱眉头，显然没有料到会是这样的情况。

南桑坦政府军上校偷袭维和部队驻地，这背后的事情几乎让人不敢想象！

“怎么回事？”

战兵一脸的凝重，“具体的我也不清楚，这会儿他应该带着人杀过来了，咱们必须通知王团长。”

“我让冯海去通知了。”

“好，散开吧，放进来再打！”战兵随即拿着突击步枪率先隐在密林中。

战军咧嘴一笑，冲着身后的狼牙队员打了隐蔽的手势，随即消失在黑夜之中。

没过多长时间，战兵的耳边响起一阵嘈杂的脚步声。可能是对之前的尖刀队太过信任，菲尔特的人并没有过多地隐蔽行踪，而是一路畅通无阻地朝着驻地方向狂奔而来。竟然有三百人之多！

战兵微微眯了眯眼，如果今夜他们没有警戒巡逻的话，恐怕这三百人的偷袭能够将他们整个维和部队都消灭殆尽！

“打！”就在这时，一道火光乍现，子弹犹如瓢泼大雨一般朝着菲尔特身后的士兵倾泻而来。

菲尔特被身前的士兵挡住了子弹，侥幸逃过一命，但是肩膀却被子弹穿透，鲜血喷涌而出，很快便将作训服染红。

“隐蔽！隐蔽！”菲尔特将身子紧紧压在地上，咬牙忍着肩膀上的枪伤，翻起身前的尸体挡在自己面前，一脸的惶恐。

菲尔特不知道这突然冒出来的敌人究竟是什么人，他的尖兵明明已经将暗哨尽数解决，只不过短短五分钟的时间，情势便发生了惊天逆转，这怎么可能！

菲尔特一脸的惊疑未定，但是眼下却也由不得他胡思乱想，只能将所有的希望都寄托在他安插在驻地的卫军了。可是，就连尖兵都被尽数杀掉，他留下的协防卫军又怎么可能安然无恙？

就在这时，驻地方向猛然传来一阵爆炸声。即使众人距离驻地足足有七八百米的距离，可依旧能够感受得到震动。

“成功了？”菲尔特一脸的不可置信，听着驻地方向犹如炒豆子似的枪声响起，菲尔特这才确定他之前安排的协防士兵起作用了！

“怎么回事儿？驻地怎么打起来了？”战兵一脸的杀气凛冽，显然他不知道此刻驻地里的敌人究竟是从哪里冒出来的！

"奶奶的！什么人啊？"战军骂街的声音响起，响彻整个无线公共频道。

"怎么回事？"战兵问道。

"王希江同意南桑坦士兵一起协防，就在驻地！"战军在公共频道答道。

战兵的眉头不由得拧成了一团疙瘩，他没有想到王希江不仅没有将他之前的忠告放在心上，竟然同意了南桑坦的士兵一起协防！

"一群成事不足败事有余的饭桶！"此刻的战军恨得牙根痒痒，身在异国他乡作战，竟然被人阴了，这让战军气得想杀人！

战兵叹了口气，他分析出了王希江的想法——他们这次是来维和的，而不是制造矛盾，所以王希江尽可能友好地包容一切，而对南桑坦士兵的戒备正是他所不愿意看到的，所以他同意了菲尔特的士兵一起驻防营地。

可是……

战兵暗暗咬了咬牙，去他妈的友好氛围！

"哥，这里交给你们了，我们去驻地！"

"放心吧，这群龟孙子一个都跑不了！"战军咬牙切齿地回道。

"走！"战兵回头望了一眼利刃队员，随即提枪朝身后的驻地狂奔而去。

王希江在第一轮的爆炸中便受了重伤，整个大腿被爆炸的枪榴弹碎片打成了筛子，鲜血一个劲儿往外涌。由于失血过多，一张脸惨白得犹如一张白纸。

"团长，你受伤了，必须马上止血！"警卫员一脸担忧地望着王希江大腿上的伤口。

王希江的脸上不由得闪过一丝暴怒与懊恼，"都什么时候了！老子这条腿算什么！给我打！狠狠打！往死里打！"王希江瞪着一双猩红的眼咆哮道。

他万万没有想到白天还对他们友好和气的士兵，到了晚上就露出阴寒的獠牙，对准他们的动脉狠狠咬了下去，鲜血四溅……

王希江现在悔得连肠子都青了，战兵白天的忠告仿佛就在耳边，他却毫不在意地抛诸脑后。如果当初他肯听战兵的话，那么就不会发生现在这样的事了！王希江觉得嗓子眼儿一阵腥甜，嘴角泛出了丝丝血迹，竟是硬生生气吐了血！

密集的枪声依旧响着，敌人发了疯一般地朝王希江所在的方向倾泻着子弹。王希江以及身旁的警卫员被密集的子弹打得抬不起头来，只得将身子紧紧压低，躲避着铺天盖地的子弹。

就在这时，原本密集的子弹渐渐稀疏下来。由于失血过多，此时的王希江已经开始发晕，耳朵里嗡嗡作响，仿佛要炸了一般。

“团长，来救兵了！来救兵了！”一旁的警卫员一脸狂喜地望着犹如天神降临的利刃队员，随即看向王希江，而当他看到王希江摇摇欲坠的身子时，脸色不由得一变，连忙出声疾呼，“团长！团长……”

王希江此刻只觉得身子越来越轻，仿佛一根羽毛一般就要飘到了空中。恍惚间他看到自己的警卫员一脸慌乱地叫喊，但是两耳嗡嗡作响，什么都听不清。

战兵带着利刃队员解决了驻地里的所有敌人时，这才沉声命令打扫战场，自己却四处寻找王希江的身影。

“战队长，这里！团长在这里！”就在这时，一个声音高声喊道，战兵脚下步子未停，快速朝那人奔去。

输血

王希江此时已然昏死过去，由于失血过多，一张脸惨白得毫无血色。

战兵眉头一皱，作势一把将王希江腿上的裤子撕开，当看到王希江大腿的伤口时，原本的眉头更是皱成了一团疙瘩。

密集的枪榴弹碎片打中了王希江的大动脉，鲜血喷涌而出，几乎要将他身上的鲜血流光，如果不及时救治输血的话，王希江的这条命就算是没了！

“他是什么血型！”战兵抬头看向一旁早已吓傻的警卫兵，一脸冷峻地问道。

“A……A 型！”警卫员哆哆嗦嗦地连忙说道。

战兵点了点头，幸亏是 A 型血，跟他的血型一致。

“愣着干什么，把他抬到屋里去，找个干净的地方，给他紧急输血！”

“哦……是！”士兵一听王希江还有救，连忙七手八脚地将王希江抬进房间。

“国光，你带着兄弟们去支援我大哥，这里留下三个人就行！把宝子、卫钏叫进来！”战兵有条不紊地下达命令。

“是！”林国光一脸冷冽地应道，紧接着快速将战兵的命令传达了下去。

没过一会儿，盛家宝、卫钏两人便风风火火地闯了进来，当看到躺在桌子上犹如一个死人一般的王希江时皆是一愣，待看到战兵正在快速准备输血工具，这才连忙上前帮忙。

利刃特战大队的所有队员不是A型血就是O型血，这样能够保证利刃队员在深入敌后时，如果伤员失血过多，他们能够直接输血。

卫钏的身份不仅是突击手，他还有另外一个身份——队医。虽然只是战场紧急处理，但是对于输血这样的大工程，还得需要卫钏这个队医亲自上场。

卫钏快速给王希江止血，而后开始输入血液。由于王希江失血过多，如果只抽一个人的血就相当于拿命换命，鲜血供应肯定不够，所以战兵这才将盛家宝也叫了来，“给我抽五百毫升！”

卫钏果断拒绝，一脸的坚定，“不行，最多只能抽两百，现在还在战斗，你得负责指挥！”

还没等战兵反驳，一旁的盛家宝率先开口，“还有我呢，给我抽四百！”

“还有我，我也是A型血……”

……

输血的过程有些漫长，卫钏抽取了战兵两百毫升血之后便无论如何都不搭理战兵了，战兵无可奈何地走出房间，提枪跟战军等人会合。

只输了两百毫升的血，这对于强壮的战兵来说丝毫不影响任何军事动作。

“怎么样？”战兵一头扎在战军身旁，压低身子躲避着铺天盖地的子弹，压低声音看向战军。

“人太多了，收拾起来得费些工夫，你那里呢？”即使是在枪林弹雨中，战军依旧是一副嚣张到死的模样，笑得见牙不见眼。

战兵冷哼一声，显然对战军的说法嗤之以鼻。狼牙大队这么长时间都没收拾完，可见对方有两把刷子。

“王希江受伤了，失血过多，给他输血呢！”

战军的眸子一闪而过的可惜，“伤得严重吗？”

战兵抿了抿嘴唇，“严重，输完血后必须立刻送医院！”

战军暗暗咬了咬牙，“这就麻烦了！”

眼下的情况究竟是怎样的，现在谁也说不清楚，南桑坦政府军突然对他们出手已经是大大出乎所有人的意料，在没有弄清楚事情的来龙去脉时，谁也无法保证他们能够从南桑坦活着走出去。

“不多说了，速战速决，这么拖下去伤亡会更加惨重！”战兵瞥了战军一眼，这才提枪冲出了隐蔽地点。子弹犹如炒豆子似的在战兵四周炸响，就在这时，战军猛然站起身来，趁着敌人全力攻击战兵时的火力转移猛烈射击敌人所在方位，敌人顿时被子弹扫倒了一片，仿佛是被拦腰打断的麦秆。

“反击！速战速决！”战兵的身子重重砸在一处土坑之中，虽然规避动作难看了一些，但是也算是捡回了一条命。

狼牙、利刃队员顿时展开猛烈攻击，机枪手架起机枪喷射出一道道火舌，顿时将敌人打得不敢冒头，随之进攻的突击队员更是层层推进，把敌人逼得步步后退。

就在这时，输完血的盛家宝也加入了战斗，待看清楚盛家宝手里的火箭弹时，战兵不由得喜上眉梢，冲着盛家宝大喊道：“宝子，给我轰了他们！”

“收到！”盛家宝咧嘴一笑，森森白牙闪动着一丝寒光。一道冲天火光闪过，一声巨大的爆炸声顿时在敌人的阵地炸响，把敌人炸得哭爹喊娘。

“上校，不行了，顶不住了，咱们赶紧撤吧，否则就跑不出去了！”

费尔特咬了咬牙，甩了甩头上的树叶草屑，厉声喝道：“撤退！”

就在盛家宝犹豫着要不要再打一炮的时候，战兵突然大喝一声，“宝子，愣着干什么，打！给我狠狠打！”

盛家宝仿佛吃了定心丸一般，咧嘴一笑，接连打了三发火箭弹，顿时将撤退的敌人炸得人仰马翻。

盛家宝的超强火力将敌人打得溃不成军。等费尔特逃到安全地带时，看到身后寥寥无几的士兵，险些崩溃！原本五百多人的队伍，跑出来的竟然连十人都不到！这是何等的战斗力！

“队长！”盛家宝咧嘴看向战兵，一脸的眉飞色舞，“怎么样？干得漂亮不？”

战兵点了点头，“从哪里整来的？我记得国光没准备这些东西。”说着一脸疑惑地望向一旁的林国光，见林国光一脸冷然地摇了摇头，这才将目光再次投到了盛家宝身上。

由于这次是出来旅游的，所以他们现在的武器都是从维和部队的手里接手过来的，所有人的武器都是轻武器，不仅仅是利刃，就连狼牙在内，也基本上全部都是轻武器。毕竟，即使是维和部队也只是在自卫时才被准许使用重武器，所以携带重武器的报备根本就不可能通过，所以自然也没法携带入境。

激发矛盾

盛家宝扫了扫后脑勺，有些不好意思地说道："我从维和部队的兄弟那里借来的……"

"借？"战兵下意识地重复了一句，眉头微皱。

盛家宝挠了挠头，"那个……我听警卫员说军火库有这东西，所以我就……"

"你就借出来了，是吧？"战兵有些头疼地按了按眉心。不过这场战争原本就是南桑坦的士兵挑起来的，所以不管他们反击得如何激烈都是合理的！

"行了，用完了就给人家还回去，好借好还再借不难。"战兵拍了拍盛家宝的肩膀。

盛家宝不由得一愣，待反应过来战兵的话外之音时，顿时挺身立正，"是！"

利刃、狼牙队员留下来打扫战场，而战兵、战军两人则返回驻地探望王希江的伤势。

"怎么样了？"战兵皱着眉头看向卫钏。

卫钏轻轻吐了一口气，这才擦了擦额头的汗水，"脱离危险了，只不过还是要送到医院，这里的卫生条件太差，一旦发生感染，以他现在的身体状况恐怕撑不过去！"

战兵点了点头，随即看向一旁的警卫员，"联系过华夏军方没有？"

警卫员被战兵冷冽肃杀的眼神惊得不由得一哆嗦，连忙结结巴巴地说道，"没……没有！"

战兵眉头微皱，回头望向战军。

"别看我，看我也没用，眼下远水救不了近火，能够帮上忙的就只有南桑坦的医院。”战军耸了耸肩，表示无能为力。

警卫员们顿时一脸讶异地望着战军。他们刚刚受到南桑坦政府军的攻击，怎么可能再去自投罗网？！

战兵不由得眉头微皱，“你是说去找南桑坦政府军？”

“怎么？你还有比这个更靠谱的主意吗？难不成去找反政府军？”战军咧嘴一笑，脸上满是真诚。

找反政府军？

战兵冷冷地扯了扯嘴角。前几日反政府军与政府军的激战已经导致数千人死亡。而在南桑坦反政府军控制的一座城市发现了两处群尸坑，两坑内有三十四具百姓尸体。就是这样的反政府军，能帮他们就见鬼了！

想到这里战兵顿了顿，抬头看向警卫员，“立刻联系政府军，我们需要援助！”

警卫员一脸震惊地望着战兵，觉得战兵的脑子是不是出了问题，他们刚刚跟南桑坦政府军打了一场硬仗，连硝烟都没有消散，竟然向他们求助！

震惊归震惊，战兵的命令还是被执行了。电话打完半个小时后，一队南桑坦政府军小跑着朝驻地靠近，维和士兵们纷纷一脸警惕地举枪瞄准，一时间双方剑拔弩张，火药味儿十足。

“队长，外面来了一小队南桑坦士兵，维和部队的兄弟们正跟他们僵持着呢。”王军伟气喘吁吁地跑进来，上气不接下气地说道。

战兵、战军两人快速交换了个眼神，一前一后走出了房间。

“都放下枪！”战军冲着维和部队的士兵压了压手，士兵们一脸不情愿地将枪口压低，但是一双满是仇恨的眸子却死死盯着眼前的这一队南桑坦士兵。

“你们来做什么？”战兵冷冷望向眼前的这位同样是上校军衔的军官，嘴角不由得扯出一丝冷笑。这南桑坦的军衔还真是便宜得满大街都是，一天之内就来了两位上校。

由于南桑坦正值战乱，武官的职位升迁非常快，一年之内连跳三级都有可能。当然，升迁都是与战功挂钩的。

“你们这里究竟发生了什么事情？”面前的上校一脸震惊地环视一圈，光从炮火痕迹就能看出这里曾经经历过一场激烈的战争。

战军不由得轻笑一声，“这还要问贵军的菲尔特上校。”

“菲尔特上校？”来人一脸的疑惑，显然搞不懂战兵嘴里的菲尔特上校是如何跟眼前的一片狼藉挂上钩的。

战兵眸光一闪，“这件事你们还是回去亲自问菲尔特上校吧，现在先派人把我们团长送到医院吧！”

“好，不管如何，我会尽快给贵军一个交代，希望在我们没有调查明白之前，你们耐心等待！”毕竟是从军队里摸爬滚打到上校的地位的，眼前的这人也深知这件事情非同小可。虽然华夏维和部队对他们起不到什么实质性的帮助，但是他们的后盾——华夏，却是南桑坦的最大贸易伙伴，对于南桑坦脆弱的经济来说，可谓是举足轻重。

战兵微微眯了眯眼，下意识地回头瞥了一眼战军，看来还真如他大哥所猜测的那般。不管如何，菲尔特是否代表南桑坦政府，这件事情还有待考察！

很快，南桑坦士兵将王希江抬上了车，并承诺会用最好的药医治王希江。

“你觉得这是怎么回事儿？”战军眯眼看向战兵，一脸随意地问道。

“南桑坦内战的导火索是总统开除了包括副总统在内的多名政府高官和南桑坦人民解放运动组织的多名高级领导人，导致副总统召集忠于自己的部队同政府军开战。昨天的那个菲尔特上校肯定是副总统那边的人！”战兵继续分析着，“由于华夏是南桑坦政府的有力支持者，反政府军肯定想挑拨华夏和南桑坦政府的关系，这无疑是‘不战而屈人之兵’的高招。剿灭两百多名华夏维和士兵就能挑动华夏对南桑坦政府的关系，如果换成是我，我也这么干！”

战军脸上的笑意未减，心中对战兵的分析大加赞许。不得不说，战兵的军事政治嗅觉惊人的灵敏，倒是不枉自己对他‘天生战斗家’的评价。战军想了想，道：“反正不管怎么说，现在这趟水已经这么浑了，干脆咱们彻底搅浑吧！”

战兵冷冷瞥了战军一眼，微微点了点头，“好啊。”

由于王希江受伤退出维和部队，而维和任务却依旧还要继续。眼下局势混乱，副团长一时半会儿也不可能立刻接手王希江的工作，所以战兵和战军便勉为其难地暂时顶替此次维和行动的总负责人。

“队长，外面有几个南桑坦军官要求见你！”王珂道。

战军将目光投到面前的地图上，一脸平静地说道："让他们进来！"

一会儿，在王珂的带领下，三名南桑坦军官一前一后走进了房间，战军抬头看去，走在最前面的赫然就是前几日的那个上校乌利。

"您好，我是代表我军对贵军来解释前不久发生的战斗的，还带来了总统的歉意……"官场话张嘴就来，可是任他说得天花乱坠，战军依旧一脸笑眯眯地望着他，没有任何情绪波动。战军以这副表情贯穿谈话始终，这让乌利不由得生出一股挫败感。

乌利不由得有些窘迫地摸了摸鼻子，这才硬着头皮继续说道："现在我军已经调查清楚，菲尔特已经叛逃，我军正在全力追捕中，如果擒获此人，一定交由贵军处置！"

战兵在一旁冷眼旁观，南桑坦政府的诚意着实让他感到不悦。前几日的战斗让维和部队死伤接近五十人，哪里是处置菲尔特上校能够抵消的！

乌利不由得眨了眨眼，一脸耐心地等待着战军的回答。

整个房间的气压仿若骤然降低了十几度，乌利和他身后的军官都有些紧张地吞了口唾沫，忐忑不安地抬头看向战军。

战军笑意微敛，仿佛慢动作一般，原本笑呵呵的脸上逐渐变得冰冷，让乌利等人的心仿佛掉进了冰窟窿一般。

"我没听出来贵军的一丝诚意。"战军幽幽地说道，一双锋利如刀的眸子闪动着丝丝寒光，不怒自威，"菲尔特我们会亲手处置，用不着沾贵军的手了。"

说着，还没等乌利等人开口，战军便埋头继续研究起桌子上的地图。乌利等人急得冒出了冷汗。

"那个，这里面应该有什么误会……我军一直跟贵军关系融洽，绝对不是反政府军们能够离间得了的……"乌利还在极力挽回颓势，毕竟他是负责这次安抚任务的负责人。如果真的触怒华夏维和部队，那他所要面对的境地会无比困难。

"王珂，送客！"战军的一声高喝犹如一声炸雷，将原本紧张的气氛顿时推到了风口浪尖！

闹崩

王珂一直都在门外候着，一听到战军的喊话，连忙冲了进来，眉宇之间尽是凶狠暴戾。

“不……您可能……可能误会我的意思了！”乌利抬手制止王珂靠近，一脸慌乱不安地回头看向战军，想要解释，但是王珂哪里会给他这个机会，一米八的身高膀大腰圆，活脱脱的狗熊成了精，乌利等人在王珂的对比下简直犹如小鸡仔般娇小无力。

“战中校，您听我说啊！”乌利在王珂的推搡下显得很狼狈，但是王珂可管不了这么多，他会遵照战军之前的命令毫不迟疑地履行。

“王珂，等一下，让他们好好解释一下！”战军慢悠悠地开口道，终于在王珂即将把乌利等人扔出房间的前一刻下令。

王珂立刻松开了钳制，面无表情地站在一旁等候。

乌利一脸惧怕地退后几步，尽量离王珂远一些，直到确定了距离安全才理了理歪七扭八的军装，看向战军，“贵军伤亡的士兵我们会妥善安排，菲尔特那个叛徒就是想挑起我们的争斗，反政府军好坐收渔利，希望贵军不要上当，否则就真中了菲尔特的诡计了！”

战军冷哼一声，“上校真是抬举了，我们这次就是来维和的，不持任何立场，以绝对的中立维护南桑坦的和平，保护我们华夏的企业、人民的人身财产安全。”战军话音一顿，“至于贵军与反政府军之间的争斗，我们会站在绝对公平的立场来维护这里的和平！”

乌利顿时哑了，张了张嘴却不知道该如何接下去。战军说得天衣无缝，根本由不得他反驳，况且维和部队的任务本来就如战军所言。原本他们打算借用华夏维和部队的力量来对付反政府军，可如此一来，他们不再动这个念头了。

乌利一时间不知道该怎样反驳，只能站在原地发愣，气氛顿时僵到了极点。

“如果没什么事情的话，那我就不留你们了，这几天忙着维和，实在抽不出时间陪你们！”战军笑呵呵地看向乌利等人，没等他们开口，随即望了一眼王珂，“送客！”

乌利所有的话都堵在了嗓子眼儿，一脸的铁青，最终恨恨瞪了战军一眼，转身走出了房间。

直到乌利离开，战兵这才一脸似笑非笑地看向战军，“你这招儿太狠了！”

战军咧嘴一笑，“不狠不行啊，在我看来，这些个政府军、反政府军没一个好鸟，不管跟他们哪一方交好，都不会有任何益处，索性就彻底闹崩，这样一来，咱们在南桑坦的行动就不会束手束脚了！”

战兵嘴角微扬，不得不说，战军的做法的确是当下最妥善的，也是最有效的。

“行了，今天下午开始干活儿吧，我看反政府军最近的动向可是要大战一场啊！”战兵点了点面前的地图。

战军点了点头，他绝对相信战兵对战争的判断，所以他相信很快就该轮到他们上场了！

两天后反政府军在凌晨一点钟对政府军展开猛烈攻势，内战再次爆发。

此时，反政府军与政府军打得不可开交，战兵等人同样忙得脚不沾地。就在内战爆发之时，一伙杂牌反政府军围堵了华夏投资的一处石油工厂，情势已经到了不可控制的地步。

“无论如何，不能让他们迈进生产车间半步！”战军一脸的杀气，仿佛来自地狱的死神。

“是！”所有士兵声音锋利肃杀。

石油工厂的车间储油罐储蓄着大量原油，只要一颗子弹就足以让整个车间瞬间夷为平地！

石油工厂是绝对密封的空间，因为涉及安全问题，因此大门几乎可以抵御炮火的袭击。早在第一轮的冲突中，坚守在工厂里的工人躲进了车间，然后紧闭大门。反政府军朝大门猛烈射击，但是大门牢不可破，所以所有反政府军索性放弃内部厂区，选择抢夺他们能拿走的财产。

反政府军没有料到维和部队会来得如此迅速。他们原本打算用一个晚上的时间来毁灭这座工厂，搬走所有能带走的财物，然后将所有人、所有目所能及的建筑尽数毁灭！

子弹铺天盖地地打过来，反政府军的士兵们还没有反应过来，就有上百名士兵倒在了血泊之中。一双双浑浊的眼睛里满布了贪婪与疯狂，甚至连死亡的那一刻大脑里想到的都是掠夺与屠杀！

“把他们赶出去！”战军声色俱厉道。

此时，战兵一把突击步枪拿在手里，几乎没有间断地开枪射击，几百米范围内的士兵被他尽数屠戮，鲜血几乎将脚下的水泥地面染红，让人胆战心惊，不敢直视。

战兵镇守一方，几乎将四周的反政府军士兵屠戮干净。越来越多的反政府军士兵慌乱地朝工厂的大门狂奔，甚至忘了反抗，只是一味地奔跑，想赶快跑出这人间地狱！

“杨洋，刘忠杰，把厂区后面的渣土车堆到门口，如果谁敢距离大门十米范围之内——杀无赦！”战兵的眸光闪动着寒光，凛冽的杀气铺天盖地，让人不由得心惊胆战。

“是！”

02　生死一战

飞檐走壁

反政府军被维和部队的猛烈射击震慑得不敢妄动。这简直不是人类该有的战斗力，这些华夏军人像是从地狱来的死神，手执死亡镰刀毫不留情地收割生命！

“把工厂的角角落落都搜查仔细，一个不留！”战军命令道。所有人顿时四散开来，将整个工厂外围翻了个底朝天。

“怎么样？能进去吗？”战兵走到铁门门前，望着将各种各样的器械不断从背包里拿出来的王军伟沉声问道。

“这道铁门是防弹材质造的，大炮轰都轰不开。不过我刚才用红外探测仪查看了一番，里面有活动的热源，密密麻麻的，至少上百人！”王军伟皱了皱秀气的眉头，显然也对这大门无能为力。

战兵抬头望了一眼车间的四周，这才发现几个红色的小灯在幽幽的黑影中不停闪烁着。

“他们已经知道我们到了！”战兵道。

“啊？”王军伟一脸疑惑地抬头看向战兵，这才后知后觉地顺着战兵的目光看到了工厂外面的摄像头。

王军伟冲着摄像头翻了个白眼，这才开始将倒腾出来的仪器小心翼翼地装回背包。这些东西都金贵得很，大队长高志勇每每都会嘱咐他几句，所以整得王军伟对仪器非常小心。

“怎么样了？”这时搜索完厂区的战军走了过来，皱着眉头看向战兵。

战兵扬了扬下巴，“这里有摄像头，他们早就发现我们到了！”

战军的眉头皱得更深了，“那怎么不开门啊？”

战兵轻笑一声，缓缓向后退去，边退边说：“因为他们害怕，害怕我们只是在演戏！人在绝望中不会轻易相信生机会来得这么快。”

战军一脸疑惑地看着越退越远的战兵，“你干什么呢？退那么远干什么？”

战兵身子微弓，做出一个助跑的架势，“在这里说他们不相信的话，那我就站在他们面前说！”

话音刚落，战兵猛然起跑，还没等战军反应过来，只见一道劲风呼啸而过，战兵已然借助奔跑的冲劲儿，脚踩着围墙，跃起两米多高，随即身子回转踩住一旁的电线杆，身子已然攀住了四米多高的屋檐，然后倒挂上了房顶。眨眼工夫，战兵消失在众人面前。

“好小子，几日不见身手这么灵活啊！”战军咧嘴一笑，笑得甚是招摇。

王军伟笑得开心，一脸的得意，仿佛战军夸的是他自己一样。

战兵翻身上了屋顶，脚下没有一丝声响，犹如鬼魅一般。

虽然没有看过工厂的设计图，战兵却十分肯定屋顶肯定有通风口。借助皎洁的月光，战兵很快便找到一处通风口。风扇呜呜地转个不停，由于长时间没有清理，整个风扇叶上满是黑色的污垢，发出一阵油污味儿。

战兵掏出随身匕首，看准风扇的空隙插了下去，原本急速运转的扇叶顿时停止转动，发出一阵噪音，然后风扇就停了下来。

战兵快速将风扇拆下来，巨大的通风口足以容纳战兵的身体。战兵攀住屋檐，整个身体便进入了工厂中。

整个工厂都是钢铁结构，可能是为了节省电量，整个车间只开了寥寥几盏灯。借助昏暗的灯光照射，战兵清楚地看到了底下攒动的人头，每个人都麻木无措，气氛压抑得让人喘不上气来。

战兵悄无声息地依靠钢筋结构荡到了地面，这才悄悄朝人群靠近。

“杨主任，是不是援军到了？外面的枪声停了。”

“要不咱们开门看看？”

“不行，万一是反政府军的诡计呢，咱们这上百人的性命就全没了！”

“就是，门不能开！”

“怎么不能开？你们没看到‘华夏维和’四个字吗？这是我们华夏的军人！”

“万一不是呢？”

“怎么可能不是？”

……

杨明眉头紧锁，微微抬了抬手，示意所有人安静，“不管如何，还是要先弄清楚，这关乎我们这几百号人的生命，所以必须慎重决定！”

员工们纷纷点头，这才抬头看向监控屏幕，望着维和部队的士兵不断在厂区穿梭。

“我们是华夏军人，前来南桑坦维和的华夏军队，你们安全了！”就在这时，战兵突然高喊了一句，所有人的目光齐刷刷地回头看向战兵，眼睛里全是深深的戒备与警惕。

杨明推开人群走到战兵面前，目光落到了战兵身上的军装。由于这次是执行维和任务，因此所有人的服装都换成了维和部队的服装。此刻的战兵无比庆幸，因为上面的“华夏维和”四个大字为他省去了不少口舌。

杨明有些戒备地望着这个仿佛从天而降的华夏士兵，“你们……”

战兵一脸庄严地挺身站好，冲着杨明敬了个军礼，将杨明和众人所有的戒备尽数打消。

“好！好！我就知道你们会来！我们都知道国家不会抛弃我们！”杨明握着战兵的手，一脸的激动，身后的工人有的已然开始激动得喜极而泣。

“杨主任，现在不是激动的时候，我们必须尽快制订计划，这处工厂不容许有任何差错，否则造成的损失不可估计！”战兵一脸正色道。

杨明这才稳了稳心神，冲着身后的一个高大男子低声说道：“开门，让维和部队的士兵们进来！”

“是！主任！”

战兵环视一周，沉声问道：“这里一共有几个出口？”

杨明连忙说道：“一个，就只有一个！”

战兵抿了抿嘴唇，一脸的阴沉。

硬闯

大门缓缓升起，升到半人高就停了下来。没过一会儿，战军、王军伟两人便弯腰走了进来。

“怎么样？什么情况？”战军扫一眼众人，看向战兵。

战兵一脸的沉默，人数比他们之前预料得都要多，足足有五百多人，而且其中还包括老弱妇孺，这无疑使转移工作增加了难度。

战军的目光不由得落到了一旁的杨明身上。战兵连忙介绍道，“这是石油工厂的杨主任，这是我们的指挥长，战军！”

“杨主任！”战军连忙笑呵呵地同杨明握了握手，也不多说客套话，直接切入正题，“工厂所有的员工都在这里吗？一共有多少人？”

杨明道：“所有人都在这里了，其实已经回国了一部分，剩下的工人和工人家属一共五百八十三人！”

战军微微皱了皱眉头，没想到竟然有这么多人！

杨明本来还想说话，可见战兵、战军两人皆是一脸阴沉，也就没再继续说。

“说吧，你怎么想的？”战军看向战兵。眼下的局面不管怎么运筹都是一盘死棋。战兵的脑子一向灵活，希望他能想出一个两全其美的方法。

战兵脸上漾起一丝苦笑，“即使是上千人的军队都不可能安全掩护这么多人出南桑坦，更何况咱们只有一百多人。”

战军皱了皱眉头，脸上闪过一丝绝望——果然没有办法了吗？

杨明急得额头冒汗，搓了搓手心的冷汗，一脸的无助。

“不过……”战兵话音一转，“想要在这偌大的战场护住这上百人，我们没有十足的胜算，但是守住这座工厂，倒是尚可一战！”

战军不由得咧嘴一笑，抬手捶了捶战兵的肩膀，“你这臭小子啊，还卖关子！吓老子一跳！”

战兵呵呵轻笑一声，这才继续说道：“不过，有一点让我不放心！”

“什么？”战军看向战兵。

“咱们这是准备死守，但是除了狼牙和利刃的二十多名队员，其他的一百多名士兵可是连战场都没有上过的新兵蛋子。这里是战场，分分秒秒都会死人的战场，枪林弹雨，血肉横飞。”战兵眸光一闪，一丝冷冽的杀气快速闪过。

战军眉头紧锁，的确是如此。方才的攻坚战战军也只是让利刃和狼牙顶在了最前面，其他的士兵只是跟在他们身后，可即使如此，依旧有伤亡，这样的战斗力，打起来实在是没底。

“行了，会有办法的，现在的当务之急是布置防御，在敌人没有组织起有效攻击之前布防好！”战兵沉声说道。

“好！”战军赞同道。

所有人都紧张地忙碌了起来，而此时大门之外的敌人也开始蠢蠢欲动。虽然还是没有人敢越过十米的警戒线，但是已经有人开始拿着枪疯狂地对着将大门堵住的两辆渣土车射击了。

林国光抿了抿嘴唇，一双冷冽的眸子里满是肃然的杀气，面无表情，一脸的冰冷。

就在这时，反政府军的阵营里一阵骚乱，但很快又平静下来。林国光微微皱了皱眉头，十字准星里出现了一张再熟悉不过的脸。

“队长，菲尔特出现！”

战兵的心脏不由得猛然一跳，随即一脸冷然道：“密切关注菲尔特的动态，一旦他越过警戒线，就地枪毙！”

“是！”林国光沉声回道，一双冰冷的眸子不带一丝的感情。

“怎么？菲尔特来了？”战军一脸的惊愕。菲尔特竟然能在这个地方出现，难道这一切都是他在从中捣鬼？

战兵点了点头，随即“咔”的一声子弹上膛。

整个石油厂区实在是太大了，而利刃、狼牙的人数有限，他们不可能拉开那么大的间距。维和士兵协助还行，如果让他们坚守某个位置，怕他们伤亡过大，便只能让他们协防。如果一周后他们还都活着，那时战兵会选择让他们独当一面，而现在还不是时候。

“估计这场暴乱就是菲尔特搞的鬼，反正不管怎么样，第一次的攻击无论如何都得挡回去！”战兵握紧了手里的突击步枪，一脸的杀气。

“战！”战军扬了扬拳头，随即大吼一声，振奋人心。

菲尔特脸色铁青地看着一群人，恨不得拿出枪挨个枪毙。这群没用的废物，光忙着抢钱抢财，竟然将主要任务抛诸脑后。如果赶在维和部队来之前动手，这工厂早就被攻陷了！

“一群废物！”菲尔特一脸咬牙切齿地骂道，随即转身看向身后的警卫员，“传令下去，待会儿进行攻击，务必攻破这道防线，把那些该死的维和部队士兵尽数杀光！”

“是！”

所有的士兵皆是大气儿不敢喘地低头看着地面，他们只不过是临时拉来充数的壮丁，谁都能拿来当炮灰。

菲尔特恨恨地瞪了众人一眼，心里知道指望他们冲破防线简直就是痴人说梦，能信得过的还是自己的亲信士兵。只不过……菲尔特冷哼一声，虽然都是废物，但是拿来当炮灰却是刚刚好！

整个工厂一片寂静，若不是不久前刚刚发生过一场激烈的交战，恐怕没有人会相信整个工厂被埋伏了重兵。

“队长，他们要硬闯！”钟华率先发现敌人的动静。见十几个人围着一辆渣土车不停地泼着液体，几乎当即猜到了他们的用意。

此刻的工厂大门只是用两辆渣土车堵上了，如果渣土车爆炸，那么……

战军一脸的焦急。反正他们是想烧毁渣土车，不然由我们先动手！

防线垮塌

就在这时，一颗子弹爆速射出，在漆黑的夜色里划出一道火光，带着凛厉的杀气射向渣土车上。只听“呼”的一声闷响，整个渣土车顿时燃起了熊熊大火，围在渣土车四周的士兵瞬间便被淹没在火海之中。

“啊……啊……救命……救命啊……”被大火团团包裹住身子的士兵撕心裂肺地喊着，但是没有人敢上前。火焰足有三米多高，撕心裂肺的喊声越来越低，却越发让人胆战心惊。

渣土车依旧在冒着熊熊大火，几米高的火焰让士兵们纷纷后退，灼热的空气烘烤着在周围的人的肌肤。

“废物！一群废物！”菲尔特气得火冒三丈。为今之计，只能硬生生地撞开大门了！

“都愣着干啥？给我再去找一辆车！”菲尔特命令道。

“是！”身旁的士兵连忙朝外跑去，仿佛身后有恶鬼在追他一般。

战军不由得咧嘴一笑，冲着战兵所在的方向竖了竖大拇指，灿烂的笑意驱散了众人心底的恐慌。接下来等待他们的势必是一场硬仗，而他们能够做的就是倾力一战！

没过一会儿，静谧的夜空中传来一阵渣土车的轰鸣声，一台全新的渣土车对准目标疯狂地撞过来。

菲尔特眼中闪过一丝狂喜，几近狰狞的脸上全是狠戾的暴虐，他躲在掩体之后，命令士兵强攻！

此时，林国光已然换上了重狙，开始瞄准。

渣土车的轰鸣声越来越近，终于在漆黑的夜色中出现。驾驶员一脸癫狂兴奋地大喊着朝工厂大门疯狂撞去。

就在这时，只听“砰”的一声巨响，原本大叫着的士兵猛然被一枪击中头部，场面让人触目惊心！血腥味儿仿佛充斥着每一个人的鼻腔，浓烈得让人作呕。

骤然失去控制的渣土车开始偏离了原本的方向，但是却以最快的速度狂奔，反政府军的士兵被吓得四处逃散，一时间整个阵营大乱。

而这时，渣土车已然撞向了反政府军的阵营，一些来不及闪避的士兵顿时被狂速行驶的渣土车碾到车轮之下，一阵撕心裂肺的吼叫之后，所有的声音都消失在了车轮下。

“闪开！”战兵猛然冲着渣土车行驶方向的士兵大喝一声，骤然反应过来的士兵这才慌乱地四散躲开。

只听“轰”的一声巨响，渣土车重重撞在厚厚的墙壁上，发出一声巨响，整个墙壁被撞塌了一半。一时间尘土飞扬，原本极速狂奔的渣土车冒着白烟，这才停了下来。

此时，被渣土车碾压过的地面惨不忍睹。几个士兵被卷进了车轮，身子被几十吨的渣土车压过，鲜血喷溅了一地。场面血腥得让人不敢直视，有几个士兵开始忍不住干呕起来，整个空气中弥漫着浓重的血腥味，让人的神经不由得紧绷。

菲尔特没有料到会是如此场景，而渣土车歪打正着地将工厂围墙撞塌更是出乎所有人的意料。

“都愣着干什么，冲！冲进去！杀光他们！”菲尔特咬牙切齿地大声喝道。紧接着，如梦方醒的士兵们这才端着枪疯狂地倾泻着子弹，朝被渣土车撞塌的缺口狂奔而去。

战军神情凛冽，“留下几人负责看守外围，其他人都到前面来！”

越来越多的反政府军士兵涌向围墙，疯狂地倾泻着子弹。

战兵一双眸子里满是暴戾肃杀，看着越来越多的士兵朝塌陷的缺口涌入工厂，端枪扫射。密集的子弹穿透了士兵的身子，溅起的鲜血几乎将混凝土地面染红。尸体堆积如山，但是却依旧有人不怕死地踩着同伴的尸体往前爬，手里的枪械没有章法地疯狂射击。此刻的士兵们已然忘记了恐惧，忘记了死亡，他们此刻只是一具具纯粹的杀人机器，麻木而疯狂！

只不过一分钟的时间，但是在所有维和士兵的眼里却仿佛过了一个世纪之久。从未参加过实战的他们，将会在这场战争中接受最高的洗礼！

“加大火力，别让他们冲进来！”混战中，战军的声音依旧浑厚沉重，所有的机枪手加大火力，枪口喷出的火舌仿佛巨龙一般将面前的敌人尽数席卷。

就在这时，两辆渣土车呼啸而来，林国光甚至能从瞄准镜里清楚地看到他们脸上的狂虐表情！

“都离开围墙！”战兵的瞳孔猛然收缩，冲着身旁的士兵大喝一声。所有人都一脸慌乱地后撤，唯独林国光一脸平静地开枪射击。

接连两声枪响，驾驶两辆渣土车的士兵被先后击毙，失去控制的渣土车疯狂地撞向围墙。就在渣土车撞向围墙的刹那，林国光收枪回撤，身子在剧烈的冲撞中腾空而飞，略有些狼狈地重重摔在了地面。

林国光就地一滚，卸去了身体的大部分冲击力，可即使如此，整个身体还是犹如被撞散了架一般，嘎巴嘎巴地作响。

林国光虽然及时击毙了驾驶两辆渣土车的士兵，但是巨大的冲击力依旧给围墙造成了巨大的破坏。正面受敌的围墙几乎被撞塌。

拼死一战

“火力压制！”战兵大喊一声，随即听到耳旁的枪声犹如炒豆子似的响起，顿时收枪站起，拍了拍一旁杨洋的肩膀，大声道：“跟我来！”

杨洋连忙收枪起身，随着战兵朝厂区狂奔而去。

待杨洋看到战兵朝车队奔去，立刻明白了战兵的用意。

“快，时间来不及了，快启动！”战兵快速下达命令，随即跳上大货车，一脚踢开车上的电箱，开始启动。

只听一声马达的轰鸣声响，战兵手下的大货车启动，战兵随即跳回驾驶位，挂挡、踩离合，加油门……

杨洋听到战兵那边大货车启动的声音，不由得急得额头冒汗。平日里玩机械都是他最拿手，可是今日到了关键时刻竟然掉链子了。

杨洋咬了咬牙，手下动作加快，很快马达的轰鸣声响起，杨洋这才松了口气，随即启动朝战兵追去。

此时的场面已经胶着到了极点，战军寸步不让，菲尔特寸土必争，鲜血几乎将围墙染红，浓重的血腥味儿弥漫在空气中，此地仿若人间地狱。

“闪开！闪开！”就在这时，一声吼声犹如惊天炸雷一般响起，维和士兵几乎下意识地纷纷躲避。当众人看到战兵驾驶着一辆足有二十多米长的大货车时，脸上皆是一脸的狂喜。

反政府军的士兵看到一辆大货车正朝自己疯狂地撞来，纷纷吓得向后退，可是身后的士兵源源不断地往前涌来，根本就没有退后的可能性。

胆战心惊的士兵们纷纷一脸恐惧地对准大货车的前挡风玻璃疯狂地射击，而此时，大货车上哪里还有值得他们瞄准的目标，战兵早已翻身跳出了大货车。由于速度太快，战兵落地时被惯性带出了两米多远，即使已经做好了规避动作，可是身上依旧出现了大面积的擦伤。整个右手手掌以及额头被摩擦得大面积破皮，鲜血涌出时，一阵钻心的疼。

战兵看都没看手上的伤，身子停稳之后，下意识地抬头看向自己刚才驾驶的大货车，已重重地撞向围墙。一时间剧烈的碰撞摩擦使得大货车的铁皮火花四溅，车头撞上围墙后，巨大的冲击力让车尾横着就甩了出去，只听到一声巨响，大货车停在围墙上便被卡住了，停止了前进。

大货车的车身扭曲倾斜，呈现出一种诡异的姿态横在混凝土碎块中间，却也成功堵住了原本的缺口。一些来不及逃脱的反政府士兵被大货车碾压在了底下，鲜血迅速漫延开来。

惊魂未定的反政府士兵望着已然被碾压成泥的同伴，心胆俱裂。就在这时，杨洋驾驶着的大货车呼啸而来，先前见识过厉害的士兵哪里还敢停留，不要命地纷纷躲避，原本已经冲进工厂的士兵又呼呼啦啦地全都跑了出去。

“轰”的一声巨响，大货车将最后的一个缺口堵住。还没等众人反应过来，杨洋已经推开车门，弯着腰冲向一旁的隐蔽地点。

待密集的子弹噼里啪啦地响起来时，杨洋早就躲到了正中央的石柱后面，任由子弹漫天飞舞，他却毫发无损。

此时的菲尔特已然是气得七窍生烟，自己的人好不容易冲进了工厂，却被对方的两辆大货车给吓了回去，菲尔特此时恨不得端着机枪把这些废物全部枪毙！

原本五百多人的队伍，经此一战只剩下了三百多人，一百多人受伤，数十人死亡，这样的伤亡比率足以让菲尔特发疯！

菲尔特万般无奈，只能暂时休战。现在距离天亮还有两个小时，等天亮之后，再做他法。

反政府军伤亡惨重，战军这边的情况也不乐观。狼牙、利刃队员很多受了轻伤，他们都是从死人堆里爬出来的，自然懂得如何在战争中保护自己，但是，对于甚至还没有开枪杀过人的维和士兵来说，他们只会开枪，还没有学会在战争中如何保存自己，所以伤亡惨重。

“怎样了？”战军皱着眉头，一脸的阴沉，虽然眼下坚守住了工厂，但是维和士兵的伤亡情况却不容乐观。

“五死十多人重伤，三十多人轻伤！”王珂一脸的凝重，脸上满是担忧。

第一次交火伤亡便如此惨重，那么接下来的战争，几乎是能够预料的艰难。

战军眉头微皱，随即将目光落到了冉爽身上，“重伤的人情况如何？”

冉爽脸上闪过一丝哀伤，“我们已经做过紧急处理了，只不过，有三名队员伤在肺部，必须立刻送医院，否则……”冉爽没有继续说下去，但是在场的所有人都听懂了她未说完的话。

“队长！”就在这时，王军伟气喘吁吁地跑了过来，一张清秀的脸上满是慌乱，“红外探测仪上又出现了移动热源，正向菲尔特驻地方向运动！”

“多少人？”战兵一脸的冷冽。

“不清楚，但是至少有两百人！”王军伟皱着眉头说道。

所有人的神经再次紧绷了，看来菲尔特的援军到了！

战兵抬头看向战军，一双晶亮深邃的眸子里满是焦虑，但是短短的一瞬间就消失不见。

“让狼牙、利刃的兄弟们做好防御攻势，时刻警惕菲尔特的一举一动！”战军厉声道。

“是！”王珂神情一凛，转身走开传达战军的命令。

所有人都紧张有序地忙碌起来，虽然他们刚刚经历了一场激烈的战斗，每一个人都疲惫不堪，但是眼下等待他们的将会是一场更加艰难的战斗，他们无从选择，只能继续战斗！没有其他的办法，只能拼死一战！

岌岌可危

“国光，钟华，你俩占据狙击制高点，监控整个战场！”

“是！”

“王珂、盛家宝、李壮、冯海，你们四人形成火力防御，一旦敌人发起进攻，就给我把他们狠狠打回去！”

“是！”

“其他人各自寻找防御阵地，不能让敌人踏进工厂半步！”战军锐利的眼神扫视着众人，杀气腾腾。

此时，菲尔特正在谋划下一轮攻击。眼下援军已到，他这次必须要拿下这座石油工厂！

所有的工人三三两两地抱在了一起，虔诚地祈祷维和部队能够再次将敌人击退，否则他们所有人的命都要葬送在这里！

“军子，联系上南桑坦政府军没有？”战兵向王军伟喊道。

“联系上了，他们说将军正在开会！”王军伟的脸上满是沮丧。

战兵锋利的眸子微眯成线，“开会？”

王军伟一脸愤愤不平地点了点头。

“继续联络！”战兵眸光一闪，寒气逼人，咬牙切齿地说道。

“是！”王军伟领命而去。

战兵回头正好看到战军在研究工厂地图，铅笔不断地在地图上来回划动，眉头紧锁。

“怎么样，有几成把握？”战兵看向战军。

战军满是无奈之色，“在战争的第一颗子弹没有射出之前，谁都不敢预料真实的战争中能遭遇到什么，但是就目前的情况来看……”战军抬头看向战兵，“情势堪忧啊！”

战兵惨然一笑，“哥，你遇过的大风大浪可比这厉害多了，怎么，害怕了？”战兵第一次尝试着逗一下战军。一直以来，这个角色都由战军担任，而现在战兵莫名其妙地想去尝试一下，哪怕是最后一次。

“害怕？怎么可能不害怕？”战军笑得一脸的灿烂，与他说出来的话却是大相径庭。

“咱们兄弟两个都在这死局里，如果真有个三长两短，战家可就绝后了……”战军的眼睛里有些湿润，不得不说，这个时候让他联想到了一些很不好的事情，让他不由得烦躁起来。

战兵嘴角的笑容一僵，想起来战军在很久之前对他说的那些话……

从参军入伍的那一天起，战兵的这条命就已经交给了国家与人民，他已经做好了随时为国家和人民从容赴死的准备！

保家卫国，马革裹尸！这才是军人的墓志铭！

“臭小子，好好保护自己，别出什么事儿，还有，给战家留条根！”战军笑呵呵地拍了拍战兵的肩膀，笑得有些眉飞色舞，“我觉得我们队的冉爽就挺不错的，当咱们战家的儿媳妇——合格！”

战兵不由得翻了个白眼，“你先别操心我，先给我找个嫂子吧！”

战军哈哈大笑一声，抬手捶了捶战兵的肩，“你这臭小子啊……”

就在这时，一声枪响打乱了寂静的夜色，仿佛在一片平静无波的水面投下了一颗石头，扰乱了一湖静水。

“队长，敌人攻上来了！”钟华冷清的声音在无线频段里响起，紧接着又是几声枪响，节奏明快犀利，显然这只是敌人的尖刀部队。

尖刀部队探路，那接下来就是大部队进攻了！

“做好战斗准备！”战军打开无线公共频段，沉声说道：“咱们的身后有五百多名华夏同胞，咱们是华夏军人，当兵扛枪就是为了保护我们的人民！所以，绝不能让敌人踏进工厂半步，哪怕献上我们的生命！”

“是！”一百多人的吼声在无线频段里震颤，满满的忠诚誓言！

“大哥……保重！”战兵回头看了战军一眼，战军的眼角漾起一丝笑意，随即提着突击步枪冲出了工厂。

钟华、林国光两人占据狙击阵地，精准的子弹射击着不断向工厂突击的士兵。所有维和士兵都将子弹上膛，等待着敌人的总攻。

就在这时，一道火光猛然冲天而起。林国光、钟华两人的瞳孔猛然收缩，想也没想，快速跳出了狙击阵地，紧接着两人原本的位置猛然炸开，石子儿弹片漫天飞舞，冲天的火光灼痛了所有人的眼睛。

“国光！！”

“华子！！”

战兵不由得惊声大呼，但是却没有一丝的回应。

就在这时，敌人的总攻发起了，乌压压的人头排山倒海一般冲了过来，密集的子弹几乎将整个工厂覆盖，打得战兵等人不敢抬头。

林国光被强烈的气浪掀飞了，即使他做足了防护措施，但是当身子重重摔在地面的一刹那，他只感觉浑身的骨头都要散架了。

林国光下意识地甩了甩脑袋，眼前一片血红，所有的声音都消失了，只有嗡嗡作响的耳鸣，他连忙拍了拍耳朵。灼热的气浪灼伤了林国光裸露在外面的肌肤，疼得他几乎闷哼出声。眼下他的眼睛、耳朵都失去了知觉，所以林国光不敢轻举妄动。过了一会儿，密集的子弹声才稀稀疏疏地传入了他的耳朵。

“国光！国光……”战兵一边猛然射击，一边呼唤着林国光的名字。

“我没事儿！”林国光清冷的声音响起，战兵高高提起的心放了下来。

“怎么样？受伤了吗？”战兵一脸的担忧。

林国光这时恢复了听力和视力，拿起手里的狙击步枪再次换了狙击阵地，“我没受伤！正在寻找狙击阵地。”

战兵点了点头，随即不放心地嘱咐了一句，“小心点儿！”

“你也是！”

战斗在继续，惨烈而又疯狂。现在天已经放亮，菲尔特已经进行了五次进攻，越来越多的士兵退出战争，受伤或者死亡，防线岌岌可危……

03　十万火急

中弹

“军子，电话打通了没有？”战兵一脸的歇斯底里。

王军伟眉头紧皱，“队长，他们说让我们再坚持一个小时，他们正派兵过来！”

“奶奶的！”战兵不由得骂道，“一个小时？！一个小时不知道还要死多少士兵！”

更何况，明面上说一个小时，谁知道会不会改为两个小时、三个小时？

此时的防线已然全部崩溃，铺天盖地的士兵涌进工厂。战军狠狠问候了一声南桑坦政府的祖宗之后，下令众人撤回工厂，各自为战。眼下的情况已经不适合坚守，各自为战反而能够提高他们的战斗力。

“上校，咱们的人冲进去了！”一名士兵汇报道。

菲尔特的脸上不由得闪过一丝狂喜，连续进攻了六次，兵力折损了将近一半，终于把这块骨头给啃下来了！

“传我命令！抢占工厂，杀光所有的维和士兵！”菲尔特歇斯底里地吼道，一脸的狰狞。

“是！”

战兵且战且退，毕竟工厂的区域足够大。

反政府的士兵分散到了工厂的各个角落，按照菲尔特的命令——杀光所有的维和部队！

追杀战兵的足足有上百人，子弹犹如织了一张巨大的网，将战兵所躲避的位置寸寸遮蔽。子弹打得地面簌簌发响，战兵将身子紧紧压在掩体之后，任由四处飞溅的石子儿打在身上，生生的疼。

“队长！”就在这时，盛家宝大喝一声，包括战兵在内，所有人的注意力齐刷刷地转移到盛家宝身上。

可是还没等反政府军的士兵们反应过来，盛家宝已然火力大开，手中的轻机枪对准敌人一阵扫射，敌人如同被拦腰扫断的麦秆，瞬间倒了一片。

战兵微微勾了勾嘴角，起身快速射击，五发子弹犹如没有间隙一般齐齐射出，眼前的五个敌人瞬间眉心中弹倒地身亡。

就在这时，一发子弹狠狠射中盛家宝的胸膛，一团血雾在盛家宝的胸膛炸开。战兵只觉得大脑一片空白，眼睁睁地看着盛家宝仰面倒地。

“宝子！”战兵大喝一声，作势就想冲出隐蔽地点，但是此时一串儿子弹扑面而来，飞溅起的弹片在战兵的脸上划开一道深深的血痕，鲜血蜿蜒流下，仿佛一只血红色的蜈蚣，狰狞恐怖。

战兵的脑子仿佛有成千上万颗炸弹同时炸响，脑子嗡嗡作响，盛家宝倒地的一瞬间仿佛被无限放慢，仿佛就在自己的面前。

“国光！给我找！杀了他！”战兵被密集的子弹打得抬不起头来，一双猩红的眼直直瞪着依旧躺在地上的盛家宝。

林国光快速寻找击中盛家宝的狙击手，可是混乱的战场上一片狼藉，林国光根本找不到狙击手半个人影！

“宝子！”战兵再次疾声大呼，身子下意识地探出隐蔽地点，他想去看看盛家宝，看看他的兄弟……

一颗子弹带着呼啸而来的灼热空气擦着战兵的额头飞过，划开一道深深的血痕，鲜血顿时喷涌而出，流进了战兵的眼睛里，仿佛流出血泪一般。

而就是这一枪，却让林国光迅速锁定了狙击手的位置，一颗子弹狠狠穿过狙击镜打进狙击手的眼睛，从他的眼眶飞进，搅烂了整个大脑，然后狠狠飞出了脑袋，鲜血伴着脑浆喷涌了一地。

“宝子！宝子！”战兵疯了一般倾泻着子弹，手里的突击步枪几乎没有一丝一毫的停顿，面前的反政府军士兵被打得抱头鼠窜。

林国光抿了抿嘴唇，手下速度加快，几乎没有停顿地挨个狙击，每一颗子弹都会带走一个鲜活的生命。

面前的几十个反政府军士兵打红了眼，疯狂地倾泻着子弹。战兵好几次想要冲出隐蔽地点去查看盛家宝的伤势，都被子弹狠狠打了回来。有一颗子弹狠狠擦过战兵的头盔，带动着战兵的身子不可抑制地后仰，身子重重倒地。

“队长！”林国光不由得大惊失色，一张脸顿时吓得毫无血色，从他的位置看不出子弹的射击地点，但是他却清楚地看到一颗子弹冲着战兵的脑袋而去，当看到战兵仰面倒地时，林国光觉得整颗心脏都要停止跳动了。

林国光胆战心惊地瞥着战兵的动静，手里的动作未停，挨个狙击面前的士兵。

战兵猛然起身，一双锋利如刀的眸子死死盯着盛家宝，紧接着快速扣动扳机，每一颗子弹都狠狠钉进敌人的眉心，一团团血雾在敌人脑袋上绽开，被射中的纷纷仰面倒地。

“国光，给我杀光他们！”战兵厉声道，一双冷冽的眸子满是肃然的杀气。

战兵和林国光两人疯狂倾泻着子弹。此时的敌人已然完全放弃了反击，他们只想找个地方把自己好好藏起来，但是不管他们藏得多么隐蔽，子弹都会从诡异的角度射来，穿透他们的身体，带走他们的生命！

“宝子……宝子……”战兵快速奔至盛家宝的面前，试探性地小心呼唤着。

林国光一脸警惕地注视着四周的动静，眼睛时不时瞥向盛家宝，眉头紧皱，满脸的担忧。

盛家宝了无声息地躺在地上，一张脸惨白得毫无血色，仿佛睡着了一般。

“宝子……”战兵颤颤巍巍地抬手去触碰盛家宝的颈动脉，原本强悍锋利的眸子里满是慌乱和恐惧。

此刻躺在地上的是他兄弟……

急救

战兵将手指慢慢贴在了盛家宝的颈动脉，触手的温热与微弱的血脉跳动，清楚地告诉战兵，他的兄弟还活着！

战兵一脸的欣喜若狂，甚至有些喜极而泣，仿佛连眉毛都在笑，“国光，宝子还活着，还活着！”

林国光也是一脸的喜色，这才再次看向战兵。

“国光，掩护，先把宝子放到安全地方！”战兵将盛家宝抱起。就是这一瞬间，原本慌乱无助的战兵仿佛只是林国光的错觉，那个果断的，随时都运筹帷幄的利刃队长又再次回来了。

“是！”林国光微微勾了勾嘴角，一双冷冽的眼睛警惕地搜索四周，一旦发现敌人便立刻击毙。

此时整个工厂已经被反政府军包围，除了一时半会儿攻不进去的车间之外，整个工厂已然没有能够称得上安全的地方了。

战兵接连击毙了突然出现的三名士兵。他研究过整个工厂的地图，因此所有的位置已然被战兵牢记于心。

就在这时，战兵身后猛然出现一道黑影，战兵想也未想就回头瞄准，当瞥见一张冷艳讶异的脸时，枪口连忙压下。

冉爽轻轻吐了口气，这才快步朝战兵奔来，待看清战兵背上一脸惨白的盛家宝时，不由得一脸紧张道：“宝子怎么了？”

“被子弹击中了胸口，必须找个安静的地方把子弹取出来，否则时间拖得越长，就越危险！”战兵眉头紧皱道。

冉爽点了点头，“可是，现在根本就找不到一个安静的地方，除非……除非进车间！”

可是，眼下这个状况，车间却是无论如何都不能打开大门的。

“我知道有个地方，跟我来！”战兵眸光一闪，随即背着盛家宝朝车队的方向狂奔而去。

几乎超过上百辆的大货车停靠在停车场，三米多高的大货车让停车场仿若一个大型迷宫，而这个地方即使敌人追来，短时间内也找不到他们，而他们却有充分的时间转移。

战兵将一辆货车上面的帆布扯了下来铺在地上，这才让盛家宝躺在帆布上，“交给你了！”

冉爽快速熟练地将急救箱拿了出来，看着战兵灵活地跃上货车寻找制高点监控整个战场，这才专心致志地给盛家宝取子弹。

子弹穿过防弹衣嵌进肺部，必须及时取出，否则，随着血液的流动，压迫心脏随时会造成死亡。

冉爽眉头微皱，小心翼翼地给盛家宝做着消毒处理，子弹距离心脏的位置还算安全。此时的盛家宝已经恢复了意识，由于没有麻醉，盛家宝只能咬牙挺着。

“唔……”盛家宝猛然闷哼出声，鲜血顺着伤口喷涌而出，疼得他双手紧紧抓住自己的大腿，仿佛要把大腿上的皮肉生生撕下来。

冉爽也是急得满头大汗，但是伤口已经再次豁开，如果不尽快取出子弹，那盛家宝遭受的疼痛就真的算是白挨了！

“你再忍忍，马上就好了……”冉爽压低声音安抚道，极力压制住双手的颤抖，寻找盛家宝胸腔内的弹头。

“嗯……呜……”盛家宝的冷汗瞬时将作训服浸湿，整个人仿佛刚刚从水里捞出来一样。盛家宝只觉得胸口仿佛被一支烧红的铁棍来回搅动，疼得他恨不得立刻昏死过去。很快殷红的鲜血将作训裤染红，滚烫的鲜血顺着盛家宝的伤口淌出。盛家宝的双手生生抓下了腿上的一块皮肉，仿佛只有这样才能分担一些胸前那犹如剜心的疼痛。

只听“叮”的一声轻响，一颗子弹跌落在冉爽手中的金属盘中，盛家宝的身子犹如被瞬间吸走了所有的力气一般，不断喘着粗气。

冉爽顾不得擦满头的汗水，连忙快速熟练地给盛家宝止血缝合，直到将伤口完全缝合完毕，又上了消炎药包扎之后，这才瘫在地上，一脸的虚脱。

“爽……爽姐，谢了啊……”盛家宝一脸虚弱地冲着冉爽咧嘴一笑，嘴唇惨白得毫无血色。

冉爽这才起身收拾医疗器具，淡淡扫了一眼盛家宝，微微勾了勾嘴角，“先别说话，你失血过多，休息要紧。”

盛家宝微微点头，闭上了眼睛，没过一会儿，便传来一阵均匀的呼吸声。

“怎么样了？”战兵脚步轻盈地从大货车上跳了下来，看向冉爽。

“子弹取出来了，由于流了很多血，现在身体还虚弱得很。”冉爽道。

战兵这才轻轻吐了口气，放下心来。

“现在外面情况怎么样了？”冉爽问战兵道。

“不容乐观，如果援军还不到的话，我们坚持不了多长时间。”战兵眉头紧锁，一脸的阴沉。

“那……”冉爽的声音戛然而止，一双黑白分明的眸子快速闪过一道寒光，而后冲着战兵做了个噤声的动作。

战兵自然也听到了军靴踩踏地面的声音，而且不下二十人！

战兵二话不说，连忙背起盛家宝，朝着相反的方向奔去，冉爽提着狙击步枪紧随其后。

这时，身后的脚步声渐密，战兵不由得眉头紧皱，看来有人发现了他们的行踪，否则偌大的停车场绝对不会铺开上百人的兵力来搜寻！

战兵对整个工厂的地形地貌烂熟于心，自然知道什么地方会是绝佳的埋伏狙击阵地。

“队长，给我枪……”盛家宝一脸虚弱地看向战兵，一双眸子直直地望着战兵，满是坚毅。

战兵先是一愣，这才笑呵呵地将手里的轻机枪递给盛家宝。就在盛家宝接过枪的那一瞬间，仿佛所有的力量都回到了他的身体，好像完全换了一个人！

盛家宝不由得咧嘴一笑，“同生共死！”

战兵眸光一闪，一身彪悍锋利的气息瞬间迸发。

“对！同生共死！”

硬仗

战兵所挑选的伏击隐蔽地点是一处室内停车库的房顶，足足有五米之高，这样的高度能够俯视整个停车场。

“战兵，你们在哪儿？”战军低沉的声音从无线频段里响起。战兵压低声音道：“停车场。”

战军点了点头，这才说道：“刚才政府军方面传来消息，他们还要一小时才能抵达工厂，所以……我们还要坚守一个小时！”

战兵紧紧咬了咬牙，一双锋利如刀的眸子里满是冷冽的杀气。

一个小时！又是一个小时！

“好，我知道了！”战兵极力平复内心的怒火，挂断了无线通讯。

“援军一个小时之后便会赶到，我们必须坚持一个小时！”战兵压低声音看向冉爽和盛家宝。

冉爽、盛家宝两人冲着战兵微微点了点头。

时间一分一秒的过去，随着脚步声越来越近，战兵等人越发地屏气凝神，将头紧紧趴在屋顶的水泥地上，耳朵倾听着四周的动静，只待一有风吹草动便立即跳起来反击。

原本密集的脚步声渐行渐远，战兵这才微微喘了口气，紧绷的肌肉缓缓地松弛下来。

菲尔特目光狠戾地注视着整个石油工厂，不停地来回踱着步子。已经有人来汇报政府军出动了部队朝这里进发，他们的时间不多了。

“怎么回事？为什么这么长时间都攻不下来？”菲尔特咬牙切齿地看向身后的士兵。

“报告！上校，那些华夏的维和士兵太顽强了！车间都是防弹的，连大炮轰都不怕。如果想要攻进去，只能从屋顶，可是到处都是维和士兵，我们的人冲不上去……”身后的士兵战战兢兢地说道。

菲尔特愤怒地拍了拍桌子，桌子瞬间裂成了两半。屋子里所有的人都不由得缩了缩脖子，一脸忐忑不安地站在原地，大气都不敢喘。

“一群废物！”桌子上的木刺划破了菲尔特的手，鲜血滴落在水泥地面上。

菲尔特心烦意乱地随手一抹，知道眼下已然没有时间再耽搁下去了，一旦政府军赶到，他之前所付出的一切努力就都付诸东流了！

“带上所有的士兵，给我冲进去，杀光所有的维和士兵，务必要赶在政府军到来之前攻下石油工厂！”菲尔特一脸狠戾地振臂命令道。

“是！”

菲尔特留在身边的都是他的嫡系部队，战斗力跟那些杂牌军自然是天壤之别，几乎一加入战斗就给战军等人造成了巨大压力。

狼牙和利刃的士兵的战斗力都是无比强悍的，他们各自为战，却相互配合默契，来无影去无踪，利用所有的一切完美地将自己隐藏起来，只待在敌人最放松的一刻，给予他们迎头痛击！

此时，战兵等人听着耳旁的枪声渐密，知道是敌人的援军加入。原本在停车场搜寻他们下落的士兵纷纷折返，加入战斗。

战兵不由得抿了抿嘴唇，脸上满是冷冽的杀气，熟练利落地将子弹上膛，随即扣动扳机。

“砰”的一声枪响，背对着战兵的一个士兵顿时被击中头部。由于是近距离的射杀，子弹射穿后脑勺，掀开了那个士兵的半个脑壳，只见他重重摔在了地上，鲜血喷涌而出，整个水泥地面上的鲜血四处漫延。

原本想要撤退的士兵纷纷寻找掩体隐蔽，但是战兵等人的子弹更快，还没等士兵们转身跑到隐蔽地点，凌厉的子弹已然爆速飞行，狠狠钻进了他们的脑袋，带走了他们的生命。

冉爽、盛家宝陆续加入战斗，只此一个照面，就击毙了十几个敌人。所有的敌人纷纷躲避在车辆后面，任由子弹打得车体火星乱窜，一脸的慌乱。

战兵压低身子快速在车库奔跑，随即借助身子的惯性就地一滚，人已然趴在早已看好的隐蔽地点，随即对自己所能看到的目标逐一射击。

“节约弹药！”战兵猛然回头看向盛家宝、冉爽两人，原本密集的枪声顿时戛然而止。

冉爽迅速起身变换射击地点，随即清点身上的弹药。

盛家宝缩回房顶，一张无血色的脸上满是虚弱无力。此刻他的身子已然经受不住轻机枪的后坐力了，胸口的伤口再次崩开，鲜血顺着伤口慢慢渗出，将他胸前的衣服再次浸湿。

冉爽压低身子匍匐前进，此刻敌人已经开始进行反击，子弹犹如断了线的珠子一般在他们的上方疯狂倾泻，仿佛织就了一张密密麻麻的大网。

“把你的枪给我！”冉爽压低声音看向盛家宝，随即一脸担忧地望向盛家宝的伤口，“小心伤口，再这么折腾，你这条命就折腾没了！”

盛家宝不由得惨然一笑，嘴唇惨白得毫无血色，露出了两排整齐的小白牙，“没事儿，我扛折腾的呢！这些小风小浪的，还折腾不死老子！”

冉爽将手里的狙击步枪递给盛家宝，随即将所有的子弹尽数交给盛家宝，“这是所有的子弹了，省着点儿用！”

盛家宝重重地点了点头，随即将轻机枪以及子弹推给冉爽。盛家宝自然知道，眼下以他现在的状态已经不适合再用轻机枪，用狙击步枪还勉强可以。

冉爽将包里的 AK-47 冲锋枪拿了出来，动作熟练快速地组装、装弹、上膛，随即反身回首射击。

眼下，停车场的敌人越来越少，枪声越来越弱，俨然敌人已经全军覆没。

战兵一双冷冽的眸子望了一眼依旧战火激烈的工厂，随即看到几十人朝停车场方向狂奔而来。

战兵眯了眯眼，随即紧紧握住了手里的突击步枪——又是一场硬仗！

近身缠斗

就在这时，从战兵的身后射来一发子弹，带着爆速飞行的灼热空气，以超过声音的速度狠狠钉进了一个敌人的眉心。那个敌人仿佛被一柄大锤重重砸在头上一般，身子猛然后仰，鲜血随之喷涌而出。

战兵下意识地回头看向盛家宝，嘴角不由得微微扬起，冲着盛家宝伸出了一个大拇指。

盛家宝惨白的脸上闪过一丝得意，咧嘴笑得开心。

越来越多的士兵朝停车场靠近，警惕而又小心，他们极力压低身子从一辆辆车的底下钻过。

“队长，视线遮挡百分之八十，找不到目标的要害位置！”盛家宝的声音焦虑而又紧张，“那群龟孙子竟然从车底爬过来！”

货车的下盘足够高，而且密密麻麻的货车阻碍了绝大部分视线，他们根本狙击不了如此多的士兵。

“不用致死，只要能命中目标就成，打不死打残了总可以吧！”战兵目光冷峻，手里的突击步枪快速射击，每一发子弹都会引起一阵哀号，几乎一大半的反政府军士兵丧失了战斗能力，趴在原地抱着伤口痛苦哀号。

看着晃动的黑影越来越近，战兵等人的射击速度越发迅速。

但是即使如此，大货车遮挡了大部分的身影，敌人飞快地朝战兵等人靠近。

“队长，咱们被包围了！”盛家宝的地理位置最高，从他的角度能够监控到整个停车场。看着密密麻麻的黑影在大货车的背后来回晃动，盛家宝的心顿时提到了嗓子眼儿。

越来越多的士兵聚集到了战兵等人的四周，将整个停车库围得水泄不通，身子躲避在大货车的背后，等待着命令，发起总攻。

“上校，敌人已经被我们团团包围，人数不详，但是战斗力强悍，火力威猛，之前已有二十人被他们击毙！”

菲尔特微微皱了皱眉头，一脸的暴戾，“捉活的！”

“是！”

菲尔特抬头望了一眼停车库的房顶，眸子里满是暴虐。战斗打到现在，他已经没有任何退路了，只能捉几个人质迅速解决这场战斗，赶在援军来之前，占领这座石油工厂！

就在这时，一个物体猛然从货车后面扔出，战兵几乎下意识地抬手便是一枪。只听“砰”的一声，白青色的烟雾迅速散开，战兵闻到了刺鼻的味道，随即冲着冉爽、盛家宝两人大声喝道：“催泪瓦斯，戴上防毒面具！”

话音刚落，对面的反政府军士兵已然被刺鼻的催泪瓦斯呛得咳嗽不已，涕泪横流，催泪瓦斯密集的地方已然有士兵疯了一般地冲出隐蔽地点，朝后狂奔。

战兵皱了皱眉，随即快速射击，子弹打进敌人的身体，绽出一朵朵殷红的血雾，在白青色的瓦斯烟雾中显得异常娇艳绚烂，释放着生命最后的光彩。

“不要乱！趴低点儿！都回来！”小队首领捂着嘴大叫，声音却很快淹没在众人的哀号中。

整个场面早已混乱不堪，焦躁恐惧的士兵此刻只想尽快逃离这个地方。无法呼吸的恐惧将众人淹没，肺里全都是呛人的瓦斯，让人恨不得将肺掏出来，痛不欲生。

就连远处的菲尔特也捂着口鼻，不断扇动着空气，忍不住剧烈地咳嗽起来。他距离投放催泪瓦斯的地方有一段距离，但是即使如此，却依旧被催泪瓦斯呛得难受。

最能发挥催泪瓦斯效果的地方就是密封的室内空间，而在通风的地方效用只能维持不到半分钟。车库的通风系统设计得相当科学，所以很快，呛人的催泪瓦斯随风消散，敌人又开始进攻了！

战兵等人被漫天飞舞的子弹打得不敢抬头。敌人至少有三架轻机枪，而这三架轻机枪的火力就足以让战兵等人在一瞬间被撕成一堆碎片。

“派人爬上去，我要活的！”菲尔特咬牙切齿道。

这已经无关原本的目的，战兵等人的战斗力已然引起了菲尔特的忌惮，有这样战斗力的人物，一定是华夏维和部队的重要人物！

借助火力压制，反政府军的士兵快速接近车库，随即叠罗汉一般攀上车库顶。

早在敌人靠近车库的时候，战兵等人已然听到了他们的脚步声，但是火力压制得他们根本不敢抬头射击，便也只能任由他们靠近。

战兵轻轻敲击了话筒两下，随即回头比量了一个“杀”的动作。

冉爽点了点头，随即掏出随身的匕首，压低身子朝那几个翻身上了车库顶的士兵靠近。

所有人都没有料到车库顶上竟然是一个女人，而且还是一个英姿飒爽中带了一丝冷艳的东方面孔的美女。

枪声在士兵们爬上车库顶的时候戛然而止，显然是怕引起误伤，更为活捉！

战兵跟盛家宝两人并未露面，这不禁让反政府军的士兵们心有忌惮，方才的火力之猛如同数十人的齐射，可是此刻对方却仅仅只有一个女人，这让所有人都有些恐惧地四下搜寻其他人的影踪。

冉爽一脸冷然地看着面前的十多个畏首畏尾的士兵，眸子里闪过一丝蔑视。

这是挑衅，亦是战书！

“啊！”其中一个壮硕的士兵猛然大叫一声，朝冉爽冲去，犹如碗口大的拳头对准冉爽的面门呼啸而来。

冉爽没有丝毫的躲避，仿佛就是想要那壮硕的士兵近身。

就在所有的敌人露出一副兴奋狰狞的笑容时，意想不到的一幕发生了……

阴险暗算

壮硕的士兵“扑通”一声仰面倒地，双眼满是恐惧，捂着自己的喉咙在地上不断抽搐。

所有人都一脸呆愣地望着依旧在地上抽搐的壮硕士兵，直到看到鲜红的血从壮硕士兵的喉咙喷出，众人这才看清他的喉咙赫然已被划开了一道血口，鲜血很快便流淌了一地。一会儿后，壮硕士兵停止了挣扎，瞪大双眼躺在地上，双眼涣散无神。

众人这才看清楚冉爽手中有一把匕首，就是这把匕首划开了壮硕士兵的气管、动脉及声带，然而却没有人看到她是如何做到的！

冉爽的出手彻底震撼住了反政府军的士兵们，有的已然开始后退了，有的故作坚强，但颤抖的手脚出卖了他们。

“兄弟们，一起上！”就在这时，其中一个黑瘦的士兵开口说道，一脸的跃跃欲试。

所有人呈扇形排开，一脸警惕地望着冉爽，手中的匕首散发着寒光，慢慢朝冉爽靠近。

冉爽不自觉地后退，匕首已然被她收好，谁都不知道上一秒还在她手里的匕首，下一秒竟然换成了军刀，动作快得让人胆战心惊。

就在这时，冉爽率先发起进攻。所谓的“翩若惊鸿，婉若游龙”的招式只存在于武侠小说里，真实的近身搏斗没有刀光剑影，有的只是刀刀入骨、拳拳到肉的厮杀，由不得有半分的马虎大意。

此时，战兵、盛家宝两人目光灼灼地注视着下面的敌人，对冉爽只是投以余光。毕竟真正的危险来自于敌人阵营中的“黑枪”，而以冉爽的身手，对付十多个士兵是绰绰有余的。

菲尔特目光阴狠地望着冉爽，他没有想到华夏的女兵如此强悍，一对十，而且占尽上风，如此强大的战斗力除了华夏的特种部队几乎不做他想！

此时的冉爽已然解决了四人，皆是一刀致命。

就在这时，一道劲风从冉爽背后袭来，冉爽心下一沉，甚至还没有做出判读，身子已然下意识地迅速一转，躲过了匕首的利刃，背部被划开了一道血口，鲜血很快将军装染红。

“砰！”一声枪响，冉爽的肩膀中弹，身子被子弹重重地带着后退了好几步，随即肩膀上传来一阵蚀骨的剧痛。

战兵不由得大惊，一颗心脏仿佛被人狠狠攥在手心里，疼得他几乎不能呼吸，他没有想到竟然还有隐藏的狙击手！

战兵快速搜索狙击手的位置，一双冷冽的眸子里满是肃然的杀气。

子弹不会转弯，根据弹道，战兵已然锁定了敌方狙击手所在的方位——百分之二十致死命中，敌方狙击手挑选的角度、位置竟然该死的好！

冉爽捂着肩膀单膝跪地，眼见着敌方士兵们一脸狰狞地冲了过来。冉爽忍着肩上的疼痛，纵身而跃，反手握住匕首，狠狠砍向对方的脖子，匕首直接切断敌人的大动脉，鲜血顿时如同喷泉一般喷溅而出，直接喷在一旁士兵的脸上，温热而滑腻的感觉险些让那如同血人的士兵发疯！

冉爽没有去管身子慢慢变凉的尸体，猛然拔出匕首，一刀划开了一旁士兵的喉咙，随即一记侧踢踢在了一个士兵的下巴处，把对方踢得立刻昏厥过去。

冉爽借助惯性向后一滚，随即纵身而起，手里赫然多了一把手枪。还没等众人反应过来，子弹已然射进了面前一个士兵的眉心，那人仰面倒地。

众人下意识地想要掏枪射击，但是听到枪声打响之后，还没等冉爽继续射击，一阵犹如瓢泼一般的弹雨瞬间倾泻出来。冉爽身子下意识地向后仰去，后背重重摔在了地上，却也躲开了犹如织网一般的弹雨。冉爽随即就地一滚，滚到了一旁的隐蔽位置。

可怜的是那十多个士兵，还没等掏出枪来，就这么稀里糊涂地被打成了筛子。他们大睁着双眼，眼里满是深深的恐惧与疑惑，就这么软软地倒在了地上，鲜血顺着车库顶往下滴落，犹如下了一场血雨。

战兵一动不动地举枪瞄准，子弹打在车库顶上溅起的混凝土块砸在头盔上“叮当”作响。一块弹片从战兵的鼻梁前划过，留下了一道细细的血痕，而战兵却依旧动也不动地原地瞄准射击。

时间一分一秒过去了，战兵没有从原本隐蔽的地点动过哪怕一丝一毫。

就在这时，战兵的面前突然出现一道红点，战兵想也未想果断扣动扳机。

瞄准镜里只来得及看到一双震惊的眸子，随即一道殷红的鲜血流淌下来，人重重地栽在了地上。

战兵迅速收枪撤离，就在战兵起身离开后的瞬间，他原本隐蔽的位置被子弹打得混凝土块儿横飞。

“冉爽，你怎么样？”战兵打开无线通讯频道低声问道。

冉爽低头看了一眼肩膀上的伤口，一脸平静地说道：“没事儿，皮肉伤！”

战兵点了点头，随即低声说道：“我们必须转移阵地了！”

“但是，宝子他……”还没等冉爽说完，战兵紧接着道：“宝子，你身上的伤不宜乱动，我跟冉爽两人引开敌人，我哥会派人来接你的！”

盛家宝厉声拒绝，“队长，我的伤没事儿，轻伤不下火线！我……”

没等盛家宝说完，无线频段里响起冷然的声音，“执行命令！”

“是……”盛家宝咬了咬牙，终是从牙缝里挤出了这个字。

战兵、冉爽两人悄无声息地一路向车库的另一边狂奔，那里有一处工厂园林，是平日里工人休憩的地方。那里假山流水、林荫小道一应俱全，是隐蔽伏击的绝佳地方。

菲尔特一脸铁青地望着车库顶，仅仅两个人，就将他们数百人的队伍整得如此狼狈，这如何能让他咽得下这口气！

“上校，他们朝那边跑了！”

“都愣着干什么，追啊！”菲尔特咬牙切齿道。

战兵、冉爽在车库顶上飞速奔跑，听到身后枪声大响，顿时翻身跳下了车库。还没等反政府军的士兵瞄准，两人的身影已然钻到了大货车的背后。

子弹打在大货车的铁皮上溅起火花。战兵、冉爽两人脚下生风，不断在大货车间来回穿插，即使如此，每每反手射击时，子弹总能打中一两个敌人，随即又再次消失在敌人面前。

“上校，他们就在对面的山坡上！”士兵们连忙向菲尔特汇报情况，指了指对面的山坡，气喘吁吁地说道。菲尔特微微皱了皱眉，不得不说，这处山坡正好是在九十度的墙角之间，是绝佳的防御阵地，易守难攻。

“传令下去，捉活的，他们就两个人，而且身上的弹药肯定不多了，尽量消耗他们的子弹！”菲尔特紧握拳头，一脸狰狞道。

此时，战兵、冉爽两人趴在山坡上尽量平息着剧烈跳动的心脏。由于长时间处于兴奋状态，两人的肾上腺荷尔蒙加剧分泌，如果不尽快调整好，随时都会神经麻痹。

“清点弹药。”战兵轻声说道，随即看了一眼子弹袋，只有一弹夹的子弹了！

冉爽眉头紧皱，不仅仅是战兵，她的子弹也不多了，如果敌人突击进攻的话，两人的子弹根本撑不过两轮！

强烈的绝望感笼罩着两人。四周静得可怕，仿佛只听得到彼此的心跳。

此时，山坡下的敌人同样也在养精蓄锐，只待给他们最后的一击！

“你的伤……”战兵的眉头微皱，目光落到了冉爽的肩膀上。

冉爽一脸平静地摇了摇头，“没事儿，轻伤……嘶……”

还没等冉爽说完，战兵抓住了冉爽的胳膊向上微微抬起，钻心的疼痛顿时让冉爽忍不住倒吸了一口气。

战兵双目微眯成线，目光灼灼地看向冉爽，“这就是你所谓的轻伤？”

冉爽抿了抿嘴唇，沉默不语。

战兵不由得轻叹了一口气，随即动手就要去查看冉爽的伤势，却被冉爽躲开，脸上不由得浮上一丝红晕，“不用，只是轻伤。”

战兵微微挑了挑眉，略有些好笑地望着冉爽。虽然眼下两人被近百名敌人包围，但是战兵此刻能够跟冉爽在一起，出乎意料地让他的心里平静得很，仿佛找到了归属，宁静惬意。

“你……”

冉爽的脸又红了半分，却被一阵脚步声转移了注意力。

“有人摸上来了！”战兵迅速持枪警戒。

一阵微风拂过，空气中弥漫着硝烟与血腥的味道，让人的神经不由得为之紧绷。随着脚步声越来越近，战兵的眸子越发地晶亮吓人。

“砰！砰！砰！”三发子弹连续射出，原本悄悄摸上山坡的三名士兵中弹滚下山坡。其他三人想要反击时，却被冉爽的子弹陆续击中了眉心，连惊呼都没来得及发出，便已一命呜呼。

密集的子弹打得四周“噗噗”作响，石子儿四下飞溅，硝烟弥漫了整个战场，山坡上翠绿色的草坪被捣烂，草屑乱飞，一时间整个公园狼藉一片。

战兵、冉爽两人不断回身射击，每一次的子弹都能精准地射进敌人的身体，溅起的血雾仿佛死神之花般昙花一现。

就在这时，一发子弹射在山坡上的石头上，随即变换了原本的弹道，擦着冉爽的胳膊而过，顿时划开一道血痕，疼得冉爽闷哼出声。

战兵一脸担忧地望了冉爽一眼，随即迅速点射解决了眼前的敌人，而后一把将冉爽的身子拽下，压在身下，等着敌人的回击。

子弹倾泻在山坡上，一寸寸土地地犁着草坪，草屑、泥土四溅，视线被尽数遮挡住。

这时，战兵一脸肃杀地倾听着山坡后的动静，面庞上满是杀气。

冉爽望着战兵的下巴，一时间看得有些愣神。

待枪声渐弱，战兵这才低头看向冉爽，但是当反应过来两人的体位时，战兵的脸上顿时闪过一丝不自在，随即迅速起身，一脸的慌乱。

“那个……你……的伤……”战兵恨不得给自己两嘴巴子，关键时候结巴个什么劲儿啊！

冉爽的脸颊发烫，仿佛此时围在火炉旁一般炙烤。

“没事儿……”

战兵的目光再次落到冉爽的肩上，原本子弹便击中了肩膀，现在又被一发子弹划开了胳膊，鲜血染透了整条胳膊，连衣服本来的颜色都看不出来了，血腥味儿浓重。

“必须马上止血包扎……”战兵皱着眉，一脸的担心。

冉爽抿了抿嘴唇，没有拒绝，毕竟眼下是战场，她的伤会成为两人的拖累。

冉爽的手不由得有些颤抖地去解开作训服的扣子。以往在狼牙队员的面前，背个身过去就能毫不犹豫地换衣服，可是现在，她竟然连解个扣子，双手都要颤抖得仿佛不是自己的一样。

战兵一脸好笑地望着冉爽，直把冉爽看得不由得一愣神儿，随即白皙的脸颊慢慢开始泛红。

“我发现你总是脸红啊。”战兵轻笑一声，望向冉爽。

冉爽微微低了低头，这时仿佛连耳朵都染上了一层淡淡的粉红色。

当冉爽再次抬起头时，一双黑白分明的眸子里带着一丝娇羞，仿佛望进了战兵的灵魂深处，“战兵，我喜欢你！”

战兵的心跳仿佛在一瞬间停止了。

冉爽此刻只觉得整颗心脏都要从嗓子眼儿里蹦出来了，甚至连脖子都染上了一丝粉红色，娇羞中带着一丝直率飒爽，竟有种说不出的旖旎韵味。

战兵不由得微微一笑，甚至连眉梢都带着喜悦，仿佛从内心深处发出了愉悦笑意，夹杂在硝烟血腥中，莫名地让人感觉不到一丝的违和，反而有一股说不出的铁血柔情。

战兵觉得世界上恐怕没有比他更幸福的男人了，在濒临绝境之际，竟然听到了自己爱慕已久的女人的真情告白。战兵只觉得，哪怕下一刻两人立刻命赴黄泉，他也是死而无憾了。

“冉爽……”战兵嘴角微扬，略带嘶哑的声音仿佛金戈清鸣。

冉爽望着战兵，仿佛听到了自己的心跳，怦怦怦……

战兵晶亮的眸子里满是柔和与专注。

冉爽像是入了神一般，望着战兵，仿佛被勾走了心魂。

“我爱你。”战兵有些突兀地耳语道。

冉爽只觉得冰雪在这一瞬间融化，枝叶花朵从枯枝中迅速抽芽开花，重新焕发出耀眼的光彩。

战兵望着冉爽一脸的愉悦，原本冷冽的眸子里此刻仿佛静如止水的湖面被抛入了一颗石子，波光熠熠，流光溢彩，闪烁着明亮的碎光。

“我也爱你！”冉爽笑得一脸的真诚飒爽，黑白分明的眸子里满是专注的热情。

战兵不由得愣住了。冉爽一直都是美艳的，却又夹杂着一丝毫不矫揉的英姿飒爽，让冉爽整个人糅合着女人与军人的所有美好，却平衡得近乎完美。

冉爽望着战兵越来越近的脸，甚至已然能够感觉到战兵喷吐在自己脸上的热气。冉爽紧张地攥紧了拳头，只觉得心脏仿佛要从嗓子眼儿里蹦出来一般，目光闪烁不安，却终是微微闭上了眼睛。

就在战兵的嘴唇快要碰触到冉爽那柔软的唇瓣时，战兵猛然顿住了动作，一双眸子里满含欲望与深情，随即轻轻贴在了冉爽的嘴唇上。

战兵从来不知道冉爽的嘴唇竟然也能够如此柔软、如此芬芳，恨不得想一寸寸地舔舐撕咬。

仅仅只是亲吻，却让战兵的身子骤然起了反应，想将冉爽用力拥在怀中，想亲吻她的眉、她的眼，想将她狠狠揉进自己的身体……

战兵依依不舍地离开了冉爽粉红娇柔的唇瓣，一双晶亮的眸子望着眼前娇羞柔软的冉爽，仿佛要将她镌刻在自己的灵魂上，生生世世！

冉爽此刻能够清晰地感到战兵极富侵略性的目光扫视着自己的全身。

“冉爽……”嘶哑深情的呼唤，仿佛富有魔法一般让冉爽鼓足勇气迎向战兵的目光，只觉得身子被大力一拉，随即跌进战兵结实温热的胸膛。

“能这样抱着你真好……”战兵轻轻感叹了一句，幸福的嗓音让冉爽不由得微微勾起了嘴角，两人就这么相互拥抱着，享受着难得的温情。

没过一会儿，战兵缓缓支起身子看向冉爽，眉宇间满是柔情刚毅，随即略带揶揄地说道，“现在可以让我给你包扎上药了吧？”

冉爽俏脸微红，抬手将军装的扣子解开，将肩膀露了出来。

白皙如玉的肩膀上一片血污，子弹在肩膀上造成了巨大的伤害，看起来触目惊心。

战兵不由得微微皱了皱眉，整个心仿佛被一把锋利的小刀一片一片地割着，蚀骨的疼痛。

“你忍着点儿！子弹必须取出来！”战兵有些担忧地望着冉爽，但是此时的冉爽已然自己拿起绷带咬在了嘴里，将头撇到了一边，露出一大段白皙如玉的脖颈。

战兵知道此时敌人随时都有可能攻过来，由不得他怜香惜玉。

战兵咬了咬牙，将医用刀具慢慢地探进了伤口，随即，滚烫的鲜血喷涌而出，疼得冉爽不由得闷哼出声。

战兵手下不停，当刀具碰到子弹发出轻响时，立刻专心致志地寻找弹片，很快，一块呈不规则形状的小铁片被取了出来。战兵连忙给伤口进行止血、消炎，而后又仔细将伤口附近的血污清理干净，这才开始给冉爽包扎。

此时冉爽的额头上满是汗水，身子如同虚脱了一般躺在地上，任由战兵给自己包扎伤口，一张白皙的脸庞更是惨白得毫无血色。

“你没事儿吧？”战兵一脸的心疼，连眉头都皱成了一团疙瘩。

冉爽睁开双眼，一双清澈见底的眸子定定地望着战兵，一脸的平静，“没事儿，休息一会儿就好！”

战兵点了点头，“我警戒，你休息。”说着拿起突击步枪，一脸警惕地注视着敌人的一举一动。

菲尔特望着山坡，一脸的铁青，这是他迄今为止打得最为艰难的一场战斗，而且敌人还只是两个人！而这两个人就让菲尔特抓狂崩溃了。不是说华夏已经八十多年没有经历过战争了吗，那为什么这些华夏军人比他们之前见过的任何一支部队都要难缠？！

“派一队人偷偷摸上去，看看他们死了没有？”菲尔特咬牙切齿道。

战兵看着十几个反政府军的士兵一脸警惕地一步一步朝山坡摸来，下意识地将食指放到了扳机处，一双锋利如鹰隼的眸子迸发出一股杀气。

生死一线

士兵们缓缓向前挪着步子，恐惧绝望的脸上甚至带着一丝狰狞，额头的冷汗滴落在脚下的草坪上，瞬间融入了土地。四周的空气仿佛凝结成冰，压抑得让人喘不上气来。

菲尔特一脸铁青地望着前方畏惧不前的士兵，猛然掏出手枪，冲着最后面的一人开枪射击。

“砰！”一声枪响，所有人的神经都绷到了极致。

“都磨磨蹭蹭地干什么？！谁再敢磨蹭，老子先一枪崩了他！赶紧冲上去！”菲尔特威胁的声音从身后传来，吓得士兵们再也不敢放慢步子，疯了一般朝山坡冲去。

战兵没有料到菲尔特会如此狠辣，看着疯了一般朝自己奔来的士兵，战兵立马开枪射击，几乎没有瞄准，子弹精准地钉在了敌人的眉心，一枪毙命。

此时，冉爽猛然睁开了双眼，几乎下意识地坐起身来，而就在这一瞬间，她已然做好了上膛、瞄准的姿势，随即加入了战斗。

此时的士兵已然陷入癫狂，抛弃了绝望与恐惧，此刻的他们是一具具货真价实的杀人机器，眼里只剩下了仇恨与目标。

越来越多的士兵冲上山坡，疯了一般地叫喊着朝战兵、冉爽的方向扑来，战兵、冉爽两人的枪法虽快，但是也奈何不了人山人海的敌人。几乎是眨眼间的工夫，敌人已经冲上了山坡，怪叫一声朝战兵扑来。

仓促间，战兵想要开枪射击却已来不及了，但近身的厮杀搏斗，枪械反而是个累赘。

战兵拿起突击步枪对准来人的面门狠狠砸了下去，却猛然被随即冲上来的士兵一把搂住了脖子，重重撞在了地上。

战兵想也未想地屈肘捣向身后，只听一声惨叫，双手的钳制松开，战兵的手里猛然多了一把匕首，而后狠狠插入了对方的心脏。

这时，战兵的背后突然传来一阵劲风，身体本能地一闪，勉强闪过重拳，随即一个利落的转身，一刀划开了偷袭者的喉咙。

越来越多的士兵涌到了战兵的跟前，挥舞着手里的匕首朝战兵、冉爽两人冲来。战兵、冉爽两人且战且退，敌人这是明显地准备用人海车轮战消耗两人的体力，为的就是将两人生擒活捉。

战兵将军刀狠狠插进敌人的脖颈，一刀切开了大动脉，随即看着鲜血喷溅到了一个举着刀冲着自己大喊的士兵的脸上。在那人因鲜血溅进眼睛而下意识闭眼的一瞬间，一个回旋，战兵将军刀狠狠地插进了他的心脏。

就在这时，两个敌人大叫着举着军刀朝战兵砍了过来，战兵无奈，只得后退躲避，而此时，身后的一个士兵突然发难，战兵避无可避，只得尽量躲开要害部位，任由军刀划开了自己的胳膊。

战兵疼得眉头一皱，飞起一脚用力踹在那人的心窝，只见那人怪叫一声飞了出去，随即便没了声响。

战兵这边已然是伤痕累累，冉爽也是不轻快，原本肩膀上便有伤，如今被数十人围攻，身上的伤口已经不下十处，远远望去仿佛血人一般。只不过，冉爽都避开了要害部位，伤口看起来吓人，其实并无大碍。即使如此，如果长时间地打斗，恐怕冉爽会失血过多，体力不支。

战兵越打越急，身上沾满了鲜血，有自己的也有敌人的，仿佛浴血战神一般令人胆寒心惊。

战兵慢慢朝冉爽靠近，回身用力屈肘捣向背后敌人的面门，只听“砰”的一声闷响，身后的那人鼻梁砸塌，口鼻喷血，直接栽倒在地。

就在这时，冉爽因躲避面前三人的同时攻击，身子回撤。此时，就在她的身后，一个敌人悄无声息地靠近，手里赫然握着一把锋利的泛着乌光的匕首。

“冉爽，小心身后！”战兵不由得大喝一声，随即一脚踢开对面敌人的攻击，手中的匕首脱手而出，直直飞向冉爽身后。

只听“噗”的一声闷响，匕首狠狠插进了对方的后心，那敌人一脸惶恐地回头看向战兵，随即喷出一口鲜血，重重摔在了地上。

众人见战兵的手里没了武器，脸上不由得闪过一丝狂喜，随即大叫着齐齐朝战兵举着匕首冲了上去。

冉爽不由得大惊失色，可是眼下她被面前的数个敌人缠住了身子，分身乏术，只能看着战兵手无寸铁地淹没在敌人的包围中。

“砰砰砰……”数声枪响骤然响起，只见反政府军的士兵皆是被一枪击毙，仰面倒地。

这时，战兵的手里赫然多了一把小巧的手枪，就在士兵们集体发愣的一瞬间，战兵已然对准敌人猛然射击。强烈的攻势让敌人下意识地抱着头趴在了地上，而战兵则冲着冉爽大喊了一声“撤”，随即一边射击一边朝一旁的假山撤退。

冉爽朝假山狂奔，随即身后枪声炸响一片，只见战兵闪转腾挪地做着令人眼花缭乱的军事规避动作，随即一个跃身跳到了假山后面，将所有的子弹都挡在了假山上。

“你没事儿吧？”战兵一脸担忧地望向冉爽，此时的冉爽身上伤口多不胜数，鲜血已然将作训服染红。

“无大碍，都是皮外伤。”冉爽摇了摇头，随即掏出了随身手枪。两人的枪械都在近身搏斗时拿来当了钝器，两人只剩下两把手枪，可谓是处境堪忧。

“现在怎么办？”冉爽道。

此时的冉爽已然忘记了疼痛，纵使她现在伤痕累累，但是处在生死线上，让她顾不上疼痛。

不仅是冉爽，战兵也忘记了疲劳与疼痛。他们的痛感神经仿佛消失了一般，如果这场战斗依旧没有尽头，那么他们两个甚至有可能因失血过多而亡，也有可能因为心脏衰竭猝死……

战兵一把拽住了冉爽的手，原本白皙的手掌已然满是血污，浑身上下一股浓重的血腥味儿，看起来触目惊心。

冉爽一脸的不明所以，却也温顺地任由战兵就这么牵着手，心里不由得闪过一丝温馨惬意，心境顿时和眼下的局面格格不入。

“战兵……答应我一件事，好不好？”冉爽清澈见底的眸子深情地望着战兵，目光中快速闪过一丝挣扎。

战兵下意识地微微皱了皱眉头，似是猜到了冉爽想要说什么，“只要有我在，你不会有事儿的！相信我！”

冉爽不由得微微一笑，明亮的眸子仿佛一池漾开的湖水，波光粼粼。

冉爽重重地点了点头，没有再继续说下去，原本有一丝不安的心里，却因为战兵的这一句承诺，顿时觉得安心宁静了很多。

战兵快速清点了手里的子弹，还有五发，冉爽也只有十四发，而敌人的弹药数量却远远超过这个数量！

菲尔特没想到仅仅是围捕两人竟然会造成如此大的伤亡，而此时，既然已经造成了现如今的局面，就算菲尔特不想活捉两人也得硬着头皮干了，否则损失如此多的士兵就完全是一场闹剧了。

“都攻上去，我要活的！”菲尔特青筋暴起，咬牙切齿地说道。

听到假山后面传来一阵声响，战兵、冉爽两人不由得对视一眼，只此一眼包含了太多东西，地老天荒，一眼万年。

微风轻轻拂动，传来一阵浓重的硝烟味儿，让人的神经不由得紧绷，战兵双手握住手枪，随即闪出假山冲着敌人快速射击。接连打光了手枪里的子弹，战兵这才再次闪身回到了假山之后。听着敌人的子弹呼啸而过打得假山“噗噗”作响，此时的反政府军士兵已然是精神高度紧张，只要一有什么风吹草动便会不管三七二十一地一通乱射，哪里还管什么战术战略！

渐渐地，枪声渐稀，蠢蠢欲动的士兵再次朝假山靠近。

战兵冲着冉爽点了点头，一双锋利肃杀的眸子里满是寒光闪烁，仿佛一把饱饮鲜血的利刃，让人胆寒心惊。

反政府军的士兵们战战兢兢，而身后的菲尔特又是一脸的凶神恶煞，一旦退后半步，等待他们的将会是菲尔特的子弹，所以，他们只能前进！

就在这时，冉爽猛然开枪，几发子弹皆是命中敌人眉心，一时间枪声大振，整个假山再次陷入了枪林弹雨中。

冉爽此时已然打光了枪里的最后一发子弹，整个假山被子弹打得一片狼藉，漫天的子弹仿佛织就了一张巨大无比的网，将整个假山全部包围了进去。

冉爽眉头微皱，一双黑白分明的眸子望向战兵，满是焦灼。

战兵抬手轻轻抚了抚冉爽的头发，动作轻缓得仿佛是在抚摸稀世珍宝一般。战兵的手上带着一股浓烈的血腥味儿，却让冉爽感觉到一股前所未有的安心。

此时的战兵额头被流弹划开一道深深的血痕，混着鲜血与尘土，显得尤为狰狞，整张脸上满是血污，让人看不清原本的面貌。战兵的嘴角微扬，听着渐渐稀疏的枪声，知道敌人又一波的攻击很快就会到来，可是望着面前的冉爽，战兵的心里异常地平静，情不自禁地向前一步抱住冉爽，享受着难得的放纵沉溺。

冉爽被战兵宽阔的胸膛包裹着，嘴角不由得微微扬起，这一刻，她甚至能够听到战兵怦然有力的心跳声，来自于心脏的悸动，让冉爽心醉……

听着耳旁的声音渐近，战兵这才直直地看向冉爽，嘶哑铿锵的声音无比坚毅地道：“杀！”

冉爽重重地点了点头，笑得一脸的洒脱，有谁的爱情能如她这般轰轰烈烈，有谁的爱情能如她这般同生共死！

此时的菲尔特一脸的狰狞暴戾，望着已然没了动静的假山，脸上不由得扬起一丝狂喜。他冲着身后的警卫士兵道：“待会儿你们几个上去，活捉那两个华夏军人！”

“是！”警卫士兵个个摩拳擦掌。

菲尔特知道即使面前的这两个华夏军人没有了子弹，但是想要靠杂牌军活捉这两人也是天方夜谭，还是让他的人出马更靠谱一些。

菲尔特身边的警卫士兵都是菲尔特的嫡系死忠，跟随菲尔特出生入死，每个都身手不凡。

听着脚步声渐进，战兵冲着冉爽做了个“准备”的手势，一脸的杀气。

就在这时，战兵猛然跃出假山，还没等身后的狙击手反应过来，面前已然失去了目标，而等他们好不容易锁定战兵、冉爽两人时，他们已经跟反政府军士兵们混战在了一起。狙击手生怕误伤自己人，便只好在一旁等待时机。

转眼之间，战兵已然重伤数人，待敌人们反应过来之后，这才大叫一声向战兵、冉爽两人冲了过来。

上百人的近身厮杀，血腥暴戾，十多人倒在血泊之中，鲜血将绿色的草坪尽数染红，翠绿的枝叶上挂着殷红的鲜血，看着触目惊心。

此时战兵身上的伤口已是数不胜数，虽然他避开了要害部位，但是伤口却依旧给战兵的动作造成了很大程度的干扰。此时的战兵只觉得体力飞速流失，手臂有千斤重，每挥舞一次仿佛都要使出浑身的力气。

冉爽的肩膀上原本就有伤，随着竭力地厮杀，冉爽已然是强弩之末，仿佛下一秒就会一头栽倒在地。

“冉爽，小心！”战兵飞起一脚，将想要偷袭冉爽的士兵踢出了战场，随即反手夺过旁边士兵的军刀，一刀狠狠插进身后敌人的胸膛，温热的鲜血喷涌而出，喷溅得战兵浑身都是鲜血，看起来像是一尊浴血战神。

冉爽冲着战兵投去了一瞥感激的目光，随即一刀划开了冲上来的敌人的颈部大动脉，鲜血喷溅而出。那士兵满含绝望的眸子慢慢黯淡了下去，随即重重摔在了地上，再无声息。

越来越多的士兵围了上来，战兵护着冉爽且战且退，一脸警惕地环视着团团围上的敌人。

“啊……”士兵们怪叫一声冲着战兵、冉爽两人扑了过来，战兵不敢小觑，闪身躲过敌人的攻击，随即一刀插进了敌人的胸膛。还没等战兵来得及拔刀，一旁敌人的匕首已然闪着寒光挥了过来，此时战兵再想躲避已是不可能了，只能避开要害位置，硬生生扛下了这一刀。

匕首狠狠插进了战兵的肩膀，疼得战兵险些闷哼出声，但是身体在数以千次的训练中几乎形成了条件反射，还没等大脑做出反应，手中的匕首已然狠狠划开了敌人的喉咙，鲜血喷溅而出，场面血腥暴戾。

敌人被战兵吓得连连后退，此时的战兵在敌人的眼里就如同死神一般，手执死亡镰刀收割着所有人的生命！

“砰！砰！砰！”就在这时，身后的枪声响起，只见菲尔特手执轻机枪站在众人身后，一脸狰狞地威胁着他的士兵。

士兵们再次扑了上来，比之前的任何一次更加疯狂。

这时，面前的三人齐齐朝战兵的胸刺来，战兵抵挡不了，只得后退，但是身后的一个士兵却猛然勒住了战兵的脖子，战兵险些喘不上气来。

战兵正好借助身后那人的身体，抬腿一脚将面前的三人踢开，随即屈肘狠狠捣在身后那人的胸腔，只听“咔嚓”一声，对方的肋骨硬生生地被战兵捣断三根，剧烈的疼痛使他松开了对战兵的钳制，却被战兵一刀结果了性命。

就在这时，战兵只觉得身后一道劲风闪过，而战兵此时再回头已然是来不及了，几乎是本能地回手一划，手中的匕首划开了敌人的肉体，发出一声沉闷的响声，随即一道鲜血喷涌而出。战兵迅速回身，想也没想地一刀刺进了敌人的身体。

战兵的余光瞥到了冉爽身后的一个士兵一脸狰狞癫狂地冲着冉爽的后心刺去，而冉爽却被身前的敌人缠住了手脚，根本躲避不开身后的那一刀。

时间仿佛就在这一刻停止了，所有的动作都被无限放慢，战兵甚至能够清晰地看到对方脸上的疯狂与狰狞，刀尖上甚至还沾染着鲜红的血液，就这么直直地朝冉爽刺去。

就在这个时候，战兵身前的敌人再次发起了进攻，匕首闪动着寒光朝战兵挥舞而来，已然是近在咫尺！

战兵想也未想，一脚踢开想要暗算冉爽的敌人，而就在这时，胸前传来一阵剧痛，一柄匕首狠狠插进了战兵的胸膛，鲜红的血液喷涌而出。战兵反手一刀狠狠插进了对方的喉咙，耳边听到一声垂死的号叫，紧接着身子不由自主地连连退后数步。

冉爽只觉得此时的心脏被一只大手紧紧地攥住，疼得她几乎不能呼吸。

“战兵！”冉爽声嘶力竭地大喊一声，随即护住战兵连连后退。

菲尔特看到战兵受伤倒地，这才从隐蔽地点走了出来，一步一步地朝山坡靠近。士兵们自发给菲尔特让出一条路，而后等待着菲尔特的命令。

此刻的战兵胸前插着一柄匕首，一张脸上一丝血色也无，但是一双冷冽的眸子却依旧充满杀气，让人不敢直视。

菲尔特目光阴狠地瞪着战兵，嘴角扬起一丝得意的笑意，“如果不想再吃苦头，我劝你们最好乖乖投降，否则，可别怪我下手不留情！”

战兵不由得轻笑一声，在如此的境地里，竟然有人还能笑出来，这不禁让所有人都觉得头皮发麻，一脸警惕地望着战兵。

战兵目光灼灼地望着菲尔特，一双锋利冷冽的眸子里满是寒光，嘴角微微扬起，“谁生谁死还不知道呢。”

菲尔特不由得哈哈大笑一声，咬牙切齿道：“死到临头了还嘴硬，我看你能嚣张到什么时……”

没等菲尔特说完，战兵手中猛然一道银光闪过，紧接着菲尔特捂着左眼大叫一声，一柄银色匕首插在菲尔特的左眼里，鲜血顺着指缝流淌而出。

战兵的眸子不由得闪过一丝失望，他的匕首本来射向的是菲尔特的眉心，可是由于手臂受伤，射偏了，只要了他的一只左眼！

听着菲尔特撕心裂肺的喊叫，士兵们吓得魂飞魄散。“杀了他，给我杀了他！”菲尔特歇斯底里地大喊道。菲尔特在警卫士兵的簇拥下步履蹒跚地向后退着，他看着士兵们将战兵、冉爽两人淹没，仅存的一只眸子里迸发出蚀骨的仇恨，恨不得将战兵碎尸万段！

“砰砰砰……”密集的枪声骤然响起，反政府军的士兵们被铺天盖地的子弹扫倒了一片。

“冉爽，保护战兵！剩下的交给我们！”战军杀气腾腾地说道，说话间又有三名士兵中弹而亡。

冉爽使出浑身仅存的力气将战兵拖到了一处隐蔽的地点，这才一脸紧张地看向战兵。

“战兵！战兵……”冉爽的眼泪如同断了线的珠子一般滑落下来，一脸的慌乱无助。

战兵缓缓睁开了眼睛，听到耳边密集的枪声，知道是援军赶到了，他们暂时安全了……

“我没事儿……”战兵慢慢支起身子，抬手擦拭了冉爽眼角的泪水，这才微微勾了勾嘴角，“这是我第一次看你哭，而且还是为我流泪……”

冉爽不由得破涕为笑，沾染着晶莹泪珠的脸颊上不由得飞上一丝红晕，越发显得美艳。

就在菲尔特等人都走上山坡的时候，身后的狙击手被随之赶到的战军等人尽数悄无声息地解决。待解决了全部的狙击手之后，战军这才冲着战兵做了个“完毕”的手势，而这也是战军发起进攻的信号！

战兵听着耳旁的枪声渐密，知道战军等人已经控制了战场，整颗心这才放了下来，而胸口随之而来的疼痛也让战兵不由得皱了皱眉。

“战兵！战兵！”冉爽一脸的慌乱无措，一双黑白分明的眸子蓄满了泪水，滴落在战兵的身上，很快与鲜血融合在了一起，消散不见。

战兵缓缓抬起手来，想要触碰冉爽的脸，却由于动作牵连到了伤口，疼得战兵不由得倒吸了一口气。

冉爽一脸紧张地连忙握住战兵的手，慢慢贴在了自己的脸上，不住地摩擦。

战兵的手掌裂开了好几道血口，沾染上了鲜血与灰尘，一片血污，但是冉爽却依旧贪恋着来自战兵手掌上的温度，一脸的心疼。

见冉爽流泪，战兵强挤笑容，“别哭，我没事儿，大哥不是来了吗？我是谁啊？我可是利刃特战大队的队长战兵啊！”

冉爽听到战兵的豪迈自夸，破涕为笑，清澈见底的眸子挂着晶莹的泪珠，美艳不可方物。

战兵不由得一愣，随即勾了勾嘴角，轻声说道：“你笑起来真美……”声音饱含深情专注，让冉爽一下子红了脸。

“队长！队长！”盛家宝的大嗓门儿猛然响起，冉爽不由得放开战兵的手。突然的动作让战兵扯动了胸前的伤口，疼得险些闷哼出声。

“队长！”盛家宝的声音中带着哭腔，嘴唇上一丝血色也无，显然他不顾胸口的伤口强行战斗。

“我没事儿，别哭丧似的！”战兵没好气地白了盛家宝一眼。战兵手中还残留着冉爽柔嫩脸颊上的柔软触感，很为这个大煞风景的程咬金感到不爽。

盛家宝连忙闭上嘴，望着战兵胸前插着的匕首，想哭又不敢哭，一张脸憋得通红。

“队长！”又一声哀号响起，如果不是害怕撕扯到胸前的伤口，战兵真想抬手扶一扶额头。

当王军伟看到一柄匕首插在战兵的胸膛时，眼睛里顿时蓄满了泪水，连声音都带着浓浓的鼻音，“兵哥……兵哥……”

“没事儿……”战兵甚是无奈地苦笑一声，如果要这么一直解释下去的话，战兵不敢担保他会不会晕过去。

战兵想撑住身子坐起身来，冉爽想去扶他，却被盛家宝、王军伟两人抢先一步，举起的手又再次放了下来，一脸担忧地望着战兵。

“工厂怎么样了？战况如何？”战兵硬撑着坐起身来，这才开口问道。

王军伟连忙说道：“南桑坦的政府军赶来了，敌人已经被消灭得差不多了，就剩打扫战场了，石油工厂保下来了！”

战兵这才点了点头。

不得不说，这南桑坦政府军来得“真及时”！

“战兵，怎么样了？”战军风风火火地跑了过来，身上甚至还带着尚未干涸的血迹。

战兵这次真的无奈了，翻了个白眼儿说道：“我现在没事儿，可是不敢担保再被这么问下去会不会有事儿！”

战军见战兵胸口插着刀子，先是一愣，然后检查了一下战兵的伤势，发现刀子扎得挺深，刺入肺部，但并没有割破动脉，出血并不严重，暂时没有生命危险，只不过眼下还是要尽快送往医院。

“都愣着干什么，赶紧把战兵抬走，送医院！”战军没好气地瞪了盛家宝一眼，这才回头看向王珂，“你负责看好这小子，身上有伤还这么拼，当真以为身体是铁打的？！”盛家宝不由得微微红了脸，搔了搔后脑勺，没敢吱声。

王军伟、刘中杰两人连忙上前想要架起战兵。战兵回头望向冉爽，眸子里满是浓浓的关切，“冉爽，你身上有伤，跟我一起去医院。”

冉爽点了点头走过来，战兵一把握住了冉爽的手，冉爽整个人顿时呆愣住了。不仅仅是冉爽，包括战军在内的所有人都不由得愣住了——这……这什么情况？

冉爽到底没有挣开战兵的手，白皙的脸上不由得染上几分红晕，顺从地点了点头，而后一脸担忧地望向战兵，“你小心伤口。”

这下所有人都明白了，即使是一向神经大条的盛家宝都张了张嘴巴，一脸震惊地望着战兵、冉爽两人，显然不太敢相信这是真的！

虽然平日里利刃队员没少在背后谈论战兵、冉爽两人的关系，都认为他俩是天作之合，天生一对，但是，毕竟这来得太突然，让所有人一时傻了眼。

战军率先哈哈大笑一声，冲着战兵挑了挑眉，一脸的眉飞色舞，“你这小子不错啊！干得漂亮！”

冉爽自然听懂了战军的话外之音，白皙的脸庞更是红得似是要滴下血来。

急救车的鸣笛响起，战兵等人坐上了政府军的急救车朝距离最近的医院驶去。战兵、冉爽两人被安置在一辆救护车上，躺在担架上的两人牵着手互望，仿佛就这么彼此看上一辈子也不会厌烦。鸣笛声中，战兵不由得紧紧握住了冉爽的手，嘴角微微上扬，“我好像觉得自己在做梦。”

冉爽一脸的笑意，“怎么了？”

战兵没有回答，而是将目光收回，嘴角依旧上扬，一颗心剧烈地跳动着，心里满满的全是幸福甜蜜。

战兵感谢上天，能让自己与冉爽相遇相爱。

04 临时教官

陆侦团

在战兵等人住院的时间里，南桑坦战事进入尾声，反政府军虽然未言明和谈，但是局势却日渐明朗。维和部队越发忙碌起来，开始对南桑坦华夏企业的厂区重建提供护卫。

王希江伤愈归队，所有的维护任务的指挥工作自然重新落到了他的肩上。

“对不住啊，兄弟，当初没有听你的忠告！”王希江有些不好意思地看向战兵。八尺的汉子竟是隐隐有些脸红，不由得让战兵轻笑出声，“王团长，这么说就见外了啊，什么忠告不忠告的，咱们现在是在一个锅里吃饭的兄弟！过去的事儿就别提了！”

王希江咧嘴一笑，所有的不愉快尽数消散化解。

“队长，电话！”王军伟气喘吁吁地拿着卫星无线电话跑了过来，张了张嘴，示意是高老大。

战兵冲着王希江歉意地点了点头，王希江连忙示意战兵先接电话。

战兵拿着无线电话走远了几步，这才开口道，“喂，老大，有什么指示？”

“没事儿，就是听说有喜事儿，赶紧打个电话落实落实。”高志勇一本正经地说道。

战兵不由得翻了个白眼，没想到高志勇这么快就知道消息了，看来队伍里有“内奸”啊。

“这么闲啊，这卫星电话可是贵得很啊，没事儿我挂了啊。”战兵一脸平静地说道。

高志勇急了，“哎，别挂，有正事儿！”

战兵挑了挑眉头，“有什么指示？”

高志勇轻咳一声，试探性地问道：“那什么……你跟冉爽什么时候的事儿啊？保密工作整得挺到位啊。”

“挂了啊……”

“别！别！真有正事儿啊……行了，不开玩笑了！”高志勇嘿嘿一笑，这才说道：“既然旅游度假结束了，现在是不是也该回来了？而且现在南桑坦的战事差不多平息了。还有，回来的路线我发给军子了，明天飞机会在那里等着接你们回国。”

战兵皱了皱眉头，“这么快？”

高志勇点了点头，脸上却笑得灿烂，“说好的七天假期啊，现在都第八天了，也该回来了，大不了下次再来一次南桑坦七日游就行了，至于没逛完的地方，下次补上也不迟！”

战兵抿了抿嘴唇，“石油工厂的那一战，后来来了一批训练有素的佣兵，我怀疑他们是反政府军雇佣的佣兵团。”

“我听张宁说了，他说菲尔特被这伙佣兵救走的，这些战军都写进报告了。”

战兵点了点头，在他受伤住院期间，与国内的联络一直都是战军负责，想必连带他们利刃特战大队的情况都是战军传递的，也包括他跟冉爽的事情。行了，“内奸”猜到是谁了。

“你们抓紧时间收拾，明天归国！”高志勇沉声说道，“直升机是陆侦团派来的，所以你们先到陆侦团，随后我会派车接你们。”

战兵点了点头，“是！”随即挂断了电话。

说是准备工作，其实不过就是将枪械收拾一下。由于在战争中毁了不少枪械，所以，总归是要报备一下，毕竟所有的枪械都是从维和部队那里借来的，有的则是从南桑坦政府军那里顺来的。众人归置了半个多小时，这才将所有枪械都归还了回去。

“王团长，这里的事情就交给你了，下次如果还旅游的话，就还来南桑坦！到时候我们还会回来的！”战兵拍了拍王希江的肩膀。

王希江笑呵呵地说道，“行了，这里有我在，放心吧，一路顺风！”

战军、战兵两人冲着王希江庄重地敬了个军礼，随即身后的狼牙、利刃队员也“唰”的一声敬礼，动作整齐划一。

“登机！”

直升机盘旋直上，望着地面上越来越小的人影，战兵不由得皱了皱眉，直到什么都看不清了，这才缓缓收回了目光。

直升飞机一路向北，就在众人迷迷糊糊即将进入梦乡之时，机舱内传来了一阵播音声，战兵猛然睁开双眼，歪头看了一眼机舱外的景色，他们已然抵达了华夏境内。

战兵拍了两下手掌，“到了，准备降落！”

狼牙、利刃队员一扫之前的疲态，一个个皆是精神抖擞，一脸兴奋地望着下方的绿色军营，心里一阵激动澎湃。

“这是哪里啊？”盛家宝咧嘴看向下方有些陌生的军营，歪头看向战兵。

“陆侦团，王希江所在的部队！”战兵四下望了一眼，这才说道。

盛家宝等人一脸兴奋地点了点头，笑得见牙不见眼。

战兵等人一下飞机，就听说有领导要来陆侦团视察，仔细一打听竟然还是个熟人——赵峰。

自从在老虎营参加的那次演习之后，战兵就再也没见过赵峰了，仔细掰手算算已经有两年多了。

“我想去见见赵叔，两年没见了！”战兵笑呵呵地看向战军。

战军点了点头，“的确是该见见，他总在我跟前提你呢，这次既然碰上了，如果不见，倒是有些说不过去了。”

战兵点了点头，随即抬头看向战军，“那你呢？”

战军笑呵呵地摆了摆手，“我就不用了，我们经常见。”

狼牙特战大队时不时会跟赵峰的部队在演习中狭路相逢或是强强联手。就在去南桑坦维和前，战军才刚刚跟赵峰见过面，所以倒不如战兵那般激动。

“那行，你去跟赵叔聚聚，我们就先回去。”战军望了一眼陆侦团的方向，“赵叔现在是上校了吧？听说年底妥妥升将官。”

战兵微微眯了眯眼，“你想说什么？”

好戏

战军咧嘴一笑，笑得一脸的老实诚恳，但是眸子里的诡诈却是逃不过战兵的双眼。

战军、战兵两人虽然喊赵峰为赵叔，但是赵峰不过比战军大七岁，比战兵大十岁。赵峰“年轻”时干过的“浑事儿”，战家兄弟两个可没少参与，只不过赵峰后来当兵去了，战军这才异军突起成了军区大院的“混世魔王”，而战军走后这个头衔才落到了战兵头上。总之一句话，三人没一个好鸟儿。

“你别这么看着我啊！”战军皱着眉，摆出一副受伤的神情，极力表达着“我很单纯，不要误会”的信息。

“行了，说吧，有什么鬼点子？”战兵冷冷白了战军一眼，见战军依旧在假装良善，作势脸色一沉，转身就要走开。

“哎，哎，别走啊。”战军连忙拽住战兵，如果走了，他还让谁演这场好戏去啊？

战兵面无表情地看向战军，等着战军开口。

战军搓了搓手，说道：“赵叔这不是来视察吗？你装个新兵蛋子，然后把你的枪法在他的兵面前露露。”说着，已然笑得见牙不见眼。

战兵眉头一挑，一脸平静地看向战军，“说完了？”

战军不由得一愣，没想到战兵竟然一点儿表情都没有，一脸纳闷地挠了挠头，自己的计划多有趣啊，怎么战兵就不感兴趣呢。

战军一脸呆愣地点了点头，战兵转身大跨步地走开，径直朝冉爽走去。

“这小子！”战军一脸不爽地抱怨，随即愤愤地冲着狼牙队员招了招手，原本等着看热闹的狼牙队员依依不舍地朝战军走去。

望着战兵一步步朝自己走来，冉爽的脸颊不由得有些微微泛红，耳边听到狼牙队员的低笑声。

“我会给你打电话的。”战兵碍于队员们都在，便只是牵起了冉爽的手，但即使如此，冉爽也是羞红了脸。战兵望着一脸娇羞的冉爽，轻笑一声，便只是这样望着冉爽，仿佛一辈子都看不够。

就在这时，天空中飞来了一架直升机，战军抬手扶了扶话筒说了几句话，然后看向战兵、冉爽两人，扯着嗓子大喊道：“行了啊，别腻歪了，以后娶回家有的是时间，走了，回基地！”

战兵一脸依依不舍地望着冉爽，冉爽将手抽走，战兵却一把将冉爽抱在了怀里，一时间众人的惊呼、口哨声仿佛全部消失，整个世界只剩下了他与冉爽。

“好好照顾自己，我会去找你的！”战兵贴在冉爽的耳边低语一句，随即后退一步，一脸依依不舍地望着冉爽。

冉爽白皙如玉的脖颈也染上一丝红晕，而后微微点了点头，深深地望了战兵一眼后，转身朝直升机奔去。

直升机盘旋一圈越飞越远，消失在众人眼前。战兵转身看向利刃队员，微微扬了扬嘴角，随即将目光落到了笑得最为灿烂的王军伟身上，“军子，你去搞一套陆侦团的新兵军装去。”

王军伟满脸的灿烂笑容顿时僵在了脸上，不由得一愣，“队长，你要新兵蛋子的军装干吗？”

战兵脸色微沉，“让你去你就去，这么多废话！”

王军伟被战兵的脸色吓得不轻，这才将满腹的疑问都尽数压了下去，转身快速朝陆侦团摸去。

对于利刃特战队员来说，伪装渗透是再熟练不过的了。王军伟的军事素质在利刃是排老末的，但是如果将王军伟放到陆侦团里，那他是绝对的侦察兵王！

没过一会儿，王军伟便搞来了好几套军装，而且都是新兵的，还带来了陆侦团的一些消息。

“他们人现在都在训练场呢，阵势摆得挺大的，连坦克都出动了！”王军伟将衣服递给战兵，小心翼翼地望着战兵的脸色。

战兵微微点了点头，随即将手里的衣服拿出一套，剩下的递给王军伟等人，“换上，跟我进去看好戏去！”

利刃队员一听，忙不迭地去抢王军伟手里的衣服。王军伟一听有好戏看，哪里肯让给旁人，拿了一套随即将剩下的扔在了地上，一溜烟儿跑出去好远。

王军伟只搞到了三套军装，最后一套被人高马大的盛家宝抢到了手。林国光面无表情地站着，用自身的行动表达了他对战兵口中的“好戏”不抱兴趣。

“队长，我们也想进去。”卫钏眼睛放光地望着战兵。

战兵整理着身上的军装，指了指一旁的山坡，“喏，那可是个好阵地，在哪里看也一样！”

卫钏的肩顿时垮下来，显然，比起在望远镜里看好戏，他更希望在近处看。

想到这里，卫钏猛然回头看向王军伟，嘴角咧出一丝阴险的笑，随即回头看向战兵，“队长，刚才看热闹的时候，就属军子咧嘴咧得最大。”

战兵微微眯了眯眼，“哦，是吗？”

卫钏生怕战兵不相信似的，连忙点头，“是的，刚才军子的嘴都快咧到耳朵根儿了……是不是，兄弟们！”

“对！对！”利刃队员齐刷刷地点头，毕竟只要战兵点头，他们当中会有一人取代王军伟。

原本在一旁乐着的王军伟顿时感觉苗头儿不对，不由得急道：“队长，我没有……真的……”

战兵扬了扬嘴角，“是吗？我怎么看着就属你笑得最欢啊？”说完，还没等王军伟说话，战兵回头看向卫钏等人，似笑非笑地说道，“随你们处置。”

“哈哈哈……”

“啊，队长，我不敢了……”

伪装新兵

林国光在一旁无可奈何地摇了摇头，就知道战兵的热闹不是这么好看的，王军伟跟战兵混了这么多年都不知道这点儿，活该被整。

战兵笑呵呵地看着利刃队员围追堵截王军伟，脸上神采飞扬。最终，卫钏力压群雄，得到了军装。毕竟跟一个熟谙人体穴道的人抢东西，这些人都没有胜算。

卫钏一脸眉开眼笑地将军装穿在了身上，跑到战兵跟前，“队长，咱们走吧！”

战兵笑呵呵地瞥了一眼欲哭无泪的王军伟，转身朝陆侦团营地奔去。

王军伟瘪着嘴，一脸委屈地走到林国光跟前，林国光拍了拍王军伟的肩膀，就算是安慰他了。

此时，整个陆侦团的士兵聚集在训练场，精神昂扬地站在原地拔着军姿。一会儿，一辆越野车驶来，赵峰来了。

两年没见了，赵峰依旧还是那副样子，只不过比之前更威严，肩上的军衔也成了上校。

“哈哈，挺精神啊！”赵峰笑呵呵地下了越野车。

陆侦团团长陈磊一脸肃然地敬了个军礼，随即上前一步，一脸庄重道：“首长好！”

赵峰笑呵呵地摆了摆手，“什么首长，我也是陆侦团出来的兵！”

陈磊咧嘴嘿嘿一乐，道：“那我们就开始了！”

赵峰点点头，“开始吧！”

此时，训练场中央开始了汇报表演，其实无非就是打靶、越障。挑选出来参加表演的士兵都是陆侦团的尖兵，整个训练场上顿时喝彩声一片！

战兵、盛家宝、卫钏三人身着新兵军装悄无声息地混进了队伍的末尾。一旁的士兵只是侧脸望了几眼，虽然觉得陌生，但是那么大的陆侦团，不认识几个新兵蛋子的确算不得什么大事儿，便纷纷转回了头，专心看起了表演。

战兵不由得暗暗点头，不管是哪个军区的陆侦团，都是最容易出特种兵的地方。此时，正在进行汇报演出的两人的枪法自然是没话说，想必在陆侦团也算得上是精兵了！

“好！”看着最后的靶子倒地，赵峰不由得喝了声彩，陈磊咧嘴看向赵峰，笑得一脸的灿烂。

“不错啊，陈团长。”赵峰笑呵呵地看向陈磊，随即望向方才汇报演出的两人，“让他们两个过来，我有话要说！”

陈磊随即冲着那两个兵大声喊了一句，“你们两个过来，跑步前进！”

赵峰笑呵呵地望着那两人，点头道：“不错，这就是传说中的神枪手吧？”

陈磊连忙摆手道：“首长说笑了，他们两个可算不得神枪手。”

赵峰哈哈大笑一声，指了指陈磊，“难不成你还有比这更厉害的？来，拉出来让我开开眼！”

陈磊原本只是谦虚，没想到首长说这样的话。所谓的汇报演出自然是要让最好的兵出马，而这两个兵就是陆侦团最好的。

“报告首长，我！”盛家宝咧嘴一笑，露出一排整齐的小白牙。

所有人的目光聚到了盛家宝身上，待看清楚盛家宝身上的新兵军装时，皆是嘲笑之音。

盛家宝所在队伍的组长不由得一脸恼怒地瞪向盛家宝，当他反应过来盛家宝不是他班上的兵时，盛家宝已然大跨步朝赵峰走去。

赵峰笑呵呵地望着盛家宝，显然没有将盛家宝的话当真。可是当看到盛家宝当真走到一旁拿起了八一杠时，赵峰微敛了敛笑意，认真地望着盛家宝。

“你想打什么？”赵峰上下打量着盛家宝，觉得眼前这个新兵非同寻常。

陈磊一脸阴沉地瞪向盛家宝，“你是哪个连的新兵？你……”

没等陈磊说完，一旁的赵峰便笑呵呵地抬手示意陈磊停下，一脸笑意地看向盛家宝。

盛家宝咧嘴一笑，心里道：“首长就是首长，比旁边的团长知趣多了。”

“报告首长，我就打刚才的靶子就行！”

赵峰不由得挑了挑眉，一旁的陈磊则是一脸无语地翻了个白眼，赵峰随即大手一挥，“重新布置靶场！”陈磊刚刚到了嘴边的话，全部都咽了下去。

盛家宝不由得咧嘴一笑，“谢首长！”随即提着八一杠朝靶场走去。

战兵不动声色地在一旁看热闹，以盛家宝的本事，这样的靶场不在话下，他更关心的是赵峰的反应。

靶场很快布置完毕，盛家宝冲着赵峰打了个手势，随即端着八一杠冲入了障碍靶场。

盛家宝射出第一颗子弹后，所有人都震惊了，速度之快，精度之高，简直叹为观止。越障射击的动作如同行云流水一般，令人心悸。当所有项目完成之后，盛家宝擦了擦额头的汗水，咧嘴笑得得意。

“好！”赵峰率先喝起了彩，随即反应过来的士兵顿时发出雷鸣一般的掌声。所有人都一脸激动地望着盛家宝，脸上皆是不可抑制的惊讶——这是谁啊？新兵，这么牛！

赵峰冲着盛家宝招了招手，盛家宝连忙小跑上去，看着一旁呆若木鸡的陈磊，甚是得意地扬了扬眉毛。

“我看看你的手！”赵峰笑呵呵地看向盛家宝，一双晶亮的眸子仿佛能透视人心一般，要将盛家宝的整个心都看透。

盛家宝暗道一声“老狐狸”，随即乖乖摊开了手掌。

有老茧！

“你是哪个班的兵？”赵峰微微眯了眯眼，一脸审视地看向盛家宝。

盛家宝知道自己露馅了，不由得咧嘴一笑，将身子绷成了一条直线，冲着赵峰敬了个军礼，“报告首长，利刃特战大队盛家宝，请指示！”

赵峰不由得一愣，随即反应过来，晶亮的眸子快速闪过一丝精光，“利刃？你们队长呢？让他滚出来见我！”

玩大了

赵峰话音刚落，战兵便笑呵呵地从队伍里站了出来。所有人都是一脸震惊地望着战兵，不知道他是什么时候混进来的。

“赵叔！”战兵走到赵峰跟前不由得咧嘴一笑，这才挺了挺身子冲着赵峰敬了个军礼。

赵峰似笑非笑地打量了一眼战兵，回头看向陈磊，“我说陈团长，你们可是陆军陆侦团啊，这下被人反侦察了啊！”

陈磊一脸无可奈何地苦笑一声，一时间不知道该说什么好了。

战兵轻笑一声没有吱声。

赵峰见战兵一言不发地站在原地，只是笑意盈盈地望着自己，不由得抚了抚额头，这就好比自己的一记重拳打在了棉花上一般，让赵峰充满了无力感。

“你这小子啊，上次演习斩了我的首，这次视察又来砸场。”说着，赵峰的目光落到了一旁的盛家宝身上，“你们队上的狙击手？”

战兵笑呵呵地摇了摇头，“机枪手！”

赵峰的笑容僵在了脸上，一旁的陈磊一脸震惊地打量着盛家宝，仿佛在确定战兵这句话的真实性。

“你小子家底儿挺足啊！”赵峰一脸艳羡地望着战兵，说不眼红那是骗鬼的。

战兵不置可否地挑了挑眉头，显然没打算玩儿谦虚。

赵峰笑呵呵地看向陈磊，“陈团长，这小子可是利刃特战大队的队长，还不赶紧趁着这机会跟人家讨教几招？”

没等战兵开口，赵峰的目光重新落到了战兵身上，“你把人家的场子都砸了，不露几手是不是说不过去了？”陈磊两眼放光地看向战兵，显然也想一睹特种部队队长的风采。

“露一手！露一手！露一手……”这时，身后的士兵们一脸兴奋地吆喝起来。

战兵笑呵呵地看向盛家宝。盛家宝连忙将手里的八一杠递给战兵，而后闪到一边等着看热闹。就在战兵接过枪的瞬间，没有人看到战兵是如何做到的，他手中的八一杠“唰”的一声被分解，零部件掉落在地上。

众人一脸震惊地看着战兵，眼睛一眨不眨地看着战兵以令人眼花缭乱的速度快速将枪械组装完毕，随即单膝跪地快速射击。

只听子弹噼里啪啦地响作一团，还没等众人回过神来，战兵已然收枪起立，一双冷冽的眸子精光四射。

所有人都目瞪口呆地望着战兵，八一杠，八百米的距离，还是拆解速射。

赵峰若有所思地望着战兵，随即转头看向陈磊，“报靶！”

陈磊连忙点了点头，随即冲着一旁的士兵点头示意，没过一会儿，对讲机里传来报靶士兵略带颤抖的声音，“一号靶位，二十五发全部命中！”

话音刚落，整个训练场上一片哗然。

赵峰不由得哈哈大笑一声，“你这小子，还真是来砸场子的啊？”

战兵轻笑一声，“就是练得多。”

陈磊望着战兵，只感觉胸膛里被燃起了一把火，激情澎湃。

这才是真正的军人！国之利刃！

赵峰笑呵呵地瞥了陈磊一眼，而后目光灼灼地看向战兵，“你说你场子都砸了，不教几手儿绝活儿说不过去吧？”

战兵抿了抿嘴，“比我枪法厉害的可多得是，赶明儿我派个人过来好好给他们讲讲……”

“那也别赶明儿了，我这就跟老高打招呼，就以我俩的交情，恐怕他还真不好意思驳我。”赵峰一脸的神采飞扬，自顾自地拍板道。

还没等战兵开口，一旁的陈磊已是笑得合不拢嘴。战兵方才的那一手儿亮得那绝对没话说，他就是搞敌后侦查的，对这方面可谓是门儿清。所谓“行家一出手，就知有没有”，这战兵绝对就是行家中的行家，跟他学，那定是受益匪浅！

“好好好！”陈磊连说了三个好字，这才眉飞色舞地看向战兵，“那今天你就住在这里了，我马上让人安排宿舍！”陈磊作势就要转身收拾，像是想到什么似的，猛然回头，笑呵呵地看向战兵，“你们队上这次来了几个人？”

战兵一脸哭笑不得地看着陈磊，自己这当事人还一句话没说呢，这两人倒是一唱一和地把自己连带自家的十几口兄弟都给安排好了。

“那什么……不是……”战兵一脸无可奈何地刚想开口，一旁的赵峰笑呵呵地说道，“准备二十人的房间就行，只多不少！”

“好嘞！”陈磊咧嘴一笑，转身风风火火地安排去了。

战兵哭笑不得地站在原地，这才抬头看向赵峰。

“行了，我的面子，他老高还不敢不给，你就老老实实在这里帮我训几天兵吧啊！哈哈！”赵峰拍了拍战兵的肩，笑得一脸的得意。

战兵一脸的无奈，得，这下子玩儿大发了，连自己都给玩儿进去了。

半个小时后，高志勇打来电话，事实证明，赵峰的面子当真够用。

“行，你们在陆侦团待几天吧，老赵既然都开口了，我也不好驳他的面子，基地也没什么事儿，你们就放心在那里待几天！”高志勇甚是豪爽地说道。

战兵点了点头，他知道高志勇肯定会批，一方面固然是因为赵峰跟高志勇的交情，而另一方面却是关于利刃特战大队的原因。

自从利刃大队组建以来，后勤部队不断进行完善扩编，而行动队却一直没有消息。以战兵的猜测，行动队的扩编也就是这几年的事情了，而作为行动队队长的战兵，选拔新利刃队员自然得亲力亲为，所以对于这次留在陆侦团搞特训，高志勇肯定会同意的，这是在为未来的扩编物色人选。

“好，特训完我会写一份报告给你。”战兵一脸平静地说道。

高志勇不由得大笑一声，“就知道瞒不过你啊，好好训，这也算是为利刃积蓄人才，挖墙脚这种活儿越细越好！”

特训

战兵在心里存了挖墙脚的心思，自然对整个陆侦团进行了仔细的勘察，倒是真让他寻了几棵好苗子。

待得知战兵此行的目的后，利刃队员们纷纷摩拳擦掌。毕竟现在干的是造福利刃大队的事情，他们自然要使出浑身解数，只不过，当务之急是让陆侦团的人知道利刃的强！

陆侦团出过不少特种兵，光狼牙特战大队就有五人，其他的特战大队自然也不在少数。就目前而言，利刃倒是还没有一个。

战兵坐在陆侦团训练场最中间，陆侦团众人里三层外三层地将战兵围了个水泄不通。

“战队长，你把那招儿射击秘诀传授给我们吧，八一杠，八百米的距离，而且还是在未校枪的情况下，二十五发全中，怎么做到的？”

战兵扬了扬嘴角，“爆发力，平衡性，柔和度，还有协调力，最关键的是多练！永远记住一点，神枪手没有速成法！”

“那战队长，您的枪法在利刃排第几啊？”

所有人都目光灼灼地望着战兵，毕竟讨论排名是每一个士兵最热衷的事情。

“至少进不了前三。”战兵轻笑一声。

话音刚落，训练场上一片哗然。

“利刃特战大队有专门的狙击手，我的枪法算不上好的！”战兵再次重申。

队伍里出现了短暂的嘈杂声，众人纷纷开始猜测比战兵还要厉害的狙击手的枪法会有多变态。

“那个……战队长，你们利刃大队执行任务时杀过人吗？”队伍里一个士兵怯生生地开口道。

战兵挑了挑眉头，“泄密的问题不回答啊。”

众人一脸的失望。

战兵轻笑一声，拍了拍屁股上的草屑站起身来，拍拍手掌，“行了，要开始训练了！”

一周的训练下来，整个陆侦团的体能以及军事素质直线上升，让陈磊高兴得合不拢嘴，每次见到战兵都恨不得把嘴咧到耳朵根。与此同时，王军伟的信息搜集工作也差不多进入了尾声。

“队长，这是名单，你先看看。”王军伟笑呵呵地将手里的资料递给战兵，站在一旁笑得开心。

“就三个？”战兵不由得挑了挑眉毛，显然有些怀疑王军伟的工作成果。

“宁啸、何晨、孙甲柱。”战兵不由得凝眉沉思，一脸的认真。

“贵精不贵多，这三个可是我从上百人中挑选出来的，各个方面都符合利刃大队的要求，简直就是为咱们利刃量身打造的！”王军伟兴奋道。

战兵轻笑一声，王军伟说的这三个人他都知道，毕竟尖兵就是尖兵，不管放在哪里都显眼，至少在他心里也是打了勾的。

“好，明天开始，我着重‘照顾’这三人！”战兵满意地道。

战兵在陆侦团新兵中的威望无疑很高，并不全因为他是队长，而是战兵能够真正算得上“十项全能”，所有的军事项目他都能很出色地完成，所以最光彩夺目的自然就是战兵。其次就是林国光，林国光的气压过低，仅凭一个眼神就能杀人于无形，所以整个陆侦团上下没有一个人敢去招惹他，也自然没有人敢忽略了他。至于利刃其他人，除了王军伟之外一向都是不相伯仲的。

“队长，咱们真要留下来训练这帮菜鸟？啊，不，他们连菜鸟都算不上吧？”王军伟撇了撇嘴，“总不能用训我们的那一套吧？那这上百人还不得死一半？”

战兵挑了挑眉头，一双眸子冷冷瞥了王军伟一眼，王军伟立马噤声。

“利刃大队总要补充新鲜血液，而这些人就是来自于各个部队，就像你们当初被选拔上来一样。咱们需要优秀的新人加入利刃，成为我们的兄弟，一起出生入死。”战兵的声音虽然低沉，却句句敲打在每一个利刃队员的心里。

此时一阵敲门声响起，屋子里的人回头望去，“请进！”

陈磊笑呵呵地推门进来，“你们这是在开会？打扰了啊。”

战兵轻笑一声，连忙站起身来，“没有，就是商量商量明天的训练计划。”

战兵绝口不提挖墙脚一事，脸皮的厚度已然接近长城拐弯儿处。

“陈团长有事吗？”战兵询问道。

陈磊点了点头，“也是关于明日的训练。”

战兵眉头微挑，陈磊的话让他有些疑惑。

“是这样的……”陈磊有些不好意思地搓了搓手，“那个，明天的训练安排我都看过了……那个……”

战兵点点头，“陈团长有什么建议吗？但说无妨。”

陈磊一脸尴尬地轻笑一声，目光灼灼地迎上了战兵的眸子，“战队长，你看，能不能把明日的实战训练改为实战对抗啊？”

战兵不由得微微张了张嘴，一脸的惊讶，原本他们的计划就是实战对抗，但是由于多方面考虑，便改成了实战训练。没想到的是，陈磊这家伙竟然主动要求实战对抗！

“那个，是不是有些强人所难啊……”陈磊笑得越发地僵硬。但是还没等陈磊说完，战兵便连忙摆了摆手，笑道：“没有，没有，我们原本的计划其实就是实战对抗，但是考虑到陆侦团士兵的安全问题就没有实施。陈团长，你为何……”战兵一脸疑惑地看向陈磊。

05　利刃新血

实战对抗

陈磊喜出望外，显然没料到战兵等人竟然也是这么想的。

“一万次演习都比不上一次实战，所以我想尽可能为我的兵争取到这次难得的机会。虽然不是真正的实战，但是能够有你们做‘敌人’，我想对陆侦团的士兵肯定是一次宝贵的经验！”陈磊一脸认真道。

战兵点了点头，“好，那就改为实战对抗。”

陈磊咧嘴一笑，“谢谢战队长！”

战兵哈哈大笑，随即拍了拍陈磊的肩膀，“陈团长客气了，是我该谢谢你才是，这对于我们利刃队员也是一次宝贵的经验，算得上是互惠互利的双赢！”

陈磊用力点了点头，满脸的喜悦，“行，那就先这么定下了，我去通知那帮兔崽子们。其实这主要是他们的心愿，至于实战对抗的具体安排，还麻烦战队长费心了！”

看着陈磊一脸兴奋地走出房间，战兵不由得微微扬了扬嘴角，随即拍了拍手掌，“好了，现在第二套方案推翻，执行第一套方案！”

“是！”利刃队员一脸的自信满满，对明日的实战对抗充满了期待。

实战对抗方案初步拟定，会议室里，陈磊、战兵等人商议着对抗方案的细节，所幸利刃大队经常会搞一些诸如此类的突击特训，所以对于一系列注意事项都是轻车熟路，最终实战对抗方案拍板，于明日清晨四点开始执行。

整个陆侦团陷入了空前的紧张气氛中，毕竟是第一次跟利刃这样级别的特种部队进行实战对抗，所以所有的陆侦团士兵都摩拳擦掌，期待能够在这场对抗中干出精彩的一战！

翌日凌晨，大地还笼罩在一片黑暗之中，数百人的部队已然准备就绪，朝后山的原始森林出发。

与此同时，利刃队员却依旧躺在宿舍里呼呼大睡，毕竟他们的入场时间定在两个小时之后。他们现在最重要的就是养精蓄锐，一旦进入战场，再想睡个安稳觉可是难于上青天。

一个半小时后，利刃特战大队的宿舍吹起了一阵哨音，与此同时，所有的利刃队员猛然从床上起来，快速穿好衣服，而后拿起装备在宿舍门前集合。

“讲一下！”战兵冷冽的目光扫了一眼队伍。

只听“唰”的一声，利刃队员一脸庄严威武地呈跨立姿势站好，犹如一群蓄势待发的猛虎！

“我很少做战前动员，理由你们都清楚，但是这次，我做一次！”战兵的表情冷冽肃杀，脊背仿佛被铁水浇筑，铸死了，不会打弯。

利刃队员气势恢宏，目视战兵。

战兵抬手指了指森林的方向，犀利的目光扫了一眼利刃队员，“一共二百二十三人！我的要求是全部击毙，有没有信心！”

“有！”十几人吼出了上千人的气势，让人不由得热血沸腾。

陈磊等人望着利刃特战大队，皆是一脸的复杂，有羡慕，有钦佩，有惧怕，也有希冀……

“好！出发！”战兵大手一挥，利刃队员便朝着森林方向狂奔而去。

“老陈，你觉得咱们的胜算有多少？”陆侦团的政委有些没底气地看向陈磊，一脸的纠结。

陈磊抿了抿嘴唇，而后一脸苦笑地说道，“三成吧……”

“只有三成？”政委一脸的讶异，“就算利刃特战大队再厉害，可也不是天兵天将，双方的兵力几乎达到了十二比一，就这样的兵力比例，胜算却只有三成？！怎么可能！”

陈磊轻叹了一口气，“我们现在的优势只有人多和熟悉地势而已。永远不要小看特种部队的实力，国家每年在他们每个人身上至少花费几十万的军资，训练出来的是一群绝对的杀人机器，他们是真正的国之利刃！”

政委若有所思地点了点头，却依旧是眉头紧皱，“但是也不至于是三成啊！”

陈磊叹了口气，“我倒希望是三成……”

今天的天气多云，森林里飘着稀薄的雾，翠绿的灌木丛上沾染着露珠，在初晨阳光的照射下，晶莹剔透。

几道影子快速在林间穿梭，动作敏捷快速，悄无声息，军绿色的作战服与森林融为一体，远远望去还以为是活动的灌木丛。

所有人都停止了前进，皆是目光灼灼地看向最前面的一人，等待着命令。最前面的人正是利刃大队的队长战兵。

地上的灌木丛有明显的折痕，而根据露珠的痕迹，相信碰触的时间不长。

战兵轻轻扬手，做了个“继续前进”的手势。

而此时，陆侦团的士兵兵分三路蛰伏在这一片茂密的森林中。他们军绿色的作训服与周围的绿色植物融为了一体，让人分不清哪个是人，哪个是灌木丛。

“老宁，都走了四个多小时了，兄弟们都撑不住了。”这时，一个精壮的士兵快速朝队伍最前面的那人靠近，压低声音说道。

宁啸回头望了一眼疲惫不堪的士兵们，不由得皱了皱眉，“现在还不能休息，在太阳没有完全升起来的时候，我们的行踪随时都可能暴露！”

“可是兄弟们都累得不行了。”

宁啸果断地摇了摇头，“现在还不是休息的时候，兄弟们再坚持一个小时，一个小时后我们再休息！”

陆侦团的士兵们纷纷点头。宁啸是这支队伍的队长，他的命令自然是要服从的，更何况他们都是陆侦团的尖兵，自然知道清晨赶路露珠会暴露行踪的道理，所以现在的确不是休息的时候。

宁啸沉声说道：“继续前进！”

不服

连续四个小时的长途奔袭让利刃队员有些疲劳。随着太阳的升起，原本稀薄的雾气消散得无影无踪，露珠也蒸发了。

战兵从来没有质疑过陆侦团的侦察与反侦察能力，而正因为如此，他更相信这场实战对抗对陆侦团和利刃大队都是一场考验！

整个森林里一片静谧，只能听得到虫鸣鸟啼，却越发显得幽静。

就在这时，战兵猛然做了个“停止前进”的手势，所有利刃队员自发地呈扇形散开，一脸警惕地搜寻着四周，持枪警戒。

仅凭地上的脚印就能看出，他们此刻追捕的这一队人已经筋疲力尽了，脚印出现了凌乱的迹象，显然他们现在已经是强弩之末了。

“注意警戒！”战兵压低声音道，随即身后的利刃队员呈梯形纵向搜索前进，仿佛一群蓄势待发的猎豹。

整个森林里一片宁静，却是暴风雨前的宁静，空气中弥漫着紧张的气息，让人不由得神经紧绷。

此时陆侦团的士兵正坐在原地休息。从清晨出发到现在已经有六个多小时了，众人已然是精疲力竭，三三两两地背靠在一起休息。

“老宁，你也休息休息吧，已经安排放哨的了。”

宁啸微微皱了皱眉头，接过那人递过来的水壶仰头灌了一口，这才抹了抹嘴道：“不行，我还是不放心，现在咱们的对手可是利刃大队，他们的本事你又不是不知道。”

“就算是利刃那也是人啊，咱们可比他们提前出发了两个小时，他们怎么可能赶得上来？”

宁啸四处张望了一眼，拿起八一杠站起来，“算了，我还是不放心！”说着提枪朝一旁的密林飞奔而去。

那人见自己劝不住宁啸，索性也就任由宁啸去放哨去了。

整个队伍里一片凝重，所有人都已经筋疲力竭了，抓紧时间恢复着体力。

宁啸一脸警惕地趴在灌木丛中搜索着四周，一张满是墨绿色油彩的脸上满是戒备。

与此同时，战兵等人也发现了陆侦团暗哨的位置。战兵迅速打了个手势，身后的利刃队员顿时悄无声息地四散开来，所有的脚步声隐在虫鸣鸟啼声中，身子压低在灌木丛中飞速滑过。

陆侦团的哨兵有些疲劳地趴在隐蔽位置，眉宇间满是疲惫。而就在这时，哨兵猛然觉得身后有一道劲风掠过，还没等他做出反应，一把冰凉的匕首已然抵在了他的喉咙处，下一秒，他手里的枪也被夺走。

“你已经死了！”掺杂着一丝杀气的声音响起。

哨兵一脸慌乱地点了点头，看着冰凉的匕首撤回，身上的冷汗顿时将作战服打湿，而后一脸后怕地趴在原地愣神儿。

卫钏快速冲着一旁警戒的刘中杰打了手势，随即看着刘中杰如同奔袭的猎豹一般飞了出去。

接连四个哨兵被无声“解决”，利刃队员层层推进，朝着陆侦团的士兵靠近。

此时，宁啸有些不安地搜索着四周，心仿佛跳到了嗓子眼儿，紧张的气氛让他有些喘不过气来。

直觉告诉宁啸危险的到来，但是目光所及之处却是一片安静，仿佛整个森林中只有他自己一人。

宁啸猛然听到身后传来一阵轻笑，声音小到足以让人忽略，但是此刻神经紧绷的宁啸却听到了，猛然抬起八一杠回身瞄准。

但是，还没等宁啸瞄准，手中的八一杠已然被一脚踢开，震得宁啸险些脱手，宁啸再次回枪瞄准，还没等宁啸反应过来，手中的八一杠就脱手而出，紧接着漆黑的枪口死死抵住了他的太阳穴。

宁啸浑身的冷汗流了下来，随即一脸慌乱地看向来人。

战兵锋利如刀的目光仿佛一发冰冷的子弹击中了宁啸的心脏，瞬间让宁啸满腹的斗志尽数熄灭，彻底臣服。

战兵不由得微微挑了挑眉头，看起来运气不错，竟然是宁啸。

战兵略带嘶哑的声音响起，“你现在是我的俘虏了，服还是不服？”

宁啸一脸震惊地抬头望着战兵，显然没有料到战兵没有选择“杀”他，而是俘虏他！

从常理考虑，这几乎是一个错得离谱的决定！可是这个决定却是几乎战无不胜的利刃队长做出的，这如同在宁啸的心里扔下了一枚重磅炸弹，炸得他甚至有些缓不过神儿来。

几乎就是一瞬间，宁啸的心里已经百转千回——他为什么不杀我？理由是什么？目的是什么？

一连串的问题蹦了出来，让宁啸疑惑。

战兵不由得微微勾了勾嘴角，至少宁啸此刻的冷静让他很是满意，因为一颗冷静的头脑能够在绝境中创造奇迹。

显然宁啸现在想的是如何从自己手里逃脱。

冰冷的枪口抵着宁啸的耳后，让宁啸的神经不由得为之紧绷。

“不服！”宁啸几乎从牙缝里挤出两个字来。

“为什么不服？”战兵压低声音说道，每一个字都仿佛结冰一般砸进宁啸的耳朵里，“如果这是战场，现在的你就是一具冰冷的尸体，甚至不会说出‘不服’这两个字。”

宁啸抿了抿嘴唇，心里有些疑惑战兵为什么跟自己说这些，“我现在不是还活着的吗？如果这是战场，我会想尽一切办法逃脱，只要我还活着！”

战兵不由得暗暗点头，这小子对他的脾气！

打磨

战兵目光灼灼地看向宁啸，“我知道你的格斗技术即使是在人才济济的陆侦团也是出类拔萃的，但是也仅限于听说。”战兵放开了对宁啸的钳制，随即将枪械扔到了一边，嘴角微扬，冲着宁啸勾了勾手指，一脸的挑衅。

宁啸不由得咬了咬牙，被战兵的挑衅激怒了，随即做好格斗架势，眼睛一眨不眨地瞪着战兵。

就在这时，宁啸猛然出手，右手紧握成拳冲着战兵的面门而去。战兵不由得双眼微眯，一丝精光闪烁。

宁啸自幼练习自由搏击，获得过全省青年自由搏击的冠军，他的一招一式是在多年的摸爬滚打中练就出来的，快！准！狠！招式简洁凶狠，没有一丝的拖泥带水，招招攻击人的要害。

战兵勾了勾嘴角，没有主动攻击，而是步步躲避退让，而这却彻底激怒了宁啸，一双赤红的眸子死死盯着战兵，出手也越发狠戾无情。

但是即使如此，宁啸却连战兵的衣服都没有碰到。汗水已然将他的作战服打湿，整个人如同刚从水里捞出来一样。

战兵不由得挑了挑眉头，目光中浮上一丝轻蔑，“这就是所谓的格斗高手？我看也不过如此啊。”

宁啸气得双目充血，冲着战兵再次扑了过去。此时他已然使出了浑身解数，拳头虎虎生风，冲着战兵的要害而去。战兵连连后退躲避，宁啸抬腿一脚侧踢大力朝战兵踹去，战兵身子压低一个扫堂腿将宁啸扫倒，身子重重摔在了地上，疼得宁啸闷哼出声。

宁啸咬了咬牙想要站起身来，目光不由得落到了一旁的枪械上，却又很快收回目光，咬了咬牙，忍痛从地上爬起来。

战兵微微皱了皱眉，随即大跨步朝宁啸走来，一双锋利如刀的眸子不带一丝的感情色彩，杀气冷冽得让人胆寒心惊。

宁啸被战兵的浑身杀气所慑，下意识地后退几步，一双赤红的眸子里满是深深的警惕。

就在这时，战兵踩住枪，一脚将地上的枪械踢了起来，随即拉起枪栓，扣动扳机冲着宁啸的胸口就是一枪。宁啸一脸呆愣地站在原地，身上冒起了白烟，宁啸半天没有缓过神儿来。

“你要诈！”宁啸咬牙切齿，一双猩红的双眼满含愤怒地瞪着战兵。

战兵将突击步枪甩到身后，随即一双晶亮的眸子直直地望向宁啸，“你说过，如果这是战场，你会想尽一切办法逃脱，只要你还活着。”战兵的语气一顿，随即指了指身后的突击步枪，“就在刚才，这把枪就在你的手边，你却选择了继续爬起来硬撑。如果刚才你选择拿起这把枪冲我射击，那么现在活下来的或许就是你了！”

宁啸的脑袋顿时一片空白。

战兵直直地朝宁啸走来，“在战场上不会有像我这样的笨蛋，没有一枪毙了你，而是选择跟你比格斗。但是，如果真有这样的笨蛋，我求求你，千万别像刚才那样！”

宁啸一脸木然地站在原地，仿佛连灵魂都被抽空。

“收起你那套所谓的侠义精神，这是战场！”战兵冷冷地看向宁啸。宁啸一脸的惨白。

是一棵好苗子，关键看怎么打磨了……战兵寻思着。

“宁啸！”

“到！”宁啸的大脑甚至还没有反应过来，身子却已然做出了反应，随即一脸慌乱地看向战兵。

“如果还有机会相遇，我期待你的进步。”战兵扬了扬嘴角，继续说道，“宁啸，我会记住你的！”说着转身朝相反的地方狂奔而去。

宁啸一脸木然地站在原地，过了许久，宁啸这才一脸庄严地冲着战兵消失的方向敬了个军礼，一双眸子满是昂扬的斗志。

战兵赶到的时候，战斗已然进行到了尾声。利刃队员正四下检查，以确保所有的陆侦团士兵都被“击毙”。

“一共六十六人，收获不小！”王军伟咧嘴看向战兵，随即一脸疑惑道，“怎么不见宁啸？跑了吗？”

“没有，被我‘击毙’了！”战兵面无表情地说道，随即扫了一眼众人，“行了，打扫完战场就休息一下。”战兵单敲了林国光的无线电频段，“国光，去找点儿吃的，兄弟们都饿了！”

“是！”林国光干脆利落地点头答应，随即从隐蔽位置站起身来，快速消失在了密林中。

此时，所有“阵亡”的陆侦团士兵皆是没精打采地围坐在一起，当看到宁啸狼狈地朝这边走来时，原本仅存的希望也破灭了。

“老宁，怎么连你也被干掉了？”

宁啸的目光不由得落到了一旁的战兵身上，随即收回了目光，“我被人摸了黑哨。”

所有人皆是目瞪口呆地望着宁啸，仿佛不相信自己听到的。连宁啸都会被人摸了黑哨？这利刃特战大队到底得有多强悍！

宁啸抿了抿嘴唇，望向此刻正围坐一团有说有笑的利刃队员。而此时，林国光也打了猎物回来。刘威、卫钏、刘中杰被战兵命令去放哨了，剩下的人则一脸垂涎地等待着林国光打的野味儿被烤熟。

没过一会儿，烧烤的香味儿散了过来，陆侦团的士兵可怜巴巴地吞咽着唾沫，越发觉得手里的压缩饼干难以下咽。

“赶紧吃，吃完后继续出发！”

“是！”

山谷绝杀

陆侦团的侦察与反侦察虽然也是专业的，但是在利刃大队的眼里还是幼儿园级别。毕竟利刃是真正上过战场的，战场的枪林弹雨经历过一次就比在训练场上训练上百次要强。

战兵在作战图上不断标记。方才打得如此激烈也没见有人摸过来，显然是听见枪声先躲起来了，这给他们增添了难度。

“这处山谷设伏绝佳，易守难攻！”战兵点了点地图，扫了一眼利刃队员。

利刃队员的目光齐刷刷地落到了面前的地图上，等待着战兵的下文。

“如果我是何晨的话，我会将伏击地点定在这里！”

林国光微微皱了皱眉头，沉声道：“如果是这样的话，那我们遭到伏击的概率会很高！”

战兵咧嘴一笑，“这世上物极必反，没有绝佳的伏击地。这样的地形却也最适合反伏击，咱们近距离贴近，逐一清除！”

利刃队员相视一笑，一切尽在不言中。

“还有什么疑问吗？”

“没有！”众人齐声道。

“好，出发！”

何晨是陆侦团的少尉排长，研究生双学历。虽然当兵仅三年，但是他表现出的优秀的军事素质已经使他成为了各个特种部队的争抢对象，战兵对何晨自然是志在必得！

越过重重森林，利刃队员到达了地图上标记的那处山谷。

“注意警戒！”战兵压低声音，随即身子悄无声息地在灌木丛上飞快划过，犹如鬼魅。

此时正是一天当中太阳最为毒辣的时候，虽然还未进入夏季，但是灼热的阳光照射在众人的身上，仿佛要将身上的水分尽数蒸发干净。

何晨将身子紧紧压在灌木丛中，潮湿的地面带来了丝丝凉意，给燥热的身体降了温。

在何晨听到枪声的时候，他便知道宁啸的人跟利刃打起来了，如果利刃队员伏击了宁啸等人，那宁啸他们肯定是凶多吉少了。

何晨对利刃特战大队有所耳闻，虽然只是刚刚成立不到三年的特种部队，但是威名功勋却足以媲美狼牙等老牌的特种部队。传闻中利刃的队长战兵狡诈似狐，勇猛如虎，不管是用人还是作战都不拘一格，是个厉害人物！

只是，就是这样的一支部队，自己究竟能不能在他的手上讨得便宜，一切还犹未可知。

“国光、刘威，你们占据有利位置，随时听我命令！”

“是！”林国光、刘威两人转身提着狙击步枪离开梯形的纵队，身后的人自发进行替补，动作默契熟练，仿佛排练了成百上千次。

静谧的山谷一丝声音也无，毒辣的阳光照射，空气中弥漫着青草的味道，没有一丝风，树叶垂头丧气地垂着，纹丝不动，仿佛被施了定身法一般。

很快，战兵发现了陆侦团士兵的影踪，他轻轻抬了抬手，身后的利刃队员便无声分散出去，动作快速得好似捕食的猎豹。

利刃队员悄无声息地从背后接近陆侦团的士兵，逐一清除。战兵快速打了个手势，利刃队员冲着战兵点点头，随即迅速四散开来，消失在密林中。

战兵眸光一闪，嘴角微微扬起。不得不说，何晨下了一盘好棋，可是却挑错了对手。

战兵悄无声息地朝一个陆侦团士兵靠近，猛然捂住那人的口鼻，随即将冰冷的匕首抵在了那人的喉咙处。

对方眸中满是恐惧慌乱，他甚至不知道战兵是什么时候摸到了他的身后。恐惧笼罩着他，冷汗浸湿了衣服。

战兵向身下的士兵递了个警告的眼神，随即起身继续前进。

清除完毕。

空气中弥漫着紧张的气氛，一切都有意外，实战尚且不能掌控，就更别说这仅仅是一场演习。

盛家宝在“解决”其中一个士兵的时候，那人明明“阵亡”了，却惊叫了一声，而这声惊叫却如同战争的号角一般，将整个山谷都轰动了！

“准备战斗！”就在何晨惊声命令的一瞬间，一排排子弹冲着他的方向射来。何晨几乎下意识地压下身子，演习子弹打在他身前的岩石上，溅起的石子儿打得周围的灌木丛簌簌发响。一时间，整个山谷枪声大作。

何晨的声音带来了连锁反应，所有陆侦团的士兵开始盲目地四处射击，树木枝叶被打得簌簌作响，一时间密集的子弹犹如织就了一张巨大的网，将整个山谷尽数网在中央。

就在这时，密集的枪声中夹杂了几声清鸣声，原本密集的枪声渐渐稀落，陆侦团的士兵纷纷将身子压低。何晨一脸恐惧地搜索着四周——有狙击手！

借助林国光、刘威两人的狙击，利刃队员开始全力反击，演习子弹从每一个诡异的角度射出，一时间白色的烟雾四起，遮挡住所有人的视线。

战兵一枪未发地趴在原地，他现在已经锁定了何晨的位置，而他要做的就是在何晨有所动作前，一枪“击毙”他！

何晨一脸急躁地望着整个战场，他发现自己设置的所谓的绝佳伏击阵地，如今却变成了“死地”，狭长的山谷锁住了他们的所有退路，想要突围出去，势必要付出惨痛的代价，甚至会全军覆没！

利刃队员疯狂地倾泻着子弹，将所有的突围后路尽数斩断。对他们来说，这是一场“屠杀”，越来越多的白色烟雾冒出，仅仅一个照面，陆侦团的士兵已然折损大半！

何晨原来的阵地被发现，何晨快速更换原本便预备下的第二阵地，随即锁定一个利刃队员，手指慢慢放到了扳机上……

只听“噗”的一声闷响，何晨觉得肩膀一痛，紧接着身子冒起了白烟。何晨顿时惊在了原地。

天生神力

何晨瞪大了眼睛，一双带着震惊的眸子望去。一道黑影快速从狙击位置跃起，以一种近乎诡异的军事规避动作快速前进着，而黑影手里的突击步枪却依旧射击，子弹精准地打在陆侦团士兵身上，而他却自始至终未曾瞄过一眼，仿佛在他身上自带着一条隐形的瞄准线，抬手射击之间没有任何停顿。

不用说，那道黑影就是战兵。

这一幕深深地镌刻在了何晨的脑海中，以至于何晨将战兵当成了自己的偶像。当何晨进行双向选择服役的特种部队时，何晨毫不犹豫地选择了利刃，这是后话，这里暂且不表。

战兵抬手间解决了三个敌人，然后再次消失在了众人面前，动作迅速敏捷，犹如鬼魅。

“别藏着掖着了，速战速决！”战兵抚了抚话筒，打开无线公共频段，沉声说道。

“好嘞！”

“收到！”

……

公共频段里传来利刃队员轻快的声音，紧接着，原本零星的枪声变得越发密集，整个山谷顿时扬起一道道白烟，仿佛仙境一般。

密集的枪声逐渐稀落，被“击毙”的陆侦团士兵垂头丧气地坐在原地，利刃队员则开始清除幸存的士兵。山谷再次恢复了寂静，无线公共频段里传来一声低沉有力的命令，“打扫战场！”

利刃队员纷纷从隐蔽地点起身，一脸警惕地持枪搜索前进，满是油彩的脸上看不清本来面目，只留下一双双炯炯有神的眼睛。

战兵提着突击步枪一步一步地朝何晨走去，何晨有些诧异地连忙起身，一脸疑惑地看向战兵。

“何晨。”战兵的目光直直地望向何晨，何晨不由得神经紧绷。

何晨连忙站起身来，站出了最标准的军姿，一脸的庄严，“到！”

战兵的嘴角不由得微微扬起，拍了拍一旁的石头示意何晨坐下，笑呵呵地看向何晨，“别紧张，就是过来跟你聊聊天。”

“是！”何晨脸上的线条微微放缓，但是身子依旧绷成了一条直线，目不转睛地目视前方。

“想加入利刃吗？”战兵勾了勾嘴角，目光灼灼地看向何晨，一双冷冽的眸子闪动着一丝精光。

何晨不由得一愣，木然地眨了眨眼睛，不敢相信自己所听到的。

“我看过你的资料。”战兵真诚地笑着。经历过沙场的洗礼，冷冽的气息是遮挡不住的，让战兵的笑容透着一丝军人的霸气。

何晨抑制不住心中的激动，一颗心仿佛要跳出嗓子眼儿，眼睛一眨不眨地望着战兵。

“你很优秀，至少华夏的陆战特种部队你可以随便挑选，不过体能上能不能过关，这个就不得而知了。”战兵微微眯了眯眼。

何晨的眸子顿时亮得吓人，“我会努力的！”

战兵轻笑一声，“好，我等着你！”

何晨一脸激动地点了点头，满脸的雀跃，“是！”

战兵笑意盈盈地望着何晨，随即站起身来，冲着身后的利刃队员高声喊道：“军子！”

“到！”王军伟朝战兵跑来。

“多少人？”

“七十七人！”

战兵点了点头，“还有八十人。”

何晨在一旁尴尬地站着，长久以来陆侦团的优越感在一瞬间坍塌崩溃。他总是以为自己爬得已经够高了，现在看向战兵，却觉得自己竟然是如此的渺小，不堪一击。

战兵扫了一眼何晨，勾了勾嘴角，“我等着你！”说罢提着突击步枪大跨步地向前奔去。

何晨望着战兵的背影久久不能回神，直到一旁的士兵轻轻推了他一把，何晨这才缓过神儿来。

“帅吧？”那士兵望着利刃队员远去的背影，满是憧憬。

“如果我也能进利刃就好了！”

一旁的士兵不由得翻了个白眼，“你以为你是谁啊，利刃成立三年都没有传出来招人，一旦放开选拔，咱们能不能排上还两说呢！”

“如果有朝一日能跟战队长这样的人在一起并肩战斗，那才不枉此生的戎军生涯！”

“就是！你们没看战队长的枪法，他手里的是突击步枪，可愣是打出狙击枪的效果，神了！”

……

何晨望了一眼战兵等人消失的方向，不由得攥起了拳头，一脸的坚毅——利刃！我一定要成为你们中的一员！

太阳西下，天空弥散着无与伦比的奇妙色彩，周边的瑰丽云彩汇成意象丰盈的图画，与墨绿的森林交相呼应，说不出的绚烂。

利刃队员在草丛间飞速掠过，仿佛一群蓄势待发的狼群。

“原地休息二十分钟，国光、刘威、李壮，你们三个负责警戒！”

“是！”

话音刚落，林国光等三人已然朝着各自的方向分头奔去。利刃每个人放哨的习惯不一样，有的人喜欢上树，有的人喜欢入地，但是不管怎么样，决不能让敌人发现哨位。

“你说，那个孙甲柱当真如传言中的那般力大无穷吗？”战兵歪着脑袋看向盛家宝。

如果比力气，盛家宝在利刃大队是当之无愧的第一，他天生长了一副扛机枪的身板，只不过，如果说是掰手腕儿，盛家宝却比不过战兵。战兵的耐力虽然远不如盛家宝，但是爆发力惊人，瞬间爆发的力量就连盛家宝都承受不住，就更何况是其他人了。

“那必须啊！”盛家宝不由得瞪眼，脸上不由得生出了几分懊恼的神色，“他奶奶的，那小子一只手就能敌得过我全身的力量，真不知道这小子的天生神力是从哪儿出来的！”

战兵点了点头，孙甲柱的天生神力他也是最近刚刚听王军伟说的，而他先前挑选的宁啸、何晨两人，战兵平日里便有所注意。战兵倒是见过孙甲柱几次，可是实在没看出他有什么天生神力。

盛家宝搔了搔后脑勺，一脸的悻悻然，“估计那小子去参加举重队，光奖牌就能领回来一打。”

战兵点了点头，随即将目光落到了一旁的王军伟身上，“军子！”

“到！”王军伟“噌”的一声站起身来，连忙跑到战兵身边，笑呵呵地问道：“队长，什么事儿？”

“查一下剩下的这八十人当中谁的军衔最大。”

“刘宇泽，少校副营长。”

“嗯，我知道了。”战兵随即看向利刃队员，沉声说道：“轮流值哨，凌晨零点行动，抓紧休息！”

“是！”

原本绚烂的天空慢慢暗下来，最后的一丝光辉也消失殆尽，最终黑暗笼罩了大地。厚厚的云层将天空覆盖，月亮躲在云层后面羞涩地窥望着大地，仿佛像是害羞的待嫁小姐。

就在这时，几道黑影快速在林中划过。半夜里出来觅食的食肉动物在黑夜里闪动着一双双绿幽幽的眼睛，但是没有敢上前挑衅或是侵犯的，利刃众人的杀气铺天盖地，那股气息让野生动物本能地为之恐惧。

利刃众人习惯于夜战，他们善于悄无声息地贴身取人性命，枪战不过是收尾的工作。

战兵猛然打了“停止前进”的手势，身后的利刃队员顿时如同受了惊的羚羊一般躲到了一旁的灌木丛中。

“发现敌人暗哨。”战兵对着麦克用公共频段耳语道，随即点了卫钏、刘中杰两人。两人跟在战兵身后，悄无声息地在灌木丛中飞快掠过，脚步声隐在沙沙的风声中，再无声息。

战兵率先摸到了一个哨兵的身后，随即快速捂住了他的口鼻，紧接着一把冰冷的匕首抵住了那人的喉咙。那人一双惊恐的眸子满是慌乱地眨了眨，向战兵示意他会遵照演习规则。

战兵松开手，随即看都未看那人一眼，整个人如同弹簧一般弹了出去，消失在茂密的灌木丛间。

那人一脸惊恐地一屁股蹲在了地上，只觉得一颗心就要从嗓子眼儿里蹦出来一样，后背被冷汗浸湿。

无线公共频段里传来两声长击，利刃队员随即快速朝战兵等人消失的地方狂奔而去。

利刃队员在夜视镜里发现了几个垂头丧气地躺在地上的士兵，那肯定就是被战兵等人解决的哨兵。

整个森林一片漆黑，静悄悄的一片。利刃队员依靠夜视仪看到的是一片绿色的幽光，就在一片幽幽绿光中，三两成群的士兵躺在地上休憩，时不时传来一阵均匀的鼾声。

战兵冲着盛家宝、李壮两人打了个手势，两人立刻各自寻找掩体，架起轻机枪。他俩所寻找到的位置几乎能够观察到整个战场，而又隐蔽得从远处看不到。

不得不说，演习中如此规模的行动绝对不如实战中的行动处理得容易，毕竟死人是不会说话不会反抗的，但是活人却会！

利刃队员几乎将所有的陆侦团士兵尽数围在了中间，从边缘开始挨个“割喉”，时不时传来几声闷哼声以及双腿摩擦地面的声音，越发让整个战场陷入了一触即发的状态。

“呜……”一声无意识的闷哼声从一个“已死”士兵嘴里传出。整个战场顿时陷入了一片混乱，紧接着有人大喊了一声，“有敌人！”

所有的士兵顿时拿起手里的枪盲目地射击，而后纷纷寻找掩体。

“火力压制！”战兵大喝一声。话音刚落，盛家宝、李壮两人已然架起了机枪朝着陆侦团所在位置疯狂扫射，喷吐出的火舌犹如两条巨龙一般。一时间草屑横飞，黑夜中打到树木枝干上的演习弹发出的火光犹如烟花般绚烂。

盛家宝、李壮两人的强火力几乎给陆侦团造成了毁灭性的打击，甚至有的人还没有从睡梦中清醒过来便已然被“击毙”。

而就在这时，一旁的巨大石头猛然活动起来，紧接着一架轻机枪架起，对准盛家宝、李壮两人疯狂射击，而两人的子弹却全部打在坚硬的石头上，一时间火花四溅。

对方的火力实在是太过强悍，而那块巨石却依旧还在诡异地活动，地上的灌木丛被推倒了一片，卷起的沙土让整个战场弥漫着土腥味儿。

“什么鬼东西！”盛家宝不由得抱怨一声，被溅起的演习弹擦着脸颊而过，划开一道深深的血痕，盛家宝只得俯下身子暂避锋芒。

少了盛家宝的一架轻机枪，敌人的压力骤然减轻，而巨石之后的轻机枪与李壮对射，将利刃唯一的一架轻机枪的火力分散，给了陆侦团以喘息之机。

虽然只是短短的几秒钟，却足以让陆侦团建立防线。盛家宝再次加入战斗的时候，已然错失了最佳的攻击时间。

利刃队员依仗精准的枪法逐一点名，空气中不断升腾起白色的烟雾。

战兵的眸光闪烁，看着巨石之后轻机枪喷射的火舌，随即拎起突击步枪朝那巨石狂奔而去。

黑马

由于巨石后面的轻机枪打乱了利刃队员的攻击节奏，但是很快反应过来的利刃众人快速调整了攻击方案，场面的主动权依旧掌握在利刃手里，只不过，巨石之后的轻机枪依旧是一大威胁。

战兵飞速在林中奔跑，仿佛一头迅猛无比的猎豹，脚底下发出一阵沙沙的声音隐在了枪声之中。

就在这时，巨石后的人似是发现了战兵的影踪，手中的轻机枪骤然转变方向，冲着战兵所在的方向横扫过来。

战兵只觉得眼前一阵火光大亮，瞳孔猛然缩小，还没等大脑做出反应，身子就下意识趴在地上，后背上方传来一阵炙热的温度，赫然就是子弹从自己后背上空飞快掠过的感觉。

战兵不由得暗暗咬了咬牙，万万没有想到这巨石之后的机枪手竟然还能发现自己的影踪，简直让战兵震惊。

密集的子弹打在战兵周围的树木枝叶上，一时间草屑乱飞，演习弹打得树木噗噗作响，灌木丛被拦腰打断，一片狼藉。

巨石后的轻机枪骤然转变方向，却给利刃队员带来了喘息。子弹犹如瓢泼一般打向陆侦团士兵的身体，接收器噗噗地冒起了白烟，越来越多的士兵一脸沮丧地躺在地上，听着耳旁的枪声炸响，心里说不出的难受。

但是眼下利刃队员可管不了这么多，骤然没有了轻机枪的钳制，整个战场顿时出现了一面倒的局面。

“机枪掩护！火力压制！”就在这时，一声厉喝传来，战兵只觉得对自己的火力压制骤然消失，紧接着密集的子弹一股脑儿地朝利刃队员所在的方向倾泻。

战兵抬头望去，由于机枪手将巨石的角度扭转，以战兵现在的位置根本就看不到巨石身后的机枪手。战兵猛然站起身，提枪朝前方狂奔。

机枪手似是察觉到了战兵的意图，但是此刻巨石的角度却不能歪半分，否则他整个身子就彻底暴露在了利刃队员的枪口之下！

就在这时，机枪的火舌再次扫到了战兵跟前，战兵想也未想将身子紧紧贴在地面，随即看着一连串的子弹将附近的灌木丛打得草屑横飞，随即枪口又再次调转向利刃众人。

战兵不由得扬起一丝苦笑，还从来没有人能够仅凭一把机枪就能罩住整个战场，而眼前的这个机枪手却做到了，这不得不让战兵对他升起了好奇与期待。

“噗”一发子弹狠狠射在了机枪手的后背，紧接着一道白烟升腾而起，原本犹如炒豆子似的机枪声戛然而止。

战兵提枪快速朝巨石靠近，当他看到一双近似无辜委屈的眼睛时，战兵不由得一愣，这实在是大大出乎了战兵的意料。能够撼动如此巨石，又能仅凭一把机枪就能罩住整个战场，而且还能留意到自己行踪的人，在战兵的想象中应该是一个杀气腾腾、眼神犀利的壮硕汉子，可是……

战兵有些不确定地压低身子四下瞄了一眼，直到确定巨石背后只有眼前的这个少年后，战兵不由得扯出一丝苦笑，随即一屁股坐在那个机枪手身旁。

巨石后面依旧是枪声激烈，只不过却完全是利刃的压倒性射击，战兵此刻参不参与已经意义不大。

“咳咳……”战兵轻咳了一声，实在有些不知道该如何开口，尤其是看到因为自己的靠近而越发显得委屈无辜的机枪手时，战兵摸了摸鼻子，“士兵，你叫什么名字？”

机枪手有些木然地眨了眨眼睛，随即一脸慌乱地想起身敬礼，却被眼疾手快的战兵一把按住。

“别激动，我就是跟你聊聊。”战兵尽可能挤出一丝和善的笑意，但是当他发现眼前的士兵一脸畏惧地缩了缩脖子后，战军的眉眼快速跳动了几下，直让战兵想跳起来骂人——他奶奶的！老子长得有这么吓人吗？！

“你叫什么名字？”战兵再次开口问道。

“孙甲柱……”那人一脸怯生生地回答，仿佛受惊的小鸟般眨着眼睛，让战兵骤然起来的火气又全部被浇熄了。

天生的强兵，奈何长了一副㞞样儿！

战兵不由得咧嘴轻笑，心里再次肯定了王军伟搜集的信息。不得不说，眼前这个最不让战兵看好的孙甲柱无疑就是半路杀出来的黑马，骤然让战兵起了调教的念头！如果有朝一日，孙甲柱也能像其他利刃队员那般铁血硬朗，的确是值得他期待的。

此时身后的枪声渐稀，想必战斗进入了尾声。孙甲柱有些不安地坐在原地，看样子是想离开战兵的身边。

“你刚才是怎么发现我的？”战兵尽量和善地轻笑说道，一双晶亮狭长的眸子笑眯成了一条缝，尽可能地传递着诸如“我很和善”的信息，但是却让原本便忐忑不安的孙甲柱更加惶然。

孙甲柱亮晶晶的眸子里甚至带着一丝无辜，越发让战兵觉得自己此刻就是一个披着羊皮的大灰狼。

孙甲柱下意识地缩了缩脖子，随即结结巴巴地开口道：“我……我……看到的……”

战兵先是一愣，待反应过来孙甲柱想表达的意思时，不由得张了张嘴巴。

真是一棵好苗子！

战兵压抑住激动，问道：“你的意思是说，你能看得见我？”

孙甲柱犹如一只受了惊的兔子，一脸畏惧地缩了缩脖子，“不是……不是看得见，你……你朝这边摸来的时候，我……我就有感觉，也看到你了……”

战兵哈哈大笑一声，一脸欣喜地拍了拍孙甲柱的肩膀，脸上全是抑制不住的喜爱神情。

这匹半路上杀出来的黑马，简直就是天生的特种兵苗子！

胜者为王

“队长，队长……”就在这时，卫钏扯着嗓子叫了几声，一脸的疑惑，不由得暗暗嘀咕道：“哎？奇怪了，队长跑哪里去了？”

战兵依旧坐在孙甲柱身旁，孙甲柱有些受宠若惊地抬头瞄了战兵一眼，坐立不安。

战兵咧嘴一笑，露出两排整齐的白牙，“想来利刃吗？”

孙甲柱仿佛受了蛊惑一般，一脸木然地点了点头，当他反应过来自己在点头时，又忙不迭地摇头，把战兵看得哭笑不得。

“怎么了？又是点头又是摇头的？”

孙甲柱这才怯怯地抬头望了战兵一眼，“我……我听其他人说过，利刃很厉害……我……我不行。”

战兵一双锋利冷冽的眸子定定地望着孙甲柱，把孙甲柱看得心里发毛，大气儿都不敢喘。

战兵重重拍了拍孙甲柱的肩膀，“我说你行就行！如果利刃选拔队员的话，你会来吗？”

孙甲柱一脸狂喜地看向战兵，随即用力点了点头，“会！我会！”待反应过来自己的表情过于兴奋时，孙甲柱的脸顿时一红，连脖子都红了一圈。

战兵不由得轻笑一声，“好，一言为定，我等着你！”说着站起身来。

“队长！”王军伟不由得大叫一声，战兵回头望去。

“我们还以为你跑哪里去了，原来就在石头后面猫着。”王军伟跑了过来，目光不由得落到了缩在巨石阴影下的孙甲柱身上，一脸了然地咧嘴一笑，一切尽在不言中。

“刘营长呢？”战兵低声问道。

王军伟指了指自己身后，压低声音道：“我身后五米远的那个靠在大树上的人就是。”

说着冲着战兵做了一个自求多福的表情，后退一步给战兵让出一条道来。

战兵不由得抬手挠了挠眉头，这才冷冷瞪了王军伟一眼，转身大跨步朝刘宇泽走去。

“哈哈，刘营长啊！”战兵笑呵呵地走向刘宇泽。刘宇泽只是微微挑了挑眉头看向战兵，面无表情。战兵也不管气氛如何了，依旧笑意不减地坐到了刘宇泽的身旁。

利刃大队成立有三年之久，每次参加演习干的都是招人恨的活儿，所以每次演习结束，少不了要看一些被自己打得很惨的兄弟部队的脸色，久而久之战兵倒是也习以为常了。

刘泽宇皱了皱眉，越发有些绷不住了，回头狠狠瞪了战兵一眼。看着战兵满脸的笑意，刘宇泽满腹的怒气顿时烟消云散，统统化作一声叹息。

战兵转头看向刘宇泽，“刘营长是不是觉得咽不下这口气？是不是从来没想过会被打得如此溃不成军？”

刘宇泽深深地叹了口气，开口道，“现在是凌晨两点，距离我们出发还不满二十四小时，我设想过失败，却没有想过会是如此的惨败！”

刘宇泽一脸的沮丧，就连原本挺直的脊背也垮了下来。还没等战兵想到合适的安慰话语，刘宇泽的表情又变得一脸的阴沉。他咬了咬牙，抬头看向战兵，“难道说，陆侦团的战斗力跟利刃特战大队就相差这么多？难不成真的是陆侦团的士兵比不上特种部队？”

战兵不由得微敛笑意，“刘营长，咱们平日里搞实战演习的时候，喊的口号都是‘一切为了实战’，但是，真正把演习当成战争的又有几个？”

刘宇泽抿了抿嘴唇，认真地听着战兵的话语。

“在真实的战场上，一切都是慌乱没有章法的。炮火连天，枪林弹雨，敌人射出来的每一发子弹都有可能带走你身边战友的生命！”

刘宇泽一脸的动容，眉头紧锁，气氛顿时有些压抑。

“所以啊，我们必须要比敌人快，比敌人狠，比敌人强，这样才能活着走出战场！”战兵一双狭长的眸子微眯成线，让一旁的刘宇泽不由得一颤。

战兵轻笑一声，柔和的笑意冲淡了一身的杀气，“刘营长，其实这也是陈团长应允实战对抗的初衷，华夏军人已经八十多年没有打过一场战争了，所以……”战兵紧接着沉声说道：“如果战争来临，我们陆战军人的责任重于天！如果让敌人踏入华夏的土地，所有的陆战士兵都是罪人！所以，我们一步都不能退让！寸土必争！”

刘宇泽一脸坚定地握了握拳头，“战队长，我知道了，谢谢你们利刃大队给陆侦团的帮助，我们会铭记于心！”

战兵咧嘴一笑，轻轻拍了拍刘宇泽的肩，“行了，时间不早了，我看兄弟们都休息够了，咱们回营地吧！”

刘宇泽点了点头，随即扫了一眼陆侦团的士兵，高声喝道：“都起来了，回营地！”

“是！”众人齐声道。

这次实战对抗后，利刃特战大队在陆侦团的声誉更是水涨船高，尤其是对战兵的个人崇拜与日俱增，只要战兵出现在训练场上，准会被拖着教几手儿，一来二去，战兵在陆侦团的群众基础打得那叫一个牢不可破。

“报告！”

“进来就行！”陈磊笑呵呵地看向战兵，随即站起身来，指了指一旁的椅子示意战兵坐下。

待陈磊一脸笑意地坐下之后，战兵这才走到椅子前，笔直地坐下。

战兵的规规矩矩令陈磊想笑，其实陈磊知道战兵这是自觉理亏。

生男生女

陈磊笑呵呵地看向战兵，将手里的资料放到战兵跟前，“战队长啊，你这可是明目张胆地挖墙脚啊！”

战兵咧嘴一笑，嘴上虽然带着歉意，但是脸上却丝毫未显露，“哈哈，那个……对不住啊，看到有好苗子不得往自己家里划拉划拉啊，哈哈。”

陈磊一脸哭笑不得地看着战兵，将其中的一份资料拿了出来，“宁啸、孙甲柱两人我可以给你留着，但是何晨不行。”

战兵微微皱了皱眉头，“何晨怎么了？”

“何晨可是我们师长的心头肉，就等着在这里历练两年就调到他那里挑大梁呢，这个主我可做不了！”陈磊索性将包袱扔给了赵峰。

“赵叔？”战兵下意识地眯了眯眼，“他那里就不用担心了，你尽管给我留着就行，我有办法！”

陈磊眨了眨眼睛，看着战兵一脸的志在必得，很是无奈地摇头苦笑。

战兵微微勾了勾嘴角，知道这是自己有求于人，如果不整点儿实惠的，难保陈磊会真的上心给自己看着这三个兵。这才从口袋里掏出一个小巧的U盘放在桌子上，笑呵呵地说道，“这是我总结的一些强训资料，里面有详细的练兵标准还有一些我们利刃特战大队的训练方法，陈团长如果不嫌弃的话，有时间可以看看。”战兵满脸堆笑。

陈磊连忙将U盘拿在手里，珍而重之地贴身放好，他知道这个U盘的含金量，这里的资料是花费再多的金钱都买不到的。

“还有，今天上午接到高大队的命令，明天一早就会有人来接，所以我是来向陈团长辞行的。”战兵看向陈磊，一脸正色道。

陈磊的脸上不由得闪过一丝不舍，“这么快啊，士兵们会很想念你们的！我也是！”

战兵轻笑一声，“又不是说以后不会见面了，等训练任务闲下来我会回来看你们的！”

“好，一言为定！”

这次来接利刃的是高志勇本人，多多少少有些让利刃队员受宠若惊。

“大队长！”利刃队员齐刷刷地敬了个军礼，难掩一脸的激动之色。

高志勇笑呵呵地看了一眼利刃队员，这才微微点了点头，“不错，一个个的，这才几天啊，养得白白胖胖的！”

利刃队员一脸羞赧地搔了搔后脑勺，齐刷刷地嘿了声。

虽然在陆侦团的这段时间里，利刃队员没有一刻放松过训练，只不过毕竟还是以训练陆侦团的士兵为主要任务，战兵自然不会折腾得他们连床都爬不上。

“您怎么亲自来了？是不是有什么指示啊？”战兵寻思着是不是有什么大任务来了。

利刃队员也是一脸紧张地望着高志勇，显然所有人想的都差不多。

高志勇锐利的眼神扫了一眼利刃队员，没好气儿地翻了个白眼，“在你们心里，我就这么冷血无情啊？除了任务就是任务？臭小子！”

利刃队员不由得笑起来，久违的畅快在心底流动。

“行了，都别愣着了，登机！”

“是！”

利刃队员快速有序地上了直升机，望着越来越远的陆侦团基地，脸上不由得闪过一丝不舍与留恋。

“基地最近怎么样了？”战兵将目光落到高志勇身上。

高志勇一脸平静地说道：“什么怎么样，还是那样，不过最近押注押得挺疯的，都快飙到一赔十了！”

“押注？”战兵不解。

“大队长，赌什么的？”盛家宝两眼放光地望着高志勇，满脸的兴奋。

利刃队员纷纷将高志勇团团围住，一脸浓郁的八卦表情。

高志勇不怀好意地将目光来回在战兵身上打转儿，让战兵觉得眉心突跳。

高志勇的表情让利刃队员更加嗅到了一丝八卦的味道，一双双眼睛齐刷刷地看向高志勇，满是抑制不住的兴奋。

“大队长，快说啊，赌什么啊？”利刃队员迫不及待地催促道。

高志勇眉飞色舞地扫了一眼众人，这才轻咳一声，眉眼间满是张狂的笑意，“那什么啊，就赌啊……咳咳……赌战兵跟冉爽生男生女……”

“噗……”战兵险些被自己的唾沫呛着，再看向众人，所有人都捂着肚子笑得满地打滚了，即使是一向不苟言笑的林国光都抱着机枪抿嘴轻笑，眸子里的笑意冲淡了浑身的凛冽杀气。

“哈哈，这赌的有意思啊……”盛家宝笑得连眼泪都飙出来了，“我赌……我赌我一个月的工资，押儿子！”

战兵眉心突突地跳个不停，紧紧咬了咬牙，紧接着便是一声声咯吱咯吱的磨牙声。

“我押女儿，女儿多好啊，白白嫩嫩的！”卫钏眉开眼笑。

“切，那要是龙凤胎呢？一儿一女才凑个好啊……”王军伟顿时笑得见牙不见眼。

高志勇在一旁乐呵呵地看着，满脸的看热闹不怕事儿大的模样。

“我押一个月工资！”

“我押两个月的！”

“靠，我押半年的！”

“那我押一年的！”

……

看着越玩儿越兴奋的利刃队员，战兵目光冷冽地在一旁望着。绝对的低气压让利刃队员脊背一阵发寒，当回头看向战兵时，顿时心惊胆寒。

“队……队长啊，那个……”王军伟哆哆嗦嗦地想后退，奈何身后的人堵住了他的退路，让王军伟无处可逃。

“那个，队长，我……我错了……我……”盛家宝语无伦次，显然不知道该说什么了。

卫钏也连忙表态，“队长，我就是随口这么一说，不赌的……”

卫钏剩下的话被战兵冷冷的眼神一瞪全部咽下了肚，随即，战兵锋利如刀的眸子冷冷地扫了一眼众人，“我看你们都挺悠哉啊，回去之后强训一周！大队长之前都说了，既然养得都白白胖胖了，自然是要瘦下去！”

整个机舱内顿时响起一阵哀号，只有高志勇在一旁咧嘴偷笑。

06　战争激化

内战突变

战兵言必信，行必果，利刃队员回基地之后就直接被拉近了原始森林。一周的防红外作业，愣是让所有人一口熟食都没吃着，整日里生吃老鼠、兔子。不过一周的训练倒是成果显著，原本养得白白胖胖的利刃队员全部变得黑黑瘦瘦的，仿佛就像猴子成了精一般。

“折腾得挺狠啊，你不知道刚才那群小子进食堂，吓得厨房后勤的老王险些要抄起菜刀防卫了，当认出来那群野人竟然是那帮小子后，那心疼劲儿……”高志勇一脸的幸灾乐祸。

战兵冷冷瞥了高志勇一眼，“是啊，就你不心疼。”

高志勇顿时敛了敛笑容，一脸装模作样地哭丧道：“哎哟……我心疼啊，我的兵……”

战兵也不再继续跟高志勇扯这些没用的，沉声说道：“南桑坦现在是什么情况了？”

由于刚刚从消息闭塞的原始森林里走出来，所以战兵对外面的任何事情都不了解。

高志勇知道战兵这是要谈正事了，连忙收敛了笑容，一脸正色道：“现在南桑坦的政府军与反政府军已经坐下来和谈了，看来态势是朝着好的方面发展，但是能不能停止内战，还要看和谈的结果。”

战兵点了点头，不由得眉头微皱。不得不说，局势的发展并没有出乎战兵的意料，以反政府一方的实力来看，不至于溃败得如此迅速。

“最近有什么任务吗？”战兵抬手看了看被毒虫咬的已然结血痂的伤口，开口问道。

高志勇果断地摇了摇头，“没有。”

战兵朝宿舍澡堂走去。就在走出森林之前，他逮到了一窝田鼠果了腹，所以现在的体力倒是也能撑得过洗完澡去食堂。

“哎！”高志勇叫住战兵。

战兵疑惑地回头望去。

“那个……你们在原始森林特训的时候，冉爽来过电话……”高志勇笑呵呵地开口道，随即摸了摸鼻子，“那什么……你还是给人家回个电话啊，我听着像是有事儿……”

战兵漫不经心地应了一声，随即头也不回地朝浴室走去。

战兵舒舒服服地洗完热水澡后，吃饱喝足的利刃队员这才呼啦呼啦地跑来澡堂洗澡，当看到已然穿戴整齐从浴室里走出来的战兵时，利刃队员纷纷后退半步，生怕身上的污渍沾到战兵的身上。

“洗完澡到训练场等着我！”冷冷瞥了一眼利刃队员后，战兵大跨步朝食堂走去。当听到身后一阵哀嚎声时，战兵嘴角不由得微微上扬。

不出所料，食堂被利刃队员那群野人糟蹋得一片狼藉。食堂的老王特意给战兵留了一份小灶儿，虽然伙食跟利刃队员的相差无几，但是难得老王有这份心意，战兵连声道谢，随即慢条斯理地吃起了饭。

直到吃饱喝足之后，战兵这才觉得从身体流逝的体力再次汇聚起来。

战兵慢悠悠地朝门口的传达室走去，那里有军区的内线电话，可以直接联系到冉爽。

战兵直接拨通了狼牙大队行动一中队的电话，随即寻思着这个时间，战军是不是正在操练呢。

电话很快接通，待战兵报上冉爽的姓名后，电话那端说了一句“请稍后”，便是一段百无聊赖的等待。

“喂……”当冉爽略带喘息的声音从电话的一端传来时，战兵的心里仿佛吹过了一阵温暖的微风一般。

“是我，战兵。”

冉爽的脸颊微红，也不知道是方才小跑的原因还是因为害羞，一双黑白分明的眸子满是盈盈的笑意，仿佛一汪清水一般。

“听大队长说，你给我打过电话？”战兵轻声说道。

冉爽轻轻“嗯”了一声，随即没了声音。

电话里出现了短暂的停顿，仿佛只能听得到彼此的呼吸声，却莫名其妙的让人心安。

“下个月，我有一个公休假，要回家一趟，你……”冉爽只觉得脸蛋烫得吓人，即使不照镜子，她也能想象到自己此刻的脸很红。

战兵点点头，“我跟你一起回家，今年的公休我还没用呢，正好跟你一起休。”

冉爽轻笑一声，随即开口说道：“好。”

就在这时，利刃基地的警报响起，战兵当即心中咯噔一声，匆匆说了声再见，随即飞速朝集合地点狂奔而去。

有紧急任务！

当战兵赶到的时候，高志勇的脸色阴沉得吓人，立刻招呼了战兵、林国光两人进了会议室。两人这才知道——南桑坦内战再次爆发了！

战兵道了声“果然”，耐心听着高志勇的任务解说。

“这次内战比之前的更加严重，反政府军突然袭击了我国在南桑坦境内的工厂，维和部队多人伤亡，负责这次维和任务的王希江英勇牺牲。”

听到这个噩耗，战兵、林国光两人的心脏仿佛被一只大手紧紧攥紧，疼得甚至不能呼吸。原本还约定很快见面的战友，竟然天人永别，这让战兵、林国光两人如何能接受？

“是谁干的？”战兵的眸子阴沉得吓人，杀气凛冽地望着大屏幕上的资料，咬牙切齿地说道。

触怒

“维和部队传回来的信息是反政府雇佣的一伙佣兵团！”

战兵皱了皱眉，眼中一丝寒光闪烁，“哪个佣兵团？”

“这个无法确定，他们穿的都是制式迷彩作战服，没有任何标志能够确定他们的身份，但是他们出手狠辣，对维和部队痛下杀手。王希江的尸体现在还在他们的手里。”高志勇的眉头紧皱，脸上一片阴沉。

战兵一脸的愤怒，嘴唇抿得铁青，散发出的强烈杀气顿时让整个会议室噤若寒蝉。

“我猜测他们肯定是有目的的进行杀戮，属于报复行为，否则他们不会留着王希江的尸体，因为这除了触怒华夏军方以外，没有任何的好处！”高志勇沉声分析道。

战兵微微点了点头，随即站起身来，一脸冷冽地说道：“队长，不管如何，我想再去一趟南桑坦，我觉得这批佣兵的目标是我，我一定要为王团长报仇！”

高志勇点了点头，看着战兵一脸的凛冽杀气，有些不放心地嘱咐道：“这伙佣兵的目的应该就是为了激怒我们，所以不管怎么样，都别冲动。不管如何，现在还不知道他们的目标是什么。”

“放心，我心中有数儿！”战兵抬头看向高志勇、萧平山两人，随即敬了个军礼，转身大跨步走出了会议室。

高志勇不由得暗暗叹了口气，眼里闪过一丝担忧。

战兵回忆起跟王希江约定过的“南桑坦七日游”，心里不禁一阵酸楚，没想到再次启程前往南桑坦会是这般心境。这一次，战兵的心里满载着愤怒，恨不得现在就长了翅膀飞到南桑坦！

为了避免外交纠纷，这次利刃众人依旧是以游客的身份前往南桑坦执行护侨任务。

民航现在已经停止了直接飞往南桑坦的飞机，战兵等人乘坐军用飞机抵达了战火中的南桑坦。

“那群混蛋在哪里！？”战兵咬牙切齿地望了一眼已经变成人间地狱的南桑坦，冷冽的眸子里满是杀气。

“现在这帮佣兵已经占据了石油工厂，维和部队已经抢先转移了石油工厂的员工，而王团长就是在掩护员工撤退的时候被俘虏的，现在尸体就暴晒在工厂的广场内，而且有重兵把守！”王军伟道。

战兵下意识地抿了抿嘴唇，两只手紧握成拳，发出一阵“咔吧咔吧”的关节摩擦的声音。

王军伟的声音有些嘶哑，虽然他拼命压抑自己的情绪，可是说出的话还带着几丝颤音，“这是卫星拍下的照片……”

当利刃队员们看到王军伟手中的卫星照片时，再也忍不住内心的愤怒，群情激动。

“兔崽子！该死的狗杂碎！”盛家宝瞪着一双赤红的双眼咬牙切齿道。

战兵抬手示意众人安静，一双冷冽的眸子扫了一眼众人，沉声道：“他们这么做的目的就是为了激起我们的愤怒，虽然我不知道他们究竟抱着什么样的目的，但是我们会让他们血债血偿！”

利刃队员纷纷点了点头，一脸的肃杀。

战兵将现如今的南桑坦形势讲解了一下，随后分配了战斗任务。

现如今的南桑坦已然再次陷入了战火之中，形势与之前有着巨大的转变。而他们在抵达南桑坦时起就等同于切断了一切的退路，这里没有前方，更没有后方，他们要孤立战斗！

一路走来，城市已然全部被炮火摧毁，几乎没有一座完好的建筑，到处都是残垣断壁，道路两边尽是被烧得只剩架子的汽车，散发着呛人的气味儿，整座城市仿佛陷入了修罗地狱一般。

利刃队员表情凝重，之前来南桑坦的时候，他们便到过这个城镇，闲暇时候也跟随维和士兵买过东西。由于之前的繁华还历历在目，所以现如今的情景越发地让人触目惊心。

战兵猛然抬手示意众人停止前进，身后的利刃队员顿时四散开来，各自寻找隐蔽地点隐蔽。

战兵一脸警惕地拿着突击步枪朝面前的胡同走去。他走到胡同入口的时候，看到一个满是伤痕的士兵背靠在墙壁上坐着，身下一大片血迹。从肤色判断，这个士兵是个黄种人。

战兵不由得微微皱了皱眉，方才的细碎呻吟声就是他发出来的。看上去这人还有一口气在。

“队长……”卫钏快速奔到战兵跟前，当看到面前的士兵后，不由得皱了皱眉头。

卫钏低低叹了口气，他知道即使眼前的这个士兵还没有死亡，但是已然流了这么多血，伤势如此严重，就算是抢救也救不回来了，更何况这里根本就没有抢救的设施。

就在卫钏转身的一刹那，战兵朝那士兵奔去。卫钏惊了一下，连忙一脸警惕地四下搜索掩护。

“醒醒，醒醒，喂！你能听得见我说话吗？”战兵焦急地轻轻拍了拍这个士兵的脸。

战兵认得眼前的这个士兵，虽然叫不出名字，但是却知道他是王希江身边的警卫员。

眼前的士兵不知什么原因换了一身制式迷彩服，如果不是战兵及时认出了他的模样，还以为他是濒死的雇佣兵呢。

“唔……”士兵缓缓睁开了眼睛，涣散的眼神看着战兵，干裂的嘴巴无力地张合着，却愣是一个字都发不出来。他的眼角里渗出了血泪，大睁着双眼，身子瘫软了下去。

战兵的眼眶微红，虽然那士兵致死也没有说出一句话，但是战兵却读懂了他的唇语。

战兵颤抖着抬手给那士兵合上了眼，“放心吧，我会把王团长抢回来的！带着他回家！”

义无反顾

利刃队员纷纷围了上来，见战兵一脸沉痛地半蹲在地上，自发围成一圈，警戒防备。

“他说什么？”

战兵这才缓缓站起身来，一脸的凝重，“他说去救团长。”

利刃队员顿时默然，谁都知道他嘴里所说的团长是谁。

战兵挺直了身子，冲着那士兵的尸体“唰”的一声敬了个军礼，眼中满是庄严与钦佩。

利刃队员见状纷纷敬礼，对死去的战士致以最崇高的敬意！

“走，去石油工厂！”战兵的眸子里闪过一丝杀气，整个人仿佛一把饱饮鲜血的利刃，散发着让人胆寒心惊的寒光。

没过一会儿，利刃队员便轻车熟路地到达石油工厂的外围。此时的石油工厂已然被武装人员里里外外把守得水泄不通。

从战兵所在的位置几乎能够俯瞰到整个石油工厂的全貌。

“工厂的广场是在这里！”战兵指了指铺在地上的地图，一脸的专注，“从方才的那个士兵的衣服来看，应该有一伙维和士兵换上了这伙来历不明的佣兵的衣服混入了石油工厂，但是行事败露，这才受重伤逃到了胡同口……”战兵凝眉沉思，“现在这伙佣兵肯定是加强了戒备，如果咱们贸然进入石油工厂，肯定会遭到埋伏！”

利刃队员纷纷点头，战兵分析的的确正确，但是为今之计，他们要怎么做呢？

王军伟忍不住低声询问：“队长，那怎么办？”

战兵微微皱了皱眉头，利刃队员知道战兵这是在思考问题，皆是一声不吭地守在一旁，等待着战兵的回答。

“咱们夜袭！”战兵抿了抿嘴唇，压低声音说道，“不管如何，王团长的尸体必须抢回来，他是为国而战，为保护同胞而死，无论如何他的尸骨也不能被这群混蛋蹂躏！”

利刃队员纷纷握紧了拳头，一脸的坚定。

行动时间依旧是定在凌晨。战兵分配完任务后，利刃队员纷纷四散而去，各自做好各自的准备工作。他们一遍遍地检查，哪怕是最细微的地方都不会放过。这事关他们自己和兄弟们的性命，没有人会觉得繁琐，直到确定身上的装备性能可靠，这才开始围在一起进食。

战兵一脸平静地擦拭着自己随身的军刀。这把军刀是为战兵量身定做的，刀身呈羽毛状，通体乌黑。这次的行动，战兵是尖刀组，所以战兵身上准备了各式各样的冷兵器。这样的一身装备让战兵看起来就仿佛是古时候的刺客——十步杀一人，千里不留行。

检查完装备后，战兵开始与林国光商议行动计划。虽然所有人都知道，这支来历不明的佣兵团肯定将王希江的尸体重兵把守，想引诱他们跳进这个陷阱，但是战兵没有别的办法，只能义无反顾地跳下去！但是，就是因为如此，战兵却在行动计划上追求完美，希望能将战斗损失降到最低。

“队长，你明知道这是个陷阱！”林国光眉头紧皱，一脸的担忧。不得不说，战兵的决定十分不理智。

战兵抿了抿嘴唇，脸上不由得闪过一丝沉痛，而后抬起头看向林国光，“国光，我也知道我的决定有些不理智，但是……”战兵握紧了拳头，“我们却必须要去拼一把！”

林国光厉声道：“理由？！”

战兵一脸平静地看向林国光，“国光，我不想让兄弟们心寒！如果今天躺在那里的是我们当中的一员，我会义无反顾地冲进去，从敌人手里夺回兄弟的尸体，带他回家！哪怕是付出我这条命也在所不惜！”

林国光一脸的震撼，望着战兵眸子里的坚定，林国光久久不能回神，过了一会儿，林国光重重点了点头，“队长，我知道了。”

战兵轻轻叹了一口气，而后轻轻拍了拍林国光的肩，一切尽在不言中。

战兵、林国光两人开始讨论作战的细节。虽然明知道这次的行动会落入敌人的陷阱，但是利刃大队却依旧要义无反顾地前进。两人现在能够做的就是制定最详细完美的行动方案，以减少伤亡！

夜幕降临，泼墨一般的夜空上繁星点缀，皎洁的月光洋洋洒洒地铺了一地的银纱，安静祥和。

整个石油工厂灯火通明，所有的灯光尽数打开，照得整个工厂恍然白日。

距离凌晨还有两个小时，利刃队员都在养精蓄锐。今晚势必会是一场硬仗，他们必须全力以赴！

就在这时，战兵猛然睁开眼睛，“集合！”战兵打开无线公共频道，压低声音道。战兵说完后，利刃队员纷纷从各个角落跑出来，悄无声息地朝战兵靠拢。

战兵晶亮的眸子扫了一眼众人，这才说道：“今晚的战斗有可能是利刃大队成立以来最惨烈的一场战斗，所以我觉得我有必要嘱咐大家一句。”

利刃队员纷纷挺了挺身子，一脸的严肃。

“咱们的敌人是一伙丧心病狂的佣兵，所以不要管什么纪律、国际纷争，这些都不是我们现在能管的事情，毕竟只有活着才能犯错误！”

利刃队员一脸讶异地望着战兵，脸上满是震惊。谁都听得懂战兵话里的言外之意，战兵让他们放弃一切纪律、规章，放开手脚地去打，去杀，什么都不要管，尽管杀！

没有人比战兵更了解他们这群人身上所具有的能量。国家每年花费百万重金砸在每一个队员的身上，训练他们如何杀人与逃生。他们几乎能够依靠身体的任何部位杀人，哪怕只剩下了一只手，一条腿，他们也能够让敌人死伤上百人！

而就是这样骇人的巨大能量，战兵竟然在这一刻彻底为他们解开了封印，让他们展现出一台国家最锋利的杀人机器的所有能量！

时间一分一秒地过去，皎洁的月亮升到了当空。今天是十五，正是月亮最圆的时候，犹如银盘的月亮散发着柔和的光线，将整个大地都披上了一层银纱。

就在这时，利刃众人化作几道黑影快速从林中跃出，仿佛鬼魅一般，悄无声息地朝石油工厂靠近。

由于利刃队员之前都来过这里，所以对这里的地形已然是熟悉的。众人按照战兵之前制订的计划相继散开，各自消失在皎洁的夜色中。

石油工厂灯火通明，照得整个工厂犹如白昼，三三两两的巡逻佣兵来回走动，可谓是三步一岗五步一哨。

战兵无声无息地靠近了配电室，由于熟悉地形，战兵很容易就避开了来回的巡逻士兵，整个身子笔直地站在墙角，朝配电室里张望。

此时是凌晨一点多，正是人一天中最困乏的时候。配电室的士兵一脸昏昏欲睡地坐在椅子上，身子不断向前倾倒，眼见就要倒在地上了。

战兵从袖口掏出一把小巧的匕首，刀身在灯光的照射下散发着丝丝寒意，让人寒毛直竖。

战兵快速推开房门，还没等那个值班士兵缓过神儿来，那把小巧的匕首已然深深地插入了那人的喉咙，那人直接在梦乡中见了阎王。

战兵轻轻敲击了一下无线通讯设备，向众人报平安，然后将电路毁坏剂涂抹在了配电室的总开关处，随即将尸体拖出了配电室，找了个隐蔽的地方藏起来。

利刃队员皆是一脸的镇定，下意识地紧紧握住了手里的武器，一脸的肃杀。

就在这时，战兵涂抹的电路毁坏剂开始发生作用，不断有浓烟冒出，紧接着一阵火花闪过，原本灯火通明的工厂猛然被黑暗淹没。

驻守工厂的佣兵下意识地抬头看向熄灭了的灯，而就在这一瞬间，一把冰凉的匕首已然狠狠捅进了他们的脖颈，匕首直接切断了大动脉、气管、声带，他们甚至没有发出任何声响就直接见了阎王。

利刃众人如同冷面罗刹，凭借着黑夜的掩护收割着敌人的生命。寂静的夜色中只能听得到鲜血汩汩流出身体的声音。

“怎么回事儿？去配电室看看！”黑夜里有人在厉声下令。紧接着，一阵阵凌乱的脚步声朝配电室的方向跑去。

死地

战兵一身的黑色夜行衣，他隐在漆黑一片的墙角里，看着一队队巡逻兵从自己身旁跑过，朝配电室奔去。直到所有人都消失在拐角处之后，战兵这才悄无声息地跃出了墙角，动作迅速敏捷地朝广场的方向狂奔而去。

整个广场上一片空旷，一千多平米的广场上足足有五六十人在来回巡逻，即使是停电也没有让他们慌乱半分，他们反而越发警惕地朝四周张望，只待一有什么风吹草动便立刻开枪。

利刃队员相继戴好护眼罩，当听到耳机里响起三声短击信号时，十几颗闪光弹对准广场中央扔了过去！

还没等佣兵们反应过来，数十道刺眼的光线瞬时将所有佣兵的眼睛闪瞎，他们纷纷捂着眼睛痛苦地在地上打滚哀号。

“行动！”战兵低喝一声，随即十几道黑影闪出了隐蔽地点，端着枪对准地上捂着眼睛哀号的佣兵疯狂射击。

这是一场屠杀，几分钟后广场上已然没人再发出声音了，鲜红的鲜血将广场上的水泥地染成了暗红色，仿佛人间地狱。

“走！”战兵大喝一声，随即背起王希江的尸体朝着原本设定的撤退路线狂奔而去。

由于整个广场没有任何遮蔽物，所以利刃队员必须尽快撤离。虽然来之前所有人都换上了最新一批的防弹衣，但是毕竟还没有人试验过，难保不长眼的子弹射中自己。

“烟雾弹！”战兵低声喝道，随即身后猛然蹿起一道白色烟雾。利刃队员捂着口鼻一路狂奔。

“哒哒哒……”佣兵的轻机枪随之扫射。因为有烟雾遮挡，所以他们只能盲打。利刃众人没有人敢小看轻机枪的威力，全部将身子尽可能地压低，一路匍匐前进。

战兵制定的撤退路线是一条直线，毕竟两点之间直线最短，所以这条路线无疑是最快的！

整个石油工厂仿佛炸了锅一般，越来越多的佣兵涌向广场，子弹犹如断了线的珠子一般朝利刃队员猛然射去。

“先干掉前面的人！”战兵大喝一声，手中的突击步枪几乎毫不间断地开枪射击，每一发子弹都狠狠钉进了敌人的身体。

利刃队员纷纷调转枪口，射杀朝这边涌来的佣兵。就在这时，原本身后的轻机枪射击戛然而止，看来是林国光将身后的机枪手打掉了。待确定机枪手被消灭后，林国光这才快速调转枪口朝面前的佣兵逐一点射。

越来越多的佣兵不要命般地涌了上来，几乎就是奔着利刃队员的枪口而来，这种近乎疯狂的行为让利刃队员不由得胆寒心惊。

战兵万万没有想到竟然会有如此情势，杀死身后的佣兵，前方的佣兵就会出现，前方的佣兵杀尽，后方的佣兵就又涌出，如果一旦被包围，那么在这片几乎没有任何遮挡物的地方，他们所有的人都会死！

“闪光弹！”战兵大喝一声。紧接着一道刺眼的白光闪过，猝不及防的佣兵被亮光刺得眼睛一个劲儿地流眼泪，纷纷捂着眼睛趴在地上哀号。

“撤！”战兵大喝一声，背起王希江的尸体朝前面狂奔。

“是战兵！竟然是战兵！哈哈哈，给我追！不惜一切代价，我要他的命！”烟雾背后猛然响起一声狠戾的吼声。

战兵不由得心脏微缩，回头望去。但是此刻所有的视线都被烟雾遮挡，哪里还看得清，战兵收回目光，朝着预定路线狂奔而去。

是毒蝎，竟然是毒蝎佣兵团！

战兵险些咬到舌头，他万万没有想到竟然会是毒蝎佣兵团！战兵听得出艾伦的声音，显然艾伦也同样听出了战兵的声音。

“是毒蝎佣兵团，必须立刻撤退！”战兵打开无线频段说道。

“是！”利刃众人低声应了一句，随即脚下加快速度，朝着之前预定的线路狂奔。

毒蝎佣兵收到了艾伦的命令，顿时不要命般地疯狂发起反攻，子弹瓢泼一般袭来，利刃队员只好各自寻找隐蔽位置进行反击。

此时的利刃队员已经逃出了广场，相比较之前的空旷场地，眼前的花坛算是很好的遮挡物了。

密集的子弹仿佛织就了一张巨大的网，将利刃队员所有人都尽数网在了中央，半分动弹不得。

艾伦目光阴狠地望着利刃队员撤退的方向，嘴角不由得扬起一丝笑意。

在他通过自己的情报网络得知利刃参加了维和任务后，艾伦便殷切地期望着能够再次碰上利刃的战兵。所以这才俘虏了维和部队的队长并将其严刑拷打致死，随后又将他的尸体吊在了广场上暴晒，要的就是利刃能够回来抢回这具尸体！

想到这里，艾伦顿时感觉浑身的血液都沸腾了。他没有想到竟然真的让他等来了战兵！

“不惜一切代价，不能让他们跑了！”艾伦咬牙切齿地命令道，一脸的暴虐狠戾。

毒蝎佣兵团疯狂地射击，子弹瓢泼一般打得利刃队员根本就不敢抬头。此刻毒蝎佣兵团的佣兵步步推进，眼见着就要将他们团团包围！

战兵牙关紧咬，眉头顿时皱成了一团疙瘩，一颗心顿时跳到了嗓子眼儿——这是死地！绝无逢生可能的死地！

狼牙杀到

所有的利刃队员的心都缩成了一团，即使不用任何人说，他们也知道此刻面临的绝境！

毒蝎佣兵团借助强火力压制开始步步紧逼，包围圈越缩越小，眼见就要将利刃队员全部包围。

“机枪掩护！其他人冲出去！”战兵大喝一声。话音刚落，轻机枪的火舌顿时喷吐而出，将毒蝎佣兵的火力顿时压制了下去。战兵手中的突击步枪几乎当成了机枪，子弹倾泻而出，一双冷冽的眸子满是肃杀。

一时之间，密集的子弹将毒蝎佣兵团的佣兵打得不敢抬头，而利刃队员借助着强火力的压制步步后退突围。

艾伦脸色铁青地看着原本一面倒的局势竟然硬生生地被战兵等人压制了过来，怒吼着反攻，毒蝎佣兵只得硬着头皮再次实施强火力覆盖。

“哒哒哒……”毒蝎佣兵团的机枪手被利刃队员的子弹扫到，纷纷毙命。但是毒蝎佣兵团更多的机枪手却将利刃队员的强火力全部压制了下去，原本好不容易争取来的局面再次被打回原形！

李壮只觉得自己的胸口被一柄大锤狠狠砸中，又好像被一辆疾驰而来的卡车撞上了胸口，整个人不可抑制地向后仰倒，紧接着胸口一阵疼痛，疼得李壮险些闷哼出声。

“壮儿！”盛家宝大声喊道，想跑过去查看李壮的伤势，但是却被密集的子弹打得半分也抬不起头来，只能趴在原地一脸焦急地干瞪眼。

李壮被巨大的冲击力撞得七荤八素，手中的机枪在仰面倒地的瞬间甚至还在扫射，倒是击毙了一个机枪手，而随后的子弹则全部打到了天上，直到李壮的身子重重地摔在了地上才停止射击。

“李壮！”战兵不由得皱眉。

“我没事儿……”撑过了最初的疼痛，李壮这才低声回道，随即摘下右手的作战手套，慢慢将手压在了胸口。

借助皎洁的月色，李壮并没有在手上发现鲜血，这才深吸了一口气，冲着战兵等人打了个“OK”的手势，“没事儿，这防弹衣太管用了，回去我得好好谢谢造这防弹衣的大师！”

众人一听李壮还有心思开玩笑，便知道当真是没有大碍，原本高高提起的心，这才放了下来，

此时密集的子弹已然将利刃队员所有的退路全部堵上了。听着耳边犹如

炒豆子似的枪声，战兵一脸的凝重，看来今天无论如何都逃不出去了，他们所有人的命都有可能葬送在这个地方！

“兄弟们，听我说，咱们今天应该是逃不出去了，但是，就算流尽身体里的最后一滴血，我们也要把眼前的敌人全部消灭，听清楚没有！”

“是！”利刃队员嘶吼道。

“好兄弟，下辈子我们还是好兄弟！同生共死！”

“同生共死！”

子弹依旧朝着利刃疯狂地倾泻，弥漫起的硝烟将整个战场尽数笼罩，刺鼻的硝烟以及浓烈的血腥味儿充斥着战场。

“停止射击！”就在这时，艾伦突然大喝一声，枪声戛然而止。利刃队员做好反击准备，一脸警惕地注视着毒蝎佣兵团的一举一动。

“战兵！我知道你就在这儿！如果你乖乖地束手就擒，我可以放过你的队员一命……”艾伦嚣张的声音响起。但是还没等艾伦说完，一发子弹已然精准地射在了挡在他面前的盾牌上，吓得艾伦将剩下的话尽数吞进了肚子里，一脸的惊魂未定。

战兵一双晶亮狭长的眸子顿时微眯成线，目光中一丝寒光闪烁，“艾伦，我的狙击手说了，第一枪打盾牌，第二枪就打头，你最好想好了再说！”

艾伦脸色一变，顿时变得一脸的狰狞，“战兵……战兵！我要你死！！为我的兄弟雷报仇！！”

战兵冷哼一声，“雷？”声音中充满着蔑视，“就是那个在洛斯伐克被我一枪击中的狙击手？”

利刃队员不由得喷笑出声，齐刷刷地冲着战兵竖了竖大拇指，用口型表达着自己的钦佩——“队长，你太牛了！”

艾伦气得脸色发青，咬牙切齿地指着战兵，歇斯底里地大喊道，“杀了他！给我杀了他！”

但是，还没等艾伦的话音落下，利刃队员已然展开了射击，密集的子弹瞬间就狠狠地钉在了毒蝎佣兵的眉心。被击中的佣兵甚至连呼叫都没来得及呼叫一声，便一头栽倒在地，鲜血喷涌而出。

李壮强撑着自己的身体坐起身来，胸口疼得几乎无法呼吸，头顶的子弹呼啸而过，李壮慢慢伸展了一下胸口，确定肋骨折断了两根。

听着耳旁的枪声渐密，李壮强忍着胸口的疼痛，架起机枪朝着对面疯狂倾泻着子弹。子弹射进敌人的身体里，犹如撕破布娃娃一般地将敌人的身体撕开，紧接着殷红的鲜血喷溅而出！

越来越多的尸体堆积如山，目光所及之处都是毒蝎佣兵的尸体，但是即使如此，他们依旧不要命般地继续逼近。

生死一线间！

就在利刃队员准备孤注一掷的时候，身后猛然响起一阵密集的枪声，利刃众人的目光尽数投到身后。

“还愣着干什么，撤！”战军猛然大喝一声，发愣的利刃队员尽数回了神。

“大哥！”战兵一脸的震惊，他知道这个时候不是谈话的时机，当即大喝一声“撤退”，随即背着王希江的尸体在狼牙队员的掩护下撤离。

辜负

“别让他们跑了！不能让他们跑了，给我打！”艾伦气得直跳脚。一串儿子弹打得艾伦面前的盾牌噗噗作响，把他吓得趴低了身子。

艾伦的声音被淹没在了密集的枪声中，恐怕此刻毒蝎佣兵听得到也要装听不到。利刃和狼牙的火力实在太强悍，更何况还占据着绝佳的射击角度，还没等他们有所动作，子弹就已经要了他们的命！

战兵等人依照原本的撤退路线逃出了石油工厂，回头见狼牙队员也纷纷撤出来，这才转身扎进了丛林。

依仗着在丛林里的优势，战兵等人很快便将毒蝎佣兵团甩在身后，直到确定了周围安全，所有人这才筋疲力尽地瘫坐在地上。

“战兵！”战军看向战兵，一脸的阴沉。

利刃队员齐刷刷地低下头，不敢去看战军的表情。

战兵自知理亏，一言不发。

战军冷冷瞥了战兵一眼，“跟我过来！”说着大跨步朝一旁的密林走去。

战兵撑起身来，跟在战军身后，消失在漆黑的森林中。

狼牙和利刃队员不由得面面相觑，已经猜到了战军要跟战兵说什么。

“幸亏你们及时赶到啊……”王军伟心有余悸，冲着冯海咧嘴一笑，满脸的谢意。

冯海摆了摆手，“客气什么，如果今天我们陷入危险，你们不也是一样会救我们？”

王军伟重重点了点头，咧嘴一笑。

这时，一旁的王珂轻咳一声，瞄了一眼战军、战兵两人所在的密林，压低声道：“其实，我们赶到有一会儿了，只不过队长没让动手。”

利刃队员不由得一愣，这是什么情况？

王珂搔了搔后脑勺，笑呵呵地说道：“你们不知道，来的路上，我们听到枪声的时候，队长的整张脸都绿了，这还是我们第一次看到队长这么生气，看来也是吓得不轻……”

利刃队员不由得对视一眼，眸子里闪过一丝同情，得，看来自己队长这次有的骂挨了。

战军一脸铁青地背对着战兵，战兵自知理亏地一言不发，等待着战军的训斥。

过了一会儿，战军转过脸来，一脸寒气逼人地瞪着战兵，声音冰冷得几乎不带一丝感情，“如果我们不来，知道你们的下场是什么吗？”

战兵低声说道：“知道……”声音中带着懊悔。

战军脸上青筋暴起，咬牙切齿道：“知道？！我看你不知道！”

战军怒气冲冲地踱着步子，狠狠瞪着战兵，“我看你是顺风顺水的日子过惯了，不知道一次失误就能要了你们的命！”战军顿了顿，“这次是敌人设下的陷阱，你知不知道？”战军一脸的怒容。

“知道。”

“知道？知道你还钻？你觉得利刃十几条命比不上一具尸体是不是？”战军的声音陡然升高。

战兵抿了抿嘴唇，没有吱声。

战军死死盯着战兵，“你是利刃的队长，队员的性命都在你手上，你不能出哪怕一丝的差错！你知不知道？！”

战兵不语，只是低着头。

“我问你，如果今天有一个队员牺牲了，你会怎么样？！”战军越说越生气，一双晶亮的眸子已然充血。

战兵觉得喉咙里好像堵了块棉花，使他喘不上气来。

如果，如果今天利刃哪怕有一个队员牺牲，那么自己……

想到这些，战兵的心脏甚至都停止了跳动，冷汗冒了出来，几乎要将他的作战服打湿。

“他们是你的战友，是与你并肩作战的兄弟！出生入死，同生共死，这口号没错，但是你不能让他们跟着你真的去死！要带着他们活着走出战场，这才是你这个队长应该做的，而且是必须做到的！”

战兵的眼角湿润了。

“战兵，我们最怕的就是辜负，心底的亏欠能够活生生地拖垮一个人。如果今天真的有队员牺牲，你以为所谓的一个烈士名额和家属抚恤金能够抚平你内心的亏欠吗？”

战兵一脸惨白地站在原地，战军说的每一个字仿佛匕首一般狠狠插进他的心脏，疼得他不能呼吸。

最怕的就是辜负！辜负了他们对自己的生死相托！

战军咬了咬牙，这才轻轻叹了一口气，看着战兵一张惨白得几乎没有血色的脸，心里不由得升起一丝心疼。但是这些话，他今日必须给战兵讲透了，否则他哪天自己毁了自己都不知道！

战军平复了一下心情，低声说道：“我知道你去抢回王团长尸体的初衷。咱们这些整日里在刀尖儿上舔血的人难保不会有一天落到王团长的下场，既然战死他乡，总不能连尸骨都回不了故乡……”

战兵木然地站在原地，仿佛听到了，也仿佛没有听到。

“但是……”战军话锋一转，“你却选择错了方式。战兵啊，打仗虽然用脑子，但是也不能太用了。感情这东西最不好说，身为队长，你首先要为你的兄弟们着想，完成任务固然重要，但是别忘了，还要活着带他们回家！”

战军一脸感慨地拍了拍战兵的肩，“行了，话我就说到这里了。想必你也想明白了，今天的错误，我不希望再发生第二次！”

战兵重重地点了点头，仿佛是立誓一般道："往后我战兵绝对不会辜负了我的兄弟！"

"行了，走吧，时间也差不多了，毒蝎佣兵团也快追来了！"战军勾了勾嘴角，深深看了战兵一眼，这才转身朝众人走去。

战兵站在原地望着战军的背影，一双冷冽的眸子闪过一丝坚定，双手下意识地握紧成拳，随即大跨步朝战军走去。

夺车

黎明时分，利刃、狼牙队员将王希江的尸体火化，将他的骨灰随身携带着。当初说好的要带他回家，战兵不会食言。

整个城市安静得犹如一座死城，也许在内战爆发的那一刻，这里的人便已经逃走了，抑或是在战乱中丧生，街道上空荡荡的，看不见一个人。

战军打了个手势示意战兵靠近商议，而其他队员则围成一圈，将两人围在中间，警惕地张望着四周。

"现在太乱了，必须尽快找到被困的华夏人员，并把他们转移到安全的地方！"战军道。

战兵点了点头，"现在南桑坦错综复杂，已然不仅仅是反政府军与政府军之间的较量了，各个武装组织也都按捺不住了。"

战军叹了口气，转头看了一眼四周被烧毁的商店，以及依旧在散发着黑烟的废墟，心里闪过一丝悲哀。整个城市已然破败不堪，这一次的内战让原本就落后的南桑坦再次倒退了至少十年。

就在这时，远处突然传来一阵汽车轰鸣声，由远及近。

"隐蔽！"

话音刚落，所有的队员顿时四散开来，动作灵敏迅速，仿若鬼魅。

一辆军用敞篷车出现在众人的视线中，车身虽然破旧不堪，但是从车身标记能够看出这是一辆军车。车上一共坐着四个人，穿的是普通老百姓的衣服，手里全都拿着伤痕累累的枪械。开车的人穿着一身迷彩作战服，不知道是从哪个尸体上扒下来的。

战兵快速跟战军交换了一个眼神，随即从隐蔽地点跳了出来，枪口齐刷刷地指着车上的四人，厉声喝道，“不许动！”

原本疾驰的汽车突然停下，车上的四个人由于惯性顿时向前倾。

战兵几乎可以断定，眼前的这四个人应该就是无所事事，想仗着内战发一笔横财的混混，不过如此招摇过市还真是嫌命长了。

“下车！”战兵一双冷冽的眸子死死盯着四人，车上的人吓得哆嗦，一脸恐惧地望着战兵、战军两人。

见车上的四人一脸恐惧地动也不敢动，战兵不由得微微皱了皱眉，厉声道：“别让我说第二遍，下车！”

车上其中一人想下车，却被一旁的人一把拽住了袖子，“别怕，他们就两个人，两把枪，咱们可是四个人！”

说着那人便想举枪瞄准战兵，但是还没等他抬起手来，手里的枪械已然被一发子弹狠狠击中，巨大的冲击力让那人的手臂猛颤，枪械顿时脱手而飞。

战兵冷冷看着面前一脸恐惧的四人，沉声道：“第一发子弹打枪，第二发子弹打头！”

话音刚落，那四人顿时将手里的枪械一股脑儿扔出了车外，随即屁滚尿流地下了车。

战兵有些无语地望着这四人，真是典型的不见棺材不掉泪。

“蹲墙角去，双手抱头！”

那四人连忙朝一旁的墙角爬去，随即双手抱头蹲在墙角，身子止不住地哆嗦。

战兵打开车门检查了一下汽车的性能，倒是能撑过一段路程，当即冲着一旁隐蔽的众人大声喝道：“上车！”

原本隐蔽在道路两旁的狼牙、利刃队员顿时飞快地朝卡车靠近，自发地展开警戒，井然有序地快速上了车，动作灵敏快捷，配合默契，仿佛演练了成百上千次一样。

就在这时，原本在墙角蹲着的四人眼中闪过一丝讶异，随即一脸狂喜地转过了脸。

这是一辆足够宽敞的军用卡车，后面的空间能够容纳三十多人。有了车辆代步，战兵等人省下了大量体力和时间。

利刃跟狼牙轮流警戒，一脸警惕地观察着破败不堪的街道。军用卡车速度不减，直直朝乡村的方向驶去。

战兵、战军两人一脸凝重地商议着下一步的行动策略。他们现在是在一个完全陌生的国度，任何一个小小的失误都有可能造成巨大的损失，所以来不得一丝的马虎。

“维和士兵们肯定将工厂员工藏在一个暂时远离战乱的地方，按照时间推算，他们不可能离开这城市太远，肯定就在市郊的某个村子！”战兵快速在地图上做标记，而后又点了点现在他们所在的位置，“我们现在的位置是在这里，以这个村子为基准，展开地毯式搜索，不管如何，先找到他们再说！”

战军点了点头，随即看向道路两旁，此时的夜色已然慢慢暗了下来，但是目光所及之处却看不到一丝的灯光。

战兵的目光也随即看向了两旁的玉米地，在微风下，秸秆微微晃动着，仿佛在夜空下跳舞……

“不对……”战兵突然皱了皱眉，一脸的如临大敌。

车上所有人齐刷刷地看向战兵，一脸的疑惑。

“怎么了？”

战兵的脑海里猛然浮现出方才的那四人的模样，眉心猛然突突跳个不停。

“你们发现没有，方才那个开车的人，他身上的是制式迷彩服，但是却没有染上任何的血迹！”

原本他们以为那人身上的军装是从某个倒霉的佣兵身上扒下来的，但是没有鲜血……

“警戒！”战军大喝一声，随即一脸警惕地张望着四周！

大意

太大意了！

没有人会想到这一层，如果那四个人真的是毒蝎佣兵团的眼线的话，那么他们此刻的行踪，已然是暴露在敌人的眼皮子底下了。

整个车上弥漫着紧张的气氛，让所有人都屏气凝神，大气都不敢喘地警戒着四周。原本看着毫无危险的玉米地，此刻却变成了极好的狙击阵地，众人的神经紧绷起来。

而就在这时，一道火光划亮了夜空，带着铺面而来的炙热气浪，径直朝汽车而来。

“跳车！”战兵大喝一声，率先跃下了汽车。几十道黑影跃出汽车，在昏暗的夜色里仿佛绽开了一朵黑色的花朵。

汽车车速未减，径直开着。火光猛然击中汽车，“轰”的一声巨响，原本便破烂不堪的汽车瞬间被大火包围，灼热的火焰喷溅出了数米远，路边的玉米秆一瞬间被烤成了黑炭。

由于跳车及时，战兵等人趴到路边的水沟里躲避爆炸的冲击波。

“准备战斗！”战兵在落地的一瞬间迅速持枪警戒，大声喝道。

就在这时，大火燃烧到油箱，只听“轰”的一声巨响，油箱爆炸，浓浓的黑烟冲天。巨大的爆炸声让近距离的战兵等人觉得耳膜嗡嗡作响，用力拍打了几下之后才恢复了一些，但是却依旧嗡嗡响个不停。

子弹犹如断了线的珠子一般朝着战兵等人躲避的水沟疯狂射击，一时间泥土被打得满天飞溅。

他们被伏击了！而且是被多于自己十倍甚至几十倍的敌人伏击了！情况不容乐观！

空气中弥漫着汽车轮胎烧焦的刺鼻味道，灼热的空气还未散尽，漫天的子弹将黑夜映照得犹如白昼，犹如炒豆子的枪声从四面八方传来。就在这片茂密的玉米地里，数不清的敌人在朝他们射击，而他们却什么都看不见……

玉米秆被拦腰打断，一时间草屑横飞，枪声犹如炒豆子似的响起，打得利刃、狼牙队员抬不起头来。

显然，在这样的强火力攻击下，战兵等人根本想不到反击的方法。

“沿着水渠后退，躲避敌人的包围！”战兵大喝一声，压低身子沿着水沟快速朝后撤退。

利刃、狼牙队员听到战兵的声音连忙朝身后撤退。在仓促跳车中，车上的人分别跳到了道路的两旁，但是，敌人却也分布在两侧的玉米地里，以绝对的强火力层层推进。

战兵等人快速沿着水沟撤退。玉米地不仅仅遮挡了战兵等人的视线，同样阻碍了毒蝎佣兵团的视线。此时他们的枪声激烈，可是却不知道，原本笼罩在他们枪口下的敌人已经逃离了。

“战兵，现在怎么办？”战军低声问道。

战兵沉吟了片刻，低声说道：“咱们潜入玉米地，迂回消灭敌人！”

战军不由得眼前一亮，随即冲着战兵竖了竖大拇指，虽然在公路对面水沟里的战兵看不到他的手势。

利刃和狼牙队员缓缓地爬上了水沟，而后快速钻进玉米地里，随后便不见了踪影。

由于是在玉米地里作战，为了防止误伤，利刃和狼牙队员的身上都撒了荧光粉，夜视镜下能很好区分是敌是友。

犹如炒豆子似的枪声依旧未停。战兵快速射击，子弹穿过密密麻麻的玉米秆径直击中敌人的身体，只听一声闷响，敌人应声倒地，战兵快速调转枪口，随即快速射击。

战兵在快速地飞奔中，但是即使如此，他手里的突击步枪却未曾停下射击，战兵每一发子弹射出都会有敌人倒地。直到这时，毒蝎佣兵团的佣兵才知道有人摸了进来。

听着耳边的枪声有一瞬间的停顿，战兵想也未想地伏地，紧接着密集的子弹擦着战兵的身体而过，身旁的玉米秆被拦腰打断。子弹的弹道在夜视镜下散发着红色的光芒，密集的弹道仿佛织成了一张巨大的网。

此刻战兵距离敌人不足十米，在夜视镜里，战兵能够清楚地看到毒蝎佣兵队员的腿。

战兵仅仅凭借着毒蝎佣兵双腿的位置，便迅速锁定了他们的脑袋，子弹犹如长了眼一般精准地打爆了毒蝎佣兵的脑袋，四溅的鲜血与脑浆沾染在绿色的玉米秆上，浓重的血腥味儿让人忍不住作呕。

战兵的子弹不断击中毒蝎佣兵团队员的脑袋，把毒蝎佣兵们吓得双腿发软，有一些吓破了胆的拿着枪连滚带爬地夺命狂奔。

战兵不由得停止了射击，刚想继续搜索前进的时候，猛然觉得背后一道劲风闪过。直觉让战兵浑身的汗毛都竖了起来，想也没想就压低身子，随即锋利的匕首砍断了十多根玉米秆。

战兵甚至不知道身后的这人是什么时候来到他身后的，就是因为这样，才让战兵的心脏几乎停止了跳动。

战兵的身子呈现一个诡异的姿势，甚至没有依托任何东西，身子竟然凌空转身，随即果断地扣动了扳机，子弹狠狠打进了身后那人的腹部。就在他捂着肚子呻吟的时候，战兵的手里猛然多了一把匕首，刀身通体乌黑，仿佛与夜色融为了一体。

战兵手里的匕首狠狠插进了面前敌人的脖颈，力道大得险些连他的颈椎都砍断。敌人的整个脑袋呈现一个诡异的角度，随即鲜血猛然从脖颈处涌出，仿佛喷泉一般。

战兵的脸上流淌下几道温热的触感，那是喷在他脸上的敌人的鲜血。

战兵抬手将鲜血抹掉，一脸警惕地四下张望一眼，随即转身冲着枪声密集的地方狂奔而去。

机枪喷吐出的火舌在夜视镜里呈现出诡异的色彩，紧接着，利刃和狼牙密集的扫射开始了，敌人的惨叫声连成一片。

战兵不由得压低身子，看来前方被己方的机枪手占领了。此时肯定不能贸然上前，否则在这密林一般的玉米地里，子弹可不管你是敌是友。

战兵提着突击步枪狂奔而去，原本密集的枪声戛然而止。此时所有的毒蝎佣兵都知道利刃和狼牙的人已经摸进了玉米地，而他们原本步步推进的水沟里已经空无一人！

战兵悄无声息地在玉米地里来回穿梭，当听到一阵沙沙的脚步声，战兵猛然卧倒。当夜视镜里未曾发现荧光粉时，这才摸出匕首，一双冷冽的眸子死死盯着此刻慢慢朝自己靠近的敌人。

“沙沙沙”，凌乱的脚步声渐近，战兵的身子与漆黑的夜色融为一体，甚至分辨不出哪个是人哪个是地。

直到眼前的十几个毒蝎佣兵从自己的眼前走过，战兵这才缓缓爬起身子，右手反握着匕首，悄无声息地靠近最后一名毒蝎佣兵。

战兵快速捂住了对方的口鼻，随即匕首用力划过对方的喉咙，大动脉、声带、气管被齐齐切断。敌人睁大的眼睛里满是恐惧，随即瞳孔慢慢涣散了，彻底失去了神采。战兵缓缓将慢慢变冷的尸体放在了地上，随即再次悄无声息地靠近。

接连解决了三人，而前面的毒蝎佣兵却依旧没有发现。此刻跟在他们身后的战兵手执乌黑的军刀，仿佛死神一般，毫不留情地收割着生命，接连悄无声息地解决了七人。

战兵快速逼近下一个敌人，随即右手划过对方的喉咙，锋利的军刀毫不费力地切断了对方的咽喉，敌人捂着伤口倒在了地上。不料喷涌而出的鲜血喷溅到了前面的毒蝎佣兵的脖子上。

前面的佣兵停下喊了一声，一队毒蝎佣兵齐刷刷地将枪口回转。战兵甚至能闻到来自枪械的机油味儿。

原路返回

战兵的大脑甚至没有下达任何命令，身子下意识地后仰，子弹几乎贴着战兵的身体飞过。战兵的后背重重地摔在地上，疼得他闷哼出声，随即就地滚动几圈，躲过敌人的子弹，然后开枪射击。

数发子弹精准地射在了敌人的眉心。战兵紧接着一跃起身，托起枪托对准其中一人的鼻梁狠狠砸了下去。对方的鼻梁顿时被砸塌，随即口鼻喷血昏死过去。

原本想要开枪射击的毒蝎佣兵发现战兵居然躲在昏迷的同伴身后，一时急得冷汗直冒。

“噗噗噗……”子弹从那个昏死的佣兵腋下飞出，精准钉进了对面数名佣兵的身体。随即所有佣兵疯狂地倾泻着子弹，一转眼的功夫，战兵面前的那个佣兵已然被打成了蜂窝。

战兵将面前的尸体扔下，随即快速开枪，面前的佣兵们甚至还没有反应过来，子弹已然狠狠穿透了他们的眉心，仰面倒地。

战兵一双冷冽的眸子打量着四周，直到确定周围所有的敌人都被消灭，这才大口大口地呼吸着新鲜空气，将军刀收好，提枪消失在了玉米地的深处。

此时的战斗已然打到了尾声，越来越多的毒蝎佣兵尖叫着逃跑，溃逃仿佛瘟疫一般蔓延至整个战场，毒蝎佣兵们屁滚尿流地跑出了玉米地，朝大路狂奔。

原本伏击战兵等人的绝佳阵地，此刻却成了毒蝎佣兵的死地！

“战兵……”

无线通讯设备里传来战军的低沉声音，战兵下意识地抚了抚话筒，低声回答，“我在，什么事儿？”

战军压低声音道：“通知利刃队员，全部撤出玉米地，毒蝎佣兵团吃了这么大的亏，肯定不会善罢甘休，我们必须尽快撤离！”

战兵沉声回答：“好！我们在村子后的树林里集合！”

整个玉米地被战火蹂躏得一片狼藉。战兵对利刃众人下令撤退，提着突击步枪朝玉米地外的树林里狂奔。

玉米地里依旧时不时响起一阵枪声，随即又再次寂静下来，但是没过一会儿又会再次响起，显然是利刃和狼牙队员们在跟没来得及逃离的佣兵对战。

但是不管如何，没有人恋战，他们接到的命令是在树林里集合，消灭敌人只不过是自卫。

二十分钟之后，所有的队员尽数在树林里集合，战兵、战军两人各自检查队员的伤亡情况。

“怎么样？”战军一脸担忧地看向战兵。

战兵道：“都是轻伤，军子的左手手臂被打穿，已经止血了，应该没有大碍。你们这边呢？”

战军苦笑道：“四名队员轻伤，其中一个伤在了腿上，已经影响行动了！”

战兵轻轻叹了口气，情况不容乐观。

“不过，军子刚才通报了两个消息，一个好的，一个坏的，你想先听哪一个？”战兵抬头看向战军。

战军转身见王军伟正背靠大树休息，这才转过脸看向战兵，“好的，坏消息够多了，转换一下心情！”

战兵咧嘴一笑，“好消息就是军子得到维和部队的具体位置了！”

战军的脸上闪过一丝狂喜，“真的？太好了！”战军拍了拍战兵的肩膀，“行了，你现在可以说那个坏消息了！”

“坏消息就是我们跑错方向了，他们在相反的方向……”

“啊？不会吧？”战军一脸夸张地抚了抚额头，随即将口袋里的地图铺在地上，将手电的光调到最低，这才照在地图上，“具体地点标出来我看看！”

战兵借助微弱的光线找到了具体的位置，“这里，如果当初从石油工厂出来往东走的话，现在恐怕已经找到他们了！”

战军一脸懊恼地将脑袋凑近了比量了一下，果然，就连距离都相差无几，只是方向反了。

战兵沉声道：“能怎么办？只能原路返回了！”

战军不由得叹了口气，“现在也只能这样了！”

战军转头看向众人，拍了拍手，见所有人都齐刷刷地望着自己，这才绽出自以为最灿烂的笑容，“兄弟们啊，刚才得到一个噩耗啊，咱们走错方向了，得原路返回了……”

话音未落，众人一片哀嚎。

“行不行啊！”

“累死了！”

“浪费感情。”

……

战军咧嘴一笑，“好了，都打起精神来啊，维和部队的兄弟们还等着我们去救呢！”

战军在这一刻突然像是被打了鸡血一般，精神得有些过头，“都起来，都起来了啊，趁着天黑赶路，列队集合！”

战军话音刚落，利刃、狼牙队员迅速列队完毕，哪里还有半分疲惫不堪，一个个精神抖擞。

战军满意地点了点头，冲着队伍挥了挥手，“出发！”

具体地点由王军伟发给每个队员。趁着夜色的掩盖，利刃队员无声地在道路上狂奔，动作敏捷得仿佛猎豹。

此时，艾伦发动了全部的兵力朝战兵等人所在的方向扑去，欲将战兵等人全部消灭！

空气中仿佛浮动着丝丝血腥，昭示着一场大战即将拉开帷幕！

07　不可为敌

出卖

由于要缩短时间，战兵、战军两人商议的结果就是直线前进，而这预示着他们要穿过大半个城市，与佣兵打一场城市游击战！

“队长，情况不太对劲儿啊！”盛家宝有些紧张地望着街道上的人群，这些人表情冷漠，却又带着一丝仇恨，让人不由得神经紧绷。

他们的行军路线已经尽量避开这些人群了，可是内战暂停之后，越来越多的民众涌上街道，举着写得歪歪扭扭、横七竖八的破烂牌子，用他们认为足够的理由打砸抢烧，乃至于杀人！

对，就是杀人！

战争下民众的心理往往是扭曲的，常年处在战争下的民众更是不能用常理去分析。

“避开他们！”战兵选择退避。

这些民族平时是平民，但是拿起枪就是战士，所以避开是最明智的选择。

游行的民众群情激奋，战兵分辨着牌子上的告示，费了半天劲儿，战兵才读懂牌子上的内容，无非就是让外国人滚出去……诸如此类的意思。

华夏员工不远千里来到他们的土地上为他们重建家园，但是在他们眼里，这一切却成了“丑陋资本家的剥削”。战兵叹了口气，不免有些心寒。

暴戾的民众开始烧毁房屋，大片大片的房屋被泼上了石油，随即被大火焚毁，甚至隔着几十米的距离都能感觉到一股热浪扑面而来。

“这群疯子！”王军伟低喃一声，而后转身快速跟上队伍。

众人绕过游行的民众，朝着预定方向飞奔而去。

此时此刻，毒蝎佣兵团的人将整个乡村都翻了个底儿朝天，依旧没有发现战兵等人的影踪，仿佛他们一瞬间从人间蒸发了一般，找不到一丝蛛丝马迹。

艾伦对战兵的这股恨意缘起于艾伦的生死兄弟雷被战兵杀死，所以对艾伦而言，这是一场不死不休的仇恨，哪怕付出生命也要拖着对方一起去死！

“扩大搜索范围，他们肯定跑不远！给我仔细搜，每一寸土地都给我翻过来找，挖地三尺也要把他们找出来！”艾伦一脸狰狞地道。

毒蝎佣兵们战战兢兢地领命而去，生怕艾伦暴怒之下要了他们的命！

战兵，战兵，你究竟在哪里！艾伦一脸狠戾地咬了咬牙。

此时，战兵等人已然穿越了整个城市，朝石油工厂的方向狂奔。王军伟再次与维和部队取得了联系，确定了具体方位后，战兵简单估算了一下行军速度之后，让王军伟回信，说两个小时之后跟他们会合。

两个小时？！

王军伟咧了咧嘴，看来又得拼命了！

在利刃和狼牙队员的玩儿命狂奔下，一个小时后，战兵这才下达原地休息十分钟的命令。命令刚一出口，所有人都如同被瞬间抽干了力气一般瘫软在了地上，胸口剧烈起伏，仿佛心脏都要从嗓子眼儿里蹦出来。

战军一屁股坐到了战兵跟前，抬手擦了擦额头的汗水，喘着粗气道：“你说维和部队的兄弟为什么不联系南桑坦政府？”

战兵嘴角扬起一丝讽刺的笑意，转头看向战军，“刚才军子说，维和部队的兄弟问我们带没带药品，他们有一大批伤员。就是这样的情况下，他们依旧不联系南桑坦政府军，你觉得最有可能的是什么原因？”

“你是说，这次维和部队遭到重创是南桑坦政府军干的？”战军道。

战兵脸上闪过一丝冷笑，“之前既然政府军出了一个菲尔特，那么再出一个又何妨？”

“你是说……内奸？”战军一脸的愤怒，随即眼中又闪过一丝无奈。对于维和部队而言，这里是一个完全陌生的地方，他们几乎是下意识地选择相信自己的盟友，但是盟友是否可靠？

南桑坦政府军存在内奸，这是他们无法控制的事情，同时也让华夏维和部队对自己的这个盟友彻底失去了信心。他们不知道政府军中的内奸究竟会不会在下一刻狠狠捅自己一刀！

“伤员多吗？”战军深吸了一口气，这才转移了话题。

战兵点了点头，眉头紧皱，“应该不少，他们的药品用光了，抱着最后的希望联系的我们。”

战军脸色有些难看，他几乎已经猜到了维和士兵现在的处境，战军越是想象，便越发心疼得厉害。

“行了，出发吧！”战军猛然站起身来，冲着众人抬了抬手，所有人顿时从地上爬了起来，继续赶路。

不到一个小时，战兵等人找到了维和士兵们的藏身之处。

这是山林里守山人的临时小屋，只有三十平米，就在这三十平米的屋里却挤满了二十多人。屋里散发着浓重的血腥味儿以及腐臭味儿，让所有人下意识地皱起了眉头。

“冉爽，卫钏，你们两个立刻对伤员进行包扎，其他人协助！”战军一脸冷冽地低声说道，脸上一片凝重。

“战队长！”身后维和部队的军官冲着战军、战兵两人敬了个军礼，一脸的激动，“你们终于来了……”

眼前这人是维和部队的副团长曹光。王希江牺牲后，他便全权负责起了所有的事务。短短几天时间，一个原本壮硕的汉子已然瘦了足足十斤，凹陷的脸颊、憔悴的面容，竟像是瞬间苍老了十岁。

“宝子，把兄弟们的口粮发下去。”战兵皱着眉头沉声吩咐道，随即抬头看向林国光、刘中杰两人，“国光，中杰，你们两个出去找点儿吃的。”看了一眼饿得面黄肌瘦的维和士兵，又补了一句，“越快越好！”

“是！”林国光，刘中杰两人领命而去。

曹光一脸感激地看向战兵，这才说道：“这个房间太小，咱们还是出去说吧！”

战兵、战军两人点了点头，一前一后走出了屋子。

由于屋子的空间有限，维和部队的士兵在外面搭了草窝。战兵、战军一路走来，不由心中一痛。

“你们受苦了！”战军低低叹了一句，一脸的感慨。

曹光摆了摆手，脸上闪过悲伤之色，“我们吃的这些苦算什么，团长他死的好惨啊……”

战兵拍了拍曹光的肩膀，低声安慰道：“王团长的尸体我们已经抢回来了，他是真正的英雄，我们会带着他回华夏！带他回家！”

曹光激动地望着战兵、战军两人，嘴唇止不住地颤抖着，“谢谢，谢谢……我……我代团长谢谢你们！”

“这是我们应该做的，王团长也是我们的兄弟！”

曹光重重地点了点头，心中重燃了希望与斗志。

“好了，那我们就先谈正事儿吧。”曹光抬头看向两人，沉声道。

战军点了点头，这才开口问道：“曹团长，现在的局势怎么样？我们接下来要做什么？”

“现在的局势已经不适合我们再留下来了，在这之前，所有的华夏员工和他们的家属已经被我们全部转移了出去，这是最后一批。不过，中间发生了一些意外，王团长也是为了掩护我们才被敌人俘虏……”曹光咬牙切齿地说道，“现在的南桑坦政府已经不能相信了，我相信他们当中的绝大多数人是偏向我们这边的，但是我们已经经不起第三次的出卖了。”

战兵、战军两人不由得对视一眼，心道了一声“果然”，看来跟两人之前猜测的相差无几。

留下来

战军、战兵两人默契十足地没有问一句关于这场战乱的经过，这不管对于谁都是刻骨铭心的伤痛，他们不想在别人的伤口上撒盐。

曹光敛了敛满腔的怒火，深吸一口气，迫使自己平静下来，“不好意思，我情绪失控了。”曹光一脸歉意地冲着战兵、战军两人点了点头，随即继续说道：“现在的当务之急是必须把这二十多人安全送出南桑坦，否则一旦再次陷入战乱，就算是维和部队全军覆没，恐怕都担保不了他们的安全！”

战兵点了点头，“好，只不过要等冉爽他们确定完伤员的伤势，然后我们再判断什么时候把他们送出去。”

“好！”曹光一脸赞同地点了点头，“只要能把他们安全送出南桑坦，那我这颗心也就算是放下了！”

气氛顿时有些沉重。没过一会儿，无线频段里传出王军伟的声音，战兵下意识地抚了抚话筒，言简意赅道：“在听，说！”

“队长，刚才上级传来任务了，让我们尽快撤离南桑坦！”

耳机的声音很小，即使战军、曹光两人屏气凝神，还是听不到任何声音，只能凭借战兵的表情分析战兵究竟听到了什么。

战兵眉头微皱，“理由？！”

“上级领导的意思是，现如今所有的华夏企业已经被反政府军占领，我们已经没有任何后援了……哦，还有我跟上级说过了，我们已经跟维和部队会合了，这倒是出乎了他们的意料。还有我们这里还有二十多名石油工厂员工的事情我也一一跟领导说了。”王军伟咧嘴一笑，“队长，半个小时之后电话还会打来，我觉得还是你们直接商议的比较好。”

战兵轻轻“嗯”了一声，随即关掉了无线通讯。

“怎么了？”战军皱了皱眉头，目光灼灼地看向战兵，直觉告诉他这不是小事儿。

“刚才接到了上级领导的电话，他们让我们退出南桑坦战场……”

“什么？！”还没等战兵说完，战军、曹光两人便一脸震惊地看向战兵。

战兵不由得压了压手掌，示意两人稍安勿躁，继续说道：“军子已经将我们现在的情况报告给上级了，半个小时后电话还会再打回来，我觉得咱们必须要商量一下了。”

曹光一脸疑惑地看向战兵，显然没听明白究竟是要商量什么。

战军有些不确定地拧了拧眉头，“你想留下来？”

战兵用力点了点头，一双晶亮的眸子满是坚定。

曹光一脸讶异地看向战兵，满脸的震惊，留下来？留下来做什么？这里不是他们的主场，这里没有后勤，没有援兵，他们甚至不能放开手脚痛痛快快地大干一场，即使留下来又能做什么！

战兵微微眯了眯眼，目光中一丝精光闪烁。

战军朝曹光撇了撇嘴，意思很是明了——你先说服眼前这位再说吧！

“这次的南桑坦维和，全世界的眼睛都盯着华夏，盯着我们能够在这场内战中做些什么，所有人都认为我们维和部队是为石油而来，但是，真的是这样吗？”战兵冷冽的眸子淡淡地扫过曹光、战军两人，随即扬了扬下巴，一字一句地说道：“不是！从来不是！我们为了什么来到这里？是为了我们的祖国，为了我们的人民，我们是华夏军人，保家卫国是我们的责任，保护国家财产及利益不受损害是我们的本职，但是，当国家的切身利益以及尊严真的遭受到损害的时候，我们在哪里？！”

曹光只觉得浑身的血液在一瞬间沸腾了起来，心脏仿佛要撞破胸膛跳出来！

“所以，我们不能退！”战兵的目光越发地锐利，仿佛一把饱饮鲜血的利刃，让人不敢直视。

“不能退！”曹光握紧了拳头，一脸的坚定。

“我没意见，我觉得也是时候让全世界看看我们华夏军人的厉害了！”战军不由得咧嘴一笑。

“好！那走吧！”战兵笑呵呵地看向战军、曹光两人，随即转身大跨步朝木屋走去。

此时的林国光已然打猎回来，各色的野味儿很快烹调出锅，香味儿飘散了出来，让人不由得垂涎欲滴。

“军子，别偷吃啊，先给伤员端进去！”战兵笑呵呵地看向不断望着锅里吞口水的王军伟提醒道。

王军伟只好乖乖地按照战兵的指示给伤员单独盛出一份，端进屋里。

战兵等人提步朝木屋走去，想了解一下工厂员工的情况，而这时，冉爽正好出来拿热水，战兵叫住了冉爽，“怎么样？他们的伤如何？”

冉爽一双黑白分明的眸子里满是担忧，“有两个重伤，子弹嵌入了骨头里，已经严重感染了，如果再耽搁就只能截肢了。”

战兵不由得眉头紧皱，“这么严重？”

冉爽点了点头，“我虽然已经给他们做了消毒处理，但是只要弹片不取出来的话，感染还会继续，更何况伤者已经开始出现严重高烧了，情况不容乐观，必须马上送医院！”

战兵轻轻叹了口气，随即问道：“其他人呢？

“其他人都是轻伤，已经经过初步处理了，没什么大问题。”冉爽一脸平静地说道。

战军不由得点了点头，随即冲着冉爽打了个手势，冉爽抬头望了战兵一眼，随即转身朝王军伟走去。

曹光一脸的担忧，“看来那两个重伤员是个问题，必须尽快送医院啊！”

战兵下意识地眯了眯眼，一双晶亮狭长的眸子微眯成线，“事不宜迟，我们今晚就带他们离开！”

永不言败

战军、曹光两人的目光顿时扫了过来，一脸的震惊。

“今晚？会不会太仓促了？”曹光有些犹疑地说道，显然战兵的提议让曹光感觉到一丝不安。

战兵不由得勾了勾嘴角，“那么，告诉我，需要准备什么？”

曹光顿时语塞，是啊，准备什么？所有的一切就只是他们现在手中的装备，没有后勤，没有援助，只有他们自己！的确没有什么需要准备的了！

曹光一脸释然地咧嘴一笑，“那好，就今晚行动！”

战兵点了点头，刚想开口说话时，一旁的王军伟跑了过来，将卫星电话递到战兵手里，随即将视频放在一块大石头上，这才悄悄退下。

屏幕上的中年军官四十多岁的样子，军衔是少将。

“首长好！”战兵、战军、曹光三人连忙一脸庄严地敬了个军礼。

“谁是维和部队的负责人？”少将犀利的目光扫向三人。

曹光不由得身子紧绷，一脸正色道：“报告首长，维和部队副团长曹光，请指示！”

少将点了点头，开口说道：“你们辛苦了。”

曹光连忙挺直了身子，“报告首长，不辛苦！”

少将轻笑一声，柔和的笑意冲淡了久居上位的威压，“不要紧张，放轻松点儿。你们在前线流血牺牲，你们是真正的英雄！”

战兵等人下意识地挺直了身子，一脸的正色。

“南桑坦的内战已经到了现如今的地步，知道你们还活着，我很欣慰，而且你们还成功救出了剩余的二十多名石油工厂的工人，你们都是英雄！”

少将顿了顿，继续道：“但是，现在必须要撤回来了，否则太过危险。”

“首长……”就在这时，战兵“唰”的一声冲着屏幕敬了个军礼，一脸正色，“我们要求留下来，为了争取华夏在南桑坦的所有利益！”

少将眉头紧皱，长期居于高位而特有的威压感使他不怒自威，目光扫向战兵，仿佛要将战兵剖析开，细细地研究。

“首长，我们要求留下来，守护我们作为华夏军人应该守护的祖国的利益与尊严！”战兵的目光毫不闪躲地直直迎向少将，闪动着坚毅的光芒。

过了一会儿，少将微微皱了皱眉头，压低声音说道：“继续！”

战兵抿了抿嘴唇，心里的石头这才缓缓落了地，紧接着开口道：“我们既然作为维和部队进驻南桑坦，就已然向全世界宣告了我们华夏军人要捍卫属于我们的尊严与利益！”

“华夏每年对南桑坦的投资就高达上百亿美金，在南桑坦注册的华夏规模企业就有六十多家，涉及石油、建筑、路桥、通讯等领域。数十年的经营，我们在这里驻扎了下来，我们华夏的军人甚至为此付出了自己的宝贵生命！”战兵顿了顿，继续道：“现在，您让我们退回去，全世界都在看着我们华夏，看我们华夏军人是否有能力捍卫自己国家的利益与尊严不受侵犯！”战兵目光晶亮，一脸的坚毅、镇定。

“我，要求留下来！”战军挺直了身子，沉声吼道。

“我，还有我，还有我们维和部队上上下下一百八十二人！”曹光神情激动地高声吼道，满腔热血仿佛要冲破血管！

少将微微有些动容地看着三人，不得不说，战兵说的一番话触动了他的内心，但是却不能真正说服他。

“首长，给我们一架武装直升机，我们会夺回属于我们的一切！”战兵一脸的诚恳。

少将不由得笑了。国家的荣誉与尊严固然重要，但是如果他们全军覆没，那么国际国内的舆论压力华夏能否承受？与其如此，还不如现在就撤回来。

“我需要一份详细的行动方案。如果可行，我会考虑你们的意见。”少将微微勾了勾嘴角，直直地看向战兵，“中尉，我期待你的方案，期待你能够真正地守住祖国的利益与尊严！”

战兵神情一凛，“唰”的一声敬了个军礼，“报告首长，方案我会在两个小时内准时传达给您！”

少将爽朗地一笑，微敛了敛笑意，冲着战兵等人一脸庄严地敬了个军礼，随即切断了通讯。

“方案你有吗？”战军皱了皱眉头。

曹光一脸期待地看向战兵。

战兵摊了摊手，“没有，但是总会有的……”

曹光的嘴巴顿时张大，一脸的震惊，“你……你没有方案！那……那怎么跟首长交差！”

战兵将地图展开，认真地看着地图，沉声道：“如果你们再这么啰嗦，可就真的没有可能了，没有压力就没有动力！”

曹光一脸无奈地捏了捏眉心，对战兵彻底服气了。

“行了，别愣着了，赶紧想方案！只有两个小时！”战兵一脸平静地看着地图催促道。

战军、曹光两人不由得对视一眼，一脸的无奈，叹了口气，加入到方案制定的讨论中。

时间一分一秒地过去了，战兵手里的行动方案越发地完善，直到确定了所有的行动方案，这才伸了伸懒腰。

“行了，接下来就开始查找漏洞了，争取每个环节都完美无缺。”战军道。

曹光揉了揉已然发硬的颈椎，“这么短的时间内竟然还真被你想出来了这个方案，你还真厉害啊！”

战军勾了勾嘴角，冲着众人咧出了一个张狂嚣张的笑容，“那是！心有多大，世界就有多大！”

三人相视一笑，继续讨论详细的行动计划。

半小时后，战兵按下发送键之后，这才伸了伸懒腰。他看向同样一脸疲惫的曹光，“待会儿安排那二十多个工人离开，不管行动计划能不能批下来，至少他们被送出南桑坦的时间不会改！”

曹光点了点头，“好，我马上安排！”说着，分别看了战兵、战军两人一眼，转身朝小木屋的方向走去。

“你小子啊，这次玩儿的有些大啊……”战军一脸恶趣味地抬手揉了揉战兵的头，嘴角高高扬起。

战兵连忙躲开战军的蹂躏，勾了勾嘴角道，“怎么？你觉得我不说两个小时，那个少将能同意？”

战军不置可否地撇了撇嘴，两手一摊，“不可能！”

“那不就得了，既然这样的话，还不如放手一搏。再说了，我觉得刚才制订的计划很好啊，至少能夺回石油工厂！”战兵一脸自信昂扬地说道，一双晶亮的眸子闪动着光芒。

战军点了点头，长长叹了口气，“是啊，的确是个不错的方案。”

战兵等人开始做转移二十多名华夏工人的准备工作。毕竟这二十多人没有一丝的作战经验，而转移的过程中，任何事情都有可能发生，所以他们只能做好充分的准备。

“队长！卫星电话！”王军伟气喘吁吁地跑了进来，一脸激动地指着手里的电话，“电话，电话……”

战兵拍了一下王军伟的帽檐，“嚷嚷什么，打开视频通话！”

王军伟搔了搔后脑勺，打开了卫星电话。

屏幕上顿时出现了少将的脸。

“战军、曹光、战兵！”

“到！”三人挺直了身子，一脸希冀地看向少将。

少将不由得轻笑一声，一双锐利的眸子扫了一眼众人，这才说道：“不得不说，你们的决心跟方案打动了我们。现在，我正式命令你们留在南桑坦，让全世界的人看好了，我们华夏军人有能力捍卫祖国的利益与尊严！我们华夏军人，永不言败！”

“是！”三人表情一凛，吼出了一声。

“行了，南桑坦就交给你们了，能不能在南桑坦这块土地上昂首挺胸地站起来，就靠你们了！”

也是时候让全世界都瞪大眼睛看好了——我们华夏军人，永不言败！

战军的第一次

战兵的要求全部兑现——武装直升机、最好的枪械以及足够的弹药！

二十多个华夏工人被全部转移到了指定地点，随即乘坐直升机飞离南桑坦。望着逐渐飞远的直升机，战兵眸光一闪，满是坚毅的光芒。

作战行动定在两天后实施，所以战兵等人有充分的时间为行动做准备。

虽然是个重大任务，但是对于利刃、狼牙这些战场老手来说已然是轻车熟路，很快做好了准备工作，剩余的时间往往都打发在了斗嘴上。

但是，与利刃和狼牙不同的是包括曹光在内的一百八十多名维和部队士兵，他们心中忐忑不安。虽然慌乱，却也同样期待这场战斗！

战兵无比庆幸，现在将要跟他们一起踏上战场的维和士兵们已然不是一群战场新手，他们都经历过血腥的战场，他们已然快速成长为合格的战士了。

曹光一遍又一遍跟士兵们讲解战场的要领，虽然繁琐，但是没有人会厌烦，这毕竟关乎他们的性命，所以所有人都极其认真地倾听着。

“你说老曹是不是紧张了，你看他眉飞色舞的样子，拉到医院检查一下，肾上腺素肯定超标！”战军在一旁毫不避讳地说着曹光的坏话，战兵很是无奈地翻了个白眼，嘴角却不由得高高扬起。

“你呢，你第一次上战场是什么样儿？”战兵转脸看向战军，一脸的好奇。

战军咧嘴一笑，露出两排整齐的白牙，“真想知道？”

战兵点了点头，“想！”

战军转过头，目视着前方，仿佛回到了那段青葱岁月……

“我刚进狼牙那会儿，我们大队的狼头儿张宁还时不时带队行动。我那会儿那叫一个嘚瑟啊，比枪法，没有一个人能压得住我，比格斗，我还是第一，可以说是单兵全能，新兵队员数我最牛，那一届的都知道……”

战军不由得轻笑了两声，继续说道："所以我通过选拔那是毫无悬念，毕竟军事素质摆在那里，不管哪个方面我都是优秀的。进入行动队的那年，第一次的实战是狼头儿带队。本来新兵上战场都是一老带一新的……哦，你们还没有招新兵啊……哈哈哈，放心吧，会扩招的。"

战兵翻了个白眼儿，为战军的岔开话题表示深深的鄙视。

战军继续说道："按理说呢，我会跟我们一中队的一个老兵的，但是狼头儿发话了，点名要我跟着他。这狼头儿发话了，我也不敢不从啊，也就只能跟着他老人家的屁股后面了。"

战兵不由得听得入迷，直觉告诉他，战军的第一次上战场肯定与众不同，毕竟是现如今的"狼头儿"张宁亲自指导，那就想平凡都平凡不了了。

"其实那一仗就是跨境灭了个毒贩团伙，烈度低得不行不行了。我记得当时啊，我打出去的子弹正中一个毒贩的眉心，狙击镜里看得很真切，那人眼中的绝望与恐惧我现在还记得。"战军咧嘴一笑，"可就在这时，从我旁边猛然跳出来一个手拿炸弹的毒贩，怪叫着就朝我扑来，看样子是想俘虏我做人质……"战军故意顿了顿，"但是，我是谁啊？！"战军嘚瑟着扬了扬下巴，"我堂堂狼牙一中队的新兵明星，能让那小角色捉了？"

战兵皱了皱眉头，"然后呢？你失手了？"

战军没好气儿地白了战兵一眼，"我是谁啊！？我能失手！？"

战兵无语地翻了个白眼，"那怎么了？"

战军继续说道："就在我想开枪的时候，狼头儿抢先我一步，一枪把他击中！"

战兵眨了眨眼，"完了？"

战军一脸理所当然地点了点头，"嗯，完了。"

战兵无语，作势就要起身离开。

战军笑嘻嘻地一把拽住了战兵的胳膊，这才说道："还不算完啊，你猜当时狼头用的是什么枪？"

战兵心脏猛然一缩，"不会是……重狙吧？"

战军点了点头，"没错，就是重狙。当时那毒贩距离我不到两米，脑浆溅了我一身……你不知道啊，我三个月没敢吃豆腐脑！"

战兵一脸的同情。新兵，第一仗就被溅了一身脑浆，光想想就觉得胆战心寒。

“行了行了，别用恶心巴拉的眼神儿看着我，谁都有第一次啊，我这第一次的确惨烈了些，不过熬过那段就好了……”战军一脸嫌恶地挥了挥手，“好了，不跟你闲扯了，我去看看那帮兔崽子猫哪儿偷懒去了……”说着，战军拍了拍战兵的帽檐，转身朝一旁的狼牙队员走去。

战兵笑呵呵地起身，目光寻找冉爽，但是却没有发现冉爽的踪影。战兵连忙四下寻找，当看到冉爽独自一人坐在一块大石头上时，不由得停住了脚步。

夕阳的余晖照射在冉爽的身上，形成了一圈柔和的光晕，让战兵心里不由得升起一股温暖，忍不住想靠近她拥她入怀。

“干什么呢？”战兵笑呵呵地走了过去，将目光转到了天边的落日。

“夕阳无限好啊……”战兵笑呵呵地坐到了石头的另一边，跟冉爽并肩坐在了一起。

冉爽望着战兵的侧脸，嘴角不由得微微扬起。夕阳柔柔地洒在两人的身上，此刻两人甚至能够听到彼此怦怦的心跳声。

如果能够这样一辈子，也好！

速战

两天之后的凌晨一点，二十几道黑影在树林里狂奔，一身的夜行作战衣与夜色完美融合在了一起，仿佛隐形了一般。

蔚蓝色的夜空上繁星点点，漫天星斗闪烁着细碎的光芒，像无数银珠一般密密麻麻地镶嵌在蔚蓝色的夜幕上，银河像一条淡淡发光的银带，横跨在繁星密布的天空。

今天是个好天气。

此时的武直已经整装待发，等待着战兵的攻击命令。利刃、狼牙作为先头部队会深入石油工厂的每一个角落，而维和部队的士兵会等待命令乘坐武直从天而降。到时候两面夹击，整个石油工厂就尽在他们的掌控之中了。

这是利刃特战大队执行的第一次大型联合行动，毕竟能够动用武直协同作战，这不得不说是个大排场。

利刃、狼牙的队员快速贴近石油工厂。他们对地形已然熟悉得不能再熟悉了，因此他们很容易就避开了摄像头，悄无声息地进了工厂。

王军伟利用红外热像仪侦测出毒蝎佣兵的休息位置就是原本的员工宿舍。战兵做了个手势，身后的利刃队员顿时犹如黑猫一般朝员工宿舍奔去。

皎洁的月光将整个石油工厂映衬得仿佛披了一层银纱，分外明亮。

王军伟将热成像仪上的数据全部发给了战兵、战军，随即几道黑影四散开来，动作敏捷迅速得如同鬼魅一般。

由于石油工厂距离反政府军的营地只有三十公里，一旦毒蝎佣兵团发出求救信息，反政府军会在短短二十分钟内到达。到时候敌人内外夹击，他们可能会被困死在石油工厂。

所以，战兵等人制定的行动方案的宗旨就只有一个字——快！以最快的速度，在最短的时间内将石油工厂内的佣兵全部消灭！

几道黑影迅速四散到热成像仪上红色热源聚集的地方。几分钟后，待逐一侦查完里面的确是毒蝎佣兵时，这才将威力巨大的炸药粘在建筑的承重结构上。

“队长，人数不对劲儿啊！”这时，王军伟突然发出一声疑惑，“据之前的信息，这座石油工厂里至少有五百多人啊，可是，现在只有两百多人，数量足足少了一半啊！”

战兵眉头紧皱，将信息快速传达给了战军，战军也没有料到会是这样的情况。但是，这两天以来他们一直都密切关注着石油工厂的动静，并未发现毒蝎佣兵有大量撤兵的迹象。

“不管了，行动吧！先把石油工厂夺回来再说！”战军一脸的冷冽。

战兵点了点头，事到如今也只能这样了，虽然不能将全部毒蝎佣兵一网打尽，但是能将石油工厂夺回来也是好的！

几分钟后，所有的黑影再次会合到空旷的广场。待确定炸弹全部安装完毕后，战兵跟战军交换了一个眼神。此时，两人的手里赫然握着两个遥控器。

“三，二，一！”

只听“轰”的一声巨响，爆炸冲击波将所有的玻璃尽数震碎，数朵蘑菇云腾空而起，安装炸弹的建筑已然被大火笼罩。

绝大部分毒蝎佣兵在爆炸的瞬间就直接见了阎王，而距离炸弹较远的却在一瞬间被爆炸掀起的碎片钉进了身子，血肉横飞。

整个石油工厂顿时乱成了一锅粥，幸存的毒蝎佣兵涌出房间，脸上满是恐惧与绝望，尖叫着朝空旷地带狂奔。

“哒哒哒……”利刃和狼牙的轻机枪齐射，没反应过来的毒蝎佣兵瞬间被击中。子弹强大的冲击力将他们瞬间撕成了碎片，鲜血喷涌得到处都是，整个水泥地顿时摊开一片片血迹。

此时，搭乘维和士兵的武直起飞，螺旋桨掀起的气浪将树木刮得东倒西歪，随即朝着已然映红了半边天的石油工厂疾驰而去。

利刃、狼牙队员来回穿梭在石油工厂内，对目所能及的毒蝎佣兵疯狂扫射，一时间火光四溅，枪声犹如炒豆子似的响起。

只是一个照面，毒蝎佣兵已然被炸死、击毙了大半。剩下的佣兵迅速反应过来，疯了一般朝着利刃、狼牙队员倾泻着子弹。

整个石油工厂顿时被大火映照得犹如白昼，浓浓黑烟直把毒蝎佣兵熏得咳嗽不止。

远处武直的轰鸣声越来越近，当毒蝎佣兵绝望地知道是敌人的援军时，武直已然气势汹汹地杀到。

武直的两架机载重机枪开火，射向毒蝎佣兵，瞬间就将依旧还在顽抗的敌人瓦解。

枪声渐稀，越来越多的毒蝎佣兵跪地投降。武直停止射击，慢慢降至低空，螺旋桨搅动的空气刮得人有些东倒西歪。很快舱门打开，两根绳子甩了出来，武直上的维和士兵迅速滑了下来，随即持枪警戒，将已经投降的毒蝎佣兵围起来。

“把枪扔掉，跪下举起手来！”维和士兵厉喝道，毒蝎佣兵颤颤巍巍地跪在地上，不敢动弹半分。

“兄弟，估计反政府军已经在路上了，知道怎么做吧？”战兵打开无线通信频段，冲着武直的驾驶员飞了个军礼，笑得一脸灿烂。

武直驾驶员冲着战兵回了礼，随即腾空而起，气势汹汹地杀将而去。

地雷战

战兵抬手瞥了一眼手表，整场战斗用了十二分钟！这样的战绩，已然让所有人都欢呼雀跃了。

“队长，这些人怎么办？”盛家宝跑来询问战兵。

十多个毒蝎佣兵哆哆嗦嗦地跪在地上颤抖，眼睛里充满了恐惧。

“绑起来吧，总不至于都杀了。”虽然是敌人，但是好歹是十几条性命，他们是华夏军人，总不能做射杀俘虏的事儿。

盛家宝点了点头，随即从包里拿出几条足够结实的绳子将十多个毒蝎佣兵绑了起来。

没过一会儿，西面响起一阵激烈的枪声。众人抬头望去，只见一架武直气势汹汹地喷吐着火舌，一时间，火光映红了半边天。

犹如炒豆子似的枪声持续了足足有五分钟之久，原本来支援的反政府军被打得屁滚尿流，哪里还敢反抗半分，纷纷扔下枪械逃命。

“打扫战场，按照原计划建筑防御工事。如果不出意外，反政府军是不会善罢甘休的！”战军扫了一眼众人，沉声命令道。

“是！”

大火很快被利刃、狼牙众人合力扑灭，整个石油工厂开始快速进行防御工事的建设。王军伟则动手将所有的监控录像尽数调整，以确保能够通过监控屏幕看到石油工厂的所有角落。

探照灯的灯光开到最亮，整个石油工厂被照得犹如白昼。维和士兵按照之前的安排有条不紊地做着工事，为敌人的随时攻击做好充分的准备。

“没有发现艾伦的尸体，看来那三百多人是被他带走了！”战军一脸的冷厉。

战兵点了点头，“他还会再回来的！”

“另外，我觉得现如今的工事还是不行，是不是要加固一下！”战军抬头看向监控屏幕。

战兵微微勾了勾嘴角，一双晶亮的眸子快速闪过一丝精光，“那好办！”

战军不由得眼前一亮，“你有办法？”

战兵咧嘴一笑，“这还不好办，埋上圈儿地雷，还怕炸不死这帮孙子？！”

战军不由得叫好，“哈哈哈，我怎么把这招儿忘了，就这么办！让利刃、狼牙队员去办这件事儿，埋诡雷还是咱们专业一些！”

战兵点了点头，眉眼带笑地望着战军风风火火地下去张罗了。

时间一分一秒地过去了。当王军伟报告说红外探测仪上出现了大量热源朝石油工厂靠近时，原本分布出去的利刃、狼牙队员纷纷回撤，原本热闹的工厂外空地上顿时连人影都不见了。

“怎么样？”战兵笑呵呵地看向灰头土脸的战军，“埋好了吗？”

战军咧嘴笑得见牙不见眼，“看着吧，保证够这群孙子喝一壶儿的！”

战兵点了点头，随即开口说道：“刚才跟少将联络了，他说让咱们坚持两天，两天后政府军会腾出人手过来帮忙。”

战军脸上不由得闪过一丝不爽，“意思就是说政府军那帮家伙现在很忙？”

战兵点点头，“意料之中，他们是不会下水的。哼，咱们可是在替他们打仗啊！一群只会坐享其成的家伙！”

战军揉了揉眉心，“难怪南桑坦乱成这副样子，就这架势，不乱才有鬼了！”

“队长，还有两公里！”王军伟道。

“让兄弟们做好准备，子弹都备好了，我不希望敌人还能发起第二轮攻击！”

王军伟不由得咧了咧嘴，兴奋地舔了舔有些干裂的嘴唇，“放心吧，我们不会让他们撑过第一轮的！”

这时，监控屏幕上乌压压的人头出现在战兵的视线内——是反政府军！

战兵微微皱了皱眉，显然，其中并没有毒蝎佣兵团的人，那么艾伦到底带着那三百多佣兵去了哪里？

看着屏幕上的敌人蹑手蹑脚地朝石油工厂靠近，战兵一脸的平静，就好像此刻在他面前的不过就是一群跳梁小丑一般。

整个石油工厂里一片宁静，仿佛一座空城一般。反政府军士兵一脸警惕地慢慢靠近，每踏出一步都觉得胆战心惊。

就在五个小时之前，这座石油工厂还被毒蝎佣兵团占领着，但是战斗仅仅持续了十几分钟，原本密集的枪声就神奇般地消失了，紧接着前来支援的援军被全部歼灭。反政府军中没有人知道这群仿佛从天而降的神兵究竟是从哪里来的，身份不详，人数不详，战斗力不详。

人类天生对未知的东西充满恐惧，而此时，反政府军的士兵只觉得这座空旷旷的工厂里每个角落都密布危险，让人胆战心寒。

此时的天色还未完全放亮，东方的太阳还未升起，半弯的月牙依旧高高悬挂在天空中。空气中依旧弥漫着昨夜留下的火药硝烟味儿，让人的神经不由得紧绷到了极点。

“那一片是触发式的子母雷，一炸一大片啊！”战军夸张地冲着战军比划了一个手势，一脸嚣张到死的夸张表情。

战兵微微勾了勾嘴角，看着战军越发明亮的眸子，便知道距离引爆的距离不远了。

走在最前面的士兵应该是刚刚服役的新兵，一张甚至还带着稚嫩的脸上满是惊恐，面部肌肉紧张得看上去有几分狰狞。

一步，两步，三步……

就在士兵抬起脚的瞬间，整个地面犹如被上百发炮弹击中了一般。不断的轰炸让所有的反政府军士兵陷入了极度的恐慌之中，他们尖叫着四处奔跑，但是被触发的地雷却接连爆炸，瞬间就将所有人尽数吞噬。

兵来将挡

爆炸的火光照亮了整个石油工厂。在连番爆炸了足足一分钟之后，整个战场已然是一片狼藉，到处都弥漫着浓烟、残骸。鲜血将土地染成了暗红色，浓烈的血腥味儿让人忍不住作呕，遍地都是烤焦的残肢断臂，场面犹如修罗地狱一般，让人不敢直视。

幸存的反政府军士兵疯了一般地向后撤退，他们尖叫着，恐慌着，心胆俱裂。

“不要慌！都不要慌！”这支队伍的军官在第一轮爆炸中幸免于难，他强压着心中的恐惧歇斯底里地大声吼着。

“砰！”一声闷响，子弹直直射进了那名军官的眉心，一枪击中。

“啊！”士兵们顿时吓得连连后退，脸上满是惊恐，随后一脸慌乱地四下张望，身子连连后退。

“兄弟们，不要乱！我们这么多人，现在面前的地雷区已经靠死去的兄弟们蹚完了，我们趁着现在冲进去！”其中一个军官模样的反政府军头目鼓起勇气来说道。现在最高指挥官已经阵亡，那么他自然而然就是接任者。

反政府军的士兵不由得面面相觑，脸上满是惊慌恐惧。

“听我命令，都……”

“砰！”又是一声枪响，那个军官话没说完，眉心顿时被狠狠钉进了一颗子弹，一双眼睛大睁，死不瞑目。

“啊！”士兵们再也受不了了，不管不顾地不要命般转身就跑，有的士兵被身后的士兵推搡倒地，甚至还没等他们起身，就已然被身后随即涌来的士兵踩到，一时之间，整个队伍顿时乱成了一锅粥。此时的反政府军士兵只想着逃跑，想用最快的速度逃离这个人间地狱！

看着溃不成军的敌人，战军有些得意地冲着战兵扬了扬眉头，“怎样，这地雷阵如何？”

战兵点了点头，冲着战军竖了竖大拇指，“强！”

“那是！”战军扬了扬下巴，笑得一脸的得意。

依靠地雷与狙击点射便吓跑了敌人，第一战可谓是赢得漂亮，原本紧绷着脸的曹光也不由得露出了笑脸。

当曹光走进监控室时，战兵、战军正围在工厂地形图旁边研究着接下来的战略，听见房门被推开，两人下意识地回头望去。

“老曹，怎么了？”战军抬手看了一眼手表，不由得低笑一声，“哈，不知不觉都过去这么长时间了。”

曹光笑呵呵地将两人的饭盒放到桌子上，“赶紧趁热吃吧，我就知道你们两个忙得忘了时间。”曹光笑得一脸憨厚，露出两排整齐的大白牙。

战兵伸了伸懒腰，随着他的动作，整个后背发出一阵“咔吧咔吧”的骨头摩擦声，笑呵呵地看向曹光，“还是曹哥知道疼人啊。”

战军狼吞虎咽地捧起饭缸大吃起来，原来还没觉得饿，但是见到食物顿时觉得饿得不行。

“我们队上那些没良心的狼崽子，没一个想着我这个队长的，还是曹哥疼我啊……”战军吃得满嘴油腻。

曹光不由得搔了搔后脑勺，“都行了啊，我就是顺便捎过来的。”说着敛了敛笑意，“怎么样了？一下午讨论出什么成果来了？”曹光两眼放光地看着战兵、战军两人。

曹光从来没有像今天这样痛快过，仿佛不费吹灰之力就能将敌人尽数歼灭，这种强烈的优越感让曹光更加热忱于战斗！此时此刻，他仿佛血管里流动的每一滴鲜血都叫嚣着战斗！

“敌人的两次攻击都被咱们打了回去，反政府军的高层肯定不会善罢甘休。我们将要面临的肯定是更加猛烈的进攻，火力和人数上都将会是之前的数倍！”战兵一脸平静地看向曹光，沉声说道。

曹光不由得点了点头，敌人吃了这么大的亏，肯定会回来报复的，这是毋庸置疑的。

“我们有什么应对措施吗？”曹光吞了口唾沫，一脸紧张道。

还没等战兵开口，一旁狼吞虎咽的战军插话道：“兵来将挡水来土囤呗。”

战兵没好气儿地白了战军一眼，这才一脸正色地看向曹光，“老曹，想轰轰烈烈地干一仗吗？”

曹光不由得一愣，待反应过来之后，连忙拍了拍胸脯，一脸的激昂，“怎么不想！？想！”

战兵咧嘴一笑，“这就好，我想让全世界的人都瞪大眼睛看好了，华夏军人不是八十多年没有上过战场的纸老虎，我们华夏军人有能力保护我们的国家，我们的人民。这一战，我要告诉全世界，华夏军人，不可为敌！”

曹光体内的鲜血顿时沸腾了起来，他不是二十多岁的毛头小子了，也过了仅凭别人的三言两语便会热血沸腾的年纪，但是今天，当他听到战兵的这一番豪言壮语后，他不可抑制地激动了。曹光不得不连连深吸了两口气，以平息仿佛要撞破胸膛的心脏，他觉得自己的手指都有些轻微的颤抖。

华夏军人，不可为敌！

“说吧，怎么做！我们维和士兵全力配合！”曹光握紧了拳头，一脸的坚定。

战兵扬了扬嘴角，一双锋利狭长的眸子快速闪过一丝精光，闪亮得吓人。

“好，那咱们就大干一场！”

08 铁血反击

疯狂反击

此时的毒蝎佣兵团依旧在南桑坦寻找战兵等人，简直要把整个南桑坦翻个底儿朝天，但是依旧没有发现战兵等人的影踪。艾伦开始怀疑了，战兵等人会不会已经离开了南桑坦。

“老大，刚才卡夫将军又来电话了，让你去夺回石油工厂。”一名毒蝎佣兵小心翼翼地斟酌着语句，战战兢兢地说道。

这已经是卡夫将军第三次来电了，虽然艾伦万般不愿意，但是毕竟拿了反政府军的钱，他们的命令艾伦必须得听。

但是，战兵……艾伦的眸子里闪过一丝恨意，心里道：“总有一天，我会让你生不如死！”

“通知下去，赶往石油工厂！”艾伦命令道。

“是！”毒蝎佣兵连忙点头退了下去。

此时的南桑坦反政府军军营里一片肃然，石油工厂的战役压得他们所有人喘不上气来。

“艾伦呢，毒蝎佣兵团呢！”

“报告……报告将军，他们……他们在来的路上。”

“混蛋！”被称为将军的人忍不住爆了句粗口。这里的战事已经传到了卡夫将军的耳朵里，这无疑让自己在卡夫将军心中的形象一跌千里，他必须尽快夺回石油工厂，这样卡夫将军才有可能恢复对他的信任。

“报告将军，毒蝎佣兵的艾伦到了！”

“还愣着干什么，快让他滚进来！”还没等这个将军说完，艾伦便擅自推门走了进来。

“图巴勒将军好大的火气啊……”艾伦一脸的愠怒，阴狠的眸子里闪动着丝丝寒光，让人不寒而栗。

图巴勒不由得抿了抿嘴唇，冷哼一声，“我倒要问问艾伦先生，你负责守卫的石油工厂到哪里去了？”

艾伦眯了眯眼，狠戾阴寒的目光死死盯着图巴勒，一字一句地说道：“那我也要问问图巴勒将军，我留下来镇守石油工厂的二百多人到哪里去了？”

“你……”图巴勒气得一顿，“我们派出的援军都被击毙了，如果不是你们擅离职守，石油工厂怎么可能丢！”

艾伦死死瞪着图巴勒，咬牙切齿地说道：“我的人因为你们营救不力全部阵亡，你还好意思将全部过错都推到我身上！我倒要去问问卡夫将军，这就是他们的待客之道吗！”

艾伦说完转身就往外走，被一旁眼疾手快的军官连忙拽住。现在已经乱成一锅粥了，如果艾伦再到卡夫将军那里闹上一闹，那么图巴勒将军就彻底完了。

“艾伦先生消消气，图巴勒将军不是这个意思。”

“就是，咱们现在是盟友，可不能内讧。”

……

艾伦不为所动地站在原地，面无表情。

图巴勒暗暗咬了咬牙，他知道无论如何都不能让艾伦到卡夫将军那里去告状，否则他就彻底失去了卡夫将军的信任。

想到这里，图巴勒深吸了一口气，看向艾伦，“艾伦先生，现在当务之急还是先把石油工厂夺过来吧，否则卡夫将军那里咱们两个都逃不了干系！”

艾伦不由得冷哼一声，转过头来看向图巴勒，“说吧，什么时候进攻！”

图巴勒知道艾伦这么说的意思就是将这件事掀了过去，这才轻轻吐了口气，沉声说道：“明天早上六点发起进攻，具体方案在这里，没有异议的话我们明早六点准时出发。”

艾伦接过文件，简略翻看了一下。南桑坦军队就是有意思，还条条框框地列出来如何行动。战场瞬息万变，什么事情都有可能发生，哪里能提前制定出来。

“我没意见，就这样吧！”艾伦随便翻看了一眼，随即扔在桌子上。这种东西对于他们毒蝎佣兵来说看不看的无所谓。

“那好，明早六点准时发起进攻！”图巴勒目光犀利地扫向众人，震声说道。

“是！”

此时在石油工厂内，利刃、狼牙、维和部队等众人严阵以待。战兵、战军两人再次在工厂外的平地布置了一圈儿诡雷。反政府军已经知道这里有地雷，自然会加以小心，而战兵、战军两人做的诡雷可不是那么容易破解的。

夜里，整个石油工厂里一派灯火通明。原本的防御工事已经在战兵的指示下加固，以确保即使在火炮的攻击下工事也不会全线瓦解，除非敌人的火炮将他们的防御工事一寸一寸地轰平，否则他们的防御工事就能保护士兵躲避敌人的疯狂射击。

“让兄弟们轮流值哨，敌人想必不会挑晚上行动。”战兵目光灼灼地看向众人，“从现在开始，每个人都把弹药准备得足足的，这次肯定会是敌人的全力反扑，我们必须做好死守的准备！”

“我会跟兄弟们说的，让他们做好充分的准备！”曹光点了点头，一脸坚定地握了握拳头。

“行了，下去休息吧，明天会是一场大战，得养精蓄锐！”战军笑呵呵地看向众人，一脸的轻松。

众人相视一笑，这才散开，各自回到各自的位置上去。

准备工作已经做完，接下来他们唯一能够做的就只有等待。

一夜无事，当太阳缓缓升起的时候，战兵的耳边突然响起一声轻颤。

“队长，他们来了！”王军伟的声音带着一丝兴奋，压低声音说道。

“好！通知所有人！做好战斗准备！”战兵的脸上不带一丝感情，冷冽肃杀。

此时的反政府军士兵乌压压地朝石油工厂靠近，直到距离工厂足有一公里的距离才停止前进。

“让汽车队做准备，先把前面的地雷阵摆平！”图巴勒一脸阴沉地望着眼前的开阔地，沉声说道。

“是！”士兵挺了挺身子，随即跑下去下达图巴勒的命令。

没过一会儿，几辆军用汽车浩浩荡荡地疾驰而来，轰鸣的马达声使得即使在一公里外的石油工厂都听得一清二楚。

“嘿，这帮龟孙子还真玩儿这套啊！”战军咧嘴笑得开心，满脸扬起了灿烂的笑容。

战兵不由得微微扬了扬嘴角，一双晶亮的眸子里满是肃杀，“今天爷就让他们尝尝诡雷的威力！”

军用汽车在前面带路，反政府军士兵则远远跟着，几千人的队伍鸦雀无声，只能听得到前面汽车马达发出的轰鸣声。

“华子，给他们露一手儿！”战军微微勾了勾嘴角，笑弯了的眼睛里满是压抑不住的兴奋。

钟华抬手弹了话筒一下，表示自己收到。

战军被巨大的噪音震得耳朵发颤，没好气儿地说道，“华子，以后别弹话筒，我耳朵都被你震聋了！”

“噗！”一声闷响，亚音速子弹爆速飞行，不带一丝声响地狠狠钉进了汽车司机的眉心，身后的士兵吓得连连后退。

司机虽然死了，但汽车继续朝前龟速行驶着。

艾伦远远站在后面不由得眉头紧皱，从石油工厂到这里的距离足足有一千米，能在这么远的距离击中司机，对方的狙击手简直神了！

“查出来了吗？对方是什么人？”艾伦心里隐隐升起一丝不安，眉心突突跳个不停。

身后的毒蝎佣兵摇了摇头，“现在谁都没有见过他们的模样。之前据守石油工厂的兄弟一个也没有逃出来，之后的反政府军士兵更是连人影儿都没看见一个，就被工厂外的地雷给吓跑了！”

艾伦的眉头皱紧，“你说……会不会是战兵？”

佣兵队员一脸的讶异，“不可能吧？他们不是已经回国了吗？”

艾伦一脸的凝重，“应该就是他们，除了他们我想不到究竟还有什么人会选择抢占这座工厂。”

佣兵队员们不由得面面相觑，一脸的紧张。

此时，没人掌握方向盘的汽车开始跑偏，图巴勒下令让另外一人上车。

凡是汽车上的士兵都是敢死队，敢用自己的身体蹚雷的勇者。他们此刻已然忘记了恐惧，忘记了死亡，瞪着猩红的双眼，脚底一踩油门，朝着石油工厂疾驰而去。

汽车距离工厂越来越近，所有人的心都不由得高高吊起。图巴勒一脸紧张地挥手示意进军，队伍开始前进。

所有人的目光都聚集在了冲着石油工厂疯狂撞去的汽车上。只听“轰”的一声，炸弹直接将汽车掀飞，而后重重砸在地上，随即被大火笼罩。

炮袭

转瞬之间，汽车已然被烧得只剩下了铁架子，金属乃至玻璃碎片满地都是，一片狼藉。

图巴勒见状命令士兵发起进攻。

士兵们如潮水般朝石油工厂冲去。他们边跑边射击，子弹如瓢泼般激射而出，打得工厂的墙壁外围石屑横飞。

利刃和狼牙的狙击手不急不躁地稳步射击，每发子弹都正中眉心，清除，清除，清除……

“打掉敌人的狙击手，枪榴弹，给我打！”图巴勒声嘶力竭地大声喊道。

一排排枪榴炮顺次摆开，对准石油工厂的方向齐齐射去。密集的枪榴弹一一落地炸开，原本的枪声戛然而止。

一颗枪榴弹在林国光附近炸开。林国光虽然估计到了落点，但还是被飞溅起的石子儿擦破了脸。鲜血涌出，蜿蜒在涂满墨绿色油彩的脸上，仿佛一只巨大的红色蜈蚣。林国光摆了摆头，抖掉落在头上的砂石和混凝土碎块，一脸冷厉地继续开枪射击。

枪榴弹射手被钟华和林国光挨个儿点名，一时间，没有人再敢拿起榴弹发射器发射枪榴弹。

越来越多的士兵如潮水般涌向石油工厂，就在他们进入五百米之内后，原本按兵不动的维和士兵开始射击。一时间，子弹如瓢泼般激射而出，冲在最前面的反政府军士兵犹如被拦腰砍断的麦秸一般一片片倒下。

战兵手中的是突击步枪，但是丝毫不妨碍八百米外射击的精准性，而且战兵只瞄准重火力目标——机枪手、枪榴弹射手。看着一个目标仰面倒地，战兵随即转换下一个目标。

图巴勒被彻底激怒了。这种攻坚战本来伤亡率就极大，更何况敌人已经做好了充足的准备，而且个个枪法精准，敌人没见减少，倒是他们这边的人成片成片地倒下。

“给我拿大炮轰！”图巴勒咬牙切齿地说道。

这一次的战斗，图巴勒可谓是精兵尽出，真是把所有的家底儿都拿了出来，为的就是抢占石油工厂，重新获得反政府军首领卡夫将军的信任！

没过一会儿，大炮被拉上了阵地，炮兵在士兵们的盾牌掩护下调整着射击角度。图巴勒一脸癫狂地站在一旁，目露凶光。

“队长，他们动用大炮了！”钟华低沉的声音在无线频段里响起，战军轻轻应了一声，随即打开公共频道提醒众人小心炮袭。

“趴好！”战兵大喝一声，众人连忙缩回到掩体之内。

只听一声尖啸，“轰”的一声巨响，一颗炸弹落在了工厂内。

距离炸弹落点最近的士兵算是遭了殃，虽然他们按照标准动作原地趴好，可是巨大的声音还是震得他们耳朵一个劲儿嗡嗡作响，脑袋仿佛被一柄大锤重重击中，头疼欲裂。

士兵们甩了甩落在身上的石子儿，随即继续探出掩体疯狂射击。

炸弹依旧时不时在石油工厂内炸响。林国光和钟华多次想要击毙反政府军的炮兵，奈何厚厚的盾牌将炮兵团团包围，根本没有下手的机会。

由于炮弹的袭击，维和士兵出现了伤亡。他们不会判断炮弹落点，身旁的利刃和狼牙队员虽然能够及时提醒，可是还有被炮弹直接击中的。被击中者身体瞬间被炸成肉酱，连一块完整的骨头都找不出来。

鲜红的血液让维和士兵杀红了眼，子弹犹如稠密的大网一般朝着反政府军的士兵疯狂倾泻，来不及躲避的反政府军士兵犹如被拦腰打断的麦秆，顿时扫倒一片。

就在这时，反政府军士兵们已然冲到了距离石油工厂不足一百米的距离，战兵、战军两人不约而同地勾了勾嘴角，脸上扬起一丝诡异到极点的笑意。

“轰轰轰……”阵地前沿顿时炸成一片，来不及躲避的反政府军士兵被瞬间炸得支离破碎。一时间一片片蘑菇云腾空升起，越来越多的炸弹被引爆。

“不可能！绝不可能！卡车开过去都没问题！怎么可能！不可能……”图巴勒一脸的震惊。

后面的士兵被爆炸惊得目瞪口呆，一脸恐惧地转身拔腿就跑。炸弹层层被引爆，来不及逃跑的士兵被炸弹直接炸飞了天，身子瞬间被撕成碎片。

令反政府军恐惧绝望的爆炸声终于停下，士兵们惶恐地望着面前的战场。一地的残肢断臂，甚至弥漫着一股烤肉的香味儿，让人忍不住作呕。

此时，就算是他们身后一直未加入战斗的毒蝎佣兵也是胆战心惊。

“老大，这……这是怎么回事儿？明明有车子压过的！”身后的毒蝎佣兵哆嗦着问道，满脸的恐惧。

艾伦一脸的凝重，“这是触发式子母雷，但远比普通的触发式子母雷的威力要大。这还不是主要的，作为引爆弹的那颗炸弹应该设置了体重感应，超过人类合理体重的都不会触发，所以刚才汽车开过去没事儿，而士兵过去却引爆了……”艾伦越说越觉得心惊肉跳。

一旁的毒蝎佣兵恍然大悟，心有余悸。

艾伦下意识地皱了皱眉，牙关紧咬。现在他更加确定了——眼前的这群人肯定就是战兵那伙华夏军人！

战兵！

真是天堂有路你不走，地狱无门你闯进来，今天，我要你为我死去的兄弟们陪葬！

见机行事

至此，图巴勒的第一轮攻击宣告破产。

反政府军伤亡惨重，尤其是连环地雷阵给反政府军的士兵们造成了非常大的伤亡。重伤员被一一抬下战场，双方都默契地任由对方收拾同伴的尸体，没有人开枪。

战兵这边不容乐观，地雷战术已经用尽，接下来就是血淋淋的大战了，拼的是火力、战斗力，还有意志力。

利刃和狼牙没有重伤员，但轻伤者不少，都躲在一边各自处理伤口。维和部队死了三个，重伤两个，轻伤士兵很多。

虽然对比敌人的伤亡来看，他们已经算得上是大胜利了，但是没有人欢呼雀跃，所有人都在为接下来的大战做着准备。

冉爽倚在一处墙角包扎着被四溅的弹片划伤的肩膀，虽然是轻伤，但是也要做紧急止血处理，奈何她伤的地方的确不好包扎。冉爽的额头有些微微冒汗。

就在冉爽想要伸手去够身后的绷带时，突然觉得一道黑影笼罩，冉爽微惊，抬头望去，只见战兵笑意盈盈地看着自己，随即半蹲在自己身边，动作轻柔地替冉爽包扎。

冉爽的脸颊顿时变得通红，更加映衬得整个人娇艳芬芳，美艳不可方物。

“好了。”战兵将绷带打好了结，随即坐到了冉爽身边。

战兵身上有一股浓浓的血腥味儿和硝烟味儿，却让冉爽感觉到前所未有的安心。两人谁都没有率先开口，却并没有觉得尴尬，仿佛此刻只要坐在一起，对于两人来说便已经足够。

“待会儿会是一场硬仗，小心点儿，我照顾不到你……”战兵歪着脑袋看向冉爽，眸子里浮上一丝柔情。

冉爽点了点头，伸手握住了战兵的手，战兵张开手掌与冉爽十指相扣，一丝丝甜蜜在两人的心底漾开。

处理完战场后，所有人都回到了各自的位置，分批次轮流休息。重伤员被转移到了最后面的房间里，有专人看护，剩下的全部回到战场，等待着激烈的战斗。

“大哥，和你商量个事儿！”战兵猫着身子摸到了战军所在的位置，压低声音说道。

战军微微皱了皱眉，随即冲着一旁的王珂打了个眼色，王珂立刻领会，顶替了战军的位置。

“什么事儿？”战军倚在墙角，皱着眉看向战兵。

“敌人的大炮对我们的伤害太厉害了！必须干掉它！”战兵一双狭长的眸子不由得微眯成线，一丝寒光闪烁。

战军咧嘴一笑，“干掉？好啊，说吧，怎么干？华子跟国光都没办法，咱俩的枪法更白搭。”

如果早上两年，战军绝对不会这么长他人志气，灭自家威风，奈何这几年当队长分了心，在单兵素质上自然有所松懈，所以在枪法上，战军在钟华面前不敢妄自尊大。

“什么啊……”战兵翻了个白眼儿，“能怎么干啊，摸到近处炸了它！”

战军不由得倒吸了一口气，脑子却在飞速思考着行动的可行性。想了半天，战军摇了摇头，“如果有炸它的工夫，我还不如去偷袭敌人的军营呢！”

战军话音刚落，战兵的眸子顿时一亮，战军有点惊讶：“你……你……你这兔崽子不会真的要去端敌人的司令部吧？”

战兵挑了挑眉毛，“端了又如何，就照现在的架势，他们这是倾巢出动，指挥部肯定没人了！”

战军摸了摸下巴，有些迟疑地看向战兵，却见战兵一脸坚定地点了点头。战军皱了皱眉头，说道：“可是，咱们就这么点儿人，如果再分出去人手的话，肯定不行啊！”

战兵眯了眯眼，“四周埋着雷呢，敌人肯定不敢从其他地方绕过来，咱们把防线撤回来一些，这样不就有人了？”

战军点了点头，略一沉吟之后，抬手弹了弹战兵的脑瓜，笑呵呵地说道，“还别说啊，你这脑袋瓜转得还挺快，吃什么长大的啊？”

战兵一脸无奈地挥了挥手，看向战军，一脸正色道：“计划初步敲定，具体能不能实施还要看咱们能不能撑过待会儿的一战！”

战军点了点头，“行，见机行事吧！”

战兵、战军两人再次回到阵地，此时的阵地依然弥漫着浓烈的硝烟味儿，焦黑的地面仿佛在昭示着方才经历过的战争是如何地惨烈。

大约过了一个小时，反政府军的士兵再次涌了上来，乌压压的一片人头，少说也得上千人。

“准备战斗！”战军一脸冷厉地沉声说道，随即听到一阵齐刷刷的子弹上膛的声音。

依旧是狙击手打头阵。利刃、狼牙队员基本上每个都是狙击手，可谓是家底儿丰厚。一时间，精准的子弹给敌人造成了强烈的心理压力，原本迅猛的推进速度明显慢了下来。

就在这时，对方的炮兵周围开始围成“盾牌阵”，将大炮以及炮兵围了个水泄不通。

“炮袭，都趴下！”战军猛然大喝一声，众人纷纷躲回了各自的隐蔽地点，随即做好防护动作。

只听“轰”的一声巨响，炮弹在石油工厂炸开，水泥地被生生炸出了一个坑，水泥碎块四溅。

众人将溅到身上的水泥碎块甩走，随即继续投入战斗。而这时，反政府军的士兵已然快速推进了十米远！

“国光，你带重狙了吗？”就在这时，战兵单敲了林国光的通讯频道，沉声说道。

“带了！”林国光沉声道。

战兵微微勾了勾嘴角，一双冷冽的眸子闪过一丝凛冽的杀气，“国光，打他们的盾牌！”

林国光顿时明白过来，随即快速更换重狙，瞄准敌人炮兵周围的盾牌，扣动了扳机。

重狙的大口径子弹击中了一个敌人的盾牌，巨大的冲击力将盾牌和盾牌后的敌人一起掀飞。特等钢材铸造的盾牌被击出一个大坑，盾牌阵出现了空缺，后面的炮兵暴露在了战兵的枪口下。

还没等周围的敌人反应过来，一发子弹随即射来，对准敌人盾牌阵一时之间露出的缺口，直直射进了炮兵的眉心。

炮兵的炮弹已经装进了弹膛，但是操作火炮的炮兵在发射的瞬间被击毙，之前校好的射击角度瞬间剧烈偏移下滑，炮弹冲出了炮管，冲着前方的反政府军飞了过去。

“轰！”一声巨响，炸弹在距离政府军不足五米的地方爆炸。一些距离近的士兵被殃及，四溅的弹片射入他们的身体，瞬间将他们的身体撕碎。而距离远的敌人也被弹片击伤，失去了战斗力，不得不退出战场。

“怎么回事儿？！”图巴勒气急败坏。当他知道炮兵阵亡时，歇斯底里地大声喝道：“还愣着干什么！让下一个炮兵补上！”

“是！”

但是战兵又哪能让敌人如愿。林国光和战兵故技重施，又一个炮兵被击毙。

图巴勒气得脸色铁青。他依旧下令让人替补阵亡炮兵的位置，虽然他知道现在即使再多的炮兵补上去也会是同样的结果，但是考虑到炮袭对敌方所造成的压力，这样的人员消耗是值得的。于是图巴勒手下的替补炮兵残忍地变成了一件件消耗品。

短时间内没有了大炮的袭击，石油工厂的士兵顿时感觉轻松了很多，密集的子弹纷纷射向不断朝工厂推进的反政府军士兵。

“强火力压制！”就在这时，战兵大喝一声。利刃和狼牙的轻机枪上阵，盛家宝、李壮、王珂等人的轻机枪喷吐着足足一米多长的火舌，不断向面前的敌人扫射。

反政府军的士兵连忙卧倒，躲避着密集的弹雨。

就在这时，一个敌人尖叫一声，爬起来没命地往后跑。盛家宝等人看都未看那人一眼，没有人会将子弹浪费在逃兵身上，相反，留着逃兵却是对敌人的一种心理折磨。

溃逃犹如瘟疫一般在敌人队伍中快速散布，敌人陆续起身逃走。

“都给我回去！回去！”图巴勒气得直跳脚，一把夺过一旁士兵的枪，把子弹上膛就要扣动扳机，却被身后的人猛然将枪夺了过去，把图巴勒吓了一跳，下意识地回头望去。

打场硬仗

只见艾伦站在图巴勒身后，而他手里赫然握着图巴勒方才抢来的枪。

图巴勒脸色铁青，咬牙切齿道：“干什么！”

话音刚落，图巴勒的近卫士兵纷纷将枪口对准了艾伦，而毒蝎佣兵们一脸气势汹汹地将枪口全部指向图巴勒。一时间，气氛剑拔弩张。

“图巴勒将军，咱们已经败了，如果你现在对你自己的兵开枪，只会适得其反，不如好好想个办法扭转局面！”艾伦一脸冰冷地说道。

图巴勒一脸愤恨地瞪着艾伦，终是哼了一声，转过脸道：“都干什么呢？放下枪！”

近卫兵们不由得面面相觑，最终将枪口朝下，但是依旧警惕地望着艾伦。

艾伦随即抬了抬手，身后的毒蝎佣兵也将枪械放了下来。

“原地休整！”图巴勒没好气儿地扔下了一句命令，随即狠狠瞪了艾伦一眼，转身离开。

艾伦的眸子里闪过一丝杀气，却很快消失不见。

“老大……”身后的毒蝎佣兵有些愤愤不平地上前，刚想说话，却被艾伦抬了抬手制止。在艾伦看来，至少想除掉战兵这颗眼中钉，目前还需要图巴勒，所以暂时不能撕破脸。

此时，石油工厂那边也在进行着休整。毕竟经历了超过十小时的战斗，每一个人都高度疲惫，无论是生理上还是心理上。

“让士兵们先撤下来休整，敌人一时半会儿不会攻击……”战兵拍了拍曹光的肩，一脸的担忧，“让他们互相检查身上的伤口，还有，必须喝水和吃饭！他们现在太紧张了，要放松下来。”

曹光的脸上满是遮挡不住的疲惫，知道战兵说的这些都是战场综合征的症状，重重点了点头，“放心，我会照做的！”

战兵这才一脸放心地勾了勾嘴角，随即检查了整个战场的情况。

“怎么样？伤亡如何？”战军的眉头皱成了一团疙瘩，额头的一道血痕已经结痂。伤口虽然不深，但是蜿蜒在整个额头，看起来触目惊心。

“一死，五重伤，依旧还是维和士兵。”战兵叹了口气，即使是上过战场，但是，让他们骤然面对如此高强度的战争的确是有些为难他们了。

就在这时，战兵的目光落到了战军的胳膊上，看着深红色的作战服，不由得眉头紧皱，“哥，你受伤了？”

战军这才低头看了一眼自己的胳膊，“哦，小伤，射入一块弹片而已。”

战兵不由得眸光一沉，挤出一丝笑意，“真的是小伤？”

战兵不管三七二十一，上前一把将战军的袖子撸了上去。由于动作太过粗鲁，碰到了战军的伤口，把战军疼得脸色发白，“嘶……”

一块弹片划开肌肤射入肌肉，撕破的肌肤外翻着，不断有血水渗出，看起来惨不忍睹。

战兵抿了抿嘴唇，一脸的愠怒，“小伤，嗯？”

战军嘿嘿一笑，没吱声，知道战兵真生气了，便没有再去惹他。

战兵快速拿出急救包，开始给战军的伤口消炎。当消毒水涂抹在伤口周围时，战军觉得有无数道细针在不断扎着伤口，疼得战军直冒冷汗。

战兵没好气儿地瞪了战军一眼，冷冽的眸子里明明白白表达着一个意思——活该！

由于弹片嵌入身体，战兵必须要取出弹片。只不过，弹片嵌入骨头，如果取出来的话，恐怕战军要吃些苦头，但是如果不取出来，时间一长，战军的这条胳膊即使不废，也会有后遗症。

“忍着点儿！”战兵望了战军一眼，随即将手里的纱布递给战军，“咬着。”

战军咧嘴一笑，一脸的嘚瑟，“嗨，我还用这个……哎呦……”剧烈的疼痛让战军忍不住叫出声来，随即将手里的纱布咬在嘴里。

战军的冷汗从额头低落。此时仿佛有一个烧红的铁棍生生捅进伤口，疼得战军忍不住闷哼出声。

战兵屏住呼吸，看着战军殷红的鲜血喷涌而出，后背逐渐被冷汗浸湿。

终于，手中的镊子感受到了弹片的存在，战兵夹住弹片，看了一眼战军，“大哥，是爷们儿就忍住了！”

战兵猛然用力将弹片夹了出来，“啊！”战军顿时惨叫一声，鲜血从伤口喷出。战兵扔掉镊子，快速止血，消炎。

战军仿佛虚脱了一般喘着粗气，一张脸惨白得半分血色也无，额头布满了汗水。

战兵手法熟练地缝合伤口，看着战军的脸色缓了过来，这才缠上一圈绷带。

“行了。”战兵将急救箱重新塞回口袋，抬手擦了擦额头的汗水，冷冷瞥了战军一眼，“如果你下次再逞能，我就直接往你伤口里倒消毒水。”

战军一听不由得连连摆手，一脸讨好的笑意，“不会了，以后不会了……”

说着低头看了一眼包扎得整齐的绷带，咧嘴一笑，“臭小子，包得倒是怪好看的。”

战兵站起身来，这时才觉得身上已然满是汗水，微风吹来，甚是凉爽。

战军将衣服卷了下来，因为绷带自带消毒功能，所以不怕有脏东西感染伤口。

战兵抬头看了一眼慢慢西落的太阳，随即看向战军，“你这胳膊还能打吗？”

战军浑不在意地晃动了一下胳膊，“说吧，什么计划？”

战兵微微勾了勾嘴角，眸子里寒光闪烁，“咱们去打场硬仗！”

偷袭军营

随着夜幕降临，整个石油工厂的灯光全部熄灭，天空中覆盖着一层厚厚的乌云，月朗星稀，整个大地被黑夜笼罩。

图巴勒的部队也不敢用灯光，在这漆黑的夜幕里，但凡有一丝灯光都会让对方的狙击手盯上，所以没有人敢点火。

此时，石油工厂内一片寂静，伸手不见五指的工厂仿佛空无一人，寂静得甚至连掉根针都能听见。

曹光有些紧张地望着黑漆漆的敌营，浑身的神经都绷成了一条线，仿佛每一秒都是煎熬。

此时，石油工厂里只剩下了维和部队，利刃、狼牙出击，现在应该已经摸到了敌营。

“曹哥，你别老看时间，整得我也紧张了。”盛家宝压低声音，咧嘴露出两排整齐的白牙。

一旁的王珂不由得乐了，“就是，这不是还有我们俩吗？放心！这帮龟孙子不敢过来！”

曹光一脸苦笑地咧了咧嘴，“这唱的哪出儿空城计啊，如果敌军的阵营被袭击，那他们肯定会朝咱们进攻，到时候只怕敌军的老窝儿还没打下来，咱们的石油工厂就先没了。”

盛家宝拍了拍曹光的肩膀，“曹哥，你就放宽心吧，我们队长制订的计划都是经过周密推敲的，不会出错的！”

曹光不由得叹了口气。他发现不管是利刃队员还是狼牙队员，对战兵都有着一丝近乎盲目的信任与崇拜，仿佛他制定的任何方案都是完美的，他们不会有任何怀疑。

曹光跟战兵相处的时间虽然不长，但是这几日的并肩战斗也让曹光看出战兵是个不可多得的帅才。战兵对于作战仿佛有一种天生的敏感，这种天赋是常人想学都学不来的。

此时，战兵等人一行夜行衣，快速在密林中穿梭前进。由于战兵突发奇想地沿路布置诡雷耽误了不少时间，不过所幸图巴勒没有对石油工厂发动进攻，所以他们还有时间。

战兵的眸子闪动着慑人的光芒。战斗中的战兵总是自信且张狂，让所有人都忽略不了他的存在。

图巴勒的军营驻扎在一个破落的镇子上，镇子上的人在内战爆发初期就逃离了这里，整个镇子现在就是一座空城。

几十道黑影快速朝军营贴近，在他们身后，几个巡逻的敌军士兵被无声地切断了喉咙，脑袋呈一种诡异的角度躺在地上，已然没了气息。

军营里一片寂静，由于图巴勒将大部分精兵都带了出来，所以镇守军营的士兵不多，但也足足有三百人，是战兵等人的十倍！

现在是晚上十点多，正是士兵们感觉困乏的时候。军营里几队巡逻的士兵一脸的无精打采，仿佛巡逻在他们看来只是例行公事。

王军伟将红外探测仪的热源图像传给众人，战兵做了个“行动”的手势，背后的黑影四散消失在一片昏暗中。

由于大部分的士兵已经调去攻打石油工厂了，所以整个军营的戒备不严。至少在利刃、狼牙队员的眼里，眼前的这几队巡逻队伍根本就是摆设。

林国光、钟华、刘威等狙击手早早离开队列抢占制高点监控整个军营，确保将整个军营笼罩在自己的火力范围内。

战兵等人将所有的炸弹安置好后，众人纷纷回到隐蔽地点等待总攻的信号。

“轰！轰！轰……”军营猛然响起数声惊天动地的爆炸声，随即军营的宿舍瞬间炸塌，大火笼罩着营地，将军营照得犹如白昼。

没等幸存的敌人回过神儿来，密集的子弹已然从四面八方射来，将一脸恐慌的敌人瞬间打成筛子。

“怎么回事？！”巨大的爆炸甚至让图巴勒所在的地面都震颤起来，当他看到军营的方向燃起橘红色的滔天大火时，整个人顿时愣在了原地。

“将……将军，是……是军营，是军营着火了！”旁边的士兵结结巴巴地汇报情况，一脸的慌乱。

艾伦也快速从地上站起来，将目光落到对面的石油工厂内。

“回防！快回防！”图巴勒大声喝道，作势就要朝军营方向跑去。

“将军！”艾伦一把拽住图巴勒的胳膊，“敌人既然去偷袭我们的军营，那么此刻的石油工厂内部势必空虚，如果我们趁着现在将它打下来，那损失一个军营又如何？”

图巴勒不由得一愣，一脸的沉思。艾伦的话触动了他，那个所谓的军营不过是临时征用的场所，如果能打下石油工厂，那么……

想到这儿，图巴勒不由得咬了咬牙，浑浊的眸子里闪过一丝决绝，“听我命令，全力进攻工厂，争取在敌人援军赶到之前拿下石油工厂！”

“是！”

反政府军的士兵们疯了一般涌向石油工厂，杀声震天，子弹仿佛不要钱一般朝着石油工厂疯狂倾泻。

曹光的心顿时一沉，仅仅看敌人的架势就已经知道他们是准备破釜沉舟地大干一场了。眼下整个石油工厂的士兵一共就一百多人，怎么可能抵得住上千人的进攻！

此时，盛家宝、王珂两人架起轻机枪朝敌人喷出两道足足一米长的火舌。冲在最前面的士兵犹如被绊倒一般直挺挺地摔在地上，子弹在瞬间将他们扫倒，鲜血喷涌了一地。

算无遗漏

盛家宝、王珂两人的火力压制让反政府军的士兵们不敢抬头，半分也不敢动弹地趴在原地。这时从两旁冲出来两队人马，架起四挺机枪疯狂地朝盛家宝、王珂两人扫射。盛家宝、王珂不敢硬碰硬，只得将身子缩回掩体，暂避锋芒。

轻机枪喷吐出的子弹在黑夜里像是一串串橘红色的珠子，不断朝石油工厂方向倾泻着。密集的子弹打在维和士兵建造的工事上，溅起的石屑四处迸射。

这时，几个维和士兵由于身子抬得过高，被敌人的机枪击中，闷哼一声摔进了掩体。

王珂皱了皱眉，一脸的铁青，随即大声喝道："都压低身子，别冒头！"

曹光一脸心疼地看着躺在地上一脸痛苦的士兵，仿佛自己的心在滴血，紧接着大声命令道："赶紧把伤员扶下去！"

毒蝎佣兵的加入让维和士兵们备受压力，尤其是那四挺轻机枪，密集的子弹打得维和士兵半分不敢抬头。此时的反政府军士兵也借着毒蝎佣兵的强火力压制快速朝石油工厂推进。

就在这时，盛家宝悄悄抬起头快速扫了一眼战场，随即确定了敌人的位置，转头看向曹光，"曹哥，炸！"

曹光用力点了点头，随即按下手里的遥控器。

"轰！轰！轰……"原本密集的枪声在瞬间消失，取而代之的是连番的爆炸。一时间反政府军的士兵被炸弹炸得血肉横飞，惨叫声交融着爆炸声。

图巴勒一脸惊恐地连连大叫着"撤退"，但是此时的战场已然乱成了一片，哪里还听得见图巴勒的声音。士兵们不要命地四下逃窜，但是仿佛无处不在的炸弹却依旧爆炸着，将恐惧到极点的反政府军士兵瞬间炸得支离破碎，残肢断臂散落了一地，鲜血将战场染红。

此时的曹光等人愣在了原地，维和士兵们一脸震惊地望着可以称得上惨绝人寰的战场，心里忍不住升起一股胆寒。

曹光原本还对战兵留下的所谓"后手儿"持怀疑态度，但是现在他彻底服了，服得五体投地。他不敢想象如果是他们维和部队遭遇这样的打击，究竟能够从战场上活下来几人……

曹光现在无比庆幸战兵是他并肩作战的战友而非敌人，否则那绝对会是他这一辈子的噩梦。

此时的艾伦也是一脸的震惊，被炸弹炸得四分五裂的士兵当中也有毒蝎佣兵。艾伦亲眼看着他的队员在瞬间被炸弹炸飞，而落到地面的时候，已然是一堆残肢断臂，让人触目惊心。

“撤！快撤！”图巴勒声嘶力竭地大喊着。其实不用他的命令，此时所有的反政府军士兵都没命般地往后跑，一脸的恐惧、绝望。

直到撤到了一公里之外，图巴勒这才惊魂未定地看着身后犹如修罗场一般的战场，一脸的心有余悸。他身后的士兵更是一脸的狼狈，浑浊的眼睛里满是恐惧，有的甚至身子一软瘫在了地上，由于惊吓过度，涕泪横流。

此时，军营内的枪声未曾断绝，熊熊大火越烧越大，几乎映红了半边天。他们此时离军营足有二十公里，却也能看到军营方向的火光。

“将军，咱们回军营吧，否则咱们就真的连大本营都丢了……”图巴勒的亲信军官一脸的焦急。

图巴勒一脸阴沉地咬了咬牙，看了一眼军营方向的火光，厉声喝道：“走！回军营！”

艾伦隐在人群中，抿着嘴一言不发，一双狠戾的眸子恨恨地看向石油工厂，他到底是小看了战兵，竟然又让他摆了自己一道！

艾伦此刻甚至不知道这条通往石油工厂的道上还有没有埋着炸弹，但是此时已然没有人再愿意拿自己的性命去试了。

毒蝎佣兵团的佣兵队员不由得面面相觑。反政府军的士兵此时已经跑出了一百多米，一旁的毒蝎佣兵这才鼓足了勇气，一脸迟疑地看向艾伦，“老大，我们怎么办？”

艾伦咬了咬牙，再三权衡后，咬牙切齿地说道：“回军营！”而后一脸阴沉地说道：“如果军营丢了的话，图巴勒会迁怒于我们的！走吧！”

此时，整个军营的反政府军士兵已然被利刃、狼牙队员扫清。战兵等人在军营的每个角落都浇上石油，放火点燃。整个军营被大火覆盖，冲天大火映红了半边天。

“你这小子，玩儿这么大啊！”橘红色的大火映照在战军脸上，“这下你想不出名儿都难了，南桑坦的历史上会给你留下浓墨重彩的一笔！以少胜多，算无遗漏，天生的战争之王！”

战兵没好气儿地摆摆手，勾了勾嘴角，望了一眼石油工厂的方向，沉声说道：“估计图巴勒他们已经在回防的路上了，咱们去打个伏击！”

战军挑了挑眉头，笑得见牙不见眼，“你真行啊，看来你之前准备的雷阵是派上用场了！”

利刃和狼牙的所有队员也是一脸的兴奋，之前他们还以为是白忙活了，可是现在看来，他们的劳动成果足够图巴勒喝上一壶儿了。

“行动！”战兵命令道。他一双晶亮的眸子闪过一道凛冽的杀气，仿佛一把饱饮鲜血的利刃，让人不敢直视。

几十道黑影随即迅速朝道路上狂奔而去。王军伟的红外探测仪不断显示热源的活动距离，十公里，五公里，三公里……

战兵抬手做了个“隐蔽”的手势，身后的队员顿时四散开来，各自寻找掩体隐蔽。

09　利刃战神

仇敌相见

图巴勒太急于挽回败势了，以至于他并未让先头部队探路，而选择亲自带领大部队杀回军营。这或许是他这辈子最错误的一个决定——也是最后一个决定！

整个密林里一片寂静，冲天的火光让受惊的鸟儿纷纷飞离林子，整个林子里只能听到脚步声，凌乱而沉重，就仿佛此时所有士兵的内心。

惊天动地的爆炸声彻底打破了密林的宁静，爆炸产生的气浪挟着滚滚浓烟席卷而来，爆炸中心形成了一个巨大的蘑菇云。

这是一个威力极其惊人的脚踩式液体地雷，它的爆炸威力足足是普通地雷的近百倍。

图巴勒在爆炸中直接丧命。爆炸现场甚至找不到一具完整的尸体，数十个士兵的残肢断臂掺杂在一起，根本分不清谁是谁，附近的地面被染成了一大片的血红色。

艾伦带着毒蝎佣兵团的队员走在队伍后面，这也使得他们躲过了炸弹的波及，但是爆炸产生的巨大气浪还是将他们掀飞了出去。艾伦的脸如同被放在火上烤过一般，钻心地疼。

艾伦翻身躲进了一旁的密林中，随即冲着身后的毒蝎佣兵打了个“隐蔽”的手势。

“行动！”战兵抚了抚话筒，眸子里不带一丝的感情。

子弹犹如断了线的珠子一般朝着还没有缓过神儿来的敌人疯狂射击，一脸恐惧绝望的反政府军士兵们纷纷中弹倒在血泊中，大睁着惊慌的眼睛，死不瞑目。反应过来的士兵们开始纷纷寻找掩体反击，但是他们此时的对手是华夏特种部队，在这些战斗专家面前，哪怕是零点零一秒的失误都会要了他们的命，更何况时间已然过去了好几秒。

越来越多的反政府军士兵倒在血泊中，跟之前还冒着丝丝热气的同伴残肢堆在了一起，鲜血几乎汇成了河。

艾伦抬手示意毒蝎佣兵按兵不动。虽然毒蝎佣兵不知道艾伦为什么不选择出手帮助盟友，但是艾伦是佣兵团的司令，他们只能听从他的命令。

早在炸弹爆炸之前，战兵便已经侦查到了敌人的大概数量，可是真正交战的时候，战兵却发现有一队敌军窝在后面持枪观望，既不参战也不落荒而逃，诡异得让人生疑。

战兵单敲了林国光的无线频段，低声说道：“国光，给我盯好了后面的那支部队，我觉得有些不对劲！”

林国光轻轻应了一声，随即狙击枪架起，对准在战场后方的那支神秘部队。

艾伦此刻架起狙击步枪不断搜寻战兵的踪影，十字准星里出现了一个个的人脸，却唯独不见战兵，把艾伦急得咬牙切齿。

虽然此时光线很暗，而且烟雾笼罩得几乎看不清人的模样，但是就算战兵化成了灰，艾伦都认得！

此时战兵手持突击步枪，如同训练场打靶一般击毙了四周的敌人，却觉得脊背一阵阵发疼，就如同有人拿着细针扎着皮肉一样。战兵不由得眉头微皱，几乎下意识地感觉到一股危险的气息——有狙击手！

战兵放弃射击，随即四下搜索敌人的狙击手。就在这时，战兵的瞄准镜里出现了一双熟悉得再熟悉不过，充满了阴毒的眸子。战兵顿时心头一紧，立刻压了压身子。就在这时，一发子弹擦着战兵的帽子飞了过去。战军只觉得心脏仿佛在一瞬间停止了跳动，连血液也凝固了起来。

“战兵！”

“队长！”

……

战军等人纷纷叫出声来。

战兵就地一滚，滚到了一旁的浅沟里，随即摘下帽子，发现帽子顶部有一道深深的划痕，还散发着一股子弹的余温，烫得战兵心脏仿佛漏跳了一拍——是毒蝎佣兵的艾伦！自己刚才在瞄准镜里看得清清楚楚，绝不会错！

战军等人见战兵没事，这才松了口气，随即将身子压低继续战斗。

“是毒蝎佣兵的艾伦！国光，干掉他！”战兵咬牙切齿地说道。就差一点儿，就差那么一点儿，自己就死在他的枪口下了！战兵心里后怕不已。

林国光一脸冷厉地沉声说道：“收到。”

艾伦一脸忐忑地四下搜索着战兵的影踪，他不知道自己刚才的那发子弹究竟有没有击中，除非能看到战兵的尸体，否则他不会轻易相信！

战兵将帽子重新戴在头上，提着枪一脸冷厉地看了一眼艾伦所在的位置，紧接着蹿出掩体朝艾伦所在的位置飞奔而去。

当艾伦看到战兵朝自己狂奔而来时，心里不由得升起一丝懊恼，但是随即被兴奋代替。

艾伦不断校对着射击角度，但是他却无论如何都瞄准不了战兵。

“该死！”艾伦不管三七二十一，自认为锁定了目标就开枪射击，但是数发子弹接连射了出来，战兵却依旧在快速运动着，做着令人眼花缭乱的军事规避动作，迅猛移动着。

看着战兵距离自己越来越近，艾伦不由得手忙脚乱起来，可是越是慌张，他就越难以瞄准。所有的子弹尽数擦着战兵的身体而过，而战兵却依旧朝自己狂奔而来。

“杀了他！杀了他！”艾伦歇斯底里地大叫着，随即身后的毒蝎佣兵开始朝战兵射击。一时间子弹犹如密集的大网一般朝战兵袭来，战兵身子压低，随即将整个身子埋在掩体之后。

密集的子弹将战兵所隐蔽的土坑打得石屑横飞，战兵被压制得一时无法动弹，将身子压到最低。

“老大，咱们撤吧！”身后的毒蝎佣兵忍不住开口道，却被艾伦一枪托砸到一边。艾伦一双充血的眸子死死盯着战兵隐蔽的位置，目眦欲裂！

仇恨

“火力掩护！”战兵大喝一声。利刃、狼牙队员顿时齐齐调转枪口，朝毒蝎佣兵射去，凌厉的子弹如同瓢泼一般呼啸而来。

“老大，小心！”艾伦身后的毒蝎佣兵突然大喝一声，奋力扑上，将艾伦的身子压低。而子弹却在一瞬间击中了他的脑袋，脑浆和鲜血四溅开来，没了脑袋的佣兵身体却依旧挣扎着，鲜血如喷泉一般喷涌而出。

艾伦一脸木然地望着如同倒栽葱一般倒地的毒蝎佣兵，眸子里满是仇恨。

“给我杀！杀光他们！杀！”艾伦声嘶力竭地怒吼道。

毒蝎佣兵如同疯了一般地对着利刃、狼牙队员倾泻着子弹。一时之间，子弹犹如不要钱般激射而出，打得利刃、狼牙队员不敢冒头。

就在这时，几发凌厉的子弹狠狠钉在毒蝎佣兵的眉心处，让杀红了眼的毒蝎佣兵闪过一丝惊惧。

林国光、钟华等人依旧在匀速射击，就如同打靶一般将毒蝎佣兵一个接一个击毙，不紧不慢，有条不紊，令所有毒蝎佣兵胆战心惊。

狙击手的真正威力不在于杀多少敌人，而在于以绝对凌厉的枪法，在心理上彻底震慑敌人！

越来越多的毒蝎佣兵被击中，眼见着艾伦身边的队员越来越少。他身后的佣兵不由得一脸焦急道：“老大，赶紧撤吧！否则这么多兄弟都要折在这儿了！”

艾伦咬了咬牙，一脸的癫狂，“不，我要杀了他们，统统杀了！”

“你们赶紧掩护老大撤退！”那人终是咬了咬牙，将艾伦推到身后，随即一脸庄重地看向身后的队员，“你们一定要保护好老大，快走，我们掩护！”

身后的那十几个毒蝎佣兵连忙点头，随即不管艾伦的大喊大叫，架着艾伦就往回撤。

艾伦只觉得胸口闷得抓狂，恨不得将心脏掏出来才能呼吸一般。他回头望了一眼被利刃和狼牙的人击毙的佣兵，心里仿佛在滴血一般。其实他心里知道，如果留下来的话，他们所有人都要死在这里。眼下最明智的选择就是离开！只是他不甘心就这么走。

艾伦在毒蝎佣兵的护送下终于逃出了重围。当艾伦回头看了一眼身后的战场时，呕出一口血来，两个拳头紧紧握住，甚至连指甲嵌入了皮肉都没有发觉。

至此，这次战斗结束了。除了艾伦和护送他撤退的五名佣兵外，所有人都尽数被击毙，死在这片异国他乡。

“打扫战场！”当将最后一名毒蝎佣兵击毙后，战军从隐蔽处跃出，随即高声喝道。一双厉目警惕地搜索着战场，一旦发现还有喘气儿的敌人就补上一枪。

战兵久久望着艾伦逃走的方向。战军看出了他的心思，上前拍了拍战兵的肩，“放心吧，早晚有一天会杀了他的！”

战兵抿了抿嘴唇，“不仅是他，连带着毒蝎佣兵，我都要从这个世界上抹掉！”战兵冷冽的目光闪过一道凛冽的杀气，让人不由得屏住呼吸。

战军先是一愣，然后笑呵呵地摇了摇头，随即说道：“行了，会如你所愿的，先打扫战场吧，天马上就要亮了！”

战兵点了点头，随即加入到打扫战场的行列。

经过一场激战后，整个战场犹如人间地狱一般，让人不由得皱了皱眉头。鲜血几乎将整个地面染红，到处是尸体、断肢，利刃、狼牙队员花了足足一个小时才将战场打扫完毕。

此时，曹光等人望眼欲穿地盼望着战兵等人的归来，一颗心七上八下得仿佛要从嗓子眼儿里跳出来。距离石油工厂不足二十公里的战斗足足维持了一个小时，但枪声停止一个小时后，却依旧不见战兵等人的踪影，把曹光急得抓耳挠腮。

盛家宝、王珂两人本来就因为没捞着大战而别扭着，又见战兵等人迟迟不来，心里也是百爪挠心一般，恨不得长对翅膀，飞过去看看到底怎么了。

“来了！”就在这时，曹光突然喊了一声。盛家宝和王珂随即拿着望远镜一看，确定的确是战兵等人，两人一脸兴奋地回头看向维和士兵，“是利刃跟狼牙回来了！”

此时天色已经放亮，战兵等人带着清晨的露珠，风尘仆仆。曹光连忙迎了上去，一脸紧张地上下打量着众人。

盛家宝、王珂两人在心里清点了一遍人数，当确定所有队员都平安回来后，两人顿时咧嘴笑得一脸灿烂。

“曹哥辛苦了！”战军笑呵呵地拍了拍曹光的肩，一脸的眉飞色舞。

曹光不由得一脸苦笑着摆了摆手，“我辛苦什么，就是摆了个空城计，而且还是靠你们的地雷阵，否则我们哪儿守得住啊！”

战军咧嘴一笑，“曹哥谦虚了。”

曹光、战兵、战军三人止不住地摇头大笑。

“队长，敌人怎么样了？我听着打得非常激烈啊！”盛家宝跑到战兵跟前，一脸兴奋地开口道。

没等战兵开口，一旁的卫钏便抢先道：“何止是激烈啊，半路还杀出了毒蝎佣兵呢！”

“啊？”盛家宝等人不由得一脸震惊，他们原本以为敌人只有反政府军的士兵，竟然还有毒蝎佣兵？

“啊什么啊，那个反政府军的头儿头儿被我们干掉了，军营也被我们端了！”卫钏的眉眼间满是得意，眼睛眯缝着偷偷去瞄盛家宝的表情，当看到盛家宝一脸的抓心挠肝时，脸上笑开了花儿。

福利

曹光也是一脸的震惊，他原本以为重创敌人已经算是了不得的战绩了，可是他万万没想到，反政府军的图巴勒将军竟然被他们击毙了！

“这样的话就暂时用不着南桑坦政府军协防了。”战兵不由得勾了勾嘴角，随即看向曹光，“曹哥，知道我的意思吧？”

曹光一脸疑惑地眨了眨眼，显然没有跟上战兵的频道。

一旁的战军不由得哈哈大笑，暗暗佩服战兵对军事以及政治的敏锐直觉。

“行了，这事儿咱们进去再说。”战军指了指屋子，而后又指了指自己的肚子，一脸的委屈表情，“折腾了一晚，肚子里还没食儿呢。”

曹光连忙说道，“来来来，进去边吃边说，就等你们回来了，我让兄弟们准备了面条，就准备下锅呢，马上就好啊！”

战兵等人被维和士兵们簇拥着进了房间。一会儿后，热腾腾的面条端了上来，早就饥肠辘辘的众人吃了个痛快，连锅里的面汤也被一抢而光。

吃饱喝足后，曹光便拉了战兵、战军两人进了会议室，以解开刚才的疑惑。

“那个……你刚才说的是什么意思？我怎么听不明白啊？为什么不答应政府军的协防？就靠我们这不到二百人在战争中守住工厂，简直就是不可能的事啊？”曹光皱着眉头，一脸的疑惑。

战兵咧嘴一笑，这才说道：“现在石油工厂附近的军营已经被毁，这已经足够证明我们华夏军人的厉害了。之前政府军之所以袖手旁观，无非就是想从我们手里讨几分便宜，毕竟是我们有求于人。现在情况不同了，他们只要付出一个小队的协防就能换来一块阵地，这么好的事儿，咱们不趁机敲他们一笔又待何时？”

曹光恍然大悟，一脸激动道：“你是说为石油工厂争取足够的利益？”

战兵笑呵呵地说道，“这个就是你们的事儿了，随便你们谈条件吧。”

曹光用力点了点头，兴奋地搓了搓手，他现在就迫不及待地想去起草一份方案了！

就在这时，房门突然被敲响，曹光想也没想就喊了一声“进来”。王军伟一脸兴奋地推门而进，脸上满是激动，“队长，南桑坦政府军来了，就在外面！”

战兵、战军、曹光三人不由得相视一笑，还真是说曹操曹操就到。

“走，出去看看！”战军笑呵呵地说道，随即大跨步朝外走去。

此时的利刃、狼牙队员分别站成两排，摆出了最肃穆庄严的架势，一脸的杀气腾腾。

战兵、战军两人一路走来，不由得暗暗发笑，不愧是跟着自己出生入死的兄弟，连自己心里想什么都知道。

南桑坦政府军这次派来的是一个上校。战兵觉得他撑死了也不过三十多岁，三十多岁的上校，在华夏是凤毛麟角，但是今日在异国他乡看到，证明这里的上校“不值钱”罢了。

上校一脸肃然地率先敬了个军礼，但是当他看清楚面前的这三人的军衔最高也不过是中校时，一张脸顿时有些绷不住了。

战兵、战军、曹光三人摆出了最威严的模样，一脸的肃杀。

“我是南桑坦政府派来协助你们协防工厂的帕特。”帕特上校一脸不悦地瞥了一眼不让他的部队靠近的林国光，当目光与林国光冷冽的眸子交汇时，帕特上校不由得心中微惊，仿佛被一发子弹击中了心脏一般。

帕特上校有些慌乱地连忙收回目光，当他反应过来自己竟然被一个士兵瞪得害怕了，脸上顿时闪过一丝恼怒。

“我的兵被你们的兵禁止靠近，而且还向我方射击，这是什么意思？”帕特上校气势汹汹地说道。

战军脸上扬着一丝笑意，但是帕特却只觉得眼前的这个上尉的笑容里充满了杀气，让人不由得胆寒心惊。

“在没有确定你们的身份之前，我的兵自然不会让你们进驻，更何况……”战兵不由得一顿，随即望了一眼南桑坦士兵所在的位置，继续说道：“据我所知，这里的距离是八百米，我的兵如果真想开枪射击的话，你觉得你的兵还会安然无恙地站在原地愤愤不平吗？”

帕特张了张嘴，却一句话都说不出来。

“还有……”战兵的笑意微敛，“帕特上校，我军谢绝贵军驻防的好意，我们的驻地，我们自己会守好！”

“你……”帕特顿时气得脸色发紫，指着战兵道：“你们会后悔的！”

战兵冷笑一声，一双晶亮的眸子闪过一道寒光，把帕特震得不由得后退一步。

“我们曾数次求助协防，都被贵军拒绝，我看后悔的是你们！”战军道。

帕特的脸色顿时一阵青一阵白，随即重重哼了一声，气呼呼地转身走开。

直到帕特等人走出了一百多米远，曹光这才一脸担忧地看向战兵，“那个……咱们这么做是不是有些过分啊，如果他们一气之下真的不协防了可怎么办？”

战兵一脸宽慰地拍了拍曹光的肩，“曹哥，你放心吧！我们后面顶着的是华夏，他们真正在意的只有华夏！我刚才说的那番话，只是提高谈判的筹码。

放心吧，曹哥，如果内乱停止，不仅仅是这处石油工厂，但凡是华夏注资的企业在南桑坦都会是另外一番场景！”

“好！好！好！”曹光一脸激动地连说了三个“好”字。如果真如战兵所言，那他们这次可算是给南桑坦的华夏企业谋了个大福利！

你的兵真牛

帕特走后的第二天，南桑坦政府又派了一个级别更高的军官前来洽谈。这次战兵、战军两人非常默契地没有参与，将所有的“表演”时间就交给了曹光。

战兵、战军虽然不知道谈判结果如何，但是看着曹光整日里跟捡了钱似的乐呵呵的，想必谈判结果不会差到哪里去，战兵、战军两人也算是放了心。

有南桑坦政府军帮忙协助防御，维和士兵的防御压力顿时减了不少。为了活跃气氛，曹光在工厂里举行了一个小型的庆祝仪式，但只有菜没有酒，毕竟现在是战争期间，他们随时需要保持大脑清醒。

林国光的烧烤得到了维和士兵一致的欢迎。林大厨是轻易不下厨的，奈何战军吃了一次林国光做的饭菜算是吃上了瘾，笑呵呵地求林国光再露一手儿。战军都开口了，林国光自然也不好拒绝，二话不说拎着狙击步枪上了山，半小时后就拎了一头野猪下山了。

林国光的低气压就像是天然的冷气机一般，靠得太近会冻成冰块，但是却耐不住战军这脸皮足够厚的主儿。待林国光一脸煞气地坐在一旁烧烤时，除了几个粗神经的敢上前围儿圈，其他人都流着口水在一旁干瞪眼儿。

南桑坦这次派来协防的队伍由宾利上校率领，虽然跟豪车同名，但是宾利上校却丝毫没有官架子，一举一动一看就是亲自带过兵的。

“曹团长，让我的兵表演个拿手绝活儿助助兴吧！”宾利笑呵呵地看向曹光，“这么光说话多闷啊。”

曹光不由得哈哈大笑，有人调节气氛他自然是求之不得，“好，大家欢迎啊！”说完，曹光率先鼓掌，维和士兵们见状顿时一脸兴奋地将巴掌拍到最响。

战兵、战军两人围着林国光吃着烧烤。由于林国光的低气压，一般人不敢靠近，所以他们这边的空地很大。

战兵原本以为所谓的拿手绝活儿会是唱歌跳舞，再不济也是表演个魔术之类的，但是当看到一名南桑坦士兵提着一把狙击步枪上来时，战兵不由得挑了挑眉毛，一脸的兴致盎然。

“嘿，兄弟，借个火儿！”这时，一个南桑坦士兵笑呵呵地跑到了林国光面前，拿起林国光面前篝火中的棍子转身跑了。林国光皱了皱眉头，一脸的不悦。

战军冲着战兵一顿挤眉弄眼，眼里满是幸灾乐祸。战兵没好气儿地瞪了战军一眼，随即将目光投向了站在最中间的那个南桑坦的狙击手身上。

这时，那个拿着火把的士兵直接跑出了石油工厂，直到跑得不见了踪影，只能看见黑夜中缩成一个小亮点儿的火把。

“距离四百米，东南风，风力四，修正二……”林国光只瞄了一眼，便快速说出一串儿的数字。

战军挑了挑眉看向战兵，随即冲着战兵竖了竖大拇指——你的兵，牛！

战兵嘴角微扬，一双冷冽的眸子里闪过一丝笑意。

南桑坦的狙击手趴在地上静静瞄准，整个营地里一片寂静，所有人的目光都汇聚在了几百米开外的那个小亮点儿上。

“砰！”一声枪响，那个小亮点儿熄灭了。整个军营里顿时爆发出一阵震耳欲聋的欢呼声。

“哈哈哈，贵军的士兵好枪法啊！”曹光笑呵呵地看向宾利上校。

毕竟是夸赞自己的兵，宾利脸上止不住地神采飞扬。

“曹团长，你们也露一手儿吧，我可听说你们这里有一个华夏战神，是哪一位啊？”宾利的目光时不时朝战兵、战军等人的方向飘去。

曹光不由得哈哈大笑一声，这才看向战兵，“战队长，人家都点名儿了，你还好意思坐着？”

看着曹光一脸的幸灾乐祸，战兵无可奈何地摇了摇头。想当初曹光是多么纯洁朴实的人啊，可跟战军混了几天之后也成这样了……

而战军都快把嘴咧到脑门上了，笑得见牙不见眼。

宾利不由得眼前一亮，一脸希冀地看向战兵。

战兵万般无奈，缓缓站起身子，朝曹光、宾利两人走去。

此时的战兵并不知道，经过在城外的那一战后，他已经成为了南桑坦街头巷尾间被百姓称颂的战神。

“战队长！”宾利的脸上浮现出一丝激动之色，这让战兵有些疑惑，搞不懂宾利为什么看到自己的时候会那么激动。

这时，南桑坦的士兵四下交头接耳，显然战兵的这副样子跟他们之前所臆想的相差太多了，既不虎背熊腰，也不那么盛气凌人。

“战队长，您也露一手儿让我们开开眼吧？”宾利一脸热切地看向战兵，就连语气都比跟曹光说话时客气了几分。

战兵一脸好笑地看向曹光，投去了一记询问的眼神——这人怎么了？你跟他说什么了？

曹光似是读懂了战兵的意思，一脸无辜地耸了耸肩膀，表示他也不知道。

“我就算了……”战兵连忙摆手。

宾利哪里肯放弃，指了指一旁的狙击手，示意他将狙击步枪交给战兵。狙击手会意，随即将枪递给战兵，“战队长，露一手儿吧，我们都期待着呢！”

说着一旁的南桑坦士兵顿时一脸兴奋地齐齐呐喊道：“战队长，露一手儿吧！”

战兵不由得微微皱了皱眉，看着两眼放光的南桑坦士兵，知道今天他如果不露两手儿的话，这些士兵是不会善罢甘休的。

战兵随即接过狙击步枪，“好，那我就献丑了！”

话音刚落，整个工厂顿时爆发出雷鸣般的欢呼声，不仅仅是南桑坦的士兵，就连维和士兵以及利刃、狼牙的人都纷纷站起来鼓掌叫好。

战兵无可奈何地抿了抿嘴，转过头看向宾利，“怎么玩儿？”

挑衅

还没等宾利说话，一个南桑坦士兵颠颠儿地又去林国光的篝火堆里抽走了一根木棍，随即朝工厂外跑去。

宾利在一旁一脸热切地看着战兵，一脸的期待。

远处的火星在黑夜中闪烁，和之前的距离一样也是四百米。

战军笑呵呵地在一旁吃着烤肉看热闹，想看看战兵怎么打这同样的四百米距离！

就在所有人都屏气凝神等待战兵的精彩表演时，只听“砰”的一声枪响，远处的火光瞬间熄灭了。

太快了！

没有人看清楚战兵是如何开的枪，狙击枪就这么随意地拿在手里，却在一瞬间猛然抬手射击，甚至没有人看清楚他是如何瞄准的，四百米开外的火星就已经熄灭了。

“好！”南桑坦士兵突然爆发出一阵喝彩，一脸激动地站起身来，两眼放光地望着战兵。

宾利也是一脸感叹地望着战兵，他根本没有看清楚战兵是如何开的那一枪，太快了，快得甚至让人来不及看清他所有的动作，快得仿佛在一瞬间就已经尘埃落定。

宾利有些激动地跑了过来，看见战兵将手里的狙击步枪递给自己，他连忙摆了摆手，明亮的眼睛里带着一丝期待与仰慕，这让战兵更加疑惑起来，宾利为什么对自己一直都是这样的态度。

“战队长……我……我们都没看清楚，太快了，再给我们表演一个吧！”宾利有些不好意思地咧了咧嘴，脸色微红。

曹光也在一旁笑着对战兵说道：“就是，再露一手呗，兄弟们还没过瘾呢！”

还没等战兵开口拒绝，原本吃着烤肉的战军已经拿着两根火把站在了四百米外。他不停晃着手里的火把，火光在空中划出了各种各样的形状，让人眼花缭乱。

“嘿，打这儿！”战军冲着战兵大声喊道，随即同时将两根火把扔到了半空中。

“砰！砰！”两声枪响过后，火把在半空中骤然火光四溅，就像是烟花绽放一般绚烂惊艳，然后在空中熄灭了。

所有人都惊呆了，确切地说，他们已经没有了任何的反应，只是沉浸在刚才的画面中，在心里一遍遍地回放，一遍遍地感叹。

“哦，老天，你……你是怎么做到的？”宾利此时已经惊讶得语无伦次。战兵刚才露的那一手儿，已经远远超出了他的认知范围，在没有经过任何瞄准的情况下，却能击中四百米开外的目标，这枪法简直出神入化了。

“战队长！”宾利狂热地看着战兵，他已经将战兵当成神明一般看待了。

战兵再次将狙击步枪递给了还没有从震惊中回过神来的宾利，说道：“好了，剩下的就交给你们了，我肚子还饿着呢。”说着，还没等宾利说话，战兵已经大跨步地朝林国光走去。

宾利一脸的依依不舍，他显然知道战兵的本事不仅仅就这些，但是他同时也知道，自己此时是无论如何也劝不了战兵再出手了。

战军笑呵呵地跑了回来，看见战兵一脸冷冽地瞪了自己一眼，战军浑不在意地咧嘴一笑，冲着战兵竖了竖大拇指：“臭小子厉害啊！这枪法都快赶上我了！”话里的醋意不自觉地流露出来，战兵的表情这才缓和了一点。

“哎！肉呢？”战军见盘子里的烤肉见了底，转身看林国光。只见林国光一脸铁青地坐在原地，刚才面前烧得旺旺的篝火，此刻只剩下了几根柴火可怜地支撑着，原来的一堆木棍大部分被他们刚才拿去做特技表演了。

虽然战军脸皮够厚，此时也是一脸的尴尬，他冲着林国光讨好地咧嘴一笑，转身气势汹汹地踢着在一旁看热闹的狼牙队员去捡木棍。

狼牙队员被战军踢得鬼哭狼嚎，纷纷跑去捡回木棍。

“这群臭小子！”战军一脸佯怒地笑骂道，眉眼间却是遮挡不住的笑意。

战兵刚才的那几枪算是彻底镇住了南桑坦的士兵，但是仍然有不服气的上来挑战。毕竟在这个充满血气方刚的军营里，从来就没有绝对的臣服。

不过，任凭南桑坦政府军士兵的再三挑衅，战兵始终是八风不动地稳如泰山，让那些挑战者倍感失望。只不过，即使南桑坦士兵表面上如何不服气地再三挑战，他们心里却很清楚，战兵是他们无论如何都战胜不了的对手，是真正的华夏战神。

“国光，你不上去露两手儿，绝对把他们都震趴下！”王军伟眉开眼笑地凑了过来，一双大眼睛此刻笑眯成了月牙。

林国光面无表情地继续烤着手里的野猪肉，连眼皮都未眨一下。

王军伟碰了一鼻子灰，有些委屈地朝战兵挪了挪位子，寻求安慰。战兵一脸好笑地拿着烤好的肉塞进了王军伟的嘴里，就当是安慰了。

其实在战兵看来，南桑坦士兵的挑战实在是不足为虑，因为他们的枪法，不论是稳定性，还是控制力，就连利刃里枪法最垫底儿的王军伟都比不上，就是王军伟上场，也足以把他们震趴下。

吃饱喝足后，战兵等人便各自回了宿舍。利刃、狼牙队员轮流值哨，原本喧哗热闹的工厂顿时寂静下来。

此时，南桑坦的内乱也逐渐进入了尾声。政府军势如破竹地接连攻破反政府军的好几个要塞，长达半年之久的内乱终于有了即将结束的迹象。

此时，南桑坦的经济也逐渐复苏，石油工厂的工人陆陆续续地返回工厂开工，利刃和狼牙的队员们也坐上了返程的直升机。

名单

这次归国后，战兵的军衔得到了再一次的晋升——少校！

“哈哈哈，你这下可出名儿了啊，现在整个世界都为你疯狂，你可是华夏战神！”高志勇满脸自豪，因为眼前的这个兵是他的。

在回来的飞机上，王军伟已经把这个消息告诉了他。战兵一脸无语，这下他才明白过来，为什么宾利上校会用那种诡异的眼神看自己了。

“我可不想当什么狗屁战神！”战兵咬牙切齿地说道。不管怎么说，对于特战大队的大队长，闻名全世界并不是一件好事儿。

高志勇笑呵呵地拍了拍战兵的肩，说道：“行了，时间久了也就淡忘了，谁还记得谁啊！”

战兵无可奈何地笑了笑。

“对了，你把这次任务的报告尽快交给我，还有这次的夏季强训计划。”高志勇咧嘴一笑，“一忙起来就忘了这些破烂事儿了，再说，指不定还会有什么好事儿呢？”

战兵不由得皱了皱眉头，“什么好事儿？”

“我就是随口这么一说啊，有什么好事儿，我怎么知道！”高志勇笑道。

战兵眯了眯眼，显然不相信高志勇的一番说辞。

“行了，臭小子，滚下去给我写报告吧！”高志勇没好气儿地瞪了战兵一眼，心里对战兵的精明很是无奈。

战兵咧嘴一笑，“是！”挺直了身子，随即冲着高志勇敬了个军礼，这才走出办公室。

高志勇笑意盈盈地望着战兵的背影，一脸的自豪。

原本炊事班的刺儿头兵已经迅速成长起来，成为一名杰出的特战大队队长了。战兵仿佛是生长在一块肥沃土地上的一棵树苗儿，在接受了充分的阳光与养分之后，以肉眼能见的速度迅速抽枝发芽，长成一棵参天大树。

接下来的几天，不仅仅是战兵，连带着利刃队员也开始写作战报告。一时间，利刃队员被报告折磨得哭天喊地，叫苦连天，一致要求去野外进行一次生存拉练，哪怕是全程防红外作业都可以。

但是，利刃队员还是低估了战兵“心狠手辣”的程度。报告不仅写了整整一个星期，甚至还有字数要求，直把一群硬汉折磨得哭爹喊娘。

“报告！”战兵站在高志勇的办公室外喊了一声。高志勇沉声道：“进来！”战兵这才拿着一大堆的作战报告以及训练计划走了进来。

高志勇大致翻了一下报告，点了点头，说道：“行，放这儿吧！我会看的。”

战兵抿了抿嘴唇，直勾勾地盯着高志勇。

高志勇一脸认真地看着桌子上的文件，仿佛没有感觉到战兵正目光灼灼地盯着自己，仍旧低头看着眼前的资料。

战兵咬了咬牙，脸上闪过一丝懊恼，他低声叹了口气，缓缓低下了头。

此时的高志勇虽然眼睛放在面前的文件上，但是全副精神却放在了战兵的身上。见他一脸沮丧地低下了头，高志勇心里的恶趣味顿时高涨，恨不得此刻就放声大笑。

“报告！”就在这时，战兵猛然大喝一声，声如洪钟，把高志勇惊得从椅子上跳了起来。由于动作太大，胳膊旁边的水杯也随之碰倒，茶水倾倒而出，很快在桌上漫延开来。

“呀！”高志勇惊慌失措，忙乱地抢救桌上的文件。

由于水杯里的茶水直接倒在了文件上，所以最上面的十几张都被茶水浸湿了，把高志勇心疼得眉头紧皱。

“你要干什么？喊这么大声干吗？我又不是聋子！”高志勇怒气冲冲地冲着战兵吼了一嗓子，随即没好气儿地摆了摆手，“有事儿就说，有屁就放，说完了赶紧给我消失！”

战兵看着一脸懊恼的高志勇，脸上闪过一丝笑意，说道：“报告大队长，我想问一下这次魔兽训练营的名单。我听说其他大队的参加名单都下来了！”

高志勇冷哼一声，“干吗拐弯抹角的，什么其他大队，直接就说狼牙吧！是不是一听冉爽参加，你小子就耐不住了，还直接跑到我这里来套口风了？”

战兵面无表情地站在原地拔军姿，显然他没打算跟高志勇斗嘴。

“臭小子，刚才吓了我那一跳……心脏都差点儿被你吓得跳出来了！”高志勇没好气地白了战兵一眼，一脸心有余悸地拍了拍胸口，而后一脸心疼地望着手里被茶水浸湿的文件，一脸的心烦气躁。

“名单是下来了……”高志勇白了战兵一眼，见战兵的眼睛里精光闪烁，又狠狠瞪了战兵一眼，继续说道：“我之前说什么来着？出名儿不一定就是坏事，这不，人家魔兽训练营的组织方这次点名儿要你参加。你是唯一一个被点名儿的，估计这次的魔兽训练营会留给你一个终生难忘的回忆。”

战兵不由得微微勾了勾嘴角，一双冷冽的眸子快速闪过一道精光，随即一脸正色道：“保证完成任务！”

“行了，既然知道了你想知道的事儿，就滚吧！”高志勇不耐烦地挥了挥手，一脸的眼不见心为净。

战兵一动不动地继续站在原地拔军姿，没有任何想走的迹象。

高志勇拧了拧眉头，“又怎么了？还有事儿？”

“报告大队长，我想知道参加这次魔兽训练营的利刃队员还有谁？”战兵目光坚定地直直地看向高志勇。

他想，不会只有他一人的。

10 残酷训练

魔兽训练营

高志勇一脸苦笑地望着战兵，感觉自己招惹战兵简直就是没事儿找事儿。但是，高志勇越这么想，就越觉得憋屈，心里感慨道：现在的兵真是越来越不好带了，尤其是像战兵这么精明的兵。

高志勇没好气儿地瞪了战兵一眼，气鼓鼓地说道："还有国光！行了，都问完了，滚蛋吧！"

说完，高志勇开始将手里浸湿的文件铺展开摆在了身后的茶几上。忙活了一会儿之后，高志勇余光扫到了依旧原地站着不动的战兵，他微微皱了皱眉头，问道："还有什么事儿？"

战兵挺了挺身子，一脸正色道："报告大队长……"战兵一顿，一脸恳求地说道，"那个……需要帮忙吗？"

高志勇先是一愣，待反应过来，不由得一拍桌子，"不需要，给我立马滚蛋！"

"是！"战兵"唰"地敬了个军礼，随即一脸正色地转身走出办公室。

"臭小子！"听着渐行渐远的脚步声，高志勇一脸无奈地笑骂了一句，继续晾着他的文件。

此时，利刃基地的训练场上，利刃队员正在进行常规的体能训练。利刃众人看着战兵大跨步地朝这边走来，便知道应该是有什么任务。

"集合！"

果不其然……

利刃队员们立刻以令人眼花缭乱的速度迅速列队完毕，随即目光灼灼地看向战兵。

“讲一下！”

“唰”的一声，利刃队员顿时精神抖擞地呈跨立姿势站好，由于动作震动，地面瞬间尘土飞扬，浮尘在阳光的照射下飘浮飞舞。

战兵一脸肃然地开口道：“刚刚从大队长那里接到消息，参加这次魔兽训练营的名单已经下来，咱们利刃大队的名额有两名，分别是国光和我……”

战兵话音未落，利刃队员们顿时垂头丧气，显然这次的任务没他们什么事儿了，众人甚是沮丧。

战兵冷冽的目光迅速扫过队伍，利刃队员顿时挺直了身子，个个都摆出最精神的模样儿，哪里还有半分垂头丧气。

“因为我跟国光不在，所以，在我们去参加训练的期间，你们会跟狼牙特战大队一同训练，由战军战队长统一训练，听清楚没有？”战兵锐利的目光再次扫向队伍。

“是！”利刃队员吼声震天。

由于魔兽训练营的训练一周后开始，所以战兵、林国光两人有充裕的时间了解这个闻名于世界的魔兽训练营。

训练营

“魔兽训练营每两年举行一次，每个国家参加的人数不能超过十人。魔兽训练营以残酷冷血的训练闻名于世，组织方规定，训练期间可以出现百分之二的死亡率、百分之五的致残率，所以魔兽训练营的教官也被称为有执照的死神。这个训练营在历次训练中都会有人员死亡，所以魔兽训练营又被称为魔鬼训练营，撑过来的就是魔鬼，撑不过来的就是死人！”王军伟有些心惊肉跳地给战兵、林国光两人解说道。

当王军伟得知战兵、林国光两人要参加这次的魔兽训练营时，王军伟立刻心凉了一半，待他仔细调查了一下魔兽训练营之后，另外一半没有凉了的心，则直接冻成了冰。

“队长，那里的教官都是从死人堆里爬出来的恶魔，他们都是没有人性的，死一两个受训队员对他们来说是无关痛痒的事情，他们简直就是变态杀人啊！”王军伟一脸紧张地说道。

战兵快速浏览了一下魔兽训练营的资料，王军伟甚至弄来了往期的训练科目，每一项都可谓是挑战人类极限，简直就是针对人类的每一个弱点、死穴量身打造的一系列的训练计划。

“国光，你觉得呢？”战兵不由得抬头看向一直没有说话的林国光。

王军伟的目光也随之看向林国光，满眼是寻求知己的希冀眼神。

“我觉得不错，只有激发出了身体里的潜能，才能变得更强，我对这个魔兽训练营很是期待。”林国光平静地说道，满眼的跃跃欲试。

王军伟一脸挫败地捂了捂脸，接着又苦口婆心地说道：“队长，国光，你们听我说，这魔兽训练营真的不是正常人能待得住的地方，往年被逼疯的队员也大有人在！”

战兵不由得勾了勾嘴角，“能进利刃特战大队的人会是一般人吗？我倒是觉得国光说得没错，这次的魔兽训练营的训练机会难能可贵啊！”

战兵下意识地握紧了拳头，一脸的坚毅。

王军伟一脸抓狂地挠了挠头，对战兵、林国光两人明显是自找苦头儿的做法既心疼，又无奈。

王军伟给战兵和林国光搜集的魔兽训练营的资料非常全面，在他看来，知己知彼才能百战百胜。虽然战兵、林国光两人这次是送上门去受虐，但是在王军伟看来，起码心里有底儿才能撑得过去。

转眼间，一周的时间到了，魔兽训练营即将开营。

由于受训队员都是来自各个部队，因此他们要在统一的地点集合。于是乎，军用机场上几辆武装直升机浩浩荡荡地杀来。随着受训队员一个一个地抵达集合地点，战兵也最终知道了参加这次“魔兽训练营”的所有人员。

这次华夏的受训队员一共十人，除了利刃的战兵和林国光外，另外八人分别是狼牙特战大队的钟华、冉爽，以及上次去参加 AH 国训练任务的秦臻、雷明辉、冯小龙，然后就是烈焰特战大队的郭展召，飞龙特战大队的林艺强，以及猎鹰特战大队的李成亮。

由于都是特战大队的成员，经常会在一起执行任务，所以彼此之间并不陌生。互相打完招呼之后，十名代表华夏军人的受训队员齐齐登机，杀气腾腾地朝这次魔兽训练营的训练地点——G 国飞去。

冷落

“我还以为上级把我们给忘了呢，没想到还想着啊！”雷明辉不由得咧嘴一笑，而后看向战兵、冉爽等人。

上次的 AH 国训练任务因为 AH 国内乱而被迫终止，虽然之后上级说还会进行补偿，但那时谁都没放在心上。

秦臻也不由得微微扬了扬嘴角，“我听说这魔兽训练营非常严苛，就在临行前，我们大队长还说让我保重呢，可见这次训练的变态程度。”

林艺强不由得冷哼一声，“就算是变态又能变态到哪儿去，无非就是挑战人的极限。”

郭展召若有所思地点了点头，紧抿着嘴唇，一脸的凝重。

战兵轻笑一声，在有些压抑的氛围中显得有些轻松，“不管怎样，兵来将挡，水来土囤，咱们华夏军人怕什么，一不怕苦，二不怕死，那还有什么值得我们害怕的呢？”

战兵说完，所有人都不由得会心一笑，是啊，不怕苦，不怕死，既然如此，就没什么能够打败他们的。

“还有啊，我觉得咱们要选一位带队队长，这样可以统一指挥，大家觉得如何？”战兵提议道。

众人一听，都是一脸赞同地点了点头。现在还不知道训练营的具体情况，选出一个带队队长来，的确是明智的选择。

战兵勾了勾嘴角，最后将目光落在了郭展召身上：“那么，我推荐郭队担任这次的行动队长，大家觉得如何？”

众人一听连忙点头，毕竟不管是论资历还是论军衔，郭展召都是最好的人选。

“我同意！”

“我也同意！”

……

战兵笑呵呵地点了点头，“那么，这件事情就敲定了，从现在开始，郭队就是我们这组参训队的队长了！”

说完，众人齐刷刷地看向郭展召，齐声叫道：“队长好！”

郭展召一脸哭笑不得地看着众人，但是被大家推举为带队队长，他也不再推辞，毕竟他比所有人都年长，在这次的训练中理应照顾好所有的队员。

经过了长达十一个小时的飞行，战兵等人终于抵达了这次魔兽训练营的训练基地。

当战兵等人走下飞机的时候，发现训练场上其他受训队员围在一起低声议论着什么。就在训练场的不远处，一扇破旧不堪生满铁锈的大铁门紧紧关闭着，散发着一丝让人不安的气氛。

雷明辉不由得看了一眼面前的破旧城堡，这个城堡简直可以媲美幽灵城堡。城堡的墙面上满是厚厚的青苔，墙皮坑坑洼洼，给原本就破败不堪的城堡更添加了几分森然。

“这……这不会就是咱们的受训基地吧？”李成亮不由得瞪大了眼珠子，一脸的不可置信。

郭展召轻笑一声说道：“有什么不可能的？都说是魔兽训练营了，难不成让我们住皇宫吗？

就在这时，战兵忽然觉得有一道目光在暗处打量着自己。战兵微微皱了皱眉头，四下搜索，最终与一双充满恨意的目光不期而遇。

渡边野二？！

当战兵冷冽的目光不躲不闪地与其对视时，渡边野二这才确信面前的这个华夏军人就是上次在洛斯伐克时遇见的战兵。

渡边野二不由得勾了勾嘴角，嘴角扬起一丝若有若无的阴寒笑意，随即收回了目光。

此时的林国光也注意到了渡边野二，一双冷厉的眸子闪动着一丝寒光，让人不敢直视。

“怎么了？”郭展召循着战兵、林国光两人的目光望去，“你们俩认识这小子啊？”

战兵点了点头，一双晶亮的眸子里满是冷冽的寒光，“认识，之前在一次竞赛中碰见过，有一些恩怨！”

郭展召点了点头，这才将目光重新落到了渡边野二的身上，“是J国队？”

“是J国的，叫渡边野二，是个喜欢暗算的阴险小人。”战兵目光一闪，一脸的冷寒，“大家都小心，如果在受训的时候碰上他，一定要加倍小心，我怕他玩阴的！”

众人一脸肃然地点了点头，暗暗将渡边野二的模样记在心里。

没过一会儿，整个训练场上已经站满了陆陆续续前来受训的各国队员。到约定的时间为止，十三支受训队员已经全部抵达。

“列队！”郭展召犀利的目光扫了一眼众人，沉声命令道。

战兵等人立刻以令人眼花缭乱的速度进行列队，在郭展召面前一字排开。

其他国家的受训队员见状也纷纷列队，没过一会儿，原本嘈杂的训练场瞬时寂静下来，只能听到耳边呼啸的风声，静得可怕。

此时，这次魔兽训练营的总教官安东尼正对照着大屏幕里的影像逐一核对手里的受训队员资料。当他翻看到战兵那一页的资料时，不由得一顿，一双犹如雄狮一般霸气的眼里闪过一丝轻笑，随即很快消失不见。

来自华夏的战神？安东尼不由得揉了揉下巴，他现在开始期待这次的训练，想必会很有意思的……

在训练场上站了约一个小时，依旧没有人过来。队列中开始出现了小声的抱怨，随即时不时有人开始交头接耳。

他们都是来自各个国家最精锐的军人，没有人受过这样的冷遇。虽然他们知道这一定是什么该死的下马威，但是他们还是抑制不住的愤怒，有的甚至已经开始离开队伍四处寻找摄像头。

“嘿，伙计们，瞧我发现了什么？”就在这时，一个E国受训队员从面前的铁门上拿到一个小巧的隐形摄像头，一脸炫耀地冲着众人挥了挥手。

怕死不

就在这时，原本紧闭的铁门被骤然打开。那个拿着摄像头炫耀的E国队员下意识地回头望去，当看见一排荷枪实弹的队员手拿枪械朝自己走来时，那名E国队员几乎下意识地摆出格斗架势。

“欢迎你们来到魔兽训练营！”从一整排的士兵后面，走出一位身材壮硕的军人。他身高足足有两米，虎背熊腰，一双碧绿色的眼睛锐利如刀地扫过众人，声音狠戾狂妄，几乎带着一股对众人毫不避讳的蔑视与敌意，一脸恶毒地说道：“从现在开始，放下你们所谓的尊严、人格。既然来到了魔兽训练营，你们就是我手掌心里可以随意玩弄的小鸡崽儿，直到你们被玩烂为止！”

堪称暴虐的话语将所有人都震得说不出话来，待他们反应过来眼前教官话里的另一层含义时，所有人都是怒气冲冲地瞪着他。如果眼神能够杀人的话，此刻眼前的这个教官早就被他们砍成了一堆肉泥。

“我叫史蒂夫，是你们的教练。我先给你们一个忠告，在魔兽训练营里，你们就是一群废物、畜生！拿自己当什么垃圾都行，就是不要拿自己当人看。你们既然来到了这里，就意味着你们的命已经不是你们自己的了。所以，如果我不小心玩烂了你们，或者玩死了你们，我也不需要上军事法庭！”

史蒂夫的每一个字都狠狠地砸进了众人的耳朵。在众人眼里，此时的史蒂夫简直就是来自于地狱的魔鬼，他张牙舞爪，凶相毕露，让大家的心里升腾起一股不可抑制的寒气。

“这里的生存规则就只有一个——取悦我！只要我高兴了，我或许会放你们一马。但是，如果谁敢惹我不高兴，那么你就等死吧！”史蒂夫嚣张暴戾的声音在整个训练场回响，震得每一个人的心里都微微发颤。

史蒂夫冷厉的目光扫视着大家，似乎在寻找着什么人。终于，他的目光落在了那个已经一脸呆愣的E国队员身上，目光立刻变得更加凶狠，“你是第一个敢去摘我设置的隐形摄像头的人！”

E国队员这才回过神儿来，神情忐忑地望着史蒂夫。

“你很好！”史蒂夫阴冷的脸上浮上一丝笑意，但是这样的笑容出现在他的脸上，却越发让人胆战心惊。

E 国队员一时间也不知道该说些什么，只是慌乱不安地站在原地。

“年轻人，你怕死吗？”史蒂夫貌似和颜悦色地开口问道。

那个 E 国队员有些忐忑地眨了眨眼，他实在不知道史蒂夫为什么突然问他这样的问题。

即使如此，那 E 国队员还是依旧挺直了身子，一脸刚毅地回答道：“报告教官，我不怕死！”

史蒂夫不由得咧嘴一笑，露出两排森森白牙，使他那张脸看上去更加阴险、恐怖。

“很好！”史蒂夫不由得连连点头，随即踱着步子朝那名 E 国队员走去，皮靴踩在坚硬的水泥地上发出一阵沉闷的声音，在寂静的训练场上显得格外瘆人。

看着一步步朝自己走来的史蒂夫，那名 E 国队员忽然感到头皮发麻，他拼命地压抑住内心的恐慌，这才使得自己没有当场拔腿跑掉。

就在史蒂夫距离那名 E 国队员还有三米远的时候，史蒂夫猛然拔出随身的手枪，紧接着快速地子弹上膛，并加快了脚下的步子朝那名 E 国队员走去。

那名 E 国队员几乎下意识地连连后退，眼睛里满是恐惧慌乱。史蒂夫眼睛里的森然杀气，把他吓得魂飞魄散。

但是，还没等那名 E 国队员做出什么动作，冰凉的枪口已经死死抵住了他的太阳穴，紧接着听到了史蒂夫的冷笑，“哈哈，我最喜欢不怕死的人了！”

整个训练场上，所有人都一脸震惊地望着史蒂夫，仿佛在这一刻，大家的心脏都停止了跳动一般，紧张得无以言表。

那名 E 国队员一脸恐惧地望着史蒂夫。以他现在与史蒂夫的距离，他能够清晰地看到史蒂夫眼睛里的阴寒杀气，他顿时大气儿都不敢喘地愣在了原地。

他真的会开枪吗？

“你是真的不怕死呢？还是以为我不会开枪呢？”史蒂夫突然笑了，露出两排森然的白牙，这让他看起来更像是一个丧心病狂的死神。

那名 E 国队员不由得迟疑了。

在面临死亡威胁时，人的大脑会自然分泌出一种名叫“恐惧”的情绪，在这种情绪的催发下，求生的本能欲望会提高至少二十个百分点。

“我再问一遍……”史蒂夫脸上的笑容突然消失了，用阴狠却又杀气腾腾的语气一字一句地说道：“你……怕死吗？”

那名E国队员的脸色已经接近惨白，就连双手都忍不住地轻颤，满脸的恐惧绝望。

“我……我……”那名E国队员不可抑制地颤抖了起来，一脸的惨白。

整个训练场上一片寂静，所有人都一脸震惊地望着史蒂夫，在这一刻，仿佛连血液都凝固成了冰。

战兵抿了抿嘴唇，一脸的铁青，他能够看出史蒂夫眼神里的森然杀气，他不是在开玩笑，他真的会开枪。

这个疯子！

就在这时，史蒂夫手里的枪突然“砰”地响了一声，子弹在那名E国队员的脚旁砸出一个弹孔，迸溅的石子儿四散开来，打在一旁的铁门上，发出一阵阵清脆的“叮当”声。

是实弹！

如果刚才大家还对史蒂夫枪里是否有子弹持怀疑态度的话，那么现在，训练场上所有人都确定了——他手里的枪装了实弹！

所有人的脸色都为之一变，尤其是E国队的那几名队员，都是一副想要随时冲上来的架势。

“如果不想死的话，我给你指条路……”史蒂夫不由得咧嘴笑了，随即一脚踩在一旁的石头上，指了指自己的胯下，“从这里钻过去，只要钻过去，你就不用死了。”

那名E国队员的脸色“唰”地一下变得惨白，随即又闪过一道青紫。

史蒂夫看着他，脸上笑意又加深了。“来吧，钻过去你就可以不用死了，哈哈哈……”史蒂夫犹如恶魔一般狞笑着。

恶魔教官

战兵不由得皱了皱眉头，心里不由得闪过一丝悲哀。

那个E国队员害怕了，他也许真的会从史蒂夫胯下钻过去……

“我跟你拼了！”就在这时，带队的E国队队长猛然冲了出去，朝着史蒂夫疯狂奔来，一脸的狰狞。

“拦住他！”史蒂夫不由得咧嘴一笑，嘴角扬起一丝轻蔑。

“哒哒哒……”史蒂夫身后的机枪齐齐地喷吐出一道道火舌，子弹在那名E国队队长的脚下炸响，溅起的石屑在他脸上划开数道血痕，看起来触目惊心。

动真格的了！

战兵不由得扬了扬眉头，而后冲着一旁的林国光使了个眼色。

史蒂夫咧嘴一笑，看着已经满脸畏惧的受训队员，脸上满是癫狂的兴奋。他拿着枪指向面前那个已经面无血色的E国队员，一字一句地说道：“钻不钻？不钻的话，我就送你去见上帝。”

那名E国队员哆哆嗦嗦地扫了一眼众人，一脸的慌乱。

“动手！”就在这时，林国光猛然蹲下身子，双手快速抓了一把地上的沙子，对准史蒂夫身后那一排荷枪实弹的士兵扔了过去。士兵们猝不及防，被沙子迷了眼，连忙捂着眼睛去揉。一时间他们涕泪横流。那些幸免于难的士兵也同样不好过，被林国光一拳一拳地砸中了面门，随即口鼻喷血，纷纷仰面倒地昏死过去，训练场上顿时混乱起来。

就在林国光出手的那一刹那，战兵也随即飞速朝史蒂夫靠近。史蒂夫眼疾手快，抬枪就要瞄准战兵。

就在这时，原本朝着史蒂夫快速狂奔的战兵突然身子一蹲，史蒂夫下意识地想要重新瞄准。突然，史蒂夫只觉得握枪的手剧烈地一疼，眨眼间，原本握在史蒂夫手里的枪，已经握在了战兵的手里。

战兵用枪死死抵住了史蒂夫的胸膛，“不要动！”战兵低声说道。

史蒂夫的脸上出现了一闪而过的震惊。他不知道战兵是如何做到的，前一秒还在自己手里的手枪，在下一秒已经到了战兵的手里，诡异得让史蒂夫脊背阵阵发凉。

战兵冷冽的目光看向一旁那个已经呆若木鸡的E国队员，沉声说道：“如果你刚才也像我这样，弯下腰去抢他手里的枪，你就不会受到这样的侮辱。记住，在战场上，只要你还活着，你就有机会翻盘，而不是一味地硬撑！”

战兵话音刚落，所有人都是一脸的震惊。

战兵将手里的枪收回，随即握住枪口递给了史蒂夫，一张冷冽的脸上不带一丝的感情。

史蒂夫目光闪烁，随即接过了战兵手里的枪。

“你叫什么名字？”史蒂夫目光灼灼地看向战兵。

“报告教官，华夏军人战兵！”战兵挺直了身子，沉声回答。

史蒂夫不由得眼前一亮，“你就是战神？”

史蒂夫的话音刚落，所有人都一脸震惊地望着战兵，他们仿佛不相信自己的耳朵。

渡边野二更是一脸的不可置信，一双阴寒的眸子瞪大，满脸的震惊。

“很好！”史蒂夫不由得咧嘴一笑，就在所有人都没有缓过神来的时候，史蒂夫手中的枪猛然抬起对准战兵扣动了扳机……

战兵的瞳孔猛然缩小，时间在这一刻仿佛停止了转动，枪械发出一声清脆的撞针声……

“咔！”一声闷响，将原本神经紧绷的众人拉回了现实——没子弹！

史蒂夫笑呵呵地看着众人瞬间多变的神情，目光扫过战兵时，眼神里多了一些意味深长的笑意，随即一脸愉悦地笑着说道：“我突然对这次的训练充满了期待，想着你们在我的调教下痛哭流涕，人不人、鬼不鬼的样子。哈哈哈，就得这样才具有挑战性啊！否则像一群小羊羔一样，我都懒得动手。”

众人脸上快速闪过一丝嫌恶。

看着众人一脸嫌恶的表情，史蒂夫甚是满意地将手枪随身放好，这才拍了拍手，看向身后已经两眼通红的G国士兵，“安排他们进驻，这批玩具我应该会玩的时间更长一些，好期待啊！”

说完，史蒂夫笑呵呵地扫了一眼参训众人，露出两排森然的白牙，仿佛闪动着寒光。

被林国光砸晕的士兵们被抬了下去，随即破旧的铁门彻底打开，发出一阵刺耳的噪音，让所有人都一脸不适地皱了皱眉头。

“愣着干什么？赶紧滚进去，爬回你们的窝，一群废物！”史蒂夫猛然变脸，骂骂咧咧道，目光阴狠暴戾。

众人虽然一脸不爽，但是毕竟是过来接受训练的，现在，教练就是天，他们只能听从。

越来越多的受训队员踏进这座破旧的城堡，随即铁门重重关上，仿佛将最后的自由之路彻底封锁。

“都过来！”一旁的G国士兵狠狠地瞪了众人一眼，随即不管众人有没有跟来，大步朝着长满足足一人多高的野草从里走去。

战兵等人不由得面面相觑，知道眼下这个情况反抗是没用的，既然来到了地狱，自然是要遵守地狱的规矩。

有了战兵等人带头，身后的队员无可奈何地跟了上去。

跟着前面的G国士兵一路走来，战兵不由得微微皱了皱眉头。从他们所能看到的情景推断，这座城堡恐怕已经荒废十几年了。

这次的魔兽训练营将训练地点安排在这里，究竟是什么目的呢？

致命午餐

战兵等人跟着前面一直骂骂咧咧的G国士兵几乎走遍了整个城堡，最终在一处更加破烂不堪的房子面前停下。

“这里就是你们住的地方，都进去吧！”G国士兵一脸不善地瞪了众人一眼，这才转身大跨步走开了。

“这到底是群什么人呢？从哪里跑出来的一群疯子！”队伍中有的队员忍不住开口骂道。

“一群混蛋，杂碎！”

“简直就是一群无可救药的疯子！”

“要不是想参加训练，老子早收拾他们了！”

……

众人的骂声响成了一片。

战兵一脸凝重地看着面前的房子，眉头不由得微微一皱。之所以说它是一座房子，是因为它的确是房子的模样，但是……

当雷明辉围着房子转了一圈后，一脸哭笑不得地看向郭展召，“队长，这房子没有门！”

此时，其他队员也纷纷发现了这个问题，于是他们更加气急败坏地破口大骂。但是，整个城堡里一丝人气都没有，众人的叫骂只有回声在回荡，根本就没有人理睬。

郭展召不由得眉头紧皱，“没有门？”

雷明辉点点头，一脸的愤愤不平，“我来来回回转了两圈了，真的没有门。”

郭展召锐利的目光里闪动着一丝寒光，随即指了指二楼的窗户，沉声说道：“既然没有门，那我们就爬进去。”

“好！”雷明辉用力点了点头，随即转身走到房子跟前蹲好马步，双手交握放到膝盖处，“来吧，兄弟们，上！”

秦臻率先踩着雷明辉的双手借力一踏，雷明辉双手用力往上抬，随即秦臻一跃攀住了墙檐，而后两只胳膊一用力，整个人便翻身上了二楼。

“怎么样？上面什么情况？”雷明辉问道。

没过一会儿，秦臻便冲着下面招了招手，“上来吧！”

就在其他受训队员依旧咒骂的时候，转眼间，战兵等人已经翻身上了二楼。秦臻一个倒挂金钩拉住雷明辉的胳膊，随后在其他人的帮助下，雷明辉最后一个攀上了二楼。

整个二楼被塞满了床铺，上下铺之间的间距甚至不足一米，一个床位甚至被分成了三层，如果上床根本就坐不起身来，只能躺着。

“这怎么睡啊！”雷明辉不由得抱怨起来。

战兵等人快速收拾着东西。所谓的魔兽训练营，比他们任何人之前想象的都要邪门，所以他们必须做好充分的心理准备。

此时其他国家的受训队员也相继爬上了二楼，当他们看清楚床铺的模样时，又是一阵破口大骂。

战兵等人一脸平静地开始收拾背包里的东西。床铺一边的墙角处放置着贴有每一个人名字的小衣柜。战兵将换洗的衣服以及生活用品全都放进了柜子里，其他的就是这次带来的武器装备，只不过，看这情形，这些东西肯定不应该存在。

就在这时，突然一个黑乎乎的东西被扔了上来，正好滚到了战兵脚下。当战兵看清楚脚下的东西时，脸色顿时一变，他几乎想也没想，捡起那个东西就朝窗户外扔去。

但是，这仅仅是前奏，还没等战兵发出警告，密密麻麻的催泪弹被扔了上来。喷涌而出的刺鼻气体在一瞬间将所有人呛得眼泪鼻涕横流，恨不得将整个肺都咳出来。

所有人掩住口鼻纷纷往外跑，但是还没等他们走到窗口，密集的子弹就已经袭来，打得墙皮簌簌发响，一时间石屑四溅，灰尘漫天飞舞。

原本朝窗口涌来的受训队员又纷纷后退。奈何呛鼻的气体钻进人的肺里、气管里，辛辣的气体让人恨不得立刻划开胸膛将肺掏出来清洗一番。

大约过了十分钟，激烈的枪声骤然停止，紧接着一声凄厉的哨声响起，史蒂夫那个恶魔的声音响了起来，“紧急集合！”

所有队员一边咳嗽一边跳下楼去，一个个趴在地上大口大口地喘着粗气，一时间咳得昏天黑地。

史蒂夫笑呵呵地走到每一个队员跟前，跟看笑话似的看着众人狼狈的模样，咧嘴笑得一脸灿烂。

“如果我今天扔的是炸弹的话，你们所有人就玩儿完了，成了不会咳嗽也不会难受的尸体。”史蒂夫冷厉的声音随之响起，眼神里满是冷蔑。

咳嗽声渐渐平息下来，大家拼命忍住肺里的不适，恶狠狠地瞪着史蒂夫，一脸的咬牙切齿。

史蒂夫好像全然没有看到众人的目光一般，依旧笑得一脸灿烂，“行了，小菜上完了，那咱们就来点儿正餐吧！”

受训队员一脸警惕地望着史蒂夫。

史蒂夫笑呵呵地从一旁的士兵手里拿过轻机枪，随即脸上的笑意加深，“我们来玩一个小小的游戏啊……”

就在这时，史蒂夫毫无预兆地猛然扣动扳机，火舌从轻机枪里喷射而出，一旁的野草被成片拦腰打断。

“实弹！”史蒂夫颇有些得意地咧嘴一笑，露出两排森然的白牙。

众人一脸忐忑戒备地看向史蒂夫，即使他不说，他们也能分辨出实弹与空包弹的区别，史蒂夫手里的轻机枪装的确实是实弹。

史蒂夫满意地点了点头，显然对众人的表情很是满意。“游戏的内容很简单啊……”史蒂夫大手一指，指向城堡的大门方向，说道，“我手里的轻机枪射程是一千米，而从这里到大门的距离正好是一千米，那么……”

史蒂夫笑容可掬地看向众人，“我不太喜欢看着垃圾们在我面前站着，所以你们要趴下爬到门口，那里有给你们准备的午餐，哈哈哈……”

所有人都怒不可遏地瞪着史蒂夫，恨不得立刻扑上去，将史蒂夫的血肉骨头尽数嚼碎。

“哒哒哒……”还没等众人反应过来，轻机枪已经喷吐出一道火舌，直把众人吓得立即卧倒，脸上满是愤怒。

“哈哈哈，你们都给我赶快爬呀，垃圾畜生们！”史蒂夫笑得张狂，手里的轻机枪几乎就在他们的头顶密集扫射。他们只能一动不动地趴在原地，半分也不敢动弹。

残酷

史蒂夫的声音在这个时候再次响起，“忘记说了啊，十分钟到达不了门口就都别吃了！”

史蒂夫话音刚落，所有人都咬了咬牙一路匍匐前进。草丛密集，遮挡了大家的视线，他们根本看不清眼前的道路。

这本来就是一场不公平的对战，受训队员们手无寸铁，而身为教官的史蒂夫手里却有轻机枪。他只需要稍稍压低一下枪口，面前的这上百名来自于世界各地的特种兵精英就会被机枪扫射身亡。

密集的子弹在众人头顶掠过，子弹穿破空气发出尖锐的声音，让每一个人的神经都绷得紧紧的。

战兵在全速往大门口方向爬去。密集的子弹压得战兵抬不起头来，而地上的石块、野草也阻碍着战兵的动作，每一米他都爬得分外艰辛。

“哒哒哒……”身后的轻机枪依旧响着，战兵甚至不知道自己的头顶上究竟飞过去了多少子弹，飞溅在地上的弹片在他的脸上划开一道深深的血痕，鲜血很快顺着伤口流下来，随即沾染上飞溅的草屑灰尘，伤口很快一片血污。

“还有八分钟啊……”史蒂夫的声音再次响起，让众人不约而同地齐齐咬牙切齿。

战兵望了一眼大门的方向，估计至少还有八百米的距离，也就是说在接下来的时间里，他们必须要保证一分钟爬一百米，否则绝对不可能按时到达。

想到这里，战兵不由得加快速度。但是身后的史蒂夫似乎看出了战兵的意图。突然，一梭子子弹在他面前不足两米的地方炸响，飞溅起的尘土让战兵下意识地停止了前进。

“混蛋！”战兵不由得咒骂了一声，随即加快速度。但是史蒂夫的子弹却时不时地压低，飞溅的子弹距离战兵越来越近，让战兵有些寸步难行。

“啊！”就在这时，一声惨叫声响彻整个城堡，匍匐前进中的众人不由得心中一惊，他们纷纷朝那人看去。

只见一名受训队员一脸痛苦地躺在地上，他的右腿被狠狠钉进了一颗子弹。

轻机枪的子弹爆速飞行，子弹打在结实的石头上，弹道轨迹发生了变换，从而射到了那个倒霉的士兵腿上。

“我的队员受伤了！停止射击，听见没有，停止射击！”H 国队队长歇斯底里地呐喊道。

但是，史蒂夫却依旧端着机枪进行扫射，子弹显然又压低了一些。H 国队队长愤怒地爆了句粗口，“你他妈的听见没有？我的队员受伤了！”H 国队队长愤怒了，一脸的狰狞。

“一群废物垃圾，见了点儿血就嚷嚷成这个样子！给我爬，继续爬，你们这群废物！”史蒂夫一脸阴沉地怒骂道，一双阴寒的眸子里满是冷蔑。

此时，那名受伤的 H 国队队员已经因失血过多开始不住地翻白眼，H 国队队长一脸愤恨地瞪了史蒂夫一眼，而后迅速朝那名队员处折返，压低身子给那名队员进行紧急止血。

“还有五分钟，你们这群废物垃圾，过去一半的时间了，竟然连三分之一都没有爬过，蛆都比你们爬得快！一群废物！”史蒂夫破口大骂道，手中的轻机枪更是不间断地射击，密集的子弹几乎贴着所有人的脑袋飞过，让所有人的心都提到了嗓子眼儿。

“啊！”就在这时，又有一名队员被子弹弹射击中，他捂住侧腰，疼得龇牙咧嘴。

“停止射击！停止射击！混蛋！”

“听到没有，会死人的！”

……

听着受训队员的叫骂声，史蒂夫不由得冷然一笑，“一群废物，死了也活该！”

所有的队员都愤怒了，连带战兵在内。

没有人想象到魔兽训练营竟然会是这个样子，没有一丝一毫的人性可言，冷血无情到令人发指。他们不理解这样的训练能让他们收获到什么？

“如果这是战场，你们的战友受伤了，你们这群废物就只会叫嚷、痛哭流涕吗？你冲着你们的敌人骂一声‘混蛋，停止射击’，你们的敌人会乖乖地听话吗？废物们，给我听好了，这里是魔兽训练营，这是真实的战场，可以发生残疾乃至死亡，而我就是你们的敌人！”史蒂夫的每一句话都仿佛钢钉一般插进所有人的心房，疼得他们几乎忘记了呼吸。

是啊，如果这是战场，如果史蒂夫是他们的敌人，那么他们刚才所做的、所想的一切是多么的幼稚可笑。究竟是什么让他们如此理所当然地认为，他们应该得到优待？

整个战场上只剩下了机枪的扫射声，所有人都是一脸疯狂地继续往前爬，每个人的心里已经是倒海翻江。

就在这时，原本犹如炒豆子似的枪声戛然而止，所有的受训队员却依旧玩命似的继续往前爬，一脸的疯狂。

“时间结束了，废物们，你们用你们的行动再次印证了这个结果，你们就是一群活生生的废物！”史蒂夫不由得冷笑一声，眼神里满是蔑视，“而废物是没有资格吃饭的！”

说着，史蒂夫冷冷地扫了一眼依旧趴在地上一脸木然的受训队员，转身大跨步地走开了。

受伤的队员被史蒂夫身后的士兵拉了下去，受伤意味着退出训练，从某种程度上说，他们很幸运地远离了地狱。

史蒂夫刚才的一番话彻底敲醒了所有人，当他们饥肠辘辘地返回宿舍时，没有人再开口抱怨一句，整个宿舍的气氛压抑得令人窒息。

此时，城堡内的另一个房间里，魔兽训练营的总教官安东尼却一脸笑眯眯地看着精神萎靡的受训队员。听到一阵脚步声传来，安东尼回头望去，“史蒂夫，你这招儿够狠的啊，你看，你把他们打击成什么模样儿了？”

史蒂夫毫不在意地挑了挑眉毛，“没办法，得让他们学乖啊，否则整天跟一群娘们儿似的叽叽歪歪的，我可受不了。”

安东尼咧嘴一笑，一双深邃的眸子快速闪过一道精光。

11 极限考验

生死状

正式训练从明天开始，但是仅仅一天，就让他们所有人的心情犹如坐过山车一般大起大落，所有人不由得对明天的淘汰赛有了一些顾虑。

每个大队都围在一起开小会。刚才的机枪扫射下，H 国队和 HL 国队分别有一名队员受伤退出训练，这无疑削弱了两队的实力。

“从明天开始就正式进入淘汰赛了，想必真正的训练会比今天的下马威要严苛得多，所以大家都要有个心理准备！”郭展召锋利的目光扫了一眼众人。

战兵等人不由得点了点头，一脸的若有所思，显然今天的事情对他们的冲击也是非常大的。

“还有……”战兵沉吟片刻，这才开口说道，“虽然正式的选拔是从明天开始，但是我觉得今天晚上也要提高警惕，那个史蒂夫教官可是什么事都做得出来的，所以大家要提高警惕。”

众人不由得连连点头，他们现在只要一听到“史蒂夫”这三个字，都是条件反射似的皱起眉头。

这时，天色慢慢暗下来，众人站在窗口望了一下四周，没发现什么动静，这才纷纷上床休息。

累了一整天了，众人几乎是一沾枕头就睡过去了，没过一会儿，整个宿舍里就传来了一阵此起彼伏的呼噜声。

夜色渐浓，很快便到午夜零点了，所谓的明天，马上就到了。

几道黑影悄无声息地接近了宿舍，他们拉开手里的催泪瓦斯气瓶，全部扔进了二楼宿舍。

“咳咳咳……又来了！”

“大家赶紧出去！”

“咳咳……起来了！”

……

整个宿舍顿时一阵鸡飞狗跳，但是经过了短暂的混乱之后，所有人都屏气凝神地收拾行装，几秒钟之后，已经有动作快的冲出了宿舍。

“慢死啦！一群饭桶，等你们从床上爬起来，仗都打完了！”史蒂夫怒气冲冲地大骂着，极尽损人之能事。

很快，所有队员都列队完毕，满脸隐怒地瞪着史蒂夫。

史蒂夫一脸冷冽地看着所有队员，然后抬手看了一眼手表，“现在是五月二十五日零点零五分，我宣布，魔兽训练营选拔正式开始！”

果然被战兵猜对了。

“从现在开始，你们所有人签订的生死状已经生效，也就是说，如果你们在训练中死亡，作为这次的训练教官，我是不会承担责任的。我们这次的训练淘汰率是百分之五十，也就是说，这次的训练任务，我只会带回来一半的人，其他人将退出这次训练，听清楚没有？”史蒂夫冷厉的目光扫了一眼队伍。

“是！”一百多人吼出了上千人的阵势，嘶吼声震得人心微微发颤。

“出发！”

待受训队员列队整齐地跑出了城堡，这才听到直升机的轰鸣声由远及近地传来。队员们不由得开始忐忑不安，不知道他们即将迎接的训练究竟会是什么。

直升机的螺旋桨搅起的狂风让队员们有些站立不稳，两旁的灌木丛更是被狂风刮得犹如海浪一般，此起彼伏。

很快，队员们在史蒂夫的呵斥下陆续登上直升机。没过一会儿，所有的队员登机完毕，直升机拔地而起，螺旋桨呼啸着直升高空。

此刻是午夜时分，黑暗笼罩着整个大地。队员们心情忐忑地坐在直升机的机舱里。史蒂夫一改白天的变态疯狂，一脸的冷漠疏离，让众人不由得暗暗警惕，整个神经都不自觉地紧绷了。

这时，机舱内史蒂夫的助手开始给每个人分发装备。分别是一小瓶清水，一块压缩饼干，还有一枚求救信号弹。

队员们心神不宁地对视一眼，一脸的忐忑。

战兵仔细看了一下手里的求救信号弹，竟然还是带防水的那种，属于海军专用信号弹。

战兵有些凝重地望了一眼机舱外，外面一团漆黑，分不清地点，也辨不清方向。他有些不安地握紧了拳头，下意识地抬头看向史蒂夫。

此时史蒂夫正带着一丝审视的目光打量着战兵。战兵的目光骤然与史蒂夫的目光在空中相碰，两人互不相让地彼此对视，仿佛在较劲一般。

很快，两人的“注目礼”引起了机舱内其他人的注意，队员们交换着眼神，面面相觑。

大约过了十分钟，机舱内响起一阵警报声，史蒂夫这才略有不甘地狠狠瞪了战兵一眼，随即收回目光。

“起立！”史蒂夫冷厉的声音响起，几乎就在他的命令下达的同时，所有的受训队员都已经列队整齐。

没过一会儿，警报声渐大，随即机舱门上的警报也跟着亮了起来。

所有的队员都一脸警惕地望着史蒂夫，显然他们都知道机舱门的警报意味着什么。

没过一会儿，机舱门打开了，冷风呼地一下灌了进来，竟然带着浓重的海腥味儿，所有人的脸色都不约而同地变白了。

整个机舱内一片寂静，只能听到头顶上螺旋桨的声音以及脚下的海浪声。显然，他们现在是在大海的上空。

史蒂夫抚了抚喉咙间的话筒，“降到十五米。”

战兵觉得机身猛地一沉，犹如坐云霄飞车一般，机身骤然停下，此时已经能够清晰地听到海浪声了。

“行了，跳吧。”史蒂夫指了指脚下，冷冷地看向众人。

大家都不约而同地朝后缩了一下，一脸的警惕。

“刚才给每个人配发的求救信号弹一定要保存好，因为一旦拉响这个，我们就会以最快的速度赶到。如果谁丢了这个东西，那么，后果自负……”史蒂夫一脸冷冽地说完之后，这才指了指战兵，“你，先跳！”

战兵抿了抿嘴唇，一动不动。

“当然，你现在也可以退出训练，毕竟魔兽训练营从来不留废物！”史蒂夫目光灼灼地瞪着战兵，一字一句地说道。

海上生存

战兵抿了抿嘴唇，一双冷冽的眼睛快速闪过一道寒光，仿若一把饱饮鲜血的利刃，散发着令人胆寒的杀气。

战兵二话不说，走到机舱门口测试了一下风力，随即一跃跳出了机舱。没过一会儿，便听到下面传来一声水花被大面积溅开的声音，随即战兵沉稳的声音响起，“安全！”

有了战兵领头，郭展召等人陆陆续续地跳了下去。清点了一遍人数之后，战兵掏出一根绳子系在每个人的腰间，这样能够确保在黑夜中的大海上不会有人掉队失踪。

此时，他们漂浮在茫茫的大海上，天空中的月亮、星星都隐在厚厚的云层后面，根本没有任何能够辨别方向的标的物。

“怎么办？往哪里游啊？”李成亮皱着眉头看向郭展召，一脸的愁容。

“他奶奶的，这该死的史蒂夫绝对是故意的，专门儿挑了这么个鬼天气！”林艺强也不由得出声咒骂道。

战兵皱了皱眉头，身子随着海浪一起一伏，“要不就按照指南针的方向游吧，咱们也不能就这么在海上漂一夜啊，否则漂到哪里了都不知道！”

郭展召不由得叹了口气，此情此景也就只有这样了。

一行十人奋力朝东面游去。没有了月光的映衬，海水黑得犹如墨水一般，每个人包裹在海水中，找不到一丝的身体重心。

在海中游泳最是消耗体力，尤其是随着海浪的起伏，体力消耗得非常快。

基本上每隔一个小时，众人都要停下来休息一会儿。毕竟现在方向不明，他们不能赶得太急了，否则游错了方向，他们所有的努力就都白费了。

天色一丝丝放亮，当太阳缓缓从东方升起的时候，战兵等人这才借着隐约的亮光观察起海上的地形。但是，让所有人失望的是，他们根本就看不到一点标志物，也不知道他们现在身在何处。

“这可怎么办啊！”雷明辉皱着眉头，累得气喘吁吁。他是从大山里出来的，水性差是他的最大弱点，自然也就比其他人更辛苦一些。

“我们继续往东游吧，那应该是岸边！”就在这时，冉爽突然开口，将所有人的目光都吸引过去。

“你的意思是说，我们的方向是对的，继续往东游就能到岸边？”郭展召一脸希冀地看向冉爽。

冉爽神情坚定地点了点头：“我们之前在 G 国海域执行过任务，虽然不确定现在究竟是哪里，但是对于水流的方向却还是有些印象的。”

众人不由得面露喜色，如果真如冉爽所言，那么他们就能大大减少迂回行进所造成的体力以及时间的消耗了。

“好，那我们继续往东游！”郭展召沉声命令道。

“是！”

战兵等人继续往前游着。

过了两个多小时却仍然没有看见丝毫的建筑标志，一望无垠的还是蔚蓝色的大海。此时，所有人都有些急躁焦虑了，如果方向错误，再折返游回去，那他们的体力能否撑得住是个问题。

冉爽此刻更是焦心担忧，方向是她提供的，如果真是错误的话，即使没有人责怪她，她也过不了自己这关。

“先休息吧，已经连续游了一个多小时了。”郭展召下令休息进食。压缩饼干是无论如何不能动的，所幸他们现在是在海里，而海里最不缺的就是鱼。

战兵、林国光两人的水性好，他们游到了深海水域去抓了十几条鱼。想要弄熟是没有办法了，所以众人只能生着吃了。

冉爽皱着眉头在一旁冥思苦想，想再一次确定自己的想法。虽然钟华也肯定了她的答案，但是冉爽还是有些担心。

“来，先吃点儿东西。”战兵游到冉爽身边，用随身的匕首将鱼片好，这才递给了冉爽。

“我不想吃。”冉爽摇了摇头，一脸的愁容。

战兵不由得抿了抿嘴，“别想太多，我们都选择相信你了，你怎么倒开始怀疑起自己了？”

战兵将手里的生鱼片递到冉爽嘴里，脸上不由得闪过一丝笑意，“来尝尝，这可是我第一次做生鱼片，你尝尝味道怎么样？”

冉爽不由得被战兵逗笑，双眼闪过一丝温暖的笑意。

“来，张嘴！”战兵笑呵呵地看向冉爽。

冉爽有些不好意思地瞥了一眼其他人。原本看热闹的众人见冉爽看向他们，纷纷转过头去，装作一副互相亲切交谈的样子。

冉爽的脸色微红，在大海的映衬下显得明媚柔和，让战兵看得怦然心动。

“别管他们，先尝尝味道怎么样。”战兵将手里的生鱼片继续往冉爽嘴边凑，冉爽只好轻轻将生鱼片咬在嘴里。

就在这时，郭展召等人猛然爆发出一阵羡慕的怪叫声，冉爽羞红了脸，连忙从战兵的手里将切好的生鱼片抢了过来，随后游到了一旁背对着众人吃了起来。

战兵一脸哭笑不得地瞥了一眼众人，“都瞎起什么哄啊？”

雷明辉挤眉弄眼地看向战兵，“嘿，兄弟，什么时候的事儿啊？上次还没这么卿卿我我呢。”

战兵不由得翻了个白眼，知道这帮光棍儿开始兴奋了。

“就是，就是，还藏得这么深，这是好事儿啊，干吗藏着掖着的，我们想找这样的好事儿还找不到呢！”李成亮羡慕地说道。

“你这小子，特战大队就出了这么一个女特种兵还被你小子给拿下了，你可真行啊！”郭展召哈哈大笑一声，也加入了“声讨”的行列。

战兵抿了抿嘴唇，甚是无语。

就在这时，原本在一旁吃着生鱼片的冉爽突然游了过来，一脸的警惕，“你们看，后面是不是有人游过来了！”

水下袭击

冉爽的话音刚落，所有人顿时一脸警惕地顺着冉爽手指的方向望去，果不其然，有几个人朝他们的方向游来。

“应该是其他国家的受训队员。”郭展召眉头紧锁，“全力加速，先把他们甩开再说，不要让他们发现我们的影踪。”

“是！”

战兵等人尽可能快地朝前方游着，他们压低了脑袋，最大限度地隐藏自身的行踪。

大约游了两个小时，郭展召这才下令休息。长达两个小时的游动，已经让所有人的胳膊都像是灌了铅一般地沉重，大腿也如针扎似的疼。

战兵小心翼翼地眺望了一眼身后，这才轻轻地叹了口气，“看来已经将他们暂时甩在身后了。”

郭展召点了点头，眉头却皱成了一团疙瘩，“但是我们也需要提高警惕，这是一场淘汰赛，我们跟其他国家的受训队员既是战友也是敌人，所以不能对他们疏忽大意、掉以轻心！”

众人连忙点了点头，一脸正色地齐声答道：“是！”

由于身后有其他的受训队员，所以战兵他们不敢休息太长时间，觉得恢复了部分体力便又继续朝前方游去。

虽然他们身后有了竞争对手，但是最起码让他们对现在的前进方向的正确性又增添了几分信心。

但是，就这么在海上漂了两天两夜却依旧没有看到半分陆地的模样，让所有人都有些心慌。

大家的体力都在急速下降，即使每隔半个小时都要休息一下，可依旧是歇不过来。

“哎，你们看那是什么？”就在这时，秦臻眼尖地发现前方有个漂浮物，顿时一脸激动地说道。

众人顿时来了力气，奋力朝前方的漂浮物游去。直到游近了，众人这才看清楚，这是一个粉红色的游泳圈。

战兵试了试游泳圈的气量，眼神闪过一丝喜色，“气体很足，应该就是附近海边冲过来的。”

郭展召笑呵呵地看向众人，“看来我们的方向没错，海岸应该就在前面了，看来天黑之前差不多就能到了。”

众人皆是一脸喜色地咧嘴一笑。连续两天两夜的折磨真是让他们的体能消耗到达了极限，一听说快要踩着陆地了，所有人都是一脸的高兴。

“这个你套上吧，游起来应该能省力不少。”战兵将游泳圈套在了冉爽的脖子上。毕竟是个女式游泳圈，大老爷们儿估计连套都套不进去。

冉爽也不推辞，在男人堆里混久了，她比谁都知道男人在女人面前爱逞强，如果她此时将游泳圈让给其他人，说不定还会落下仇恨。

心中有了目标，所有人都是神采飞扬，虽然身体依旧累得仿佛灌了铅，但是却有了动力。

游了两个多小时，原本一望无垠的海平面上慢慢出现了几个高耸入云的建筑物，所有人都乐开了花。

“看现在的距离，咱们三个小时后肯定能游到岸！”郭展召一脸振奋道。

“哎，终于见到陆地了，这三天就看海了，看得我都快吐了！”冯小龙哭丧着脸抱怨着。

雷明辉一脸没好气儿地白了冯小龙一眼，气喘吁吁地说道：“你能有我惨，好歹你也是见过湖的人，我从小到大连个湖都没见过！”

众人看着雷明辉有气无力的样子，都哈哈大笑起来，整个气氛也变得欢快而充满希望。

“先休息一下，看兄弟们也累了！”郭展召笑呵呵地说着，随即下令休息。

就在这时，战兵猛然觉得水底下有东西游动，紧接着看见几道黑影快速接近，战兵的心脏猛然缩成一团，大叫一声“小心”，随即一头扎进海里。

战兵的那一声“小心”提醒了众人，虽然如此，战兵却被水里的人骤然拖下了水，紧接着一阵重拳狠狠砸向了众人的肚子。

这是标准的水下格斗，旨在消除敌人的意志力。一旦海水灌入肺部，呼吸困难会造成恐惧，人的意志力就会迅速瓦解。

由于战兵率先发现敌人的踪影，并未让敌人对自己偷袭成功，而是抢先一步扑向了敌人，随即在水下你来我往地格斗拼杀。

不得不说，水的阻力大大减弱了战兵拳脚的威力，虽然如此，敌人却依旧被战兵屈肘捣向了肺部，随即被战兵一个锁喉紧紧地锁住了身子。

气泡顺着敌人的口鼻不断冒出，身子在战兵的钳制下剧烈挣扎。即使战兵看不到此刻敌人的表情，却也能想象到他此刻的狰狞表情。

战兵骤然松开了手，敌人拼了命地往上游，当破开水面呼吸到新鲜空气时，顿时觉得整个人在鬼门关门口转了一圈又活了过来。

战兵瞥了那人一眼，却见那人抬手撕下了自己的臂章，看着臂章随着海水渐行渐远。

战兵一头扎进了海水里，看到了与敌人肉搏的雷明辉，他脚上用力摆动，整个人如同鱼儿一般快速游到了雷明辉面前。

这时，战兵看清楚了敌人的面孔，赫然就是渡边野二！

战兵从渡边野二的手里将雷明辉救出，此时的雷明辉已经是奄奄一息了。战兵眉头紧皱，架起雷明辉奋力向上游去。

但是，渡边野二却不会放过战兵，他脚下速度加快，没几下就追上了战兵。他恶狠狠地盯着战兵，随即掏出了随身匕首，对准战兵的后背便扎了下去。

战兵感觉到了身后水的流动，猛然一个侧身躲过了渡边野二的攻击，随即继续奋力向上游去。

终于，战兵架着雷明辉游到了海面。战兵用力拍了拍雷明辉的胸口，只听“噗”的一声，雷明辉喷出了一口海水，随即开始剧烈地咳嗽起来，仿佛要将整个肺都咳出来一般。

海中搏命

此时，渡边野二已经拿着匕首杀了过来，匕首赫然刺向的就是战兵胸前的雷明辉。

战兵的瞳孔猛然缩成了针芒状，随即将雷明辉身子一转，渡边野二的匕首则是擦着战兵的胳膊而去，一股股红的鲜血顿时在海水中快速消散。

海水浸染了伤口，疼得战兵不由得微微皱了皱眉头，那感觉就像是烧红的铁棍在伤口上捅了一下似的，让战兵险些叫出声来。

此时的雷明辉也完全清醒过来，虽然身上的力气快消耗尽了，但也能坚持继续游动，保证身子不沉入水底。

直到确定雷明辉能够自己稳住身子后，战兵这才放下心来。随即，他朝着渡边野二奋力地游去。

渡边野二见雷明辉已经恢复了神志，心里不由得涌上一丝懊恼，原本指望有雷明辉的牵绊，他在这里就能神不知鬼不觉地除掉战兵。现在战兵没有了后顾之忧，那自己就没什么胜算了。

渡边野二咬了咬牙，却也没有逃离。在他看来，自己从小在海边长大，熟悉水性，跟战兵这些半路才学习潜泳的人比起来水性要好得多，如果和他在水里搏杀的话，自己有胜算。

在波光粼粼的海水里，渡边野二朝着战兵这边游了过来。他手中的匕首跟蔚蓝色的海水融为了一体，匕首如同隐形了一般冲着战兵的要害处刺了过来。

匕首擦着战兵的身体刺了过来，战兵闪身躲过。渡边野二见一击不中，匕首一转，冲着战兵的方向划了下去。

渡边野二曾经接受过水下格斗的严格训练。J国三面环海，特战部队的海巡训练占据着训练项目的绝大部分。如果现在是在打丛林战，渡边野二绝对不是战兵的对手，但现在是在海里，战兵所有的优势都不复存在。

渡边野二瞪着一双猩红的眼睛，杀气腾腾地看着战兵，

战兵微微眯着眼睛，身子灵活地躲过了渡边野二的攻击，随即手里已经握住了一把匕首，猛然刺向渡边野二的肋下。

渡边野二被刺中，鲜血顺着伤口流淌而出，海水被染红了一片。辛辣的海水顺着伤口反灌进身体，把渡边野二疼得呲牙咧嘴。水中喷涌出细碎的气泡遮挡了他大部分的视线。渡边野二只觉得一股危险的气息逼近，甚至还没等他反应过来，腹部又被狠狠击了一拳，仿佛被一柄大锤砸中，疼得渡边野二顿时如大虾一般拱起身来，肺中仅存的空气被骤然吐出，大量细碎的气体

爆发出来。

大量海水灌进了渡边野二的肺，他所有的意志力顿时消散。战兵甚至看得见渡边野二的眼睛里充满了恐惧和绝望，然后他的目光逐渐黯淡下来，随即身子开始慢慢下沉。

战兵冷冷瞥了渡边野二一眼，双腿用力一推，借助推力向上升去，紧接着奋力向上游。

“没事儿吧？”战兵浮出水面，一脸担忧地四下望去。当看到所有人都在时，心里的一块大石头这才落了地。

“情况怎么样？”战兵快速游到冉爽跟前，一脸担忧地看着冉爽肩上的伤。

“雷明辉和冯小龙两人受了点儿轻伤，其他人都没事儿。”

战兵点了点头，这才四下望了一眼，“敌人呢？”

郭展召微微皱了皱眉头，“没占着便宜，跑了。这群家伙水性好得很，看样子应该是J国队。”

战兵点了点头，“是他们！”

郭展召咬了咬牙，看向岸边隐隐约约的高楼大厦，“咱们赶紧往岸边游吧，只要到了岸上就安全了！”

“好，兄弟们，出发！”

由于雷明辉、冯小龙两人在海水里受到敌人的攻击，受了轻伤，此时已经有些体力不支，众人便轮流照顾他俩，导致队伍行进速度很慢，原本计划两个小时赶完的路程，战兵等人硬是用了三个多小时。到岸时天色已经暗了下来。

战兵架着雷明辉往岸上走，雷明辉的脸上毫无血色，说起话来有气无力。

“一群J国混蛋，敢在……在水里……阴老子，别让……别让老子逮着你们，否则……非得把你们抽筋扒皮。”雷明辉骂骂咧咧地说道。几句话下来，他已经气喘吁吁了。

战兵不由得翻了个白眼，“你行了啊，站都站不稳，等体力恢复了再去抽筋扒皮吧！”

雷明辉哼哼了几声，到底没有再说话。

此时的夕阳已经落了下来，原本蔚蓝色的大海已经变成了墨水一般的浓黑色。战兵等人踉踉跄跄地爬上岸，众人像是被骤然抽空了身体，瘫软得一屁股坐在了地上。

雷明辉喘着粗气躺在沙滩上，像是一只被扔上岸的鱼，一脸的惨白。而冯小龙此时也好受不到哪儿去。两人的肺里进了太多的海水，空气抽离出身子，直到现在，他们依旧对刚才那种濒临死亡的窒息感到心有余悸。

战兵等人躺在依旧散发着太阳余温的沙滩上，望着漫天的灿烂星空，仿佛整个人躺在柔软的天鹅绒里，舒服得每一寸肌肉都像是浸泡在白醋里，软得半分都不想动弹。

漫无边际的海上求生，每一步都充满了杀机，看似柔软温柔的大海却足以在瞬间溺亡所有的生命，令人恐惧。而战兵等人却在这三天三夜的时间里征服了大海，最终活着走上了陆地。

“明天是个好天啊！”郭展召咧嘴一笑，一脸的温暖笑意。

众人不约而同地点了点头，脸上同样绽出灿烂的笑意。

在海水里浸泡了三天三夜，对于此刻的他们来说，能够这样舒舒服服地躺在沙滩上看星星，已经是这个世界上最幸福的事情了。

就在这时，众人的身后猛然传来一阵凌乱的脚步声。几乎就在同时，所有人都从地上翻身而起，他们一脸警惕地看向身后，身子已在翻身的瞬间做好了格斗架势。

被阴了

如果将此时的景象录制下来，看到的人都会感到惊讶。

原本瘫软在地上的华夏军人们在骤然面临危险时，身子犹如满血复活一般做出格斗架势，一双双眼睛警觉地望着四周，让人不由得心惊胆寒。

“亲爱的勇士们！”史蒂夫笑得一脸灿烂，一身丛林迷彩作战服把他的身材衬托得高大魁梧，脸上涂抹的墨绿色油彩衬托着他的森森白牙更加恐怖了几分，远远望去，就像是成了精的狗熊。

战兵等人警觉地注视着他。

史蒂夫的笑容更加灿烂了一些，说道：“刚刚接到消息，在我身后的这片从林里发现了敌人的影踪，所以，你们必须在一个小时之内抢占制高点！”

所有人的表情都是一脸的呆愣，他们没有人想到在海水里浸泡了三天三夜之后，刚爬上岸还没来得及喘息，等待他们的还是艰巨的任务，这让所有人都陷入了绝望与无助之中。

史蒂夫装模作样地抬手看了一眼手表，“计时是从你们踏上陆地的那一刻开始啊，现在已经过去了十分钟。”

史蒂夫的话音刚落，战兵等人不由得对视一眼，几乎就在瞬间，所有人都从地上爬了起来，不要命似的朝着对面的丛林里狂奔。

史蒂夫转过身来望着众人的背影，嘴角不由得勾起一道诡异的笑意，目光冷冷地望着众人飞速消失的背影。

此时，战兵只觉得他现在的每一个动作都仿佛是机械动作一般。在海水里浸泡了三天三夜，他的身子现在还没有从一起一伏的海浪频率中适应过来，依旧觉得整个身子一前一后地晃动，就像是坐在了船上一般。

战兵抿了抿嘴唇，脚下的动作未减，甚至在跨过一根横在面前的树木时，身子依旧迅捷灵敏得如同猎豹一般，动作流畅矫健，犹如行云流水。

在海水里游了近四十公里，已经耗尽了所有人的体力，他们的四肢仿佛灌满了铅似的，每走一步都好像要耗尽全身的力气。

就在这时，战兵猛然停住了脚步，他下意识地微微眯了眯眼睛，一脸警惕地搜索四周。

郭展召等人也纷纷寻找掩体隐蔽，整个丛林里一片静谧，只能听到树叶间细微的摩擦声。

但是四周没有发现敌人的影踪，刚才的紧张感也随之消失，所有的一切仿佛都是众人的错觉一般。

郭展召冲着一旁的李成亮、林艺强快速打了个手势，两人微微点了点头，随即一脸警惕地搜索前进，仔细搜查起面前的丛林。

五分钟之后，两人冲着郭展召等人打了个“安全”的手势，所有人这才从隐蔽点探出身子。

“邪门，难道是我们的神经过于紧张了？”郭展召皱着眉疑惑地说道。

战兵微微眯了眯眼，心里不由得暗暗加了个“小心”，不管怎样，刚才的危险直觉的确是真真实实地存在过。经过数次与死神擦肩而过的经历，战兵对自己的直觉有了一股近似盲目的相信，因为，就是这种直觉曾经帮助自己数次逃离了死神的镰刀。

“都小心点儿，我觉得史蒂夫嘴里的任务不可能这么容易完成。”战兵对大家叮嘱道。

由于有了前车之鉴，所有人都打起了十二万分的精神，警惕地观察着四周继续前行，直到抵达史蒂夫所说的高地，众人这才围成一道警戒圈，一脸警惕地搜索四周。

秦臻将绳索甩到了断壁崖上的一棵松树上，随即又试探了一下结实的程度，这才借助绳子的助力一跃跳起，随即迅速朝断臂崖顶爬去。到了断臂崖顶将绳子牢牢地绑牢，冲着崖下的众人做了个“OK”的手势。

“上！”郭展召对众人招呼道，随即看着大家一个接一个地爬上了断臂崖。

由于每个人的体能都已经到达了极限，所以攀上断臂崖的时候，大家都累得瘫倒了。尤其是雷明辉、冯小龙两人，冷汗直冒，几乎将作战服打湿。

“喂喂喂……”就在这时，断臂崖顶猛然传来一阵对讲机的喊话声，显然这是史蒂夫的声音。战兵四处搜索，最终将目光落到了一块石头旁的对讲机上。

战兵眉头紧锁，快速上前拿起对讲机，随即拨通了对话键。

“收到，有何指示！”

史蒂夫嚣张暴戾的音调猛然拔高，“还有十分钟！你们立马到海岸边集合，否则判定你们华夏队全部出局！”

还没等战兵等人反应过来，史蒂夫随即挂断了对讲机，只留下众人在原地一脸怔怔地发愣。

郭展召率先反应过来，随即咬牙切齿地骂道：“该死的史蒂夫，竟然敢阴我们！混蛋！”

说完脸色一沉，略带怒气的目光扫了一眼众人，眉头一挑，喊道：“都愣着干什么，还有十分钟，快！”

战兵等人这才反应过来，随即又顺着绳子滑下断臂崖，而后冲着海岸方向狂奔而去。

此时的受训队员陆陆续续地赶到，他们从海水里挣扎着爬上沙滩，随即像是一滩烂泥似的摔在了地上，缓了很长时间才缓过劲儿来。

史蒂夫面前慢慢会聚了越来越多的人，但也同样有越来越多的人被踢出了队伍。史蒂夫时不时地抬手看看时间，随即又回头望向身后一片阴郁漆黑的丛林，让那些过关队员的心里充满了疑惑。

而此时，渡边野二也站在队伍里，他一脸阴晴不定地看着史蒂夫的表情，目光也跟着瞄向一旁的丛林深处，一脸的紧张神情。

其他人或许不知道此时的史蒂夫等的是什么人，但是渡边野二却心知肚明。战兵所在的华夏队比他们早了许多就抵达了海岸，而此时却没有出现，可想而知，史蒂夫此刻等着的人必定是华夏队员！

众怒

想到这里，渡边野二不由得暗暗咬了咬牙，身上的伤口依旧是蚀骨一般的疼痛，仿佛是成千上万只蚂蚁在伤口上不断啃噬，疼得渡边野二一脸的惨白，几乎没有半分血色。

只不过，对于渡边野二来说，他的这条命可以说是从鬼门关里抢回来的。如果不是他在深水里的憋气时间超过常人的两倍，那么此刻的他已经是深海里的一具陈尸了。

渡边野二用阴险狠毒的目光死死地盯着丛林的深处。

就在这时，史蒂夫听到丛林里传来了一阵凌乱的脚步声，同时还夹带着一些歇斯底里的嘶吼，仿佛是庞大的远古野兽发出的令人心惊胆寒的号叫，杀气腾腾地朝这边狂奔而来。

此时，所有在沙滩上瘫软成一团的受训队员们都不约而同地站起身，他们惶恐戒备地做出防御格斗架势。眼前这支从丛林里杀出来的队伍所发出的铺天盖地的杀气惊得他们心胆俱裂。

当战兵等人狂奔至众人面前时，身体仿佛瞬间化成了烂泥一般狠狠地摔在地上，甚至能够清晰地听到肉体摔在沙滩上所发出的沉闷声响。

史蒂夫装模作样地抬手看了一眼时间，这才咧嘴笑道：“时间刚刚好，如果你们再晚一分钟，你们就全部被踢出训练营了。”

史蒂夫好像丝毫没有将华夏队员恶狠狠的目光看在眼里，依旧笑呵呵地看着众人说道：“所以说啊，在没有正式完成任务之前，拉撒就地解决啊，还跑什么树林子啊！”

史蒂夫的话音刚落，队伍里就有人发出几声闷笑声。待被华夏队员那凛冽锋利的目光扫到时，全都不由自主地缩了缩脖子，笑容全部僵在了脸上，不再发出任何声音。

史蒂夫不由得咧嘴一笑，露出两排森然的白牙，他接着说道：“告诉大家一个好消息啊！”

所有人都略带防备地看向史蒂夫，显然大家对他嘴里的“好消息”持明显怀疑态度。

史蒂夫脸上的笑容加深，抬头望了一眼灿烂的星空，“这个好消息就是啊，明天是个好天气。”

话音刚落，所有人都像看祸害一般瞪着史蒂夫。

史蒂夫不以为然地大手一挥，继续说道：“因为是个好天气，所以来送我们的飞行员请假休息了，那么……我们需要跑着回基地。”

听到这里，众人皆是一脸的震惊，他们面面相觑，不知所措。

“愣着干什么？最后二十名滚蛋啊！”史蒂夫咧嘴阴笑道。

队伍里爆发出一阵歇斯底里的低吼声，随即受训队员们从地上挣扎着站起身来，朝基地所在方向狂奔而去。

虽然之前从基地乘坐直升机到达大海用了半个多小时，但是之前众人已经拼命游过了浩瀚的海洋，现在他们所在的位置距离基地已经很近了。不过对于此刻已经筋疲力尽的受训队员来说，却几乎是不可能完成的任务。

悍马越野车发出一声巨大的轰鸣声，随即在沙滩上疾驰，扬起的沙尘甚至让人看不清悍马的后车轮位置。

众人之前已经猜到了这次训练就是挑战人体极限，但是，当真正处于训练之中的时候，大脑还是完全罢工，所有的行动都靠潜意识完成。而当极度疲劳，疲劳到意识退居二线时，情绪波动也会非常显著。

虽然此时战兵不断给自己下达不要愤怒的暗示，但是自己依然燃起了熊熊的怒火，仿佛怒火要将自己焚烧殆尽。

“一群废物！垃圾！海里的海龟爬得都比你们快！”史蒂夫从悍马车里探出了脑袋，皱着眉头挑衅地大声骂道。

悍马猛然加大油门，扬起的尘土把身后的受训队员们呛得眯起了眼睛，他们趴在地上揉着眼睛，现场一片人仰马翻。

就在悍马狂飙过众人身旁的时候，队伍里响起了此起彼伏的咒骂声，就连一直说话不带脏字儿的郭展召都骂了一句娘。

悍马开出了足足有五六百米远，骤然一个急刹车停了下来，随即史蒂夫慢悠悠地推门走了下来，手里赫然扛着一挺重机枪！

“哒哒哒……”还没等众人反应过来，重机枪的子弹已经掠过众人的头皮飞过，直把大家吓得一头扎进了沙滩里，之后一脸愤怒地瞪着史蒂夫。

“跟一群老娘们儿似的磨磨叽叽什么啊！一群废物！”史蒂夫的辱骂引起了众人的滔天愤怒，大家拼了命地朝史蒂夫冲去，牙齿咬得吱吱作响，仿佛要将一口牙咬碎。

看着疯了一般朝自己奔来的受训队员，史蒂夫微微露出了一丝冷笑。他轻蔑地扫了大家一眼，随即转身上了悍马，一脚猛踩油门，将原本距离悍马仅有几米远的受训队员尽数甩在了身后，让他们再次吃了一嘴沙尘。

队伍里再次爆发出各种各样的咒骂声，而史蒂夫则将悍马上的音乐开到最大，身后队员们骂哑了嗓子他也听不到。

此时的战兵一马当先地跑在最前面，林国光紧随其后，虽然此时两人都已经是强弩之末，但是双腿还是机械地迈出。

史蒂夫通过后视镜观察着战兵坚毅的表情，脸上浮现一丝狂热的期待。

前些日子在南桑坦大放异彩的华夏战神——战兵，就在眼前。

史蒂夫微微勾了勾嘴角，自言自语道：“你可给我挺住了！”

极限

战兵那燃着怒火的眼睛死死盯着悍马车的后车窗，仿佛要将车窗烧出一个洞来。他从史蒂夫的眼里看出了他对他们这群受训队员的蔑视，那种发自骨子里的轻视，让战兵燃起了战斗的熊熊怒火。

史蒂夫从车窗里缩回脑袋，随即他端起重机枪冲着身后已经跑得东倒西歪的队员的头顶又是一梭子子弹。追赶的人中有几人跌倒，爬不起来的又增加了几人。

队伍里不断有人掉队，持续的奔跑已经超越了他们体能的承受极限。他们努力地支撑着身体，但是这场仿佛没有尽头的马拉松式的长跑，已经让所有人的内心防线崩塌了。

“太慢了！你们不是号称精兵强将吗？你们国家的军人都跟你们一个德行啊？拉头猪来都比你们强！”史蒂夫的声音再次响起，却也成功激怒了所有人，众人的眼神犹如淬了毒的利刃一般纷纷射向史蒂夫。

史蒂夫似乎全然没有看到众人眼睛里灼热的恨意，只是随着悍马车里放的 DJ 节拍摇头晃脑。在战兵将要缩短三百米距离的时候，骤然一加油门再次拉开了距离。一路疾驰狂奔，扬起的灰尘把身后的人呛得直咳嗽。

战兵一言不发地依旧匀速奔跑着，史蒂夫的百般挑衅他都冷眼旁观。一双愤怒的眼睛死死地盯着史蒂夫，仿佛一把饱饮鲜血的利刃，散发着令人胆寒的凛冽杀气。

跑出了五公里之后，有人再也支撑不住摔倒在地，而剩下的则机械地迈着步子，一脸狰狞地喘着粗气。

战兵觉得整个气管像是被人灌进了沙子一般，咽喉疼得如同刀刮，他恨不得将气管拽出来。

此时的战兵一路领先地跑在最前面。他不敢回头，也根本就没有回头的意识，此刻的他仿佛被抽干了灵魂飘浮在半空，冷眼旁观着这场马拉松决赛，而肉体则承受着巨大的煎熬，一双眼睛还是死死地盯着史蒂夫所在的方向。

受训队员的身后有三辆大型急救车跟着，将摔在地上再也爬不起来的队员抬上了急救车进行抢救。过度的体力消耗可能会引起心脏衰竭，所以必须进行及时的抢救。

跑出了十公里之后，只剩十几个人依旧咬牙坚持着，而其中华夏军人就占据了一大半。

史蒂夫通过后视镜观察着所有人的情况，听到无线频段里轻颤了一声，史蒂夫抬手打开，紧接着安东尼低沉的声音响起。

“你那边怎么样了？”

史蒂夫嘴角不由得高高扬起，“之前就听你说不要小看华夏军人，现在我算是彻底信了，他们的体力的确太惊人了。我相信，此刻他们如果深入敌后，即使是现在的状态，他们也能够扭转战局！”

安东尼轻笑出声，“是啊，永远都不要小看了华夏军队。”

史蒂夫勾了勾嘴角，回头瞥了一眼依旧在咬牙坚持的战兵，开口说道：“他是唯一一个能从我手里夺走枪的，我现在已经迫不及待地想要知道他的底线到底是在哪里了！”

安东尼轻笑一声。史蒂夫微微皱眉，似乎突然想到了什么，问道：“你是不是有什么好事要通知我？”

安东尼点了点头，说道：“的确是好事儿，但是对于那些已经被你训练得如同烂泥的受训队员来说，就是一场可怕的噩梦了。”

史蒂夫好奇地问道，“什么好事儿？”

“刚才 SK 特战大队刚刚传来消息，他们刚刚完成了一项战斗任务，愿意加入我们的训练计划。”安东尼笑得一脸灿烂。

史蒂夫用力一踩脚下的刹车，悍马猛然停住。他一脸兴奋地瞪大了眼睛，脸上满是不可置信的狂喜，“真的吗？哈哈，太棒了！有他们的帮助，那我对这次的训练就更有信心了！”

安东尼咧嘴笑道：“那就好，按照原计划启动战俘营训练计划，现在轮到你的表演时间了！”

史蒂夫扬了扬眉，“放心！我可是影帝！”

安东尼笑着点了点头，随即挂断了无线信号。

史蒂夫一脸兴奋地握了握拳头，嘴角微微扬起，露出两排整齐的白牙，眼中闪动着令人胆寒的亮光。

此时，依旧在咬牙坚持的战兵等人却不知道，接下来等待他们的将会是更加严格残酷的生存训练！

越来越多的队员重重地摔倒在地，随即被身后的医务兵扶上急救车，队伍越来越稀松。

史蒂夫大跨步地从悍马车上一跃而下，随后冲着战兵等人风风火火地走来，一脸的气势汹汹。

依旧支撑着身子、苦苦坚持的队员们此刻都凶狠地看着史蒂夫，他们恨不得扑上去将史蒂夫生吞活剥。

就在这时，史蒂夫猛然冲着郭展召快步走了过去。还没等史蒂夫走近，战兵等人已经一脸警惕地迅速回撤，双眼死死盯着史蒂夫。

史蒂夫不由得咧嘴一笑，露出两排森森白牙，“指望你们跑回去，我估计连早饭都赶不上了，一群废物！”

说着，他也不理会战兵等人满眼的愤怒，大手一挥，说道：“行了，把剩下的也拉上车，回基地！”

身后的医务兵一听，连忙上前去搀扶已经开始摇摇晃晃的队员们，连拖带拽地将他们拉上急救车。

战兵愤怒的眼睛瞪着史蒂夫，史蒂夫不甘示弱地与战兵对视，直到看着战兵挣开了医务兵的搀扶，这才大跨步地朝悍马车走去。

12 淘汰升级

实战任务

回到基地后，众人从昏睡中被摇晃起来，依旧没醒的则被急救车直接拉走。当然，直接被拉走的已经被淘汰出训练营。

“集合！”史蒂夫大喝一声。队员迅速列队完毕，全都一脸愤怒地看向史蒂夫。这个恶魔，以践踏、折磨别人的尊严为乐趣，将他的快乐建筑在所有人的痛苦之上。

“今天的训练让我很满意……”史蒂夫的目光扫向众人，带着一丝赤裸裸的恶意与挑衅，“但是，你们这群垃圾们给我注意了，并不是你们的表现让我满意，而是有这么多的垃圾被踢出了我的训练营而让我满意！”史蒂夫的话语刚落，所有人的牙齿都咬得紧紧的，恨不得扑上去生生地撕了史蒂夫。

“行了，散了吧，带他们去澡堂，一个个臭死了！”史蒂夫一脸嫌弃地捏了捏鼻子，随即冷冷撇了众人一眼，转身大跨步地朝他的悍马座驾走去。

直到看着史蒂夫开着悍马车离开，众人这才恨恨瞪了一眼史蒂夫离开的方向，随即跟着一旁的士兵朝浴室走去。

经过了三天四夜的折腾，每个人都已经筋疲力尽。他们匆匆忙忙地洗了澡后，各自回到宿舍休息，几乎是脑袋一沾到枕头就睡了过去，没过一会儿，宿舍里便响起一阵此起彼伏的鼾声。

这一觉一直睡到了第二天凌晨，照例是催泪弹当起床号。所有受训队员快速从床上坐起来，随后快速穿衣服，拿好装备，咬牙忍着一身的酸痛跑出宿舍。

五分钟后，所有的受训队员已经集合完毕。宿舍里依旧往外冒着浓浓的瓦斯，楼下的队员们被熏得不断地咳嗽。

史蒂夫依旧是那一身的迷彩作战服。黑色的高腰皮靴走在碎石子儿路上发出摩擦的声音，仿佛每一脚都踩在了众人的心上，引得众人不由得神经紧绷。

“今天带你们去执行个小任务，任务很简单……”史蒂夫的话语停下，他下意识地扫了一眼众人，看见所有人都是一脸警惕地看着自己，这才咧嘴一笑，继续说道，“刚才得到消息，一伙武装毒贩正好经过距离我们二十公里外的一处原始森林，我可是费了九牛二虎之力才为你们搞到了这次的实战训练，怎么样，都兴奋了吧？”

话音刚落，已经有士兵抬着一箱武器装备走了过来，随即将装备分发了下去。再次接触到枪械，所有人都抑制不住地兴奋起来，个个摩拳擦掌。

史蒂夫下意识地微微眯了眯眼，“呵呵，气势挺足啊！”接着，史蒂夫沉声说道：“检查装备，十分钟后出发！”

“是！”所有人都不会百分之百地相信这次会是真的实弹任务，当他们看清楚手中的子弹的确是实弹时，依旧持怀疑态度。

战兵检查手里的子弹，是实弹没错，手里的枪械也没有丝毫问题，如果所谓的毒贩真的存在的话，那这次应该就是混蛋教官说的实战训练。

“队长，你相信吗？”林国光把玩着手里的枪械，以争取在最短的时间内熟悉枪械。

战兵微微扬了扬眉毛，“不信！”

还没等林国光说话，一旁的秦臻凑了过来，“说实话，我也不信！”

郭展召皱了皱眉头，“不过以那混蛋教官的性子，倒是也能干得出实战训练的事儿来，所以兄弟们都要提高警惕！”

“是！”

十分钟后直升机准时出现在空旷地，仅剩的五十名队员登机，随即直升机拔地而起，朝目的地飞去。密封的机舱内只能听得到头顶上螺旋桨的声音，众人全都低着头熟悉着手里的枪械。虽然他们都是玩枪械的行家，但是事关实战任务，他们必须做到万无一失。

战兵在低头擦拭着手里的枪，猛然觉得一道犀利的目光一直盯着自己。战兵微微皱了皱眉，抬头迎向那道目光。

史蒂夫一脸灿烂地咧嘴一笑，沉声道："嘿，伙计，害怕吗？"

战兵的眉头皱得更深，他淡淡扫了一眼史蒂夫，一言不发。

"应该不会吧。"史蒂夫越发笑得灿烂，"就这种烈度等级在你们这群精英面前，那可都是毛毛雨啊。"

战兵微微勾了勾嘴角，"就算是烈度等级再低，只要是实战，我们都会做好最充足的准备。"

史蒂夫没有想到战兵会回答他的问题，脸上不由得闪过一丝笑意，随即咧嘴笑道："那么，祝你们好运！"

说完，史蒂夫站起身来拍了拍手掌，"好了，现在开始降落吧！"

机舱内的队员立刻起身列队，随即等直升机下降至离地面五十米左右时顺着绳子快速滑下，随即呈防御队形散开。

但凡是能到这里的，都是各个国家的特战精英，战场素质自然是没的说。五分钟之内，所有的队员已经顺利落到地面，而后相互交替掩护地朝目标地点狂奔而去。

整个森林一片昏暗，参天的巨树遮挡了大部分光线，空气散发着一股潮湿腐烂的味道，还夹杂着一股若有若无的血腥味儿。

战兵观察着四周的情况，随即做了个"隐蔽"的手势，身后的华夏队员接到指令后迅速分散隐蔽，警惕地观察着周围的情况。

就在这时，沙沙的脚步声由远及近地传来，所有人都屏气凝神，紧握着手里的枪械，时刻准备应对突发的情况。

暗算

这次的实战训练甚至连最低的烈度等级都算不上。对方毕竟只是几十个人，几十条枪，而受训队员足足有五十人，在人数比例上远多于毒贩，况且他们单兵作战的能力自然是不用多说的。

当第一枪打响的时候，所有受训队员已经四散开来，各自寻找战斗位置。

激烈的枪声持续了不足十分钟便迅速结束了。刚刚经历过枪战的战场上一片狼藉，毒贩的尸体横七竖八地倒在地上，空气中弥漫着浓郁的血腥味儿，整个森林仿佛变成了人间地狱。

“打扫战场！”

这次的战斗可算是干净利索，毒贩们基本上没有捞着开枪的机会就已经毙命了。他们虽然是一伙作战经验丰富的退伍军人，但是在特战大队的精英面前，他们的作战能力差了不止一星半点儿。

由于会有当地的警察过来打扫尸首以及枪械，所以众人只是查看一下是否还有喘气的敌人，有喘气的就直接补上一枪。

顺利完成了实战任务，现场气氛有些缓和，已经有人开始围在一起小声议论这场战斗了。

这时，郭展召笑呵呵地走到战兵身旁，“想什么呢？”他拍了拍眉头紧锁的战兵。

战兵摇头笑道：“没想什么，就是觉得这所谓的实战任务似乎太简单了，跟史蒂夫平日的作风有些不符啊。”

郭展召道：“你以为他能拉你去战场啊，别说是他了，就是这次魔兽训练营的总负责人也不敢。”

“是我想多了……”战兵笑道。

就在这时，一直未露面的史蒂夫再次出现在大家面前。只见他的表情有些凝重，眉宇间尽是肃杀之气，身上还沾着血迹，一看就知道经历过近身搏斗。

所有人的目光都落在了史蒂夫身上，等待他下达新的任务。

“刚刚得到的消息，刚才跟我们激战的只是毒贩的先头部队，而剩下的人已经携带大量的毒品朝森林深处撤退。他们身上携带的毒品很多。我们必须截住他们，不能让这批毒品流进G国！”史蒂夫铿锵有力地说道。他的脸上此时浮现出一种正义凛然的神情，这让所有的队员都有些不适应地神经紧绷起来。

“从现在开始，你们五人一组兵分十路，务必将他们从这片森林里揪出来！”史蒂夫握紧了拳头，一脸的刚毅。

“另外，如果有任何一组找到敌人的行踪都不要轻举妄动，要立即将敌人的具体地点传过来，我们会火速赶往，都听清楚没有？”史蒂夫锋利的目光扫了一眼众人。

“听清楚了！”

“好，出发！”

战兵等人飞速在茂密的森林里狂奔。遮天蔽日的参天大树遮挡了大部分的光线，整个森林里看起来都有些昏暗阴森。

战兵一路奔来，有一种不安的情绪一直在心中荡漾，但也说不清究竟为什么不安，只是感到心神不宁。

突然，战兵猛然停下了步子。身后的林国光、冉爽两人自发形成防御圈，警惕地搜索四周。

“怎么了？”郭展召慢慢靠近战兵，压低声音问道。

“不知道。”战兵说出了自己的感觉，“就是觉得不安……”

郭展召不由得皱了皱眉头。如果换了别人，郭展召肯定会认为他大惊小怪，神经过敏。但是战兵不是一般人，他是身经百战的利刃特战大队队长，被誉为华夏战神的人。

“警戒！”

这时，原本就有些昏暗的森林逐渐被雾气笼罩，那些并不惹人注意的轻雾开始慢慢聚拢。

“怎么突然起雾了？”郭展召道。

就在这时，战兵猛然掩住口鼻，大喝一声：“毒气！”

只听“扑通”一声，秦臻倒在了地上。

“秦臻！”战兵大叫，一双警惕的眼睛死死盯着四周。只见周围的雾气骤起，并且越来越浓，遮挡了大部分视线。

“砰！砰！砰！”战兵的视线中猛然蹿出来一道黑影，战兵想也没想抬手就是数枪。但是枪声过后，所有的一切再次恢复寂静。

战兵不知道他刚才的那几枪有没有射中，此刻眼前却觉得有些眼花重影。接着听到“扑通”一声，身后的郭展召摔倒在地上，而他的脖颈处赫然被射中了一根细如发丝的银针！

战兵不由得眉心突跳，他确信了这些迷雾就是毒气，一种能够让人昏迷的毒气！战兵手中的匕首死死地抵住自己的掌心，强迫自己不要昏迷。这时，又听到了两声闷哼声，冉爽和林国光两人遭人暗算倒地！

战兵心中大惊，毒针！

“砰！砰！砰！”几声枪响后，战兵随即听到一声子弹打入肉体的沉闷声音，便知道自己的子弹击中了敌人。战兵当即想也没想地胡乱射击，一时间灌木丛被战兵的乱枪打得噗噗作响，草屑横飞。

此时的毒气已经浓得令人喘不上气来，战兵只觉得大脑越来越困，思维也开始变得迟钝，眼前甚至出现了一道道的重影。

战兵的匕首已经快要将半个手掌穿透，但是剧烈的疼痛却抵不过一阵强过一阵的眩晕。

就在这时，战兵的脖颈处一阵微痛，随即传来一阵酸麻，再然后就觉得一阵天旋地转，两眼一翻彻底失去了意识。

就在战兵闭上眼睛的那一瞬间，他模模糊糊中看见一群带着防毒面具的人冲了过来，所穿的衣服跟刚才他们消灭的那伙毒贩一模一样！

严刑逼供

战兵是猛然惊醒的，但是醒来之后除了脑袋能够动弹之外，其他的各个地方被捆绑得结结实实，身上的各式工具都被尽数搜刮了去，只剩下了一身遮羞的衣服还在。

战兵四下搜索，没发现有任何人，不论是敌人还是他的兄弟。

他开始尝试挣脱将他牢牢绑住的绳索。但是他失望得很，绳索很有技巧地将他牢牢地捆在一根大梁上，挣脱了半天还是半分也动弹不得。战兵咬了咬牙，迫使自己尽快冷静下来。

他们是在追赶毒贩同伙的时候被袭击的，几乎是全军覆没。

战兵的心里不可抑制地升腾起一股不安，一股强烈的不安。

就在这时，一阵脚步声由远及近地传来，“呵，醒得倒挺快！”来人一身迷彩服打扮，衣着跟刚才的毒贩一模一样。

战兵抿了抿嘴唇，一脸的冷冽肃杀。

一共进来了三个人，都是金发碧眼的白种人，都是一脸的沧桑阴狠，一看就是经验值超高的丛林战高手。

“亚洲人？”其中一个人一脸阴狠地问道。

战兵微微皱了皱眉头，没说话。

“嘴还挺硬！”那人冷笑一声，脚下却猝不及防地狠狠踢向战兵的肚子，直把战兵疼得皱起了眉毛，肚子里一阵翻江倒海，胃好像被一只大手紧紧地攥着，疼得战兵不住地干呕。

“你们是什么人？军人？”那人死死地捏住了战兵的下巴，一脸狠戾地开口问道。

战兵还是紧抿着嘴唇，一言不发。

“我就不信从你嘴里敲不出一个字来！”那人撸了撸袖子，一拳击在战兵的肚子上。

战兵疼得忍不住蜷缩起来，奈何身子被牢牢捆住，根本就动弹不得。

那人一拳一脚地重重打在战兵的肚子上，然后喘着粗气站到了一旁，他擦了擦额头的汗水，累得气喘吁吁。

“没想到这小子嘴巴这么严！打得我手都肿了，这家伙愣是不说一句话！”

这时，另外一个白人毒贩开口了，“嘿，伙计，不是还弄来了一个女人吗？把她弄到跟前玩玩呗！”

战兵猛然大声吼道：“你们敢！”

“哈哈哈，终于开口了，那就让你看看，我们到底敢不敢！”说着，那人转身走出了房间。

战兵咬紧牙关，仿佛全身的血液都瞬间涌上了大脑。

没过一会儿，冉爽便被五花大绑地拉了进来。

“还别说啊，这妞儿还长得真可人啊！”那人一脸淫笑地看着冉爽，而后搓了搓手，作势就要上前。

“敢动她一下，我让你们死无全尸！”战兵咬牙切齿地说道。

“你死到临头，还敢这么跟我说话？！”说着，那人随即一脚狠狠踹在战兵的肚子上，把战兵疼得止不住地闷哼一声。

“如果你现在痛痛快快地说出你们的身份和其他同伙的下落，我会考虑放过这位美丽的东方小姐……”毒贩威胁着看向战兵，“说，你们是什么人？”

战兵抿了抿嘴唇，望向冉爽，不由得闪过一丝关切与宽慰。

“你听见没有，看什么？”毒贩急了，二话不说冲着战兵又是一阵拳打脚踢，力道十足。

战兵的嘴角淌下一道血丝，嘴里一片浓重的血腥味儿，一双锋利的眼睛直直地看着面前的毒贩，杀气凛然。

毒贩被战兵看得心里发毛，骂骂咧咧地说道：“你看什么看！快说，你们是什么人？”

战兵将嘴里的血沫吐在地上，冷冷地开口道：“毒蝎佣兵团！”

毒贩先是一愣，然后眉头倒竖，凶神恶煞地说道：“你胡说什么呢？就你们？还毒蝎佣兵团？”

战兵抿了抿嘴唇，随即蹦出一串英文名字，直把面前的几个毒贩说得目瞪口呆，面面相觑。

战兵与毒蝎佣兵团交手多次，算是结下了死仇，而战兵对于毒蝎佣兵团的了解，甚至多过毒蝎佣兵团的普通佣兵，毕竟知己知彼才能百战百胜，战兵自然深谙其道。

“你……你们真是毒蝎佣兵团的？”毒贩依旧有些怀疑。

战兵一脸冷冽地望着眼前的三名毒贩，满脸的轻视冷蔑。

“放屁，根本不可能！毒蝎佣兵团根本不可能跑到G国来！”身后的一人突然开口道。随即，他恶狠狠地瞪着战兵，“这个家伙撒谎呢，看来你是不见棺材不落泪！”

“敢骗我们！”这时，面前的毒贩恼羞成怒，不管三七二十一，冲着战兵又是一阵拳打脚踢。

战兵尽量运气护住要害。特战大队里硬气功是必修课，所以战兵虽然看似被打得很惨，其实真正能伤到他的拳脚没有几下。

“不管他了，这就是个石头，嘴巴紧得很，我们还是来审讯一下这个东方美女吧……”身后的那名毒贩一脸淫笑地朝冉爽走去，他搓了搓手掌，显得有些迫不及待。

“你们敢动她试试！”战兵咬牙切齿道，目光里满是慑人的光芒。

那三名毒贩被战兵眼睛里的杀气吓得一缩，但瞥见战兵是被牢牢捆在大梁上的，于是安慰自己不会有事儿。

“嘴够硬，但废话太多！别管他，咱们先尝尝鲜儿……”说着，淫笑着朝冉爽扑去。

“啊……”就在这时，那个朝冉爽扑去的毒贩惨叫一声，身子飞出了足足三米远，重重撞在了墙壁上，半天也没爬起来。

剩余的两名毒贩惊悚地望着冉爽，脸上的淫笑凝固在脸上，说不出的震惊。

冉爽从地上慢慢站起身来，满脸杀气地看向那两人，俨然就是一副要拼命的格斗架势。

圈套

这时，原本被绑得结结实实的战兵猛然挣脱了绳子，眼睛死死盯着那两名毒贩，杀气腾腾地朝那两人走去。

那两名毒贩顿时吓得连连后退，怎奈他们身后就是一堵墙，哪里还有逃跑的地方。

就在这时，战兵已经扑到他们跟前，二话不说，一拳冲着一人的肚子狠狠砸去。那人下意识地抬手抵挡，但是连带着手臂直接被战兵的一拳砸得粉碎性骨折，战兵随即干脆利落地一个侧踢将那人踢到一旁的桌子上，“轰”的一声，实木桌子硬生生地被那人的身子砸得粉碎。

只是一瞬间的事情，一名毒贩已经被战兵解决。另外一人吓得肝胆俱裂，咬着牙做好格斗架势，大叫一声冲战兵扑来。

没有人看到战兵是怎么动的拳脚，只听那人“啊”的一声惨叫，身子已经腾空而起，撞到了一旁的墙壁上，随即摔在地上，半天爬不起来。

天下武功，唯快不破。战兵骤然发力，根本让人避无可避。而就是那犹如闪电般的一击，却要经历成千上万次的锻炼才能练就。

战兵将手里的刀片塞到冉爽的手里，随即四下搜索，目光落到了一旁的一根大粗铁棍子上，他上前捡了起来，二话不说提着那根已经生锈的铁棍，朝着那三个躺在地上呻吟的毒贩一步一步地逼近。战兵的目光冷冽肃杀，让人不由得胆战心惊。

“住手！”就在这时，一个熟悉的声音响起，战兵微微皱了皱眉头，看向来人。来人正是史蒂夫。

史蒂夫一脸慌乱地跑进房间，连连抬手示意战兵手下留情，随即他蹲在地上查看那三人的伤势。

史蒂夫暗暗咧嘴，三人都是粉碎性骨折。一会儿工夫就能把人伤成这样，如果他再晚来几步……

战兵如此强悍的杀伤力，简直就是一架纯粹的杀人机器。史蒂夫不由得打着哆嗦。

直到确认那三人都没有生命危险，史蒂夫这才起身看向战兵、冉爽。

“那个……正如你们之前猜测的一样，这是我设的圈套，目的就是训练你们在战俘营的生存技巧。恭喜你们两个，你们是迄今为止最快逃脱的两人！”史蒂夫目光灼灼地望着战兵、冉爽，“我想知道你手里的刀片是从哪里弄来的？在你们被俘的时候，所有的装备都是我亲自检查的，我确定你所有的装备都被搜走了！”史蒂夫眉头紧皱，一脸疑惑地问道。

战兵抿了抿嘴角，这才摊开了自己已经鲜血淋淋的手掌。战兵之前为了抵制迷药将匕首插入掌心，几乎已经穿透。

史蒂夫上前走了几步，看向战兵的手掌，然后一脸疑惑地看向战兵，显然还没有明白战兵的意思。

战兵解释道：“在我昏迷前的那一刻，我将刀片藏在了伤口里，如果我死了，那肯定用不到这个，但是如果我活着，只要不砍断我的手掌，我就能用来逃生！”战兵紧握拳头，铿锵有力地说着。

史蒂夫不由得心里微颤，他万万没想到会是这样的结果！

“你……不怕感染吗！”史蒂夫问道。

战兵剑眉微挑，说不出的洒脱豪迈，“如果命都没有了，还怕什么感染不感染的！”

史蒂夫不由得点了点头，他重重地拍了拍战兵的肩，“我史蒂夫平生佩服的人没有几个，你战兵算一个！”说着，史蒂夫冲着战兵竖了竖大拇指，笑得一脸灿烂。

此时的史蒂夫没有了平时的刻薄阴毒，却多了一丝的豪迈亲近，虽然一时让战兵多多少少地有些不适应，但是不得不说，现在的史蒂夫更容易让自己接受。

“行了，你们两个顺利通过考验了！你们要不要跟着我去看看其他人的表现？”史蒂夫热情相邀，灿烂的笑意让战兵、冉爽两人不由得点了点头。

战兵此时最关心的就是郭展召、林国光等人。他所担心的自然不是他们能不能顶住严刑逼供，而是担心他们能不能顺利地从所谓的敌人手里逃脱。

战兵和冉爽一路跟着史蒂夫朝一旁的小木屋走去。推开房间门，两人这才看清楚里面的布置。

整个小木屋里挂满了监控屏幕，战兵很快锁定了郭展召等人的屏幕，而后一脸关切地看着大屏幕里的众人。

郭展召、林艺强、李成亮三人被关在了同一个房间。只不过，此时的李成亮依旧昏迷不醒，而郭展召、林艺强两人已经经历了一轮的严刑拷打，满身上下都是瘀伤。

“说，你们到底是什么人？”“毒贩”恶狠狠地一边问一边掰着郭展召的下巴，凶神恶煞地盯着他。

郭展召不由得冷哼道：“无可奉告！”

好样的！战兵心中赞许，为郭展召的硬气暗暗地竖了竖大拇指。当然，硬气是远远不够的，必须活着逃出战俘营，那才是真正的胜利！

“我看你是不见棺材不落泪是吧！”那“毒贩”气哼哼地说道。然而不管他问多少遍，郭展召翻来覆去就是这一句话，“毒贩”快被逼疯了。

“毒贩”气急败坏地掏出手枪，冰冷的枪口死死地抵住了郭展召的眉心，他咬牙切齿地说道：“我再问最后一句，你们到底是什么人？”

郭展召目光灼灼地看向“毒贩”，“无可奉告！”

“毒贩”咬了咬牙，猛然冲着一旁的同伙使了个眼色，那人便提着一桶水浇在了昏迷不醒的李成亮的头上。

冒险游戏

李成亮是被冷水泼醒的。大脑在骤然清醒的瞬间，身子下意识地做好防御架势。无奈身子被捆绑得结结实实，他动弹不得。

“就你睡得死啊，你的兄弟们都折腾完一圈儿了，也该轮到你了！”“毒贩”阴险地笑着说道。随即，他掏出手枪死死地抵住了李成亮的额头。

郭展召、林艺强两人不由得大惊失色，身子下意识地想要挣脱绳索。但是绳索绑得结结实实，任凭两人如何挣扎都动弹不得。

“毒贩”不由得乐了，他摆弄着手里乌黑泛光的手枪，说道：“跟你们玩个游戏啊！”说着，“毒贩”将手枪套在食指上玩了一个花枪，一脸兴奋地接着说道：“咱们就来一个真心话俄罗斯转盘大冒险！”“毒贩”接着讲解着游戏规则，“如果我问你们的问题，发现你们没有说真话的话，那么……我就会朝这个人的脑袋上开一枪！怎么样？好玩吧！哈哈哈……”说完，“毒贩”笑呵呵地对准李成亮的眉心比画了一下，嘴里不时模仿着枪响的声音。

郭展召、林艺强、李成亮三人的衣衫瞬时被冷汗浸湿，他们满眼愤怒地望着面前笑得疯狂邪恶的“毒贩”。整个房间的空气仿佛在一瞬间被冻结，压抑得众人都喘不上气来。

此时，史蒂夫却在大屏幕前饶有兴趣地看着，甚至还时不时地咧嘴直笑，显然他对“毒贩”的表演很是满意。

战兵、冉爽两人觉得手心冒汗，虽然两人知道那人不是真的毒贩，枪里也不会真有子弹，但是他们还是不可抑制地紧张起来。

“毒贩”乐呵呵地将子弹尽数卸除，只留下一颗子弹。他脸上堆满笑容地看着郭展召等三人，“那么，咱们开始吧！”

郭展召、林艺强、李成亮的冷汗淌了下来，他们紧张地望着“毒贩”手里的枪械。

“你们是什么人？”“毒贩”沉声说道，随后将枪口对准了李成亮的脑袋。

“毒蝎佣兵团！”郭展召大声说道。

话音刚落，不仅仅是屋子里的“毒贩”愣住了，就连兴致勃勃地看着大屏幕的史蒂夫也是一脸震惊地转头看向战兵。他一脸哭笑不得地说道："你们之前串好口供了？怎么都是毒蝎佣兵团？"

战兵也是一脸疑惑，没有想到郭展召竟然说的也是毒蝎佣兵团。

战兵下意识地皱了皱眉。在来参加这次魔兽训练营的路上，他们一起讨论过毒蝎佣兵团的情况，或许是因为这个原因郭展召才说出毒蝎佣兵团。可是，这是不是也太默契了？战兵不由得摇头笑了笑。

"没有，只是个巧合。"战兵敷衍道。

"毒蝎佣兵团？""毒贩"重复了一句，随即仔细观察着郭展召等人的表情，直到没有发现任何的蛛丝马迹，"毒贩"才将枪从李成亮的脑袋上拿下来。

"毒贩"恶狠狠地瞪着郭展召等三人，咬牙切齿地说道："你们最好不要骗我，否则我会把你们剁成肉酱，拿去喂狗！"

郭展召抿了抿嘴唇，目光毫不闪避地与之对视。

"毒贩"冷哼一声，继续说道："为什么来这里袭击我们？"

郭展召刚想开口，那"毒贩"却猛然抬了抬手，随即将枪口指了指一旁的林艺强，"你来说！"

"任务！"

"什么任务？"

"收人钱财，为人消灾！"

"什么意思？""毒贩"眉头紧皱，一脸的紧张。

林艺强抿了抿嘴唇，"你们自己惹下的仇敌，你们应该心里有数儿吧！"

从逻辑上来说，林艺强的这招儿很高明。但凡是出来混的，没有几个是没有仇家的，哪怕是为国效力，结下的死仇也不会比佣兵团少多少。

"毒贩"反应了过来，显得有些慌乱。随即他一脸暴戾地打开保险，拉开枪栓顶着李成亮的脑袋狠狠地扣动了扳机。

时间仿佛在这一刻凝结了一般，郭展召、林艺强、李成亮三人只觉得全身的血液都停止了流动，他们直直地盯着"毒贩"手里的枪械。

"咔嚓"枪械发出一声摩擦声，没有子弹。

李成亮的冷汗"唰"地一下从全身各个毛孔里冒了出来，与死神擦肩而过的恐惧让他无比的惊恐，仿佛每一寸肌肤都在紧张地颤抖着。

“这次只是警告，再说一句谎话，我就开枪崩了他！”“毒贩”咬牙切齿道。

李成亮犹如烂泥一般瘫软在地，额头的冷汗大颗大颗地渗出，惊魂未定地喘着粗气。没有经历过被枪指着脑袋然后扣动扳机的人，是不会知道那种感觉有多么恐惧，就仿佛被人扔进了海里，活生生地溺死一般。恐惧绝望的感觉仿佛让人浑身的血液瞬间凝固了一般。

“最后一个问题！”“毒贩”重新拉开保险，而后将枪口死死抵住李成亮的太阳穴，一字一句地说道，“其他人现在在哪里？”

郭展召不由得咽了一口唾沫，心脏剧烈地跳动着，仿佛要将胸膛敲破一般，冷汗一下子从全身每一个毛孔里渗了出来，几乎将整个迷彩服打湿。

“快回答，其他人在哪里？”“毒贩”一脸不耐烦地催促道。

“我不知道……”郭展召咬了咬牙，一脸的铁青。

“毒贩”突然咧嘴笑了，绽出一丝最灿烂的笑意，随即一脸阴笑地看着自己枪口下的李成亮，“不知道？呵呵，那我就对不起了……”

“我是真的不知道，我们分开走的，我不知道其他人在哪里！”郭展召着急地说道，一张脸被憋得通红。

诱供

“毒贩”不由得冷笑一声，随即慢慢勾动扳机，一双狠毒的眼睛死死盯着众人，仿佛在尽情观赏着郭展召三人的恐惧表情。

李成亮猛然剧烈地挣扎起来，心跳仿佛骤然加快，血管都要尽数爆开……

“我说，我说……”郭展召猛然大喝一声，仿佛用尽了全身的力量一般。

“毒贩”嘿嘿一笑，眼神里闪过一丝得意，“早说就好了嘛！干吗费这么大劲呢？”说着将手枪从李成亮的脑袋上撤回，笑呵呵地看着已经全身瘫软的郭展召，“赶紧说吧！”

郭展召此时的脸色惨白，豆大的汗珠从额头不断滑落，显然在其内心经历着复杂的思想斗争。

史蒂夫轻笑一声，回头看着战兵，“看来你们的队长会让你们失望了！”

“不会的！”战兵一脸平静地看向史蒂夫，自信满满地说道。

史蒂夫摇了摇头，无奈地看着战兵，“你难道没看到吗，他已经崩溃了，在选择战友与任务中，他很明显选择了前者。”

战兵微微勾了勾嘴角，不为所动，“我相信我的战友，不管他们处于何种绝境，他们不会让我失望的。”

史蒂夫无奈地摊了摊手，“其实我知道你现在心里在想什么。你们队长选择的这条路我表示理解，毕竟兄弟的性命掌握在他的手里，他不会眼睁睁地看着自己兄弟去死，这些我们都理解。”

但是，还没等史蒂夫说完，战兵指了指大屏幕，“史蒂夫教官，你接着看！”

史蒂夫微微皱了皱眉，一脸狐疑地看向大屏幕。

“毒贩”慢慢靠近郭展召，脸上的笑容充满了和气，“你只要告诉我我想知道的事情，你，还有你的兄弟就安全了。”

“我……”郭展召一脸惨白，仿佛整个灵魂都被抽离出了身子。

“毒贩”脸上的笑意更深，继续循循善诱，“人生短短几十年，何必为他人这么拼命呢？再说了，命都没有了，其他的都是扯淡！只要你告诉我其他人现在的位置，我立马放了你。”

郭展召轻轻叹了口气，用一双浑浊的眼睛看向“毒贩”，声音嘶哑低沉，让人听不清他在说什么。

“你说什么？”“毒贩”不由得皱了皱眉，靠近郭展召想听清他在说什么。

就在这时，史蒂夫猛然站起了身子，脸色顿时大变，哪里还有半分淡定自若，他推开房门冲着郭展召所在的房间冲了过去。

这时，原本脸色还是一片惨白的郭展召猛然迸发出一股慑人的狠戾。“毒贩”还没回过神儿来，猛然觉得额头一阵剧烈疼痛，仿佛脑袋被一柄大锤重重砸中，瞬间所有意识尽数消失，身子重重栽倒在地，哼都未哼一声就昏死了过去。

李成亮、林艺强两人此时犹如两头龇出锋利牙齿的猛虎一般，哪里还有半分的慌乱恐惧，再看向那名“毒贩”，就像个死人一般。

“住手！”就在李成亮、林艺强两人想将那“毒贩”杀死的时候，猛然一声大喊将两人的动作硬生生地打断。

史蒂夫满脸的冷汗，在郭展召、李成亮、林艺强三人的锋利目光中，史蒂夫一脸担忧地看着昏迷不醒的“毒贩”。

“他……他没事儿吧？”史蒂夫焦急地看着郭展召。

郭展召的眉头顿时皱成了一团疙瘩，满脸的戒备。

“你是不是需要解释一下现在是什么情况？”郭展召一字一句地看向史蒂夫，目光冷冽肃杀，让人不敢直视。

史蒂夫确定了“毒贩”只是昏迷并非死亡的时候，一颗悬着的心这才落了地。史蒂夫有些不敢去看郭展召满含盛怒的眼睛，他连忙挤出一丝笑容，拿出匕首给郭展召三人松绑。这才笑呵呵地说道：“华夏队长，想必你们也都猜到了，这是一场测试，测试你们被俘后的反应。恭喜你们三位过关了！恭喜！”

郭展召冷冷地瞥了史蒂夫一眼，这才站起身来，问道：“其他队员呢？”

史蒂夫连忙做了个“请”的手势，“战兵，冉爽两人已经过关，正在监控室里注视着你们呢。”

郭展召皱了皱眉，看向躺在地上依旧昏迷不醒的“毒贩”，“他们是什么人？”

“SK 特战大队！”史蒂夫咧嘴一笑，随后朝着监控室的方向大跨步走去。

李成亮咧嘴一笑，“传说中的 SK 特战大队也不过如此啊！”

郭展召眯了眯眼，一脸的刚毅坚定，“那是因为他们碰上了我们！”李成亮、林艺强两人也不由得紧握了拳头。

郭展召等人跟着史蒂夫来到了监控室，果然在这里看见了战兵、冉爽两人。

史蒂夫有些羡慕地看着一脸灿烂笑意的战兵等人，心里不由得涌上了一丝温暖，如果这个世界上除了亲情、友情、爱情之外还有一种感情能够震撼人心，那么就只有战友情，因为那是在血与火中凝结而成的感情，这种情感甚至比这个世界上任何一种情感都来得激昂振奋。

“那么，就只剩下国光、华子和秦臻了！”郭展召环顾一周，笑呵呵地说道。

华夏队在第一轮的训练时，冯小龙、雷明辉两人因为体力不支被淘汰出局。现在的华夏队只剩下了八人，却是所有的受训队中，人数最多的一队了。

林艺强一听，咧嘴一笑，“我最不担心的就是他们三个了！三个王牌狙击手啊，这完全没难度！”

战争之王

正如众人所预料的，林国光、钟华、秦臻三人很快就逃出木屋。对于他们三人来说，逃脱难度并不大，毕竟“王牌狙击手”的称号不是白叫的。

此时其他受训队员依旧在磨绳子逃脱。他们只要挺过严刑逼供这一关，就基本上能够过关。毕竟对于这群特战队员来说，磨断他们手里的绳子不过就是时间问题。

这次的被俘训练也同样让一部分队员退出魔兽训练营，虽然数量不多，但是也让史蒂夫拉垮了脸。

不论在任何时候，叛徒总是让人不能接受。

这是史蒂夫的最后一项测试，这项训练结束之后，他的面具也随之被摘下。而这也预示着仅剩的四十名队员将要迎来他们的下一任教官了。

“嘿，你们不知道，这几天可算是憋死我了，整天想着怎么气你们，其实我是一个多么纯洁善良的人啊……”史蒂夫一脸自恋地冲着众人咧嘴一笑，露出两排整齐的大白牙。

四十名队员不约而同地扔给了史蒂夫一个鄙视的眼神，毕竟第一印象这东西太重要了，史蒂夫的“混蛋”形象已经深入人心，所以想要改变他在受训队员心目中的形象，恐怕很难了。

“我们的下任教官是谁？”有人突然开口问道。

所有人都将目光投向了史蒂夫，毕竟这个问题才是他们目前最关心的。

“安东尼·罗宾。”

“安东尼！我的老天！”

“不会真的是安东尼吧？”

……

队伍里有些混乱，大家群情激动地议论着。

史蒂夫的心里有些暗暗得意，“真是抱歉，恐怕让你们失望了。不错，就是你们知道的那个安东尼，只身一人在战场上制造了战争奇迹的安东尼！”史蒂夫笑呵呵地说道。

“竟然真的是他！”激动的声音再次响起，每个人的脸上都是神采飞扬，大家禁不住满怀期待。

如果说特战部队也有明星的话，安东尼·罗宾绝对就是一个大明星。没有人会没有听说过他的战争传奇，也没有人会不想成为他那样的战争之王，他就是传奇一般的存在，真正的战争之王。

“好了，如果不出意外的话，明天一早你们就能看见他了！”史蒂夫拍了拍手，振声说道，“我所给予你们的，只是魔兽训练营的热身运动，从明天开始，才是对你们的真正考验，不管怎样，祝你们好运！”

希望你们还能活着回来……

史蒂夫的眼里闪过一丝悲哀，但很快就消失不见。随即，机舱内传来一阵警报声，紧接着机舱的舱门打开，两根绳子垂直扔了下去。接着，队员们排成两队，顺着绳子快速滑了下去。

史蒂夫最后一个滑了下来，他冲着直升机驾驶员打了个手势，两根绳子快速收起，紧接着直升机拔高升空，轰鸣声慢慢远去，直升机也消失不见。

当再次踏入这座破旧城堡时，所有人的心境都有了很大的改变。能够坚持到现在仍然留下来的人，都会如史蒂夫所言，正式开启他们的魔兽训练营之路，而这正是他们都殷切期待的。

匆匆地洗澡、吃饭后，众人便三三两两地坐在床上讨论安东尼。他们依旧有些不太相信他们的下一任教官就是安东尼。

“安东尼·罗宾真的有这么神？我怎么觉得他的战争故事就像是编的一样？我还一直以为那是传说呢，没想到竟然真的能够见到真人！”林艺强兴奋地说道。

“谁知道呢，除非让我真的见到安东尼本人，否则史蒂夫的话我连一个标点符号都不愿意相信。”李成亮说道。

郭展召不由得咧嘴一笑，“应该是真的，在来之前，我曾经听到过一些消息，原本还以为是假的呢，没想到竟然是真的。”

林艺强顿时蹦了起来，脸上全是掩饰不住的兴奋。

郭展召笑着把林艺强摁着坐下，“你能不能别这么激动，不知道的人还以为你抽风了。”

林艺强不以为然地摆了摆手，迫不及待地说道："队长，队长，还有啥内幕，赶紧给我们说说呗！"话音刚落，所有人的目光都投向郭展召。

郭展召笑呵呵地点了点头，说道："我只知道这些，其他真的一概不知。也正如史蒂夫所言，咱们这次的魔兽训练营不过才刚刚开始，所以，大家务必要打起精神来，听清楚没有？"

"是！"

第二天凌晨，大家都早早醒来躺在床上等待着"起床信号"。但是，左等右等都没有等来，直到天色即将蒙蒙亮的时候，一声凄厉的哨声响起，紧接着一个掷地有声的声音响起来，"紧急集合！"

话音刚落，早就准备就续的队员们以最快的速度翻身下床，他们迅速穿戴好衣服装备，抓着绳子滑到了房子跟前，满脸希冀地望着面前这位身着迷彩服军装的中年男子。

面前的中年男子三四十岁的样子，身高一米七五左右，体态匀称，脸上总是带着一丝温和的笑意，让人不由得好感倍增。

一会儿后，中年男子面前就站好了四排队列，从高到矮依次排列，整齐划一。

所有人的心里都有些打鼓，下意识地四下搜索着其他人的踪影。但是，让大家失望的是，除了眼前的这个中年男子之外没有其他人。难不成眼前这个其貌不扬的中年男子就是传说中的战争之王安东尼·罗宾？

开……开什么玩笑！

就在众人集体瞪眼的时候，面前的中年男子开口说话了，他的声音低沉有力，带着一些 E 国北部的口音，仿佛一把年代久远的兵器，发出铿锵铮铮的金戈之音。

"我是安东尼·罗宾，在魔兽训练营结束之前，全权负责你们的训练以及淘汰任务，我会以最严苛的方式对你们进行训练。而在这之前，我先撂下一句话，我的训练是残酷严苛的，会让你们付出残疾乃至生命的代价。如果有人要退出，现在就可以退出；如果没有，那么，十分钟之后机场上集合！"

13　血雨腥风

萨拉尼

十分钟后，直升机承载着四十名受训队员盘旋上升，离开城堡驻地。而这时，所有人都已经坚信了面前的这个人就是安东尼。

“我们第一站要去的地方是萨拉尼。这个地方想必大家都不会陌生，终年的战争让这个国家被誉为‘冒险者的乐园’，各路佣兵以及恐怖组织盘根错节在这片土地上。我对你们的第一项训练就是让你们学会如何在一场战争中生存，不仅是要活着，而是要活着去战斗！”

安东尼顿了顿，继续道：“特种部队是什么，所谓的特种部队就是猛虎、毒蛇，拥有世界上最顶尖的杀人技能，能够在最恶劣的环境中生存，但是，你们是吗？”安东尼那原本温和的眼神此刻变得冷厉肃杀，让人心惊胆颤。

“现在还不是！”安东尼犀利的目光扫了一眼众人，“你们现在还不知道真正的战争是什么，真实的战争会毫不留情地摧毁所有的一切，还原一切的原始本能，你们现在还没有这种意志，还不是狼！”

四十名世界上最精锐的特战士兵都狠狠地挺起了胸膛，燃烧着熊熊烈火的双眼死死地盯着安东尼，爆发出震撼人心的声音，“我们是！”

安东尼不由得笑了，笑容冲淡了满脸的肃杀，机舱内的气氛顿时得到了缓和。

“我拭目以待！”

直升机不敢飞跃萨拉尼边境，因为那会面临随时被击落的危险。因此，在没有抵达萨拉尼边境时，安东尼便下令伞降。

“从现在开始，你们的性命不掌握在我的手里，也自然不在你们自己的手里，而是交给了这场战争。我不知道在离开这片战场的时候，我还能带走几个活着的人。所以，从现在开始提高你们的警戒，因为在这片土地上，哪怕是一丝一毫的失误都会要了你们的命！”

所有人都在认真倾听着安东尼的每一个字，因为这是安东尼用生命得到的战场的宝贵经验。如果他们没有参加这次的魔兽训练营，恐怕绝对不会听到其中的任何一个字！

安东尼带着队员们一路小心地穿过边境，有了熟悉萨拉尼地形的人带路，众人进入萨拉尼领土上只用了十几分钟的时间。

整个萨拉尼弥漫着一股死亡的气息，这里每天都会有人在战争或者武装冲突中死亡。连年的战争让萨拉尼人民对生命明显少了敬畏之心，他们淡漠自己的生命，同时更看不起别人的生命，他们会不眨眼皮地杀掉别人，这是一个疯狂的国度，一个冒险家的乐园。这里的人命不值钱，不管是别人的，还是自己的。

站在战场上的那一刻，安东尼有了一次华丽的变身。这时，没有人敢否定他的身份，他是真正的“战争之王”！

不得不说，萨拉尼的混乱程度大大超越了所有人的预想。就在他们穿越过边境五公里之后，赫然看到一个村子的人全部被屠杀，而且是以最野蛮、最原始的方式屠杀，砍死或者是活活打死。

众人将整个村子转了个遍，一个活口也没有，整个村子的人被全部杀光，哪怕是一条狗。

“这里发生什么事情？”队员们忍住干呕，一脸震惊地开口问道。

这种白刃屠杀只出现在尘封的历史中，所以当众人再次看到这样的场景时，心里漾起的波澜真是翻天覆地。

战兵不由得皱了皱眉头，目光快速掠过那些尸体的伤口，说道：“应该不是佣兵或者军队所杀，而是仇杀！”

“怎么可能，这都什么年代了，仇杀能杀一个村子？”渡边野二一脸不屑地开口道，满脸的鄙视唾弃。

林国光双眼冷峻地看着渡边野二，把渡边野二看得发虚。

战兵也冷漠地扫了一眼渡边野二，懒得再跟他争辩。

安东尼回头看着战兵，暗暗点了点头，说道："是部落仇杀，或者是宗教仇杀，都是普通百姓干的。"

渡边野二的脸上顿时闪过一丝懊恼，红一阵白一阵地满脸尴尬。

"怎么会这样？"郭展召眉头紧锁，在一堆尸体里，他甚至还看到了女人跟孩子，什么样的仇杀竟然连孩子都不放过？

安东尼冷哼一声，"有什么不可能？"说着，他目光冷冷地扫过众人，"我劝你们收起那些所谓同情弱者的价值观，真正的战场上是没有弱者的，一个甚至搬不动几块砖瓦的孩子都会成为杀人不眨眼的死神，你们在他们眼里都是弱者！"

郭展召不由得抿了抿嘴唇，一脸的铁青。

安东尼冷哼一声，"我再次重复一句，收起你们的同情心，这里不是你们执行任务的战场，这里也没有需要你们拯救的百姓，你们要做的就是保护好你们自己的性命！听清楚没有？"

"是！"几十个队员振声齐吼。

安东尼瞥了众人一眼，这才大手一挥，带领大家继续朝前方奔去。

黑市出手

翻过一片贫瘠的土地，众人来到了一处小型集市，三三两两的黑人坐在集市的摊位上堂而皇之地卖军火。这里来来往往的什么人都有，有百姓，有佣兵，甚至有士兵。

"教官，这里是什么地方啊？"

"黑市。"

众人不由得面面相觑，不知道安东尼带他们到黑市来干什么。

随着天色的渐渐放亮，原本萧条的集市开始变得热闹非凡。战兵甚至在集市上看到有人在贩卖人口，也不知道他们贩卖的是自己的亲人还是拐卖而来的妇女儿童。

“不要小看任何一个来逛黑市的人，哪怕是女人。”安东尼低声说道。

众人点了点头，随即有些兴奋地东张西望。他们在看摆放在集市上贩卖的各式东西，有的甚至是军队的正规用品，显然是家里有当兵的，顺来这些东西卖掉，再换购一些生活用品。

战兵有些疑惑地皱了皱眉，不知道安东尼为什么带他们来黑市。这里热闹是热闹，但是除了能看个热闹外，实在想不出来这里的原因。

“待会儿如果打起来，眼睛都放亮点儿，不许开枪，听清楚没有？”安东尼眼睛环顾四周然后压低声音说道。

众人虽然一脸的迷惑，但还是乖乖地点了点头。

就在这时，原本热闹的黑市上突然传来几声嘈杂，随即嘈杂声越来越大，渐渐地变成了一片混乱，甚至能够听到东西摔在地上的声响。

安东尼勾了勾嘴角，他随即快速挤进人群，往混乱最厉害的地方挤去。

战兵等人不敢落后，连忙紧紧跟在他身后，硬着头皮往人堆里挤。一路上他们受到了不少的谩骂，把一帮硬汉骂得满脸通红，恨不得找个地缝钻进去。

就在众人疑惑为什么安东尼会对这样的热闹感兴趣时，猛然看到安东尼已经加入了混战，他几乎一手解决一个，动作犀利迅猛。

战兵等人一见这架势哪里还敢闲着，纷纷冲进了战营，原本混乱的战局顿时出现了一面倒的局面。

“敢跟老子抢东西，我看你是活腻歪了！”为首的一个胖子狠狠地拿鞭子抽着一个被他踩在脚下的人，而后又狠狠踢了几脚，这才一脸警觉地抬头看向安东尼等人。

安东尼此时仿佛换了一个人似的，嚣张跋扈得要死，眼睛横挑着看人，目光里充满了轻蔑。

“老子在一旁看热闹看得好好的，竟然打了老子一拳不道歉，活该被打成猪头！”说着，安东尼冲着被胖子踩在脚下的那个人吐了一口浓痰，随即冷冷地瞥了那个胖子一眼，转身看了一眼战兵等人，“走！”

由于刚才众人都见识过战兵等人打架的威力，纷纷自发给安东尼让出了一条路。战兵等人一头雾水地跟在安东尼身后，实在搞不懂安东尼葫芦里究竟卖的是什么药。

“哎，等等……”就在这时，身后的胖子突然开口了，走在最前面的安东尼停住了脚步，一脸疑惑地回头看去。

胖子笑呵呵地挤过人群，笑呵呵地说道：“兄弟，你们是混哪里的？”

安东尼指了指眉心，“混中间。”

胖子一听，哈哈大笑一声，随即冲着围在一旁看热闹的众人挥了挥手，凶神恶煞般喊道：“都看什么看，散了，散了，赶紧散了！”

人们见没什么热闹可看了，这才慢慢散了去，整个黑市又再次恢复了繁华热闹，仿佛刚才发生的混乱只是众人的错觉而已。

战兵跟在安东尼的身后微微皱了皱眉头，他现在已经大体猜到了安东尼的目的了。

“来来来，去我那里喝酒，酒肉管够，兄弟们尽管敞开了吃喝！”胖子一脸豪爽地拍了拍胸脯，随即搂着安东尼的肩膀朝前边走去。

队员们疑惑地跟在安东尼身后，他们和胖子身后的佣兵形成了两大阵营，一左一右地跟在胖子和安东尼的身后。

“安东尼到底想干什么？”冉爽压低声音看着战兵，一脸的疑惑。

此时的冉爽已经化装成男人，白皙如玉的脸上已被涂抹了特质的药水，一脸的黑乎乎，远远看去就像是一个健康的大男孩儿。

“看那胖子的殷勤劲儿就知道了，他想吃掉我们这几十个人。”

冉爽不由得微微张了张嘴，显然她无论如何也想象不出来就胖子身后的这些杂兵怎么“吃掉”他们！

胖子的驻地是一处简易的农庄，但是院子却圈得异常大，越发显得房子小。

“兄弟几个身手不错啊……”胖子笑呵呵地看向安东尼，然后又有些眼红地看着战兵等人。刚才动手的时候，他可是看得清清楚楚，这几十个人手上都有几把真功夫！如果能将这几十人拉入他的队伍，那么这方圆几十公里的佣兵老大就非他莫属了！

“嘿嘿，兄弟，来来，我和你商量个事儿！”胖子亲热地搭着安东尼的肩膀，脸上的肥肉都笑出了褶子。

安东尼笑呵呵地看着胖子，显得很豪爽的样子，说道：“什么事儿，尽管说就行！”

胖子嘿嘿一乐，说道：“兄弟，你看这样行不行？你们刚来萨拉尼不久，连个落脚的地方都没有，我们两家合在一处，你看如何？除了我之外，你就是老大，以后咱俩六四分成，怎么样？”说完，胖子一脸希冀地望着安东尼，油腻的脸上泛着油光。

挑衅

安东尼装模作样地表示惊讶。胖子又连忙开出了丰厚条件，无非就是不限制安东尼所带来的人的自由，佣金六四开分。

如果这样的条件开给其他的零散佣兵团，算是非常好的条件了。安东尼自然也就不装了，笑呵呵地叫了声大哥，算是正式入伙苍鹰佣兵团。

“哈哈哈，好！来人！下去准备好酒好菜，今晚咱们不醉不归！”胖子豪迈地拍了拍安东尼的肩，眉开眼笑。

冉爽冲着战兵微微勾了勾嘴角，看来还真被战兵猜到了。

“你怎么知道安东尼打的是这个主意？”冉爽满脸的疑惑。毕竟这苍鹰佣兵团的实力实在是弱得不能再弱了，安东尼到底想要做什么，竟然让他们加入这样的一支佣兵团。

战兵看着胖子搂着安东尼的肩进了房间，这才低声说道：“这里的情况太过复杂，如果咱们这四十多人在这里行走的话，难保不会被吃掉，而加入任何一支佣兵团都是对咱们有百益而无一害。如果不想被对方束手束脚，加入像苍鹰这样弱的佣兵团正好。”

冉爽点了点头，转头看向安东尼所在的房间，“反正不管怎么说，这次的萨拉尼之行，我很是期待。”

战兵微微勾了勾嘴角。恐怕不仅是冉爽，所有人都对这次的萨拉尼之行充满了期待，不知道接下来迎接他们的将会是什么……

很快，在安东尼的安排下，受训队员与苍鹰佣兵团合在了一起，几天相处下来倒是相安无事。

“从现在开始，听好我说的每一个字，不管你们用什么办法，把这些话都揉碎了塞进你们的大脑。如果危险来临，我希望你们的大脑会想起我对你们说的这些话。”

安东尼犀利的目光扫了一眼众人，接着说道：“抛弃你们的固有思维，这里是战场，除了对自己的兄弟、战友保持信任以外，不要相信任何一人，也不要同情任何一人。我已经看惯了那些所谓的正义之士在战场上为了所谓的同情心丢掉了生命，我不希望这样的蠢货再次出现，尤其是在我的训练营！清空你们的固有思维，出现在战场上的任何人都可能是敌人。你们不知道战场上的人究竟谁对你们抱有好意，谁对你们抱有恶意，不要试探，因为生命经不起试探！”

所有人都听得心惊胆战，安东尼给他们描述的战场是残酷的、没有人性的，任何美好的东西都不会出现在这里，也不会有任何的美好会与战争挂钩。

安东尼略微缓了缓语气，继续说道：“这几天我们跟苍鹰佣兵团暂合一处，不是为了庇护，而是为了更好地活下去。如果你们在战场上走失，不要坚持那些所谓的狗屁原则，加入任何一支你们能够利用的力量，然后依靠他们的力量活着走出来！”

这时，一个队员有些不解地开口问道：“安东尼教官，你的战争传奇都是孤身一人完成的，为什么到了我们这里就一定要跟其他人合作，难道我们的实力跟你相差太多吗？”

安东尼锋利的眼睛注视着大家，“这是战场，不是个人的表演舞台！我希望能够带着你们活着离开战场，而不是看着你们死在这里！”

安东尼的目光再次扫了众人一眼，“所谓的战争传奇不过是无聊的人杜撰的，如果你们经历过残酷的战争，你们就会明白我今天所说的话了。”

战兵心中在想，在真正的战争中，任何强者都是渺小的，一颗子弹就会要了他的命，所谓强者在战争中也是弱者。

“三天后，苍鹰佣兵团会受雇参加一次暴乱行动，我希望你们做好充分的心理准备！”

“是！”

接下来的三天时间里，胖子一直忙里忙外。毕竟是要参加暴乱行动，他必须把所有能够准备的东西都提前备好。

这次的雇主出手大方，而胖子也出动了全副身家。安东尼等人的加入让胖子对这次的任务充满了信心，他几乎已经看到了苍鹰佣兵团的辉煌前景。

苍鹰佣兵团是老牌佣兵团，几年前在这一带站稳了脚跟，那时很少有人找麻烦。但是最近几年衰败了，附近一些刚刚新起的佣兵团开始时不时地过来骚扰，而就在胖子忙里忙外的时候，附近的佣兵团便找上了门。

“让胖子死出来！”

“他妈的，听不懂人话是吧？”

……

门外一阵嘈杂声，战兵等人皱着眉头走了出来，只见一伙荷枪实弹的佣兵直接闯入院子，而苍鹰佣兵团的人则一脸愤恨地将其围成一圈，场面一触即发。

安东尼被胖子拉出去进货去了，整个苍鹰佣兵团只剩下了几十个看家的。

“哟，看着挺眼生啊，哪儿钻出来的？怎么就这么不开眼投了苍鹰呢？”其中一个膀大腰圆的壮汉一脸挑衅地看着战兵等人，眼神里满是蔑视。

“你说什么？”一个苍鹰佣兵团的佣兵气愤地说道，“有种再说一遍！”

壮汉瞧了一眼面前一脸怒气冲冲的苍鹰佣兵，嘴角不由得扬起一丝轻蔑，“我再说也是那样，你们这群苍蝇！”

苍鹰佣兵一听对方将自己说成苍蝇，顿时气得火冒三丈，大叫一声，扬起拳头冲着那人打了过去。

壮汉看着这个身高还不到自己下巴的苍鹰佣兵冷笑一声，猛然一抬脚，只听“咔”的一声闷响，那名苍鹰佣兵被踢飞出去，随即捂着肚子，将身子蜷缩成了一团，脸色一片惨白。

壮汉的一脚将所有人都吓了一跳。太快了！还没看清楚他是如何出脚的，那名苍鹰佣兵已经被踢飞出去好几米远。

挖墙脚

苍鹰佣兵们见状将那壮汉团团包围，纷纷抬起拳头冲着壮汉砸过去。

壮汉虽然长得膀大腰圆，但是身手却很灵活迅速。他快速地躲过众人的攻击，然后重重一拳砸向了一旁的苍鹰佣兵的胸口，只听一声哀号，那名佣兵捂着胸口摔了出去，一大口鲜血喷吐而出。

壮汉的威猛让苍鹰佣兵们又惊又怕，大家围在壮汉身边，一脸警惕地怒视着壮汉。

壮汉一看就是从角斗场里混出来的，出手狠辣不说，而且招招致命，力气巨大且灵活敏捷，苍鹰佣兵根本就不是这个壮汉的对手。

战兵没想到一个名不见经传的佣兵团竟然会有这样的格斗高手。一旁的林艺强气愤难耐地想要上前，却被眼疾手快的战兵一把拽住了胳膊，冲着他微微摇了摇头。

林艺强拧了拧眉头，虽然不知道战兵为什么不让自己出手，但还是没再上前。

“都闪开，让我来！”这时，H 国队的队长韩载锡一脸气势汹汹地站了出来，苍鹰佣兵见状连忙给韩载锡让出了一条路，满脸的希冀。

壮汉看着韩载锡一步步地朝这边走来，一双粗壮的眉头微微一挑，看出韩载锡是个练家子，不由得收起轻蔑神情。

韩载锡一米七八的身高，八十公斤的体重，身材匀称得足以去当仪仗队员，虽然身高已经不算矮了，但在那壮汉面前却显得如同一个小孩儿。

韩载锡摆好格斗架势，一脸的警惕。壮汉身高两米二多，体重至少有一百四十公斤，肌肉发达得夸张。这样悬殊的体能差距只能靠格斗技巧来弥补，韩载锡的心里也是没有底气。

冉爽皱了皱眉，格斗方面她是行家，虽然眼前这个壮汉的招式路数都是黑市角斗场里练出来的，但是却也跟格斗武术相差不多。不得不说，眼前的这个壮汉绝对不好对付。

“你觉得怎么样？”冉爽低声问战兵。

战兵摇了摇头，“H 国队队长不是那壮汉的对手。”

冉爽心中一惊，一旁的林艺强也是满脸的震惊。

H 国队队长的格斗术不比林艺强差多少，甚至有可能更强，即使如此，战兵竟然说 H 国队队长不是那壮汉的对手，怎么可能！

战兵继续分析道：“身高、体重、力量相差如此悬殊，更何况这个壮汉身手灵活，一招一式都不是花架子，都是在地下黑市里练就的黑招儿，等闲之人不会在他的手下讨得便宜。”

冉爽开口问道：“那你呢？”

战兵不由得苦笑一声，“我又不是神仙，除非拼命……”

冉爽自觉失言，低了低头，是啊，他又不是神仙。

战兵随即将目光再次投到了比试场地。

韩载锡知道对付这样的力量型对手只能以速度取胜，天下武功，唯快不破，要争取在最短的时间内打倒敌人。

壮汉不由得微微眯了眯眼，看着韩载锡一脸警惕地望着自己，一脸轻蔑地开口说道：“怕了就滚蛋，别在老子跟前碍眼！”

韩载锡哪里听过这样的侮辱，眼睛顿时迸发出一股慑人的寒光，他猛然抬腿，一记侧踢朝那壮汉的肚子踢去。

韩载锡的这招儿又快又狠，没有什么技巧性可言，就是一个字——快！

壮汉眼睛微眯，知道这一脚来者不善，就在那一脚将要落到身上的时候，壮汉突然灵活地一退，躲过了韩载锡的侧踢，随即身子重重地撞向韩载锡。

韩载锡不由得心中大惊，想做出反应已经来不及了，万不得已只得屈肘去挡。

只听一声肉体撞击的闷响，韩载锡感觉自己像被一辆加速疾驰的汽车撞到一般，身子不可抑制地向后飞去，瞬间飞出了三米开外，整个骨头架子发出咯咯的声音，疼得韩载锡咬牙切齿。

“你不行！”壮汉冲着韩载锡轻蔑地将大拇指向下，H 国队的另外两名队员顿时怒气冲冲地站了出来。

壮汉不由得冷笑一声，“怎么，又来了两个废物！”

两名 H 国队队员顿时气得两眼通红，他们大叫一声，一左一右地冲着那壮汉打了过去。

壮汉收敛笑意，微微朝后退了半步，随即侧身抬手挡住两人的一拳。犹如碗口大的拳头冲着其中一个 H 国队队员的胸口重重砸了下去。

那名 H 国队队员顿时觉得大事不妙，想也不想地抬手去挡。壮汉那一拳重重砸在了他的胳膊上，随即他也步了韩载锡的后尘，整个人飞了出去，一双胳膊被砸得疼痛难耐，连半分抬起来的力气都没了。

另外一名H国队队员没料到壮汉出手竟然如此灵敏，当即加上身子的回旋力量，重重地朝壮汉踢去。

壮汉早已摸清了那名H国队队员的动向，他快速后退几步躲过那H国队队员的一记侧踢，而后看准时机对准他的膝盖重重踢了下去。“咔嚓”一声闷响，那名H国队队员的腿顿时呈现一个诡异角度的弯曲，紧接着凄厉的惨叫响起，那名H国队队员的右腿赫然被那壮汉一脚踢断。

苍鹰佣兵顿时吓得变了脸色，一脸恐惧地望着那壮汉，身子止不住地连连后退，眼睛里满是恐惧慌乱。

这时，壮汉身后的一名佣兵突然开口了，一双眼睛看着战兵等人，“你们也都看到了，我们战神佣兵团人才济济，比那死胖子的苍鹰要强上百倍，你们只要跟了我，我保证你们吃香的喝辣的……”

战兵一听不由得微微挑了挑眉头，原来这帮人是战神佣兵团的，来这里的目的竟然是挖墙脚。

棘手

“战神？”郭展召似笑非笑地瞥了一眼战兵，似是动作太过明显，战兵的脸色不由得一沉。

郭展召收回目光，这才看向面前那个长了个鹰钩鼻的战神佣兵团老大，心道：什么时候挖墙脚都能这么光明正大、理直气壮了？竟然还派人打过来，真是让人大开眼界。

“你们不要欺人太甚！”一个苍鹰佣兵怒气冲冲地瞪着鹰钩鼻大声说道。

鹰钩鼻冷哼一声，“我就欺负人了，怎么样？”说着语气一沉，“别废话了，让死胖子给我滚出来，从今天开始，苍鹰佣兵团就跟我们战神佣兵团合并了！”

“不可能！”苍鹰佣兵怒不可遏，愤怒的眼睛死死地瞪着鹰钩鼻。

鹰钩鼻微微眯了眯眼，随即瞥了一眼壮汉，壮汉心领神会地点了点头，随即大跨步朝那名苍鹰佣兵走去。

“你……你要干什么？”那名苍鹰佣兵一脸恐惧地看着壮汉，连连后退。

壮汉嘴角扬起一丝嗜血的杀气，他加快脚步一把拽住那个已经吓白了脸的苍鹰佣兵的衣领，像拎小鸡一样把他拎了起来，接着用力朝外一抛，一声恐惧的尖叫声骤然响起，那名佣兵已经被扔出了院子，他的身子重重摔在了地上。最初的尖叫声戛然而止，变成了一阵细碎的呻吟。

所有的苍鹰佣兵都一脸畏惧地纷纷后退，在见识了壮汉的身手后，已经没有人敢和壮汉动手了。

郭展召不由得回头看了一眼受训队员。显然，H 国队队长韩载锡的下场已经让所有人都绷紧了神经，没有人再敢轻易上前挑衅。

“这是明目张胆地抢人了。”郭展召不由得摇头苦笑，随即歪着脑袋看向眉头紧锁的战兵，压低声音道，“你有什么主意能摆平这个壮汉？”

战兵环顾四周，扯出一丝苦笑，“你觉得咱们当中有谁会是这人的对手？”

郭展召挑了挑眉头，挽了挽袖子作势就要上前，却被战兵一把抓住了衣服。他冲着郭展召抬了抬手，“行了，队长，您先歇着，我不行了您再上……”说着推开人群走了出去。

“哟，又来了一个不怕死的！”鹰钩鼻嗤笑一声，斜着眼儿看着战兵，随即冲着壮汉扬了扬下巴，“去，解决了他！”

“是！”壮汉应了一声，随即朝战兵大跨步走去。

此时，所有人都不由得为战兵捏了一把汗。战兵跟 H 国队队长的体型差不多，H 国队队长已经被打得这么惨，这人上来不是作死吗！

战兵开始细细打量起眼前的壮汉，不敢有丝毫的懈怠。毕竟体格上的差距无法更改，战兵只能想其他办法战胜眼前这个壮汉。

壮汉走到距离战兵两米远的地方停了下来，站在原地一动不动地看着战兵，看样子是等着战兵出手。

战兵微微眯了眯眼，猛然发起进攻，朝壮汉冲了过去。

壮汉下意识地后退半步，战兵的动作够快，这个壮汉的速度也不慢，挡下了战兵的攻击，随即一把抓住战兵的肩。

战兵不由得大惊，但是此时想逃离壮汉的钳制已经来不及了。那壮汉猛然用力将战兵甩了起来，战兵的身子便径直飞了出去。

冉爽的心猛地提到了嗓子眼儿，她没想到战兵竟会在壮汉手里过不了一招。

就在所有人都以为战兵会被扔出去时，却见那壮汉的眼睛猛然眯成了一条线，紧接着就见战兵抓住了壮汉的胳膊，随即身子在半空中回旋了一百八十度，然后一脚朝着壮汉的脑袋踹了下去。

壮汉大吃一惊，哪里还顾得上钳制战兵，几乎下意识地屈肘护住脑袋，而战兵的那一脚便狠狠地踹在了壮汉的胳膊上。壮汉身子不受控制地连续退了五六步才停了下来。而战兵却一个利落的后旋落了地，双眼虎视眈眈地盯着壮汉。

壮汉眉头紧皱地看着战兵，缓缓放下手臂，如临大敌地瞪着战兵。不得不说，一时的轻敌让他失去了先发制人的机会，同时也让战兵占得了先机。

冉爽不由得轻轻吐了口气，一颗悬着的心这才放了下来。刚才她竟然真的以为战兵会吃亏，全然忘记了战兵是一个连格斗都会运用谋略的"妖孽"。冉爽稳了稳心神，这才继续看向场地中央的两人。

壮汉不由得倒吸一口气，一脸警惕地看着战兵，随后犹如黑塔一般的身子直直地朝战兵走去。

战兵微微皱了皱眉，不得不佩服壮汉的反应速度。在地下角斗场训练出的搏击术已经让他的身体对于危险有了本能的反射功能，甚至完全不受大脑控制。

是个棘手的对手!

战兵的脑海里不由得想起了陆侦团的那匹黑马——孙甲柱。那小子如果到自己的手里打磨几年，拿来对付这壮汉，那还不跟玩儿是的。想到这里，战兵更加坚定了扩员利刃行动队的想法。

电光火石之间，战兵的脑海里已经转了好几个念头。而这时，壮汉已经再次站到了战兵面前，摆出了搏击的架势!

鹰钩鼻咧嘴一笑，他知道壮汉这是要动真格的了。

点穴

壮汉的鞋底缓缓地摩擦着地面，双手紧握呈搏击架势，一双锋利的眼睛紧紧盯着战兵，等待着最佳时机发出致命一击。

时间一分一秒地过去了，壮汉的额头渗出了汗水。苍鹰佣兵以及战神佣兵的队员们已经等得有些不耐烦了，鹰钩鼻更是骂骂咧咧地催促壮汉赶紧动手，原本紧张的气氛顿时增添了几分焦躁。

鹰钩鼻抬手擦了擦额头的汗水，他这次来寻衅就是想趁胖子不在好浑水摸鱼，可是，就这么拖延下去，恐怕两人还没打起来，胖子他们就已经回来了。

“还愣着干什么，上啊！”鹰钩鼻再次催促道。

壮汉有些不耐烦地皱了皱眉头，但是眼下他受雇于人，也只能听从鹰钩鼻的命令。

“啊！”壮汉大吼一声，随即冲着战兵的面门狠狠打了一拳。骤然发力，根本没有任何征兆，甚至还没等战兵反应过来，犹如碗口大小的拳头已经打到了战兵的面前。

几乎是下意识的，战兵侧头躲过壮汉的致命一击。可是，还没等战兵站稳身子，壮汉的拳头已经再次朝他挥来。

战兵慌忙之下避开了壮汉的攻击，随即后退两米，一脸警惕地看向壮汉，大脑却在飞速运转。

没有丝毫破绽，不管是力量还是速度，壮汉都无懈可击！

战兵的额头慢慢渗出了汗珠，而一旁的鹰钩鼻似乎也看出了端倪，连忙冲着壮汉大声喊道：“赶紧干掉他，快！”

壮汉瓮声瓮气地应了一声，随即像铁塔一样的身子快速朝战兵奔去，直把众人看得心惊胆颤。这样的速度与力量，如果被撞上，战兵就是不死也要丢半条命。

所有人都为战兵捏了把汗。此时只见战兵勉强躲过壮汉的攻击，随即屈肘捣向壮汉背部的脊柱。

壮汉只觉得身体一阵酥麻，没等他反应过来，战兵已经快速退至到两米之外。

鹰钩鼻此时已经急得不行，他没想到战兵会如此厉害，竟然在壮汉的攻击下撑了十几分钟，还毫发无损，这大大超出了鹰钩鼻的预料。

壮汉也没料到战兵会如此难缠。他从十六岁开始便在地下搏击场打黑拳，不知道有多少人死在他这双硬拳之下，到现在为止一直都是打遍天下无敌手，所以他才被鹰钩鼻以绝对的高价雇佣了过来。可是，今天面前这个貌似不起眼的对手却让壮汉第一次感到难对付。

战兵冲着壮汉勾了勾手指，一脸的挑衅。

壮汉哪里受过这样的侮辱，他瞪着一双猩红的眼睛，大叫一声，冲着战兵再次冲了过去。

壮汉的攻击力度与速度都达到最高，战兵避无可避地被连番击中了数次，虽然都避开了要害，可即使如此，战兵也觉得整个身子如同散了架一般，疼得他不住地龇牙咧嘴。

“哈哈！赶紧干掉他，他马上就不行了！”鹰钩鼻得意地大叫，一双浑浊的眼睛满是阴狠的杀气。

壮汉咬了咬牙，一双拳头捏得直响，看着战兵的目光越发的狠戾。

战兵不由得微微勾了勾嘴角，一双锋利的眼睛直视着对方。

“队长，他想干什么？”李成亮压低声音问郭展召。

郭展召也是眉头紧锁，显然他没弄清战兵的策略，一脸困惑地摇了摇头。

这时，冉爽沉声说道：“战兵这是想攻击敌人的死穴。刚才壮汉被战兵击中的位置是赤阳穴，被大力击中时会觉得下半身酥麻胀痛，连续攻击会有奇效。”

林艺强连连赞许，他对穴位也是多有研究，被冉爽这么一解释，他立刻知道战兵到底想干什么了。

“点穴！”郭展召若有所思地点了点头，这小子总能给人意外的惊喜。

壮汉被战兵连续躲过了自己的攻击，气得恼羞成怒，又对战兵发起连番攻击。战兵虽然也受了几拳，却也瞅准了时机，屈肘用力地捣向壮汉的赤阳穴。

壮汉几乎下意识地挥拳去挡，战兵咬了咬牙，尽量避开身体的要害位置，硬生生地扛下了壮汉这致命的一击，而战兵的手肘却也再次狠狠地顶在了壮汉的赤阳穴上。

只听“扑通”一声，原本大汗淋漓的壮汉突然双膝一软摔在了地上，重达一百四十公斤的身子砸向地面发出沉闷的声音，让人不由得心头微颤。

而战兵此刻也同样不轻快，壮汉的那一拳击中了战兵的肩膀，使他整个人一下子飞出去两米远，然后，身子重重撞在了一旁的花坛上。

“战兵！”冉爽不由得惊呼一声，一脸惊慌地朝战兵奔去，林国光、郭展召也是一脸担忧地紧随其后。

战兵只觉得半边肩膀瞬间肿胀了起来，疼得他险些叫出声来，虽然他已经做了充分的防护措施，可是壮汉的力量实在是大得惊人，只此一击就打断了他的肩胛骨。

“你没事儿吧？”冉爽关切地问道。此刻她的心里真是心疼、埋怨、担忧各种情感交织在一起，就像打破了五味瓶一般。

战兵连忙摆了摆手，随即抬眼看了一眼一脸恐慌的壮汉。此时的壮汉压根就不知道自己究竟是怎么了，只觉得脊柱以下的部位全部失去了知觉，这种恐惧的感觉让他濒临崩溃。

暴乱任务

此时的苍鹰佣兵和战神佣兵队员们都是一脸震惊，没有人知道战兵是如何做到的，原本威猛凶悍的壮汉竟然一下子就瘫软在地。所有的佣兵心中充满了恐惧，他们看向战兵的时候，眼神里满是敬畏。

“我的腿，我的腿怎么了？”壮汉歇斯底里地发出一声咆哮，犹如一头发了疯的犀牛。他不断捶打自己的双腿想要重新站起来，但是已经没有知觉的下半身哪里还听他的使唤，依旧毫无知觉。

鹰钩鼻也吓得哆哆嗦嗦地指着战兵半天没说出一个字来。

战兵活动了一下肩膀，直到确定并未伤及神经，这才在众人的搀扶下缓缓站起身来。

战神佣兵团的人不断往后退着，一脸的慌乱。

战兵此刻整个肩膀已经肿胀起来，能很明显地看出受伤的肩膀高出了一块，但他一身凛冽的杀气却依旧摄人心魄。

战兵每走一步，战神佣兵团的人便后退好几步，直到战兵走到那壮汉跟前的时候，战神佣兵们已经退出了三米开外。

“你……你要干什么？”壮汉一脸恐惧地看着战兵，一双浑浊的眼睛里满是畏惧。

战兵冷冷瞥了一眼鹰钩鼻，直把鹰钩鼻吓得连连后退。

“滚！”战兵的声音肃杀凛冽，把鹰钩鼻吓得胆战心惊。他哪里还敢逗留半分，转身就往外跑。他身后的战神佣兵们也争先恐后地跟在鹰钩鼻身后跑了出去。

“回来！”战兵突然大喝一声，所有人顿时停下了脚步，颤颤巍巍地回头看向战兵。

战兵瞥了一眼在地上奋力往外爬的壮汉，冷冷看向鹰钩鼻，“把他也带走！”鹰钩鼻连忙示意手下把壮汉架起来扛走，随即慌张地逃离了苍鹰佣兵团的营地。

“耶！”

“好样的！”

“他们终于滚了！”

……

苍鹰佣兵们爆发出一阵喝彩，此时看向战兵的眼神满是崇拜与敬畏。

战兵看战神佣兵团的人走远了，这才看了一眼自己受伤的肩膀。不得不说，那壮汉的力量实在大得惊人，如果刚才那一击是打在要害位置，现在的他很可能已经是一具冰冷的尸体了。

“进屋，我给你检查一下。”冉爽一脸担忧地看着战兵的肩膀，满脸心疼。

战兵捂着肩膀看向冉爽，一脸苦笑地说道：“肩胛骨应该伤得不轻。”

冉爽连忙扶着战兵往房间里走，待检查了一遍后，高高提起的心这才放了下来，“肩胛骨没断，只是骨裂，软骨质挫伤比较严重。恐怕得需要修养一段时间才能消肿，在这期间不要沾水。”

战兵点了点头，尝试着活动了一下肩膀，“那个壮汉的确厉害，一身的搏击技术都是在成百上千次的生死战中练就的。”

冉爽点了点头，“他的身高和力量都占绝对优势，如果不是你想到这个办法，恐怕对付不了那个壮汉。”

这时，外面突然传来一阵嘈杂声，战兵微微皱了皱眉，还以为是刚才的战神佣兵又找上门来了，没想到是安东尼推门走了进来。

“伤得怎么样？”安东尼有些担心地看着战兵。

“看着瘆人，其实是皮肉伤，不碍事。”战兵毫不在意地笑着说道。

安东尼点了点头，脸上带了一丝冷酷，“两天之后就要出发了，你伤得真不是时候。”

还没等战兵说话，安东尼继续开口道：“H 国队的那三人已经退出训练了，他们都伤了筋骨，我已经安排人把他们送回国了。”

战兵微微皱了皱眉，“我没事儿。”

安东尼点了点头，“我知道，所以你现在还能站在这里。”说着，安东尼话锋一转，“你的伤虽然不重，但是对于这次行动总会有所妨碍，如果你现在退出的话，一切还来得及……”

还没等安东尼说完，战兵便爽然一笑，“安东尼教官多虑了，我自己会处理好的。”

“那就好。”说完，安东尼转身走出了房间。

战兵不由得一脸苦笑地看着冉爽，看来两天之后的任务比他们所有人想象得都要残酷严苛。

胖子回来之后便在院子里耀武扬威地闹了一阵，叫嚷着要带人去攻打战神佣兵，被安东尼劝了下来，对于所有人来说，两天之后的任务才是最重要的。

战兵的伤势恢复得很快，毕竟身体底子好，两天后就完全消肿了，除了剧烈打斗会疼痛之外，倒是丝毫不碍事。

“这次雇佣苍鹰佣兵团的是当地的宗教组织，如果发生暴乱，到时候势必会引起混乱。一旦各方势力涌向这里，那么，这里就是最危险的战场。所以，从现在开始，抛弃你们现在的身份，你们只是佣兵，一伙想要在这场战斗中活下来的佣兵！”

“是！”

凌晨时分，几辆越野车浩浩荡荡地朝目的地进发，他们的任务是协助暴乱，让这次的暴乱更具破坏性。无关道德伦理，他们只是一枚棋子。

这里到处都是残壁断垣，破败不堪。汽车穿越了半座城，终于抵达了此次任务的目的地——科迪达小镇。

科迪达小镇位于萨拉尼最南端，这里是穷人的聚集地，是整个萨拉尼形势最恶劣的地区。

此刻是清晨五点钟，太阳还没有从东方升起。整个小镇仿佛刚刚经历过战争一样，破破烂烂的街道两旁到处是燃烧着的垃圾，烟雾缭绕、硝烟四起，呛得人喘不过气来。

三三两两的人站在街口冷冷地注视着苍鹰佣兵团的车队。在昏暗的阴影中看不清他们的表情。战兵皱着眉头观察着附近的形势，心里不由得升起一股强烈的不安感。

"怎么了？"冉爽察觉出了战兵的神情变化，她压低声音问道。

战兵的眉头皱得更紧，"没什么，就是感觉哪里不太对劲儿……"

暴民

战兵经历过真实的战场，也见识过被战火笼罩下的百姓生存状况，正因为如此，战兵才觉得这里有些不对头，但是具体是哪里，他又说不上来……

很不好的感觉！战兵有些烦躁地喘了口粗气，随即不动声色地冲着郭展召等人做了个"提高警惕"的手势。

车子越往里开，站在街角的人就越多。在昏暗光线的照射下，每个人的表情都冷若冰霜，仿佛是一群行尸走肉。

安东尼也察觉到了一些问题，"是有点儿不太对劲儿，为什么这里聚集了这么多人？"

胖子不由得皱了皱眉头，他是在终年混战的萨拉尼一路摸爬滚打过来的，自然对于这里的危险有着本能的直觉。此时就算他神经再大条，也察觉出了不正常。

"大家都把车上的帘子拉好，别往外看！"胖子打开无线频段低声说道。

车上的佣兵们纷纷将车上的帘子拉上，他们还是时不时地透过缝隙观察外面的情况。一时间，整个车厢里都充满了紧张的气氛。

此时胖子也是一脸的紧张，额头开始不断冒汗，"安东尼，到底是哪里不对啊，这些都是什么人啊？"

安东尼抿了抿嘴唇，"不知道，不过你看他们的眼神，他们对我们仿佛充满了敌意。是你接的任务，难道你还不清楚吗？”

胖子皱了皱眉。当时接这个任务时，他只关注佣金了，毕竟这是一笔绝对可观的钱，他甚至没有仔细审查这笔巨额的佣金是否跟他们的任务对等。

想到这里，胖子的脸色白了一分，他觉得他掉进了雇佣者给他们挖好的陷阱里。所谓的协助暴乱只是一个幌子，雇佣者真正要他们做的是导火索！——引发这次暴乱的导火索！

“不好，我们中计了！”胖子的脸上一片惨白，豆大的汗珠从额头滑落，他慌乱不安地说道，“他们这是拿我们当炮灰！”

“什么？”安东尼脸色大变，随即一脸铁青地观察四周的街道。此时天色已经慢慢放亮，街道上的人越来越多，汽车根本就开不起来，所有人都站在路边一脸敌意地看着汽车上的众人。

“怎么办？怎么办？”胖子此时已经慌了，一旦打起来，他们所有人都会被蜂拥而来的暴民打成一堆肉泥。

安东尼眉头紧锁，“趁现在还没打起来，让兄弟们下车，能跑几个算几个！”

胖子忙不迭地点头，事到如今，也只能放手一搏了。

胖子打开无线频段将这个命令下达下去，紧接着车子猛然刹车，所有人都从车子上跳了下来。

街上众人一脸敌意地盯着汽车，当看到苍鹰佣兵团的人手里握着枪械跳下车时，整个街道发生了一片混乱。

安东尼此刻已经顾不上其他，冲着战兵等人大喝了一声“撤退”，随即朝街边的一条小胡同狂奔而去。

还没等苍鹰佣兵团的人反应过来，犹如炒豆子似的枪声响起，一些还来不及撤退的苍鹰佣兵被子弹一瞬间打成筛子。紧接着，越来越多的人从各个胡同口蜂拥而至，犹如狂欢一般地举着枪械朝这边狂奔。

拿枪的民众隐在人群中，苍鹰佣兵的人分辨不出哪个是平民，哪个是暴民，只能疯狂扫射。一时间子弹犹如泼水一般倾泻而出，成片成片的人倒在血泊中。

“这什么情况？”林艺强有些手忙脚乱地开枪射击，乌泱乌泱的人群根本就分辨不出究竟哪个人手里有枪。

“撤，先撤离这个地方！”郭展召大叫，随即朝胡同口深处不断射击。

太乱了，根本就无法分清哪些是平民，哪些是暴民，甚至可以说根本就不用区分，因为战兵眼睁睁地看着一个暴民被他一枪击中后，原本在一旁抱头鼠窜的百姓一脸狂喜地捡起了地上的枪，随即不管不顾地冲着苍鹰佣兵的人开枪。

战兵想也没想地抬手便是一枪，当看到又有一名平民想要捡枪时，战兵当即开枪打烂了地上那把原本就破旧不堪的枪，战兵甚至永远记得那平民脸上的惋惜与愤怒！

乱了，一切都乱了！这里已经不是人间，而是地狱！

安东尼带着受训队员突围，此时他已经顾不上苍鹰佣兵团的人了。到处都是枪声，到处都是黑压压的人头，仿佛整个小镇上的人全都在一瞬间涌向了这里。

“都记住我的话，别愚蠢地用你们的生命来试探他们到底是平民还是暴民，杀了他们，我们才能活！”安东尼歇斯底里地怒吼着，他的呼喊给已经慌乱的队员们吃了一颗定心丸。

战兵亲眼看见一个穿着漂亮衣裙的女孩儿一脸恐惧地奔跑逃命，M 国队的队员从她的身旁走过，却被那女孩儿猛然开枪打中了肚子。那个 M 国队的队员痛苦绝望地捂着淌血的肚子倒在了地上，甚至在最后的一刻还在疑惑那女孩儿为什么会朝他开枪。

紧接着，一颗愤怒的子弹击中了那女孩的脑袋，鲜血和脑浆迸溅，浓烈的血腥味儿让人不由得神经紧绷。

所有受训队员都慌乱不安，没有人经历过这样的战斗，这根本不是战斗，而是屠杀，他们在屠杀一群只知道扣动扳机的无知平民。在那些平民眼里，他们只是在进行一场刺激的游戏，虽然这刺激的游戏会死人。

“这群人疯了吗？”李成亮一脸的恼怒，他的胳膊被子弹划开了一道血痕，那是他心软的代价。他眼睁睁地看着一个平民从胡同里跑了出来，而后笑嘻嘻地朝他开了一枪。而那个开枪的平民却好像得到了巨大的好处一样，拿着枪开心地跑掉了。李成亮的子弹狠狠地钉进了那人的身体，那人临死的时候脸上挂着一丝笑容，仿佛死亡对他来说就是解脱。

混乱战场

战兵回头看了一眼战场，此时的暴民已经将整个城镇全部包围，即使是胡同里也满是黑压压的人头。

“队长，怎么办，人太多！”秦臻看向郭展召，手上却未停止射击。

郭展召也知道这样下去不是办法，此时越来越多的暴民涌来这里，他们一旦被包围，后果不敢想象。所有人的心里仿佛都压着一块巨大的石头，气氛凝重得仿佛连空气都要凝固。

“先上楼顶！在这里只能被困死！”战兵指着前方一片二层楼房喊道。

郭展召点了点头，随即冲着身后的队员道：“兄弟们，先上楼顶再说！”

此时，暴民疯狂地涌入胡同口。这些暴民此时早已忘记了恐慌，眼里仿佛只剩下了屠杀与鲜血。

郭展召等人跟在战兵身后快速朝二楼突围。所幸胡同口比较狭窄，人流不可能成片地大量涌过来。

战兵等人上了二楼的时候，整个胡同口已经挤满了人，他们愤怒或兴奋地放枪庆祝，大肆破坏。一时间，原本千疮百孔的小镇顿时硝烟四起，枪声犹如潮水一般响成一片。

所幸暴民们并未真的有什么目标，他们此刻的目的就是杀戮和破坏，尽自己最大的力量将世界破坏殆尽。

众人暂时脱离了危险，大家如释重负地松了口气。随即郭展召开始清点人数。

“少了一人！”

“谁？”战兵眉头紧锁，显然没料到会有人掉队。

“钟华！”还没等郭展召开口，一旁的冉爽满脸担忧地说道，随即她拿起枪看向郭展召，“队长，我去找他！”

战兵想也不想连忙说道：“我跟你一起去！”

“我也去！”林国光立刻起身，却被郭展召制止，“让战兵跟冉爽两人去就行了，人多了反而不方便。”林国光只好坐下。

郭展召嘱咐道："你们小心点儿！"

"放心吧！"战兵冲郭展召咧嘴一笑，随即跟冉爽一前一后走向胡同口。

此时胡同口人已经少了许多，没有了目标的暴民们纷纷涌向枪响的地方，仿佛他们去的地方正在进行着一场狂欢。

战兵、冉爽两人不断迂回搜索，却依旧没有发现钟华的身影。此时越来越多的暴民涌向了两人，如果再耽搁下去，他们两人也会陷入包围。

"钟华！"冉爽大喊了一声，却没有听到钟华的回音。

"我们去前面找找！"战兵快速抬枪击毙了一个拿枪的暴民，随即拐进了一条小胡同。

就在这时，战兵突然听到一声干脆利落的射击声，这声音不同于四周那些犹如炒豆似的盲目射击声。战兵心中一惊，他朝着枪响的方向狂奔而去。冉爽自然也听到了枪声，几乎能够确定就是钟华无疑。

钟华正被一伙陷入疯狂的暴民围攻。钟华的枪法虽然精准，但是骤然面对如此多的暴民，他一时之间也难以逃脱，只能慢慢消耗着子弹，伺机突围。

就在这时，钟华身后突然传来一阵密集的枪声。只见战兵、冉爽两人持枪杀入重围，随即听到战兵大喊了一声"撤退"。

钟华点了点头，随即将狙击步枪改为连发状态，面前的暴民顿时被扫倒了一片。随后提枪和战兵、冉爽两人会合。

战兵快速扫了钟华一眼，直到确定钟华没受伤，一颗高高提起的心这才放了下来。他看向钟华、冉爽两人，"我掩护，你们先突围！"

钟华、冉爽两人知道这个时候不是争论谁掩护的时候，当即点了点头，一前一后地向外突围。

暴民的数量虽多，但他们毫无战略可言，只会盲目射击，半分精准度都没有。即便如此，战兵也被密集的子弹打得不敢冒头，只能将枪口伸出掩体外，凭着声音判断枪手的位置。

钟华、冉爽两人已经突出了重围。暴民的数量虽然多，但都是战斗的外行，以钟华、冉爽两人的能力突出重围几乎没有什么难度。

战兵见钟华、冉爽冲出了重围，这才开始撤退。而此时，从胡同口里突然尖叫着涌出一群人，他们尖叫、哭泣，脸上满是恐惧与绝望。这群人的后面也跟着同样一群人，他们手里拿着枪，脸上全是癫狂兴奋的狂笑，手中的枪对准面前这群手无缚鸡之力的平民。

战兵不由得皱了皱眉头，随即抬手一枪击毙了追得最紧的暴民。

战兵快速朝身后的暴民开枪射击，掩护眼前的这伙平民逃跑。就在战兵开枪狙击时，人群中突然闪出一人，手里的枪赫然指向战兵的脑袋。

战兵的心脏顿时缩成了一团，在这一瞬间，时间仿佛停止了转动。他甚至能看清楚那人脸上的癫狂与暴戾。几乎是下意识的，战兵将手中的枪挥出，用枪托砸向对准自己的那支枪，射出的子弹方向顿时偏移，打在墙壁上闪出一道火光。

对方连忙再次对准战兵射击，但是他已经没有再次瞄准的机会了，战兵的子弹狠狠地钉在了他的眉心。由于是近距离射击，子弹穿透了他的整个脑袋，后脑壳被掀开，大片的鲜血和脑浆泼洒在墙壁上，场面触目惊心。

战兵随即收枪，身影一转奔至一旁的胡同口，一眨眼的功夫消失在众人的视线中了。

佣兵王国

很快，战兵便与郭展召等人会合，只是一来一去的功夫，安东尼以及其他受训队员已经汇集在二楼了。

“你怎么样？没事儿吧？”郭展召一脸关切地看着战兵。

战兵摆了摆手，“没事儿，都是一些平民百姓，有的甚至连枪都不会开。”

林国光补充道：“是啊，我甚至还碰见一个闭着眼睛开枪的人。”

“还有女人……”林艺强一脸的心有余悸。

冉爽微微挑了挑眉头看向林艺强，林艺强自觉失言，冲冉爽飞了个军礼。

安东尼一身的杀气还未褪尽，锋利的眼神犹如猛兽一般闪动着令人心悸的寒光，“你们在训练场上训练的所有科目，都没有今天在战场上所经历的东西多，这就是战争。真实的战争是残酷的，是猝不及防的，没有人会预料到哪颗子弹会射进你们的身体，会有什么人对你突然发起致命的攻击。”

安东尼锐利的目光扫了一眼众人，继续说道：“就这短短的半个小时，你们这些自称为精英的战神竟然会有一死五重伤的结果，还真是让我大开眼界啊！”

所有人都觉得脸上火辣辣的，现在的他们回想起安东尼所说的每一个字，都仿佛是犹言在耳，但是当时的他们都没有真正体味到话里的真正含义。

安东尼神情坚毅地继续说道：“我已经通知人来接走重伤的队员，剩下的队员当中如果有想退出的，最好现在就提出来，毕竟这只是一场训练，不值得丢掉性命，我会理解你们的决定。”

“安东尼教官，我的这条命是用来保家卫国的，我不想丢在这场训练中。”

“我也退出，这毕竟是场训练。”

“我也是！”

……

安东尼话音刚落，已经有五人各自阐述了自己退出的理由，他们的理由足够冠冕堂皇。

安东尼一脸淡然地点了点头，“好，待会儿会有人来接走你们，我理解你们的决定。”

那五人梗了梗脖子，做出很凛然的神情，极力让自己表现得不至于太丢人。

“好，其他人还有退出的吗？”安东尼的目光扫了一眼剩余的队员，四周瞬间变得安静，仿佛嘈杂的战场已经远离了他们，只能听到自己的呼吸声。

安东尼环顾了一周，“那好，剩下的队员跟我走！”

安东尼临走前没有回头看一眼那些退出的队员，虽然安东尼说理解他们，但是在所有人的心里，这些人不过就是战场上的逃兵罢了。

在商铺的二楼不能逗留太长时间，很快便会有佣兵加入到这场暴乱中，所以，安东尼必须带着队员们在正规的佣兵团没有到来之前尽快离开这里。

穿越这座充满暴乱的小镇并不困难，毕竟他们都是一群训练有素的特战士兵。虽然这样的战场会让他们手忙脚乱，但是经过了最初的慌乱，此时的他们已经成为了快速适应战场的特战士兵！

安东尼很快带着队员们逃出小镇，至于苍鹰佣兵团，没有人再去理会，他们之间本来就是相互利用的关系，不管他们现在活着还是死了，都不会有人关心。

“安东尼教官，我们接下来去哪里？”

安东尼看着大家，“你们知道在萨拉尼除了暴民之外，什么最可怕吗？”

众人的脸上不由得闪过一丝疑惑。

“战乱？”一名队员接话道。

安东尼点了点头，“没错，就是战乱！”

“但是……”另一名队员有些迟疑地看着安东尼，“你是让我们去打仗吗？”

安东尼挑了挑眉头，一脸的理所当然，“那又如何？”

所有人都目瞪口呆。

“小狼崽子们，真正的训练才刚刚开始！”安东尼哈哈大笑，随即快速朝后山的密林狂奔而去，身后的队员面面相觑，一脸无奈地跟上了安东尼的步伐。

这个战争疯子！

安东尼在萨拉尼这片土地上待了整整七年，没有人会比他更加了解这片土地。他逗留的这七年，正是萨拉尼战争最为激烈的七年，而安东尼却硬是在这七年的时间里创造了一段属于他自己的战争传奇。

穿过密林再经过一座大山，便是号称萨拉尼佣兵王国的克罗克小镇。

安东尼望向山下繁华热闹的小镇，眼中闪过一丝向往，他又沉浸在纵横萨拉尼战场的回忆中。

“克罗克小镇里至少有二十多支佣兵驻扎，他们之间不存在利益冲突，反而会经常在一起合作打仗，所以克罗克小镇算的上是佣兵团的天堂。”安东尼一脸平静地解说着，“当然，我所说的相安无事是指现有的佣兵团，如果新势力想要安插进来，少不了要流血。如果你们运气好的话，应该能看到上千佣兵火拼的场面，那场面不亚于战场上的激烈程度！”

众人不约而同地打了个寒颤，心里都暗暗嘀咕着希望不要有这个“好运气”。

“那我们怎么办？”

“还能做什么？找个顺眼的佣兵团加入！”安东尼说道。

所有人都不约而同地叹了口气，正如他们之前猜测的那样。

“在萨拉尼的佣兵团当中，当属毒蝎佣兵团的势力最大，我们就去投靠毒蝎如何？”说完，安东尼的眼睛在战兵身上转了一圈儿。

战兵心中暗想：这老狐狸肯定是故意的。

14　潜伏毒蝎

超神的枪法

冉爽、林国光等人有些担忧地回头看了一眼战兵。由于近几年战兵与毒蝎佣兵团的仇怨升级，战兵已经成了毒蝎佣兵团的头号狙杀人物。

众人自然也看出了一些端倪，看见安东尼的眼睛时不时地看向战兵，自然知道战兵恐怕会跟毒蝎佣兵团有某种恩怨。

“好，既然都没有意见，那么走吧！”安东尼脸上的笑意加深，率先起身朝山下的克罗克小镇走去。

战兵见林国光、冉爽等人都投来询问的目光，他摆了摆手，示意他们放心，随即大跨步地跟上众人的步伐。

与萨拉尼其他地方截然不同，克罗克小镇甚至能够称得上繁华，平民跟佣兵生活在一起，却也透着一股诡异的和谐。

集市上来来往往的都是佩带枪械的佣兵，所以安东尼等人的出现也并未引起任何的轰动及瞩目。毕竟都是一身的制式迷彩作战服，不管是高仿的还是地摊货，总而言之都是披着一样的皮。

毒蝎佣兵团在克罗克小镇拥有最强大的势力，地盘自然也比其他佣兵团的大出数倍。穿过繁华的集市，安东尼等人用身上仅存的现金买了食物，那笔钱在其他国家甚至能够买下摊位上的所有食物。

“这里还真是世外桃源啊，如果再多几辆汽车在路上跑，简直就能称得上车如流水马如龙了。”李成亮忍不住感叹道。

众人都是默默点头，毕竟他们刚从混乱的战场以及贫瘠的丛林里出来，克罗克小镇对于他们来说已经算是世外桃源了。

“嘿，伙计，你们是哪个佣兵团的？”就在这时，一个身高马大的黑人壮汉一把抓住了战兵的胳膊，龇着一口白牙看着战兵。

没见战兵怎么用力，他已经从那黑人佣兵的钳制中脱离，把那黑人佣兵看得目瞪口呆。

“嘿，你们是哪个佣兵团的？克罗克小镇从来没有出现过黄种人！”黑人佣兵一脸的戒备，双手握紧了手里的枪械。

黑人佣兵的队员顿时也收敛了笑意，一脸警惕地看着战兵等人。

安东尼平静地站在一旁看热闹，显然没有半分想要插手的意思。

战兵眼睛扫了一眼黑人佣兵的臂章——毒蝎！还真是冤家路窄！

“朋友，你们是毒蝎的佣兵？”战兵微微眯了眯眼，沉声问道。

黑人佣兵有些讶异，随即想到自己的臂章，这才释然地点了点头。

“我们是来克罗克小镇讨口饭吃的，今天第一天，还没找到上家！”战兵心中有些懊恼，眉头皱成了一团疙瘩，“克罗克小镇竟然没有黄种人？”

战兵在金三角混过很长时间，以至于他的一些做派、口音基本上学到了金三角佣兵的八成，而这八成在外人看来却也看不出问题。

黑人佣兵收敛了警惕，恍然大悟地点了点头，冲着战兵扬了扬下巴，满脸的自豪得意，“在克罗克小镇上，没有哪个佣兵团能比得上我们毒蝎，如果你手上真的有本事的话，不妨来我们佣兵团，只不过……”黑人佣兵不由得上下打量了一眼战兵，“要真的有本事才行！”

战兵灿然一笑，“这个应该没问题。”

黑人佣兵咧嘴一笑，显然他不太相信战兵的话。在他看来，毕竟战兵的身材算不得强壮，虽然在黄种人当中算是强壮的，但是跟天生就身材魁梧的黑种人来说却还是瘦小了些。

“那我要怎么证明给你看？”战兵笑着问道。

黑人佣兵望了一眼战兵手里的AK-74突击步枪。这种枪的威力以及精准度都不怎么出众，想必这个黄种小子的枪法也是一般。想到这里，黑人佣兵的笑容加深，他随即指了指插在山上的旗杆，“就那个吧，如果射中了就能进我们毒蝎佣兵团了。”

就在这时，围在一旁看热闹的佣兵都不由得轻笑，一脸的幸灾乐祸。显然这个距离已经超出了突击步枪的射程范围，更何况如此嘈杂的环境只能采用站姿射击，而站姿射击却是最不稳定的射击方式。在他们看来，眼前的这个黄种人小子肯定会丢尽脸面的。

战兵不由得勾了勾嘴角，随即看了一眼山上的旗杆，又将目光再次落到了黑人佣兵的身上，“只要射中就行？”

黑人佣兵笑得满脸都是牙，“当然！”

战兵脸上的笑意加深，“好！”

战兵直直地看着黑人佣兵，而后快速拉栓、上弹，整个动作快速熟练。战兵一脸平静地举枪瞄准，甚至还没等所有人反应过来，只听一声枪响，山上的旗杆已经被拦腰打断。

战兵收枪看向黑人佣兵，笑得一脸灿烂，“可以吗？”

所有人都是目瞪口呆，他们甚至没有看清楚战兵是如何瞄准的。战兵刚才从举枪射击到射击完毕甚至没有超过一秒，而就是这短短的一秒，却已经让所有人都见识了战兵神一般的枪法。

“可以……可以，当然可以！”黑人佣兵一脸的狂喜，上前一把拽住了战兵的胳膊，压抑不住地兴奋，“走，我带你们去毒蝎佣兵团的营部。”

战兵笑呵呵地点了点头，“谢了！”

黑人佣兵仿佛生怕战兵反悔似的，连忙摆了摆手，“客气什么，以后我们就是兄弟了！”

战兵脸上的笑意不减，心里却冷哼一声：兄弟，等你知道了我的真实身份，恐怕就不会这么想了……

入虎穴

战兵刚才露的那一手展现的东西太多了，稳定性、控制力以及卓绝的枪法，让一众看客都起了拉拢之心。但是奈何在克罗克小镇，没有人敢公开跟毒蝎佣兵团叫板，便也只能眼睁睁地看着黑人佣兵将战兵等人带走。

毒蝎佣兵团的营部位于克罗克小镇的最中心，也是最繁华的地段。穿过嘈杂的集市走上克罗克小镇最宽广的一条大路后，再走几百米便是毒蝎佣兵团设在萨拉尼的老窝。

黑人佣兵带着战兵等人畅通无阻地进了毒蝎佣兵团营部。从佣兵们对待黑人佣兵的态度上就能看出，这个黑人佣兵地位不低，绝不是个普通佣兵。

“我大哥呢？”黑人佣兵拍着一个佣兵的肩，笑呵呵地问道。

“老大在偏厅呢。”那人瞥了一眼战兵等人，压低声音说道，“估计是有任务了，是德尔库联盟那边的人。”

黑人佣兵点了点头，随即看着身后的战兵等人，“我先带你们熟悉一下环境，我大哥正在会客呢。”

战兵看了一眼会客厅的方向，随即将目光落到了黑人佣兵的身上，看来这个黑人佣兵的地位真是不低，竟然会是毒蝎佣兵老大的弟弟。

“我叫杰米，我大哥莫尔是毒蝎佣兵的头儿，以后咱们就是兄弟了。”杰米咧嘴露出两排整齐的白牙，笑得一脸灿烂。

战兵忙把安东尼介绍给他，“我叫杰克，这是我们的队长安东尼。”战兵简短地做了自我介绍。

杰米不由得微微张了张嘴，显然没有料到战兵竟然不是队长，他一脸歉意地看着安东尼，“哦，你好！我叫杰米。”

“安东尼。”安东尼笑呵呵地瞥了战兵一眼，见他不露痕迹地退到了一边，这才一脸笑意地收回了目光。

战兵退到林国光、冉爽两人旁边，四下打量毒蝎佣兵团的环境。

战兵跟毒蝎佣兵团的仇怨是从洛斯伐克开始的，自始至终都是跟艾伦之间的仇恨。战兵曾经让王军伟调查过毒蝎佣兵团的情况，也清楚自己的名字是排在毒蝎佣兵团仇恨榜第一位的，悬赏金额足以让所有人为之疯狂。

“队长，你用不用藏一下，我怕那个莫尔认出你。”林国光一脸担忧地低声说道。

战兵抿了抿嘴唇：“没事儿！在咱们眼里，所有黑人还不都是一个模样？”

林国光先是一愣，然后点了点头，显然对战兵的说法很是赞同。

安东尼不愧是混迹佣兵团的老手，他三下两下便把杰米糊弄了过去，还没去见他大哥莫尔，就已经命令人给安东尼等人打扫出一间房间。

没过一会儿，莫尔跟三个人一起走了出来。莫尔的目光扫了一眼战兵等人，他安排手下将德尔库联盟的人送走，之后便一脸审视地看着安东尼。

“大哥，他们是苍鹰佣兵团的，被打散了，来投靠我们了。”杰米笑呵呵地走到莫尔的身边，他又指了指战兵，“那个人用他手里的突击步枪打断了五百米外的旗杆，枪法超神！”说到这儿，杰米还掩饰不住兴奋地竖起大拇指。

莫尔微微眯了眯眼，目光在众人身上扫了一圈，这才冲着杰米点了点头，“给他们先安排住的地方，今天晚上再开欢迎宴。我这里有些事情需要处理一下，剩下的就交给你了。”

杰米连忙点了点头，“放心吧，这里交给我好了，你去忙吧！”

莫尔一脸笑意地点了点头，随即看向战兵等人时，一双精明睿智的眼睛不由得闪过一丝寒光。

“好了，以后咱们就是兄弟了，晚上有欢迎宴，我先带你们去住的地方！”杰米咧嘴笑道。

安东尼若有所思地望了一眼莫尔离开的方向，随即又回头看了一眼战兵，快速冲战兵做了个“小心”的手势，然后跟着杰米朝住所走去。

战兵不由得微微眯了眯眼，心中暗想：难道他认出我了？

战兵的那一枪彻底将杰米震撼，因此连宿舍都给他安排最高档的，电视、冰箱一应俱全，这对于这个极度落后的国家来说，简直就是天堂一般了。

“战兵。”直到确定杰米离开了房间，安东尼才开口叫住战兵。

战兵抿了抿嘴唇，眼睛定定地看着安东尼。

“毒蝎佣兵团的头号仇敌，排在佣兵团悬赏榜第一的位置，你到底做了什么了不得的事，能让毒蝎佣兵团对你这么恨之入骨？”安东尼担忧地看向战兵。

除了林国光和冉爽之外，包括郭展召在内的其他人都是一脸的震惊。郭展召等人只是听战兵提起过毒蝎佣兵团的事，但未曾想到战兵竟然会是毒蝎佣兵团的头号仇敌。

“那你还把我往火坑里送？”战兵冷冷地看着安东尼，“或许，不仅仅是我，如果他们认出我来，我们都是凶多吉少！”

安东尼一脸了然地点了点头，“那就只有自求多福了！”

战兵不解，继续问道：“安东尼教官，你究竟打的什么主意？难不成你想拿那五百万元的悬赏？”

安东尼咧嘴一笑，“那又如何？”

话音未落，林国光等人全都站了起来，吃惊地望着安东尼。

战兵抬了抬手，示意林国光等人放心，他看着安东尼继续说道：“你就这么确定他们不会认出我来？”

安东尼点了点头，“当然，你以为我脑袋进水，自己来找死吗！”

战兵眯了眯眼睛，“理由？”

“萨拉尼的毒蝎佣兵不会把悬赏榜当回事儿，这里是战场，这儿的毒蝎佣兵完全不同于其他地方的毒蝎佣兵。再说，没有人会想到你这个头号敌人会大摇大摆地投靠毒蝎。”

“万一呢？”

安东尼摊了摊手，“那就只能怪运气不好了。”

挑战战兵

对于安东尼的推断，战兵还是有些担心，虽然如此，也只能走一步看一步了，毕竟现在什么情况都不清楚，没有必要杯弓蛇影的。

夜幕降临，克罗克小镇更加热闹繁华。毒蝎佣兵营部前的广场上，数十辆越野车的大灯将黑夜照得犹如白昼，十几个篝火上架着最鲜美的羊羔，浓郁的肉香将人的馋虫全部勾出。整个广场上人声鼎沸，所有人都在肆意地狂欢着。

安东尼被安排到了主要席位，而战兵等人也坐得不远。

莫尔一脸阴晴不定地坐在首位上，犀利精明的目光时不时在安东尼以及战兵等人之间穿梭，让原本有些紧张的气氛更添几分压抑。

“你们是苍鹰佣兵团的？”莫尔一脸审视地看着安东尼。

安东尼淡定地点了点头，“我们刚入伙五天就被打散了，所以才来投奔毒蝎佣兵团。”

莫尔来了兴致，轻笑一声说道：“刚入伙五天就散了，那苍鹰的老大瘦竹竿是不是挂了？”

安东尼笑呵呵地说道：“莫尔先生说笑了，人人都喊他胖子，哪里是什么瘦竹竿？”

莫尔轻笑一声，“是吗？那是我记错了。”

安东尼依旧是满脸的笑意，仿佛完全没将莫尔的试探放在心上。

“杰米，你说的那个神枪手呢？叫出来让我见识见识。”莫尔将目光投向了杰米。

杰米一听连忙起身，眉开眼笑地朝战兵走去，“杰克兄弟，来来，让我大哥见识见识你的枪法！”

战兵无奈，只得站起身来，跟着杰米来到了莫尔面前。

莫尔皱着眉头看着战兵，“小兄弟看着眼熟，咱们是不是在哪里见过？”

战兵轻笑一声，“我天生长了一张大众脸，十个人有九个人都这么说。”

莫尔不动声色地打量着战兵，而战兵也同时在暗中打量着莫尔，一时间暗潮涌动，就连一向粗枝大叶的杰米都察觉出来了。他连忙站出来打圆场，“大哥，你是没见过杰克兄弟的枪法，那简直就是神枪手，咱们佣兵团的狙击手我觉得都不是他的对手！”

战兵一听，顿时觉得头都大了，这杰米还真是看热闹不怕事儿大，他这是把自己往火坑里推啊……

“是吗？”莫尔轻笑一声，环顾四周，沉声道，“兄弟们，都静一静！”

原本嘈杂热闹的广场立刻安静了下来，众人目光灼灼地看着莫尔，等待着他发话。

“今天刚来的兄弟，他说要挑战你们所有人的枪法！”

莫尔话音刚落，战兵的脸色不由得一沉，就连杰米都急忙摆手道：“大哥，我不是那个意思……”

还没等杰米说完，莫尔已经抬了抬手，示意杰米不要再继续说了。

“我来会会这位兄弟的枪法！”

就在这时，一个黑人佣兵扛着狙击步枪站了出来，大跨步地朝战兵走来。

战兵眯了眯眼，却见莫尔眼光一闪，随即依旧是满脸的笑意。

战兵随即收回了目光，但凡是挑战，战兵从来就没怯过场。如果不是怕他手里的突击步枪太过显眼露了底，战兵非得灭了这帮家伙的气焰。但凡是热血男儿，谁都有争强好胜的时候，战兵自然也是!

“兄弟，借用一下你的枪！”战兵朝林国光走去，林国光将随身的狙击步枪递给了他。战兵咧嘴一笑，冲着林国光扬了扬手里的狙击步枪，“谢了！”

“说吧，怎么玩儿？”战兵一脸冷冽地看着面前的黑人狙击手。

黑人狙击手指了指广场外亮着的长长的一排路灯，“打灯！”

战兵抬头望了一眼路灯，“好！”

黑人狙击手眼里闪过一丝轻蔑，随即他架起狙击步枪瞄准了一个足足有五百米远的路灯。

此时，所有人的目光都聚集在了那个黑人狙击手的身上。他是毒蝎佣兵团的王牌狙击手，干掉过不少棘手的敌人，在毒蝎佣兵团也是赫赫有名的人物。在场的所有人都在赌战兵输，甚至有人开了赌盘，赔率达到了一比三。

莫尔的目光落在了战兵身上。直觉告诉他，眼前的这个人绝对不是简单人物，换句话说，安东尼带来的这二十多人没有一个不是厉害角色!

莫尔从来就不相信天上掉馅饼的好事，虽然他今天已经派人调查了安东尼等人，也确切得到了回信，他们的确如他们所言在苍鹰佣兵团待过一段时间，而且于三天前被打散，但是莫尔却总觉得事情不会这么简单。

“砰！”一声枪响，街边的路灯顿时灭了一盏。整个广场顿时响起一阵雷鸣般的掌声、欢呼声。

黑人狙击手一脸得意地环顾一周，随即将目光落到战兵身上，“该你了！”

战兵抬枪瞄准，甚至还没等所有人反应过来，只听一声枪响，就在刚才暗下去的地方，又一盏路灯被打灭。

所有人都不由得倒吸一口气，包括战兵面前的那个黑人狙击手。

黑人狙击手喘了口气，狠狠瞪了战兵一眼，随即继续站立瞄准。

就在这时，莫尔突然转过脸来看着安东尼，一脸笑呵呵地低声说道：“你好像对你的队员很有信心？”

安东尼笑着回敬道，“难道莫尔先生不是吗？”

莫尔不由得大笑一声，随即再次将目光落到了战兵以及黑人狙击手身上。

就在这时，只听一声枪响，距离足足有六百米外的路灯被打碎。

“好！”毒蝎佣兵团再次爆发出一阵鼎沸的喝彩声。

黑人佣兵一脸挑衅地再次看向战兵，但是一双手却紧张地握紧了手里的狙击步枪，泄露了他此刻的心情。

战兵微微勾了勾嘴角，甚至在喝彩声还未退却时，一发子弹已经击中了刚才被黑人狙击手击碎的前面一盏路灯。

搏击场

喝彩声戛然而止，众人犹如看怪物一般望着战兵，一个个惊得目瞪口呆。

杰米此刻却是一脸的神采飞扬，“怎么样，杰克兄弟的枪法厉害吧？哈哈哈……”

黑人狙击手有些阴晴不定地瞪着战兵，他知道以战兵的枪法他还能继续打下去，而自己却不能百分之百地确保击中目标。如果比试现在结束的话，他只不过输了一星半点儿，面子上还过得去，如果继续比下去，那他就彻底败了。

所有人的目光都汇集在了黑人狙击手身上，整个广场上一片寂静，只是偶尔传来几声低语声。

“杰克兄弟果然好枪法！行了，比了半天了，都回座位上吃肉吧！”莫尔笑呵呵地站起来，算是给黑人狙击手解了围。

黑人狙击手沉默了一会儿，面无表情地看着战兵，“你赢了！”

战兵咧嘴一笑，拍了拍那黑人狙击手的肩，“你也不错！”

黑人狙击手有些不自在地摸了摸鼻子，然后转身朝自己的座位走去，很快就和附近的兄弟笑闹成了一团。

战兵笑呵呵地将狙击步枪递给了林国光，回到了坐位上。

战兵的那两枪让毒蝎佣兵的人没有人再小看战兵等人，毕竟在佣兵的世界里，遵循着强者为王的法则。

很快，战兵等人便和毒蝎佣兵打成了一片。毕竟都是血气方刚的年轻男人，在一起的话题无非就是枪与女人，而这些话题，当兵的男人都通用。

莫尔虽然对安东尼等人还是持有戒心，但也没那么明显了，毕竟欢迎宴过后，安东尼以及他的队员就会正式加入毒蝎。

“莫尔的戒心依旧还在，只不过与这次我们的任务不存在冲突，所以不怕他对我们有所戒备。”安东尼一脸平静地说道，“德尔库联盟最近恐怕要有大动作，否则不会亲自来找莫尔，而我们也有了行动机会。这次的任务比之前的任何一次都要残酷严苛，这是真正的战场！我还是那句话，如果有退出的，现在就提，不要做让自己后悔一辈子的事情！”

所有人都是一脸的沉默。这次的训练就是一道坎儿，迈过去了，就是战争之王，迈不过去，恐怕这辈子的戎军生涯就此终结。

“有人退出吗？”安东尼再次沉声问道。

“没有！”二十五人几乎嘶吼出声，声音坚定无悔。

“好！那么从现在这一刻开始，听好我说的每一个字！”安东尼的目光扫过众人，“真正的战场是不可预测的，我也不知道你们究竟会遇到什么，但是有一点一定要切记，就是无论身处多么绝望的处境都不要放弃希望！”安东尼锐利的眼神扫了一眼众人，“也许现在你们体会不到这句话的真正含义，实战是最好的老师，当你们活着从战场上走出来的时候，你们就会明白！”

“是！”

就在这时，房间门猛然被敲响，所有人的心都不由得轻颤一下。安东尼一脸平静地说：“门没关，进来就行！”

房门被推开，只见杰米一脸兴致勃勃地走了进来，“你们在开会呢？我不会打扰你们吧！”嘴上虽然说得客气，脚下却脚步未停，直接走到了众人面前，咧嘴露出两排大白牙。

“已经开完了！”安东尼笑呵呵地说道，“行了，都散了吧！”接着他又对杰米说道：“你们是要去地下角斗场是吧？”

杰米迫不及待地点了点头，“昨天他们说没见识过，我带他们去开开眼。”

说完，众人的目光齐刷刷地落到了安东尼身上，满眼的期待。

安东尼挥了挥手，笑着说道：“行了，行了，都滚吧！”

话音刚落，众人已经欢呼雀跃地涌出了房间。

“早点儿回来！下午还有训练……”安东尼的话被他们瞬间抛在脑后。

所谓的地下搏击场设在一处宽广的大殿内，原本应该是一处教堂，而现在却变成了一处黑市搏击场。

“这里的地下搏击场是毒蝎的产业，每天基本上都会有人过来赌拳。”杰米笑呵呵地解说着。

还没走进大殿，鼎沸的声音就已经让人血气上涌，跨进大殿后，一阵又一阵的喊叫声更让人肾上腺素飞速分泌，恨不得上场打一架。

在苍鹰佣兵团遇到那个壮汉后，众人便对黑市搏击场产生了浓厚的兴趣。毕竟壮汉那一身的搏击本事摆在那里，让人不得不钦佩。

“这里的搏击手功夫没得说，如果有兴趣可以上场玩儿一下！”

众人不约而同地摇头，眼睛都紧紧盯着赛场上的两人。

此时赛场上的两名搏击手已经开打。整个赛场站满了人，众人歇斯底里地呐喊着，“打死他，打死他，打死他……”嗜血的呐喊声让所有人都不由得血流加快，沉浸在这种紧张却又血腥的氛围中。

就在这时，台上的一名选手被对方狠狠砸中了面门，那名选手被当场打得口鼻蹿血，晕倒在地。这时，一阵高过一阵的呐喊声震耳欲聋地再次响起，“打死他，打死他，打死他……”

受到众人情绪的鼓舞，只见那名选手把已经昏倒在地的选手拎了起来，犹如碗口大的拳头再次狠狠朝他的面门砸去，一下，两下……直到整个面门都被砸烂，鲜血迸溅了一地，整个赛场这才爆发出一股雷鸣般的喝彩声。

整个搏斗场充斥着浓郁的血腥味儿，鼎沸的欢呼声让搏斗场犹如人间地狱！

秒杀

战兵等人不由得被眼前血腥的一幕震撼住了，没想到竟然会下杀手。

此时整个搏击场充斥着兴奋，场内的台面被鲜血染红，一片血腥。

“怎么样？够刺激吧？”杰米咧嘴笑道，“要不要上场玩儿一把？”

“不是点到为止吗？”一名J国队的队员心有余悸地问道。

杰米毫不在意地摆了摆手，“这是生死场，凡是上场的都要签生死状，签了生死状，生死各安天命！”

这里的每个成名的搏击手都是从无数生死场上活下来的，而他们的手上不知道沾染了多少人的鲜血。

“我上去玩儿玩儿！”M 国队的布莱恩脱掉了身上的迷彩服，里面只穿了一件背心，露出一身精壮的肌肉。

杰米一看这架势，笑得一脸灿烂，他带着布莱恩朝搏击场的后台走去。

此时，搏击赛场已经被清理干净，但是却依旧充斥着一股浓重的血腥味儿，让赛场上的人不由得血脉偾张。

“战兵……”就在这时，渡边野二突然叫了一声战兵的名字，几乎一瞬间，战兵、林国光等人的目光如同利剑一般狠狠地射向渡边野二。

渡边野二的心脏仿佛被利剑射中一般剧烈一缩，他下意识地后退一步，一脸的恐慌。

“渡边先生，希望你还记得安东尼教官的忠告，话可不能随便乱说。”战兵冷冷地看向渡边野二。

渡边野二咬了咬牙，一脸铁青地说道：“我还不知道你这么害怕毒蝎佣兵团的人，竟然连真实名字都不敢透漏！”

战兵自然听得出他字里行间的嘲讽，不由得冷哼一声，“这个就不劳渡边队长挂心了！”

渡边野二碰了个软钉子，气得咬牙切齿。他恶狠狠地瞪着战兵，“布莱恩先生上台签生死状了，战队长难道害怕了，所以不敢上台？”

战兵的目光瞬间迸发出彻骨的寒光，把渡边野二吓得不敢与之直视，他压抑住了内心的惶恐。

“我跟你比，你敢不敢上？”渡边野二恶狠狠地瞪着战兵说道。

战兵毫无惧意，“好啊！”

就在这时，杰米笑呵呵地走了过来。他老远就看着这边气氛不对劲儿，一脸疑惑地看着众人，“怎么了？发生什么事儿了，怎么都这个表情？”

渡边野二硬生生地挤出了一丝笑容，“杰米，我跟杰克要上去打一场，方便安排一下吗？”

杰米一听立刻点了点头，随即一脸兴奋地看着战兵，“杰克，我就知道你会上场的！你们两个跟我来，我马上安排！”

由于这座地下搏斗场是毒蝎佣兵团的资产，所以杰米说话的分量不低，几乎一句话下去，便有人按照杰米的吩咐去安排了。

此时，布莱恩已经上场。观众席上响起一阵高过一阵的呐喊欢呼声。

布莱恩的搏击水平算得上精湛，而对方也是身经百战。足足对打了半个多小时，布莱恩才艰难获胜。

观众席上爆发出一阵哀号声，因为绝大部分人都将赌注压在了那个搏击选手身上，只有极少数人压布莱恩胜利，所以那少数的几人仅此一场比赛就赚了个盆满钵满。

没过一会儿，战兵与渡边野二上场，观众席上顿时爆发出一阵惊呼声。毕竟搏击场从建立到现在还没有黄种人上过场，因为他们的体型过于矮小，搏击这种需要依靠绝对力量的赛事不适合他们。

虽然如此，所有人还是兴致勃勃地看着赛场上的两个人，他们对这次千载难逢的赛事抱有万分的期待。

渡边野二一脸冷冽地望了一眼观众席，然后将目光落在了战兵身上，“今天我就让你见识见识J国武术的威力！”

战兵微微皱了皱眉，冷冷看着渡边野二，面无表情地说道：“那我今天也让你见识见识华夏武术的真正威力！”

渡边野二狠狠咬了咬牙，随即摆好攻击姿势。

战兵屈肘向外，双腿一前一后地摆好，显然已经做好了防御准备。

这时，观众席上的冉爽不由得微微张了张嘴。她没有料到，战兵会用黄氏家族的拳法对付渡边野二。黄氏拳法的要旨就是快！准！狠！用在这样的搏击场上倒也合适。

渡边野二看着战兵的防御架势，不由得微微皱了皱眉。这样诡异的姿势是渡边野二从来没见过的，也是他在研究战兵的众多资料中从未发现的。难不成这就是战兵的绝杀技？

想到这里，渡边野二打起十二万分的精神，一脸警惕地打量着战兵上中下三路，猛然大喝一声朝战兵冲去。

战兵知道渡边野二是想近身缠斗，J国武术的关键就是在激烈的搏斗中削弱对方的力量，进而一击搏杀。

战兵快速退后半步，就在渡边野二骤然加速时，战兵猛然向前迈了一大步，看准时机，屈肘对准渡边野二的胸膛狠狠撞了下去。

渡边野二想回撤身子，但是战兵的速度快得让他来不及做出躲避。他只觉得胸口仿佛被一柄大锤重重砸中，整个身子顿时飞出了三四米远，直到被围栏的绳子拦下，渡边野二这才扑通一声重重摔在了地上！

整个搏击场一片寂静，所有人都目瞪口呆地望着战兵，满眼的不可置信！

战斗之火

在寂静了足足三秒后，整个赛场一片哗然，混乱得险些让维持秩序的工作人员招架不住。

冉爽此时也是一脸的震惊，她没想到战兵竟然将黄氏武功领悟得如此透彻。战兵仅凭着与黄氏以及黄氏弟子的几次交手，就领悟到了黄氏武功的精髓，这简直让冉爽不敢置信。

此时，裁判员也猛然反应过来，连忙上台去查看渡边野二的情况。为了唤醒渡边野二，他连续扇了他两巴掌，然而渡边野二却没有反应。裁判员一脸呆愣地站起身走到战兵面前，犹如看怪物一样上下打量了战兵一会儿，说道：“我宣布，获胜的是杰克！”

整个赛场顿时爆发出一阵哗然，所有人都叫嚷着，咒骂着，显然这么快就结束一场搏击比赛在他们看来根本不过瘾。

杰米也万万没想到会是这样的情况，他不知道究竟是战兵太强，还是渡边野二太弱。但是，这样棘手的状况，除非让战兵再打一场，否则若想下场那绝对不可能。

“杰克，你……”杰米有些尴尬地示意身后的人将渡边野二抬下去，然后他哭笑不得地看着战兵，“嘿，杰克，你看……观众们都疯狂了，看来你得再解决一个才行。”

战兵抿了抿嘴唇，无奈，只能点了点头，算是应了下来。

“好，那我马上去安排！”杰米如释重负，说完朝后台跑去。

没过一会儿，裁判员满头大汗地跑上场来，他身后赫然跟着一个身材巨大的白人，比布莱恩都要魁梧高大。

“亲爱的观众们，应大家的强烈要求，杰克先生答应加赛一场，对手是大家都熟悉的拳王卡西欧！大家都选好赌盘，大赛马上开始！”

观众席出现了短暂的嘈杂，显然是开始投注下赌盘了。没过一会儿，搏斗场上的钟声再次敲响，全体观众都一脸兴奋地注视着台上。

卡西欧是这座地下搏击场的拳王，可以说是打遍天下无敌手，至今已经保持了五十四场全胜的战绩，在整个克罗克小镇都非常有名。他身高足有两米，体重也有一百二十多公斤，体格虽然比之前战神佣兵团的壮汉稍逊一些，但是相对于战兵而言，那就是彪形大汉了。卡西欧被称为地下搏击场的拳王，其实力应该不容小觑。

这时，杰米一脸兴奋地朝郭展召等人走来，咧嘴露出两排整齐的大白牙，“怎么样？比赛够刺激吧？”

郭展召皱了皱眉，“杰米，这场比赛对杰克不公平，你看两人的身高体重，根本就不是一个级别的！”

杰米浑不在意地摆了摆手，“刚才你也看到了，你们队里的渡边一下就被杰克干翻了。杰克身手这么好，就应该跟我们地下搏击场的拳王交手，这样才有看头。”说完，又笑呵呵地补充道，“放心，我在后台嘱咐过卡西欧，不许下死手，点到为止。咱们过几天就出去执行任务了，我可不想让毒蝎失去一个得力干将！”

大家一听，原本高高提起的心这才放了下来。

卡西欧率先冲着战兵行了个搏击礼仪，战兵一脸平静地回礼，随即做好格斗架势。

杰米不由得皱了皱眉头，一脸疑惑地回头看向郭展召等人，“杰克怎么不用刚才那一招了，一招制敌啊！”

“渡边野二跟杰克的身材相仿，杰克用华夏武术势必能一击成功，但是对付卡西欧这样的体格的对手就不能再用那招儿了。卡西欧的身高、体重、力量，不论是哪方面，对于杰克来说都是绝对的障碍！”冉爽分析道。

杰米若有所思地点了点头，将目光再次投到了搏击场。

卡西欧做好攻击架势，他刚才也看了战兵跟渡边野二的那场搏击。说实在的，如果战兵对自己使出刚才那一招，他自己也不一定能躲过，这完完全全没有任何技巧可言，就是一个字——快！

天下武功，唯快不破。战兵的那一击表现出了太多的东西，出众的攻击技术以及迅猛的爆发力，让卡西欧对战兵心生敬畏。

卡西欧慢慢挪动着步子，他是正宗的搏击高手，一招一式都是在生死战中积累出来的，所以战兵到目前为止尚未发现卡西欧的弱点。

就在这时，卡西欧突然朝战兵发起攻击，犹如碗口大的拳头来势汹汹地朝战兵击来。战兵下意识地抬手去挡，却见卡西欧的拳头犹如雨点儿般落下，打在战兵的手臂上，把战兵疼得龇牙咧嘴，身子不断后退躲避。

卡西欧的连环拳重在削减对方的抵抗能力，而最后一记重拳则要彻底将对方打垮。

但是，战兵却未给卡西欧这个机会。被连环拳打得晕头转向的战兵猛然身子一侧，让卡西欧的拳头落了空。随即，他单手撑地一脚狠狠地踹在了卡西欧的腹部。卡西欧闷哼一声，捂着肚子连连倒退了五六步，一时间整个胃顿时犹如翻江倒海一般地疼。

战兵握紧了拳头，整个手臂此刻已经被打得疼痛难当，战兵咬紧牙关把即将出口的细碎呻吟咽了下去。

仅此一个回合，就已经让战兵、卡西欧两人对对方的实力有了一个全新的认识，试探到此结束，真正的搏斗才刚刚开始。

卡西欧扬了扬嘴角，脸上闪过一丝兴奋的笑意。显然，卡西欧已经好久没有碰到这种值得他去拼尽全力的对手了，面前这个看似瘦小的东方男人却值得他奋力一战。

整个搏击场仿佛空气中都燃烧着战斗的火苗，战兵的心中也升腾起了战斗的欲望！

摇钱树

整个搏击场再次响起令人血脉偾张的呐喊声。战兵一脸警惕地看着卡西欧，摆出了攻击的架势。

卡西欧不由得微微眯了眯眼，知道这是战兵发起进攻的架势，他也警觉地盯着战兵。

就在这时，战兵率先出击，整个手掌犹如利刃一般对卡西欧展开攻势。战兵的攻击从不使用蛮劲儿，他的手掌击中卡西欧的身体，凡是被他击中的部位，都犹如被一把锈钝的刀具狠狠捅了一刀似的，虽不见血，却是内伤。

卡西欧被战兵击得连连后退，身上的每个部位都刀割一样地疼。

“杰克的身手真不是吹的啊，估计能够赶得上我们毒蝎八大金刚了！”杰米满脸的钦佩，显然他已经被战兵的武功所折服。

“八大金刚？”郭展召不由得皱了皱眉，随即开口问道，“在这里有毒蝎的八大金刚吗？”

杰米摇了摇头，“怎么可能，这鬼地方也就我大哥肯来，其他人怎么会来这种地方，香车美女什么都没有。八大金刚都在位于洪都斯的毒蝎总部，哈哈，说了你们也不知道，如果有机会带你们去见识见识！”

郭展召不由得露齿一笑，“好啊！”

战兵和卡西欧打得难解难分。卡西欧知道战兵留了一手儿，否则以他那一击击杀的打法，此刻的卡西欧已经是一具冰冷的尸体了。

但是就搏击术而言，战兵一时半会儿却也奈何不了卡西欧，只能消耗卡西欧的体力。一来二去，战兵的身上添了新伤。虽然卡西欧也已经避开了要害部位，但是战兵还是伤痕累累。

而此时，卡西欧也同样是强弩之末。虽然他知道战兵这是在消耗自己的体力，可是他却只能奋力抵抗。卡西欧的汗水越流越多，额头滚落的汗珠滑进了眼睛里。卡西欧下意识地一闭眼，胸口却猛然被一击重拳狠狠砸中，随即，他整个人犹如断了线的风筝一般飞了出去。

战兵的身子犹如猛虎下山一般，一下子扑到卡西欧面前，甚至还没等卡西欧做出任何反应，卡西欧的身子已经被战兵死死压住，再回神，拳头已经距离卡西欧的眼睛不足一厘米！

卡西欧下意识地闭上了眼睛。在这电光火石的一瞬间，卡西欧甚至在想自己的眼睛会不会就此废掉。但是预期的疼痛并未到来，卡西欧下意识地睁开了眼睛，只见战兵一脸冷厉地举着拳头。

“打死他！打死他！打死他……”群情激昂的观众们爆发出一阵嗜血的呐喊，仿佛只有鲜红的血液才能平息他们此时的燥热。

卡西欧此刻正被战兵的锁人术锁得结结实实，半分都动弹不得。他满眼恐惧地看着战兵，心脏剧烈跳动着，仿佛要打破胸膛跳出来。

战兵一脸平静地望着卡西欧，“认输吗？”

卡西欧满眼震惊地望着战兵，显然没有料到战兵竟然会放过自己。

“认输！”卡西欧不由得咧嘴大笑，“输得心服口服！”

战兵勾了勾嘴角，松开了对卡西欧的钳制，将手伸到卡西欧面前。卡西欧笑呵呵地一把拽住战兵的手，随即战兵用力一拉，卡西欧便从地上站了起来。

这时，在一旁的裁判这才如梦方醒般奔上赛场，他激动地握住了战兵的手，环顾赛场一周，大声道：“我宣布，这场比试，获胜者是杰克！”

卡西欧在一旁笑呵呵地看着战兵，显然第一次在赛场上输掉比赛的他，并未觉得沮丧，反而对战兵的气度感到由衷的钦佩！

观众席中顿时爆发出一阵高过一阵的哀嚎声。今日一战，让搏击场上的所有人都记住了一个人，而这个人在这座地下搏击场也成就了一段传奇！

卡西欧热情地跟战兵拥抱，“谢了兄弟，多谢手下留情！”

战兵哈哈大笑一声，一脸豪迈地拍了拍卡西欧的肩，“客气，哪里会真的下死手，得饶人处且饶人！”

卡西欧用力地点了点头，一脸的感激。战兵不知道的是，在这之后的许多年后，卡西欧依旧是这座地下搏击场的拳王，而他的手上却再没有染上一滴血，而杰克这个传奇却在克洛克小镇流传着，一直流传了很久很久……

“哈哈，杰克，你果然没让我失望！”杰米笑着拍了拍战兵的肩，“你不知道，你这一场比赛的进账，顶过我这里一月的收入！”

战兵不由得抬头望了一眼愤怒激动的观众台，果然，买他赢的人几乎不到十人，铁定赚了个盆满钵满。

“你是不是故意的？”战兵一脸苦笑地看着杰米。

杰米连忙摆了摆手，“怎么可能，你看我像那种人吗？”

战兵打趣地说道：“像！”

杰米顿时哈哈大笑，随即搂着战兵的肩一脸兴奋地朝郭展召等人走去。

“没事儿吧？”郭展召有些担心地看了一眼战兵，只见战兵的脸上青一块儿紫一块儿的。

战兵摸了摸脸上的伤，这一碰不要紧，直把他疼得龇牙咧嘴。

“别碰，待会儿回去上药，别感染了！”郭展召担心地说道。

杰米亲热地搂着战兵的肩，“回去我找医生给你上药啊，可不能委屈了我们的摇钱树！”

战兵屈肘捣向杰米的肚子，把杰米疼得捂着肚子蜷缩成了一团，但是他脸上却没有一丝怒意，反而是一脸笑意，显然，此时的杰米已经把战兵当成了自己的好兄弟。

战兵望着杰米的满脸笑意，心里不由得扬起一丝苦笑。如果有朝一日杰米知道了自己的真实身份，恐怕第一个要杀了自己的就是他吧……

15 投名状

尖刀任务

一周之后，毒蝎佣兵团出动了接近大半的兵力增援德尔库联盟。这次德尔库联盟可算是下了血本，仅毒蝎佣兵就雇佣了五百多人，而这五百多佣兵已经足以支撑起德尔库联盟三分之一的作战兵力！

这是战兵等人第一次参与佣兵团的调动，完全不同于任何一次作战，却又与他们平日里演习了无数遍的军事调动有着太多的相似。

“毒蝎佣兵不愧是号称世界前三的佣兵团，军队纪律跟正规的部队相差无几。我还是第一次参加实战军事调动，也算是大开眼界了！”郭展召笑呵呵地回头看向战兵等人，满脸抑制不住的兴奋神情。

“是啊！我这也是第一次见识到毒蝎佣兵团铁血肃杀的一面，也算是长了见识！”战兵之前预想中的佣兵是糜烂且放荡的，不同于军队的严正肃穆，不过现在战兵觉得自己的想法的确是有些狭隘了。

“行了，说话都注意点儿，小心被人听见！”安东尼一脸警惕地四下张望。虽然确定四周不会有人，但是天生谨慎的安东尼还是命令众人停止了讨论。

众人终止了敏感话题，又开始说起一路走来的所见所闻，还有他们即将面临的任务，很快，气氛再次热烈起来。

“嘿，聊什么呢？”杰米笑呵呵地走了过来，咧嘴露出两排整齐的大白牙，随后他一屁股坐到了战兵身边，一脸兴奋地看着众人。

“在聊德尔库联盟……”

杰米一听，顿时失去了兴致，“他们有什么好聊的？就是一群为了自己的利益发动战争的自私鬼，你们是没有见过他们的嘴脸！”杰米一脸的蔑视厌恶。

战兵勾了勾嘴角，摇头笑道：“没有他们这样的人，咱们佣兵团岂不是要喝西北风了？”

杰米先是一愣，反应过来后，不由得咧嘴一笑，“那也是啊，不管他们了，咱们只要有钱拿就行了！”

战兵摇头大笑。不得不说，莫尔高深莫测，而弟弟杰米倒是没心没肺，战兵甚至怀疑两人究竟是不是亲兄弟。

“哦，对了，大哥找你。”直到跟众人有说有笑地聊了一会儿，杰米这才想起来这次来的目的，连忙看向安东尼，催促道，“赶紧去吧，估计是要商讨明天的对战策略了。”

安东尼没好气儿地瞪了杰米一眼，拿起一旁的帽子朝莫尔的房间跑去。

“怎么，时间定了吗？明天就开战？”战兵看向杰米。

杰米点了点头，“肯定是越快越好啊，德尔库联盟方面的人可是很会算计的，我们都是按天算钱的，只有死人了，才会按人头儿计算。”杰米一脸的愤愤然，显然他是不愿意继续留在会议厅，这才跑来跟他们聊天的。

德尔库也分为两个势力，一个是德尔库联盟，另外一个是民主党，而雇佣毒蝎佣兵的则是德尔库联盟，目的就是打击民主党的势力。

战兵不由得抿了抿嘴唇，看来作战任务今天晚上就会下达到每一个阵营。

杰米又坐着聊了一会儿，直到有人来催促他才依依不舍地离开房间。而这时，安东尼也正好回来，众人连忙把房门关紧，认真听着安东尼的命令。

“明天凌晨时分，发起渗透偷袭，我们是尖刀部队！”安东尼锐利的目光扫了一眼众人。

战兵不由得皱了皱眉，显然没有料到会是这样的结果。

“我们第一次执行任务就是尖刀部队？这莫尔好大的心啊，竟然也放心我们！”李成亮笑呵呵地说道。

“不会是什么陷阱吧？”

“我看像是投名状！”

安东尼抬了抬手，示意众人安静，“不管他的目的是什么，我之前就说过，咱们的任务跟他们的任务不会有冲突。我们现在的角色是佣兵，不管什么时候都不要忘记，听清楚没有？！”

“是！”众人神情庄重地说道。

“好了，那我先说一下明天凌晨的任务……”

经过一个小时的缜密安排，明天凌晨的任务全都部署下去。安东尼锐利的目光扫向众人，“我再强调一下，首先保证的是你们的性命，其次才是任务！”

“是！”

“行了，都下去准备吧，吃饭、休息，晚上十点钟出发！”

“是！”

战兵仔细检查着背包里的每一件东西，认真挑选着装备。半小时后，战兵检查好了装备，简单吃了几口饭便上床休息了，脑海里分析着任务的细节，直到彻底睡过去。

晚上九点，战兵从睡梦中猛然醒来。他匆匆吃了几口饭补充一下体力，然后将备用的粮食、水塞进了背包，随即准备出发。

“杰克！”杰米老远就看见战兵从房间里出来，他冲着战兵挥了挥手，跑了过来，“你们要出任务？”

战兵点了点头，随即冲着身后的林国光、冉爽使了个眼色，示意两人先走，然后又笑呵呵地转头看着杰米，“怎么，来送我们吗？”

杰米咧嘴一笑，露出两排整齐的大白牙，“兄弟，注意安全！”

战兵微微收敛了一下笑意，拍了拍杰米的肩，用力点了点头，说道：“会的，那我走了！”

杰米点了点头，直到看着战兵等人消失在自己的视线中，这才转身走开。

这时，远处的莫尔也面无表情地看向这边，一双精明锐利的眼睛望着远去的战兵等人。

吸引火力

晚上十一点一刻，安东尼已经带领队员们来到民主党的军队驻地。

月黑风高夜，杀人放火时。借着夜色的掩护，战兵他们快速朝德尔库民主党的军队驻地狂奔而去，动作迅捷灵敏犹如幽灵一般。

一路走来，战兵等人沿途发现不少已经断了气儿的哨兵，俨然是先头部队解决的暗哨。

很快，众人已经接近军队驻地的外围，看着几队巡夜的士兵来回在驻地里巡哨，安东尼冲着身后的队员打了个“行动”的手势，几道黑影便立刻消失在漆黑的夜色中。

但是，就在这时，突然的一声枪响打乱了这里的宁静，整个军营顿时躁动起来。没过一会儿，士兵们已经拿着枪从房间里冲了出来，他们快速寻找隐蔽位置准备射击。

安东尼此时睁大眼睛，一脸的愤怒，他想责问是谁暴露了行踪，但是眼下显然不是追究责任的时候了。

“马上找到狙击手！”安东尼冷静的声音从耳机里传出，让众人的精神不由得一振，纷纷四下寻找对方狙击手的位置。

战兵仔细搜寻着敌军狙击手的位置，但是无论如何都找不到。没想到敌营的暗哨会安排得如此隐秘，仿佛专门就是为了对付他们一样，让战兵寻找不到一星半点儿的下落。

就在这时，又一发子弹撕破夜空，在漆黑的夜色里显得格外明亮，紧接着传来一声闷哼声，显然又有一人被击中。

战兵快速锁定了对方狙击手的位置。原来，对方的狙击手竟然藏在一个类似碉堡的地方，四面都是坚硬的城墙，城墙四周有几个只有碗口大小的洞口，而狙击手的枪就从洞口里探了出来。

这种情况根本就无法瞄准！

很快，跟战兵发现同样问题的队员立刻向安东尼汇报了情况。但是，安东尼的回答却只有一个——打掉对方的狙击手！

战兵握了握拳头，他知道，如果不解决掉对方的狙击手，那么他们根本就突破不了防线。想到这里，战兵猛然从隐蔽位置跃出，动作大得足以让碉堡内的狙击手发现他的行踪。

很快，碉堡内的狙击手快速更换洞口，而这次，黑漆漆的枪口赫然对着战兵所在的位置。

"砰！"子弹擦着战兵的身体飞过。就在这时，战兵甚至看都未看一眼，抬手一枪朝着子弹飞来的位置打了出去！

"咻！"突击步枪里的子弹呼啸而出，狠狠打进了那个只有碗口大小的洞口，狙击手瞬间倒地。

"报告队长，对方狙击手已被消灭！"战兵扬了扬嘴角，提着突击步枪快速朝军营里狂奔而去。

按照原定计划，爆炸声便是攻击信号，而现在，既然行踪暴露，他们就只能退而求其次启动第二方案。

"轰！"一声震天动地的爆炸声响起，一朵巨大的蘑菇云冲天而起，将整个黑夜撕扯开来，顿时将整个军营照亮。

"吸引火力！"安东尼大喝一声，随即队员们朝着安东尼所在的方向狂奔，手中的枪械不断倾泻着子弹，在漆黑的夜色中闪出一道道瑰丽的光芒，就像是断了线的火星珠子。

按照原定计划，毒蝎佣兵团的人会在十分钟之后攻打过来，但是攻击的位置是南门，而他们必须要吸引火力并坚持十分钟，让毒蝎佣兵团的人能够打进来。

战兵居高临下，不断狙击敌人。就在这时，军营里所有的士兵都涌向了这边，子弹犹如瓢泼一般倾泻而出，对战兵等人所在的阵地猛烈射击，把众人打得不敢抬头。

"用火箭弹！"安东尼大喝一声。

"咻"的一声尖啸，一颗火箭弹从身后激射而出，瞬间划开了漆黑的夜色，带着耀眼的光芒飞向敌人的阵地。

"轰！"一声巨响在敌人阵营里炸开，把躲避不及的士兵们炸得人仰马翻。原本密集的射击出现了短暂的停歇，战兵等人趁机猛然发起进攻。精准的子弹再次激射而出，那些身子露出掩体之外的士兵如被拦腰斩断的麦秸一般成片成片地躺倒在地。

时间好像过得十分漫长，虽然只是短短十分钟，此刻却仿佛被无限拉长。众人在枪林弹雨中咬牙坚持，为毒蝎佣兵们争取这难得的十分钟。

此时，莫尔却率领毒蝎佣兵停在民主党军队驻地百米之外，查看着此时已经打得热火朝天的战场。

“大哥，他们快顶不住了，我们赶紧冲过去吧！”杰米急得满头大汗，听着犹如炒豆子似的枪声，杰米的心仿佛提到了嗓子眼儿。

莫尔面无表情地看着对面激战正酣的战场，精明睿智的眼睛里闪过一道寒光，“原本制订的计划是十分钟……”

还没等莫尔说完，杰米着急地说道：“可是，我们不是已经来了吗？”

莫尔冲着身后打了个手势，身后数十个毒蝎佣兵顿时消失在黑暗之中。由于此刻所有的兵力都被吸引到了北边，所以那些佣兵几乎不费吹灰之力就进了敌人的军营。

“大哥！”杰米急得冒汗，心里仿佛猫抓般地坐立不安，但是莫尔依旧是一脸的平静。

就在这时，莫尔的耳机里发出几声短击声，莫尔这才微微眯了眯眼，一脸杀气地沉声说：“行动！”

狙杀首脑

“轰！轰！……”巨大的爆炸将整个军营北面的墙壁尽数炸塌，冲天的大火将黑夜照亮。民主党军队的士兵们顿时惊得脸色大变，随即分散兵力迎向毒蝎佣兵团的火力。

“他们到了！”安东尼擦了擦额头的汗水，“剩余的人全部上高地，监控战场，狙击敌人！”

“是！”

此时的敌人已经从最初的慌乱中醒过神来，并开始组织起有效的反击。毒蝎佣兵团虽然是先发制人，但是敌人的反应速度超乎想象，战斗进入白热化。

战兵手持突击步枪，子弹狠狠射进敌人的身体。他的表情冷冽肃杀，完全不带一丝感情色彩，就好像此刻他射击的是靶场上的靶子，而非是鲜活的人命。

二十多名狙击手对敌人造成了极大的恐慌，毒蝎佣兵乘胜追击，整个战场几乎呈现一面倒的局势，敌人被毒蝎佣兵打得连连后退。

就在这时，战兵看见五六十人将一人围在中间向门口移动撤离，他们手中的枪械一致向外，围成了一堵密不透风的人墙。

战兵微微皱了皱眉头，他想，此人定是敌人的首脑人物！想到这里，战兵将枪口瞄准被人肉墙护住的中心。但是，足足五六层的包围让战兵根本没有瞄准的机会，眼看着这队人已经快要撤退到军营大门了。

毒蝎佣兵先发制人，他们躲在隐蔽位置射击。敌人成片成片地倒下，根本没有任何反抗余地，只能步步后退，撤离军营。

“安东尼教官，我发现了敌人的首脑人物，请求追击！”战兵眼见着敌人将中间的人团团围住掩护后退，连忙呼叫安东尼报告情况。

安东尼点了点头，“好！”说着，又不放心地嘱咐了一句，“注意安全，远距离狙杀即可，不用距离太近。”

“是！”战兵随即提着手中的突击步枪朝着敌人撤退的地方追去。

由于这次毒蝎佣兵团接到的命令是击溃敌人，所以莫尔并没有让毒蝎佣兵们追出军营，毕竟兔子急了还咬人，更何况是这群溃兵。

“打扫战场！”莫尔振臂一声，随即带着一伙人先去军营的机要房间，寻找敌军遗落的重要文件。

这时，安东尼开始查看队员们的伤亡情况。由于之前不知道对方狙击手的存在，所以造成了一死一伤。T 国队的一名队员被击中胸部，当场死亡；渡边野二则是被击中了大腿，他的整条作训裤都被鲜血染红，伤口处鲜肉外翻，看着就触目惊心。

“赶紧安排医生抢救！”安东尼皱着眉头看着渡边野二，显然渡边的伤势十分严重，如果抢救不及时，恐怕会有生命危险。

队员们连忙架起渡边野二往军营狂奔，当他们把渡边野二送到了重伤员的房间时，只见医生已经忙得脚不沾地了。由于伤员众多，医生只能根据佣兵的军阶高低排序医治，渡边野二是刚刚加入毒蝎佣兵的，其顺序可想而知。

“医生，麻烦您先看看我兄弟，他的腿被打穿了！”J 国队员一脸哀求地拉着医生的袖子。

医生不由得皱了皱眉，他看了一眼渡边野二的伤势，又指了指他面前的伤员，“怎么，难道你觉得这两人的伤势，你的兄弟更重一些吗？”

J国队员的目光落在了医生面前的伤员身上，只见他整个右腿都被炸断，整个人已经毫无血色地晕厥过去，伤口处的鲜血已经将白色的床单染成了红色，让人看了触目惊心。

医生将一脸绝望的J国队员的手甩掉，开始去抢救那名断了腿的伤员。

此时，郭展召等人正在协助毒蝎佣兵团的人打扫战场。郭展召查看了一圈儿，这才发现少了一人，“队长，战……杰克呢？”

安东尼朝郭展召投来一记警告的目光，这才说道：“杰克说发现了敌人的首脑人物，追过去了。”

郭展召一听，皱了皱眉，“往哪个方向去了？我去看看！”

安东尼的心里也有些不放心，见郭展召自告奋勇，当即指了指大门的方向，“那个方向！”

“好！”郭展召点了点头，随即快速朝安东尼手指的方向狂奔而去。

此时战兵追着逃兵一路跟踪，很快便锁定了敌军的首脑，竟是个少将！战兵不由得勾了勾嘴角，难怪这么多人围着他转。

想到这里，战兵开始观察四周的地势。斩首行动固然是好，但是也要确保后路。战兵必须要保证自己狙杀完敌军少将之后能安全撤退，方可动手。

虽然打了败仗，但是敌军的队伍却半分不乱。毕竟最高指挥官还在，他们的凝聚力自然就不会垮。

敌军的撤退路线通向丛林，几队残兵会合后足有数百人之多。他们显然对这里的地势地形很熟悉，况且大部队进入丛林也能隐蔽行踪，避免敌人的追杀。

战兵观察着附近的地势，直到敌军的大部队原地休息，战兵这才将身子紧紧隐秘在灌木丛中，观察敌军的一举一动。

战兵在脑海里勾画着行动方案。狙杀首脑虽然重要，但是能从这几百人的追杀中顺利逃脱才是最困难的。

时间一分一秒地过去了，眼见敌军就要再次出发，战兵终于咬了咬牙，抬枪瞄准那少将的眉心。只听“咻”的一声尖啸，子弹划破空气爆速飞行，而后狠狠地钉进了那名少将的眉心。

“啊！将军！”

“保护将军！”整个队伍顿时大乱，众人慌乱不安地搜寻着四周，如临大敌。

“将军死了……”扑到将军身上的士兵一脸惨白地看着众人，身子止不住地哆嗦起来。

整个部队顿时哗然，所有的士兵疯了一般地朝着四周的灌木丛射击，直把灌木丛的枝干打得簌簌作响，一时间草屑横飞。

躲猫猫

“给将军报仇！”

“报仇！”

……

一时间，民主党的士兵群情激奋，士兵们一脸愤怒地怒吼着，纷纷誓言为长官报仇。士兵们拿着枪开始搜查附近的每一寸土地，杀气腾腾。

战兵不由得暗暗咧了咧嘴，此时想逃已经不可能了，更何况如果他的行踪被发现，势必会将仇恨引向毒蝎佣兵团。虽然战兵对毒蝎佣兵团没有什么好感，但是不管如何，杰米等人对自己一直都不错，他不能擅自引起一场战争！

那就只能自己扛了！

战兵慢慢移动身子，向密林深处一步步地撤退。士兵们搜寻的速度非常快，毕竟他们有几百人的兵力。他们以少将被击中的位置为中心，展开地毯式的搜索，几分钟后，他们搜索的地方距离战兵隐蔽的位置只有不到两百米了。

战兵此时已经朝着相反的方向匍匐前进。士兵们根据子弹的方向判断出了战兵的位置，而战兵不能后退给毒蝎佣兵团招惹战争，那么，就只能反其道而行，逃进这片丛林里！

想到这里，战兵的速度加快，却没有丝毫晃动起四周的灌木丛。直到爬到士兵搜索的相反方向，战兵这才抬头警惕地看向敌人，只见他们搜索得甚是谨慎，连地上的石头都不放过。

战兵此时已经在民主党士兵搜寻的相反方向，不会有人发现他的行踪。

战兵加快了速度，直到确定已经逃离了士兵的搜索范围才猛然站起身子，冲着背对着自己搜索的士兵就是一枪。

“砰！”子弹穿透空气爆发出一声尖啸，随即狠狠钉进了那名士兵的后脑勺。巨大的冲击力生生地将那名士兵的脑袋击中，鲜血、脑浆顿时喷溅得到处都是，景象令人触目惊心。

“在那里！追！”

一时间，子弹犹如瓢泼一般地激射而出。虽然以士兵们现在的距离想要瞄准战兵，难度不是一般地大，但是士兵们还是不管不顾地倾泻着子弹。一时间，树木、灌木丛被打得簌簌作响，草屑树皮四溅乱飞。

战兵被子弹打得抱头狂奔，脚下的步子不敢停滞半分，整个人仿佛是在灌木丛上飞过一般，眨眼功夫就已经消失在茂密的丛林之中。

士兵们依旧不依不饶地追赶，虽然已经看不见战兵的身影，但是子弹依旧不断射出，惊得整个丛林里鸟雀横飞。

郭展召根据敌人留下来的脚印，一路追到丛林。一进入丛林便听到激烈的枪声，他眉头顿时皱成了疙瘩，想也未想就朝枪响的方向狂奔而去。

而此时，远在军营的莫尔等人也听到了丛林传来的密集枪声，他一脸阴沉地望向枪响的方向。

“什么情况，为什么有枪声？”莫尔问道。

一旁的安东尼连忙说道：“我的队员去追敌军的首脑了，听这枪声，应该是得手了！”

莫尔不由得挑了挑眉，“几个人？”

“两个。”

莫尔冷笑一声，“哼，两个人也敢狙杀敌人的将领？安东尼先生的队员当真是勇猛无双啊！”

安东尼笑呵呵地说道：“匹夫之勇罢了，不值一提！”

莫尔脸上的笑意未减，一双精明锐利的眼睛看着安东尼，“需要帮手吗？”

安东尼摇了摇头，脸上满是谦逊的谢意，“如果需要兄弟们的帮忙，到时候我一定开口！”

莫尔一脸高深莫测地点了点头，随即转身走进了房间。

安东尼大跨步地朝冉爽等人走去。还没等安东尼开口，冉爽已经急着开口道："队长，我去支援！"

"我也去！"林国光、钟华两人异口同声道。

李成亮、林艺强两人也纷纷请战，而身后的其他队员则是不动声色地站在一旁，显然他们不想去蹚这浑水。

安东尼点了点头，将目光落在了冉爽等人的身上，"好，你们之间足够默契，你们五个去吧！"

"是！"

冉爽等人目光坚韧锐利，转身朝房间里走去。

此时的战兵并不知道郭展召、冉爽等人已在支援的路上。就在子弹击中敌人少将的脑袋之前，战兵就已经做好了孤军奋战的准备。

身后有追兵，战兵尽可能不留下任何痕迹。对战兵而言，想甩开身后的追兵很容易，但显然战兵不想这么做，毕竟这是一支近千人的队伍，被这么多人在丛林里追杀，这种经历可不是一般人能体会到的，战兵自然不会放过这样一次提高自己实战能力的机会。所以此时的战兵已经做好了带着近千名民主党士兵转遍整个丛林的准备。

为了能让身后的追兵不致于追丢自己，战兵时不时还会故意留下痕迹。

战兵之前研究过这片山林的地图，穿过这片丛林便是民主党的大本营，而这一片丛林便是民主党和德尔库联盟两方势力的缓冲地带，只是因为民主党单方撕毁协议将部队进驻在丛林的另外一侧，这才有了毒蝎佣兵团的这次行动。当然，和平的伪善面具已经被撕破，不打上一阵是不会消停的。

"外面肯定打得热火朝天，这群人竟然还跟着我在丛林里躲猫猫。"战兵自言自语道。

战兵在地图上画了一道曲曲折折的路线，最后的终点就是民主党大本营！

"来吧，让爷爷带你们玩儿躲猫猫！"战兵将地图重新塞回怀里，随即抬手将灌木丛的枝叶折断，整个人再次消失在密林之中。

我的女人

冉爽等人先是找到了郭展召，随即他们跟在民主党士兵的身后追寻战兵的下落。但是跟了足足两个小时之后，众人觉得不对劲儿了。

“战兵这小子搞什么鬼？”郭展召的眉头皱成一团疙瘩，随即看着身后的李成亮，“把地图给我！”

李成亮连忙把地图递给郭展召：“我也觉得不对劲儿呢，好像战兵在带着这群傻大兵绕圈子玩儿呢！”

郭展召掏出笔，在地图上划拉起来，最终一条曲线在地图上出现。

“这小子指不定又玩儿什么花样儿呢！看见没有，他在遛后面的士兵玩儿呢！”郭展召笑呵呵地说道，随即点了点地图上的位置，“如果我没猜错的话，这小子想把身后的士兵带到民主党的大本营，只要到了那里，他们就是再想追恐怕也身不由己了！”

李成亮不由得露齿一笑，“队长，你的意思是说这小子是要带着这帮傻大兵回家？”

“嗯，可以这么说。”郭展召一脸的无可奈何。

“我真服了战兵了，他脑子里怎么这么多奇思妙想，连这种损招儿都想得出来？”李成亮一脸的心悦诚服。

郭展召轻笑一声，看向众人，“行了，既然咱们知道了战兵的目的地，那么咱们就直接到前面等他吧！”

“好！”众人连声附和。

战兵快速在丛林中穿梭，动作迅猛灵敏。身后的士兵们依旧锲而不舍地追赶着战兵，真有一种不把战兵抓到就誓不罢休的狠劲儿。

但是，他们从开始追捕到现在却连个影子都没抓到，反而被战兵带着满丛林乱窜，把追赶的士兵累得苦不堪言。

经过了刚开始的愤怒、仇恨，此刻所有士兵心里的怒火与恨意都已经被疲惫所取代。在丛林里行军是非常费力的事情，地上盘根错杂的灌木丛以及被厚厚的枯叶覆盖的地面，一不小心就会摔一个大跟头。

此时太阳已经升到了头顶，但是有茂密树林的遮挡，倒也不觉得晒。一股发霉的味道从脚底的枯枝烂叶里传来，让人忍不住作呕。

随着追捕的时间越来越长，战兵留下的痕迹也越来越多，让追赶的士兵根本捞不到一点儿休息的时间。他们在战兵预先设计好的路线上，随着战兵狂奔着。

而此时，战兵正生了一堆火，悠闲地烤着自己徒手抓来的兔子。在丛林里跟野兔赛跑，战兵恐怕是第一个！

兔子肉鲜美多汁，经过烧烤之后，烤肉的香味儿更是香飘十里。很快，身后的士兵们发现了袅袅升起的白烟，随即他们全速朝着冒烟的地方前进。

烟火信号不仅将身后的追兵引来，更让郭展召等人也找到了战兵。

就在战兵慢条斯里地吃着烤兔肉，并计算着追兵们的速度时，耳边猛然传来几声树枝被折断的声音。几乎就在同时，战兵的枪口已经对准了来人的方向，一脸的冷冽肃杀。

"你小子，这哪儿是被人追杀啊，你简直就是在度假啊！"再熟悉不过的调侃声音响起，战兵连忙放下枪械，一脸惊喜地看向来人。

"队长！"

当看到郭展召身后陆续出现的林国光、冉爽等人时，战兵更是抑制不住地惊讶，"你们怎么都来了？"

"臭小子，怕你受伤啊！"李成亮率先大大咧咧地走了过来。他二话不说，毫不客气地从战兵手里把兔肉抢了过来："你小子真会享受啊，还撒了盐！"

战兵咧嘴一笑，露出两排整齐的白牙。

郭展召上下打量了战兵一番，见他除了身上脏了一些，倒也没受伤，一颗心这才放了下来。

"我说你小子是不是属豹子的啊，单枪匹马也敢打近千士兵保护的将军，你就不怕这大几百口子一人一口唾沫把你淹死！"郭展召没好气儿地瞪了战兵一眼。说不担心都是假话，毕竟战兵就只有一个人，如果发生什么突发事件，连个接应援助的人都没有。

想到这里，郭展召瞥了一眼身后的冉爽，"我说战兵，你不知道当时把人家小爽给担心的，一张小脸都白了，二话不说就自告奋勇来救你。"

还没等郭展召说完，战兵已经哈哈大笑一声，一把将郭展召身后已经羞红了脸的冉爽拉进了自己怀里，一脸自豪得意地扬了扬下巴，“那当然，我的女人嘛！”

郭展召没料到战兵竟然会来这手儿，突然被战兵惊得一口唾沫咽错了地方，把自己呛得昏天暗地。

冉爽此时已经是霞飞双颊，却也越发衬得一双秀目明亮逼人。

战兵的一番话让冉爽又羞又恼，但是她心中的甜蜜却止不住地往外冒。战兵的话语，让冉爽感觉到前所未有的幸福。

“行了，别在我们这些老光棍儿面前秀恩爱了！”林艺强一脸的羡慕嫉妒，嘴里酸溜溜地说道。

“就是，还让不让单了三十几年的人活了！”郭展召说着，将目光转向了林国光、钟华，“是不是啊？”

林国光抿了抿嘴唇，面无表情地说了一句，“我还好。”

直把李成亮憋得半天说不出一个字来。

战兵一脸好笑地看着众人，挥了挥手，“行了，本来还想带着他们回他们的大本营呢，既然你们来了，那我就不跟他们玩儿了，咱们走吧！”

众人相视一笑，他们将地上的火堆扑灭，随即又在距离火堆不远的地方做了痕迹。随即他们便听到了一阵窸窸窣窣的脚步声，显然那些追兵距离战兵等人还有几百米的距离。

“隐蔽！”战兵压低声音道，随即众人四散开来，悄无声息地各自消失在一堆翠绿色的灌木丛中。

情敌

当战兵等人回到军营的时候，民主党的少将被击毙的消息已经传到了莫尔这里。战兵等人刚回军营，便被人带到了莫尔面前。

莫尔一脸欣赏地打量着战兵，孤身一人就敢刺杀敌人军阵中的少将，并且最终能够全身而退，可谓是有勇有谋，而毒蝎佣兵团里最缺的就是这种人！

“杰克，这次你立下了大功，德尔库联盟那边的人传来消息，说他们对战果很是满意，全部佣金已经汇进了我们的账户，而且还多支付了一百万！”莫尔的眼睛直直地盯着战兵，让人不由得心下发颤。

战兵毫不畏惧地迎向莫尔的灼灼目光，嘴角轻扬，“谈不上什么功劳，这都是我应该做的。”

莫尔哈哈大笑一声，“不用谦虚，我们毒蝎的兄弟可都是洒脱得很，功就是功，有功就当赏！杰克，你尽管说，只要我莫尔能够做到的，就一定不会亏待了自己的兄弟！”

莫尔说得豪气冲天，但是战兵心里明白，他那所谓的豪迈大气只不过是做给手下人看的。

“这是我们投奔毒蝎执行的第一次任务，的确算不得什么，咱们来日方长！”战兵笑呵呵地说道。

莫尔知道战兵不是在跟自己客气，心里仅存的疑虑这才烟消云散。安东尼以及他队里的这几个人都是不可多得的人才，毒蝎佣兵团骤然多了二十多个得力干将，莫尔哪里能不开心。

“那好，咱们来日方长，等你再立功绩的时候，到时候我一起赏！”说着，莫尔将目光投向了众人，“传令下去，今天晚上摆庆功宴，兄弟们敞开肚子吃喝，不醉不归！”

“好！”整个房间顿时爆发出一阵呐喊声。

所谓的庆功宴就是吃肉喝酒，不管能不能喝，酒端到跟前就得一饮而尽。佣兵的世界要的就是豪迈！哪怕酒量只有二两，喝起来也得舍命！

战兵的酒量在利刃特战大队里算是好的，至少没有人看到战兵喝醉过，而且战兵跟其他人不同，别人的脸是越喝越红，而战兵的脸却是越喝越白，让人永远猜不透他的真实酒量究竟在哪里。

“杰克，来，喝酒！”杰米的一张黑脸，喝了酒就更黑了一层，就连眼睛都变得通红通红，搂着战兵的脖子不撒手。

战兵无可奈何，知道不能跟酒鬼一般见识，但是被一个体重一百公斤的彪形大汉吊在脖子上，换谁都会觉得不舒服。

“杰米，杰米，你勒得我快喘不上气来了。”战兵想用力掰开杰米的胳膊，可是又怕伤着他，很是无奈地被杰米继续搂着。杰米可顾不上战兵的感受，他兴奋地跟战兵诉说着自己的心情，“你知道吗，我没服过谁，就是佣兵团里的八大金刚我都没服过，你，杰克，算一个！”

战兵哭笑不得地咧了咧嘴，眼睛的余光正好看到了一旁的莫尔，莫尔也看到了战兵。他大笑一声，放下酒杯，大跨步地朝战兵走来，几乎一瞬间，所有人的目光都落在了战兵身上。

“杰克，杰克，来，过来跟我喝一会儿！”莫尔一边跟战兵说着话，一边很有技巧地将杰米的胳膊从战兵的脖子上拉了下来，随即冲着一旁的佣兵队员使了个眼色，“把杰米送回房间吧，他喝多了！”

“是！”佣兵队员们连忙点头，随即架着杰米往房间走去。

“干什么啊，不用扶着我，我还要喝，杰克呢……杰克呢……”直到被人扶着走出了很远，依旧还能听到杰米的声音，战兵一脸苦笑地摇了摇头。

“看来杰米很喜欢你。”莫尔坐在了战兵的身边，将面前的杯子倒满了酒，随即冲着战兵扬了扬手里的酒杯，“喝！”

战兵笑呵呵地咧了咧嘴，“我也很喜欢杰米！他很好！”

莫尔咧嘴一笑，冲淡了一脸的精明睿智。

这是战兵第一次看到莫尔的眼睛里没有了精明的算计，只有单纯的善意笑容。战兵知道，莫尔此刻心中已经彻底认可自己了，不再对自己将信将疑了。

此时，所有人的目光都若有若无地瞥向战兵这边。莫尔对一个人的态度，基本上就决定了这个人在毒蝎佣兵团的地位。显然，今日这一战，战兵等人的地位在一天之内就上涨到了令人难以望其项背的高度。

战兵的酒量也将一些人镇住，毕竟没有人知道战兵的真实酒量，而面对这样一个千杯不醉的酒神，想要上去挑战喝酒，的确是需要一定勇气的。所以除了一开始敬酒的人比较多之外，喝到半场后，就基本上没有人敢上来给战兵敬酒了。

此时的战兵笑意盈盈地看着场内的众人，一双冷冽的眼睛越发地晶亮，而了解战兵的人都知道，这是他即将喝多的前兆。

林国光不露痕迹地冲着冉爽使了个眼色，冉爽微微点了点头，随即离开座位朝战兵走去。

但是还没等冉爽靠近战兵，一个人已经抢先一步坐在了战兵跟前。那人在坐到战兵身边的瞬间，口中还吹起了轻佻的口哨。

冉爽顿时停在了原地，“你好，朱莉。”

战兵的眉头不由得微微一皱，听到声音这才歪头看向一旁的朱莉，显然没有料到竟然会是这个女佣兵。

朱莉一头细碎的短发，身材高挑消瘦，但是绝对属于那种该胖的地方胖，该瘦的地方瘦的妖娆女人。此时，她的作训服半敞开着，露出一大片白皙的胸脯。在佣兵团里，如此妖艳性感的朱莉绝对算得上是个异类！

“杰克，我看上你了！”朱莉说话直来直去，目光灼灼地看着战兵，随即又毫不示弱地将目光迎向冉爽，冷艳的双眼满是挑衅。

整个露天宴会出现了短暂的寂静，随即爆发出一声高过一声的呼喊。

“朱莉，好样的！”

“杰克，你太有艳福了！”

……

朱莉冲着起哄的众人抛了个媚眼，随即又将目光落在了战兵身上，明亮的双眼在篝火的映照下闪动着迷人的光芒。

战兵的眼中闪过一丝诧异，随即身子与朱莉拉开了距离，“抱歉了，我有女人了。”

朱莉的目光不由得落到了一旁的冉爽身上，魅惑十足的眼睛里闪动着不屑的神情，“就是她吗？”

战兵毫不避讳地点了点头，随即冲着冉爽招了招手，脸上的淡定笑容冲淡了原本的冷冽。

朱莉没想到战兵竟然会在大庭广众之下如此不给自己面子，但是虽然如此，朱莉依旧毫无退缩地望着战兵，“我比她强！”

冉爽一脸震惊地瞪着朱莉，脸色铁青。

“杰克兄弟，朱莉可是我们毒蝎佣兵团的第一女神，想好了再拒绝啊！”

“就是，如果我有杰克兄弟的艳福，就是让我马上去死都行！”

“哈哈，那你现在就去死吧！”

……

周围顿时响起了一声高过一声的调侃，大家一脸兴奋地望向战兵，全都是等着看好戏的架势。

战兵有些诧异地望着朱莉，“抱歉了。”说着，战兵朝冉爽走去，之后拉着冉爽的手朝冉爽的座位走去。

冉爽被战兵拉住手，却也没有挣扎，任由战兵将自己拉到了座位上。

冉爽坐下后又瞥了一眼那边的朱莉，见她依旧坐在战兵的位置上冲着自己挑衅地看着，冉爽索性彻底收回目光，眼不见为净。

“怎么了，生气了？”战兵一脸好笑地看着冉爽，他显然没有见到过冉爽竟然还会露出这样气鼓鼓的模样，让战兵忍不住地心里发软。

冉爽没好气地瞪了战兵一眼，虽然她也知道朱莉的公开示爱跟战兵一丝关系都没有，但是心里却依旧感觉到别扭，冷着一张脸不说话。

“不是生气，就是没想到这里的人怎么这么放得开。”冉爽一脸苦笑地摇了摇头，随即抬眼瞪了战兵一眼，“只不过，苍蝇不叮没缝儿的蛋，你也不是什么好人！”

战兵一听不由得拉长了脸，“媳妇儿，我真是好人！”

冉爽被战兵的表情逗乐了，“我说不是好人就不是好人。”冉爽干脆直接上手，摸到战兵肋下的软肉拧了下去，把战兵拧得暗暗咧嘴。

朱莉一脸阴晴不定地望着战兵、冉爽，晃动着杯子里的红酒。

“朱莉！”杰米举着酒杯笑眯眯地坐到了朱莉身边，冲着战兵、冉爽两人招了招手，然后挤眉弄眼地对朱莉说道，“怎么样？我说过吧，杰克不会动心的，他可是难得一见的好男人！”

朱莉眯了眯眼，一双魅惑妖艳的眼睛闪动着，饱满的嘴角微微扬起，“就因为他是好男人我才要呢！”

杰米不由得瞪大了眼珠子，“朱莉，你玩儿真的？”

朱莉风情万种地冲着杰米抛了个媚眼，随即冲着杰米的耳朵追了一句话，“是我喜欢的类型，我会把他追到手的。”

杰米的脸顿时垮了下来，显然，朱莉是认真的。

朱莉冲着战兵抛去了一个魅惑人心的媚眼，随即英姿飒爽地离开了战兵的位置，手里却拿着战兵刚才用过的杯子。

杰米苦着脸凑到战兵跟前，眉头皱成了一团疙瘩，“杰克，我没想到朱莉会真看上你，我一开始就是想让她跟你开个玩笑……”杰米见战兵冷冽如刀的眼神扫过来，连忙又开口说道："这可不怨我，谁让你小子魅力这么大！她可是我们毒蝎佣兵团的第一美女，我追了她三年都没到手。你别看她这副模样，其实是个挺不错的姑娘……"

杰米的话戛然而止，冉爽正一脸冷漠地瞪着他，只见她双目寒冰似刀，满脸杀气腾腾。杰米不敢再说什么，赶紧缩着脑袋灰溜溜地走了。

战兵一脸笑意地望着冉爽，由于刚刚喝完酒，战兵的脸上带着潮红，鼻息间喷吐出的香醇酒气让人迷醉。

冉爽狠狠瞪了战兵一眼，从口袋里掏出解酒丸，这本来就是刚才想要给战兵的，但是朱莉的出现让她没给成。

"吃了它，醒酒的！"

战兵笑呵呵地看着冉爽手心里的解酒丸，温热的气息喷吐在冉爽的掌心，痒得冉爽下意识地抽回手，却被战兵一把拽住了手腕，随即张嘴将解酒丸吞进嘴里。

整场宴会一直持续到晚上十一点，战兵因为酒精上头便提前退场了，脑袋枕上枕头就呼呼睡了过去。显然，醒酒丸的功效没有发挥，但是至少第二天不会太头疼。

此时，做完手术的渡边野二正绝望地躺在病床上。由于麻药的劲儿已经过去了，钻心的疼痛让渡边野二冷汗直流。

渡边野二的手术虽然很成功，但是由于伤势过重，留下了后遗症。这对于渡边野二来说，真比杀了他更让他难受。他的那条腿这辈子再也不能过猛发力，这对于一个特战大队的队员来说，预示着特战生涯的结束。

渡边野二瞪着一双愤恨的眼睛，仿佛要透过墙壁将所有人都焚烧殆尽。此时的渡边野二被滔天的恨意与不甘吞噬，他想到自己落得如此下场，而战兵却春风得意，巨大的落差使渡边野二几乎疯癫。

虚惊一场

毒蝎佣兵团顺利完成了德尔库联盟的雇佣任务。驻守军营期间，战兵在毒蝎佣兵团的威望与日俱增。在这个强者为尊的佣兵世界里，只要有本事，就会得到所有人的由衷推崇。

“杰克！”杰米气喘吁吁地跑向战兵。此时的战兵正在跟佣兵们切磋枪法，朱莉也在比试的行列。朱莉也不管战兵想不想比，她硬是加入比试行列，战兵总不能拂袖而去，那样就显得太小家子气了。

“怎么了？”战兵擦了擦额头的汗水。

朱莉不由得眯了眯眼睛，眼睛里满是玩味的笑意。

“我大哥找你呢。”杰米不由得轻咳一声，“提醒你一句啊，我看大哥好像很生气，还有啊，你们队上的那个渡边也在。”

战兵的心不由得咯噔一下，脸色也瞬间变了。

“怎么了？”杰米被战兵的表情吓了一跳，直觉是出事儿了。

战兵随即恢复了正常，“没事儿，有点儿累了，你来陪他们玩儿吧！”战兵将手里的狙击步枪递给了杰米，笑呵呵地朝莫尔所在的房间走去。

转过身后，战兵的表情顿时凝重起来，眉头皱成了一团疙瘩。战兵不知道渡边究竟给莫尔说了什么，但是就目前的情况来看，他现在还是安全的。只是他不敢担保安东尼等人的安危，毕竟他们现在是一根绳上的蚂蚱。虽然毒蝎佣兵团的头号敌人是自己，但是难保盛怒之下的莫尔不会将他们赶尽杀绝。

从训练场到会客厅不过只有一分钟的路程，而战兵却觉得足足走了一个小时。时间仿佛被无限拉伸，战兵不知道接下来迎接自己的将会是什么……

当战兵推开房门的时候，整个房间里的气氛低沉到极点，仿佛就连空气都凝结成冰，使人喘不上气来。

“杰克，你过来！”莫尔一脸阴沉地冲着战兵招了招手，战兵有些犹疑地走过来，一双冷厉的眼睛瞥了一眼一旁的渡边野二。只见渡边野二的眼睛里满是蚀骨的恨意。

战兵的心顿时咯噔一声，几乎下意识地握紧了拳头。

“杰克！”莫尔一脸愠怒地瞪着战兵，脸上青筋暴起。

战兵极力控制着自己的情绪，一脸镇定自若地看着莫尔。

“你的事情，刚才渡边都给我说了。”莫尔目光灼灼地望着战兵，仿佛要将战兵所有的神情都尽收眼底。

战兵下意识地瞥了渡边野二一眼，一脸疑惑地看着莫尔，“我的事儿？什么事情啊？”

莫尔抿了抿嘴唇，一脸阴沉地瞪着战兵，沉声说道：“在安东尼提议投奔毒蝎的时候，你是唯一持反对态度的，对不对？”

战兵原本高高提起的心顿时放了下来，紧握的双手慢慢松弛开，随即笑呵呵地点了点头，“原本渡边说的是这个……”

战兵一脸苦笑地摇了摇头，这才直直地看着莫尔，沉声说道：“当初提议来毒蝎的时候，我的确是不同意的。”

莫尔皱了皱眉，一脸的阴沉。

“毕竟毒蝎作为克罗克小镇上的佣兵霸主，我实在是担心，如果我们加入了毒蝎佣兵团，会不会被人当做炮灰一样往死路上扔。另外，毒蝎佣兵团人才济济，我们这几个人不过就是想混口饭吃，在这方面，显然去其他的小佣兵团更适合我们的发展！”战兵有条不紊地回答道，一脸的平静。

莫尔阴晴不定地看着战兵，一双精明深邃的眼睛仿佛要看到战兵的心里。“那……现在呢？”

战兵咧嘴一笑，“现在至少不用被推到前头当炮灰了。”

莫尔被战兵直白的话噎住，他哭笑不得地瞪了战兵一眼，“刚开始的时候那也不是拿你们当炮灰啊，我是不会让一伙草包当尖刀部队的。再说，在不知道你们的真实实力之前，我不得不慎重！”

战兵扬了扬眉毛，不置可否地点了点头。

“行了，从今以后就安心在毒蝎干吧，我不会亏待你们的！”说着，莫尔起身拍了拍战兵的肩。

战兵点了点头，“我信你！”

说完，战兵径直朝渡边野二走去，嘴角勾着一丝若有若无的冰冷笑意，待走到渡边野二面前时，战兵一把搂住了渡边野二的脖子，笑呵呵地说道：“你小子来告我状了……看我待会儿怎么收拾你……”

莫尔一听，大笑一声，随即笑呵呵地说道：“你也别怪渡边，都是我问起来的，杰克你不要多想。”

战兵勾了勾嘴角，眼睛直直地看着渡边野二，“我不会多想的。”说着搂着渡边野二的脖子出了房间，莫尔笑着看着他俩离去。

直到离开莫尔的房间足有一百米的地方，战兵这才松开对渡边野二的钳制，他直直地看着渡边野二，面如冰霜。

渡边野二不由得冷哼一声，“战队长演技精湛，实在让在下佩服。”

“渡边队长，希望你记着我们现在是在参加训练任务。安东尼教官的话希望你能记住！”战兵冷冷地看着渡边野二,一字一句地说道。

渡边野二恶狠狠地瞪着战兵，咬牙切齿地说道 ：“这个就不劳战队长挂心了，什么话该说，什么话不该说，我自有分寸。”

“但愿如此！”战兵淡淡地扫了渡边野二一眼，随即转身走开。

渡边野二一脸恨意地看着战兵，几乎要将牙齿咬碎。

动心

战兵和渡边野二分开之后片刻也未耽搁直接去找了安东尼。毕竟，他跟渡边野二之间的仇怨已经不可调解，而且都是渡边野二单方面的仇怨，战兵也无能为力，只能先跟安东尼商量。

安东尼听完战兵的叙述，不由得眉头紧皱。战兵和渡边野二的恩怨由来已久，在参训魔兽训练营之前便存在。安东尼也知道一直都是渡边野二单方面的仇怨，毕竟战兵从来没有在暗地里搞过小动作，而渡边野二竟然在第一天的极限生存里险些要了战兵的命。

“这事儿你怎么看？”安东尼看着战兵，眉头紧锁。

战兵抿了抿嘴唇，一脸的冷厉，“不管如何，为了防止意外，必须要将渡边野二送出毒蝎佣兵团，否则他随时有可能成为一颗定时炸弹！”

安东尼点了点头，“我也是这么想的，毕竟现在是在训练中，以渡边现在的身体条件的确不应该继续留下来。放心吧，近期我会派人将他送回去的！”

“怎么送？”战兵微微挑了挑眉毛，“渡边一个大活人，总不至于平白无故就失踪了吧！”

安东尼冷笑一声，“这里是什么地方，萨拉尼，每天死个人跟喝凉水似的。放心，没人在意的！”

战兵一听，这才放下心来，对于萨拉尼，安东尼比自己要了解得多。

“行了，放心，这事儿交给我！”安东尼拍了拍战兵的肩，低声宽慰道。

战兵点点头，随即转身走出了安东尼的房间，大跨步地朝训练场走去。

此时，渡边野二正躲在一处房屋后面，目光阴狠地瞪着战兵远去的背影，一双手狠狠地握成拳头，青筋暴起。

当战兵再次回到训练场的时候，杰米已经输得溃不成军了。他老远见战兵朝这边走来，二话不说，三步并两步跑到战兵跟前，拉着战兵便往训练场上拽，“杰克，你得给我报仇，朱莉已经赢我两局了，再输下去，我连裤子都要赔给她。”

战兵不由得摇头苦笑。佣兵团不同于军队，所谓的比试也是有彩头的，比如身上的随身财物。杰米连输两局，恐怕身上的稀罕玩意儿都赔给了朱莉，再输下去就要当裤子了。

“你来！”朱莉明亮的眼睛望着战兵，满心期待。

战兵低笑一声，随即接过杰克手里的狙击步枪，“说吧，怎么比？”

朱莉指了指天上的大雁，“就比这个！”

战兵不由得皱了皱眉头，“这个没法比啊，怎么确定大雁是谁打下来的？”

朱莉抿了抿嘴唇，显然也觉得这个方法有些不妥，随即笑意盈盈地看向战兵，“那你说吧，怎么比？”

战兵沉吟片刻，回头看向杰米，“杰米，有烟吗？”

杰米先是一愣，因为他知道，战兵是不抽烟的。

“有有有……”杰米连忙将香烟掏出来递给战兵，“要这个干吗？”

战兵没有回答，而是掏出两根烟拿在手里，随即将烟盒扔给了杰米，“三百米打烟头，能做到吗？”

朱莉夸张地吹了吹额前的碎发，“哇哦，这个不错，就比这个！”

战兵把一根烟递给杰米，笑呵呵地看着杰米，“兄弟，敢不敢叼着烟让我打一次？”

杰米一听，眼珠子顿时瞪得快要从眼眶里蹦出来了，连连摆手道：“不行，我不行……”

战兵无可奈何，环顾一周，大声说道：“哪个兄弟帮个忙？”

“我来！”就在这时，郭展召等人笑呵呵地走过来，众人自发地让出一条道来。郭展召从战兵手里抽出一根烟，随即一溜烟地朝对面的山坡跑去，直到确定有三百米的距离后他才站住，然后把烟点着，叼在嘴里，将脸侧过去。

战兵笑呵呵地抬起狙击步枪。还没等众人将目光落到三百米开外的郭展召身上，只听“咻”的一声枪响，再用望远镜看向郭展召嘴里的烟，已经少了大半截。

所有人都目瞪口呆地望着三百米之外将烟头再次点着的郭展召，过了许久，这才爆发出一阵雷鸣般的欢呼声。

朱莉没想到战兵竟然会这么玩儿，狙击步枪的精确度虽然高，但是想要击中三百米开外的烟头却不是一般人能办到的，来不得哪怕一厘米的偏差！

此时，郭展召已经叼着半根烟乐呵呵地跑了回来，隔着老远就冲着战兵竖了竖大拇指。显然，他从来就没有怀疑过战兵的枪法。

杰米挤眉弄眼地冲着战兵抛了眼神，随即笑呵呵地看向朱莉，“嘿，朱莉，轮到你了！”

朱莉瞥了一眼战兵，随即将刚才赢来的东西全都塞给了杰米，“我认输。”

杰米不由得眨了眨眼，“你……你怎么能认输呢？还没比呢！”

朱莉幽幽的目光瞥了战兵一眼，这才将目光落到杰米身上，“你觉得如果我来打的话，谁敢给我叼着烟头站到三百米之外？”

朱莉话音落下，所有围观看热闹的佣兵都连忙低下头，瞬间都成了被锯了嘴的葫芦。

朱莉一双碧绿色的眼睛直直地看着战兵，嘴角微微上扬，露出妩媚的笑意，“你是不是认定了我一定会输？”

战兵微微勾了勾嘴角，没回答朱莉的问题，他将手里的狙击步枪扔给杰米，随即跟郭展召等人朝训练场外走去。

朱莉目光灼灼地望着战兵的背影，一双妖艳魅惑的眼睛里闪过一丝迷离，一颗心止不住地怦怦乱跳起来……

“朱莉，你……你没戏的！”杰米自然看出了朱莉是对战兵真的动了心，正因为如此，杰米才担心。

朱莉收回了目光，“有没有戏，我都会拼一把的。”

杰米叹了一口气，没再说什么。

撤离

郭展召等人一看战兵的表情就知道他肯定有话要说，便跟着战兵走到后山的山坡上，直到确定没有人跟来，这才停下脚步看着战兵。

“怎么了？”

“刚才渡边野二在莫尔面前说了我当时反对投奔毒蝎的事。”

郭展召眉头一皱，一脸的凝重。

身后的李成亮怒气冲冲地道：“他娘的，这混蛋想干什么！”

郭展召抬手示意众人安静，他看向战兵，“这件事你怎么看？”

“还能怎么看，渡边野二这是在警告我！”战兵说道。

郭展召赞同地点了点头，“不管怎么样，渡边野二这个人无论如何都不能再留了，否则真不知道他还会做出什么疯狂的事情！”

“我已经跟安东尼教官说了，他说近期会安排人送渡边野二回去。”

“这就好，送走了这颗定时炸弹，咱们这次的训练任务才能顺利完成。”郭展召松了口气，低声说道。

李成亮皱了皱眉头，“按理说咱们这次的训练也完成了，安东尼教官怎么也不说什么时候撤啊？”

毕竟他们只是以训练的名义加入毒蝎佣兵团的，既然已经完成战斗训练了，那自然也是他们功成身退的时候了。

“估计还有什么考验在等着我们。”战兵眯了眯眼，“总之，咱们还是不能放松警惕！”

就在这时，战兵忽然听到一阵窸窸窣窣的声音，虽然声音低得几乎可以忽略不计，但是战兵仍然能敏锐地听出来有人在附近活动。

“谁在那儿，出来！”战兵一脸的杀气，手中白光一闪，赫然匕首已经滑到了手心。

朱莉不由得叹了口气，她已经极力放轻了脚步，可还是没逃过战兵的耳目。

当众人看到朱莉一脸无奈地从灌木丛中站起来时，他们都很惊讶，不知道他们刚才的谈话被朱莉听去了多少。

“你们刚才说的话我已经听到了。”朱莉笑意盈盈地看着战兵，一双眼睛满是赤裸裸的爱慕。

郭展召等人不由得大惊，想上去制住朱莉，却被战兵抬了抬手制止。

“听到又如何？”战兵面无表情地看向朱莉，冷若寒霜。

朱莉显然被战兵的态度激怒了。她虽然没有听到战兵等人刚才的谈话，但是众人刚才的表情已经让她知道战兵等人一定在谈什么重要的事情。

“你们就不怕我告诉莫尔？”朱莉扬了扬眉毛，碧绿色的眼睛闪动着。

战兵灿然一笑，嘴角微扬，“尽管去说，去地下搏击场的事情，想必莫尔也能理解。”

朱莉眼睛直直地看着战兵，眼神中满是赤裸裸的爱慕，战兵有些不自在地收回了目光。

“只是去搏击场？”朱莉眼睛直勾勾地盯着战兵，“杰克，我又不是傻子，去一趟搏击场不至于让你们露出这副神情。”

战兵不由得冷哼一声，“那你说我们要干什么？”

朱莉莞尔一笑，知道自己唬不住战兵了。她走近战兵，暧昧惹火地靠近战兵的胸膛，嫩如白葱的手指点了点战兵坚硬如石的胸膛，悠悠地说道：“虽然我不知道你们要干什么，反正不会是什么小事情。”

战兵将身子后退，一脸冷冽地看向朱莉，“那我劝你还是不知道的好。”

说着，越过朱莉，大跨步地朝军营方向走去。郭展召等人瞥了朱莉一眼，追赶着前面的战兵去了。

朱莉独自一人站在山坡上看着战兵离去的背影，掩饰不住内心的失落。

“队长，我觉得那个朱莉不简单，大家都要提高警惕，别在她面前露出破绽！”战兵压低声音说道。

郭展召点了点头，“放心，兄弟们那里我都会嘱咐一句的。”

战兵总觉得朱莉有点不对劲儿，但是究竟哪里不对劲儿却又说不上来，而唯一能做的就只有提高警惕了。

德尔库内乱落下帷幕，而毒蝎佣兵团也没有再留下来的必要了。于是莫尔大手一挥，两日后开拔，回克罗克镇。

安东尼将所有的受训队员全部召集起来。原本五十人的队伍，现如今只剩下了二十三人。在这次与民主党军队的战斗中受伤的人员已经被安东尼安排送走，渡边野二自然也在其中。

“今天莫尔问我渡边野二等人的下落，我搪塞了过去。但是，看莫尔的模样还是有些疑虑，看来我们不能在毒蝎佣兵团再待下去了，两日之后的开拔便是我们撤退的最佳时机！”安东尼一脸凝重地看向众人。

“撤离之后，如果有人掉队就到这个地方会合，这里有援军会掩护你们安全离开萨拉尼。”

安东尼将坐标指给众人，大家都默默记在心上。众人表情凝重，毕竟谁都不知道明天究竟会发生什么，而一旦走散，那这个坐标上的地点将会是他们的最终集合地点。

“好了，还有什么疑问吗？”安东尼一脸平静地看向众人。大家都一言不发，他拍了拍手，“好，既然这样，撤退计划就这么定了！”

“是！”

战兵将目光再次落到了安东尼指示的集合坐标上，并迅速将地势图上的那个地区附近的地形牢记于心。这是战兵常年养成的习惯，而这时的战兵却不知道，他这个习惯会在后来的撤离中救了他的命！

就在这时，突然响起敲门声。房间里的众人都惊得心脏狂跳，相互之间递了个眼色之后，这才有人去开门。

身份败露

“杰克，老大喊你马上过去。”一个毒蝎佣兵站在房门外看向战兵，一脸平静地传达着莫尔的命令。

战兵故作镇定，点了点头，“好，待会儿我过去。”

“老大让你现在就去，有急事商量。”那个毒蝎佣兵直直地看着战兵，一脸的警惕。

战兵微微皱了皱眉，几乎下意识地回头看向安东尼，快速递了个“小心”的眼神，这才转身走出房间。

“看来情况有变！”战兵走远后，安东尼不安地说道。他示意众人不要乱动，随即悄悄走到窗户旁，小心翼翼地打量着四周的一切。“不好，看来莫尔知道战兵的身份了，外面有埋伏！”安东尼道。

“那战兵岂不是有危险？”冉爽的脸色顿时一变，说着就要往门口走。安东尼一把拽住她，严肃地道：“不行，现在我们都在毒蝎佣兵的包围下，如果现在贸然行动，那不仅是战兵，咱们大家都没有任何活路了！”

冉爽双眼瞬间迸发出厉如闪电的寒光，“但是战兵很危险，我必须去救他！”

安东尼示意冉爽稍安勿躁，他沉吟片刻说道：“放心吧，以战兵的机警，他不会发现不了附近有埋伏。现在我们也只有走一步看一步了。从现在开始，大家装作若无其事的样子散到佣兵团的各个角落，一旦枪声响起，我们就立刻撤退，地点没变，一定要记住我们约定好的集合地点！听清楚没有？”

“是！”众人的神情凝重，沉声回答道。

此时的战兵不着痕迹地观察附近的环境，果不其然，看到几个隐蔽不到位的佣兵。战兵下意识地握紧了拳头，明白了莫尔已经知道了他的身份，他的心顿时提到了嗓子眼儿。

虽然只是几秒的功夫，战兵的脑海里已经浮现出数十个逃脱的方法，但瞬间又被自己一一否决了。

没过一会儿，身前的佣兵停下了脚步，战兵皱了皱眉。见那佣兵冲着自己做了个“请”的手势，这才大跨步地朝屋子里走去。

莫尔一脸阴晴不定地坐在位子上，整个房间里没有其他人，藏在暗处的就另当别论了。

战兵抿了抿嘴唇，他几乎可以确定，莫尔此时已经知道了他的身份，可是究竟是如何知道的，战兵目前还不清楚。

看来只能走一步看一步了！

“杰克？！”莫尔率先发话，脸上带着一股肃杀之气。

战兵面无表情地站在原地，等待着莫尔的下文。

“哈哈，我竟然不知道这世界上还有这样的蠢人，竟然自己上门送死！你说是不是啊，战兵！”莫尔几乎将“战兵”的名字咬碎，恶狠狠地说道。

战兵勾了勾嘴角，“首先，我可不是蠢人，其次，我从来不认为我是来送死的！”战兵目光灼灼地看着莫尔。

莫尔大笑一声，声音中充满了愤怒，“死到临头了还嘴硬，我倒是要看看你能嘴硬到什么时候！”

说着莫尔猛然一拍桌子，隐藏在暗处的佣兵纷纷涌了上来，几十把枪直直地瞄准战兵。几乎一瞬间，战兵浑身的汗毛猛然奓起，完全条件反射似的做好防御架势。

战兵知道，如果莫尔下令开枪，那么即使他反应迅速，指着他的几十条枪也会在一瞬间将他打成筛子。

“战兵！你好大的胆子！”莫尔目眦欲裂地望着战兵，一双嗜血的眼睛恨不得要将战兵生吞活剥。

此时莫尔内心的愤怒几乎要将他整个人焚烧殆尽。曾几何时，他是真的将战兵当成了自己的兄弟，他欣赏战兵的谋略与身手，并且真的由衷庆幸他能够得此良将。

但是，所有的一切却告诉莫尔这都是谎言，眼前这个被自己欣赏的“杰克”，竟然就是毒蝎佣兵团列为头号死敌的华夏利刃特战大队队长——战兵！

战兵一脸平静地直视着莫尔，眼下的情况根本由不得他做丝毫的反抗，只能看事态发展而定，大不了就只有一拼了！

“我想知道你是怎么知道我的身份的？”

莫尔冷哼一声，“想要知道你的身份还不容易？”

战兵微微挑了挑眉头，一脸惊疑地看着莫尔。

“战兵，你太强悍了，强悍到让我怀疑这种好事儿到底会不会就这么落在我身上！”莫尔冷冷地看着战兵，“我从来不相信天上掉馅饼的好事儿，所以从你们出现的那一刻起，我就没有放松对你们的警惕！”

战兵径直朝莫尔走去，身前的佣兵如临大敌，连连后退，手里的枪械直直地对准战兵，满脸的恐惧。

莫尔皱了皱眉头，随即冲着面前的佣兵挥了挥手，“让他过来就是，他不敢轻举妄动！”

佣兵们犹疑地慢慢后退，但是眼睛却都死死地盯着战兵，生怕战兵会突然发起攻击。

战兵的名号早在两年前就在毒蝎佣兵团叫响，随着这两年与战兵的不断对战，战兵更是犹如一尊杀神一般伫立在每个毒蝎佣兵的心中，让所有毒蝎佣兵闻之色变。

“朱莉便是突破口吧？”战兵冷笑一声，看向莫尔。

莫尔的眉头微微一皱，一脸的铁青。他没想到战兵竟然能猜到！

战兵冷冷地盯着莫尔，继续说道：“朱莉是你安插在我们身边随时随地能够出现的眼线，而且不管她以什么方式出现，都会找到合适的理由，那就是我！”

莫尔抬手拍了拍手掌，表情复杂地望着战兵，“不得不说，你的确很厉害！没错，朱莉就是我安插在你们身边的眼线，也是她得到了安东尼要转移渡边野二的消息！”

战兵的眼睛猛然缩成了一条线，“渡边野二！”

16　生死逃亡

战兵被绑

莫尔得意地轻笑一声，“从那家伙嘴里套出情报可费了我不少工夫！”

战兵双手紧握成拳，一双锋利的眼睛寒光闪烁，“他在哪里？”

莫尔不由得冷笑一声，“你以为服下吐真剂之后，他还能活着吗？”

战兵咬牙切齿地瞪着莫尔，“你用了吐真剂？”

“我知道你们都受过专业训练，即使在精神崩溃的时候，这些训练也会让你们做出最完美无懈的口供，我不会相信这些的，哪怕是把他打死。”莫尔的嘴角扬起一丝嗜血的狠毒，“我只相信药物下的口供，那才是我真正想要的！”

战兵紧紧咬着牙瞪着莫尔，面如寒霜。

能从渡边野二的嘴里套出真话的吐真剂绝对不会是普通药物，因为他们都受过专业训练，即使是在催眠药物的作用下，他们也能控制自己的思维。唯一能解释的就是莫尔用了禁药！这种药虽然能让坚强的特种兵吐露真言，却也能伤害人的神经中枢，副作用甚至会让一个人变成痴呆！

“你这个疯子！”

莫尔听到战兵的咒骂不怒反笑，脸上闪过一丝得意，“对，我就是疯子，能够把你这个毒蝎头号死敌挖出来，我就是再疯一百次我也愿意！”

战兵整个胸膛仿佛燃起了熊熊烈火，险些要将他整个人焚烧殆尽！仅存的理智不断地提醒战兵要冷静。

眼下的局势想要逃脱基本上是不可能了，而他能够做的就是给安东尼等人争取更多的逃跑时间。想到这里，战兵的脸上恢复了往常的平静。

“艾伦那混蛋还活着吗？”战兵直直地看着莫尔，一脸的冰冷。

莫尔不由得冷笑一声，“艾伦现在正在飞来的路上，估计再有三个小时就能抵达，到时你会求生不能，求死不得！”

战兵冷笑一声，“那我就要好好看着他怎么让我‘求生不能，求死不得’！”

莫尔的脸色一沉，随即瞥了一眼身边的佣兵，“把他绑起来！”

“是！”佣兵们一脸凛冽地点头称是，随即满脸警惕地慢慢靠近战兵。其余人也是满脸紧张地握着枪，冷汗几乎将后背浸湿。战兵在毒蝎佣兵团的名号甚至直逼毒蝎佣兵团的老大，由此可见战兵在这些佣兵心里的恐怖形象。

战兵冷冷地看着身后齐齐瞄准自己的几十杆枪，知道今日无论如何都逃不出去了，还有三个小时，自己的死对头艾伦就会赶到这里，而艾伦一到，那么等待自己的将是真正的地狱！

佣兵们战战兢兢地把战兵捆了个结结实实。原本应该用一根绳子，而捆战兵则用了足足三根。战兵的双手被绳子勒得发疼，由于血液流通不畅，已经勒得有些微微发胀。

战兵看着莫尔，眼神里满是不屑与轻视。

莫尔暗暗咬了咬牙。之前艾伦曾经三令五申，不许动战兵一个手指头，他会亲自送战兵下十八层地狱。

“把他押入地牢，没有我的命令，谁都不许靠近，绝对不能让他跑了，也绝对不能让他死了，听见没有！”莫尔冰冷的目光扫了一眼身边的佣兵，厉声道。

佣兵们不由得打了个寒颤，连忙齐声应道：“是！”

“还有，传令下去，剩下的人——杀！”莫尔死死地盯着战兵，几乎从牙缝里挤出来这几个字。

战兵的眼睛也死死地盯着莫尔，瞬间迸发出的凛冽杀气让莫尔下意识地后退几步，整个后背顿时被冷汗浸湿，仿佛死过一次似的。

“愣着干什么！把他带下去，严加看管！”莫尔恼羞成怒，声嘶力竭道。

佣兵们连连点头，慌乱地带着战兵往外走。

就在这时，原本寂静的军营突然响起一声枪响，走到门口的佣兵队员几乎下意识地缩回了脑袋，随后将战兵死死抓住，一脸忐忑地观察着外面的情况。

莫尔三步并两步地走到房门口，一脚将堵在门口的佣兵踹到一边，脸色铁青地吼道："愣着干什么，把战兵押下去，留三四个人看着就行，其他人跟我一起去干掉安东尼他们！"

毒蝎佣兵们顿时找回了主心骨，他们跟在莫尔身后，提枪冲出房间。

剩下来看守战兵的三个佣兵准备把战兵押往地牢，其中一人声音中还带着颤音地对战兵吼道："看什么看，走！赶紧走！"说着，用枪口顶着战兵的背往前推。

战兵被枪口挑得身子向前一扑，险些摔倒，他回头狠狠地瞪着身后的三名毒蝎佣兵。

"看什么看！"其中一个佣兵壮了壮胆子，一脸凶横地瞪着战兵，手中的枪毫不客气地顶向战兵的肋间。

就在这时，这名佣兵只觉得眼前一黑，只见战兵迅如闪电般一脚踹中了他的面门，随即他整个人连哼都未哼一声就直接倒地了，口鼻喷血昏了过去。

战兵解决掉一名佣兵只是电光火石的一瞬间。还没等剩下的两名佣兵反应过来，战兵已经以迅雷不及掩耳之势奔到其中一名佣兵面前。那名佣兵刚要开枪，却被战兵一脚踢中了他两腿间的命根儿，剧烈的疼痛让那名佣兵两眼一翻就晕死过去。

"砰！"一声枪响，子弹几乎擦着战兵的耳朵飞了过去，巨大的声音震得战兵的耳朵一阵嗡嗡作响。还没等那名佣兵再开第二枪，战兵已经拧身一脚朝那名佣兵踢了过去。

战场求婚

战兵这一脚用的是腰部的回旋力，力量大得惊人，骤然发力，令人猝不及防。那名佣兵被战兵一脚踢飞，枪口里的子弹猛然飞出，几乎贴着战兵的脸颊飞过。战兵的脸上顿时被划开了一道浅浅的伤口，鲜血顺着伤口流淌而出。

还没等那名被踢飞在地的佣兵站起身，战兵又上前一脚将其手里的枪械踢到了一边，随即他用左膝盖顶在对方胸膛上，右腿直接踢在了对方的脖子上。那人甚至哼都未哼一声，整个脖子就呈现出诡异的角度，显然脖子已被战兵踢断了。

战兵解决掉三名佣兵后立即奔到了莫尔房间的桌子旁，他反身用手拿到了桌子上水果盘里的刀子，三下五除二就将绳子割开了。

就在这时，门口突然传来一阵密集杂乱的脚步声。战兵眉头紧皱，知道是莫尔带着人回来了，他几乎想都没想，立即从地上拿起一把突击步枪，随即转身将身后的窗户踹开，但他没有顺着窗户逃走，而是闪身进了另外一边的房间。

这时，房间门被踹开了，果然是莫尔带着人又杀了回来。当看到地上躺着的不知死活的三名佣兵时，莫尔顿时脸色铁青，身后的佣兵吓得大气儿都不敢喘。

“老大，你看这里！”

莫尔抬头望去，只见房间的窗户被人踹开，散落的木屑满地都是。

“还愣着干什么，快给我追！”莫尔怒气冲冲，咬牙切齿地厉声喝道。

“是！”身后的佣兵连忙争先恐后地从窗户跳出，随即四散开来寻找战兵的下落。

“战兵！战兵！我要将你碎尸万段！”莫尔一脸的狰狞，蚀骨的恨意染红了眼睛，一双猩红的眼睛里满是愤怒。

这时，战兵却从另外一边的房间里悄无声息地走了出来，直到确定整个房间的人都顺着窗户出去追自己了，这才提枪转身大跨步朝门口走去。

此时整个军营已经乱成了一锅粥，因为要围捕安东尼等人，几乎所有的佣兵都出去了，军营里只有少量人员留守。

战兵尽可能地压低帽檐，一路隐蔽地从墙壁之间来回穿梭，动作迅捷灵敏。

“谁？”

战兵的脚步猛然一顿，整个人已经快速躲进了一旁的掩体中。身后的佣兵一见这架势纷纷开枪射击，一时间，整个掩体顿时被打得草屑横飞。

战兵心想，这边一交火，一会儿整个军营的毒蝎佣兵都会望风而来，到时候他会被围追堵截，想要脱身恐怕比登天还难。

想到这里，战兵急得额头冒汗，奈何身后的佣兵火力猛烈，战兵根本就没有冒头的机会，更别提有效狙击了。

“哒哒哒！”就在这时，一阵密集的枪声猛然响起，战兵下意识地抬头看去，只见冉爽端着轻机枪朝这边奔来。轻机枪的火舌足足喷射了一米多长，火光所到之处，毒蝎佣兵顿时犹如被拦腰打断的麦秸一般被扫倒。

“战兵，撤！”冉爽大喝一声，手中的子弹却半分也不停顿，火力压制下的毒蝎佣兵半分也不敢动弹。

战兵提着突击步枪飞速朝冉爽靠近，几个呼吸之间就已经奔到了冉爽面前。

战兵回头望了一眼佣兵团的方向，随即看向冉爽，沉声道：“撤！”

冉爽点了点头，手中的轻机枪依旧密集地喷吐着火舌，脚下却不断向后退着，直到确定退至安全距离，冉爽这才收回轻机枪，随即头也不回地朝茂密的丛林里狂奔而去。

只要进了丛林，对战兵、冉爽两人来说就犹如蛟龙入水，没过一会儿就已经将身后的毒蝎佣兵甩得远远的。

“你怎么没有撤，其他人呢？”战兵擦了擦额头的汗水，低声问道。

“队长他们分头撤退了，我不放心你，就半路折了回来。”冉爽见战兵的脸上有一道血痕，连忙将急救箱拿了出来，手法娴熟地给战兵止血消毒。

望着近在咫尺的心爱女人，战兵只觉得整颗心都被塞得满满的，恨不得现在就将冉爽拥抱入怀。

给战兵包扎完毕，冉爽将急救箱收了起来，随即抬眼瞥了一眼战兵，嘴角止不住地微微上扬，“怎么，干吗用这种眼神看我？”

“小爽……”

“嗯！”冉爽一脸好笑地看着战兵。

“我爱你！”

冉爽的脸颊顿时飞上了两朵红晕，如果不是眼下两人在被人追杀的战场上，冉爽肯定要撬开战兵的脑壳看看里面是不是烧坏了，竟然在这种时候说出如此肉麻的情话。

战兵微微勾了勾嘴角，伸手握住了冉爽柔软白皙的手。冉爽想要抽回却被战兵制止，便只能红着脸任由战兵握在手里。

“等这次任务完成，我就去你家提亲可好？”战兵目光灼灼地看着冉爽，一脸的真挚，柔情似水。

冉爽不由得瞪大了眼睛，“你……你干什么？”

战兵低笑出声，眼睛满含真诚，“娶你啊，小爽，嫁给我吧！”

在这一刻，冉爽只觉得时间都停止了转动，她就是做梦也没有想到战兵竟然会在被身后追兵追杀的战场向自己求婚。

“你疯了！”冉爽实在没有办法理清思绪，想不明白战兵此刻究竟是以哪一种心态向自己求婚。

“我没疯，我比任何时候都清楚地知道我在做什么。冉爽，这辈子我要定你了，嫁给我吧！”战兵微敛了笑意，一脸的诚恳。

艾伦杀到

冉爽手足无措地望着战兵，望着战兵那真挚的表情，心中顿时漾起无比的甜蜜和喜悦，她冲着战兵用力点了点头，“好！”

战兵的脸上瞬间绽开了笑容，仿佛连眼角的皱纹都在洋溢着幸福的笑意。

“冉爽！”

冉爽此刻满脸羞红得连眼睛都不知道往哪里看，她没有想到幸福会来得这么突然。

战兵望着冉爽娇羞艳丽的娇容，感觉喉咙一阵发紧，甚至带着一丝金属质感的嘶哑，“小爽，过来！”

冉爽有些疑惑地抬头看着战兵，但是还没等冉爽反应过来，战兵已经一把拽住了冉爽的胳膊，下一刻，柔软的嘴唇已经被封住。

“唔……”冉爽下意识地瞪大了眼睛，一脸的羞涩。

战兵搂住冉爽柔软的腰肢，仿佛要将冉爽的整个身子揉碎了一般。冉爽有些僵硬地搂住了战兵宽阔的肩膀，白皙如玉的脸颊更是红得仿佛是染血的红布。

冉爽的嘴唇柔软而馨香，与战兵那干裂的嘴唇形成了强烈的反差。战兵强行撬开了冉爽的嘴唇，火热的舌头用力缠住冉爽的香舌。

冉爽只觉得周身像是瞬间升温，灼热得仿佛要将她融化。

直到冉爽再也支撑不住已经软下去的双腿，战兵这才放开冉爽。看着喘着粗气、脸上带着欲望的战兵，冉爽更加羞红了脸。

“你这个疯子，这是战场！”冉爽的脸此刻红得诱人。

战兵笑得一脸得意，“走吧，咱们去跟安东尼教官会合！”

冉爽微微点了点头。

此时的冉爽坚信，自己跟战兵的爱情会地老天荒。

此时，整个毒蝎佣兵团的兵力全部投注到了军营外围的这片丛林中。莫尔已经下了死令，不惜一切代价务必要抓住战兵！

莫尔此时恨不得立刻将战兵碎尸万段。他万万没想到自己竟然会中了战兵的调虎离山之计，如果当初他们没有跳出窗户向后山追去，此刻应该早就将战兵抓了回来。

“战兵！”莫尔一脸狠戾地咬牙切齿，“我一定会抓到你的！一定会！”

莫尔身后的佣兵吓得大气儿都不敢喘，生怕一不小心做了莫尔的出气筒。

“愣着干什么，都给我去追！不惜一切代价，务必要将战兵抓到！”莫尔气得目眦欲裂。

“是！”说着，佣兵们半分也不敢耽搁，拔腿朝丛林跑去。

莫尔的眉头不由得皱成了一团疙瘩。眼下还有一个小时艾伦就会抵达，到时候艾伦如果知道战兵竟然从他的手里逃脱，势必会勃然大怒，自己恐怕不会有什么好下场。想到这里，莫尔的脸色更是阴沉得可怕，他死死地盯着面前的这片茂密山林，目眦欲裂。

整个山林已经被毒蝎佣兵团搅得天翻地覆。对毒蝎佣兵来说，他们比任何人都了解这片山林的地势。

此时安东尼等人虽然暂时能妥善地隐蔽好，却也无法突围，毕竟他们的对手是一群战斗经验丰富的佣兵，即使是战绩彪炳的安东尼都无法突破，更别提其他受训队员了。

如果真的能挺过这次追杀，活着逃出萨拉尼，那么对于这一届训练营的任何一个队员来说，都可以称得上是经历了一次旷古绝今的实战训练。

整个丛林里枪声不断，战兵、冉爽两人曾经尝试去枪声密集的地方与队员会合。但是毒蝎佣兵实在太多，他俩根本就不可能渗透进战场与队员们会合，那样做反而会暴露自己的行踪。战兵权衡再三，最终决定先去之前约定的集合地点等待众人会合。

此时，艾伦带着毒蝎佣兵团八大金刚之一的蜈蚣驱车杀到。当听到战兵逃走的消息时，艾伦满脸的喜色顿时化成了愤怒，把莫尔吓得心底发颤，大气儿都不敢喘地立在一旁。

“废物！废物！竟然能让战兵从你们的眼皮子底下溜了，一群废物！”艾伦怒气冲冲，恨不得将莫尔拉出去枪毙。

艾伦狠狠瞪了莫尔一眼，“说，现在什么情况了？有战兵的下落了吗？”

莫尔连忙说道：“已经让兄弟们都去追了……”

艾伦抿了抿嘴唇，没有人比他更了解战兵的实力，在这片茂密的丛林里想要找到战兵，就凭萨拉尼的毒蝎佣兵根本就不可能！

“蜈蚣，你去把战兵给我找出来，死活不论！”艾伦的眼睛里满是蚀骨的阴狠。

“是！”蜈蚣重重点了点头。占据了半张脸的伤疤犹如蜈蚣一般分外狰狞，而他的名字便由此而来。

蜈蚣是毒蝎佣兵团的八大金刚之一，他的枪法超绝，出枪速度更是令人咋舌，是毒蝎佣兵团里当之无愧的快枪手。

看着蜈蚣飞快地消失在茂密的丛林中，莫尔这才稍稍松了一口气。蜈蚣的能力他自然清楚，有他在，战兵也休想逃出他的快枪之下。

战兵、冉爽两人都是丛林战的高手，与一小股毒蝎佣兵打了一场遭遇战后，总算是有惊无险地走出了这片茂密的丛林。

“走出这片丛林，一路向南就能抵达凡客乌！”战兵摊开手中的简易地图看了一眼，这才抬头看向冉爽，“咱们先去凡客乌等他们吧！”

冉爽点了点头，抬手擦了擦额头的汗，含情脉脉的双眼灿若星光。

快枪手

战兵冲着冉爽咧嘴一笑，满脸的灿烂笑意冲淡了一身的杀气。

就在这时，几乎是下意识的，战兵眉头一皱，随即猛然扑向冉爽，巨大的冲击力让两人滚落到了一旁的土沟里，而后几发子弹打在了他们刚才待着的地方。

是亚音速狙击子弹！

战兵、冉爽两人立刻做出反击架势，锋利冷冽的目光里满是凛冽的杀气。

蜈蚣抿了抿嘴唇，一双浑浊的眼眸不带一丝的感情，脸上的疤痕在昏暗的丛林里越发显得狰狞，仿佛是地狱的恶鬼。

蜈蚣没有料到战兵竟然能够提前躲开他的射击，脸上的疤痕不由得扭曲成了一条丑陋的蜈蚣。

好久没有碰到高手了，蜈蚣连血液里都叫嚣着嗜血的杀意，他不由得舔了舔干裂的嘴唇，一脸的笑意。

战兵冲着冉爽打了个手势，示意她小心。眼前的这个狙击手绝对是个高手，竟然能悄无声息地靠近，仅这一点就足以证明他是个高手！

冉爽一脸凝重地点了点头，警惕地看了一下四周，又四下寻找了一会儿，最终将一块石头拿在了手里。

战兵冲着冉爽点了点头，随即紧握着手里的突击步枪，等待射击。

冉爽默数了三下之后，猛然将手里的石头抛向半空中。

时间仿佛在这一刻停止了转动，战兵眉头微皱，等待着对方狙击手的射击。但是直到听到石头落地的声音，却依旧没有听到枪声。

看来他们这次绝对是碰上高手了。

战兵快速跟冉爽交换了一个眼神，他们凝神屏气，注视着四周。

时间一分一秒过去了，但是双方都没有一丝动作，仿佛此刻双方比拼的是耐性而不是枪法。

战兵眉头紧皱，他知道自己这边绝对耗不起。对于对方来说，援军很快就能赶到，而一旦等到援军赶到，那他跟冉爽再想突围出去就难如上青天了。

想到这里，战兵冲冉爽打了个“我掩护，你射击”的手势，随即握紧了手里的枪。

冉爽的眼睛里满是担忧，但是她知道，此刻必须有个人充当诱饵让敌人射击，否则他们没有丝毫胜算。

战兵冲着冉爽做了个“三”的手势，冉爽默默点头，犀利冷冽的目光盯着对面的山头，一脸的肃杀。

就在这时，战兵猛然跃出土沟，快速奔跑到茂密的丛林间，迅速做着令人眼花缭乱的军事规避动作，朝着之前就看好的掩体位置狂奔而去。

“咻！”亚音速子弹发出一声微乎其微的轻啸声，只听战兵闷响一声，原本灵敏迅捷的动作不由得一顿，紧接着一声枪声炸响，赫然就是冉爽开的枪。

此时的战兵已经跌进了一处低洼的地段，右手朝肋间摸去，满手是滑腻黏热的触感，战兵不由得皱了皱眉。

太快了，简直出乎战兵的意料，出枪速度快得迅如闪电。

战兵抿了抿嘴唇，他几乎能够断定，在萨拉尼的毒蝎佣兵里没有这样的高手，而唯一能够解释的就是——艾伦来了。

“我是战兵！”就在这时，战兵突然高声大喝一声，让蜈蚣不由得皱了皱眉，等待着战兵的下文。

“艾伦是不是来了？还真让我感动啊，竟然大老远的从洪都斯赶到萨拉尼，既然来了，不让他见我一面，是不是他这辈子都不会安心啊！给艾伦捎句话，我要见他！”

蜈蚣的眉头顿时皱成了一团疙瘩，衬得脸上的伤疤更加狰狞扭曲。

蜈蚣算得上是艾伦的心腹，否则也不会唯独就带他一人过来，正是因为如此，蜈蚣这才有些犹豫，他知道艾伦有多恨战兵。

而就在蜈蚣犹豫的时候，战兵快速拿出绷带勒住腰间的伤口，而后再次拿起突击步枪。现在时间紧迫，顾不上包扎伤口了，先把眼前这个快枪手解决了再说。

“我劝你最好让艾伦过来，如果我不是死在他的手里，恐怕他这辈子都会感到遗憾！”战兵再次振声高喊道，随即他缓缓将外套脱下，而后深吸了一口气，握紧了手里的突击步枪。

“雷是死在我手里的，想必艾伦也想看着我死在他的手里吧，别怪我没有提醒你……”就在这时，战兵猛然将衣服抛向半空中，紧接着身子跃出了掩体。一双锋利冷冽的眼睛死死地盯着对面的狙击手。时间仿佛在这一刻静止，战兵甚至能够清晰地看到蜈蚣眼神里的慌乱和恐惧。

“咻！”一发子弹直直地朝蜈蚣射去，同时，战兵的肩膀也被子弹狠狠地击中，闷哼一声，身子不受控制地重重摔在了地上。

就在这时，冉爽猛然从隐蔽位置蹿了出来，一发子弹凌厉地击中了蜈蚣的眉心，而蜈蚣射出来的子弹却擦着冉爽的胳膊而过。蜈蚣瞪大了眼睛，一双浑浊的眼睛里满含着震惊与绝望，直挺挺地倒了下去。

“战兵，你没事儿吧？！”冉爽一脸担忧地奔向战兵，她紧张地查看战兵的伤口。

所幸两处伤口都不是要害部位，但是创伤面积很大，如果不及时医治，恐怕性命难保。

战兵的脸色惨白，由于失血过多，他只觉得眼前一阵天旋地转，整个人仿佛被棉花包裹在其中，使不出半点力气。

“我没事儿……”战兵摆了摆手，声音虚弱无力。

冉爽的眼睛有些发红，双手止不住地颤抖起来，“别说话……”

战兵无力地望着冉爽，想要支撑着身子站起来。

“你干吗？”冉爽一脸的震惊，“你的伤口必须要包扎止血。”

还没等冉爽说完，战兵已经摆了摆手，“来不及了，刚才的枪声很快就会将毒蝎佣兵们引来，我们必须马上离开！”

“但是，你的伤……”冉爽眉头紧皱。

“来不及了，我还能挺得住，等到了安全地方再说！”说着，战兵已经挣开了冉爽的搀扶，跌跌撞撞地往前走。

冉爽咬了咬牙，最终还是快速奔向战兵，扶起战兵往大路上走去。

黑榜现

很快，蜈蚣的死讯传到了艾伦的耳朵里，把艾伦气得真想提着枪杀到战兵的面前。

蜈蚣是毒蝎佣兵团的八大金刚之一，本事自然是没得说，既然能够被列为八大金刚之一，那都是绝对能够独当一面的。可是，艾伦却万万没有想到，蜈蚣进入丛林还不到一个小时就毙命了，这让艾伦如何能够接受得了这个现实？

“怎么可能！？怎么可能！！”艾伦咬牙切齿地说道，一双猩红的眼睛死死地瞪着依旧大睁着双眼的蜈蚣的尸体，心如刀割。

艾伦在毒蝎佣兵的地位很高，甚至可以说是一人之下万人之上。但是自从与战兵交手之后，却屡败下风，这使得他在毒蝎佣兵团的地位大不如前。这次他本来是想带两位金刚助阵，奈何却只能带来一位。可是谁曾想，这八大金刚之一的蜈蚣竟然刚上阵就被战兵杀死了。

“战兵……我定要将你碎尸万段！”艾伦瞪着一双猩红的眼睛，歇斯底里地怒吼道：“给我发黑榜，动用整个萨拉尼佣兵的力量，就是掘地三尺，也要把战兵给我送到面前，捉活的，一定要捉活的！”

莫尔一听，脸色顿时一变，也顾不得其他了，连忙说道：“不能发黑榜啊，为了一个战兵而放弃萨拉尼的阵地，得不偿失啊！”

“闭嘴，八大金刚之一的蜈蚣都不是战兵的对手，你觉得就你手下的那上百个废物会是战兵的对手？别做梦了！”艾伦气得目眦欲裂。

莫尔抿了抿嘴唇，连忙低下了头，不敢再说什么。

“还愣着干什么？发黑榜！不惜一切代价活捉战兵，我要让他血债血偿！”艾伦握紧了拳头，满脸的阴狠狰狞。

“是！是！”莫尔哪里还敢耽搁，连忙一脸慌乱地下去吩咐了。

萨拉尼的佣兵团因为艾伦的一句话顿时忙活起来。

在佣兵界里，黑榜现江湖势必会引起佣兵界的动荡，因为发黑榜预示着各路佣兵会接下发黑榜人的任务。如果有任何一支佣兵完成任务，那么发黑榜的佣兵团会将自己所有的地盘作为报酬赠与完成任务的佣兵团，而发榜的佣兵团则会彻底从这片土地上退出。因此，在佣兵世界里，不到万不得已的时候，黑榜不会轻易出现，因为没有人愿意将辛辛苦苦打下的地盘拱手送人！

现在，整个萨拉尼的佣兵团被搅得人仰马翻。毒蝎是萨拉尼佣兵王国当之无愧的龙头老大，毒蝎佣兵团不管是地盘、势力还是兵员都是萨拉尼最多的。而毒蝎佣兵团发黑榜那就预示着，完成任务的佣兵团将会成为萨拉尼地区当之无愧的佣兵之王。

而此时，躲在一处隐蔽山洞里的战兵、冉爽却不知道此时的萨拉尼佣兵界已经乱成了一锅粥。上万佣兵已经以密林为中心，展开了地毯式搜索，他们发誓就是掘地三尺，也要把战兵给挖出来！

此时冉爽已经对战兵的伤口进行了简单的止血处理。由于伤势较重，战兵的身体很虚弱，又由于失血过多，战兵一天当中差不多有大半的时间都处在昏迷状态，而清醒的时候，脑子也晕沉沉的，没过一会儿又会昏睡过去。

休息了一天一夜，战兵才恢复了一点体力。他的身体素质远超常人，恢复速度自然也很快。

“我睡了多长时间？”战兵再次醒来，迷迷糊糊地问冉爽。

“一天一夜。”冉爽轻轻答道。

战兵想要看看外面的光线，奈何冉爽给战兵安排的山洞九曲十八拐，简直就像迷宫一般，哪里还有光线能照进来。

冉爽将军用手电打开，整个山洞这才有了点光亮。

战兵一脸苦笑地点了点头，微微抬了抬受伤的胳膊。虽然肩膀还是疼，但是却没有刚开始那么疼了，看来药发挥了作用。

“现在外面的情况很糟。”冉爽担忧地说道。

战兵微微皱了皱眉头，“怎么了？”

“我出去找水的时候，发现整片丛林里都是乌压压的人头，他们穿着各式各样的军装。我只粗略看了一眼他们的臂章，臂章样式足足有八个。显然，现在有很多佣兵在找我们。”

“哦？”战兵抿了抿嘴唇，“不过就是一天一夜，毒蝎佣兵团不可能在这么短的时间内召集来这么多人，除非……”

“反正不管怎样，咱们还是要尽快离开这里。”冉爽压低声音说道。接着，她又满脸担忧地问道：“你现在的身体能吃的消吗？”

战兵抬手抚了抚冉爽光滑柔嫩的脸颊，粗糙的掌心磨得冉爽有些微微刺疼，但是冉爽却依旧一动不动地享受着眼下这难得的温情。

战兵不由得低笑一声，目光晶亮锋利。冉爽看着不由得一愣，随即微微勾了勾嘴角，“怎么了？你笑什么？”

战兵犹如对待稀世珍宝一般地捧起了冉爽的脸，眼睛里满是缠绵的柔情笑意。冉爽看得心头发软，连指尖都开始微微发颤。

“记得有一次我受伤，你也是把我带到了山洞里，只是觉得我们两个跟山洞真有缘……”

冉爽不由得俏脸微红，她自然记得战兵说的那个山洞。确切地说，在跟战兵正式确立关系之前，与战兵在一起的点点滴滴，都是冉爽宝贵的回忆，而在山洞里的温情时光，更是冉爽最难以忘怀的幸福回忆。

就在这时，他们的耳边猛然传来一阵细碎的脚步声，冉爽快速将手电筒关掉，战兵也将目所能及的所有东西全部收拾好。随即冉爽拉着战兵躲进了一处岩石的缝隙里，随后用洞口的石块将缝隙堵住，他们警惕地望着漆黑一片的山洞。

刑讯逼供

冉爽找到的这处山洞就像是狐狸的迷宫一般，相互交叉的路口至少有十条，而刚才冉爽打开的手电筒虽然照亮了山洞，但却不足以照到洞口，因此现在外面的人还不知道他们两人的存在。

“这个山洞肯定能够藏人，给我搜仔细了！”声音嘶哑狠戾，却是从来没有听过的声音。

“是！”紧接着一阵窸窸窣窣的脚步声传来，粗略估计了一下竟是有三四十人之多。

由于这处山洞错综复杂，光岔口就足足有十多个，看起来如同迷宫一般。冉爽最终选择在这处山洞藏身的原因也正是因为这个。

渐渐地，窸窸窣窣的脚步声越来越近，而原本漆黑一团的山洞也影影绰绰地照进了光亮。

冉爽将手里的最后一块石头缓缓地放到留下的缝隙处，狭小的空间顿时一片漆黑。战兵紧握住冉爽的手，安抚着冉爽紧张的心情。

“老大，地上有血迹！”就在这时，一个佣兵惊呼道。一时间密集的脚步声由远及近地传来，昏暗的山洞顿时被照得犹如白昼。

冉爽心中一惊，握住战兵的手猛然一紧，她竟然没有注意到地上滴落了一滴血！而这个疏忽甚至有可能要了自己跟战兵的命！

战兵双手握住冉爽的手，示意冉爽安心，随即掏出了手枪，一脸警惕地听着洞口外的动静。

“这血至少是两天前留下的！”嘶哑狠戾的声音再次响起，“给我追，他们肯定就在附近！既然有人受伤了，那人肯定跑不远！一定要在其他佣兵团找到他们之前给我追到！”

“是！”众人异口同声地应答。紧接着一阵密集的跑步声传来，整个山洞再次恢复了寂静。

直到确定所有人都撤离了山洞，战兵这才小心翼翼地将石块挪开，紧接着跟冉爽闪出狭小的山洞。

“他们走了。”冉爽确定的确没有追兵之后，这才点亮了手电筒朝战兵这边奔来。

战兵捂着伤口蹲坐在地上。由于洞口空间过于狭小，身体蜷缩让伤口裂开。

“怎么了？我看看。”冉爽眉头微皱，连忙去查看战兵的伤口。

“伤口崩开了。”冉爽一脸担忧地望了战兵一眼，“忍着点儿，我得尽快缝合一下伤口！”

战兵一脸惨白地咧嘴一笑，将纱布塞进了嘴里，“来吧！”。

冉爽抿了抿嘴唇，心脏微颤，眼下这个时候肯定不能用麻药。之前给战兵缝合伤口的时候，战兵是昏迷的，但也是伤口缝合到一半就生生疼醒了，更何况现在是如此清醒。

“你忍着点儿！”冉爽轻叹了一口气，这才开始给战兵缝合伤口。

等冉爽缝合完伤口之后，战兵已经是满头大汗，一脸的惨白。

“看来毒蝎佣兵团是动用了其他佣兵团的力量，眼下恐怕整个山林都是要抓我们的人，我们必须尽快离开这里！”战兵的脸色一丝血色也没有，一片惨白。

“但是，你的伤……”

战兵摆了摆手，“没事儿，我会注意的……我们今夜凌晨就突围出去！”

冉爽微微皱了皱眉头，却也知道如果留下去，两人肯定逃脱不了毒蝎佣兵的搜捕。

此时整个山林已经被佣兵们翻了个底儿朝天，但是依旧没有找到战兵的下落。安东尼等人虽然大部分抢在毒蝎发黑榜之前就逃出了密林，但是却仍旧有人被毒蝎佣兵团的人给生擒了。

“人呢！”艾伦瞪着一双猩红的双眼，一脸的狠戾。

“在……在里面审问呢。”毒蝎佣兵被艾伦的眼神吓得心惊肉跳，连忙颤颤巍巍地说道。

艾伦二话不说，大跨步朝屋子里走去，他抬脚将大门踹开，气势汹汹地瞪着已经被折磨得没有人样的囚犯。

“怎么样，问的怎么样了？”艾伦看着一旁的毒蝎佣兵，恶狠狠地问道。

“他什么都不说，嘴硬得很，我什么刑都上了，可他就是一个字都不说！”

艾伦阴险地咧嘴一笑，抬手撸了撸袖子，“他们这些人可是受过专业训练的，你这样问，就是打死他们也问不出来，让我来！”

毒蝎佣兵连连点头，后退一步看着艾伦动手。

被俘虏的是J国队的唯一队员山本一郎。他被抓住的时候，佣兵们都以为他就是战兵，所以好一顿折磨，而得知他不是战兵的时候，已经奄奄一息了。

“给我泼醒他！”

“是！”

毒蝎佣兵找来一盆冷水，对准山本一郎狠狠泼了下去。

山本一郎猛然惊醒，神情恍惚地睁开眼睛。

艾伦满脸狰狞地靠近，然后猛然拉起山本一郎的头发，咬牙切齿地说道：“说，你们在哪里会合！把会合地点告诉我，我可以饶你一命！”

山本一郎冷哼一声，将头撇到一边。

艾伦不怒反笑，“好，好，我就敬佩你们这些有骨气的。”说着，艾伦笑呵呵地从怀里掏出一个小盒子，“你知道这是什么吗？”

山本一郎冷冷地瞪了艾伦一眼，又将脸撇向了一边。

艾伦笑呵呵地将小盒子打开，里面赫然躺着一只针管！艾伦将针管拿出来，夹在两指之间，轻轻推动活塞，一道无色液体喷涌而出。

艾伦看着山本一郎，一双狠戾的眼睛里满是冷酷，“我告诉你啊，这个东西叫吐真剂。”

山本一郎的脸色不由得一变，但瞬间恢复了常态。

“你可别以为这是普通的吐真剂。”艾伦的脸色满是阴狠毒辣。

埋伏凡客乌

山本一郎恐惧地望着艾伦，眼睛里满是恐怖和绝望。

“你放心，我不会像他们那样折磨你。只要打一针吐真剂，不管我问什么问题，你都会回答我的。”艾伦阴笑着。

山本一郎绝望地疯狂摇头，“不要，不要……”

“告诉我会合地点，否则打完这一针之后，你会彻底变成一个白痴！不要以为我在开玩笑，我只跟朋友开玩笑。”艾伦恶狠狠地一字一句地说道。

山本一郎哆哆嗦嗦地看着艾伦手里的针管，吓得脸色惨白。

“我给你两个选择，第一，现在就告诉我会合地点，第二，让我给你注射这支吐真剂，然后你会自动告诉我我想知道的，两个选择一个！”

山本一郎犹豫不决，“我……我……”

“我只给你三秒钟时间考虑。”艾伦伸出了三个手指，“三……二……”

“等等……等等！让我想想……”山本一郎几乎崩溃地呐喊道。

“一！”艾伦扬了扬手里的针管，笑得一脸阴森，“真是抱歉了，看来你选择第二个方案了。”说着作势就要给山本一郎注射。

“我说，我说！”山本一郎绝望地呐喊道，满脸的冷汗。

艾伦不由得哈哈大笑，这才拍了拍山本一郎的肩膀，“恭喜你，你做了一个英明的决定！”

说着，艾伦脸色一沉，声音阴狠地问道：“你们约定的会合地点在哪里？”

“凡客乌……”

“凡客乌？”艾伦不由得重复了一句，嘴角勾出一个诡异的弧度，随即看向身后的佣兵，“召集人马，我们在凡客乌等着战兵自己送上门来！”

“是！”

16 生死逃亡

此时已经是凌晨，正是夜晚中月亮最明亮的时候。就在这时，两道身影在林间飞快掠过，悄无声息地犹如鬼魅一般。

一天两夜的搜查后，佣兵们已经纷纷转移了阵地。此时的山林只有少数的佣兵在巡逻搜索，而躲避开这些人对于战兵、冉爽两人来说并非难事。

由于战兵身上的伤口尚未愈合，所以两人的行进速度并不是很快，而且每隔一段时间都会停下来休息一会儿。战兵的伤口依旧还在不断地渗出鲜血，让冉爽看着不免有些担心。

“现在距离凡客乌还有一段路程，这样下去你的伤口只会越来越严重！”冉爽一脸担忧地看着战兵，“现在的情形与毒蝎佣兵交战，恐怕对我们很不利！”

战兵眉头紧锁，身上的两处伤口严重制约了他的体力。长途跋涉都有些吃不消，更别说与毒蝎佣兵对战了。如果真的遭遇了毒蝎佣兵，到时候他恐怕只会成为冉爽的累赘。

冉爽擦了擦战兵额头的汗水，“现在距离凡客乌还有一天的路程，与其这样在林中奔走，还不如找个更快更稳妥的办法。”

战兵点了点头，正所谓磨刀不误砍柴工，这个道理他自然也懂。

战兵曾经看过这一带的地图，所以对这一带的地势很是了解，“再往前走一个多小时就到城镇了，咱们先到那里歇一歇。”

“好！”

战兵、冉爽很快来到城镇。只不过，由于此时是凌晨时分，街道上没有一个人影，安静得仿佛是一座空城。

“这里有家药店，咱们先进这里边。”战兵指了指一家药店，随即左右看了看，直到确定没有人后，这才将锁撬开，随即悄无声息地闪进药店。

虽然是药店，但药品却不是很齐全。尽管如此，冉爽还是找到了消炎药和止血粉。她再次给战兵换了药，重新包扎了伤口。之后，已经累得筋疲力尽的两人这才找了个地方躲了起来。

虽然是休息，但是战兵、冉爽两人却依旧保持着警觉。天还没亮，已经有起早的人开始摆早市了，而战兵、冉爽两人猫着的地方正好就是摆早市的地方。

“咱们接下来怎么办？”冉爽望着来去匆匆的萨拉尼百姓，脸色一片凝重。

战兵抿了抿嘴唇，“先换身衣服吧。”

冉爽先是一愣，然后看了看战兵一身血污的作战服，她一脸苦笑地道：“你先在这里等着，我去找几件普通人的衣服。”

“小心点儿。”

“嗯，会的！”说完，冉爽消失在窄小昏暗的胡同里。

没过一会儿，冉爽拿了两身衣服回来，顺便还拿了两张烤馕。

战兵哭笑不得地看着冉爽，“你倒是贼不走空啊！”

冉爽俏脸一红，一脸娇羞地白了战兵一眼。但是在战兵眼里却犹如抛媚眼一般，看得战兵心中一阵荡漾。

“吃点儿东西吧，吃饱了伤口才能好得快！”

战兵笑呵呵地接过烤馕，三下五除二地吃掉，接着又换上了冉爽拿来的干净衣服，冉爽也同时换上了便装。

“咱们接下来干点儿什么？”冉爽一身萨拉尼少女的装扮，说不出的俏丽。

战兵抿了抿嘴唇，看了一眼已经热闹起来的集市，“你身上有钱吗？”

“啊？”冉爽满脸的问号，一脸的疑惑神情取代了原本的冷艳飒爽，竟有一股说不出的别样风情。

战兵情不自禁地吻了吻冉爽的额头，这才笑呵呵地说道：“不管如何，先了解一下现在的萨拉尼形势才行。据我所知，毒蝎佣兵团虽然在萨拉尼的佣兵团里算得上一家独大，但是却也没有能够动用十多家佣兵团的权力，这其中肯定有一些我们不知道的事情。”

冉爽从口袋里掏出了一沓当地货币，“在毒蝎佣兵团的时候，向安东尼要了一些。”

战兵接过钱，简单数了一下，差不多折合华夏货币五千多，倒是足够他们这三天的花费了。

“走，带你逛集市去。”战兵笑呵呵地看着冉爽，笑得一脸灿烂。

冉爽的脸上绽出灿烂的笑意，虽然有些娇羞犹豫，但还是挎上了战兵的胳膊。

战兵咧嘴一笑，拉着冉爽朝集市走去。

此时的战兵、冉爽两人如同普通的萨拉尼平民一般，碰见什么稀奇的玩意儿都想买下来，虽然两人知道绝对不会带回国去。

逛了一会儿集市，战兵、冉爽两人已经打听到了有关毒蝎佣兵的消息——艾伦竟然为了捉到战兵，在整个萨拉尼佣兵界下了黑榜！

黑榜现，血风雨！艾伦这是在孤注一掷！

“我说毒蝎佣兵团怎么会动用这么多的佣兵势力，原来是下了黑榜！”

“黑榜？”冉爽眉头微皱，一脸的疑问。

“黑榜是佣兵的黑话，我也只是听陆哥提过一次。在佣兵界里，除非是碰上了解决不了的事情才会动用黑榜，因为一旦动用黑榜，虽然能够在瞬间号召起足够的佣兵力量，但是一旦有佣兵团完成任务，那么下达黑榜的佣兵团就会将所有的地盘拱手相让，并全部撤离！”

冉爽点了点头，一脸的凝重，“看来艾伦还真是铁了心要你的命了。”

战兵嘴角微扬，一脸的轻松，“那还要看有没有人有这个本事来要我的命！”

冉爽抿了抿嘴唇，无奈苦笑。她只要一想到整个萨拉尼的佣兵团都在寻找战兵，就为战兵的安全担心。那可是几乎上万人的佣兵，甚至可以媲美一个小国的兵力。面对这么多佣兵的抓捕，居然不觉得大难临头，而且还能说出这么狂妄自信的话来，恐怕放眼天下也找不出几个。

“看来凡客乌是不能去了。”战兵的眉头微皱地说道。

“为什么？”

“以现在的形势，艾伦肯定能够捉到一两个受训队员。即使他们能够撑住毒蝎佣兵的严刑拷打，也逃不过吐真剂的药效！”战兵眉头紧锁，一脸的阴沉。

“那我们怎么办？”

战兵眯了眯眼，“既然安东尼教官已经下达撤离萨拉尼的命令，那咱们就单独出境！”

冉爽沉吟片刻，“好，听你的！”

战兵哈哈大笑一声，声音爽朗豪放，哪里有半分被上万佣兵追杀的窘迫。他抬手捏了捏冉爽的鼻子，一脸宠溺道：“老婆大人真乖！”

冉爽原本担忧的脸上顿时染上一层红晕，“乱说什么，谁是你老婆！”

战兵咧嘴一笑，“肯定是你啊。”

冉爽的脸色更红，虽然满脸的娇羞，但幸福的神情却是遮挡不住的，直把战兵看得心神荡漾，低下头来，再次将那两片柔软的嘴唇咬在了嘴里。

出境

战兵微微勾了勾嘴角，“好了，别想这些了。现在休息计划泡汤了，咱们只有继续赶路了。”

冉爽连忙摆手道：“不行，你身上有伤。”

还没等冉爽说完，战兵已经大跨步地朝前走去。冉爽想说话，却看见战兵正直直地盯着不远处的一辆货车。

战兵大步往前走着，离那辆车越来越近了，而脚下的速度却丝毫不减。此时，正在装货的司机也看到了战兵，一句“干吗？”刚出口，就被战兵砍晕在地。

这边的动静惊动了另外一位司机，但还没等他惊叫出声，战兵已经飞身上前，抬起手掌狠狠砍在那人的脖子上。那司机顿时两眼一翻，晕死过去。

冉爽这才跑了过来，低头看了一眼已经被战兵砍昏的司机，一脸的疑惑。

“赶紧换上他们的衣服！”战兵说着就扒下了其中一人的衣服，并快速换上，而原来那身衣服本来就是“借”来的，顺便披在了那名司机身上。

冉爽顿时明白了战兵的想法，连忙将另外一名司机的衣服脱下，紧接着快速换好衣服。

“咱们去哪儿？”

“出境！”

此时，安东尼和郭展召等人已经在凡客乌集合，他们受到了毒蝎佣兵团的阻击。安东尼委派来接他们的人已经被毒蝎佣兵团的人杀死，整个凡客乌已经被毒蝎佣兵团死死围住。

“到底是谁走漏了消息？我看毒蝎佣兵团倒像是在这里等着我们的！”安东尼眉头紧皱，一脸的担忧。

郭展召不由得冷哼一声，“肯定是毒蝎佣兵团的人抓到了我们的队员。依毒蝎佣兵团的本事，从他们嘴里套出话来不难。”

安东尼不由得点了点头，“看来从凡客乌撤退的计划得改动一下。”

郭展召不由得抿了抿嘴唇，他现在最担心的是战兵、冉爽两人。现在除了他们两个之外，还有J国队的山本一郎没有跟他们会合。而被毒蝎佣兵团抓到的人质还不知道是谁，冉爽或者山本一郎都有可能。因为毒蝎佣兵团的目标是战兵，所以从目前毒蝎佣兵倾巢而出的气势就可以断定，战兵目前肯定是无事的。

“安东尼教官，现在咱们怎么办？”

安东尼想了想，“分头行动吧，咱们现在这么多人，走到哪里都是靶子。”

一听到分头行动，众人的眉头都是一皱，现在形势这么危险复杂，他们只要一想到分头行动，心里都不免有些打鼓。毕竟要在数千毒蝎佣兵的眼皮子底下逃出萨拉尼，难度可想而知。

凡客乌以北二百公里便是边境，只要他们过境，那毒蝎佣兵团就奈何不了他们了。

“战兵、冉爽还没来……”郭展召不免有些担心。

安东尼轻笑一声，看向郭展召，“你觉得他们两个会出事儿吗？以战兵、冉爽两人的本事，现在肯定能顺利与我们会合。之所以没来，一定是战兵早一步猜到了凡客乌会被毒蝎佣兵包围。以战兵的谋略，恐怕他跟冉爽会比咱们早一步离开萨拉尼！”

郭展召笑呵呵地点了点头，便也没再说什么。

此时的安东尼等人分头行动，而战兵、冉爽两人已经开着货车抵达了凡客乌。他们开车在路上行驶的时候，随处可以看见拿着枪四处检查的毒蝎佣兵，整个凡客乌已经陷入了恐慌。

“看来毒蝎佣兵还真是跟你死杠上了，这可是死仇。”冉爽眉头紧皱，担忧地说道。

战兵满不在乎地轻笑一声，一双锋利冷冽的眼睛里满是坚定，“我会让毒蝎佣兵团从这个世界上消失的！”

冉爽微微挑了挑眉头，她知道战兵这句话绝对不是随便说说的，他是真想这么做。

大货车在大路上匀速行驶着。整个凡客乌虽然已经全是毒蝎佣兵，但他们也只是对来来往往的行人进行盘查，车辆却能照常行驶。战兵、冉爽两人都做了易容，此刻他俩就像普通的萨拉尼司机，引不起任何人的注意。

战兵、冉爽两人开车顺利穿过了凡客乌，再往前走就能抵达边境。安东尼等人想要出境，一定会通过密林小路，这样的阳关大路是断然不会走的，所以战兵也没有想着能碰上安东尼等人。

车辆抵达萨拉尼边境，战兵、冉爽将大货车停在路边，改为徒步前进。

在来这里之前，战兵看过萨拉尼的边境地图，所以他对这一带的地形了如指掌。战兵带着冉爽在密林、荒野里转了一圈，笑呵呵地告诉冉爽，他们已经离开萨拉尼了。

冉爽有些讶异，但也随即平静下来。对于熟悉边境地形的人来说，越境其实就是这么简单。

“那咱们接下来做什么？”终于从鬼门关上逃了出来，冉爽的神经这才微微放松下来。几天来他们吃喝睡觉都在车上，倒也没受什么罪，所以两人的体力都很充沛。战兵的两处伤口也已经结疤，再过几天就可以拆线了。

“找个地方落脚，等安东尼教官和队长找到我们。”战兵说着，便在路上随手做了标记。冉爽见状点了点头，也学着战兵的样子在沿路留下标记，一直到了萨拉尼邻国的小镇上。

这时，郭展召、钟华两人也率先抵达边境。他们很快便发现了战兵、冉爽两人留下来的标记，之后他们沿着标记一路找到了小镇。

有别于萨拉尼的混乱，这个小镇一片祥和热闹。两地虽然相隔了不足三十公里，但却有着天地之别。

对于郭展召、钟华两人来说，找到战兵、冉爽两人很是简单。很快四人会合，他们找了一处僻静之处，而后相互了解分开后这段时间里的事情。

“你们竟然还遇到了邪教徒？”郭展召不由得挑了挑眉头，显然对于这种犹如中了六合彩的“好运”而感到惊讶。

冉爽没好气儿地瞪了郭展召一眼。冉爽直到现在想起当时的情景，都有些腿软，郭展召这样的眉飞色舞令她很不爽。

就在这时，郭展召怀里的通讯器突然轻颤了一下，郭展召顿时收敛了笑意，连忙将通讯设备拿出来，一脸的紧张。

“你们的人在我手里，如果想让他活命，就拿战兵来换！”阴狠嗜血的声音从里面传出。

17　营救战兵

交换人质

“艾伦！”战兵惊呼道。郭展召的通讯器开启的是扬声模式，战兵清清楚楚地听清了声音的主人。众人纷纷心脏一颤。

艾伦哈哈大笑，“你们的人现在就在我的手里，如果不想让他死无全尸，就让战兵自己来换吧！”

战兵一脸的铁青。郭展召也是一脸的阴沉，抬眼望了一眼战兵，这才继续说道：“我要确定我的人安全！”

艾伦轻笑一声，声音里充满了兴奋，“这我真不敢确保，毕竟我已经严刑逼供了一个多小时了，他没有说出一个字来。如果你实在想听听他的声音，我建议给他打一针吐真剂，你看看行不行呀……”

郭展召神色大变，脸色瞬间变得铁青。

“破解你们的联络信号可费了我不少功夫……”艾伦的声音里充满了得意，随即他声音一顿，又恢复了一贯的冷厉阴狠，“你的人我会好好关照的，我只给你们一天的时间，如果明天这个时候我还见不到战兵的话，那么，抱歉了，我不介意用吐真剂来问一些我想知道的东西！”说着，还没等郭展召再开口说话，艾伦已经挂断了电话。

郭展召一脸阴沉地抬头看向战兵，“是林艺强的通讯频道。”

“不要去……这肯定是个陷阱！”钟华神情凝重地看着战兵。

郭展召抿了抿嘴唇，“华子说的没错，艾伦肯定是布下了天罗地网，就等着你去呢！”

战兵握了握拳头，“我一定要去，林艺强在他们手里，如果我不去，以艾伦的心狠手辣肯定是不会放过他的！”

“但是……”

还没等郭展召说完，战兵抬了抬手，示意众人听他说话。

“现如今，我们已经离开了萨拉尼，也就是说这次的魔兽训练营的任务完成了，那我们现在就可以执行作战任务了！”战兵沉稳地说道。

郭展召挑了挑眉头，“你是说……”

“没错，我会请求上级让利刃出动。有利刃队员在，这次的营救任务才能确保万无一失！”

郭展召连忙说道：“不仅仅是利刃，烈焰、猎鹰、天龙大队都会参加这次的营救任务。”

“还有狼牙！”冉爽一双晶亮的眼睛定定地看着战兵，满是坚定。

“好，那事不宜迟，我现在就将情况上报上去！”郭展召随即拿着无线通讯设备朝一边走去，他要开始请示上级了。

上级的办事效率极快，很快，通过无线电联络信号将整个营救任务基本敲定。郭展召坐定指挥部，全权负责这次的营救任务，而利刃、烈焰、天龙大队则跨境参与这次的营救任务。

虽然没有猎鹰和狼牙大队，但是众人知道，能够一次性出动三支特种作战部队，足以看出上级对于这次营救任务的重视了。所以只能成功，不能失败！

截止到现在，他们还有二十个小时的时间，而此时，利刃、烈焰、天龙这三支大队已经在飞往这里的路上，预计七个小时之后便能到达。

这时，安东尼以及其他受训队员也纷纷会合在这座小镇。只不过，此时活着从萨拉尼走出来的人只剩下不到二十人了，伤亡率竟然高达百分之五十以上，这是有史以来伤亡率最大的一次。

安东尼看到战兵、郭展召等人有条不紊地安排着这次的营救计划，看不出一丝的慌乱，这让安东尼对华夏军人又有了更深一层的认识。

“这次营救任务我也参加！”安东尼一脸凝重地看向战兵、郭展召等人，继续说道，“林艺强是我的学生，把他从敌人手里救出，我责无旁贷！”

郭展召有些犹疑不定，下意识地把目光落到了一旁的战兵身上，见战兵略一沉吟之后微微点了点头，郭展召这才千恩万谢地答应了。

“这是我应该做的。”安东尼笑得一脸灿烂。

安东尼对于萨拉尼的了解比他们任何人都要多，所以战兵没有拒绝安东尼加入这次的营救任务。

所有的准备工作都已经做完，钟华、冉爽等人已经先行一步走了，战兵在认真谨慎地反复推敲这次的行动细节。所有人都在忙碌地准备着，仿佛一台高速运转的机器，所有零件都严丝合缝地紧密运行。

这时，郭展召的无线频段突然响起，所有人的目光顿时全部投向了郭展召。

“是艾伦。”郭展召眉头微皱。

“接！”战兵点了点头，示意郭展召接通。

“真是抱歉，还没有告诉你们交易地点呢……”艾伦得意张狂的声音响起，“交易地点就在克洛克小镇，毒蝎佣兵团的萨拉尼分部基地，想必你们也是轻车熟路了……”

郭展召的表情顿时大变，“艾伦，你欺人太甚！”

艾伦大笑两声，“怎么，当初你们扮作佣兵入伙毒蝎时就没想到欺人太甚？现在倒开始说起我来了！”说着，艾伦阴狠暴虐的声音几乎从牙缝里挤出，甚至还带着一种神经质般的尖笑声，“还有，交易时间也改了，时间就在今天下午五点钟，五点钟战兵必须出现在克罗克小镇，否则……”

“这不可能，我们还没有跟战兵取得联系！”郭展召厉声说道。

艾伦冷哼一声，“我可管不了这么多，就今天下午五点。如果到时候战兵不来，你们就等着收尸吧！”

还没等郭展召说话，艾伦已经挂断了通讯信号。

“怎么办？艾伦那个混蛋改时间了！”现在已经是中午一点多，距离下午五点已经不到四个小时了，而四个小时之内，三支特战大队根本赶不到。

战兵皱了皱眉头，“我早就料到艾伦不会给我们准备时间，计划还是不变，只不过，由原本的协助营救改为事后营救。艾伦想要我，所以我们先将林艺强救出来再说！”

“那你呢？”郭展召急得喊道。

战兵灿然一笑，脸上挂着豪迈洒脱的神情，“至于我，走一步看一步了。以艾伦恨我的程度，他一时半会儿不会要了我的命。而这段时间便已经足够特战大队的兄弟们抵达萨拉尼了！”

“不行，这太危险了！”还没等郭展召说话，一旁的安东尼已经一脸断然地发话，“只靠我们几人甚至都接近不了克罗克小镇。现在黑榜出现，整个克罗克小镇都等着拿你的命去艾伦那里领彩头，而我们这些人在克罗克小镇住过一段时间，熟悉我们的人很多，我们不容易混进去！”

战兵咧嘴一笑，“安东尼教官，我知道你说的都对，但是你觉得艾伦就想不到这些吗？你以为他为什么将交换地点定在克罗克小镇，又为什么临时提前了交易时间，他……”战兵的眼中寒光闪烁，让人不敢直视，“他就是想要我的命！”

安东尼抿了抿嘴唇，脸上立刻阴沉下来。

郭展召等人此刻也是愁眉不展。正如战兵所言，艾伦这次就是抓住了他们的软肋，拿着林艺强的命来威胁战兵。除非他们能够眼睁睁地看着林艺强被艾伦活生生地折磨死，否则除了按照战兵的计划进行之外，根本就没有其他办法。

“行了，时间不多了，我们必须返回克罗克小镇。现在整个萨拉尼的佣兵团恐怕都知道了我会再次返回克罗克小镇，所以，我们现在的当务之急是如何能够安然无恙地混进克罗克小镇！”战兵看着众人说道。

所有人都陷入了沉思。正如战兵所言，他们现在的当务之急就是想尽一切办法接近克罗克小镇。现在距离交换时间还有不到四个小时，时间越来越紧迫了，他们必须尽快做出决定。

战兵环顾一圈，见众人都是眉头紧锁，这才轻笑一声，说道：“行了，我们还是边走边想吧，时间不多了！”

郭展召重重叹了口气，却也是无可奈何，他招呼着众人再次踏上前往萨拉尼的征途。

此时，利刃、烈焰以及飞龙三支特战大队的队员们已经乘坐武装直升机飞离了华夏境内，正在飞往萨拉尼的途中。

倾巢而出

因为毒蝎佣兵团下达了黑榜，使得整个萨拉尼的佣兵都憋了全力搜查战兵的下落，战兵的头像几乎分发到了每一个人的手里，哪怕是平民。

在这个常年战乱的国家，普通的平民也是异常的彪悍，他们放下枪是平民，拿起枪就是悍匪。当战兵等人再次踏上萨拉尼的土地时，就已经陷入了“十万平民十万兵’的处境中。

战兵原本还以为他们能够边走边商讨行动的具体事宜，但是真正到了萨拉尼境内，战兵这才发现形势已经远远超出了他的预估。

战兵不由得暗暗摇了摇头，看得出这次艾伦是下了狠心，志在必得，看来这次想要从艾伦手里逃脱真是难如上青天了。

他们的时间只有短短的四个小时，所以战兵等人只能硬着头皮朝克罗克小镇进发。所幸众人之前在克罗克小镇待过很长时间，所以他们不管是对萨拉尼的佣兵还是地势都了如指掌。他们伪装成了一支杂牌佣兵，朝克罗克小镇走去。

“再有一公里就进入克罗克小镇了，看周围这架势，艾伦已经把你要来交换人质的消息散布出去了。”安东尼不由得眉头紧皱，“如果你被任何一支佣兵团活捉，那么，就不是交换了……”

战兵抿了抿嘴唇，自然知道艾伦打的是什么主意。

“这个混蛋！”郭展召咬牙切齿地咒骂了一句，满脸的愤恨。

战兵微微眯了眯眼，抬手看了一眼时间，距离约定时间还有一个小时，他必须赶在五点钟之前到达毒蝎佣兵团的基地，否则林艺强性命难保。

“我们人多，容易暴露，其他人原地待命，我自己过去！”战兵坚定的目光看向众人，作势就要起身离开，却被郭展召、冉爽等人一把拽住了衣服。

“不行，你一个人去太危险了！”

“你自己去，就是去送死！”

……

战兵目光坚毅地看着众人，“现如今也只有这个办法了，人多反而碍事！”

冉爽望着战兵，坚定地说道：“我跟你一起去！”

战兵摇了摇头，“我跟雷明辉进去，你们还有更重要的任务！”说着，一旁的雷明辉咧嘴一笑，捶了捶胸口，笑得一脸灿烂。

“郭队，你们负责吸引火力，我跟雷子趁乱摸进去！”战兵对郭展召说道。

郭展召先是一愣，然后重重地点了点头，“放心吧，这里交给我！”

战兵咧嘴一笑，一脸的豪迈洒脱。

战兵、雷明辉两人很快便跃出了隐蔽地点，朝山下的克罗克小镇摸去。直到看着两人大摇大摆地进了小镇，郭展召这才带着人朝另外一个方向狂奔而去。

整个克罗克小镇戒备森严，几乎所有佣兵都是警惕戒备地注视着来来往往的行人。当看到战兵、雷明辉两人神态自若地朝他们走来时，所有人都不由得暗暗皱了皱眉头。虽然战兵、雷明辉已经易容，但还是引起了他们的警觉。

战兵暗道一声“麻烦”，没想到佣兵会这么谨慎，不管是谁，他们对任何人都会仔细盘查。

“咻！咻！……”就在这时，一阵密集的枪声响起，一时间整个克罗克小镇乱了起来，几乎所有的佣兵都疯了一般朝枪响的地方涌来，场面拥挤嘈杂。

战兵没想到克罗克小镇竟然藏了这么多佣兵，如果不是郭展召他们把佣兵引开，他们两人估计没等接近毒蝎佣兵团，就已经被人生擒活捉了！

战兵、雷明辉两人加快了步伐，朝毒蝎佣兵团的驻地狂奔。在距离驻地有一百多米的时候，战兵猛然停住了脚步，随即他拉着雷明辉朝一旁的胡同口躲去。

“怎么了？”雷明辉喘着粗气，一脸警惕地张望着四周。

战兵一双锋利冷冽的眼睛搜索了一下四周，低声说道：“既然所有的佣兵团都知道我会来，那他们肯定会在毒蝎佣兵团驻地四周设下埋伏，如果我们贸然出去，恐怕会中了敌人的埋伏。”

雷明辉点了点头，随即也警惕地望着四周，等待着战兵的计策。

战兵沉吟片刻，将目光落到了毒蝎佣兵团的后门方向，“走，我们从后门突击进去！”

“好！”雷明辉重重地点了点头，随即跟着战兵朝毒蝎佣兵团的后门方向狂奔而去。

整个毒蝎佣兵团驻地已经被其他佣兵团的佣兵围了个水泻不通，而毒蝎佣兵团的内部此时更是铁板一块，严密得连只苍蝇也飞不进来。

很快，战兵和雷明辉便跟守在后门方向的佣兵们打了起来。战兵、雷明辉两人枪法精准，但是敌人实在太多。枪声响起后引来了更多的敌人，几乎一瞬间，佣兵们就已经将战兵、雷明辉两人包围起来。

“怎么办？”雷明辉一边拼命反击，一边看向战兵，满脸的慌乱。

太多了，一眼望过去，全是乌压压的人头，让人心中发麻。

“撤！”战兵万般无奈，知道再打下去，恐怕会有更多人围上来，到时候两人再想脱身就难上加难了。

战兵、雷明辉两人且战且退，很快便甩掉了身后的佣兵。两人躲在一处废弃房屋的屋顶，却是躲不过众多佣兵的搜查，如果再不行动，恐怕迟早会被人搜查到这里。

就在战兵他们进退两难的时候，猛然响起了一阵密集的枪声。战兵心中一惊，下意识地抬头望去，只看见喷吐着火舌的火光。乌压压的佣兵如潮水一般朝枪响的地方涌去。

“走！”战兵知道这是郭展召他们在引开佣兵。趁着这个时候，战兵和雷明辉纵身一跃，跳下房顶，随即他们悄无声息地朝毒蝎佣兵团营部狂奔而去。

隐秘援军

战兵、雷明辉在快速奔跑中飞速射击，精准致命。

“啪！啪！……”就在战兵、雷明辉踏入毒蝎佣兵团营部大门的时候，一阵响亮的巴掌声响起。紧接着身后的毒蝎佣兵快速将大门关上，任凭外面的佣兵们如何咒骂，大门依旧紧闭着。

“不愧是利刃特战大队的大队长，身手果然了得！”一双阴狠嗜血的眼睛盯着战兵，眼前赫然就是毒蝎佣兵团的艾伦。

“真没想到啊，你竟然真的会来送死！”艾伦咬牙切齿道。话音刚落，所有人的枪都齐齐地对准了战兵。

战兵冷哼一声，“我既然来了，那我的人呢！”

艾伦抬手打了个响指，林艺强立刻被几个毒蝎佣兵推搡出来。只见他浑身上下没有一块儿皮肉是完整的，鲜血已经将衣服染成了血衣。

林艺强此时被强行泼醒，整个身子不可抑制地打着哆嗦。待看清楚面前的人是战兵和雷明辉时，林艺强不由得剧烈挣扎起来，布满血丝的眼里满是焦虑担忧，“你们来干什么！回去啊！”

艾伦大笑一声，“既然来了，你觉得他还能走的了吗？”说着，艾伦目光阴狠地瞪着战兵，“把战兵给我绑起来！”

但是，还没等众人动手，战兵猛然拉开了训练服的拉链，捆在腰部的是一捆足以将所有人都炸上天的炸药。

“你疯了！”艾伦不由得脸色一变。如果刚才他被任何一发子弹击中，就会引爆他身上的炸弹，而他们则会在瞬间被炸得尸骨无存。

战兵冷哼一声，“我既然敢来，就没想着能活着出去！把我的人放了，让他们两个离开这里！”战兵目光灼灼地瞪着艾伦，一脸的坚定。

艾伦一脸阴沉地望着战兵，眉头皱成了一团疙瘩。过了一会儿，艾伦才冲着身后的人道：“放他们两个离开！”

毒蝎佣兵们连忙闪出一条道，让雷明辉上前将林艺强搀扶过来，随即一脸询问地看向艾伦。

艾伦冲着毒蝎佣兵们挥了挥手，众人这才让出一条道来，让雷明辉、林艺强两人先行离开。

雷明辉有些担忧地看着战兵，战兵冲着他挥了挥手，雷明辉咬了咬牙，扶着林艺强一步一步地朝大门走去。

毒蝎佣兵团的大门被骤然打开，雷明辉搀扶着林艺强一步一步地走出大门。所有佣兵都紧张得大气儿不敢出，他们的目光在艾伦与雷明辉两人之间游离。

“放他们走！现在战兵已经在我手上了！”艾伦大喝一声。

这样的结局让其他佣兵团十分恼怒，几天的辛苦奔走就这么泡了汤。现如今，战兵落在了毒蝎佣兵团自己手里，那黑榜自然也就失效了。想到这里，其他佣兵团的佣兵的目光都如同锋利的匕首一般射向艾伦，个个气得咬牙切齿。但是毒蝎佣兵团是萨拉尼佣兵王国当之无愧的龙头老大，没人敢惹恼他们。

“放他们走！”战兵掀开衣服，露出绑在腰上的炸弹，一脸的杀气腾腾。

原本围在门口的佣兵见状顿时吓得齐齐后退，一时间整个佣兵团大乱，所有人都惶恐地望着战兵，仿佛在看一个怪物一般。

艾伦咬了咬牙，脸上一阵发青。战兵腰间的炸弹跟他的心脉相通，一旦惹恼了战兵，绑在他腰间的炸弹便会在瞬间将整个毒蝎佣兵团的基地炸毁。

门外的佣兵们纷纷后退，毕竟战兵已经落到艾伦手里，他们即使留下来，也没有丝毫用处了，之前的奔波劳累尽数化成了泡影，他们哪里还有心情留在门口看热闹。没过一会儿，门口只剩下了十几个依旧不死心的佣兵。

“放他们走！”艾伦又挥了挥手，原本还堵在门口的佣兵恶狠狠地瞪着雷明辉、林艺强两人，眼睁睁地看着他们朝后山走去。

“出来了！”郭展召如释重负，钟华、冉爽两人连忙上前接应。佣兵们一见他们还有帮手，自然不敢轻举妄动，就这么看着雷明辉、林艺强两人消失在众人面前。

艾伦知道战兵一定会请来帮手，只不过，他现在所有的注意力都在战兵身上，其他人已经全都不重要了。他只要能将战兵碎尸万段，不管其他人还能掀起什么风浪，只要战兵死！

只要他死！

“来人，把他身上的炸弹拆了！”艾伦目光阴狠地看着战兵，一字一句地怒吼道。

战兵一脸平静地望着艾伦，一言不发。

没过一会儿，一个全副武装的毒蝎佣兵朝战兵缓缓挪去。虽然他知道只要战兵身上的炸弹引爆，他就会被撕成碎片，身上的防护服根本起不了什么作用，但是艾伦有令，他冒死也得执行。

艾伦后退一步，一脸的警惕，而毒蝎佣兵们见状更是连连后退，生怕战兵身上的炸药爆炸连累众人。

此时，郭展召正在查看林艺强的伤情。林艺强几乎遍体鳞伤，若不是因为他体魄强健，此刻早就被折磨死了。

“心肺功能严重受损，必须马上转移到安全的地方进行救治！”冉爽抬起头来，满脸担忧地对郭展召说道。

郭展召点了点头，眉头紧锁。

“我已经跟上级取得联系了，会有人来接我们回去。如果可以的话，让他乘坐前来救援的飞机！”安东尼开口道。

郭展召的脸上不由得闪过一丝喜色，随即冲着安东尼重重地点了点头，“好，那强子就麻烦给你了！”

安东尼摆了摆手，“这一切本来就是因为我而起，我这么做也是在挽回不必要的伤亡。”安东尼的嘴角不由得泛起一丝苦笑。

郭展召没再说什么。现如今的形势已是这样，再说其他的也是于事无补。再说了，安东尼也没有想到事情会走到现在这一步。

“刚才另一边的枪声是谁打的？”就在这时，郭展召猛然想起来刚才诡异的枪声，他回头看向众人。

众人纷纷摇头。郭展召连忙四下清点人数，这次参加行动的队员都在，可见刚才的枪声并不是他们自己所为。

那么……

“救兵来了吗？”秦臻的脸上不由得一喜，一脸希冀地看向郭展召。

郭展召摇了摇头，“不是我们的人，刚才我跟烈焰大队联系过，他们还要半个小时才能到达这里！”

钟华的眉头顿时一皱，他下意识地抬起狙击步枪望去。但是，原本乱成一团的战场此时已经恢复了宁静，仿佛刚才的激战只是他们的错觉。

“我过去看一下！”冉爽提枪飞奔过去，钟华不放心地冲着郭展召点了点头，随即悄无声息地跟了上去。

整个山林静得吓人，除了地上密密麻麻的尸体以及浓郁的血腥味道之外，听不到任何动静，但是这种宁静却让人从骨子里感到心惊胆寒。

“咻！”一发子弹几乎擦着冉爽的脸颊飞过，灼热的空气使得冉爽的脸上留下一道淡淡的红痕，仿佛是警告，又仿佛是威慑。冉爽立即滚到了一旁的掩体里，眼睛死死地盯着刚才子弹射出的方向。

是高手！

冉爽咬了咬牙，所有的神经都绷得紧紧的，此时一丝风吹草动都足以让冉爽警惕戒备。

跟在冉爽身后的钟华也想快速锁定刚才枪手的目标。但是，不管钟华如何搜索，却依旧找不到对方的影踪，仿佛刚才的那一枪只是他的错觉。

钟华不由得皱了皱眉头，背后开始慢慢渗出冷汗——杀气！好浓郁的杀气，钟华瞬间感到心脏紧缩。

钟华抿了抿嘴唇，虽然知道对方是个高手，但是有一点却可以确定——对方不是敌人！否则以他的枪法，冉爽刚才已经毙命。

究竟是谁？

七杀

此时，整个毒蝎佣兵团里一派紧张气氛，所有人都屏气凝神地看着战兵。他们虽然枪口对准了战兵，但是身子却不由自主地连连倒退。

艾伦被一群毒蝎佣兵护在身后，脸色阴沉得可怕。而莫尔、杰米兄弟两人则远远地站在一旁，他们脸上的表情隐晦未定，让人捉摸不透。只不过，眼下所有人的注意力都集中在战兵身上，哪里还有人去研究莫尔和杰米两人的神情。

时间一分一秒过去了，负责拆弹的毒蝎队员已经是满头大汗，而战兵则神态自若地站在原地，仿佛他腰间没有捆绑炸药，只是穿了件再普通不过的衣服罢了。

就在这时，艾伦一脸铁青地推开挡在自己面前的毒蝎佣兵，三步并两步地朝着战兵大跨步走去，把所有毒蝎佣兵都吓得心惊肉跳。

艾伦被战兵的炸弹折腾过几次，自然知道战兵最擅长这些把戏。如果是普通的心脉触动炸弹，绝对不可能这么长时间都拆解不了，唯一可以解释的就是……

想到这里，艾伦的脸色更是阴沉得吓人。他走到战兵跟前，一把将还在拆弹的毒蝎佣兵拽到一边，抬手就要扯战兵捆在腰间的炸弹。

“老大！”所有的毒蝎佣兵都心惊胆战地望着艾伦，紧接着全部卧倒在地，满脸的恐惧绝望。

但是，预料中的爆炸并没有响起。众人一脸惊魂未定地悄悄抬头望去，只见刚才战兵腰间捆绑的炸弹赫然已经攥在了艾伦的手里。

“这一招儿你耍了我两次，战兵，你真行！”艾伦咬牙切齿地吼道。

战兵扬了扬眉毛，一脸的平静。

“还愣着干什么，把战兵押下去，严加看管，没有我的命令，谁都不许靠近！”艾伦歇斯底里地怒声吼道。

毒蝎佣兵顿时齐声答道：“是！”

战兵不由得勾了勾嘴角，意味深长地看了艾伦一眼，却是十足的挑衅模样，只把艾伦气得咬牙切齿。

战兵被五花大绑押入了毒蝎佣兵的黑牢，仅仅看守他的毒蝎佣兵就超过了一百人，把整个黑牢把守得水泄不通。

“老大，你打算怎么对付战兵？”莫尔小心谨慎地问道。

所有人都如临大敌，把整个毒蝎佣兵的地盘都搞得戒备森严，莫尔知道艾伦这是准备动手了。

艾伦挑了挑眉头，嘴角微扬，扯出一丝冷笑，“我不会让他死的，我会让他求生不能，求死不得！”

莫尔不由得打了个冷战，他甚至开始同情起战兵来，落在艾伦这样心狠手辣的人的手里，还不如一枪杀了他来得痛快。

“让下面的兄弟都打起精神来，战兵的人肯定不会善罢甘休！”艾伦微微眯了眯眼，一双阴狠的眼睛里满是嗜血的狠毒，“不管来多少人，我让他们有去无回，全部都死在战兵面前！”

莫尔不由得心脏微缩，眼中一闪而过的畏惧，却还是连忙点头退了下去。

“怎么样？杰克……不，战兵，他怎么样了？”杰米一脸焦急地围了上来。

莫尔一脸冰冷地瞪了杰米一眼，这才说道：“落到艾伦手里，死对他来说是一种解脱！”

杰米的脸上不由得闪过一丝担忧。

莫尔狠狠瞪了杰米一眼，“从现在开始，别再想这件事了，这个世界上没有杰克这个人！”

杰米低声叹了一口气，这才跟莫尔一前一后地朝大门走去。

此时，冉爽、钟华两人正警惕地观察着对面的情况。但是，不管两人如何仔细查看，对面的山坡仍然是死一般的寂静，静谧得不带一丝声响。若不是此时依旧火辣辣的脸颊，冉爽肯定会以为刚才的那一枪只是自己的错觉。

冉爽心中暗想：凭直觉，他们对自己没有恶意，更何况刚才引开佣兵团的也是他们，也就是说，他们不是敌人！想到这里，冉爽缓缓站起身来，虽然一颗心提到了嗓子眼儿，但却依旧一脸平静。

“对面的兄弟，如果是朋友的话，就出来露个面！”冉爽一脸冷静地望着一片寂静的山林，一双黑亮警觉的眼睛不断搜索着。

就在这时，原本静谧无声的灌木丛微微抖动了一声，冉爽顿时眉头紧皱，紧张地望着那一片灌木丛。

没过一会儿，从灌木丛里钻出一个人来，只见那人身穿吉利服，头上环着树叶，一双晶亮锋利的眸子显得十分强悍和精明。

冉爽不由得微微眯了眯眼，“你是……”

“夏洛克！”那人不由得露齿一笑。

冉爽不由得挑了挑眉头，显然夏洛克的回答不是她想要的。

“七杀，夏洛克！”夏洛克又补充了一句，随即又咧嘴一笑，“战先生跟孤狼佣兵团是什么关系？”

冉爽的脸色不由得一变。知道战兵和孤狼佣兵团关系的人除了利刃、狼牙队员之外，就没有了，甚至连利刃特战大队的大队长高志勇都不知道，但是，眼前这个男人是怎么知道的？

七杀，七杀？

冉爽只觉得这个名字有些熟悉，但是她一时半会儿也想不起来究竟在什么时候听说过这个名字。

夏洛克不由得咧嘴一笑，露出两排整齐的白牙，“看来就是他了！”说着，夏洛克回头瞥了一眼后面灌木丛，“富兰克林，出来吧，战兵就是你要找的那个人！”

冉爽眉头微皱，一脸警惕地朝夏洛克身后望去。只见一个白人男子一脸兴奋地从灌木丛中钻了出来，十分激动地说道：“我就知道是他！”

“你们究竟是谁？”冉爽的神情紧张起来。

杀手组织

钟华躲在暗处不由得紧紧皱起了眉头，七杀——世界杀手组织排名第一，素以无败绩著称的杀手组织！可是，他们怎么会认识战兵，而且还知道战兵和孤狼佣兵团的关系。

想到这里，钟华从隐秘位置缓缓站起来。夏洛克有些警惕地皱了皱眉头。如果不是钟华主动走出来，他甚至不知道竟然还有一个人。

“你们怎么会认识战兵？”钟华一脸戒备地看向夏洛克等人。

富兰克林勾了勾嘴角，说道：“利刃特战大队的队长，孤狼佣兵团的队长，毒蝎佣兵团的头号死敌，呵呵，有点儿意思！”

夏洛克笑意盈盈地看着冉爽、钟华，这才开口说道：“我弟弟富兰克林两年前被亚利多反叛首领卡利特囚禁在了地下牢狱，是战兵带着利刃队员救了他！”

钟华不由得皱了皱眉。亚利多的那次任务是绝密的，除了参加任务的队员，外人不可能知道。富兰克林被卡利特囚禁在地下牢狱，战兵带着利刃、狼牙队员将富兰克林救出，并释放了被卡利特关押的囚犯，这的确跟夏洛克说的十分吻合。

冉爽抿了抿嘴唇，想到了黄氏家族的族长黄仪鹏也是在那个时候被战兵救出来的。只不过，那个时候她跟狼牙队员护送重伤的战军去医院了，并未见过黄仪鹏，也未见过被战兵救出来的囚犯。但是能说出这件事，冉爽已经信了大半。

“所以，你们是来帮我们救出战兵的吗？”冉爽强压着心中的狂喜，小心翼翼地问道。

富兰克林点了点头，“如果不是战兵，恐怕我会死在卡利特的手里。当初我说过，我会报答战兵的，所以在收到战兵的头像照片时，我才义无反顾地跑来印证了！”

此时，一直未见冉爽、钟华两人回来的郭展召等人也赶了过来。远远看见冉爽、钟华两人站在两个白人男子面前，这才朝这边走来。

“队长，他们是七杀的人，这位是富兰克林，那位是夏洛克。”冉爽连忙把他们介绍给郭展召等人认识。

郭展召不由得张了张嘴，“七杀？世界杀手组织排名第一的那个七杀？”

郭展召虽然疑惑七杀为何会突然杀出来帮助他们营救战兵，但是既然是帮手，而且还是实力不俗的帮手，郭展召自然不会拒绝。

“你们打算怎么救出战兵？”富兰克林率先开口。

“肯定是越快越好，以艾伦的心狠手辣，战兵落在他的手里，绝对不会有好下场，所以我们今晚就展开营救行动！”郭展召语气坚定地说道。

富兰克林连连点头，他自然也是赞同郭展召的计划，毕竟早一刻救出战兵，战兵就少一分危险，这个道理他比谁都清楚。

这时，一直未说话的夏洛克开口了，“他们知道今晚我们进攻的概率最大，所以他们肯定会戒备森严。如果我们贸然实施营救，恐怕会适得其反，反而让艾伦狗急跳墙被迫动手除掉战兵。”

夏洛克说完，大家都一脸震惊地看着他。他分析得很有道理，他们能够想到今晚行动，毒蝎佣兵团更能想得到！

夏洛克低头沉思着，忽然他抬起头，脸上闪过一丝狡黠的笑意，“事不宜迟，我们现在就行动，打他个措手不及！”

郭展召不由得愣住了，现如今利刃、烈焰、天龙三支大队都未赶到，就他们这几个人，根本不可能从敌营手里将战兵营救出来。

富兰克林睁大了眼睛，“大哥，你是不是有主意了？赶紧说出来听听！”

夏洛克轻笑一声，说道：“如果我没有猜错的话，毒蝎佣兵团的地下牢狱也是出自你的手笔吧，我不相信你小子不会留一手儿。”

所有人都一脸惊讶地看向富兰克林，他们没有想到，眼前这个笑得一脸灿烂的年轻人竟然就是建造毒蝎佣兵团地下牢狱的人。

富兰克林无奈地摊了摊手，哭笑不得地说道：“我发誓，我以后再也不建这些可恶的东西了。帮卡利特建造地下牢狱，结果连自己都搭进去了，之前帮毒蝎佣兵团建造地下牢狱，却让救命恩人吃了亏，所以啊，我以后洗手不干了！”

夏洛克笑呵呵地拍了拍富兰克林的肩，“行了，你金盆洗不洗手的没关系，你先把毒蝎佣兵团地下牢狱的死穴告诉我们吧！”

富兰克林随即从怀里掏出一个电子屏幕，“这是我让七杀的兄弟帮我传来的电子地形图，是我之前在建筑地下牢狱时的设计图。”

话音刚落，所有人都瞬时围了上来，脸上都是掩饰不住的兴奋。只要有了这份地图，那么救出战兵就又增添了许多希望。

“你们的援军大约什么时候到？”夏洛克看向郭展召。

“按照约定时间，现在差不多已经到了。”郭展召话音刚落，通讯频段里便响起了一阵清鸣声，郭展召不由得抬头看向众人，“来了！”

郭展召向援军交代了他们的具体位置。之后，三四十人便朝他们这边飞速狂奔而来。

“郭队！”

“队长！”

……

郭展召望了一眼众人，微敛了笑意，这才说道：“刚才我们商量好了营救计划，时间定在半小时之后。所以，你们还有半个小时的时间来了解毒蝎佣兵团基地的地图以及地下牢狱的情况，时间不多，抓紧！”

众人的神情立刻紧张起来，知道时间不多，立即认真看起了地图以及敌人的火力配置资料。

此时，战兵正在经历着残酷的刑罚，艾伦坐在牢狱门口欣赏着战兵在刑具折磨下痛苦的状态，痛快得恨不得手舞足蹈。但是，他不急，自己有的是时间让战兵求生不能，求死不得。

战兵豆大的汗珠从额头滑落，浑身的伤口没有一处不疼的。鞭子上全都是倒刺，每一鞭都会勾掉战兵身上的一块皮肉。鞭打他的佣兵已经大汗淋漓，战兵的身上也已经没有一块完好的皮肤了。

艾伦一脸阴狠地看着战兵咬牙坚持的模样，但是，迄今为止，战兵却未曾哼叫一声。

艾伦扬了扬嘴角，脸上满是阴毒的笑意——战兵，我看你能坚持到什么时候！

“去，端一盆盐水来！”

一旁的毒蝎佣兵连忙点头下去找盐水。

没过一会儿，毒蝎佣兵队员便端着满满的一盆盐水走了过来，一脸讨好地看着艾伦，“老大，要泼他吗？”

艾伦不由得冷哼一声，不答反问道：“难不成要盐水是让你喝的？”

那佣兵一听连忙点头，脸上全是恐惧慌乱，“我这就去，这就去！”

艾伦慢悠悠地从凳子旁站起身来，缓缓朝战兵走去，脸上满是得意的笑容，露出两排阴寒的森森白牙。

战兵一双锋利冷厉的眸子定定地望着艾伦，脸上没有一丝表情。

“战兵，我说过，如果你落到我的手里，我会让你求生不能，求死不得！”

“那你也得有那个本事！”战兵凌厉的目光里满是轻蔑。

艾伦脸色一变，咬牙切齿道：“给我泼！”

艾伦话音刚落，早就在一旁等待的佣兵顿时将满满的一盆盐水从战兵的头顶浇灌下去。盐水顺着战兵的伤口钻进皮肉，仿佛是成千上万条虫子啃噬着他的每一寸肌肤，疼得战兵险些闷哼出声。他牙关紧咬，只觉得喉咙一阵腥甜上涌，一股鲜血顺着嘴角流淌下来。

艾伦在一旁看得热血澎湃，仿佛浑身的血液都被点燃，猩红的眼珠子顿时亮得吓人。

战兵只觉得每一寸肌肤都仿佛被放到了火上熏烤着一般，疼得他几欲昏厥，他拼命咬牙坚持着，止不住的汗水从额头滑落，汗水掺杂着盐水与血水，让战兵的身子止不住地哆嗦起来。

“继续打，我不叫停之前不要停！”

“是！”

此时，利刃、烈焰、天龙大队以及七杀的十几名杀手已经来到地下牢狱的入口待命。正如富兰克林所言，他既然是建造者，那他必定知道这座地下牢狱的所有弱点，而也就是因为如此，这才有了卡利特将富兰克林一并关押的事情。

整个毒蝎佣兵团严阵以待。他们不知的是，此刻郭展召等人却以另外一种方式悄无声息地进入了他们的腹地……

暗道

艾伦看着战兵被折磨得完全没了人形，一颗扭曲嗜血的心这才得以慰藉。艾伦清楚，战兵的人随时都有可能前来营救，所以艾伦没有太多的时间留下来欣赏战兵被刑罚的情景，他还有更重要的事情要做。

“莫尔，让兄弟们把基地围起来，只要有人敢擅自闯入，格杀勿论！”艾伦目光阴狠地看向大门方向，嘴角扬起一丝笑意。他就是想要看着战兵的兄弟一个个地都死在他自己手里，只有这样，才能平息他内心的怒火与仇恨。

莫尔连忙点头，“我已经吩咐下去了，如果有人敢来营救，我保证他们有来无回！”

艾伦点了点头，转头看了一眼四周，“今天晚上是最重要的时刻，如果他们想要营救战兵，肯定会挑今晚下手！”

莫尔的神情立刻紧张起来，他比谁都知道艾伦对战兵的仇恨程度。如果战兵一旦被救走，指不定艾伦会将怒火发泄到谁的身上，但是，不管发泄到谁的身上，他的日子也同样不会好过。

看着莫尔神情紧张地下去安排了，艾伦也不放心地四处检查。他不会放过任何一个敢来营救战兵的人，他要将他们所有人的尸体都扔到战兵眼前，让他内疚难过，痛不欲生。

想到这里，艾伦的脸上不由得闪过一丝令人毛骨悚然的阴冷笑意，随即他大跨步地朝毒蝎佣兵走去。

此时，地下牢狱的佣兵队员已经累得筋疲力尽。刚才碍于艾伦在场，他几乎是使出了吃奶的劲儿折腾战兵，直到将战兵折腾得晕死过去，艾伦这才心满意足地离开。

“这个战兵真变态，如果是一般人的话，不知道晕多少回了，他竟然硬吊着一口气，直到刚才才晕过去！”

“谁说不是呢，看得我都心惊胆战的，但是他愣是一声都不吭。虽然说他是咱们毒蝎的头号死敌，但是，就这硬骨头实在是让人佩服！”

“要不怎么会是我们的头号死敌呢，就是这样，艾伦老大还怕他从这里跑了呢。你不知道，整个地下牢狱光看守的兄弟就有上百人，就这架势，不知道的还以为这里关了百十号人呢！”

就在负责刑罚的毒蝎佣兵在一旁歇息闲聊的时候，突然听到一声铁门被骤然推开的声音，声音是从更深层的地道传来的。

三人不由得对视一眼，齐刷刷地站起身来，不约而同地举起放在一旁的枪，慢慢朝深处走去。

关押战兵的位置是地下牢狱的深处，再往里就是整个地下牢狱的尽头，平时很少有人过去。但是，他们听到的声音居然是从那里传出的，实在是让他们毛骨悚然。

三人壮着胆子朝深处走去。外面有足足十道关卡，每一道关卡都有十人把守，只要他们一声高呼，所有人都会冲进来，所以他们有恃无恐。

牢狱的最深处没有人去过，所以连电灯都没有安装。三人拿着手电筒在最深处的墙壁上来回照着，强光手电的光线折射在潮湿漆黑的墙壁上，三人不约而同地眯了眯眼睛。

“刚才是什么声音啊？我明明听见就是这个方向传过来的，奇怪？”

“是不是上面传过来的？”

最后一人不放心地又四处照了照，直到确定没有任何的人影，这才擦了擦额头的冷汗，“见鬼了！刚才明明听见有声音的。”

“行了，行了，肯定是听错了，赶紧回去吧！”几乎话音刚落，一道黑影从他身后闪过，还没等他反应过来，只觉得颈部被狠狠砍了一下，随即眼前一黑晕死了过去。

其他两人快速反应过来，想要回身射击，但还没等他们扣动扳机，手里的枪械已经被人硬生生地夺取。紧接着喉咙一凉，破口而出的尖叫声被尽数压在了嗓子眼儿，鲜血从喉咙的伤口处喷涌而出，发出一阵“汩汩”的鲜血喷涌的声音，满眼恐惧绝望地栽倒在地。

钟华、秦臻两人收起匕首，随即快速对视一眼，而后冲着一旁的漆黑阴影打了个手势，压低声音道：“解决！”

几乎话音刚落，郭展召等人从漆黑一片的墙壁中一跃而出。紧接着，冉爽等人紧随而出。

很快，郭展召等人发现了战兵所在的牢房。战兵一身血污地被绑在十字架上，一脸的惨白，这种场景立刻让所有人的愤怒值都爆了表。

冉爽的整颗心仿佛被人抓在了手里，疼得她几乎不能呼吸，她甚至不敢上前查看战兵的伤势，就这么一脸呆愣地站在原地，仿佛全世界都消失不见，满心满眼只剩下了战兵。

“没死，只是晕过去了！”郭展召长长地舒了一口气。此刻，郭展召越发觉得夏洛克的决定实在是太精明了，再晚到一会儿，战兵受的罪肯定会更大，没准儿性命都难保。

冉爽悬着的一颗心这才落了地，她大口大口地喘着气，满脸的冷汗。

“行了，赶紧撤！”郭展召回头看了众人一眼，身后的盛家宝二话不说，背着战兵就往外走。

富兰克林当初设计这座地下牢狱的时候便多了个心眼儿，在牢狱的最深处加了一个秘密通道，又用厚重的玄铁制成了犹如墙壁一般的大门，即使再怎么敲也与铜墙铁壁的墙面是一个声音。除非是他本人，否则这个世界上不会有人发现这道暗门。

此时的战兵已经清醒过来，待反应过来背着自己的是盛家宝时，战兵这才微微勾了勾嘴角——兄弟们来了！

由于通道只有不足一米五的高度，所以，盛家宝不得不蹲下身子一步一步地往外走，额头的汗水不断往下流着，很快便将整个作战服浸湿，整个人就像刚从水里捞出来一样。

“宝子，我自己能走，放我下来。”战兵作势挣扎着想从盛家宝的后背下来。所有人都不约而同地停下了脚步，他们欣喜若狂地望着战兵，满脸的激动。

“战兵，你醒过来了！”

“队长！”

……

震怒

战兵虽然一脸的虚弱，但是挣扎的力度却不小，盛家宝实在拗不过战兵，又怕他挣扎导致伤口裂开，只得将战兵暂时放了下来。

“我没事儿……”战兵摆了摆手，示意众人放心，“都是皮外伤！”

虽然战兵这么说，但是众人依旧十分担忧地看着战兵。看着战兵额头不断渗出的豆大的汗珠，众人心里恨不得将艾伦拉出来扒皮抽筋。

就在这时，战兵的目光落在了夏洛克、富兰克林两人身上。这两人是生面孔，不过富兰克林给战兵一种似曾相识的感觉。

“怎么了，不认识了？”富兰克林咧嘴一笑。

战兵微微眯了眯眼，实在想不起来究竟是在什么地方见过了。

“亚利多！”富兰克林提醒道。见战兵依旧是一脸的迷茫，这才继续说道：“卡利特的地下牢狱，我是那个设计师……”

战兵顿时恍然大悟，实在想不到，他们竟然会以这种方式见面。

“这是七杀的首领，我大哥，夏洛克。”富兰克林指着夏洛克，笑得很开心。

战兵不由得眯了眯眼，“七杀？传说中排名第一的杀手组织？”

“战先生，你好！”夏洛克笑眯眯地朝战兵伸出右手，一双精明睿智的眼睛热情地望着战兵。

战兵抬手跟夏洛克握了握手，直觉告诉战兵，眼前这男人不好对付，庆幸此人是友非敌。

“我们赶紧走吧，耽搁时间久了，毒蝎佣兵会有所察觉的！”郭展召低声催促大家。

战兵点了点头，撑起身子站了起来。由于通道高度只够容一人弯腰行走，战兵便弓起腰，推开想要再次搀扶自己的盛家宝，沉声说道：“我能行！”说着，已经弯腰快速跟上了众人的脚步。

盛家宝知道，战兵一旦决定的事情，就是八匹马也拉不回来，便也没有坚持。他一脸担忧地紧紧跟在战兵身后，只待他体力不支时再上前搀扶。

穿过了长长的通道，久违的光线顺着洞口照射下来。郭展召等人身手利落地爬上了洞口，轮到战兵的时候，众人想要伸手帮忙，而战兵却已经蹬住洞口的岩壁爬了上来。

“这是哪里？”战兵四处望去，奈何四周都是密密麻麻的丛林，让人分辨不清身在何处。

“毒蝎佣兵团驻地后面的那片丛林！”雷明辉开口解释道，随即指了指东南方向，“按照原定计划，七杀组织的兄弟们在那里安排了车辆，我们会乘车直接奔赴萨拉尼边境。”

战兵回头望了夏洛克一眼，点了点头。不得不说，这个营救计划制订得天衣无缝，而这计划竟然出自夏洛克之手，由此可见，此人的谋略绝对让人不敢小觑，真是个深不可测的人。

此时，毒蝎佣兵团却依旧沉浸在紧张压抑的气氛中，所有人都严阵以待，不敢有一点疏忽，他们把整个基地包围得水泄不通。

艾伦围着基地转了三四圈，直到确定防御措施没有任何死角之后，这才吩咐了莫尔一声，转身朝地下牢狱走去。

穿过层层的关卡，一道又一道的牢门被打开，艾伦这才来到了关押战兵的最后一道牢门前。

但是，当牢门打开的时候，艾伦惊呆了。整个牢狱竟然空无一人！十字架上残留的血迹昭示着战兵曾经被捆绑在这里，但是此刻，整个牢房却空无一人，仿佛所有人都人间蒸发了一般。

在门口守卫的佣兵更是张大了嘴巴，他们未曾离开过牢门半步，也没有听到里面有任何异动，这人怎么可能就无声无息地消失了？

“怎么回事？人呢！？”艾伦目眦欲裂地环顾着整个牢狱，一双猩红的眼睛狰狞得吓人，身后的佣兵不由得哆嗦起来，恨不得立刻逃离这个地狱。

“给我搜！哪怕是掘地三尺也要给我把战兵找出来！”艾伦咬牙切齿地瞪向毒蝎佣兵，一字一句狠狠地说道。

“是，是……”毒蝎佣兵连连点头，一股脑儿地冲进了牢房，挨个房间仔细搜查起来。

“老大，他们在这里！”就在这时，艾伦突然听到有人惊呼，他三步并两步朝那人快步走去。

只见在通道的尽头，三个佣兵倒在一片血泊之中，其中的两人被切断了喉咙、气管以及大动脉，手法娴熟锐利，绝对是高手所为。

“老大，还有一个活口！”

艾伦眉头微皱，看向躺在地上昏迷不醒的佣兵，压抑不住地怒声吼道：

“还愣着干什么，弄醒他！”

“是！”众人七手八脚地行动起来，他们噼里啪啦地扇着躺在地上昏迷不醒的佣兵，直到把他扇得整张脸都红肿了，那人才醒过来。

“说！战兵到哪儿去了！”艾伦推开挡在前面的佣兵，一把抓住刚刚苏醒的佣兵，一脸的阴狠狰狞。

那名佣兵整张脸火辣辣地疼，待反应过来艾伦的问话时，一双浑浊的眼睛闪过一丝恐惧，“我……我不知道，那些人突然……突然出现在我背后，我……我就晕过去了……”

见那名佣兵哆嗦得不成样子，艾伦咬牙切齿地吼道：“给我想，好好想！否则我扒了你的皮！”

那名佣兵面如死灰地坐在地上，身子软成了一滩烂泥。

“我们听到有开门的声音，便……便过来查看情况，谁知道什么都没有看到，反而被那些人砍晕了。我……我真的不知道是怎么回事，他们……他们就好像是凭空出现的一样，是妖怪，都是妖怪……”

艾伦眼里闪过一道狠戾，掏出了随身的防卫手枪，对准那名佣兵的太阳穴扣动了扳机。

大逃亡

只听“砰”的一声巨响，眼前的佣兵哼都未哼一声直接栽倒在地，太阳穴处被子弹打出了一个大窟窿，“汩汩”地喷涌出鲜血，让原本便阴森的牢狱更添加了几分恐怖。

一旁的佣兵被吓得心胆俱裂，一脸恐惧慌乱地望着艾伦，生怕艾伦会一气之下将枪口对准自己。

“都给我听好了，给我搜！仔仔细细地搜！哪怕是掘地三尺，也要把战兵给我找出来！”艾伦狠戾地说道。

众人哪里还敢啰嗦，连忙四下散去开始寻找，整个地下牢狱一时间顿时人仰马翻。

当莫尔、杰米等人匆忙赶到的时候，整个地下牢狱满满的全是佣兵，全部趴在地上或者墙上，一寸一寸地敲着墙面。

“莫尔！”艾伦老远看见莫尔一脸神色慌张地朝这边走来，他一脸阴郁地低声喊了一句。声音阴狠冰冷，仿佛来自地狱，让人心惊胆战。

莫尔三步并两步朝艾伦走去，一颗心更是七上八下。他万万没想到战兵竟然会消失，这诡异得让人毛骨悚然。

“这里你最清楚，这处地下牢狱还有其他出口吗？”艾伦一脸阴郁地看着莫尔，声音冰冷，带着令人胆寒的杀气，让莫尔不由得神经紧绷。

“没有，这里只有一个出口，后来经过翻建，所有的墙壁都加了钢筋，甚至能挡住炮火的攻击，四周都是用坚硬的岩石垒成的，绝对不会有第二条出口！”莫尔的口气不容置疑。

艾伦冷哼一声，“那你给我解释一下，为什么战兵会凭空消失，这三名负责刑讯的佣兵是怎么死的？”

莫尔的冷汗“唰”地一下将后背浸湿。在来之前，他就已经听传信的佣兵说了事情的来龙去脉，可是即使如此，莫尔仍旧不信这地方竟然有第二个出口。

艾伦见莫尔面如死灰地站在原地，不由得皱了皱眉，开口问道：“你说这里翻建过？”

莫尔连忙点头，“两年前翻建过。”

“谁负责的设计？”艾伦双眼微眯，一脸的阴冷。

莫尔一愣，待反应过来之后，连忙摆了摆手，“这不可能，绝对不可能，他们怎么可能会跟战兵扯上关系……”

还没等莫尔说完，艾伦便一脸狠戾地瞪着莫尔，“我再问你最后一遍，究竟是谁！”

“是七杀。”莫尔一边擦汗一边说道。

“七杀？”艾伦的眉头不由得皱成了一团疙瘩，“难道是那个世界排名第一的杀手组织？”

莫尔点了点头，“七杀组织里有一人精通建筑机关技术，我托了不少关系才找上的他。”

莫尔不会轻信他人，但是只要让他信了，就不会轻易再去怀疑。因此当艾伦质疑时，莫尔的反应才会如此强烈。

艾伦踱来踱去。如果真是七杀的话，那他就得好好想一想了。

“不管怎么说，战兵就是从这个地方凭空消失的。这么短的时间里，他们绝对不可能挖一条地道，而唯一能够解释的就是这条地道早就挖好了。”艾伦一脸的阴晴不定。

莫尔抿了抿嘴，也没有继续反驳。他不得不承认，艾伦的分析合情合理，否则怎么能够解释战兵凭空消失的事实？

“其他人呢？都散出去了吗？”艾伦问道。

“按照您的吩咐，上千兄弟都散出去搜索了，就是将萨拉尼翻个底儿朝天，也一定会把战兵找出来的！”莫尔握紧了拳头，一脸的狠戾。

“黑榜呢？”艾伦冷冷地看着莫尔，继续说道，“你觉得就这一千多人能找得到战兵？”

莫尔一脸的铁青，最终咬了咬牙，沉声说道：“我们在这里驻守了八年，为了一个战兵就舍弃这么多兄弟拼死打下的地盘，值吗？”

“值！”艾伦想都未想就直接说道，“我不想再听废话了，只要能抓到战兵，我会不惜一切代价！”艾伦目光坚定，眼神中闪动着癫狂的执着。“还愣着干什么？去发黑榜！”

莫尔一脸铁青地粗喘了几口气，气氛顿时变得剑拔弩张。身后的杰米不由得屏气凝神，他抬头看见艾伦眼睛里那一闪而过的杀气，心中不由得一惊，抬手拽了拽莫尔的衣服，一脸的担忧。

莫尔咬了咬牙，脸上青筋暴起，最终还是点了点头。他几乎咬牙切齿地说道：“我这就去发黑榜！”说着，看都未看艾伦一眼，转身大跨步朝门口走去。

身后的杰米等人连忙冲着艾伦一阵点头哈腰，见艾伦面无表情地看着莫尔离去的背影，这才齐刷刷地朝莫尔追去。

“大哥，你不该那么冲动，艾伦在毒蝎佣兵团的地位那么高，你跟他死磕肯定要吃亏的！”杰米压低声音说道，脸上满是焦灼之色。

“我知道，可我就是忍不住！我在这里待了八年，现在，竟然要为了一个战兵就将我八年打下来的地盘拱手让给他人！”说到这里，众人全都沉默不语，不仅是莫尔，所有人的心里都不是个滋味儿。

“行了，事已至此没其他办法了，照艾伦所说的——发黑榜！”

黑榜现，腥风起，整个萨拉尼佣兵界再次掀起了血雨腥风。

此时，战兵等人找到了夏洛克早就藏匿好的车辆，一共三辆带篷越野皮卡。没过一会儿，车上已经挤得满满当当。

“出发！”

几声轰鸣声响起，沿着坑坑洼洼的林间小路，三辆皮卡朝边境驶去。

夏洛克望了一眼窗外，深邃的眼神里闪过一丝喜色，“看来要下雨了……”

众人齐刷刷地看向窗外，满脸的期待。因为下雨会抹掉路上的所有痕迹。

18 新仇旧恨

暴雨

不得不说，夏洛克对天气的预测准确得堪比天气预报，就在夏洛克说完不到十分钟，天上真的淅淅沥沥地下起了雨。

天边乌青色的云彩不断地翻滚，阴沉的天空传来一阵阵沉闷的雷声，没过一会儿，原本淅淅沥沥的小雨变成了瓢泼大雨。

大雨犹如冰雹一般打在车身上，噼里啪啦地响成一团。没有人想到雨会下得这么大，雨刷频繁地摆动着，却起不到什么作用，车前玻璃被雨水遮挡得看不清路。此时天空阴云密布，天色昏暗得犹如黑夜。

“怎么办？雨太大了，根本看不清前面的路！”郭展召一脸愁容地看向众人。这样的车速，还不如跑步前进来得快捷。

自从上了车之后，冉爽便一直在给战兵的伤口清理、敷药、包扎。怎奈战兵身上的伤口实在太多，冉爽只能挑严重的伤口包扎，但即使如此也足足包扎了一个多小时。

此时的战兵脸色一片惨白，由于失血过多，一张脸血色全无。

“看样子这雨一时半会儿停不下来，如果再耽搁下去，难保身后的毒蝎佣兵不会追上来。”夏洛克眉头紧皱地瞥了一眼天空。不得不说，他们的运气实在是太差了。现在正值雨季，正是雨量最多的时候，而且看这架势，雨势不会减弱。如果真要这么下上十天半个月，恐怕萨拉尼要被淹了。

战兵不由得皱了皱眉，他也知道现在的雨势很大，光线又很昏暗，继续行车恐怕不太安全。此时他们除了放弃汽车改为步行之外没有其他更好的办法。

“下车吧，开得这么慢，身后的佣兵们会很快追上我们的！”战兵抿了抿嘴唇，沉声说道。

“但是，你的伤……”郭展召的眉头顿时皱成了一团疙瘩。

还没等郭展召说完，战兵已经摆了摆手，低声说道：“都是皮外伤，不碍事，再说不是有防雨服吗，不会有事儿的。”

就在这时，最前面的车子猛然一停，紧紧跟随的第二辆汽车猝不及防，跟着猛然踩刹车，一时间，车上的人被惯性甩得东倒西歪。

最后的那辆车由于跟前车距离不是很近，所以制动时间长，车上的人都安然无恙。

一个响雷在天空炸响，响彻天地的雷声震得人们心头发颤。

“队长，你们没事儿吧？”林国光穿着一身防雨服走到战兵的车前，他探进头来查看战兵的情况，眼睛里满是掩饰不住的担忧。

“我没事儿，快去看看前面发生什么事了？”战兵摆了摆手，指了指前面。

林国光点了点头，随即提着狙击步枪快速朝第一辆皮卡奔去。

直到走近了才发现，原来是躲闪不及，车子的左前轮陷进了一个大坑中。十多个队员齐齐上阵用力推动着汽车，车轮转动，甩得泥浆漫天飞舞，将所有人都整成了泥人，汽车这才从大坑里爬了上来。

战兵抬头看向郭展召等人，“雨太大了，看不清路，开车太危险，干脆咱们步行吧。”

夏洛克点了点头，随即招呼了几人把车开到隐蔽处，停在这里太显眼，容易暴露他们的行军路线。

“兄弟们，咱们摊上暴雨季了，萨拉尼这个地方，一旦进入雨季那绝对是死神降临，每年因为这个就能死上千人！”夏洛克大声说道。

战兵点了点头，一张毫无血色的脸上绽出了一丝笑意，他看向夏洛克、富兰克林两人，“多谢救命之恩，接下来的路我们自己走就好了，趁现在追兵还没追上来，咱们就此分开吧！以后如有用得着我战兵的地方，刀山火海，我也会闯！”

富兰克林一听连忙摇了摇头，“帮人帮到底，除非看着你们安全离开萨拉尼，否则我不会走！”

战兵一脸感激地看向富兰克林，刚想开口说话，却被一旁的夏洛克挥手打断，“战兄弟多虑了，既然你救了我弟弟，那你就是我们七杀的救命恩人，我们做的这一切都是应该的，但是如果战兄弟不认我们做兄弟，我们也没话说……”

还没等夏洛克说完，战兵便哈哈大笑一声，伸手拍了拍夏洛克的肩膀，笑得一脸灿烂，“兄弟，你多虑了，我是担心你们，并没有其他的意思。那既然如此，咱们就一起冲出去！”

夏洛克的眼睛笑眯成了一条缝，精光四射的眼睛里满是坚定的神情，他冲着战兵握紧了拳头，“好，一起冲出去！”

富兰克林在一旁咧嘴开心地笑着，殊不知，眼前的战兵、夏洛克这两只老狐狸心里想的不是这些。作为两支部队的领袖，合作、共赢，才是他们真正想要的。

“好，走！”郭展召冲着战兵、夏洛克两人咧嘴一笑，随即大手一挥，所有人都顶着暴雨跑步前进。

暴雨依旧在肆虐，整个树林被大颗的雨滴砸得东倒西歪，雨水在地面很快汇聚成小河，朝着地势低的地方流淌而去。

虽然暴雨只下了一个多小时，但是地势低的地方，汇集的雨水已经泛滥成灾。天色渐渐暗了下来，如果这场雨再持续下上一个晚上，那么这一带将会面临一场水灾。

“队长，前面有人！”王军伟将热成像仪上的数据传给战兵，“看样子有一百多人，或许更多！”

战兵微微皱了皱眉，“能绕开吗？”

王军伟摇了摇头，“不能，现在漫山遍野都是人，即使这一伙碰不上，也有可能碰上另外一伙。”

“通知下去，准备战斗！”战兵握紧了手里的突击步枪，锋利的目光迸发出慑人的光芒。

王军伟不由得神色一振，“是！”

包围

暴雨如注，天色昏暗，能见度极低，几乎五十米开外就看不到任何东西了，而有了王军伟的红外探测仪，战兵等人便能准确地掌握敌人的位置以及动向。

天空的雷电时不时地照亮天地，闪电虽然只有短短几秒钟，却足以让人瞬间看清百米之内的东西。

毒蝎佣兵艰难地在林中搜索着。遇上这样的鬼天气，没有哪个佣兵愿意过来送死，而艾伦却下了死命令，找不到战兵，所有人都不能回来。

艾伦命人将地下牢狱的每一寸石壁都凿了一遍，终于找到了那条地下通道。他们顺着地下通道一直追到了基地后面的密林中，尽管下着暴雨，毒蝎佣兵们却不敢停歇，继续搜寻着战兵的下落。

战兵紧紧趴在灌木丛中，雨点犹如小石子儿一样狠狠地打在防雨服上，发出清脆的响声。

"咻！"一声尖啸声划破黑暗，一枚子弹狠狠钉在了走在队伍最前头的毒蝎佣兵的眉心，他连哼都未哼一声便直接栽倒在地。

远处，一道雷电又从天际划破天空，闪电在瞬间照亮了整个大地，沉闷的雷声从天边滚滚而来，震得人耳膜发疼。

枪声迅速引起连锁反应，子弹犹如断了线的珠子一般来回穿梭，仿若流星照亮了整个密林。

由于战兵等人占据了攻击先机，局势压倒性地倾向他们这边。毒蝎佣兵被打得不敢冒头，他们死死地压低身子，生怕凌厉的子弹从哪个刁钻的地方飞出，要了他们的命。

参加这次营救任务的有六十多人，而且个个都是神枪手。毒蝎佣兵虽然身经百战，但比起他们来相差得不止一星半点儿，所以他们只有被打的份儿，哪里还能有效还击。

但是，枪响过后引起的连锁反应却让附近的佣兵纷纷朝这边狂奔而来。毒蝎佣兵采用的是人海战术，他们有上千人，而战兵这边即使个个都是高手，却也只有六十多人，作战人员比例处于下风。

“不行，必须赶紧撤退了！战兵，你带着伤员先撤，否则等他们包围上来，咱们就跑不出去了！”郭展召沉声命令道，满脸的焦急。

战兵眉头紧皱，却也没再啰嗦，眼下局势紧张，由不得多想，毕竟要有人先行掩护伤员撤退。战兵咬了咬牙，收起枪，随即冲着身后的伤员大声喝道：“伤员跟我走！”

话音刚落，伤员已经相互扶持着跟着战兵往后撤。暴雨如注，遮挡了大部分视线，却也给了战兵等人撤退的时间。

战兵等人虽然受了点伤，但他们仍然有着超强的作战能力，他们边撤退边战斗，很快便从毒蝎佣兵的包围里冲了出来。

战兵带着伤员冲出了包围，看着越来越多的佣兵涌向这边，战兵连忙呼叫郭展召，“郭队，我带伤员们已经撤出来了，你们赶紧撤吧！”

“好！”郭展召快速回答了一句，随即将撤退命令下达了下去。毒蝎佣兵团的人越来越多，几乎要将整个山林覆盖。

“你们先撤，我们烈焰大队掩护！”随即，身后的烈焰队员们纷纷加强火力，子弹如不要钱似的瓢泼而去。

众人也不推诿，纷纷相互掩护着朝战兵这边靠拢。毒蝎佣兵虽然众多，但也招架不住利刃、飞龙大队的队员们的精湛枪法，佣兵们死伤无数。利刃、飞龙大队的队员们就这么且战且退地向战兵这边慢慢靠拢。

郭展召见众人撤退得差不多了，便也开始带领队员们撤退。身后的枪声未曾间断过，可见战兵等人也遭受到了猛烈的攻击。

莫尔负责这次的狙击任务。艾伦下的是死命令，如果没有抓到战兵，那他的这条命也就别想要了，所以无论付出什么样的代价，莫尔拼死也要坚持到底，一定要抓住战兵。

“不能让他们跑了，手榴弹！”莫尔歇斯底里地大喝一声，反应过来的毒蝎佣兵连忙掏出身上的手榴弹，冲着对面甩了出去。

战兵等人虽然已经击毙了一些扔手榴弹的佣兵，但是雨点般的手榴弹还是疯狂地扔到了他们的阵地上。所有人都趴在地上，一时间，爆炸声四起，甚至有人直接被手榴弹炸飞，尸体被炸得四分五裂，殷红的鲜血洒落在地上，却很快被暴雨冲刷掉了。

毒蝎佣兵趁着对方被手榴弹炸得晕头转向的时候又再次发动了攻击。此时，越来越多的毒蝎佣兵涌向这里，很快便将战兵等人再次包围起来。

战兵晃了晃晕晕乎乎的脑袋，眼前一阵天旋地转，他甚至还没等眩晕耳鸣的症状过去，便快速举枪射击。精准的子弹狠狠地钉在毒蝎佣兵的身上，鲜血溅落在地上，很快又被雨水冲刷干净。

“给我打出一条血路来，冲出一个突破口！我们无论如何也不能死在这里！”战兵杀气腾腾地怒吼道，凛冽的声音让所有人的心都不由得为之颤抖。

利刃队员率先发起了反击。他们各自找好隐蔽位置，依仗着绝佳的狙击位置，疯狂地倾泻着子弹，只见成片的敌人倒在了血泊中，但很快又有一批佣兵队员蜂拥上来。

毒蝎佣兵团人数众多，他们瓢泼般地倾泻着子弹，密集地织就了一张巨大无比的网，将战兵等人网在了中央。

但是，战兵等人的火力丝毫没有减弱，虽然人数只有六十多人，但是打出的架势却丝毫都不弱于毒蝎佣兵团的火力，把毒蝎佣兵震得胆战心惊。

兄弟

越来越多的毒蝎佣兵被击毙，尸体散落在阵地上，有些甚至充当起了人肉掩体。子弹击中尸体，血水从尸体上流出，整个山林的雨水被染成了红色，而后快速朝山下流淌而去，远远望去一片殷红，仿佛眼前是一片血水的海洋，令人胆寒心惊。

莫尔望着战场方向，一双猩红的眼睛里满是滔天的怒气。他不知道对面的山坡上究竟有多少敌人，但是，仅凭枪声就足以断定不会超过一百人。可是，就这区区不足一百人的兵力，却造成了毒蝎佣兵将近三百多人的阵亡。脚下流淌的血水深深地刺痛了他的心，让莫尔痛不欲生。

怎么能！怎么会！以不到一百人的兵力就活活击毙了毒蝎佣兵团的三百多人，这样强悍的战斗力简直让莫尔不敢置信。

莫尔不由得紧握拳头，指甲深深嵌入手掌都不知道，任由鲜血顺着掌心滴落在地上，与地上的血水融为一体。

此时，毒蝎佣兵团伤亡惨重，战兵等人的处境也同样不容乐观，三人死亡，五人重伤，短短半个小时的战斗，却已经损失了八人的战斗力。

“不行，必须尽快突破敌人的包围！”战兵咬了咬牙，一张没有血色的脸上满是杀气。

王军伟匍匐前进爬到战兵跟前，将手里的红外探测仪递给了战兵。此时毒蝎佣兵团已经将他们团团包围，不管哪里都是毒蝎佣兵团的人。

战兵皱着眉头看着红外探测仪的屏幕，随即点了点屏幕，说道：“这里，通知利刃队员，火力朝这个方向倾泻，跟我一起突围出去！”

“是！”王军伟点了点头，随即将消息下达了下去。

看到战兵带着利刃队员突围，众人连忙火力掩护，子弹瓢泼一般倾泻着。一时间，又有不少毒蝎佣兵倒在了血泊中。

战兵一马当先冲在了最前面，凌厉精准的子弹很快便将毒蝎佣兵团的包围圈撕开了一道口子。虽然战兵此刻已经遍体鳞伤，但是战争与鲜血却是最好的止痛剂。此时战兵甚至感觉不到一丝的疼痛，只剩下了麻木地战斗！

“队长，小心！”战兵只觉得身后一声疾呼，甚至还没等身体做出反应，战兵已经被人重重地压在了身子下面，紧接着震耳欲聋的爆炸声轰然响起。

一声声的惊呼声瞬间淹没在爆炸声里。战兵只觉得一阵轰隆隆的巨响，随即整个耳朵嗡嗡响了起来，并开始隐隐作痛。

战兵感觉到身上重重地压着一个人，就在炸弹炸响的那一刻，他清楚地听到了刘中杰的声音。

“中杰，中杰！”当战兵看到躺在自己身上已经血肉模糊的刘中杰时，只觉得浑身所有的血液瞬间都涌上了大脑，让他觉得天旋地转。

“中杰！”盛家宝也急得大叫，一双眼睛通红。他端起手中的轻机枪疯了一般地朝毒蝎佣兵团的阵地猛烈扫射，顿时把毒蝎佣兵扫倒了一片。

“中杰，中杰……”战兵的声音不可抑制地带着一丝颤抖，心脏仿佛瞬间停止了跳动，满眼都是刘中杰身上鲜红的血液。

刘中杰缓缓睁开了双眼，巨大的冲击力让他吐出了一口鲜血。当看到战兵一脸焦急殷切地看着自己时，刘中杰不由得咧嘴一笑，满嘴的鲜血沾染在白色的牙齿上，让他的牙齿瞬间变得血红。

战兵快速查看着刘中杰的伤情，只见他的两条腿几乎被鲜血染红，灼热的气浪几乎将作战裤烧焦，紧紧地贴在鲜血淋漓的大腿上，让人看着触目惊心。

“我没事儿……”刘中杰一脸虚弱地冲着战兵一笑，作势就要支撑起身。

“别动！”战兵觉得整颗心都皱成了一团，轻轻一捏就会瞬间化成碎片。

刘中杰没能再起身，他的双腿已经无法站起，整个下半身完全失去了知觉，他甚至感觉不到疼痛。

“中杰，忍着点儿，我带你去医院，再忍忍！再忍忍……”战兵的声音颤抖得厉害，双手哆哆嗦嗦地甚至不敢去触碰刘中杰的双腿。

如此重的创伤，刘中杰竟然丝毫感觉不到疼，这几乎要将战兵逼疯。他的生死兄弟为了救自己，千里迢迢地来到这里，现在竟然赔上了两条腿！

杀！

战兵在一瞬间爆发出让人震颤的杀气，凶狠得让人心惊胆战。

刘中杰满身的鲜血顿时将所有的利刃队员激怒，子弹疯狂地朝毒蝎佣兵倾泻着。此刻的他们不知道疼，不知道累，满腔的杀意支撑着所有的人。此刻他们只想杀光所有的毒蝎佣兵，为兄弟报仇！

战兵手中的突击步枪未曾停歇地朝着毒蝎佣兵射击。他的枪法精准而凌厉，平均射击间隔不足一秒。很快，一个弹夹的子弹打光，战兵快速熟练地更换弹夹，再次对准毒蝎佣兵们的眉心射击，颗颗子弹尽数命中眉心。

战兵带领利刃队员很快便将毒蝎佣兵的包围圈撕开了一道口子，毒蝎佣兵连连后退，一脸的恐惧。

这是何等令人绝望的枪法，甚至没有等他们开枪射击，子弹便会从正面射击过来，每一发子弹都正中被击中者的眉心，精准的程度让人毛骨悚然。

再添血仇

几道霹雳从天际砸向地面，雪白的闪电顿时照亮了整个天地，惊雷滚滚，仿佛天地都要被撕裂一般。

瓢泼大雨没有减弱半分，还有越下越大的趋势，倾盆而下的雨水打得人们睁不开眼睛。

“撤！”郭展召大喝一声，随即快速朝战兵所在的位置靠拢。眼下包围圈已经被利刃撕开了一道口子，所有人都朝利刃队员所在的方向撤退。

战兵的灵魂仿佛被剥离了身体，他一脸麻木茫然地扣动着扳机，精准射击的每一发子弹都会带走一条鲜活的生命，犹如手执死亡镰刀的死神在收割着一个个生命。此刻的战兵，冷冽木然，仿佛一台令人胆寒心惊的杀人机器。

“战兵，撤！”郭展召皱着眉头看向战兵。当他看到战兵的眼神时，一颗心猛然一缩，战兵这是杀红了眼，必须马上唤醒他。

“马上要把中杰转移到安全的地方，他的腿还有救！还有救！”

战兵这才慢慢缓过神来，一双冷冽的眼睛直直地盯着郭展召，“还有救？”战兵的声音带着不可抑制的颤抖，让郭展召听着不由得心头发酸，他连忙重重点头，“对，还有救，我们退！”

仿佛所有的灵魂瞬间回到了战兵的身体里，他冲着身后疯狂扫射的利刃队员大声喝道：“兄弟们，背起中杰，撤退！”

烈焰和飞龙大队的队员负责掩护撤退。此时，毒蝎佣兵们发现战兵他们想要撤退，哪里还坐得住，发了疯似的拼命朝他们射击，一时间子弹倾泻而出。

“火力掩护！”战兵猛然大喝一声，仿佛一颗惊雷在地面炸响，众人齐齐开枪射击，密集的子弹将毒蝎佣兵团好不容易形成的强大火力再次压了下来。而战兵等人趁机且战且退，他们在密林中狂奔着，动作敏捷得犹如一群矫健的狼。

莫尔眼睁睁地看着战兵等人冲出了包围圈，恨得牙关紧咬。此时的毒蝎佣兵已经高负荷地战斗了将近一个小时，浑身的骨头架子都要散了一般，哪里还有力气去追。

“给我追，听见没有，追！”莫尔歇斯底里地大喊道，指着战兵等人逃跑的方向，一脸的癫狂。

“咻！”尖啸的子弹撕破了漆黑的夜幕与厚重的雨帘，带着铺天盖地的杀气狠狠地钉在了莫尔的胸前，一朵血雾在莫尔的心脏处绽开，鲜血喷涌而出，鲜红的血混着浑浊的雨水蔓延着。莫尔捂着胸口，身子重重砸在了地上。

“大哥……”杰米撕心裂肺的喊声响起。远处天际一道霹雳从天而降，照亮了杰米那张狰狞的脸，随即沉闷的惊雷在乌云后隆隆作响，最终化作一声响彻天地的雷声，震得所有人心头发颤。

战兵一脸冷厉地收枪折身，随即大跨步跟上了众人的步伐，周身的杀气让所有人都不由得从心底感到胆战心惊。

很快，战兵等人由七杀组织的人带路，终于甩开了毒蝎佣兵的追杀。莫尔生死未卜让毒蝎佣兵大乱，或许也是毒蝎佣兵没有全力围堵的原因，但是不管怎样，他们现在已经安全了。

“离这里最近的医院在哪里？”战兵望着夏洛克焦急地问道。

“走出这片丛林，还有五公里的路程，那里有一家医院。只不过，那个地方是萨拉尼政府军的野战医院，他们可能不会轻易给你兄弟做手术。”

战兵微微眯了眯眼，脸上不带一丝的感情，冰冷得吓人：“放心，他们会的！”

夏洛克打了个冷战，“那好，跟我走。”夏洛克望了战兵一眼，随即提着枪飞速狂奔，身后的队员紧随其后。

他们在暴雨中足足狂奔了一个小时，这才出了丛林朝小镇的方向奔去。

连绵的大雨已经让整个小镇的地下排水系统彻底瘫痪。虽然此时已经是晚上十一点多，但是整个小镇却人声鼎沸，人们不断从家里往外泼水，尖叫声、咒骂声连成了一片。大街上的雨水已经淹没到了人的大腿根，战兵等人艰难地在水中奔跑，直到看见一处红十字标志才松了口气，然后立刻加快脚步，朝医院跑去。

“医生！医生！”盛家宝抱着刘中杰在医院的大厅里大声喊叫着。很快从传达室里走出几位身着军装的士兵，他们看向战兵等人，一脸的警戒。

“你们是什么人？！”其中一个士兵问道。

战兵等人都是一身的迷彩作战服，手持枪械，而且这一队人当中包括了黄、白、黑三种肤色。萨拉尼士兵自然而然地认为战兵等人是萨拉尼当地的佣兵。

“这里是军区医院！”另外一名士兵架起枪对准众人，一脸的凶神恶煞，“赶紧离开这里！”

战兵提着枪站了出来，他一步一步地朝面前的这几个萨拉尼士兵走去，满脸的杀气让他们不由得后退。

“你……你要做什么？”

“让开！”战兵一双犹如利刃一般的眼睛让所有人都觉得心脏微颤。

“这里是……”

“滚！”战兵大喝一声，一脚狠狠踹在了说话的那人的肚子上。还没等其他士兵反应过来，战兵的枪已经死死抵在了其中一名士兵的太阳穴上，他带着凛冽的杀气，一字一句地说道：“滚开！”

再见，兄弟

萨拉尼士兵被战兵的身手吓得目瞪口呆，甚至没有人看清他是如何做到的。

郭展召等人见状齐刷刷地掏出了枪。五十多支枪对准了面前的几个萨拉尼士兵，场面紧张，一触即发。

就在这时，从监控室里看到情况的士兵纷纷下楼，他们全副武装地冲了下来，将战兵等人围在了中间，一脸的如临大敌。

夏洛克微微皱了皱眉，他原本还以为战兵是个多么沉稳善谋的人，没想到队员受伤竟然会让他这么暴躁。如果他能换一种方式，现在他们面临的状况肯定会大大不同。

整个大厅顿时火药味儿十足，双方剑拔弩张，紧张的气氛让所有人都喘不上气来。

“发生什么事了？！”就在这时，一个萨拉尼军官走了过来，他锐利的目光率先落在了战兵身上。

战兵猛然松开了面前的萨拉尼士兵，随即将弹夹尽数退出。

“我不是来闹事的，救救我兄弟！”战兵的眼神里满是担忧。

郭展召等人见战兵放下了枪，这才一脸迟疑地纷纷放下了手里的枪械，原本剑拔弩张的气氛缓和了下来。

萨拉尼军官目光灼灼地看向战兵，打量了足有半分钟，这才冲着那些士兵沉声说道：“都退下去，立刻安排医生进行手术！”

“是！”

战兵的脸上不由得绽出感激的笑意，由衷地说：“谢谢！”

很快，刘中杰被推进了手术室，抢救的红灯亮起，将所有人都拒在了门外。

战兵此刻好像是被骤然抽空了力量一般，跌了一跤，被一旁的林国光一把扶住，“队长，你没事儿吧？”

战兵摇了摇头，伤痕累累的身体刚刚经历过高负荷的消耗，此刻战兵就连抬手的力气都没有。

“没事儿，让我坐会儿……”

林国光紧皱着眉头，轻轻叹了一口气，也随之半蹲在了地上。

整个走廊里静悄悄地，所有人的心都高高地吊起。

其他大队的受伤队员陆陆续续地找医生包扎了伤口，只有利刃队员一个不少地在原地等候着，目光殷切地望着手术室。

时间一分一秒地过去了，对于依旧在手术室外等候的利刃队员来说，时间是那样难熬，仿佛已经过了好几年一样地漫长。

“战兵，你先下去处理一下伤口吧。”郭展召一脸担忧地看着战兵。此时，战兵的脸上一丝血色也没有，就连嘴唇都是青紫色的，虚弱得好像随时都会晕过去一般。

战兵摆了摆手，“我没事儿。”

郭展召知道战兵是不放心刘中杰的伤势，便也摇头作罢，不再坚持。

就在所有人都觉得时间长得有一个世纪之久的时候，“手术中”的红灯猛然暗了下来，紧接着一个身穿白大褂的医生走了出来。

“怎么样，里面的人怎么样了？”所有人都围了上去，紧张地望着医生的脸。

医生一脸疲惫地擦了擦额头的汗水，这才看向众人，“已经脱离危险了，这条命算是捡回来了。”

所有人的心顿时落了下来，彼此的目光中传递着喜悦、激动。

“但是，爆破的弹片嵌入了他的骨头里，造成了大腿粉碎性骨折……”

战兵的脸瞬间就白了，身子晃动了一下，满脸的震惊。

“恐怕下半辈子都要在轮椅上度过了。”医生一脸沉痛地叹了口气，他自然知道身为一个士兵这究竟意味着什么。他明白此刻不管再说什么都没有用了，他望了众人一眼，转身离开。

“不……不可能！”王军伟瞬间崩溃，瞪着猩红的双眼，仿佛充血一般。“我不信，我不信，我要进去看看……不可能，怎么可能！”王军伟歇斯底里地怒喊了一声，作势就要往手术室里闯，却被众人拦了下来。

王军伟的嘶吼声响彻整个走廊，所有的利刃队员都红着眼阻挡着王军伟。

“闹够了没有，这里是医院！”战兵拉过王军伟，瞪着猩红的眼睛。

王军伟望着战兵那双充血的眼睛，跪倒在地上，捂着眼睛放声大哭起来。

整个走廊都弥漫着悲伤的气氛，这是利刃大队第一次战斗减员，他们的兄弟，生死兄弟，在这个异国他乡结束了他的戎军生涯。

数小时后，刘中杰从麻醉中醒来。由于刚刚进行完手术，刘中杰的脸色一片惨白，甚至比盖在他身上的白色棉被还要白上几分。

“中杰！”

“杰子！”

……

利刃队员们纷纷红着眼睛看向刘中杰，所有担忧的话都尽数憋在了嗓子眼儿，竟一个字都说不出来。

刘中杰笑呵呵地挤出了一丝笑容，那笑容更是刺痛了所有人的心。王军伟已经忍不住转过脸小声哭起来。

“我先走一步了，兄弟们，剩下的交给你们了！哈哈，我之前不是一直叨叨着放大假吗？这下好了，我先歇着了，臭小子们，你们就羡慕吧！”刘中杰喋喋不休地说着。

“我之前还想开一间酒吧呢，现在终于有时间实现我的梦想了，兄弟们，祝福我吧……”刘中杰看着队友们红着眼睛望着自己，最终，他还是没能忍住，眼里也泛起了丝丝泪光，“兄弟们，我这次看来是要下火线了，你们保重啊……走了……”刘中杰强装欢颜地冲着众人挥了挥手。

就在护士推着刘中杰的病床走出众人的视线后，刘中杰的泪水再也克制不住地溃堤而出。被弹片击碎大腿都未哼一声的硬汉子，此时却哭得像个受了委屈的孩子。压抑的哭声让一旁的护士都不由得红了眼。

再见了，我亲爱的兄弟！

由于刘中杰的伤势过重，必须要继续动手术截肢。刘中杰疯了一般，不让医生碰他半分，万般无奈之下医生只得找上战兵。

“病人不同意截肢，你是他的领导，你……”还没等医生说完，战兵已经一把抓住了医生的衣领，掏出手枪死死地抵住了医生的太阳穴，瞪着猩红的双眼，咬牙切齿地说道：“你敢给他截肢，我就一枪崩了你！”

医生被战兵骤然迸发的杀气吓得心惊胆颤，连忙哆哆嗦嗦地说道：“他……他的伤势太重了，只有截肢……截肢才能保住他的命。”

“混蛋！你是庸医吗？动不动就截肢，他是我的兄弟，不是你们可以随意处置的！”

“我……我只能这么做……”

“我绝对不能让我的兄弟下半辈子在轮椅上度过，截肢，绝不可能！”战兵咬牙切齿地说道。

主治医生哆哆嗦嗦地说道：“以现在我们医院的条件，只能这样……”

战兵一脸铁青地望着医生，脸上青筋暴起，紧紧握紧了拳头，“绝对不能截肢，绝对不能！”

主治医生抬头望了一眼战兵，这才说道：“如果有直升机把他运到其他国家条件好的医院，或许能保住他的腿……”

“好，我马上联系直升机！”战兵一听，连忙收起了手枪，一双冷冽的眼睛让人不敢直视。

骤然得到解脱的医生松了口气，“必须要快，我会先稳住他的伤势，二十四小时之内必须马上手术！”

战兵重重地点了点头，随即转身朝医院外面走去。

此时暴雨依旧，一道霹雳闪过，照亮了战兵那双充血的眼睛，红得吓人。

战兵直接拨通了父亲的电话，电话那头响起了一声熟悉的声音，战兵这才强忍着呜咽声，低声喊了一句，“爸……”

战庭威不由得呵呵轻笑一声，“你这个臭小子，这么长时间也不知道给我打个电话，你哥还时不时往家里打电话呢，怎么你这边就没信儿了？”

“爸！”战兵红着眼睛，终于呜咽出声，此时，战庭威脸上的笑容微敛，他听出了战兵的声音有些异样。

“怎么了？发生什么事了？”战庭威皱起了眉头，能让战兵如此方寸大乱的事情肯定小不了，战庭威的心不由得提到了嗓子眼儿。

“爸，我从来都没求过您，这次儿子求您，求您救救我的兄弟……”战兵的鼻子一酸，险些掉下泪来。

战庭威已经听出了事情与战兵的战友有关，“什么事儿，说吧！”

“我的兄弟为了救我，被炸弹炸伤了双腿，这里的医院条件太差，治不了，说要截肢……我……我想让您派一架直升机……”

战庭威想都未想就说道：“我还当是什么事情，把你的位置报给我，我马上派直升机过去。总不能让我们华夏的战士流血再流泪，放心吧，这事儿不难！”

战兵抱着电话激动地连连点头，“谢谢爸！”说着将自己的具体位置报给了战庭威。

战庭威沉声道：“我这就下令！”说着挂断了电话。

战兵挂断电话的五分钟后，战庭威的命令便传达了下去，十分钟后，直升机已经在飞往萨拉尼的航线上了。

战兵抱着电话蹲坐在医院外的走廊上，一双充血的眼睛闪过了一丝泪光，一脸的痛苦、内疚。

这时冉爽正在四处寻找战兵的下落。刘中杰受伤，最难过的莫过于战兵，因为刘中杰是为他受的伤，此时的战兵让冉爽很是担忧。

“我看到队长往外面去了……”

冉爽一听连连点头，随即朝医院外面跑去。

转了一大圈，冉爽才在医院外看见了一个孤单的身影。狂风卷着雨水落在了他的身上，几乎浇灌着他的每一寸皮肤。

冉爽慢慢走了过去，张开作战服给战兵遮住了风雨。战兵一动不动地趴在双膝上，好像睡过去一样。

冉爽缓缓靠着战兵坐了下来，她神情平静地目视着远方，看着瓢泼的大雨，她声音略带沙哑地说道：“我刚入狼牙的那一年，虽然是从女兵里挑上去的，但是论军事格斗，就算是男兵都比不上我，不管是训练还是演习，我都能出色地完成任务，直到那一次参加实战……”

说到这里，冉爽的身子止不住地打起了冷战，这是她这辈子都不想提及的往事。冉爽顿了顿，继续说道："因为是第一次，所以烈度等级很低，毕竟谁都没有杀过人，当时的我真的以为我行的……"冉爽的表情带着一丝悲伤痛苦。

"当时，我紧张得甚至连手都在打颤，子弹射偏了。敌人拉了手榴弹疯了一样朝我跑来，我当时竟然愣住了，完全忘记了反应……"冉爽不由得苦笑一声，一脸的悲怆。

战兵缓缓地抬起头来，望着一脸木然的冉爽，抬手将冉爽揽在了胸前，"别说了，我没事儿，我没事儿……"

但是冉爽就好像没有听到一样，继续说道："但凡是新兵参加实战任务，都是老兵带新兵，我是由副队长带的。当时，我满脑子都是恐惧慌乱，竟然连手里的枪都不会使了，副队长情急之下扑倒了敌人，炸弹炸响了……"

战兵紧紧地抱紧了冉爽，他竟然不知道冉爽竟然背负着这样的伤痛。一个女兵怎么能够忍得下这样的痛！自己的战友为救自己而死，这样的内疚甚至能够击垮一个人。

"副队长最终连一块完整的尸体都找不到，就这么跟敌人的血肉搅在了一起……"冉爽的眼泪不受控制地流下来。她一直以为自己已经释然了，五年的时间足以冲淡一切悲伤。但是，直到伤疤再次揭开的时候，冉爽才知道，这段痛苦已经深深地镌刻在了她的灵魂上，哪怕是粉身碎骨都不会遗忘。

19 血的复仇

报仇

战兵轻轻拍着冉爽的肩，却什么都没说。不需要多做什么，他们只要彼此站在一起，便是对对方最大的安慰与守护。

“队长……”

听到王军伟的呼喊，两人连忙从地上站起身来。冉爽擦了擦脸上的泪水，抬头看了一眼战兵，发现战兵完全不同于之前的颓废与悲痛，此时的战兵又回到了昔日的状态。

王军伟看到了战兵和冉爽两人，连忙小跑上前，气喘吁吁地说道：“刚刚得到消息，莫尔死了，毒蝎佣兵团发誓报仇，现在正到处寻找我们的下落……”

战兵一脸的冷冽杀气，“我还想找他们呢，通知兄弟们，集合！”

王军伟挺了挺身子，厉声吼道：“是！”说完，转身就往医院里跑去。

战兵阴沉着一张脸，双手不由得紧握成拳。

“战兵，你还是跟郭队商量一下吧，你们不能单独行动。”冉爽拽住战兵的袖子，一脸正色道。

战兵目光灼灼地看向冉爽，“血债血偿，这仇恨只能用鲜血平复，我不能让我兄弟的血白流！”

“可是……”冉爽还想继续劝说，却被战兵挥手制止了。

“我跟你们一起去！”冉爽目光坚定地看了一眼战兵，说完，她没等战兵再说什么，大跨步地朝医院走去。

几分钟后，利刃特战大队便已在医院门口集结完毕。虽然郭展召再三劝说战兵不要冲动，但是此时战兵以及利刃特战大队的十二名队员已经铁了心，谁劝都不管用。

“安东尼教官，现在训练营的任务已经结束，你们先返回吧！”战兵对安东尼说完，又抬头看向这次的参训队员，“兄弟们的救命之恩我没齿难忘，以后有用得着我战兵的时候尽管说话！只要是我能办到的，刀山火海也会闯！”

众人的表情都很复杂，几个月相处下来，他们经历了太多的苦难，但正是因为如此，他们彼此之间的感情也日益加深。但是，再接下来的事情已经不是他们能帮得上忙的了，他们唯一能做的就是祈祷战兵他们能够平安回来。

魔兽训练营的工作人员已经等候多时，战兵跟队友们一一道别之后，众人这才依依不舍地上了车。从这里再往前开一个小时便能离开萨拉尼，到时候会有专人接他们。

“兄弟们都放心吧，我心里有数儿，帮我照顾好中杰。”战兵笑呵呵地看向郭展召，一双黑黢黢的眼睛在阴暗的夜色下显得格外明亮。

“那你们呢？”郭展召皱着眉头说，“毒蝎佣兵团现在就是没有一千也有八百，你们才十三人……”

战兵微微勾了勾嘴角，一脸平静地说道：“你不用担心我们，打游击战可是祖宗留下来的本事，我会让毒蝎佣兵团的人知道——有些人，不可为敌！”

郭展召轻轻叹了口气，重重地对着战兵点了点头，“放心去吧，我们会保护好中杰的！”

战兵拍了拍郭展召的肩，随即又看了一眼众人，这才一脸感激地说道：“多谢了，兄弟们！”

最后，战兵将目光落在了夏洛克、富兰克林两人身上。他们是可以并肩战斗的盟友，却也是不得不暗中提防的敌人，这种感觉恐怕只有战兵体会得到。

“你们当真要杀回去？”夏洛克问道。

战兵咧嘴一笑，“有何不可？”

“我一直以为你很聪明，毕竟能从富兰克林建造的地下牢狱中救人的人不会笨到哪里去，但是，我觉得我有可能想错了。”

战兵不由得露齿一笑，“聪明也好，愚笨也罢，人这辈子不能做让自己后悔的事情！”

夏洛克深深地望了战兵一眼。不得不说，战兵跟他之前碰见的华夏军人有很大不同。华夏军人被训练得太死，到了战场上，他们以服从命令为天职，殊不知，对于战场的瞬息万变，可不是躲在后方通过几个数字就能完全掌控的。能够像战兵这样，为给兄弟报仇而赴汤蹈火的华夏军官，他夏洛克还是第一次见到。

“够爽快，战兵，你这个朋友我交定了！管他刀山火海，我跟你一起闯！”夏洛克笑呵呵地拍了拍战兵的肩，笑得一脸灿烂。

一种惺惺相惜的情感萦绕在两人心间，他们或许这辈子都不会真正成为肝胆相照的兄弟，但是却可以成为对方为之钦佩欣赏的人，而这就足够了。

而很多年之后，当有人问起夏洛克是如何评价战兵的，他当时笑着回答：“我夏洛克这辈子从来没有服过谁，他战兵算一个，也是唯一一个！”

富兰克林看着夏洛克、战兵两人，咧嘴笑得灿烂，“算我一个！”

战兵抿了抿嘴唇，“谢了，兄弟！”

夏洛克不由得哈哈大笑一声，看向战兵的目光愈发地欣赏——这个人，对他的脾气！

郭展召看见七杀也跟着战兵一同返回毒蝎佣兵团驻地，这才稍稍放了一些心。七杀的能力不可小觑，有他们在一旁协助，至少不会让他太担心。

“好了，出发！”战兵大手一挥，随即转身钻进了暴雨如注的大雨中。

此时已经是凌晨四点钟，由于接连下了一晚上的暴雨，天色依旧昏暗，沉闷的气压让人有些喘不上气来。

天空中的乌云不断翻滚，一道闪电从天空狠狠地砸向地面，照亮了战兵那双冷冽的眼睛。

游击战

对于战兵来说，跟毒蝎佣兵团的仇恨是无意中结下的。但是，随着仇恨的日益加剧，他跟毒蝎佣兵团的仇恨已经发展到不可调和的地步。只要他战兵还活在世上一分钟，毒蝎佣兵团就会犹如蚀骨之蛆一般死死缠着他，所以，如果想要终止这种仇恨，办法只有一个——不是你死，就是我亡。

“这该死的雨，下个没完了！”王军伟不由得低骂一句。他身上背着的都是各种精密仪器，虽然大多数都是防水的，但是就这么被雨水泡着，王军伟不由得心疼得肝颤儿。

富兰克林笑呵呵地蹭到王军伟跟前，咧嘴露出两排整齐的白牙，“这里的天气就是这样，再加上又是雨季。照这个雨量来看，今年估计又要闹水灾了！”

王军伟一脸的垂头丧气，他现在迫不及待地想找个地方晒晒他背上的这一堆装备。作为通讯兵，这些就是他的全部家当，可得当心肝宝贝儿一样仔细照看。

“这样的天气一般要维持几天啊？”

“多则十天半个月，少则三天。不过，这么大的暴雨下一个晚上已经是极限了，天亮之前就会停。”

得到了富兰克林的回答，王军伟这才阴雨转晴。但是，一想到天气放晴之后便又会迎来一场硬仗，刚刚滋生的好心情瞬间又被浇灭了。

果不其然，待众人在树林里狂奔了半个小时之后，原本的暴雨渐弱，等到天色完全放亮时，已经变成了淅淅沥沥的小雨。

利刃大队以及七杀队员悄无声息地朝毒蝎佣兵团的驻地靠近。这个时候出现在这里，如果一旦被毒蝎佣兵团的人发现，那么，他们这二十多人想要再突出重围可就没那么好的运气了。

但是，就在距离毒蝎佣兵团的基地还有五公里的地方，战兵突然下令隐蔽。所有人的心都七上八下的，他们搞不懂战兵的葫芦里究竟卖的什么药。

利刃众人没有一人对战兵的命令表示质疑。他们对战兵已经有了一种接近盲目的信任，哪怕他们面前是悬崖，只要战兵下令让他们跳，他们也会毫不犹豫地跳下去。但是，对于七杀的队员来说，战兵的行为却透着一股诡异，让他们感到有些摸不着头脑。

“你这是？”夏洛克微微皱了皱眉，一脸疑惑地看着战兵。此时的战兵正拿着笔在雪白的纱布上快速地写着字。由于字迹潦草，夏洛克看不出战兵究竟在写些什么，但是最开始的那几个字夏洛克还是分辨出来了——艾伦·斯特里特。

“你这是在给艾伦写信？”夏洛克眉头皱成了一团疙瘩，这个时候难不成要下战书？

“下战书！”战兵头也不抬地回答道。

战兵的回答险些让夏洛克惊掉了下巴，“你……你怎么会想到下战书啊？这不就打草惊蛇了吗？”夏洛克眉头紧皱，不理解战兵的做法。

战兵快速书写完毕，并在落款处签下了自己的大名后，这才将纱布撕下，一边卷成卷儿，一边看夏着洛克说道：“毒蝎佣兵团的队员即使没有一千也有八百，用我们这二十多人杀光这八百人肯定是不现实的。我既然想要在整个萨拉尼的佣兵王国中除掉毒蝎，那么，我唯一能做的就是击垮他们的心理防线，让他们所有人每时每刻都活在被人暗杀的恐惧中，永不得宁日！”

夏洛克不由得打了个冷战，虽然战兵说的十分笼统，但是精明的夏洛克又怎么会不懂战兵的意思。此时他甚至已经想到了如何将战兵的战略发挥到极致的办法了。夏洛克也相信，战兵的战略会比他想的办法更狠、更完美，由不得毒蝎佣兵团有丝毫反抗。

夏洛克眯了眯眼睛，他一脸防备地看着战兵的侧脸。此时的夏洛克内心无比庆幸，战兵是他的朋友而不是他的敌人，否则就算是他也会死无葬身之地。

“夏洛克，知道华夏的游击战吗？”战兵微微勾了勾嘴角，脸上泛起一丝笑意，但是此刻夏洛克的眼里却分明看到了魔鬼的笑容。

“听过！”

战兵看向毒蝎佣兵团的驻地方向，冷冷地说道：“那我就让你见识见识游击战的真正威力！”

夏洛克下意识地点了点头，待反应过来之后，战兵已经朝一旁的利刃队员招了招手，“把这个射在毒蝎佣兵团驻地的大门上，我要让毒蝎佣兵团的人从今天开始睡不上一个安稳觉！”战兵锋利冷冽的眼神中闪过一道狠戾，让人不敢直视。

“是！”卫钏不由得神情一振，他从战兵的手里接过那卷纱布，立即朝毒蝎佣兵团基地的方向狂奔而去。

“好，夏洛克，富兰克林，从现在开始，我们就开始游击战了！目的就是在精神上击垮毒蝎佣兵，我要把他们逼得全部滚出萨拉尼！”战兵握紧了拳头，一脸的坚毅。

夏洛克点了点头，“好！你就说我们该怎么做吧！”

战兵咧嘴一笑，跟聪明人合作就是痛快，他能随时随地猜到你在想些什么，并在你想要实施的时候，予以最佳的配合与妥协。

“那条纱布是我写给艾伦的战书，‘我会杀光所有的毒蝎佣兵’，这就是我给艾伦写的话。”战兵的目光扫向夏洛克、富兰克林两人，继续说道，“我们要做的就是突然发起进攻，在敌人想要反击的时候迅速逃离；当敌人们以为我们消失的时候，我们会再次跳出来给予他们重击，这就是游击战。”

夏洛克不由得微微勾了勾嘴角，冲着战兵竖起了大拇指，“很精彩！”随即继续说道，“这会是一场值得期待的战争！”

螳螂捕蝉

在这次出发之前，战兵征用了所有的无线通讯设备，然后由王军伟统一改装成与利刃通讯频段匹配的无线电通讯器。每名利刃、七杀队员都随身配备无线通讯设备，通过无线电通讯传达战斗指令，使队员们能在第一时间赶到所有需要他们出现的地方。

半小时后，卫钏气喘吁吁地跑了回来，脸上满是掩饰不住的兴奋，他远远地就冲着战兵打了个“OK”的手势，还一脸得意地冲着盛家宝扬了扬下巴，显得神采飞扬。

“好了，开始行动吧！”战兵抬手打开无线频段，“从现在开始，以两人为单位，分散行动，遇到敌人的大部队就闪避，我们只对十人以下的小股队伍采取行动，之后的行动听我命令！”

命令下达以后，利刃以及七杀队员们四散开来，他们迅速消失在密林中。

望着众人消失的背影，战兵的嘴角上扬，昏暗的光线打在战兵的脸上，留下一道斑驳的光影，让人看不清他此时脸上的表情。

此时的艾伦犹如疯了一般，他派人四处寻找战兵的下落。枪声不时从四面八方传来，不断有小股毒蝎佣兵队伍被整队击毙，但是当他们赶到的时候，却无论如何都找不到敌人的踪影。

就这么围着整个丛林跑了一上午，毒蝎佣兵们已经累得苦不堪言。此时的他们就好像是救火队员一般，哪里有枪声便会跑向哪里。但是当他们大队人马赶到的时候，战斗已经结束了，只剩下一地的尸体。

“战兵！该死的！竟然开始给我玩儿这一手儿了！”艾伦气得咬牙切齿。对待这种打了就跑的战术，他们忙活了半天，却连个人影都抓不到，这怎么能不让艾伦气急败坏、火冒三丈呢？

艾伦身边的佣兵都是大气儿不敢喘地站在一旁，生怕艾伦一个心情不好，就将火气撒到自己头上。

“杰米死到哪里去了！”艾伦气急败坏地吼叫着。

莫尔死了，萨拉尼的毒蝎佣兵团首领的位子必须有人接任。在莫尔活着的时候便已经放出话来，要让杰米继承自己的位置。所以艾伦便也顺从了莫尔的遗嘱，将印象中的窝囊废杰米捧上了首领宝座。

“在！”杰米推开房门走了进来。莫尔的死对杰米的打击很大，杰米仿佛一夜之间就苍老了十岁，原本晶亮活力的眼睛满是仇恨，让人不敢直视。

“你不是说你有办法吗？有什么办法！才半天的时间，咱们的人就死了上百了，却连敌人的影子都没看到！你这个首领就是这么当的吗！”艾伦拍了拍桌子，怒气冲冲地看着杰米。

杰米面无表情地抬起头来，目光阴冷地看着艾伦，“我说有办法，自然就是有的，用不着这么大呼小叫！”

艾伦被杰米的口气惊呆了，心里道：这小子什么时候敢这么跟我说话了，真是官升脾气长啊！艾伦反应过来想要发作时，杰米冷冷地开口道：“他们既然只对形单影只的队员下手，那我们就自动给他们送上门去，来个守株待兔！”

杰米话音刚落，艾伦的眼睛顿时一亮，一脸激动地拍了拍大腿，“好，就这么办！”看着杰米一脸的阴冷表情，艾伦不由得哈哈大笑一声，“看不透啊！原来还以为是一只绵羊，没有想到竟然会是一匹狼！好，哈哈哈！”

杰米面无表情地收回目光，两只拳头不由得握紧，几乎咬牙切齿地默念着战兵的名字，满脸的恨意。

此时，王军伟静静地趴在灌木丛中，手中的红外探测仪不断地显示着整个战场的情况。而利刃、七杀队员的身上都安装了王军伟特制的信号反馈器，所以王军伟能够直观地看到所有人的位置，并及时给予消息传递。

“队长，有些不对劲儿！”王军伟低声说道。

战兵快速从隐蔽位置起身，悄无声息地朝王军伟靠近，“怎么了？”

王军伟连忙指了指手里的红外探测仪，说道：“从刚才开始，这上百人的毒蝎佣兵队员便一直待在这里，而国光和宝子正朝他们靠近。”

战兵微微勾了勾嘴角，脸上扬起一丝冷笑，“这有什么可奇怪的，他们这是准备守株待兔！”

王军伟一听，不由得脸色一变，“那我赶紧通知国光和宝子！”说着，已经打开了无线频段将敌人的位置以及人数传递给了林国光、盛家宝两人。

战兵望着红外探测仪上那密集得几乎成了一片的红点，沉吟了片刻，轻声叫道：“军子！”

王军伟连忙应了一声，抬头看向战兵。

“通知所有人朝这个位置靠拢。他们不是守株待兔吗？真正的猎物是谁还不知道呢！”战兵的眼睛里精光闪烁，拳头紧握成拳，一脸的坚毅。

“好嘞！”王军伟咧嘴一笑，脸上绽开灿烂的笑意，随即通过无线电将战兵的命令传达了下去。

此时，艾伦集结了三百名佣兵在山坡设下埋伏。直到确定整个战场都在他的控制之下，艾伦这才让一队佣兵现身，围着他之前设定的路线大张旗鼓地吸引着敌人的火力。

而此时，战兵等人却已经将艾伦带领的三百名佣兵团团包围在其中。由于他们的人数不足，只有区区的二十人，战兵下达的命令是：尽可能多地消灭敌人，不可恋战。

夏洛克趴在草丛中不由得暗暗点头。不得不说，战兵的大局观以及谋略让他感叹，他对于战争有着超乎寻常的敏感，他知道什么时候应该做什么样的事情，他具备成为战争之王的天分。

夏洛克的嘴角不由得泛起一丝苦笑，他发现自己越了解战兵，就越觉得自己渺小，同时，也对战兵更加地佩服、崇拜。

“兄弟们做好准备，以我的枪声为攻击信号。”战兵低沉的声音在无线频段里响起。所有人的心都不由得为之一颤，随即握紧了手里的枪，蓄势待发。

黄雀在后

此时的天色慢慢昏暗下来，天边乌云翻滚，仿佛要从天上朝众人压来，气压低得使人喘不上气来。渐渐地，乌云的颜色变成青黄色，翻滚碰撞着。突然，厚厚的云层后面闪出一道亮光，随即传来一阵轰隆隆的雷声。

艾伦不由得有些气闷地抬头看了一眼乌云，心里隐隐有些烦躁，他盼望着战斗早点打响，他要生吞活剥了战兵。艾伦再次将目光投向了前面的小路。此时，由十人组成的佣兵小队正按照他之前安排的线路小心翼翼地前进。整片密林里一片寂静，只听到云间传来的沉闷雷声，压抑的气氛让艾伦不由得心跳加速。

忽然，艾伦隐隐感觉有些不安，这种感觉越来越强烈，就连手心也开始不断渗出冷汗。艾伦稳了稳心神，却没有半分效果。

艾伦不由得皱了皱眉，下意识地四处望去。这时，他怎么看都觉得到处都是狙击阵地，他的一颗心更是跳得几乎要撞破胸膛。

此时，战兵手里的突击步枪已经瞄准到了艾伦的眉心。此时，仿佛全世界都就此消失，战兵的狙击镜里只剩下了自己要狙击的目标。

战兵曾经想过，如果有一天能够亲手击毙艾伦，该是多么地澎湃激动。但是，这一天来了，这一刻就在眼前，战兵却觉得整颗心都安静得好像是一滩死水，没有任何波澜。

“咻！”子弹发出一声尖啸，然后狠狠地钉在了艾伦的眉心！

一旁的毒蝎佣兵们看到艾伦大睁着双眼仰面倒地，满心的恐惧绝望几乎要将他们淹没。混乱中，有人大喊着“狙击手”，整个林子里的枪声顿时响成了一片。

这时，密集的子弹从四面八方朝着佣兵们扫射过来。佣兵们由于没有了艾伦的指挥，整个队伍失去了主心骨。他们乱作一团，像没头的苍蝇似的四处乱射。这时，天空雷声轰鸣，瓢泼大雨倾泻落下。

倾盆的大雨泼在艾伦身上，眉心处的鲜血被雨水冲刷掉，手腕粗的弹洞露出里面的脑组织，让人看着毛骨悚然。

整个毒蝎佣兵团的人哪里还顾得上抵抗，艾伦的死让所有人的心里都罩上了巨大的阴影，他们疯了一般地四处逃散。整个树林里犹如人间地狱一般，死尸遍地，瓢泼的大雨冲刷着地上的尸体，血水混合着雨水流淌而下，远远地望去仿佛一道血河一般。

“打扫战场！”战兵凌厉的声音在暴雨中响起。

看着利刃、七杀队员们从隐蔽位置站出来，一脸警惕地挨个检查战场上的尸体。战兵的眉头不由得皱成了一团，他总觉得哪个地方不对头，但是，却无论如何都理不清头绪。

战兵大跨步地朝艾伦走去，此时的艾伦大睁着双眼，被暴雨冲刷的脸上甚至还有一丝狰狞。

“这该死的艾伦终于死了！”王军伟不由得瞪了艾伦一眼，这才回头看向战兵，“队长，刚才郭队发来消息，半个小时之后，直升机就会抵达医院的上空，郭队让我们撤退！”

战兵微微皱了皱眉。按理说艾伦已经消灭了，他现在已经没有再待下去的必要了，但是战兵却总觉得心里隐隐有一丝不安。

看着战兵眉头紧皱，王军伟小心翼翼地看向战兵，“队长？”

战兵这才恢复了平静，“告诉郭队，半小时后我们在医院跟他们会合。”

王军伟连忙点头：“是！”说着转身去传达战兵的命令了。

只此一战，艾伦以及他带来的三百名毒蝎佣兵被全部消灭。漫山遍野的尸体让整个萨拉尼佣兵界为之震惊，从此战兵的名字在佣兵界里广为流传。就是因为这一战，战兵也成了令所有佣兵团都闻之色变的战神！

螳螂捕蝉，黄雀在后。此时的战兵并不知道，这一场战斗是杰米故意给艾伦设下的圈套。

在杰米看来，大哥莫尔被战兵杀死，战兵自然是第一血仇，但是艾伦也是罪魁祸首之一。杰米不会放过战兵，自然也不会放过艾伦，所以这才设下了这个圈套，让艾伦稀里糊涂地跳进了给他准备好的坟墓之中。

“老大，刚刚传来消息，艾伦还有他带去的那三百个兄弟都被战兵干掉了，一个都没有逃出来。”佣兵有些畏惧，躲闪地瞥了杰米一眼，满心的恐惧。

人们印象中那个没有心机的大男孩好像在一夜之间变成了另外一个人，

变成了一个杀人不眨眼的魔鬼，让所有人都觉得震惊恐惧，好像此刻站在他们面前的完全是一个陌生人。

杰米的嘴角扬起一丝冷笑，“我就知道，以战兵的本事肯定能够看透艾伦的计谋是想守株待兔。但是，战兵却不知道，艾伦的这条狗命会是我亲自给他送到跟前的！”

站立一旁的佣兵听了杰米的话，只觉得一股凉气从脚底升起。所有的一切都尽在杰米的掌控之中，这种心机谋略，让所有人都从内心深处感到恐惧。

“我们接下来怎么做？”一旁的佣兵哆哆嗦嗦地看向杰米。

杰米握紧了拳头，望着窗外的雨，“回洪都斯总部！”

“回总部？”众人不由得惊呼出声，杰米回毒蝎大本营做什么？

杰米抿了抿嘴唇，脸上闪过一道狠戾的笑容，“艾伦的命我已经收回来了，接下来就是战兵了，我要让战兵死无葬身之地！”

众人不由得打了个哆嗦，后背的冷汗几乎要将衣服浸湿。

“我会成为顶替艾伦的人，如果我能活着回来，那么我会让战兵血债血偿的！”杰米瞪着一双阴狠的眼睛，仿佛此刻站在众人面前的是堕入地狱的恶魔。

原本天真灿烂的少年已经死去，而此刻站在他们面前的是一个只想杀人报仇的恶魔。

抢救

战兵等人返回医院，直升机还没有到。由于雨下得太大，直升机不敢轻易靠近，所以大大拖延了降落时间，大约十分钟之内能够赶到。

郭展召等人老远就看见战兵等人朝这边奔来，走近后他连忙将手里的毛巾递给战兵，一脸关切地问道：“怎么样？”

战兵擦了擦脸上的雨水，说道：“艾伦死了！”

郭展召顿时一脸激动地握紧了拳头，“真的吗？哈哈哈，太好了！那个混蛋早就该死了！”

战兵有些漫不经心地低头想着心事，见郭展召等人一脸疑惑地看向自己，连忙扯出一丝笑容。就在这时，耳边响起一阵马达的轰鸣声，战兵连忙说道：

"直升机到了，准备登机！"

没过一会儿，直升机的轰鸣声渐近，众人纷纷做好登机准备。战兵转身看向夏洛克和富兰克林两人，"谢了，兄弟，咱们有缘再见！"

夏洛克笑呵呵地拍了拍战兵的肩膀，并四下张望了一下，直到确认没有人注意他们，这才凑到战兵的耳旁压低声音问道："我想知道你跟孤狼佣兵团是什么关系？应该不只是你胡编的身份吧？"

战兵不由得咧嘴一笑，"有时间去金三角，我好好招待你们！"

夏洛克笑呵呵地点了点头，见众人已经陆陆续续地开始登机，这才恋恋不舍地张开了双臂，"我会想你的，兄弟！"

战兵哈哈大笑一声，他先跟夏洛克拥抱一下，又跟一旁的富兰克林拥抱了一下，之后看着两人由衷地说道："兄弟，感谢！"

富兰克林笑道："都说是兄弟了，还废什么话！"

战兵拍了拍富兰克林的肩膀，"我走了，后会有期！"

富兰克林、夏洛克两人重重地点了点头，冲着战兵挥了挥手。

战兵转身三步并两步登上了直升机，随即冲着两人挥了挥手。直升机腾空而起，在原地旋转了一圈后，盘旋上升，很快便消失在了厚重的雨幕中。

"这个战兵可不简单啊！"富兰克林自言自语道。

直到再也看不到直升机的踪影，夏洛克才意味深长地瞥了富兰克林一眼，"你应该早点儿知道他不简单！"

富兰克林一脸无辜地耸了耸肩，"我就知道是他救了我的命，其他的我可没想那么多。再说了，他这个兄弟我算是交定了，难道你不是？"

夏洛克抬手捶了捶富兰克林的肩，一脸无奈地笑骂道："你这个臭小子！"

直升机上，战兵正一脸担忧地看向刘中杰，"他怎么了？"

王军伟说道："注射了镇定剂，因为血液快速流动对伤口不好。医生说了，如果抢救及时，他的腿能救回来。"

战兵轻叹了一口气，将目光再次投到了刘中杰的身上。

利刃特战大队自从成立以来，队员们虽然在训练或者实战任务中受过大大小小的伤，但是像刘中杰这样的重伤还是第一次发生。战兵恨不得此刻躺在担架上的是自己，也不愿意自己的兄弟为了救自己而受这么大的痛苦。

郭展召上前拍了拍战兵的肩膀，“别太伤心，中杰会没事儿的。”

战兵重重地点了点头，他坐在刘中杰的身边，脑海里满是刘中杰在利刃特战大队的点点滴滴。

刘中杰的伤势不能拖延，因此战庭威已经给沿航线最近的华夏海外军事基地的野战医院打了招呼。众人将刘中杰送往医院的时候，医院的医生已经做好了准备，直接将刘中杰推进了手术室。

手术足足进行了三个小时，战兵等人站在走廊里等候了三个小时，使得整个走廊里都充斥着浓重的血腥味儿和硝烟味儿。虽然身上的血污和泥土被暴雨冲刷掉了，但是在体温蒸发了雨水之后，身上的味道自然而然就散发了出来，让整个走廊里来来往往的人不由得皱紧了眉头。

只不过没有人敢对他们说什么，此时的战兵等人只来得及卸下枪械，一身的武装使众人对他们的身份一目了然。

医生来来回回地进出着手术室，满脸的紧张疲惫。虽然快速瞥了战兵等人一眼，但是却没有人站出来告诉他们此时手术的情况，而众人也不敢上前去问，就这么望着“手术中”的红灯，焦急地等待着。

时间一分一秒过去了。由于走廊里的温度高，众人的作战服被蒸干之后，原本难闻的气味更加浓重，把众人熏得不敢靠前，空气中充斥着一股股的血腥味，让人几欲作呕。

就在这时，手术室的红灯熄灭，紧接着一个身穿白色大褂的医生走了出来。

“医生，我兄弟怎么样了？”

“医生，手术情况怎么样？”

……

利刃队员七嘴八舌地嚷成一片，医生微微皱了皱眉头，闻见一股刺鼻难闻的气味儿，忍不住捂了捂鼻子，这才冲着众人压了压手掌，“静一静，听我说……”

战兵扫视一眼众人，“安静！”原本的嘈杂声顿时消失。

医生自然能看出战兵是首领，他看向战兵说道：“手术很顺利，如果不出意外的话，骨头长好之后就能出院了。”

众人一听，原本高高提起的心这才落了地。

“医生，会有后遗症吗？”战兵看着医生，小心翼翼地问道。

“还需要看他的恢复情况。弹片击碎了他的骨头，我们虽然已经尽力抢救了，但是一切还要看恢复情况。”医生一脸抱歉地望着战兵，然后冲着战兵点了点头，拨开人群朝办公室走去。

战兵的心脏不由得微微发颤，满含担忧的目光透过手术室的玻璃朝里面看去，一脸的担心忧虑。

利刃扩招

由于刘中杰的伤口不宜活动，所以便没有将刘中杰一起带回国。高志勇已经接连打了多次电话催促他们返回基地，战兵万般无奈之下只得跟刘中杰告别，带领利刃特战大队返回基地。

因为在魔兽训练营训练时间太长，骤然回到利刃基地，战兵感觉仿佛隔了一个世纪之久。久违的亲切感，让战兵的心情都变得愉悦起来，但是转念又想到刘中杰的伤势，好不容易升腾起的喜悦心情立刻消失得无影无踪。

高志勇、萧平山等人提前接到了王军伟传回来的消息，老早便在军用机场等候了。高志勇看见战兵从直升机上走了下来，二话不说，三步并两步上前，作势就要踢战兵的屁股。

战兵迅速做了闪避，高志勇顿时踢了个空。

高志勇笑着瞪了战兵一眼，“跟我来！”说完大跨步地走开了。

战兵重重叹了口气，一脸无奈地跟在高志勇身后朝一旁的空地走去。

“十遍电话都命令不动你啊，长本事了？”高志勇笑呵呵地看着战兵，脸上虽然是面带微笑，但锐利的目光里却没有半分笑意。

战兵抿了抿嘴唇，“我请求处分……”

“处分你个大头鬼！”高志勇二话不说对准战兵的额头打了一下，额头上顿时出现一道红印，疼得战兵微微皱了皱眉头。

“中杰情况怎么样了？”高志勇的语气虽然恶劣，但眼睛里却是掩饰不住的关切。

“手术进行得很顺利，至于会不会留下后遗症还要看以后的恢复情况。”战兵的眉宇间流露出一丝愧疚。

高志勇在心中暗叹一声，知道这一关战兵得自己闯过去，别人做什么说什么都无济于事。

“我听说是战参谋长帮了不少忙，给中杰做手术的是境外野战医院的骨科主治医生。如果不是战参谋长出马的话，可轻易请不到这样的大师级医生。”

战兵心不在焉地点了点头，知道高志勇是在间接地安慰自己，他抬头看着高志勇，“大队长，我没事儿，不用担心我！”

高志勇不由得苦笑一声，重重叹了口气，抬手拍了拍战兵的肩膀，心里不由得泛起一丝酸意。说不让自己担心，自己又哪里会真的不担心。利刃是他一路看着成长起来的，都像是他精心呵护的孩子一样，哪个磕了碰了他都心疼，更何况这次出了这么严重的事情。

“行了，队员都等着呢，我们过去吧！”战兵笑呵呵地看向高志勇，随即小跑着朝众人奔去。

高志勇轻轻叹了一口气，这才大跨步地朝众人走去。

战兵回到基地之后便去了医疗室。在毒蝎佣兵团的地下牢狱时，战兵便已经是遍体鳞伤了，接连几日的奔波战斗，战兵的伤口更是急剧恶化。这次回到利刃基地后，便被高志勇连拖带拽地拉到了医务室。

“伤口都溃烂成这样了，你还当没事儿人似的！如果不是发高烧，你是不是还要继续瞒下去啊！”高志勇气得火冒三丈。

战兵趴在病床上任由医疗人员给自己的伤口消毒包扎，没过一会儿竟然睡着了。高志勇骂着骂着觉得不对劲儿，看了看战兵，又一脸询问地看向护士。

“睡着了。”护士笑着说道，见高志勇凌厉的目光射来，护士连忙收敛了笑意，继续给战兵消毒包扎。

高志勇看着战兵在睡梦中也是眉头紧皱的样子，不由得叹了一口气。如果刘中杰的腿留下后遗症的话，恐怕战兵会内疚自责一辈子的。高志勇一脸愁容地坐在了战兵身旁，心里不由得开始担忧起来。

利刃是特种部队，执行的都是极度危险、艰难的任务，队员出现死伤情况在所难免。就连一向以“零伤亡”著称的狼牙大队也在去年一年折损了两名队员，更何况是利刃……

高志勇不由得轻叹了一口气，他虽然教会了利刃队员杀人、生存、逃生，却忽视了教会他们如何面对队员的伤病、死亡。如果有一天，这样的事情真的发生了，那么这些队员们将怎样去面对呢？高志勇低头凝望了一会儿沉睡中的战兵，转身走出了医疗室。

就在医疗室的房门被关上的那一刻，战兵的眼睛却猛然睁开了，黑黢黢的眼睛里满是氤氲雾气，让人看不清其中包含着怎样的情感。

转眼，战兵等人回到利刃基地已经半月有余，刘中杰双腿的病情也逐渐好转，这让所有的利刃队员都欣喜若狂。只不过，想要恢复到之前的状态却要花费很长的一段时间。但是，在所有人看来，刘中杰能够重新回归利刃大队已经是天大的喜事了，他们盼望着他早日康复。

而这时，华北军区的特种部队联合招兵工作正式拉开帷幕，利刃特战大队的扩招计划赫然也在计划之内。

“报告！”

“进来！”高志勇仔细地看着桌子上的文件，头也不抬地说道。

战兵推开门，见高志勇正在专心致志地看文件，他没有说话，安静地走到高志勇面前，立正站好。

“听说了吧？你的消息应该比我灵通。”高志勇一边看文件，一边对战兵说道，“说说吧，你对这次的招兵工作有什么想法？”

战兵面无表情地看了高志勇一眼，道：“没别的，就一条——贵精不贵多。”

高志勇笑呵呵地抬起头来，似笑非笑地看着战兵，“怎么个贵精不贵多，你打算留几个人？”

战兵一脸平静地说道：“通过了我的考核就留下，如果一个都通过不了，那我就一个都不要。”

“呵……”高志勇不由得拔高了音调，“华北四个特战军区，敢这么说话的就你一个！小子，就这么狂？”

战兵抿了抿嘴唇，一言不发。